人类能够创建文明，很重要的一个原因是因为能够想象出现实中不存在的东西，让我们珍惜这种能力。

刘慈欣

刘慈欣

祖籍河南，长于山西，高级工程师，中国作家协会会员，中国科普作家协会会员，中国科幻代表人物，亚洲首位世界科幻大奖雨果奖得主。

自1999年处女作《鲸歌》问世以来，刘慈欣已发表短篇科幻小说三十余篇、出版长篇科幻小说六部，十次荣获中国科幻最高奖银河奖。他的长篇代表作“三体”三部曲被普遍认为是中国科幻文学的里程碑，将中国科幻推升到了世界高度。

中国科幻基石丛书
主编　姚海军

刘慈欣文集
3

三　体
死神永生

刘慈欣
著

重庆出版集团　重庆出版社

写在“基石”之前

姚海军

“基石”是个平实的词，不够“炫”，却能够准确传达我们对构建中的中国科幻繁华巨厦的情感与信心，因此，我们用它来作为这套原创丛书的名字。

最近十年，是科幻创作飞速发展的十年。王晋康、刘慈欣、何夕、韩松等一大批科幻作家发表了大量深受读者喜爱、极具开拓与探索价值的科幻佳作。科幻文学的龙头期刊更是从一本传统的《科幻世界》，发展壮大成为涵盖各个读者层的系列刊物。与此同时，科幻文学的市场环境也有了改善，省会级城市的大型书店里终于有了属于科幻的领地。

仍然有人经常问及中国科幻与美国科幻的差距，但现在的答案已与十年前不同。在很多作品上（它们不再是那种毫无文学技巧与色彩、想象力拘谨的幼稚故事），这种比较已经变成了人家的牛排之于我们的土豆牛肉。差距是明显的——更准确地说，应该是“差别”——却已经无法再为它们排个名次。口味问题有了实际意义，这正是我们的科幻走向成熟的标志。

与美国科幻的差距，实际上是市场化程度的差距。美国科幻从期刊到图书到影视再到游戏和玩具，已经形成了一条完整的产业链，动力十足；而我们的图书出版却仍然处于这样一种局面：读者的阅读需求不能满足的同时，出版者却感叹于科幻书那区区几千册的销量。结果，我们基本上只有为热爱而创作的科幻作家，鲜有为版税而创作的科幻作家。这不是有责任心的出版人所乐于看到的现状。

科幻世界作为我国最有影响力的专业科幻出版机构，一直致力于对中国科幻的全方位推动。科幻图书出版是其中的重点之一。中国科幻需要长远眼光，需要一种务实精神，需要引入更市场化的手段，因而我们着眼于远景，而着手之处则在于一块块“基石”。

需要特别说明的是，对于基石，我们并没有什么限定。因为，要建一座大厦需要各种各样的石料。

对于那样一座大厦，我们满怀期待。

序

心事浩渺连广宇

严　锋
复旦大学中文系教授

多年以后，我还会记得看完《三体》的那个秋夜，我走出家门，在小区里盘桓。铅灰色的上海夜空几乎看不到几颗星星，但是我的心中却仿佛有无限的星光在涌动。这是一种奇异的感受，我的视觉、听觉和思维好像都被放大、重组和牵引，指向一个浩瀚的所在。

即使没有光污染，身在北半球中纬度的我也不可能看到半人马座。但是在《三体》之后，我却觉得自己与那看不见的星系中子虚乌有的三星有了一种近乎真实的联系。

从一开始，刘慈欣就被人视为中国的硬科幻代表。要知道，这是一桩吃力不讨好的活儿，在当今这个微小化、朋克化和奇幻化的世界科幻文坛，相当不与时俱进。但大刘仿佛是下定决心要为中国科幻补课一般，执着地用坚实的物理法则和潮水一般的细节为我们打造全新的世界。这些世界卓然成形，栩栩如生地向我们猛扑过来。

《三体》是一部多重旋律的作品：此岸、彼岸与红岸，过去、现在与未来，交织成中国文学中罕见的复调。故事的核心竟然是我们既熟悉又陌生的“文革”。当主流文学渐渐远离了这个沉重的话题，大刘竟然以太空史诗的方式重返历史的现场，用光年的尺度来重新衡量那永远的伤痕，在超越性的视野上审视苦难、救赎与背叛。这一既幻想又现实还科学的中国版《天路历程》，疯狂而冷静，沉重而壮阔，绝望而超脱。

“文革”仅仅是《三体》的起点。我个人认为，书中最精彩的部分是以虚拟游戏方式展示的三体世界历史。三体星系由于拥有三颗太阳，其不规则运动使得三体文明的生存条件极为严酷。为了应对变幻莫测的自然环境，他们随时可以将自己体内的水分完全排出，变成干燥的纤维状物体，以躲过完全不适合生存的恶劣气候。对于这个极为奇幻的想象世界，大刘充分发挥了他在硬科学上的特长，赋予这个世界完全真实可信的物理特性和演化发展规律。作为一名电脑工程师，大刘甚至设计了一个三体程序，来模拟宇宙文明间的相互关系。

这是一个游戏，游戏背后是一个遥远星际文明二百次毁灭与重生的传奇，游戏中的人物却是孔子、墨子、秦始皇、伽利略、格里高利教皇、牛顿、爱因斯坦……古今中外各路人马走马灯似的上场。这是一场跨越时空的狂欢，历史、“文革”、三体又构成了另一个意义上的三体关系，它们之间遥相辉映而又扑朔迷离，在最不可思议的生存景象中蕴含着触手可及的现实针对性，把三体系统的复杂性发挥得淋漓尽致。

要是换了别人，《三体》写到这个程度，大可满意收场了，但是对大刘来说，好戏才刚刚开始。《三体》其实仅仅是他的“地球往事”系列的第一部，在接下来的“地球往事”第二部《黑暗森林》中，地球、三体和宇宙更高级文明构成了一个更大规模的三体结构。面对三体人令人难以置信的科技和前来毁灭地球的庞大舰队，人类举全球之力，制订了“面壁计划”，由四位“面壁人”独立设计四套反击方案。说真的，其中每一套对策都构思独特、气势磅礴，令人拍案叫绝。放到其他人的作品中，每个都可以作为构筑大结局的终极解决方案。但对大刘来说，这些都只不过是铺垫和浮云。

假如太空中存在着无数的文明，它们之间应该是什么样的关系？大刘别出心裁地设想了一门“宇宙社会学”，专门研究这个问题。宇宙社会学设定两条公理：第一，生存是文明的第一需要；第二，文明不断增长和扩张，但宇宙中的物质总量保持不变。乍一看，这“公理”很俗很平淡很没意思，但等到最后底牌翻出来绝对震撼死你。在《黑暗森林》的结尾，我体验到了多年未在文学作品中体验到的完美高潮，一种启示性的震撼，一种极致的满足。而这种满足，正来自“宇宙社会学公理”那出人意料的合理展开和推衍，经过了漫长的准备和铺垫，与作品的开头形成绝妙呼应。我想，这也就是马克思推崇的“逻辑与历史的统一”吧。在我们的中国文学中，又有多少这样的“逻辑与历史的统一”呢？

当《黑暗森林》问世的时候，我们这些三体迷的心态相当矛盾。一方面，我们觉得《黑暗森林》近于完美，难以想象这之后还能整出些什么来；另一方面，我们又希望大刘能够再整出些什么来。之后，又听说他在工作上遇到了一点问题，曾经考虑放弃“地球往事”第三部的写作，着实令我们担忧不已。但最终，身处僻壤的他，又写出一部放眼宇宙的大作，这本身就是一件颇有科幻色彩的事。谢天谢地，他终于坚持了下来。

当大刘提出让我来为“地球往事”第三部《死神永生》写序的时候，

我的内心是一片抑制不住的狂喜，不仅是为了这份难得的荣耀，更是为了能抢在第一时间先睹为快。在一个剧透被视为不可饶恕的罪行的年代，我必须非常小心。长话短说吧，我认为《死神永生》在许多方面都超越了前两部，而且这种超越不是一点点。前面对宇宙的黑暗森林只是迂回虚写，第三部就是正面强攻了，这难度极大。我真是很佩服大刘毫不取巧的勇气，更佩服他对宇宙风景得心应手的描写，那真可以说是"精骛八极，心游万仞"。看到《死神永生》的结尾，我忍不住想起阿西莫夫的《最后的问题》，那也是对宇宙终点的描写，大家可以比较一下，看看谁的想象力走得更远，谁的细节更丰富，谁的宇宙更宏大。

《死神永生》很硬科幻，对普通读者来说，流畅度和可读性可能会不如前两部。其中一些段落甚至有一些晦涩（如对"神"的描写），但是对科幻爱好者和大刘的粉丝而言，纷至沓来的宇宙细节一定会让他们更加过瘾。而且我们理解，大刘的"硬"并非铁板一块，而是软硬相兼、虚实相间，其内在逻辑可以这样解读：越是疯狂虚幻的想象，越是超越性的思维，背后越是需要坚实的细节和强大的逻辑。刘氏宇宙学的基础是技术，而在这林林总总技术化的冷酷思考背后，有一颗柔软温暖的心。从《三体》开始，大刘越走越远，但他并非一去不回，即使在最远的地方，我们也能看到他对人类的关爱。《死神永生》始于一个近乎琼瑶式的爱情故事，一个人为自己暗恋的对象买一颗遥远的星星，这故事是如此的寂寞无助、浪漫彻骨。最终，这颗星星将为无尽的黑暗森林带来一丝光亮，卑微绝望的单恋也将成为播撒宇宙的大爱。

在整个三部曲中，我个人认为第一部最有历史感和现实性；第二部的完成度最高，结构最完整，线索最清晰，也最华丽好看；而《死神永生》

则是把宇宙视野和本质性的思考推向了极致，这方面目前无人能及。在一个思想淡出文学（以及其他领域）的年代，我们看到中国的科幻界有人在默默地补位，而且远不止大刘一个人。《三体》对历史的反思，《黑暗森林》对道德的超越，到《死神永生》发展成为对全面的宇宙社会学、宇宙心理学、宇宙生态学的建构。这是屠龙之术吗？看看斯蒂芬·霍金最近的警告，也许我们会对“杞人忧天”这个成语做出全新的理解。

有时候我会忍不住想，假如有一天三体人真的降临，人类应该请大刘出山，参加地球危机委员会的工作。无论是威慑博弈、防卫反击，还是宇宙公关，大刘都是领先一步的专家。如果说天机不可泄露的话，大刘应该是我们这个世界最知晓天机的人之一了。三体人如果有一份追杀名单的话，他也绝对会名列前茅。小心啊，大刘！

当然，这只不过是幻想，只不过是神话……可是，说到神话，这难道不正是我们这个时代的奢侈品吗？坦率地说，系统性的史诗与神话一直是中国文学的弱项。在遭受后现代文化的洗礼之后，我们的作家更是如获至宝，把缺失视为强项，奉行“躲避崇高”的策略，鄙视宏大叙事，消解终极追问。我推崇大刘的作品，也因为他逆流而上，发扬理性主义和人文精神，为中国文学注入整体性的思维和超越性的视野。这种终极的关怀和追问，又建立在科学的逻辑和逼真的细节之上，这就让浩瀚的幻想插上了坚实的翅膀。

当尼采向世界发出“上帝已死”的宣告时，一些价值解体了，但另一些依然存在。旧的神话消失了，新的神话依然在不断诞生。人类从来没有停下追赶神话的脚步。我们惊奇地发现，在一个崭新的世纪，无尽的宇宙依然是无尽的神话的无尽的沃壤，而科学与技术已经悄然在这新神话中扮演了越来越重要的角色。大刘的世界，涵盖了从奇点到宇宙边际的所有尺度，跨越了从白垩纪到未来亿万年的漫长时光，其思想的深度和广度，早已超越了“可上九天揽月，可下五洋捉鳖”的传统境界。《死神永生》对宇宙结构的想象，已经开始涉及时间的本质和创世的秘密，但看得出大刘有意与西方的神话保持距离，走的是一条新的中国神话的道路。这是前所未有的工作。关于宇宙之始、之终、之真相，他猜了，他想了，他写了，至于是否正确，已经不重要了。虽说人类一思考，上帝就发笑，可人类如果不思考，上帝连发笑都不屑。

目录

纪年对照表

危机纪元	公元201X年—2208年
威慑纪元	公元2208年—2270年
威慑后	公元2270年—2272年
广播纪元	公元2272年—2332年
掩体纪元	公元2333年—2400年
银河纪元	公元2273年—不明
DX3906星系黑域纪元	公元2687年—18906416年
647号宇宙时间线	公元18906416年启动

第一部

《时间之外的往事》

序言（节选）

这些文字本来应该叫历史的，可笔者能依靠的，只有自己的记忆了，写出来缺乏历史的严谨。

其实叫往事也不准确，因为那一切不是发生在过去，不是发生在现在，也不是发生在未来。

笔者不想写细节，只提供一个历史或往事的大框架。因为存留下来的细节肯定已经很丰富了，这些信息大都存储在漂流瓶中，但愿能到达新宇宙并保存下来。

所以笔者只写框架，以便有一天能把所有信息和细节填充进来——当然不是由我们来做这事。但愿会有那一天。

让笔者遗憾的是，那一天不在过去，不在现在，也不在未来。

我把太阳移到西天，随着阳光角度的变化，田野中禾苗上的水珠一下子晶晶闪亮起来，像突然睁开的无数眼睛。我把阳光调暗些，提前做出一个黄昏，然后遥望着地平线上自己的背影。我挥挥手，那个夕阳前的剪影也挥挥手。看着那个身影，我感觉自己还是很年轻的。

这是个好时光，很适合回忆。

公元1453年5月

魔法师之死

君士坦丁十一世暂时收回思绪，推开面前的一堆城防图，裹紧紫袍，静静等待着。

他的时间感很准确，震动果然准时到来，仿佛来自地心深处，厚重而猛烈。银烛台被震得嗡嗡作响，一缕灰尘自顶而下，这灰尘可能已经在达夫纳宫的屋顶上静静地待了上千年。它们落到烛苗里，激出一片火星。这震动是一枚一千二百磅的花岗石质炮弹击中城墙时发出的，每次间隔三小时，这是奥斯曼帝国的乌尔班巨炮装填一次所需的时间。巨弹击中的是世界上最坚固的城墙，由狄奥多西二世建于公元5世纪，之后不断扩展加固，它是拜占庭人在强敌面前的主要依靠。但现在，巨弹每次都能把城墙击开一个大缺口，像被一个无形的巨人啃了一口。皇帝能想象出那幕场景：空中的碎石块还没落下，士兵和市民就向缺口一拥而上，像漫天尘土中一群英勇的蚂蚁。他们用各种东西填堵缺口，有从城内建筑上拆下的砖瓦木块，有装满沙土的亚麻布袋，还有昂贵的阿拉伯挂毯……他甚至能想象出浸透了夕阳金辉的漫天飞尘如何缓慢地飘向城内，像一块轻轻盖向君士坦丁堡的金色裹尸布。

在城市被围攻的五个星期里，这震撼每天出现七次，间隔的时间均等，像一座顶天立地的巨钟在报时——这是另一个世界的时间，异教徒的时间；与之相比，墙角那座标志基督教世界时间的双头鹰铜钟的钟声听起来格外软弱无力。

震动平息下去好一会儿，君士坦丁才艰难地把思绪拉回现实，示意门前的侍卫让门外等着的人进来。

大臣法扎兰领着一名瘦弱的女子悄然走进门。

“陛下，她就是狄奥伦娜。”大臣指指身后的女子说，然后示意躲在他身后的女子走到前面来。

皇帝一眼就看出了女子的身份。拜占庭上层贵族和下层平民的服饰风格差别很大，通常贵族女服上缀满华丽的饰品，平民女子却只是以白色的宽大长衫与连袖外套把自己裹得严严实实，而狄奥伦娜的穿着却是上层的奢华与平民的保守并存：她里面穿着连袖白衫，外面却套着一件华贵的“帕拉”斗篷，这种斗篷本应披在金线刺绣的“丘尼卡”外面；同时，她不敢用象征贵族上层的紫色和红色，那件“帕拉”是黄色的。她的面庞有一种淫荡的妩媚，让人想起宁可美艳地腐烂也不悄然枯萎的花朵——一个妓女，混得还不算坏的那种。她双目低垂，浑身颤抖，但君士坦丁注意到，她的眼睛像得了热病似的发着光，透出一种她那个阶层的人很少见的兴奋与期待。

“你有魔法？”皇帝问狄奥伦娜，他只想快些把这件事了结。法扎兰是一个稳重踏实的人，现在守城的这八千多名士兵，除去不多的常备军和热那亚的两千雇佣兵，很大一部分都是在这位能干的大臣监督下一点一点从十万市民中紧急征召的。对眼前这事皇帝兴趣不大，只是出于对这位大臣面子的考虑。

“是的，皇上，我能杀了苏丹。”狄奥伦娜屈膝回答，发颤的声音细若游丝。

五天前，狄奥伦娜在大皇宫门前要求面见皇帝，面对阻拦的卫兵，她突然从胸前掏出一个东西高高举起，卫兵们被那东西镇住了，他们不知道那是什么、从何而来，但肯定那不是寻常之物。狄奥伦娜没有见到皇帝，她被抓起来交给治安官，被拷问那东西是从哪里偷来的，她招供了，他们证实了，然后，她就被送到了法扎兰大臣那里。

法扎兰打开手中的一个亚麻布包着的东西，把它小心翼翼地放到皇帝的书案上，君士坦丁十一世的目光立刻变得与五天前那些第一次看到这东西的士兵一样——与他们不同的是，他知道这是什么。这是一只纯金的圣杯，上面镶满了宝石，金光中透着晶莹，摄人心魄。圣杯是九百一十六年前查士丁尼大帝时代铸造的，一共两只，除了宝石的形状及分布特征外几乎完全相同，其中一只由历任皇帝保存至今，另一只在公元537年圣索菲亚大教堂重建时，同其他圣物一起放入教堂地基深处一个完全封闭的小密室中。眼前这个显然是后者，因为前一只已经烙上了时间的印痕，变得有些黯淡——当然是与眼前这只对比才能看出来，这只圣杯看上去仿佛昨天才铸出来一般崭新。

本来没有人相信狄奥伦娜的话，人们都认为这是她从自己的某个富豪主顾那里偷来的东西，因为虽然很多人知道大教堂下面有密室，但知道精确位置的人很少；而且地基深处的巨大岩石间没有门，甚至连通向密室的通道都没有，不动大工程根本不可能进入。四天前，皇帝考虑到城市的危局，命令将所有的珍贵文卷和圣物打包，以便紧急时刻能迅速转移，尽管他心里清楚陆路海路都被截断，一旦破城，其实也无处可去。三十个工人花了整整三天的时间才进入密室，他们发现围成密室的石块几乎跟胡夫金字塔上的一样大。圣物都存放在密室中一口厚重的石棺中，石棺用纵横十二道粗铁箍封死，打开石棺又花了大半天时间。当所有的铁箍都被锯断，五个工人在周围重兵监视下吃力地移开沉重的石盖时，首先吸住众人目光的不是那已封存千年的圣物和珍宝，而是放在最上面的一串还半新鲜的葡萄！狄奥伦娜说，葡萄是她五天前放进去的，而且正如她所说，吃了一半，串上还剩七粒果实。对照镶在棺盖上的一块铜板上刻着的圣物清单，卫兵检查完所有的圣物后，确定少了一只圣杯。如果不是从狄奥伦娜那里找到了圣杯并得到了她的证词，即使在场所有人都证明之前密室和石棺完好无损，也会有人难逃一死。

“你是怎么把它拿出来的？”皇帝指着圣杯问。

狄奥伦娜颤抖得更厉害了，显然，即使她真有魔法，在这里也没有安全感。她惊恐地望着皇帝，好半天才回答：“那些地方，对我来说……对我来说都是……”她吃力地选择着词汇，“都是打开的。”

“那你能在这里做给我看吗，不打开封闭的容器拿出里面的东西？”

狄奥伦娜惊恐地摇摇头，说不出话来，只是求助似的望着大臣。

法扎兰替她回答：“她说只有到某个地方才能施魔法，她不能说出那个地方，别人也不能跟踪她，否则魔法就会失效，永远失效。”

狄奥伦娜转向皇帝连连点头。

皇帝哼了一声，“像她这样的，在欧洲早被烧死了。”

狄奥伦娜一下子瘫坐在地上，本来已经很瘦小的身躯缩成一团，看上去像一个小孩。

“你会杀人吗？”皇帝转向狄奥伦娜问。

狄奥伦娜只是坐在地上不住颤抖，在大臣的催促下，她才点了点头。

“那好，”君士坦丁对法扎兰说，“先试试吧。”

法扎兰领着狄奥伦娜沿一道长长的阶梯向下走去，每隔一段路就有一支插在墙上的火把，在黑暗中照出小块小块的光晕，每支火把下都有一至两名全副武装的士兵，他们的盔甲反射着火光，在暗处的墙上投下跃动的光纹。

两人最后来到一间阴暗的地堡，寒冷让狄奥伦娜裹紧了斗篷。这里曾是皇宫夏季存放冰块的地方，现在地堡里没有冰块，在角落的一支火把下，蹲伏着一个人。他是战俘，从残破的装束看，是奥斯曼帝国的主力安那托利亚军队的一名军官。他很强壮，火光中狼一般地盯着来人。法扎兰和狄奥伦娜在紧锁的铁栏门前停下。

大臣指指里面的战俘，“看见了？”

狄奥伦娜点点头。

法扎兰把一个羊皮袋递给她，向上指指，“现在走吧，天亮前把他的人头拿给我。”

狄奥伦娜从羊皮袋中摸出一把土耳其弯刀，像一轮在黑暗中发着冷光的残月。她把刀递还给大臣，“大人，我不需要这个。”然后她用斗篷前领半遮住脸，转身沿阶梯向上走去，步伐悄无声息。在两排火把形成的光晕和黑暗中，她仿佛在交替变换外形，时而像人，时而像猫，直到渐渐消失在黑暗中。

法扎兰目送狄奥伦娜离去，直到她在视野中完全消失，才对身边一名禁卫军官说："这里要严加守卫。他，"他指指里面的战俘，"一刻也不能放松监视！"

军官离开后，法扎兰挥挥手，一个人从暗影中走出来，他身披修士的深色披风，刚才恰与黑暗融为一体。

"离远点儿，就是跟丢了也没关系，但绝不能让她察觉。"法扎兰低声嘱咐道，跟踪者点点头，同样无声无息地悄然离去。

像战役开始后的每个夜晚一样，君士坦丁十一世这一夜也没有睡好。敌人的巨炮打击城墙的震动每次都惊醒他，再次入眠时，下一次震动又快到了。天还没亮，他就披衣起身来到书房，却发现法扎兰已经在那里等着了。那个女巫的事他几乎已忘到脑后，与父亲曼努埃尔二世和哥哥约翰八世不同，他更现实一些，知道把一切托付给奇迹的人最终大多死无葬身之地。

法扎兰向门口挥挥手，狄奥伦娜无声地走了进来。她看上去与第一次来时变化不大，仍处于惊恐和颤抖之中，手中提着一个羊皮袋。皇帝一看袋子就知道自己在这事上浪费了时间，那袋子瘪瘪的，也没有血迹渗出，显然里面没装着人头。但法扎兰的脸上显然不是一个失败者的表情，他的目光有些恍惚，像在梦游。

"她没拿到应该拿的东西吧？"皇帝说。

法扎兰从狄奥伦娜手中拿过羊皮袋放到书案上，打开来，两眼直勾勾地盯着皇帝，像看到幽灵似的，“陛下，几乎拿到了。”

皇帝向袋中看去，只见里面装着一块灰色的东西，软软的，像陈年的羊脂。法扎兰把烛台移过来，皇帝看清并认出了那东西。

“大脑，那个安那托利亚人的。”

“她切开了他的脑壳？”君士坦丁扫了一眼身后的狄奥伦娜，她站在那里裹紧斗篷瑟瑟发抖，目光像一只惊恐的老鼠。

“不，陛下，安那托利亚人死后头部完好无损，全身各处也都完好。我派了二十个人监视他，每次五个轮班，从不同的角度死死盯着他。地窖的守卫也极严，一只蚊子都飞不进去……”法扎兰说着停了下来，好像被自己下面的回忆震惊了，皇帝示意他继续，“她走后不到两个小时，安那托利亚人突然全身抽搐，两眼翻白，然后就直挺挺倒地死了。在场的监视者中有一名经验丰富的希腊医生，还有打了一辈子仗的老兵，他们都说从来没见过人有这种死相。又过了一个多小时她回来了，拿着这个东西，这时医生才想起切开死者的头颅，一看里面没有大脑，是空的。”

君士坦丁再次仔细观察袋中的大脑，发现它十分完整，没有什么破裂和损伤。这是人体最脆弱的部分，如此完好一定是被很小心地摘下来的。皇帝看看狄奥伦娜露在斗篷外的一只手，手指修长纤细，他想象着这双手摘取大脑时的情景，小心翼翼地，像从草丛里摘一朵蘑菇，从枝头上摘一朵小花……

皇帝把目光从袋子里的大脑上移开，抬头向斜上方的墙壁望去，仿佛透过墙壁看到了某个巨大的东西正在天边冉冉升起。巨炮轰击的震动又出现了，第一次，他没有觉察到。

如果有神迹，现在是显现的时候了。

君士坦丁堡几乎处于绝境，但并没有完全绝望。五个多星期的血战，敌人同样遭到重创，在某些地方，土耳其人的尸体堆得与城垛一样高，他们也已经疲惫不堪。几天前，一支英勇的热那亚船队冲破敌人对海峡的封锁，进入金角湾，送来了宝贵的援兵和给养，人们也都相信这是西欧大规模增援的前锋。奥斯曼帝国阵营中弥漫着一股厌战的情绪，大部分将领都主张答应拜占庭帝国提出的最后条件而撤兵。奥斯曼帝国的败退之所以还没有成为现实，只因为有那个人。

那个人，那个精通拉丁文、博览艺术科学、学识渊博的人；那个明知自己稳继王位，仅仅为了去除隐患就把亲生弟弟溺死在浴盆中的人；那个为了表明自己不好色而把一位美丽女奴在全军面前斩首的人……那个人是庞大凶猛的奥斯曼帝国战车的轮轴，那根轴一断，战车将轰然倒地。

也许，神迹真的出现了。

“你为什么要求承担这个使命？”皇帝问，眼睛仍看着斜上方。

“我要当圣女。”狄奥伦娜很快回答，显然她早就等着这句问话了。

君士坦丁微微点头。这个理由比较可信，钱或财富现在对她来说不算什么，全世界的金币她都可探囊取物，但妓女是距圣女最远的女人，这个荣誉对她们是有吸引力的。

“你是十字军的后代？”

“是，皇上，我的先祖参加过最后一次东征。”稍顿，狄奥伦娜又小心地补上一句，“不是第四次[1]。”

皇帝把手放到狄奥伦娜的头上，她软软地跪了下来。

“去吧，孩子，杀了穆罕默德二世，你将拯救圣城，你会成为圣女，被

①1204年，十字军在第四次东征中曾占领并洗劫君士坦丁堡。

万人敬仰。”

黄昏时，法扎兰领着狄奥伦娜登上了圣罗马努斯门处的城墙。放眼望去，战场尽收眼底。近处，在已被血浸成褐黑色的沙地上，尸横遍野，仿佛刚刚下了一场死人雨；稍远处，刚刚齐射的臼炮发出的大片白色硝烟正飘过战场，成为这里唯一轻灵的东西；再远处，在铅灰色的天幕下，奥斯曼军队的营帐一直散布到目力所及之处，如林的新月旗在潮湿的海风中猎猎飘扬；另一个方向的博斯普鲁斯海峡，奥斯曼帝国的战舰布满海面，远看像一片黑色的铁钉，把蓝色的海面钉死了，使其无法在风中起伏。

狄奥伦娜看着这一切，陶醉地闭上了双眼：这是我的战场了，这是我的战争了。小时候父亲无数次讲述的祖先的传奇又在她脑海中浮现：在欧洲普罗旺斯的一处农庄，有一天天降祥云，云中开来一支孩子的军队，在他们威武的盔甲上，十字发出红光，一个天使率领着他们，在他们的召唤下，先祖加入了。他们渡过地中海来到圣地，为上帝而战，先祖在圣战中成长为圣殿骑士，后来在君士坦丁堡遇到一位美丽的圣女骑士，他们坠入爱河，由此诞生了这个伟大的家族……

长大后，狄奥伦娜渐渐知道了些真相：故事的大框架倒基本没错，她的先祖确实加入了童子军，那时西欧黑死病刚过，田园一片荒芜，加入童子军只是为了混一口饭吃不至于饿死。不过，先祖从未参加过任何圣战，因为一下船他便和其他一万多个孩子都被钉上脚镣卖身为奴，多年后才侥幸逃脱，流浪到君士坦丁堡。在那里他也确实遇到了圣女骑士团中的一个比他大许多的女兵，只不过她的命运一点儿都不比他强。那一次，拜占庭人眼巴巴地盼着西欧的精兵来对付异教徒，不想来的却是一批像叫花子似的手无缚鸡之力的女孩子，他们一气之下中断了所有供给，结果圣女们纷纷沦为娼妓，其中的一位后来成了狄奥伦娜的祖奶奶……

一百多年来，狄奥伦娜这个光荣的家族其实从来食不果腹，到父亲这一代更是一贫如洗。饥饿使狄奥伦娜自作主张干起了祖奶奶那一行，父亲知道后痛揍了她一顿，说再发现她干这个就杀了她，除非……除非她把客人领到家里来，由他与对方议价、收钱。狄奥伦娜从此离开家，继续自己的风尘生涯，除了君士坦丁堡，她还到过耶路撒冷和特拉布宗，甚至还乘船到过威尼斯。她不再挨饿，也有好衣服穿，但她知道自己是一株倒在淤泥中的小草，在路人不断的践踏下，早已与淤泥混为一体了。

直到神迹出现，或者说她闯入了神迹。

对于二十多年前在欧洲战争中出现的那个圣女——贞德，狄奥伦娜不以为然，贞德不过是得到了一把自天而降的剑，但上帝赐给狄奥伦娜的东西却可以使她成为仅次于圣母玛利亚的女人。

“看，那就是法齐赫[1]的营帐。”法扎兰指着圣罗马努斯门正对的方向说。

狄奥伦娜只是朝那个方向扫了一眼，点了点头。

法扎兰又递给她一个羊皮袋，“这里面有三张他的画像，不同角度，穿不同的衣服。还有，刀子也要带着，这次不是要他的大脑，而是要他的整颗人头。最好晚上动手，白天大部分时间他不在那里。”

狄奥伦娜接过羊皮袋，“我也请大人记住我的话。”

“当然，这你放心。”

---

① 奥斯曼土耳其苏丹穆罕默德二世的绰号，意为“征服者”。

狄奥伦娜是指她的警告：不得跟踪她，更不能进入她去的地方，否则魔法将永远失效。

上次的跟踪者告诉法扎兰，狄奥伦娜离开地堡后他就远远地跟着，她很小心，七拐八拐，最后去了奥多修斯墙北部的布拉赫内区。大臣听后有些意外，那是敌人炮火最猛烈的区域，除了作战的军人，没人敢去那里。跟踪者最后看到目标走进了一座只剩半截的残塔，那塔以前是一座清真寺的一部分，君士坦丁下令拆除城内清真寺时这塔留下了，因为在前次腺鼠疫流行时，有几个病人进入塔内死在了里面，所以没人愿意靠近。开战后，不知在哪次炮击中塔被打塌了一半。听从大臣的指示，跟踪者没有进入塔内，但调查了以前曾进入其中的两名士兵，在塔被击毁之前，他们曾试图在上面设瞭望哨，发现高度不够后就放弃了。据他们说，那里面除了几具快变成白骨的尸体外，什么都没有。

这次法扎兰没有派跟踪者。他目送着狄奥伦娜，开始她走在城墙上的军人队列中，他们的盔甲覆满尘土和血污，她的“帕拉”斗篷在其中很显眼，但那些在连日的血战中疲惫不堪的士兵没人注意她。她很快走下城墙，再穿过第二道城墙的门，这一次她没有试图摆脱可能的跟踪，径直朝着上次去过的布拉赫内区方向走去，消失在刚刚降临的夜色中。

君士坦丁十一世看着地板上一片正在干涸的水渍，像是面对着消失的希望。水渍是刚刚离开的十二名海上勇士留下的。上个星期一，他们身着奥斯曼帝国的暗红色军服，头上缠着穆斯林头巾，驾驶着一艘小帆船穿过敌人严密的海上封锁，去迎接驰援的欧洲舰队并向他们通报敌情。但他们见到的只有空荡荡的爱琴海，传说中的西欧舰队连影子都没有。心灰意冷的勇士们仍履行了自己的职责，再次穿过海上封锁，向皇帝报告了这个噩耗。现在，君士坦丁终于确定，欧洲的增援只是一厢情愿的美梦，冷酷的基督教世界抛弃了拜占庭，真的要眼看着千年圣城落入异教徒之手了。

外面有不安的喧哗声，侍卫报告发生了月食。这是再明白不过的凶兆，因为在千年的风雨中有这样一句格言：只要明月照耀，君士坦丁堡就不会陷落。透过长窗，皇帝看着那变成一个黑洞的月亮，那是天上的坟墓。他已预感到，狄奥伦娜不会回来，他也得不到那颗人头了。

果然，一天一夜过去了，又是一个白天，狄奥伦娜没有消息。

法扎兰一行人策马来到布拉赫内区的那座塔前，一眼看到塔时，所有人都愣住了：在刚刚升起的月亮苍白的冷光下，塔完好无损，尖利的塔顶直指刚露出星星的夜空。带路的跟踪者发誓说上次来时塔确实少了一半，陪同大臣的还有在本区域作战的几名军官和士兵，他们也纷纷证实跟踪者的话。大臣冷冷地看了一眼跟踪者，不管有多少人证明，跟踪者肯定还是撒谎了，因为完整的尖塔是超越一切的铁证。但法扎兰现在没有心思去惩罚谁，城市的末日即将来临，他们所有人都难逃惩罚。同时，旁边一名士兵也有话隐瞒，他知道，这塔曾经消失的上半部分并非是被炮火摧毁的，两个星期前的一个夜晚，并没任何炮击，早晨塔尖就不见了，当时他还注意到塔周围的地面上没有一点儿碎砖石。这里的城墙是乌尔班巨炮重点轰击的地段，那巨大的石弹随时都会穿透城墙落到这里，有一次一下子就杀死了十几名士兵，那半截塔随时会被摧毁，所以再也没人到塔里去过。与他一同见证这事的其他两人都已阵亡，他不想再横生枝节，因为说出来也没人会信。

法扎兰一行进入塔的底层，看到那些死于鼠疫者的尸骨，已被野狗翻得乱七八糟散了一地，没有活人。他们接着沿着贴墙建的旋梯上到了二层，在火炬的光亮中，一眼就看到了蜷在窗下的狄奥伦娜，她显然睡着了，但双眸仍在半闭的眼皮间映射着火光。她的衣服破了，上面满是尘土，头发蓬乱，脸上有两三道很像是自己抓出的血痕。大臣打量了一下四周，这是塔的最上一层，呈一个锥形空间，空无一物。他注意到，这里到处积满厚厚的灰尘，一碰就会留下明显的痕迹，但周围的痕迹很少，似乎狄奥伦娜也同他们一样是第一次到这里来。她很快被惊醒了，两手乱抓着靠墙站起来，窗口透入的一束月光把她的一头乱发映成一团围绕着头部的银雾；她圆睁双眼，好半天才使意识回到现实，然后又突然半闭双眼陷入回忆状，似乎还在留恋刚刚走出的梦境。

“你在这里做什么?!”法扎兰厉声问。

“大人，我……我去不了那里！”

“哪里？”

狄奥伦娜仍半闭着双眼，执着地陶醉于自己的回忆，像一个孩子挣扎着不让大人把她从心爱的玩具旁拉开。“那里很大，很好，很舒服。这里……”她突然睁开双眼惊恐地环顾着周围，“这里像棺材一样窄，外面……也像棺材一样窄。我想去那里！”

“你的使命呢？”大臣问。

“大人，再等等，”狄奥伦娜拼命在面前画着十字，“再等等。”

法扎兰指指窗外，“现在还能等什么？”

阵阵声浪从外面传来，仔细听，这声浪分成截然不同的两部分。

一部分声浪来自城外。穆罕默德二世已经决定明天对君士坦丁堡发起总攻，这时，年轻的苏丹正策马走过奥斯曼军的所有营帐，他向将士们许诺：我只要君士坦丁堡本身，城市中的财富和女人都是你们的，破城后可以在城中自由洗劫三天。全军为苏丹的许诺而欢呼，此起彼伏的欢呼声中还夹杂着军号和手鼓声，这声浪随着无数堆营火的烟雾和火星升上天空，变成一片浓重的杀气聚集在城市上空。

来自君士坦丁堡城内的声音则沉浑悲婉。全体市民在大主教的带领下举行了宗教游行。现在，所有人都会聚到圣索菲亚大教堂，参加最后一次安魂弥撒。这是基督教历史上从未有过，也不会再有的场景：在庄严的圣歌声中，在昏暗的烛光下，拜占庭皇帝和大主教、东正教徒、来自意大利的天主教徒、全副武装的城市守军、威尼斯和热那亚的商人以及水手，还有无数的市民，他们一起聚集在上帝面前，准备用生命迎接最后的血战。

法扎兰知道这件事不能再继续下去了，也许狄奥伦娜只是一个高明的骗子，她根本没有魔法，这是比较好的结果。但同时他还面临着一个巨大的危险：她真有魔法，而且已经到过敌方，领受奥斯曼人的使命后又回来了。毕竟奄奄一息的拜占庭给不了她什么，甚至那个圣女的荣誉都很难兑现——东正教和天主教教会都很难接受让一个妓女和女巫成为圣女。她这次返回的目标，可能是皇帝甚至他自己。乌尔班[①]已是前车之鉴。

大臣向跟踪者示意，后者拔出利剑刺向狄奥伦娜，剑锋刺穿她柔软

①乌尔班，匈牙利工程师，曾到君士坦丁堡建造巨炮，但财政空虚的拜占庭当局连他微薄的工资都无法支付，他便投奔穆罕默德二世，为奥斯曼建造了一种巨型大炮，长逾八米，直径约七十五厘米，可发射半吨重的炮弹到一英里远的地方，史称“乌尔班大炮”，在对君士坦丁堡的攻城战中发挥了巨大的威力，是唯一能摧毁该城市坚固城墙的武器。

的胸脯，又刺进她身后的砖缝里。跟踪者想把剑拔出来，没拔动，狄奥伦娜的手也握到剑柄上，他不想碰那双手，便松开剑柄，随法扎兰一行匆匆离去。整个过程中狄奥伦娜没有发出任何声音，她的头慢慢垂了下来。那团银雾离开月光没入黑暗。塔内完全黑了下来，在那束惨白月光照在地上的一小块光亮处，血像一条细细的黑蛇蜿蜒爬过。

法扎兰走出塔门时，城里和城外的声音都消失了，大战前的寂静笼罩着欧亚交界的大地和海洋，东罗马帝国迎来了最后一个黎明。

在塔的二层，被剑钉在墙上的女魔法师死了，她可能是人类历史上唯一真正的魔法师。而在这之前约十小时，短暂的魔法时代也结束了。魔法时代开始于公元1453年5月3日16时，那时高维碎块首次接触地球；结束于1453年5月28日21时，这时碎块完全离开地球；历时二十五天五小时。之后，这个世界又回到了正常的轨道上。

29日傍晚，君士坦丁堡陷落了。

在一天的惨烈血战接近尾声时，君士坦丁十一世面对着蜂拥而来的奥斯曼军队，高喊一声："难道就没有一个基督徒来砍下我的头吗?!"然后皇帝掀下紫袍，拔剑冲入敌阵，他那银色的盔甲像扔进暗红色镪水的一小片锡箔，转瞬间无影无踪……

君士坦丁堡陷落的历史意义许久之后才显现出来，事情发生时人们首先想到的就是罗马帝国终于完全消失了。拜占庭是古罗马拖在身后的长达千年的车辙，虽也有过辉煌，但还是终于像烈日下的水渍一样蒸发了。当年，古罗马人在宏伟华丽的浴宫中吹着口哨，认为帝国就像身下的浴池一样，建在整块花岗岩上，将永世延续。

现在人们知道，没有不散的筵席，一切都有个尽头。

危机纪元元年

生命选项

杨冬想救自己，但她知道希望渺茫。

她站在控制中心顶层的阳台上，俯瞰着已经停止运行的加速器。加速器的周长有二十千米，从这个高度刚刚能看全。它没有按惯例建在地下的隧洞里，而是置于地面的混凝土管道中，看上去如同夕阳中一个巨大的句号。

是什么的句号？但愿只是物理学的。

以前，杨冬有一个基本信念：生活和世界也许是丑陋的，但在微观和宏观的尽头却是和谐完美的，日常世界只是浮在这完美海洋上的泡沫。现在看来，日常世界反而成了美丽的外表，它所包容的微观和包容它的宏观可能更加混乱和丑陋。

这太可怕。

其实不想这些就是了，没有物理学她是能活下去的，她可以选择一个与理论物理无关的行业，结婚生子，像每个女人那样平静地过完一生。当然，对她来说，这也只有半条命了。

另一件事是关于母亲。杨冬有一次意外地发现，母亲电脑中收到的信息有极高的加密级别，这引起了她很强的好奇心。但解密后的信息没有放进文件粉碎机，只是删除。同所有上年纪的人一样，母亲对电脑和网络都不熟悉，不知道即使把硬盘格式化，上面的信息也可轻松恢复。杨冬做了有生以来第一件背着妈妈的事：把部分删除的信息恢复了。信息量很大，她读了好几天，知道了母亲和三体世界的秘密。

杨冬几乎被震惊所击倒，相依为命的妈妈原来是另一个人，而且是她之前甚至不敢相信这世界上可能存在的那种人。她不敢去问母亲，永远不敢，因为一问，母亲就真的永远变成另一个人了。让母亲保留自己的秘密，杨冬则假装妈妈仍是原来的妈妈，生活也能继续下去。当然，这生活对杨冬来说，也只剩半条命了。

用半条命生活其实也没什么，据她观察，周围的人相当一部分都是生活在半条命之中，只要善于忘却和适应，半条命也可以活得很平静，甚至很幸福。

但这两件事加起来，就是一条命了。

杨冬扶着阳台的栏杆，看着楼下的深渊，恐惧伴随着诱惑。她感觉承受着自身重量的栏杆突然摇晃了 下，立刻触电似的后退了一步。她不敢在这里再待下去，就返身走进了终端大厅。

这里分布着巨型机的终端，这台主机没与加速器连接，只用于结果的离线处理。几天前已经全部关闭的终端现在又有几台亮着，这让杨冬有一丝宽慰，但她知道，现在这里与加速器已经没有关系，主机已经被其他的项目占用。大厅中只有一个年轻人，见到杨冬后站了起来，他戴着一副宽边眼镜，镜框是鲜艳的绿色，显得很特别。杨冬说她只是来取留在这里的一点东西。知道她是谁后，绿眼镜热情起来，向她介绍巨型机上正在运行的项目。

这是一个地球演化数学模型，用以模拟地球表面形态在过去和未来的演化。与以前类似的项目不同，这个模型综合了生物、地质、大气、海洋和天文等多种因素。绿眼镜还打开了几块大屏幕让杨冬看，她看到上面显示着与以前的数据表和曲线完全不同的东西，都是色彩鲜活的图形，好像是从高空俯瞰的大陆和海洋。绿眼镜灵活地拖动鼠标，演示把图形中的几部分拉近，细化成一片树林或一条河流。杨冬感到大自然的气息正在渗透到这曾经被抽象数据和理论完全占据的地方，这感觉竟使她有一种从幽闭中走出的解脱。

听完绿眼镜的介绍，杨冬拿了自己的东西，礼貌地告别准备离去。当她转身向大门走去时，感觉到绿眼镜仍在注视着自己。她已经习惯了男人的这种目光，并不反感，而是有一种冬天阳光照到身上的舒适。她突然有了和人交流的愿望，就停下转身面对绿眼镜。

“你相信有上帝吗？”

这话一出口，杨冬自己都感到吃惊，但想到这里正在运行的模型，这个问题倒也不算太突兀，她才多少释然了一些。

绿眼镜也被这个问题震住了，张口愣了好半天，才小心翼翼地问：“什么样的上帝？”

“就是上帝。”杨冬简单地说，那种压倒一切的疲惫感又出现了，她没有精神再多解释什么。

“我不信。”

“可是，”杨冬指指大屏幕上的大陆和海洋，“生命能存在的环境，各种物理参数都是很苛刻的，比如液态水，只存在于一个很窄的温度范围内；从宇宙学角度看更是这样，如果大爆炸的参数偏离亿亿分之一，就不会有重元素出现，也不会有生命了。这不是表现出明显的智慧设计迹象吗？”

绿眼镜摇摇头，“大爆炸我不懂，但你说的地球生命环境，根本就不是那么回事。地球产生了生命，生命也在改变地球，现在的地球环境，其实是两者互相作用的结果。”绿眼镜想了想，抓过鼠标，“我们来模拟一个看看。”他从一块大屏幕上调出一个设定界面，那是一大堆令人头晕目眩的参数窗口，但他把最上面一个选择框中的钩去掉，所有的窗口都变虚了，“我们把生命选项去掉，看看地球在没有生命的状态下演化到现在是什么样子，只能粗线条过一下，要不太费时间了。”

杨冬从一个控制终端上看到主机开始全功率运行，巨型机都是电老虎，这时的耗电量相当于一个小县城，但她没有阻止绿眼镜。

大屏幕上出现了一颗刚刚形成的行星，表面处于红热状态，像一块刚从炉中取出的炭。时间以地质纪年流逝，行星渐渐冷却，表面的色彩和纹路在连续地缓慢变化，看上去有一种催眠作用。几分钟后，屏幕上出现了一颗橙黄色的行星，提示模拟进程完成。

“这是最粗略的运算，精确模拟要花一个月时间。”绿眼镜说，同时移动鼠标，从太空向行星表面俯冲下去。视野掠过广阔的沙漠，飞过一群形状怪异的山峰，那些山像一根根巨大的柱子；接着，又飞过深不见底的大裂谷和一个像是陨石坑的圆盆地。

“这是哪儿？”杨冬迷惑地问。

“地球啊。如果没有生命，地球演化到现在，表面就是这个样子。”

“可是……海洋呢？”

“没有海洋，没有河流，全是干的。”

“你是说，如果没有生命，地球上连液态水都没有了？”

“真实情况可能比这还惊人。这当然只是粗略的模拟，但至少让你看到了生命对地球现在形态的影响有多大。”

“可……”

“你是不是以为，生命只是地球表面一层薄薄的、软软的、稀稀拉拉的、脆弱的东西？”

“不是吗？”

“那你忽略了时间的力量。一队蚂蚁不停搬运米粒大小的石块，给它们十亿年，就能把泰山搬走。只要把时间拉得足够长，生命比岩石和金属都强壮得多，比飓风和火山更有力。”

“可造山运动主要还是地质力量在起作用吧。”

“不一定。生命也许不能造山，但能改变山脉的分布，比如有三座大山，植物在其中两座上生长，没有植物的那座山就会很快被风化夷平。这里说的‘很快’是一千万年左右，在地质上真的不长。”

“那海洋是怎么消失的？”

“这得看模拟过程的记录，太麻烦，不过可以猜。植物、动物和细菌，都对形成现在这样的大气层产生过重要作用，如果没有生命，现在的大气成分会有很大不同，可能已经无法阻拦紫外线和太阳风，海洋会蒸发，地球大气先是变成金星那样的蒸笼，水汽从大气层顶部向太空蒸发，几十亿年下来，地球就成干的了。”

杨冬不再说话，默默地看着那个干涸的黄色世界。

“所以，现在的地球，是生命为自己建的家园，与上帝没什么关系。”绿眼镜对着大屏幕做出拥抱的姿势，显然对自己刚才的口才发挥很满意。

以杨冬现在的精神状态，她本来根本没有心思谈这些和看这些，但就在绿眼镜去掉数学模型中的生命选项时，她的思想突然有了震撼的一闪念，现在，她终于问出了那个可怕的问题：

“那宇宙呢？”

“宇宙？宇宙怎么了？”正在关闭模拟进程的绿眼镜不解地问。

“如果有一个像这样的数学模型来模拟整个宇宙，像刚才那样，在开始运行时把生命选项去掉，那结果中的宇宙看起来是什么样子？”

“当然还是现在这样子了，如果结果正确的话。我刚才说的生命对世界的改变仅限于地球，宇宙嘛，生命就是有也极稀少，对演化过程的影响可以忽略不计。”

杨冬想说什么但终于没说出来，于是再次同绿眼镜告别，并努力向他露出一个感激的微笑。她来到大楼外面，仰望初现的星空。

从妈妈电脑上的那些信息中可知，宇宙中的生命并不稀少，宇宙是很拥挤的。

那么，宇宙现在已经被生命改变了多少，这种改变已到了什么层次和深度？

后一个问题尤其令杨冬恐惧。

她知道已经救不了自己，就停止了思考，努力把思想变成黑色的虚空，但仍有一个最后的问题顽固地留在潜意识中：

大自然真是自然的吗？

危机纪元4年

云天明

今天张医生来病房查诊，离开时顺便把一份报纸丢给云天明，说他住院时间也不短了，应该知道一些外面的事。云天明有些奇怪，因为病房里有电视，他隐约感到，张医生这么做可能有其他目的。

云天明从报纸上得到的第一印象是：与他住院前相比，三体和ETO（地球三体组织）的新闻不是那么铺天盖地了，终于有了一定比例的与危机无关的东西。人类随遇而安的本性正在显现，四个世纪后的事情正在渐渐让位于现世的生活。这不奇怪，他想了想四个世纪前是什么时候，中国是明朝，好像努尔哈赤刚建立后金；西方中世纪的黑暗刚结束；蒸汽机还要等一百多年才出现，人们想用电还要等两百多年。那时如果有人为四百年后的事操心，就如同替古人担忧一样可笑。

至于他自己，照目前病情的发展，明年的事都不用操心了。

一条新闻引起了他的注意，在头版，虽不是头条，也比较醒目：

第三届人大常委会特别会议通过《安乐死法》

这有些奇怪，人大常委会特别会议是为与三体危机有关的立法召开的，而这个《安乐死法》好像与危机没什么关系。

张医生想让自己看到这条消息？

一阵剧烈的咳嗽使他放下了报纸，开始艰难的睡眠。

第二天的电视新闻中，有一些关于《安乐死法》的报道和访谈，但没有引起太大关注，人们的反应也都很平淡。

这天夜里，咳嗽和呼吸困难，以及化疗带来的恶心和虚弱，都使云天明难以入睡。邻床的老李借着帮他拿氧气管的机会坐到他的床沿，确定另外两位病友都睡着后，低声对云天明说："小云啊，我打算提前走了。"

"出院？"

"不，安乐。"

以后，人们提到这事，都把最后一个字省略了。

"你怎么想到这一步？儿女都挺孝顺的……"云天明坐直身子说。

"正因为这样子，我才这么打算，再拖下去，他们就该卖房了，最后也还是没治，对儿女孙子，我总得有点儿责任心。"

老李好像发现对云天明说这事也不合适，就暗暗在他胳膊上捏了一下，离开上了自己的床。

看着路灯投在窗帘上摇曳的树影，云天明渐渐睡着了。生病后第一次，他做了一个平静的梦，梦中自己坐在一艘没有桨的小船上，小船是白纸叠成的，浮在宁静的水面，天空是一片迷蒙的暗灰色，下着凉丝丝的小雨，但雨滴似乎没有落到水上，水面如镜子般没有一丝波纹，水面在各个方向都融入这灰色中，看不到岸，也看不到水天连线……凌晨醒来后回忆梦境，云天明很奇怪，自己在梦中是那么确定，那里会永远下着毛毛雨，那里的水面永远没有一丝波纹，那里的天空永远是一样的暗灰色。

老李的安乐要进行了。新闻稿中“进行”这个词是经过反复斟酌的，“执行”显然不对，“实施”听着也不太对，“完成”就意味着人必死无疑，但对具体的安乐程序而言，也不太准确。

张医生找到云天明，问如果他身体情况还行，能否参加一下老李的安乐仪式。张医生赶紧解释说：这是本市的第一例安乐，有各方面的代表参加，这中间有病人代表也是很自然的，没别的意思。云天明总感觉这个要求多少有些别的意思，但张医生一直对自己很照顾，他就答应了下来。之后，他突然觉得张医生有些面熟，对他的名字也有些印象，但一时又想不起来。以前之所以没有这种感觉，是因为他们之间的交流仅限于病情和治疗，医生在看病时和其他时间说话的样子是不太一样的。

老李安乐时他的亲人一个也不在场，他瞒着他们，只等事情完了后再由市民政局（不是医院）通知，这在安乐死法律上是允许的。来采访的新闻媒体不少，但记者们大多被挡在外面。安乐是在医院的一间急救室进行的，这里有一面单向透视的落地玻璃屏，相关人员可以站在玻璃屏的外面，病人看不到。

云天明进来后，挤过各方面的人士站到玻璃屏前，当他第一眼看到安乐室的样子时，一阵恐惧和恶心混杂着涌上来，差点让他呕吐。院方的本意是好的，为了人性化一些，他们把急救室装饰了一番，换上了漂亮的窗帘，摆上了鲜花，甚至还在墙上贴了许多粉红色的心形图案。但这样做的效果适得其反，像把墓室装饰成新房，在死的恐怖中又增加了怪异。

老李躺在正中的一张床上，看上去很平静，云天明想到他们还没有告别过，心里越来越沉重。两个法律公证人在里面完成了公证程序，老李在公证书上签了字。公证人出来后，又有一个人进去为他讲解最后的操作程序。这人身着白大褂，不知是不是医生。他首先指着床前的一块大屏幕，问老李是否能看清上面显示的字，老李说可以后，他又让老李试试是否能用右手移动床边的鼠标点击屏幕上的按钮，并特别说明，如果不方便，还有别的方式，老李试了试也可以。这时云天明想到，老李曾告诉过他，自己从没用过电脑，取钱只能到银行排队，那么这是他有生以来第一次用鼠标了。穿白大褂的人接着告诉老李，屏幕上将显示一个问题，并重复显示五次，问题下面从0到5有六个按钮，如果每一次老李做肯定的回答，就按照提示按动一个按钮，提示的数字是1到5中随机的一个——之所以这样做，而没有用“是”或“否”按钮，是为了防止病人在无意识状态下反复按动同一个按钮。如果否定，则都是按0，这种情况下安乐程序将立刻中止。一名护士进去，把一个针头插到老李左臂上，针头通过一个软管与一台笔记本电脑大小的自动注射机相连。先前那名指导者掏出一个东西，打开层层密封，是一支小玻璃管，里面有淡黄色的液体，他小心地把那个玻璃管装到注射机上，然后和护士一起走出来。安乐室里只剩老李一人了。安乐程序正式开始，屏幕显示问题，同时由一个柔美的女声读出来：

你要结束自己的生命吗？是，请按“3”；否，请按“0”。

老李按了“3”。

你要结束自己的生命吗？是，请按“5”；否，请按“0”。

老李按了“5”。

然后问题又显示了两次，肯定键分别是“1”和“2”，老李都按了。

你要结束自己的生命吗？这是最后一次提示。是，请按“4”；否，请按“0”。

一瞬间，一股悲哀的巨浪冲上云天明的脑际，几乎令他昏厥，母亲去世时他都没有感觉到这种极度的悲怆。他想大喊让老李按“0”，想砸玻璃，想杀了那个声音柔美的女人。

但老李按了“4”。

注射机无声地启动了，云天明可以清楚地看到玻璃管中那段淡黄色液体很快变短，最后消失。这个过程中，老李没有动一下，闭着双眼像安详地入睡了一样。

周围的人很快散去，云天明仍一动不动地扶着玻璃站在那里，他并没有看那具已经没有生命的躯体，他眼睛睁着，但哪儿都没看。

“没有一点痛苦。”张医生的声音轻轻响起，像飞到耳边的蚊子，同时他感觉到一只手扶上了左肩，“注射药物由大剂量巴比妥、肌肉松弛剂和高浓度氯化钾组成，巴比妥先起作用，使病人处于镇静深睡状态；肌肉松弛剂使病人停止呼吸；氯化钾使心脏过速停搏，也就是二三十秒的事。”

张医生的手在云天明肩上放了一小会儿后拿开了，接着听到了他离去时放轻的脚步声。云天明没有回头，但回想着张医生的长相，突然记起了他是谁。

“张大夫，”云天明轻轻叫了一声，脚步声停止了，他仍没有回头，“你认识我姐姐吧？”

好长时间才有回答：“哦，是，高中同学，小时候我还见过你两次呢。”

云天明机械地走出医院的主楼。现在他明白了，张医生在为姐姐办事，姐姐想让他死，哦，想让他安乐。

云天明常常回忆儿时与姐姐一起玩耍的快乐时光，但长大后姐弟间渐渐疏远了。他们之间并没有什么冲突，谁也没有做过伤害对方的事，但仍不可避免地疏远了，都感觉对方是与自己完全不同的两种人，都感觉对方鄙视自己。姐姐是个精明的人，但不聪明，找了个同样精明却不聪明的姐夫，结果日子过得灰头土脸，孩子都大了也买不起房子，婆家同样没地方住，一直倒插门住在父亲那里。至于云天明，孤僻离群，事业和生活上也并不比姐姐成功多少，一直一个人在外面住公司的宿舍，把身体不好的父亲全推给姐姐照顾。

他突然理解了姐姐的想法。自己病了以后，大病保险那点钱根本不够，而且这病越往后越花钱，父亲不断地把积蓄拿出来；可姐姐一家买房没钱父亲并没帮忙，这是明显的偏心眼。而现在对姐姐来说，花父亲的钱也就等于花她的钱了，况且这钱都花在没有希望的治疗上，如果他安乐了，姐姐的钱保住了，他也少受几天罪。

天空被灰云所笼罩，正是他那夜梦中的天空，对着这无际的灰色，云天明长长地出了一口气。

好，你让我死，我就死吧。

这时，云天明想起了卡夫卡的一篇小说，里面的主人公与父亲发生了口角，父亲随口骂道“你去死吧”，儿子立刻应声说“好，我去死”，就像说“好，我去倒垃圾”或“好，我去关门”一样轻快，然后儿子跑出家门，穿过马路，跑上一座大桥，跳下去死了。卡夫卡后来回忆说，他写到那里时有一种“射精般的快感”。现在云天明理解了卡夫卡，理解了那个戴着礼帽夹着公文包、一百多年前沉默地行走在布拉格昏暗的街道上、跟自己一样孤僻的男人。

回到病房，云天明发现有人在等他，是大学同学胡文。云天明在大学中没有朋友，胡文是与他走得最近的人——这倒不是因为他们之间存在友谊，胡文的性格与云天明正相反，是那种与谁都自来熟的人，交游广阔，云天明肯定是他交际圈最边缘的一个——毕业后他们再没有联系。胡文没带鲜花之类的，而是拿来一箱像饮料的东西。

简短的唏嘘之后，胡文突然问了一个让云天明有些吃惊的问题：“你还记得大一时的那次郊游吗？那是大伙第一次一起出去。”

云天明当然记得，那是程心第一次坐在他身边，第一次和他说话。事实上，如果程心在以后的大学四年里都不理他，他也未必敢主动找她说话。当时他一个人坐在那里看着密云水库宽阔的水面，程心过来坐下问他平时都喜欢些什么，然后他们攀谈起来，并不停地向水中扔小石子，谈的都是刚认识的同学最一般的话题，但云天明至今清晰地记得每一个字。后来，程心叠了一只小纸船放进水中，在微风的吹送下，那只雪白的纸船向远方慢慢驶去，最后变成一个小白点……那是他大学生活中最阳光明媚的一天。事实上那天天气并不好，下着蒙蒙细雨，水面上罩着雨纹，他们扔的小石子都湿漉漉的，但从那天起，云天明就爱上了小雨天，爱上了湿地的气息和湿漉漉的小石子，还常常叠一只小纸船放在自己的案头。

他突然想到，自己那一夜梦到的小雨中的彼岸世界，是否就来自那段回忆？

至于胡文说的后来的事，云天明倒是印象不深了，不过经他的提醒还是想了起来。后来，几个女孩子把程心叫走了，胡文则过来坐到旁边告诉云天明说，你不要得意，她对谁都挺好的。云天明当然知道这点。

但这话题没有继续下去，胡文吃惊地指着云天明手中的矿泉水瓶问他在喝什么。那瓶中的水成了绿色，里面还有许多乱七八糟的东西。云天明说，这是把野草揉碎了放进来，真正的大自然饮料。由于高兴，那天云天明的话特别多，他说如果将来有机会，一定会开一家公司生产这饮料，肯定畅销。胡文说天下还有比这更难喝的东西吗？云天明反问：酒好喝吗？烟好抽吗？即使是可口可乐，第一次尝也不好喝，让人上瘾的东西都是这样。

“老弟，那一次，你改变了我的一生！”胡文拍着云天明的肩膀激动起来，然后打开那个纸箱，取出一罐饮料，包装是纯绿色的，画着一片广阔的草原，商标是“绿色风暴”。胡文打开饮料，云天明尝了一口，一股带着清香的苦涩让他陶醉了，他闭起双眼，仿佛又回到了那细雨中的湖畔，程心又坐在身边……

“这是极端版的，一般市面上的都要加些甜味。”胡文说。

“这，卖得好吗？”

“很好，现在的问题是生产成本，别以为草便宜，没上规模前，它比苹果核桃什么的都贵。另外,草中有许多有害成分,加工过程也很复杂。不过前景很好,有许多大的投资方都有意向,汇源甚至想买下我的公司,去他妈的。”

云天明无言地看着胡文,一个由航天发动机专业毕业的生产饮料的企业家,他是行动者,是实干家,生活是属于他这样的人的。至于自己这样的,只能被生活所抛弃。

“老弟,我欠你的。”胡文说着,把三张信用卡和一张纸条塞到云天明手中,看看周围后在他耳边低声说,“里面有三百万,密码在这儿写着。”

“我没申请过专利。”云天明淡淡地说。

“但创意是你的,没有你就没有‘绿色风暴’。如果你同意,有这笔钱我们在法律上就两清了,但在情谊上可没两清,我永远欠你的。”

“在法律上你也没欠我的。”

“必须收下,你现在需要钱。”

云天明没有再推辞,收下了这笔对他来说堪称巨款的钱,但没有太多的兴奋,因为他清楚,现在钱已经救不了自己的命了。不过他还是抱着一线希望,胡文走后,他立刻去咨询,但没有找张医生,而是费了很大周折找到了副院长,国内著名的肿瘤专家,径直问他如果有足够的钱,自己的病有没有治好的希望。

在电脑上调出云天明的病历看过后,老医生轻轻摇摇头,告诉他癌细胞已经从肺部扩散到全身,已不能手术,只能做化疗和放疗这类保守治疗,不是钱的问题。

“年轻人,医治不死病,佛度有缘人。”

云天明的心彻底凉下来，也彻底平静了，当天下午他就递交了安乐死申请。申请交给他的主治张医生，后者似乎深陷在内疚中，不敢正视他的眼睛，只是说先把化疗停了吧，没必要受那个罪了。

现在剩下的唯一一件事，就是如何花那笔钱。按常理说应该给父亲，再由他分给该给的亲人，但那也就等于给姐姐了。云天明不想这样做，他已按她的心愿去死了，感觉已不欠她什么。

那就想想自己的梦想是什么。坐“伊丽莎白号”那样的豪华游艇环球航行很不错，这些钱应该够，但身体条件不允许，他可能也没那么多时间了。真是很遗憾，如果行，他本可以躺在阳光下的甲板上，看着大海回顾一生，或在某个细雨蒙蒙的日子登上某个陌生国度的海岸，坐在某个小湖边向布满雨纹的水面扔湿漉漉的石子……

又往程心那方面想了，这一阵子他想到她的时间越来越多。

晚上，云天明在电视中看到一则新闻：

在联合国本届行星防御理事会第12次会议上，第479号提案获得通过，群星计划正式启动，届时，将授权联合国开发计划署、自然资源委员会和教科文组织组成的群星计划委员会在全球实施该计划。

今天上午，群星计划中国网站正式开通，标志着该计划在国内的启动。据联合国开发计划署北京常驻代表处官员称，该计划在中国将面向企业和个人，但不接受社会团体的投拍……

云天明心里一动，披衣走出病房，对护士说想出去散散步，由于已到熄灯时间，护士没让他去。他回到已熄灯的病房，拉开窗帘打开窗，原来老李床上新来的病人不满地咕哝了几声。云天明抬头看去，城市的光雾使得夜空一片迷蒙，但他还是看到了夜幕上那些银色的亮点，他终于知道用那笔钱干什么了。

他要送给程心一颗星星。

《时间之外的往事》（节选）

群星计划——危机之初的幼稚症

在危机纪元头二十年里人类社会发生的一些事情，在之前和之后的人们看来都是很难理解的，历史学家把它称为危机幼稚症。人们一般认为，幼稚症是前所未有的对文明整体的威胁突然到来所致。对个体来说可能是这样，但对人类社会的整体，事情就可能没有这么简单。三体危机带来的文化冲击，其影响之深远也远超过人们当初的想象。如果为其寻找一个类比，在生物学上，相当于哺乳动物的远祖从海中爬上陆地；在宗教上，相当于亚当和夏娃被逐出伊甸园；而在历史和社会学上，根本找不到类比，人类文明所经历的一切与这一事件相比都微不足道。事实上，这一事件从根本上动摇了人类社会的文化、政治、宗教和经济的根基。这一冲击直达文明的最深层，其影响却很快浮上表面，与人类社会巨大的惯性相互作用，这可能是产生幼稚症的根本原因。

幼稚症的典型例子就是面壁计划和群星计划，都是当时国际社会通过联合国框架做出的，在其他历史时期的人们看来不可思议的举动。前者已改变了历史，其影响深入以后的整个文明史，将在另外的章节论述；后者则在出现不久便销声匿迹，很快被遗忘。

群星计划的动因主要有两个，一是危机初期试图提升联合国地位的努力，二是逃亡主义的出现和盛行。

三体危机的出现，使全人类第一次面对一个共同的敌人，对联合国的期望自然提高了。即使是保守派也认为，联合国应该进行彻底的改革并被赋予更高的权力和支配更多的资源，激进派和理想主义者则鼓吹成立地球联邦，联合国成为世界政府。中小国家更热衷于联合国地位的提升，危机在他们眼中是一个从大国获得技术和经济援助的机会；而大国则对此反应冷淡。事实上在危机出现后，大国都很快在太空防御的基础研究上进行了巨大的投入，一方面因为他们意识到，太空防御是未来国际政治的重要领域，在其中的作为将直接关系到国家实力和政治地位的基础；另一方面，这些大型基础研究是早就想做的，只是由于国计民生和国际政治的限制而一直做不了。现在，三体危机对于大国政治家们来说，就相当于当年的冷战对于肯尼迪，但这个机会比那次要大百倍。不过各大国都拒绝把这些努力纳入联合国的框架。由于国际社会日益高涨的世界大同热，他们不得不给联合国开出了许多空头的政治支票，但对其倡导的共同太空防御体系却投入很少。

在危机初期的联合国历史上，时任秘书长萨伊是一个关键人物。她认为创造联合国新纪元的机会已经到来，主张改变联合国的大国联席会议和国际论坛的性质，使其成为一个独立的政治实体，并拥有对太阳系防御体系建设的实质性领导权。联合国要实现这个目标，首先要有能自主支配的足够资源作为基础，这一点在当时几乎不可能实现。群星计划就是萨伊为此做出的努力之一，不管结果如何，这一举动充分显示了她的政治智慧和想象力。

群星计划的国际法基础是《太空法公约》，这并不是三体危机的产物，危机到来前，该条约就经历了漫长的起草和谈判过程，主要参考了《海洋法公约》和《南极条约》的框架。但危机到来前的《太空法公约》限定的范围是柯伊伯带之内的太阳系资源，由于三体危机的出现，不得不考虑外太空，但限于人类尚未登上火星的技术水平，在本条约到期前（五十年期限），太阳系外的资源毫无现实意义。各大国发现，这倒很适合作为给联合国的一张空头支票，就在条约上附加了一条有关太阳系之外的资源的条款，规定涉及柯伊伯带以外的自然资源（关于自然资源一词的含义，条约附件进行了冗长的定义，主要是指没有被人类之外的文明占据的资源，这个定义中也首次给出了“文明”一词的国际法定义）的开发和其他经济行为，必须在联合国框架内进行。历史上称这一条款为“危机附加款”。

群星计划的第二个动因是逃亡主义。当时逃亡主义初露端倪，其后果还没有显现，仍被视为人类面对危机的一个最终选择。在这种情况下，太阳系外恒星，特别是带有类地行星的恒星的价值便显现出来。

群星计划的最初提案，是提议由联合国主持拍卖太阳系外的部分恒星和其所带行星的所有权，拍卖对象是国家、企业、社会团体和个人，所得款项用于联合国对太阳系共同防御体系的基础研究。萨伊解释说：恒星的资源其实是极其丰富的，距太阳系100光年内的恒星就有三十多万颗，1000光年内有上千万颗，保守估计，这里面至少有十分之一的恒星带有行星。拍卖其中的一小部分，对未来的宇宙开发不会有什么影响。

当时这一奇特的提案引起了广泛的关注，PDC（行星防御理事会）各常任理事国发现，虽然有些不可思议，但在可预见的未来，通过这一提案对自己似乎并没有什么不利的后果；相反，如果否决它，在当时的政治环境下却肯定有麻烦。尽管如此，经过多次争论和妥协，还是把拍卖恒星的范围从柯伊伯带以外外推到了100光年以外，然后提案通过了。

群星计划一开始便结束了，原因很简单：恒星卖不出去。总共只卖出十七颗恒星，全是以底价卖出，联合国只赚到四千多万美元。买家全部没露面，舆论纷纷猜测他们花那么多钱买一张废纸干什么用，尽管这张纸具有坚实的法律效力。也许拥有另一个世界的感觉很酷，尽管它永远是可望而不可即的（有些用肉眼连望都望不到）。

萨伊并不认为计划是失败的，她称结果在预料之中，群星计划在本质上其实是联合国的一个政治宣言。

群星计划很快被遗忘，它的出现是危机之初人类社会非正常行为方式的一个典型例子。催生群星计划的那些因素，几乎是在同时，也催生了伟大的面壁计划。

按照网站上的地址，云天明给群星计划在国内的代办处打了电话，然后就给胡文打电话，请他了解一下程心的一些个人资料，比如通信地址、身份证号码等。他预想了胡文对这个要求可能会说的各种话，讥讽的、怜悯的、感叹的，但对方没说什么，只是在长长的沉默后发出一声轻轻的叹息。

“好的，她最近可能不在国内。”胡文说。

“别说是我打听的。”

“放心，我不是直接问她本人。”

第二天，云天明就收到了胡文的短信，上面有他要的程心的大部分个人资料，但没有工作单位。胡文说，去年程心从航天技术研究院调走后，谁都不知道她现在在哪里工作。云天明注意到，程心的通信地址有两个，一个在上海，一个在纽约。

下午，云天明向张医生请求外出，说有一件必须办的事，张医生坚持要陪他去，云天明谢绝了。

云天明打出租车来到联合国教科文组织驻京办事处。危机出现后，联合国驻京机构的规模都急剧扩大，教科文办事处占了四环外一幢写字楼的大部分。群星计划代办处有一个很大的房间，云天明进去时迎面看到一幅巨大的星图，连接星座的错综复杂的银线显示在天鹅绒般纯黑的背景上。后来他发现星图是显示在一块大液晶屏上的，来自一台电脑，可以局部放大和检索。房间里空荡荡的，只有一个负责日常接待的漂亮女孩。云天明介绍过自己后，那女孩立刻兴高采烈地跑出去领来了一位金发女士。女孩介绍说，这位女士是教科文中国办事处主任，也是亚太区域群星计划的负责人之一。主任也显得很高兴，握住云天明的手用流利的汉语说，他是国内第一位有意向购买恒星的人士，本来应该联系大批媒体采访并举行一个仪式的，但还是尊重他的保密和过程从简的要求——真的很遗憾，这本来是一个宣传和推广群星计划的好机会。

放心，中国不会再有人像我这么傻了。云天明暗想，差点把这话说出来。

接着进来一位戴着眼镜、西装革履的中年男士，主任介绍说他是北京天文台的研究员何博士，负责恒星拍卖的具体事务。主任告辞后，何博士首先请云天明坐下，吩咐接待女孩给他倒上茶，关切地问他是不是身体不舒服。云天明的脸色当然不像健康人的，但自从那酷刑般的化疗停止以后，他感觉好多了，竟有获得新生的错觉。他没有理会博士的问候，立刻重复了电话中的问题：自己要购买的恒星是作为赠品，所有权应归于受赠者名下，他不会提供自己的任何资料，也希望对受赠者绝对保密。何博士说没有问题，然后问云天明有意购买什么类型的恒星。

“尽量近一些，带有行星，最好是类地行星。”云天明看着星图说。

何博士摇摇头，“从您提供的资金数额来看不可能，这些恒星的拍卖底价都远高于那个数额。您只能买一颗不带行星的裸星，且距离也不可能太近。实话跟您说吧，即使这样，您的资金数额也低于底价。昨天接到电话后，考虑到您是国内第一位投拍者，我们就把一颗恒星的底价降低到了您提出的这个金额。”他移动鼠标，把星图的一个区域放大，“看，就是这一颗，它的报价期已经多次延长，所以您只要确定购买，它就是您的了。”

“它有多远？”

“距太阳系 286.5 光年。”

“太远了。”

何博士摇头笑笑，“先生，看得出您对天文学并不外行。那您想想，对我们来说，286 光年和 286 亿光年有多大区别？”

云天明默认了这句话。确实没多大区别。

“但这颗星有一个最大的优点：能看见。其实我觉得，买恒星主要看外观，距离啊带不带行星啊什么的都不重要，能看见的远星要比不可见的近星好得多，能看见的裸星要比不可见的带行星的好得多，说到底，我们不也只能看嘛。”

云天明对博士点点头，程心能看到那颗星，那很好。

“它叫什么？”

“这颗星在几百年前第谷的星表上就有，但没有世俗的名字，只有天文编号。”何博士把鼠标指针放到那个亮点上，旁边立刻显示出一长串字符：DX3906。何博士耐心地向他解释名称的含义，包括恒星的类型、绝对和相对视星等、在主星序的位置等。

购买手续很快办完了，何博士又叫来两名公证员办理了公证手续。女主任出现了，同来的还有联合国开发计划署和自然资源委员会的两位官员。那个女孩端来一盘香槟酒。大家庆贺一番后，主任宣布受赠者程心对DX3906的所有权正式生效，接着，她用双手把一个外形高贵的黑色真皮文件夹递给云天明，“您的星星。”

官员们走后，何博士对云天明说：“我只是问问，您可以不回答：如果没猜错，这颗星星是送给一位女孩的？”

云天明犹豫了一下，点点头。

“幸运的女孩！”何博士也点点头，然后感叹道，“有钱真好。”

“得了吧您哪，”一直没多说话的接待女孩冲何博士吐了吐舌头，“有钱？何老师就你，就是有三百亿，肯送女朋友一颗星星？嘁，别忘了你前两天说的那些话。”女孩说到这里，何博士有些恐慌，想制止女孩把他曾经对群星计划的刻薄评论说出来。当时他说，联合国这一套把戏十年前一帮江湖骗子就玩过了，只不过他们卖的是月球和火星，这次再有人上当那真是奇迹。好在女孩没有说那些，“这不只是钱，还得有浪漫，浪漫！你懂吗？”

在整个过程中，这个女孩一直以看神话人物的眼光偷偷打量云天明，脸上的表情也随时间推移不断变化：开始是好奇，后来是敬畏和景仰，最后，盯着那个装有恒星所有权证书的华贵皮夹时，她脸上只有赤裸裸的嫉妒了。

何博士对云天明说："证书将尽快寄给受赠人，用的是这里的地址。按您的吩咐，我们不会透露购买者的任何信息，其实也没什么可透露的，我们对您一无所知，到现在，我不是连您贵姓都不知道吗？"他站起身来，看看窗外，天已经黑下来了，"下面，我带您去看看您的星星……哦不，您送给她的星星。"

"在楼顶看吗？"

"市内不可能看到，我们得去远郊。如果您不舒服，我们就改天去？"

"不，这就去，我真的想看看那颗星星。"

何博士带着云天明驱车两个多小时，把城市的灯海远远抛在后面，为了避免车灯的干扰，他又把车开到远离公路的田野间。车灯熄灭后，两人走下车，深秋的夜空中，星海很清澈。

"知道北斗七星吧，沿那个四边形的一条对角线看，就是那个方向，有三颗星构成一个很钝的三角，从那个钝角的顶点向底边做垂线，向下延伸，就我指的那个方向，看到了吗？你的星星，你送她的星星。"

云天明指认了两颗星，何博士都说不是，"是在它们中间向南方偏一点，那颗星的视星等是5.5，一般只有受过训练的观察者才能看到，不过今天天气很好，你应该能看到。告诉你一个方法：不要正眼盯着那里，把视线移开些用眼角看，眼角对弱光的感受力更灵敏些，找到后再正眼看……"

在何博士的帮助下，云天明终于看到了DX3906，很暗的一个点，似有似无，稍一疏忽就会从视野里丢失。一般人都认为星星是银色的，其实仔细观察会发现它们各自有不同的颜色，DX3906呈一种暗红色。何博士告诉他，那颗星只是在这个时节才处于这个位置，等会儿他会给云天明一份在不同季节观察DX3906的详细资料。

“你很幸运，和你赠予星星的那个女孩一样幸运。”何博士在浓重的夜色中说道。

“我不幸运，我快死了。”云天明说，同时把视线移开，向何博士的方向看了一眼，然后把视线又投向夜空，居然很轻易地再次找到了DX3906。

云天明发现何博士似乎对自己的话并没感到吃惊，只是默默地点了一支烟，也许，他已经察觉到了什么。沉默许久后，他说:“真那样的话，你仍然很幸运，大多数人，到死都没向尘世之外瞥一眼。”

何博士吐出的烟雾飘过云天明面前，使那颗黯淡的星星闪动起来。云天明想，当程心看到这颗星时，自己已不在人世了。其实，他和程心看到的这颗星星，是它在二百八十六年前的样子，这束微弱的光线在太空中行走了近三个世纪才接触到他们的视网膜，而它现在发出的光线，要二百八十六年后才能到达地球，那时程心也不在人世了。

她将度过怎样的一生呢？但愿她能记得，茫茫星海中，有一颗星星是属于她的。

这是云天明的最后一天了，他本想看出些特别之处，但没有。他像往常一样在早上七点醒来，一束与往常一样的阳光投在对面墙上往常那个位置。窗外，天气不好也不坏，天空像往常一样的灰蓝。窗前有一棵橡树，叶子都掉光了，连最后一片也没有留下。今天甚至早餐都像往常一样。这一天，与已过去的二十八年十一个月零六天一样，真的没什么特别。

像老李一样，云天明没把安乐的事告诉家人，他本想给父亲留封信，但无话可说，终于作罢。

十点整，按约定的时间，他一个人走进了安乐室，像往常每天去做检查一样平静。他是本市第四个安乐的，所以没引起什么关注，安乐室中只有五个人，其中两位是公证人，一位是指导，一名护士，还有一个医院领导，张医生没来。看来自己可以清静地走了。

按他的吩咐，安乐室没有做任何装饰布置，只是一间四壁洁白的普通病房，这也让他感觉很舒适。

他对指导说，自己知道操作程序，不需要他了，后者点点头，留在了玻璃屏的另一边。在进行安乐的这一边，公证人离开后，只有他和护士了。护士很漂亮，已没有第一次做这事时的恐惧和紧张，把自动注射机的针头扎进云天明的左臂时，动作镇定沉稳。他突然对护士产生了一种莫名的感情，她毕竟是世上最后一个陪伴自己的人了。他突然想知道二十八年前给自己接生的是谁，这两个人是这个世界上少有的真正帮过自己的人，他应该感谢他们，于是他对护士说了声谢谢。护士对他微笑了一下，然后离开了，脚步像猫一般无声。

安乐程序正式开始，前面上方的屏幕显示：

你要结束自己的生命吗？是，请按“5”；否，请按“0”。

他出身于知识分子家庭，但父母都属于社会和人际的低能者，混得很落魄。他们没有贵族的身份，却执意对云天明进行贵族教育，他看的书必须是古典名著，听的音乐必须是古典名曲，交往的人必须是他们认为有修养有层次的。他们一直告诉他周围的人和事是多么的庸俗，他们自己的精神品位要比普通人高出多么大的一截。小学时云天明还是有几个朋友的，但他从来不敢把他们带到家里玩，因为父母肯定不认可他与这样庸俗的孩子在一起。到了初中，随着贵族教育的进一步深化，云天明变得形单影只了。但正是在这个时候，父母离异了。导致家庭解体的是父亲的第三者，那是一个推销保险的女孩。母亲再嫁的是一位富有的建筑承包商。这两个人都是父母极力让孩子远离的人，所以这时他们也明白，自己再也没有资格对孩子进行那种教育了。但贵族教育已经在云天明的心底扎了根，他无法摆脱，就像以前的那种能上发条的手铐，越想挣脱，它铐得越紧。在整个中学时代，他变得越来越孤僻，越来越敏感，离人群也越来越远。

童年和少年的记忆，都是灰色的。

按“5”。

你要结束自己的生命吗？是，请按“2”；否，请按“0”。

在他的想象中，大学是个令他不安的地方，陌生的环境和陌生的人群，对他来说又是一个艰难的适应过程。刚进大学时，一切都与他想象中的差不多，直到他见到程心。

云天明以前也被女孩子吸引过，但从来没有这种感觉：他感到周围陌生冰冷的一切突然都充满了柔和温暖的阳光。一开始，他甚至没有意识到这阳光的来源。就像透过云层的太阳，所发出的月亮般的弱光仅能显示出圆盘的形状，只有当它消失时，人们才意识到它是白天所有光亮的来源。云天明的太阳在国庆长假到来时消失了，程心离校回了家，他感到周围一下子黯淡下来。

当然，对程心，肯定不止云天明一个人有这种感觉，但他没有别的男生那种寝食难安的痛苦，因为他对自己完全不抱希望。他知道没有女孩子会喜欢他这种孤僻敏感的男生，他能做的只是远远地看着她，沐浴在她带给自己的阳光中，静静地感受着春日的美丽。

程心最初留给云天明的印象是不爱说话，美丽而又沉默寡言的女孩比较少见，但这并不意味着她是一个冷美人。她说话不多却愿意倾听，带着真诚的关切倾听，她倾听时那清澈沉静的目光告诉每一个人，他们对她是很重要的。

与云天明中学的那些美女同学不同，程心没有忽略他的存在，每次见面时都微笑着和他打招呼。有几次集体活动，组织者不知是有意还是无意把云天明忘了，程心都专门找到他通知他，后来，她成了同学中第一个省去姓称呼他天明的人。在极其有限的交往中，程心给云天明最为铭心刻骨的感觉是：她是唯一一个知道他的脆弱的人，而且好像真的担心他可能受到的伤害。但云天明一直保持着清醒，他知道这里面没有更多的东西，正如胡文所说，她对谁都好。

有一件事云天明印象很深：就是那一次郊游，他们正在登一座小山，程心突然停下来，弯腰从石阶上小心翼翼地拿起了个什么东西。云天明看到那是一条丑陋的虫子，软乎乎湿漉漉的，在她白皙的手指间蠕动着，旁边一个女生尖叫道：恶心死了，你碰它干吗?！程心把虫子轻轻放到旁边的草丛中，说，它在这里会给踩死的。

其实云天明跟程心的交往很少，大学四年中，他们单独在一起交谈也就两三次。

那是一个凉爽的夏夜，云天明来到图书馆楼顶上，这是他最喜欢的地方，来的人很少，可以独处。雨后初晴的夜空十分清澈，平时见不到的银河也显现出来。

“真像牛奶洒在了天上！”

云天明循声看去，发现程心不知什么时候站在旁边，夏夜的风吹拂着她的长发，很像他梦中的景象。然后，他和程心一起仰望银河。

“那么多的星星，像雾似的。”云天明感叹道。

程心把目光从银河收回，转头看着他，指着下面的校园和城市说：“你看下面也很漂亮啊，我们的生活是在这儿，可不是在那么远的银河里。”

“可我们的专业，不就是为了到地球之外去吗？”

“那是为了这里的生活更好，可不是为了逃离地球啊。”

云天明当然知道，程心的话实际上是委婉地指向他的孤僻和自闭，但他也只有默然以对。那是他离程心最近的一次。也许是幻想，他甚至能感觉到她的体温，那时他真希望夜风转个方向，那样她的长发就能拂到他的面庞上。

四年的本科生涯结束了，云天明考研失败，程心却很轻松地考上了本校的研究生，然后回家了。云天明想尽量留在校内久一点，只是为了等程心开学后再看到她。宿舍很快不能住了，他就在学院附近租了间小房子，同时在市里找工作。投出无数的简历，一次次面试都失败了，假期也不知不觉过去。云天明来到学校寻找程心的身影，但没有见到她，小心翼翼地打听后得知，她和导师去了本校在航天技术研究院的研究生分部，远在上海，她将在那里完成自己的学业。而正是这一天，云天明居然求职成功了，这是航天系统一家航天技术转民用的公司，由于刚刚成立而大量招人。

云天明的太阳远去了，带着心中的瑟瑟寒意，他走进了社会。

按“2”。

你要结束自己的生命吗？是，请按“4”；否，请按“0”。

刚参加工作时，他有一阵小小的惊喜，发现与学校中那些锋芒毕露的同龄人相比，社会上的人要随和许多，容易交往，他甚至以为自己要走出孤僻和自闭了。但他在帮卖自己的人数过几次钱后，终于发现这里的险恶，于是怀念起校园来，并再次远离人群，更深地缩进自己的精神蜗壳里。这对他的事业自然是灾难性的，即使在这样新兴的全民企业，竞争也很激烈，不进则退。一年又一年，他的退路越来越少了。

这几年间，他谈过两个女朋友，都很快分手了。这倒不是因为他的心被程心占据着，对他来说，程心永远是云后的太阳，他只求看着她，感受她的柔光，从来不敢梦想去缩短他们之间的距离。这些年，他没有打听过程心的消息，只是猜想，以她的聪慧，应该会去读博士。至于她的生活，他不想猜。他与女孩子交往的主要障碍还是自己的孤僻性格，他也曾一心一意地试图建立起自己的生活，但困难重重。

云天明的问题在于他无法入世也无法出世，他没有入世的能力也没有出世的资本，只能痛苦地悬在半空。自己今后的人生之路怎么走，通向哪里，他心中一片茫然。

但这条路突然看到了尽头。

按“4”。

你要结束自己的生命吗？是，请按“1”；否，请按“0”。

他的肺癌被确诊时已是晚期，可能是被之前的误诊耽误了，肺癌是扩散最快的癌症，他已时日无多。

走出医院时，他没有恐惧，唯一的感觉是孤独。之前的孤独虽在不断郁积中，但被一道无形的堤坝拦住，呈一种可以忍受的静态。现在堤坝溃决了，那在以往岁月里聚集的孤独像黑色的狂飙自天而降，超出了他可以承受的极限。

他想见到程心。

他毫不犹豫地买了一张机票，当天下午就飞到了上海。当他坐到出租车里时，狂躁的心冷了一些，他告诉自己身为一个将死之人，不能去打扰她，他不会让她知道自己的存在，只想远远地看她一眼，就像一个溺水者拼命升上水面吸一口气，再沉下去也能死得平静些。

站在航天技术研究院的大门前，他进一步冷静下来，才发现在之前的几个小时里自己的确完全失去了理智。按时间算，即使程心读博士，现在也毕业工作了，那就不一定在这里。他去向门岗的保安打听，人家说研究院有两万多名员工，他得提供具体的部门才行。他没有同学的联系方式，无处进一步问询，同时感到身体很虚弱，呼吸困难，就在大门不远处坐了下来。

程心也有可能在这里工作，下班的时间快到了，在门口可能等到她，于是他就等着。

大门很宽敞，伸缩栅栏旁一面黑色的矮墙上镶刻着单位名称的金色大字，这是原航天八所，现在规模扩大了许多。他突然想到，这么大的单位，是不是还有别的门呢？于是艰难地起身再去问保安，得知居然还有四个门！

他慢慢走回原处，仍坐下等待着，他也只能等在这里。

他面对着这样一个概率：程心毕业后仍在这里工作；今天没有外出；今天下班会走五个门中的这一个。

这一刻很像他的一生，执着地守望着一个渺茫的希望。

下班的人开始走出来，有的步行，有的骑车或开车，人流和车流由稀变密，再由密变稀，一个小时后，只有零星的人车出入了。

没有程心。

他确信自己不会错过她的，即使她开车出来也一样，那么，她可能不在这里工作，或在这里工作今天不在单位，或在单位却走了别的门。

西斜的太阳把建筑和树木的影子越拉越长，仿佛是许多只向他拢抱过来的怜悯的手臂。

他仍坐在那里，直到天完全黑下来。后来，他不记得自己是如何爬上出租车到了机场，如何飞回他生活的城市，回到栖身的单身宿舍。

他感觉自己已经死了。

按“1”。

你要结束自己的生命吗？这是最后一次提示。是，请按“3”；否，请按“0”。

自己的墓志铭是什么？事实上他不确定自己会有墓，在北京周边买一处墓地是很贵的，即使父亲想给他买，姐姐也不会同意，她会说活人还没住处呢。自己的骨灰最大的可能也就是放在八宝山上的一个小格子里。不过如果有墓碑，上面应该写——

来了，爱了，给了她一颗星星，走了。

按“3”。

在此之前，骚动已经在玻璃屏的另一边出现了，几乎就在云天明按下死亡按钮的同时，通向安乐室的门被撞开了，一群人冲了进来。最先进来的是安乐指导，他冲到床前关闭了自动注射机的电源；随后进来的医院领导则干脆从墙根拔下了电源插座；最后是那名护士，她猛扯注射机上的软管，把它从机器上拉下来，同时也把云天明左臂上的针头拉了出来，使他感到左手腕一阵刺痛。然后，人们围过来检查软管，他听到一句如释重负的话，好像是说：还好，药液还没出来。然后，护士才开始处理云天明流血的左手腕。

玻璃屏另一边只剩一个人，她却为云天明照亮了整个世界，她是程心。

云天明的胸膛清晰地感觉到了程心滴到他衣服上并渗进来的眼泪，初见程心时他觉得她几乎没变，现在才注意到她原来的披肩发变成了齐颈的短发，优美地弯曲着。即便在这时，他也没有勇气去轻拂这曾让他魂牵梦萦的秀发。

他真是个废物，不过这时，他已经在天堂里了。

长长的沉默像天国的宁静，云天明愿这宁静永远延续下去。你救不了我，他在心里对程心说，我会听从你的劝告放弃安乐死，但结果都一样。你就带着我送你的星星去寻找幸福吧。

程心似乎听到了他心中的话，她慢慢抬起头来，他们的目光第一次这么近地相遇，比他梦中的还近，她那双因泪水而格外晶莹的美丽眼睛让他心碎。

但接着，程心说出一句完全意外的话："天明，知道吗？《安乐死法》是为你通过的。"

危机纪元1—4年

程　心

三体危机爆发时，程心刚结束学业参加工作，进入为新一代长征火箭研制发动机的课题组。这是一个在别人看来既重要又核心的地方，但程心对自己专业的热情早已消退。她渐渐认识到，化学动力火箭就像工业革命初期的大烟筒，那时的诗人赞美如林的大烟筒，认为那就是工业文明；现在人们同样赞美火箭，认为它代表着航天时代。事实上，依靠化学火箭可能永远也无法进入真正的航天时代。三体危机的出现使这一事实更加明显，依靠化学动力建立太阳系防御体系简直是痴人说梦。她一度有意使自己的专业面不要太窄，选修了许多核能方面的课程。危机爆发后，系统内各方面的工作都紧急加速，曾久拖不决的第一代空天飞机项目也飞快上马，她所在的课题组同时承担了空天飞机航天段发动机的前期设计。程心的专业前景似乎很光明，她的能力得到广泛赏识，而在航天系统中，总设计师们有很大比例是搞发动机专业出身的。但她坚信化学航天发动机已是夕阳技术，置身其中，个人和团队都走不了很远，在错误的方向上停止就等于前进，而她的工作意味着全身心投入错误的方向，这一度使她很苦恼。

很快出现了一个摆脱发动机专业的机会。联合国开始成立与行星防御有关的各种机构，这些机构与以前的联合国组织不同，它在行政上由行星防御理事会（PDC）领导，但主要由各国派遣人员组成。航天系统抽调了一大批各种级别的人员进入这类机构。领导找程心谈话，说那里有一个岗位想调她去，担任行星防御理事会战略情报局技术规划中心主任的航天技术助理。目前，人类世界的对敌情报工作主要集中在地球三体组织这一渠道，试图通过他们获取三体世界的信息。但行星防御理事会战略情报局，简称PIA，是直接以三体舰队和母星为侦察目标的情报机构，有很强的宇航技术背景。程心毫不犹豫地接受了这个工作。

PIA总部设在距联合国大厦不远的一幢六层旧楼中，此楼建于18世纪末，结实厚重，像是一大块花岗岩。飞越大洋的程心第一次走进楼里，感到一阵城堡中的阴冷。这里与她想象中的地球世界的情报中心完全不同，更像一个在窃窃私语中产生拜占庭式阴谋的地方。

楼里空荡荡的，她是最早来报到的人。在办公室一堆刚拆封的办公设备和纸箱子中间，她见到了PIA技术规划中心主任米哈伊尔·瓦季姆，一个四十多岁魁梧强壮的俄罗斯人，说话带着突噜突噜的俄语调，程心好半天才意识到他在讲英语。他坐在纸箱子上向程心抱怨说，自己在航天专业做了十几年，不需要什么航天技术助理，各国都使劲向PIA塞人，却舍不得出钱。想到自己面前是一个年轻姑娘，他又安慰有些失落的程心说，如果这个机构以后创造了历史——这是完全有可能的，虽然不一定是好的历史——那他们俩是最先到来的人。

遇到同行使程心稍稍高兴了一些，她就向主任打听他都在专业上做过些什么，瓦季姆轻描淡写地说，他20世纪曾经参加过失败的苏联“暴风雪号”航天飞机的设计，后来担任过某型货运飞船的副总设计师，再后来的资历他有些含糊其词，说在外交部干过两年，然后就到“某个部门”从事“我们现在这类工作”。他告诉程心，对后面来的同事最好不要打听他们的工作经历。

“局长也来了，他的办公室在楼上，你去见见他吧，但别耽误他太多的时间。”瓦季姆说。

走进局长宽大的办公室，一股浓烈的雪茄味扑面而来。首先吸引程心目光的是墙上那幅大油画，广阔画面的大部分都被布满铅云的天空和晦暗的雪野所占据，在远景的深处，几乎到了云与雪交会的地方，有一片黑乎乎的东西，细看是一片肮脏的建筑，大部分是低矮的板房，其间有几幢两三层的欧式楼房。从画面前方那条河流和其他的地形看，这可能是18世纪初的纽约。这画给程心最大的感觉就是冷，倒是很符合坐在画下那个人的形象。这幅画旁边还有一幅较小的油画，画面的主体是一把古典样式的剑，带着金色的护腕，剑锋雪亮，握在一只套着青铜盔甲的手中，这只手只画到小臂；这只握着剑的手正从蓝色的水面上捞起一个花冠，花冠由红、白、黄三色的鲜花编成。这幅画的色调与大画相反，华丽明艳，但隐藏着一种不祥的诡异，程心注意到，花冠的白花上有明显的血迹。

PIA局长托马斯·维德比程心想象的年轻许多，看上去比瓦季姆都年轻，也比后者长得帅，脸上的线条很古典。程心后来发现，这种古典的感觉多半来自他的面无表情，像从后面的油画中搬出来的一座冰冷的雕像。他看上去不忙，前面的大办公桌上空空荡荡，没有电脑和文件，他正专心致志地研究着手中雪茄的烟头，程心进来后，他只是抬头扫了一眼，然后又继续研究烟头。当程心介绍完自己并请他以后多多指教时，他才抬起头来，那目光给她最初的印象是疲倦和懒散，但在深处隐约透出一丝令她不安的锐利。他脸上出现了一抹笑意，但丝毫没有使程心感到温暖和放松，那微笑像冰封的河面上一条冰缝中渗出的冰水，在冰面上慢慢弥散开来。程心试着报以微笑，但维德的第一句话让她的微笑和整个人都凝固了：

“你会把你妈卖给妓院吗？”维德问。

程心惊恐地摇摇头，不是表示她不会把她妈卖给妓院，而是怀疑自己是不是听错了。但维德挥挥夹雪茄的手说：“谢谢，忙你的事儿去吧。”

听程心说完这次跟局长见面的事后，瓦季姆一笑置之，“呵呵，这是业内曾流传的一句……一句……就是一句话吧，可能起源于二战时期，老鸟常用它来调侃新手，它是说：地球上只有我们这个行业是以欺骗和背叛为核心的。对于有些公认的准则，我们应该适当地……怎么说呢……灵活一些。PIA由两部分人组成，一部分是你这样的专业人员，另一部分来自情报和军队的秘密战部门，这两种人的思想方法和行为方式很不一样——好在两者我都熟悉，我会帮助你们互相适应的。”

“可我们是直接面对三体世界的，这不是传统的情报工作。”程心说。

“有些东西是不会改变的。”

后续报到的人员陆续到来，主要来自行星防御理事会的常任理事国。大家相互之间彬彬有礼，但充满了猜忌和不信任。专业人员一副老死不相往来的样子，捂紧口袋总怕被别人偷走些什么；情报人员则异常活跃友好，总想偷到些什么。正如瓦季姆所说，相对于侦察三体世界，这些人对相互之间搞情报更感兴趣。

两天后，PIA第一次全体会议召开，其实这时人员仍未到齐。除了维德外，PIA还有三位副局长，分别来自英国、法国和中国。来自中国的于维民副局长首先讲话，程心不知道他来自国内什么部门，他属于那种让人见三次才能记住长相的人，好在他的讲话没有国内官员的冗长拖拉，很简洁明了，不过说的也是这类机构成立时的陈词滥调。他说，在座的各位从本质上属于国家派遣人员，显然都在双重领导之下，PIA不要求、也不奢望他们把对本机构的忠诚置于国家责任之上，但鉴于PIA从事的是保卫人类文明的伟大事业，希望各位把这两者做一个较好的平衡。由于PIA直接面对外星入侵者，无疑应成为最团结的团体。

当于副局长开始讲话时，程心注意到维德用一只脚蹬着桌腿，把自己慢慢推离了会议桌，一副置身事外的样子。后面每一个官员讲完后请他讲话，他都摆摆手谢绝了。最后实在没官员再有话可讲了，他才开口。他指指会议室中堆放的未安装的办公设备和包装箱，“这些事，”显然是指机构建立时的事务性工作，“请你们辛苦一下自己去做，不要用它们来占我的时间，也不能占他们的时间。”他指指瓦季姆，“谢谢！请技术规划中心航天专业的人员留下，散会。”

留下来的有十几个人，会场清静了许多。会议室那古旧的橡木大门刚刚关上，维德便像出膛子弹般地吐出一句话：“各位，PIA要向三体舰队发射探测器。”

大家先是呆若木鸡，然后面面相觑。程心也十分吃惊，她当然希望尽早摆脱杂事进入专业工作，但没想到这么快，这么单刀直入。目前，PIA刚刚成立，各国和地区的分支机构一个都没有建立，不具备正式开展工作的条件。但最令程心震惊的是维德提出的想法本身，无论从技术上还是从其他方面看，都太不可思议了。

“有具体指标吗？”瓦季姆问，他是唯一一个不动声色的人。

“我已经就这个设想与各常任理事国代表私下协商过，但没有在PDC会议上正式提出。就目前我所知道的，各常任理事国对一个指标最感兴趣，这是他们同意投入的不可妥协的死条件：让探测器达到百分之一的光速。其他指标各国说法不一，但都是可以在正式会议上协商的。”

“就是说，如果考虑加速阶段，但不考虑减速，探测器将在两到三个世纪到达奥尔特星云，并在那里接触和探测已开始减速的三体舰队？”一位来自NASA[①]的顾问说，“这，似乎应该是未来做的事。”

维德说：“未来的技术进步现在已成为不确定的事情，如果人类在太空中一直是蜗牛的速度，那我们就应该尽早开始爬。”

程心想，这里面可能还有政治因素，这是人类最先做出的直接接触外星文明的行动，对PIA的地位至关重要。

“可是按照人类现在的宇航速度，到达奥尔特星云需要两三万年时间，如果现在发射探测器，可能四百年后敌方舰队到达时还没有飞出家门口。”

“所以说光速的百分之一是一个必须达到的指标。”

① 美国国家航空航天局。

“把目前的宇航速度提高一百倍？这在目前绝对做不到。”

维德坚定地用拳头一砸桌子，“别忘了我们有资源！以前航天只是一个边缘化的事业，现在进入主流了，所以我们有以前难以想象的巨大资源可以动用！我们用资源改变原理，把巨大的资源聚焦在那个小小的东西上，用野蛮的力量把它推进到光速的百分之一！”

瓦季姆本能地抬头四下看看，维德敏锐地察觉到了他在看什么，“放心，没有记者和外人。”

瓦季姆笑着摇摇头，“我不想冒犯您。用资源改变原理这话，传出去会让人笑话的，这里讲讲可以，可千万别在PDC会议上说。”

“我知道你们已经在笑话我了。”

所有人都沉默着，大家只想让这个讨论快些结束。维德的目光扫过会议室，突然说：“啊，不是所有人，她没笑话我。”他抬手直指程心，“程，你的想法？”

在维德锐利的目光下，程心感到维德指向她的不是手指，而是一把剑。她茫然四顾，这里轮得到她说话吗？

“我们这里应该提倡MD。”维德说。

程心更茫然了，MD，麦道？医学博士？

“你是中国人，不知道MD？”

程心求助地看看在场的另外五名中国人，他们也一样茫然。

“朝鲜战争中，美军发现你们被俘的士兵竟然知道得那么多，你们把作战方案交给基层部队讨论，希望从士兵的讨论中得到更多的好办法，这就是MD。当然，未来你被俘时，我们可不希望你知道那么多。”

会场上响起了几声笑，现在程心知道了MD是“军事民主”。与会者们对这个提议也很赞同。这些航天界的技术精英当然不指望从一个技术助理那里听到什么有价值的东西，但他们大多是男人，至少在这个过程中，可以毫无顾忌地欣赏她了。程心尽量使自己的穿着庄重低调，但并没有降低她的吸引力。

程心说："我是有一个想法……"

"用资源改变原理？"一个叫柯曼琳的上了年纪的法国女人用轻蔑的口吻说，她是来自欧洲航天局的高级顾问，觉察到了男人们集中到程心身上的那种眼光，她感到很不舒服。

"绕开原理。"程心礼貌地对柯曼琳点点头，"目前最可能被利用的资源，我想是核武器，在没有技术突破的情况下，那是人类可能投放到太空的最大能量体。想象有这样一艘飞船或探测器，带有一个面积巨大的辐射帆，就是类似于太阳帆的那种能被辐射推动的薄膜；在辐射帆的后面不远处，以一定的时间间隔连续产生核爆炸……"

又响起几声笑，柯曼琳笑得最响，"亲爱的，你给我们提供了一个卡通式的场景：一艘载着一大堆核弹的飞船，有巨大的帆，船上的一个像施瓦辛格般强壮的男人把一枚枚核弹抛向船尾，让它们在那里爆炸，真的很酷。"在越来越多的笑声中，她接着说，"你最好重做一遍大一的作业，算算推重比[①]。"

"改变原理没有做到，但野蛮做到了，真遗憾是你这样一个美人儿做的。"另一位顾问说，把笑声推向高潮。

"核弹不在飞船上。"程心从容地说，她这句话像一只手捂在锣面上，使周围的笑声戛然而止，"飞船只是由帆和探测器组成，轻得像一片羽

①即发动机的推力和发动机质量的比值。程心想象的飞船如果运载大量核弹，本身质量很大，推重比极低，不可能达到很高的速度。

毛，很容易被核爆炸的辐射加速。”

会场陷入沉默，大家都在想核弹在哪里，但没有人问。刚才众人哄笑时，维德一直一脸冰霜地坐在那里，现在，那种冰水似的微笑却在他的脸上慢慢浮现。

程心从身后的饮水机旁拿过一打纸杯，把它们一个个在桌面上按等距离放置好，“核弹分布在飞船的最初一小段航线上，预先用传统的推进方式发射到那里。”她拿着一支笔沿那排杯子移动，“飞船在经过每一颗核弹的一瞬间，核弹在帆后爆炸，产生推进力。”

男人们的目光依次从程心身上移开了，现在他们终于开始认真考虑她所说的话，对她的欣赏暂时顾不上了，只有柯曼琳始终盯着程心看，好像不认识她似的。

“我们可以把这种方式叫航线推进，这段航线叫推进航段，它只占整条航线中极小的一部分，以一千颗推进核弹估算，可以分布在从地球到木星的五个天文单位上，甚至更短，把推进航段压缩到火星轨道以内，以目前的技术，这是可以做到的。”

沉默中出现零星的议论声，渐渐密集，像由零星的雨点转为大雨。

“你好像不是刚刚才有这种想法吧？”一直在专心听讨论的维德突然问道。

程心对他笑笑说：“以前航天界就有这种构想，叫脉冲推进方式。”

柯曼琳说：“程博士，脉冲推进设想我们都知道，但推进源是装载在飞船上的，把推进源放置在航线上确实是你的创造，至少我没听说过这种想法。”

稍微平息了一下的讨论又继续下去，并很快超过了刚才的热度，这些人就像一群饿狼遇到了一大块鲜肉。

维德拍了拍桌子，“现在不要纠缠在细节上。我们不是在搞可行性研究，而是在探讨对它进行可行性研究的可行性，看看大的方面还有什么障碍。”

短暂的沉默后，瓦季姆说：“这个方案的一大优势是：启动很容易。”

在这里的都是聪明人，很快明白了瓦季姆这话的含义：方案的第一步是把大量核弹送入地球轨道，运载工具是现成的，用在役的洲际导弹即可，美国的“和平卫士”、俄罗斯的“白杨”和中国的“东风”，都可以直接把核弹送入近地轨道，甚至中程弹道导弹加上助推火箭都能做到这一点。比起危机出现后达成的大规模削减核武器协议的方案——在地面把导弹和核弹头拆解销毁，这个方法成本要低得多。

“好了，现在停止对程的航线推进的讨论。其他的方案？”维德用询问的目光扫视着程心之外的所有人。

没人说话，有人欲言又止，显然觉得自己的想法很难同程心的竞争。大家的目光又渐渐集中到她身上，只是眼神与上次不同了。

“这样的会要再开两次，希望能有更多的方案和选择。在此之前，航线推进方案立刻进行可行性研究，为它起一个代号吧。”

“核弹的每一次爆炸都使飞船的速度增加一级，很像在登一道阶梯，就叫阶梯计划吧。”瓦季姆说，“除了光速的百分之一，对该方案进行可行性研究还需要一个重要指标：探测器的质量。”

“辐射帆可以做得很薄很轻，按现有的材料技术，五十平方千米的面积可控制在五十公斤左右，这么大应该够了。”一名俄罗斯专家说，他曾主持过那次失败的太阳帆试验。

“那就剩探测器本身了。”大家的目光集中到一个人身上，他是“卡西尼号”探测器的总设计师。

“考虑到基本的探测设备，以及从奥尔特星云发回可识别信号所需的天线尺寸和同位素电源的质量，总重两至三吨吧。”

“不行！”瓦季姆坚决地摇摇头，“必须像程所说的那样：像羽毛一样轻。”

“把探测功能压缩到最低，一吨左右吧，这有点太少了，还不知行不行。”

“向左点吧，再把帆包括进去，总体重一吨。”维德说，“用全人类的力量推进一吨的东西，应该够轻了。”

在以后的一周时间里，程心的睡眠几乎全是在飞机上完成的。她现在属于由瓦季姆率领的一个小组，在美、中、俄和欧盟这四大航天实体间奔波，布置和协调阶梯计划的可行性研究。程心这一周到过的地方比她预计一生要去的都多，但都只能从车窗和会议室的窗户看到外面的风景。本来计划各大航天机构组成一个可行性研究组，但做不到，可行性研究只能由各国航天机构各自进行，这样做的优点是能够对各国的结果进行对比，得到更准确的结果，但PIA的工作量就增大了许多。程心对此产生了前所未有的工作热情，因为这毕竟是她提出的方案。

PIA很快收到了来自美、中、俄和欧洲航天局的四份初步可行性研究报告，结果十分接近。首先是一个小小的好消息：辐射帆的面积可以大大减小，只需二十五平方千米，加上材料的进一步优化，其质量可减至二十公斤。然后是一个大大的坏消息：要想达到PIA要求的百分之一光速，探测器的整体质量要减到计划中的五分之一，也就是两百公斤，去掉帆的质量，留给探测和通信装置的只有一百八十公斤了。

在汇报会上听到这个信息后，维德无动于衷地说："不必沮丧，因为我带来了更坏的消息：在最近的一届行星防御理事会会议上，阶梯计划的提案被否决了。"

七个常任理事国中的四个对阶梯计划投了否决票，否决的理由惊人一致：与PIA的航天专业人员的关注不同，他们对推进方式兴趣不大，主要是认为探测器的侦察效果极其有限，用美国代表的话说："几乎等于零。"因为探测器没有减速能力，就是考虑到三体舰队的减速，双方也将至少以光速的百分之五的相对速度擦肩而过（在探测器没有被敌舰捕获的情况下），探测窗口很狭窄。由于探测器的质量限制，不可能进行雷达等主动探测，只能进行信息接收的被动探测。可接收的信息主要是电磁波，而敌人的通信肯定早就不用电磁波了，而是使用中微子或引力波一类目前人类技术鞭长莫及的媒介。还有一个重要原因：由于智子的存在，探测器计划从头到尾对敌人而言完全透明，使成功的机会更渺茫了。总之，相对于计划的巨大投入而言，所获甚微，更多的是象征意义，各大国对此不感兴趣。他们最感兴趣的是把探测器推进到光速百分之一的技术，正因为这一点，另外三个常任理事国才投了赞成票。

"他们是对的。"维德说。

大家沉默下来，为阶梯计划默哀。最难受的当然是程心，不过她安慰自己，作为一个没有资历的年轻人，她这第一步走得很不错了，远远超出自己的预料。

"程，你很不快乐。"维德看着程心说，"你显然认为，我们要从阶梯计划退却了。”

人们吃惊地看着维德，眼神传达的意思很明白：不退却还能怎么样？

“我们不退却。”维德站了起来，绕着会议桌边走边说，“以后，不管是阶梯计划，还是别的什么计划什么事，只有我命令退却你们才能退却，在此之前，你们只能前进。”他突然一改一贯沉稳冷淡的语调，像发狂的野兽般声嘶力竭地咆哮起来，“前进！前进！！不择手段地前进！！！”

这时维德恰在程心身后，她感觉背后像有座火山在爆发，吓得紧缩双肩差点惊叫起来。

“那下一步该做什么呢？”瓦季姆问。

“送一个人去。”

维德吐出这几个字时又恢复了他冰冷的语调，这简短的一句与刚才惊天动地的咆哮相比太不引人注意了，像是顺口滑出的一个余音。好半天人们才反应过来，维德说的正是瓦季姆问的下一步，阶梯计划的下一步，不是把这个人送到PDC或别的什么很近的地方，而是送出太阳系，送到一光年之遥的寒冷的奥尔特星云去侦察三体舰队！

维德又重复他的习惯动作，一蹬桌腿把自己推离会议桌，置身事外等着听他们讨论。但没有人说话，同一周前他第一次提出向三体舰队发射探测器时一样，每个人都在艰难地咀嚼着他的想法，一点点解开他扔来的这个线团。很快，他们发现这想法并不像初看起来那么荒唐。

人体冬眠技术已经成熟，这个人可以在冬眠状态下完成航行，人的质量以七十公斤计算，剩下一百一十公斤装备冬眠设备和单人舱（可以简单到像一口棺材）。但以后呢？两个世纪后与三体舰队相遇时，谁使他（她）苏醒，苏醒后他（她）能做什么？

这些想法都在每个人的脑子里运行，谁也没有说出来，会议室仍在一片沉默中，但维德似乎一直在读着众人的思想，当大部分人想到这一步时，他说：

“把一个人类送进敌人的心脏。”

“这就需要让三体舰队截获探测器，或者说截获那个人。”瓦季姆说。

“这有很大的可能，不是吗？”维德说“不是吗？”的时候两眼向上翻，似乎是说给上面另外一些人听的。会议室中的每个人都知道，此时智子正幽灵般地悬浮在周围，在四光年外的那个遥远世界，还有一些“与会者”在聆听他们的发言。每个人都时常忘记这件事，突然想起来时，除了恐惧，还有一种怪异的渺小感，感觉自己像是一群被一个顽童用放大镜盯着的蚂蚁中的一个。想到自己制订的任何计划，敌人总是先于上级看到，任何自信心都会崩溃，人类不得不艰难地适应着这种自己在敌人眼中全透明的战争。

但这次，维德似乎多少改变了这种状况。在他的设想中，计划对于敌人的全透明是一个有利因素。对于那个被发射出太阳系的人，他们无疑知道其精确的轨道参数，如果愿意，可以轻易截获。虽然智子的存在已经使他们对人类世界了如指掌，但直接研究一个人类活标本的好奇心可能仍然存在，三体舰队是有可能截获那个冬眠人的。

在人类传统的情报战中，把一个身份完全暴露的间谍送入敌人内部是毫无意义的举动，但这不是传统的战争，一个人类进入外星舰队的内部，本身就是一个伟大的壮举，即使他（她）的身份和使命暴露无遗也一样。他（她）在那里能做什么不是现在需要考虑的，只要他（她）成功地进入那里，就存在无限的可能性；而三体人的透明思维和谋略上的缺陷，使这种可能性更加诱人。

把一个人类送进敌人的心脏。

《时间之外的往事》(节选)

人体冬眠——人类在时间上的首次直立行走

一项新技术，如果从社会学角度看可能呈现出完全不同的面貌，但当这项技术在孕育中或刚出生时，很少有人从这个角度来审视。比如计算机，最初不过是一个提高计算效率的工具，以至于有人认为全世界有五台就够了。冬眠技术也是这样，在它没有成为现实之前，人们认为那只是为绝症病人提供了一个未来的治愈机会；想得再远些，也不过是一种远程星际航行的手段。但当这项技术即将成为现实时，从社会学角度对它仅仅一瞥，就发现这可能是一个完全改变人类文明面貌的东西。

这一切都基于一个信念：明天会更好。

其实人们拥有这个信念只是近两三个世纪的事，更早的时候这个想法可能很可笑。比如欧洲中世纪与千年前的古罗马时代相比，不但物质更贫困，精神上也更压抑；至于中国，魏晋南北朝与汉朝相比，元明与唐宋相比，都糟糕了许多。直到工业革命之后，人类世界呈不间断的上升态势，人们对未来的信心逐渐建立起来，这种信心在三体危机到来前夕达到了高潮。这时，冷战已经过去一段时间，虽然有环境问题等不愉快的事，但也仅仅是不愉快，人类在物质享受方面急速进步，呈一种春风得意马蹄疾的态势，这时如果让人预测十年后，可能结果不一，但对于一百年后，很少有人怀疑那是天堂。确定这点很容易，看看一百年前过的是什么日子就行了。

所以，如果能够冬眠，很少有人愿意留在现在。

从社会学角度审视冬眠技术，人们发现，同为生物学上的突破，与冬眠带来的麻烦相比，克隆人真是微不足道——后者的问题只是伦理上的，且只有基督教文化会感到头痛；冬眠的隐患却是现实的，并影响整个人类世界。这项技术一旦产业化，将有一部分人去未来的天堂，其余的人只能在灰头土脸的现实中为他们建设天堂。但最令人担忧的是未来最大的一个诱惑：永生。随着分子生物学的进步，人们相信永生在一到两个世纪后肯定会成为现实，那么那些现在就冬眠的幸运者就踏上了永生的第一个台阶。这样，人类历史上第一次连死神都不公平了，其后果真的难以预料。

这种局面很像危机爆发后的逃亡主义，以至于后来的历史学家们把它称为前逃亡主义或时间逃亡主义。危机前，各国政府对冬眠技术采取了比对克隆人更严厉的压制措施。

但三体危机改变了一切，一夜之间，未来由天堂变成了地狱，甚至对于绝症患者，未来都失去了吸引力，也许他们醒来时世界已是一片火海，连止痛片都吃不上了。

危机出现后，对冬眠技术的限制被全面解除，这项技术很快进入实用阶段，人类第一次拥有了大幅度跨越时间的能力。

为了调研冬眠技术，程心来到海南三亚。中国医学科学院最大的冬眠研究中心居然设在这个炎热的地方，此时内地正值隆冬，这里却像春天般舒适。冬眠中心是一片被绿树掩映着的雪白建筑，目前在里面处于冬眠状态的有十几个人，但都是短期的试验者，现在还没有一个真正要跨越世纪的冬眠者。

当程心问能否把一个人的冬眠设备质量降到一百公斤时，中心负责人哑然失笑：一百公斤？一百吨都难！当然，负责人自己也知道他的话有些夸张，在随后的参观和介绍中，程心得知冬眠并不是常人想象的那样把人冻起来，它的温度不是太低，在零下五十摄氏度左右，这时冬眠人体内的血液被一种不冻的液体替代，在体外循环系统的作用下，人体主要器官仍保持着最低限度的生理活动，只是这种活动极其微弱缓慢。“很像电脑待机。”负责人说。一个冬眠人的全部设备包括冬眠舱、体外生命维持系统和冷却设备，总重量在三吨左右。

当与中心的技术人员探讨设备的小型化时，程心突然发现了一个惊人的事实：如果冬眠中的人体温度要维持在零下五十摄氏度，那在寒冷的外太空中，冬眠舱需要的不是冷却，而是加热！特别是在海王星轨道外远离太阳的漫长航程中，空间温度接近绝对零度，维持零下五十摄氏度几乎像烧一个锅炉，考虑到一至两个世纪的续航时间，最可行的是使用同位素电池加热，那样的话，负责人说的一百吨竟没太大夸张！

在回到总部的汇报会上，各方的调研结果汇总后，人们再次陷入深深的沮丧之中，与上次不同的是，他们对维德有所期待。

“都这样看着我干什么？我不是上帝！”维德扫视着会场说，“你们的国家把你们派到这里来做什么？肯定不是养老和只报告坏消息吧？我没有办法，解决这样的问题是你们的事情！”他说完使劲一蹬桌腿，在刺耳的响声中，椅子比哪次滑得都远，同时他第一次违反会议室不能抽烟的规定，点上了一支雪茄。

人们又把目光转到新来的几位冬眠技术专家身上，他们都一言不发，并非是在思考，而是带着一种来自专业尊严的怒气：这些偏执狂在要求一件根本不可能做到的事。

“也许……”程心怯生生地吐出两个字，犹豫地看看周围，她还是不习惯MD。

“前进，不择手段地前进！”维德把这话同烟雾一齐向她吐出来。

“也许……不一定要送活人。”程心说。

人们面面相觑，然后都询问地看着冬眠专家们，他们都摇摇头，表示不送活人的事自己什么也不知道。

程心接着解释：“把人急速冷冻到超低温，零下两百摄氏度以下，然后发射。不需要生命维持和加热系统，只有单人太空舱，可以做得很小很轻薄，加上人体，总质量一百一十公斤左右应该够了。这个人对人类而言肯定是处于死亡状态，但对三体人呢？”

一位冬眠专家说：“把急速深冻的人体复活，最大的障碍是防止解冻过程中细胞结构的破坏，就像冻豆腐，解冻后成了海绵状，哦，你们大概没吃过冻豆腐吧？”这个来自中国的专家问在场的西方人，大家都表示即使没吃过，也知道是怎么回事，“至于在三体人那里，也许他们有某种方法防止这种损害，比如在极短的时间内，一毫秒，甚至一微秒，使整个人体瞬间同时解冻到正常体温，这个人类做不到。我们当然可以做到一毫秒解冻，但同时人体将被高温气化。”

程心并没有太注意听他的话，她现在的思想集中在一点上：这个被冷冻到零下两百多摄氏度送入太空的人将是谁。她努力不择手段地前进，但脚步还是在颤抖。

“很好。”维德对程心点点头，在她的记忆中，这是他第一次表扬下属。

本届PDC常任理事国会议将审议阶梯计划的最新方案，从维德与各国代表的私下协商看，预期很乐观，因为这一方案的实质其实是人类第一次与地外文明直接接触，其意义比单纯的探测器提高一个层次。尤其是，那个进入三体舰队的人类可以说是一颗植入敌人心脏的炸弹，运用自己在谋略上的绝对优势，他（她）有可能改变战争的走向。

由于特别联大今晚向世界公布面壁计划，PDC会议推迟了一个多小时，PIA的人只能在会场外的大厅中等待。在以前的各次会议上，只有维德和瓦季姆能够进入PDC会场，其他人只能等在外面，当咨询涉及他们中某人的专业时才被叫进去。但这次，维德让程心同他们一起去开会，对一名低级助理而言，这是不寻常的重视。

当特别联大的会议结束时，他们看到一个人被蜂拥而上的记者围在了中间，那个人显然是刚刚公布的面壁者。PIA的人们心都悬在阶梯计划的命运上，对此兴趣不大，只有一两个人跑出去看。当那个著名的刺杀事件发生时，这里没有人听到枪声，只是透过玻璃大门看到外面突然出现的骚乱。程心随着其他人跑出去，立刻被空中直升机的探照灯炫花了眼。

“嗨嗨嗨！刚有个面壁者被干掉了耶！”较早出去的一个同事跑过来喊道，“听看到的人说他中了好几枪，给打爆了头！”

“面壁者都是谁？”维德冷淡地问道，眼前的事件仍没引起他太大的兴趣。

“我也不太清楚。听说其中有三个都是受到关注的候选人，只有这个，被杀的这个，”他指指程心，“是你的同胞，可没人知道他，一个无名小辈。”

“这个非常时代没有无名小辈。”维德说，“任何普通人都可能随时被委以重任，任何显要人物也可能随时被取代。”后面这两句话，说前一句时他看着程心，后一句看着瓦季姆，然后，他被一名PDC会议秘书叫到一边去了。

“他在威胁我。”瓦季姆低声对身边的程心说，“昨天发脾气时，他说你都可以取代我。”

“瓦季姆，我……”

瓦季姆对程心抬起一只手，探照灯的光芒穿过他的手掌，照出里面的血色。“他不是开玩笑，这个机构的人事操作不需遵循常规。而你，沉稳、扎实、勤奋，又不乏创造力，特别是你的责任心，超出工作层面之上的责任心，我很少在其他姑娘身上看到。程，真的，我很高兴你能代替我，但你还代替不了我。”他抬头望着周围的混乱，“因为你不会把你妈卖给妓院，在这方面你还是个孩子，我希望你永远是。”

有人疾步走来插到他们中间，是柯曼琳，她手里举着一份文件，程心看着像是阶梯计划可行性研究的阶段报告。她把文件举了几秒钟，并没有把它递给谁，而是狠狠地摔在地上。

“见鬼！”柯曼琳气急败坏地大叫，即使在压倒一切的直升机的轰鸣中，也引得周围几个人转头看，“猪，都是猪！只会在享乐的泥坑里打滚的猪！”

“你说谁？”瓦季姆吃惊地问。

“所有人！全人类！半个世纪前就登上了月球，可现在还是什么都拿不出来，什么都做不了！”

程心拾起地上的文件，和瓦季姆翻看着。果然是可行性研究的阶段报告，写得很专业，这样扫几眼看不出什么。这时维德也回来了，PDC会议秘书刚通知他会议将在十五分钟后开始。看到局长，柯曼琳才稍微冷静一些。

“NASA已经完成两次太空小型核爆炸推力试验，结果就在这份报告里，要想达到额定速度，飞行器的整体质量仍大得离谱，要再降低，降到现在的十分之一，十分之一！也就是说只剩十公斤了！他们甚至还送来了好消息，说辐射帆可以降到十公斤，有效载荷嘛，他们很慈悲地说可以有半公斤，但不能再多了，因为载荷的增加必然导致帆索加粗，载荷增加一克，帆索就增加三克，使得达到光速百分之一成为不可能。所以我们只有半公斤，啊哈哈，半公斤！真如我们的天使所说：像羽毛一样轻。”

维德微笑着点点头，“可以让莫妮尔去，我母亲的猫，不过它也得减肥一半才行。”

在别人愉快工作时，维德总是处于阴沉状态；而大家都处于绝望中时，他却轻松幽默起来，总是这样。开始程心以为这是领导者的风度，瓦季姆说她不会看人，这与领导风度和鼓舞士气都没关系，只是因为维德喜欢看到别人绝望，即使处于绝望中的也包括他自己。欣赏人的绝望对他而言有一种快感。瓦季姆是个很忠厚的人，却对维德做出如此阴暗的评价，让程心有些吃惊，但现在看来，维德确实在欣赏着他们三个人的绝望。

程心感到自己的身体已经抽去了支撑，多日的劳累一起显形，她软软地坐到草坪上。

“站起来。”维德说。

程心第一次没听他的命令，只是坐着。“我真的累了。”她木然地说。

“你，还有你，”维德指指程心和柯曼琳，“以后不允许出现这样没有意义的精神失控，你们只能前进，不择手段地前进！”

“前面没路了，放弃吧。”瓦季姆看着维德恳切地说。

“你们认为没有路，是因为没有学会不择手段。”

“那会议怎么办，取消议程吗？”

“不，议程按计划进行。文件来不及准备了，我们只能口述。”

“口述什么？半公斤的探测器还是五百克的猫？”

“都不是。”

维德最后这句话让瓦季姆和柯曼琳的眼睛亮了起来，程心也瞬间恢复了活力，弹簧般从草坪上跳起来。

这时，载着中弹的罗辑的救护车在军警车和直升机的簇拥下开远了，纽约的灯海又恢复了光芒。在这光灿的背景之上，维德像一个黑色的鬼魅，只有双眸的冷光时隐时现。

“只送大脑。”他说。

《时间之外的往事》（节选）

火龙出水、连发弩和阶梯计划

在中国明朝曾经出现过这样一种武器，由一个内装多枚小火箭的母箭（火龙）和母箭身上的助推火箭组成。这种武器从海面发射，助推火箭将母箭推离水面贴水飞行，母箭则在飞行中射出内置的小火箭。另外，古代战争中还出现过连发弓箭，东西方都有记载，中国的记载最早出现在三国时期。

以上两种武器都是把落后的技术以先进的方式组合起来，试图产生貌似超越时代的能力。

现在回望危机纪元之初的阶梯计划，就是这样一种东西。它试图用当时的落后技术把一个很轻的载荷推进到光速的百分之一，这样的宇航速度本来需要一个半世纪后的技术才能实现。

这时人类的探测器已经飞出太阳系，并且能够使探测器在海王星的卫星上着陆，所以在航线的推进段上布放核弹的技术是比较成熟的。困难的是控制飞行器航线与每枚核弹精确交错，以及核弹的起爆控制。

每枚核弹必须在辐射帆刚刚飞越它时起爆，距离由三千米至十千米不等，依核弹的爆炸当量而定。随着帆的速度增加，所需的控制精度越来越高，但即使帆的速度达到光速的百分之一，控制精度也在纳秒级以上，以当时的技术，经过努力还是可以做到的。

飞行器本身没有任何动力，它的航行方向完全由核弹的爆炸位置进行控制，航线上的每枚核弹都带有位置控制发动机，在帆到来之前精确定位，在交错时两者相距只有几百米，调整这个距离就可使爆炸推力与帆形成不同的角度，进而控制飞行器的航向。

辐射帆是软性薄膜，只能把有效荷载用帆索拖曳在后方，这使得整个飞行器看起来像一个沿航行方向横放的巨大的降落伞，按当量不同，核爆在伞后三千米至十千米处发生。为避免核爆辐射对太空舱的影响，帆索很长，使太空舱尽量向后靠，这个距离长达五百千米，太空舱表面由蒸发降温材料覆盖，在每次核爆中不断蒸发，在降温的同时不断降低自身重量。

这个超级降落伞如果降落到地球上，其下坠物接触地面时，伞本身还在五百千米高的太空。那几根帆索将用纳米材料“飞刃”制成，只有蛛丝的十分之一粗，肉眼不可见，一百千米的重量只有八克，但强度足以在加速时拖动太空舱，且不会被核辐射切断。

……

火龙出水和连发弩没能发挥两级导弹和机关枪的作用，同样，阶梯计划也难以把人类带入宇航新时代，它只是用当时的技术所进行的孤注一掷的努力。

“和平卫士”洲际导弹的集群发射已经进行了半个小时，之前发射的六枚导弹的尾迹重合在一起，浸透了月光，像一条银色的天国之路。这以后每隔五分钟，就有一团火球沿着这架银桥升上高空，周围的树影和人影在它的光芒中像秒针一般走动。首批将发射三十枚导弹，将三百颗核弹头送入地球轨道，它们的当量从五十万到二百五十万吨级不等。与此同时，在俄罗斯和中国，“白杨”和“东风”导弹也在不间断地发射中。这很像世界末日的景象，但程心专业的眼光从这条天国之路尽头的弯曲度看出，这不是洲际攻击轨道，而是太空发射轨道。那些本来可能致几亿人死亡的东西，现在一去不回了，用它们那巨大的能量去把那片羽毛推进到光速的百分之一。

程心仰望天空热泪盈眶，每次发射的光芒都使她的泪花格外晶莹。

她在心中一次次对自己说:即使只做到这一步,阶梯计划也值了。

但旁边的两个男人,维德和瓦季姆却对这壮丽的景象无动于衷,甚至懒得抬头看,只是抽着烟冷漠地谈论着什么,程心知道他们谈话的内容。

阶梯计划的人选。

在那次PDC常任理事国会议上,第一次通过了一个还没有形成文本的提案,程心也第一次见识了平时沉默寡言的维德的雄辩能力。他说,如果三体人能够复活一个深冻的人体,也一定能够复活一个这样的大脑,并且用某种外部接口与它交流。对于一个能够把质子展开成二维并在上面蚀刻电路的文明来说,这并不是一件很困难的事。从某种意义上讲,一个大脑与一个完整的人没有什么区别,它有这个人的意识,这个人的精神,这个人的记忆,特别是,有这个人的谋略。如果成功,这仍然是进入敌人心脏的一颗炸弹。尽管各常任理事国并不认为大脑等同于一个人,但也没有别的选择,特别是他们对阶梯计划的兴趣有很大一部分在于那推进到百分之一光速的技术,提案便以五票赞成、两票弃权的结果通过了。

阶梯计划全面启动,人选问题的困难渐渐凸现出来。对于程心来说,她甚至没有对那个人进行想象的勇气,即使他(她)的大脑真的能被截获并复活,那以后的生活(如果那能被称为生活的话)对他(她)来说也将是一个噩梦。每次想到这一点,她的心就像被一只同样处于零下两百多摄氏度超低温的冰手攥紧了。但阶梯计划的其他领导者和执行者并没有她这种心理障碍,如果PIA是一个国家的情报机构,事情早就解决了。但PIA实质上只是一个由PDC各常任理事国组成的情报联席会议,同时阶梯计划对国际社会完全透明，这件事因此变得极其敏感。

关键问题在于：在派出这个人之前，必须杀死他（她）。

随着危机爆发之初的恐惧尘埃落定，另一种声音渐渐成为国际政治的主流：要防止危机被利用，成为摧毁民主政治的武器。PIA的人都收到自己政府的再三指示，在阶梯计划的人选上必须慎重，千万不能让别人抓住把柄。

面对这个困难，维德同样提出了自己的解决方案：通过PDC，再由它通过联合国，推动尽可能多的国家建立安乐死法律。与以前不同，他在提出这个想法时并不太自信。

PDC的七个常任理事国中很快有三个通过了《安乐死法》，但在法律中都明确阐明：安乐死只适用于身患目前医疗技术无法救治的绝症的病人，这离阶梯计划的要求相去甚远，但再向前走一步几乎不可能了。

阶梯计划的人选只能从绝症患者中寻找了。

天空中的轰鸣声和火光消失了，发射告一段落。维德和几名PDC观察员上车离开了，这里只剩下瓦季姆和程心，他对她说："咱们看看你的星星吧。"

程心是在四天前收到DX3906所有权证书的，那是一个巨大的惊喜，使她陷入一种从未有过的幸福感中，一时晕头转向。一整天，她都在心中不停地对自己说：有人送我一颗星星，有人送我一颗星星，我有了一颗星星……

在去局长那里汇报工作时，她的欢欣如此光芒四射，令维德也不由得问她发生了什么事。她告诉了他，并把证书给他看。

“一张废纸。”维德不以为然地把证书扔还给她，“你要是明智些的话就早些把它降价转卖了，还不至于什么都得不到。”

他这话丝毫没有影响程心的心情，其实她已经料到他会这么说。对于维德，程心知道的只有他的工作资历：先是在CIA，后升任美国国土安全局副局长，然后到这里。至于他的私生活，除了那天他透露自己有个妈和他妈有只猫，其他的她一无所知，也没听谁说过，连他住在哪里都不清楚，他仿佛就是一台工作机器，工作之外就在某个不为人知的地方关机了。

程心又忍不住把星星的事告诉了瓦季姆，后者倒是热烈地祝贺了她，说她让全世界的女孩都嫉妒，包括所有活着的女孩和所有死去的公主，因为可以肯定，她是人类历史上第一个得到一颗星星的姑娘。试问，对于一个女人，还有什么比爱她的人送她一颗星星更幸福呢？

“可他是谁呢？”程心自问。

“应该不难猜到吧，首先可以肯定这人很有钱，资产至少应该在九位数，才可能花几百万送一件只具有象征意义的礼物。”

程心摇摇头。从学校到工作，程心有过许多仰慕者和追求者，但他们中没有这样富有的。

“同时，此人文化程度很高，是一个在精神修养上极不寻常的人。”瓦季姆说着，不由得仰天感叹起来，“浪漫到这个程度，即使在爱情小说和电影中，我他妈都从没看到过。”

程心也在感叹中。少女时代她也曾在玫瑰色的梦想中沉醉过，现在，虽然自己还年轻，却已经开始为那些梦想自嘲了，但没有想到，这颗现实中突然飘来的星星，其浪漫和传奇的程度已经远远超出了她少女时的梦幻。

她不用想就可以肯定，自己不认识这样的男人。

也许只是一个遥远的暗恋者，冲动中用自己巨额财富中的一小部分完成一个奇想，满足一个她永远不知道实情的愿望，即使这样，她也很感激他。

晚上，程心登上新世贸大厦的楼顶，迫不及待地想看到自己的星星。这之前她已经仔细看过随证书寄来的观星资料，但当天纽约上空阴云密布。第二天第三天也都是阴的，云层像一只逗弄她的巨掌，捂着她的礼物不放开。但程心并没有失落，她知道她收到的是一件最不可能丢失的礼物，DX3906就在宇宙中，可能比地球和太阳的寿命还长，她总有一天能看到它的。

晚上，她长久地站在公寓的阳台上，看着夜空想象那颗星星的样子。城市的灯海在云层上映出一片暗黄色的光晕，她却想象那是她的DX3906给云照出的玫瑰色。她梦到那颗星星，梦中她在恒星的表面飞翔，那是一颗玫瑰色的星球，没有灼人的烈焰，只有春风般的清凉，恒星表面是清澈的海洋，能清晰地看到水中玫瑰色的藻群……

醒后她笑自己：作为一个航天专业毕业的人，她在梦中都没忘记DX3906没有行星。

收到星星的第四天，她和几个PIA的人飞到卡拉维拉尔角（由于太空发射的位置要求，洲际导弹不能从原部署位置发射，只能集中到这里），参加首批导弹的发射。

此刻，夜空万里无云，导弹的尾迹正在散去。程心和瓦季姆再次看那份观星指南，他们都是对天文学并不陌生的人，很快找到了那个位置，但都没看到那颗星。瓦季姆从车里拿出两架军用望远镜，用它们再次朝那个方向看，很轻易地找到了DX3906，然后拿开望远镜，用肉眼也能看到了。程心陶醉地长时间看着那个暗红色的光点，努力想象着那不可想象的遥远，努力把这距离转化为可以把握的形象。

“如果把我的大脑放到阶梯计划飞行器上，向它飞，要三万年才能到啊。”

她没有得到回答，转头看，发现瓦季姆没和她一起看星星，而是正靠着车平视前方，夜色中隐约能看到他满脸忧郁。

“瓦季姆，怎么了？”程心关切地问。

瓦季姆沉默许久才回答：“我在逃避责任。”

“什么责任？”

“我是阶梯计划的最合适人选。”

程心十分吃惊，她从来没朝这方面想过，经他这一提醒，才突然发现确实如此：瓦季姆有深厚的航天专业背景，又同时有外交工作和情报工作的丰富经验，心理稳定而成熟……即使在健康人中遴选，他也是最合适的人。

“可你是一个健康人。”

“是的，但我还是在逃避。”

“有人向你暗示过什么吗？”程心首先想到的是维德。

“没有，但我还是在逃避。我三年前才结婚，女儿才一岁多，妻子和女儿对我很重要，我不怕死，可真不想让她们看到我那样连死都不如。”

“可你根本就没这个责任，无论是PIA还是你的政府，都没有命令你承担这个使命，也不可能有这样的命令。”

“是，我只是想对你说说……我毕竟是最合适的人。”

“瓦季姆，人类不是一个抽象的概念，对人类的爱是从对一个一个人的爱开始的，首先负起对你爱的人的责任，这没什么错，为这个自责才荒唐呢！”

“谢谢你的安慰，程心，你是配得到这个礼物的。”瓦季姆仰头看程心的星星，“我也真想送她们一颗星星。”

夜空中亮起一个光点，然后又是一个，在地面上照出了人影，那是太空中进行的核爆推进试验。

阶梯计划的人选工作必须加紧进行，但这项任务对程心的压力很小，她只是参与其中的一些事务性工作，主要是对人选的航天专业背景进行考察，这个专业背景是人选的先决条件。由于人选的范围只能是三个通过《安乐死法》的常任理事国中的绝症患者，几乎不可能找到具有这项使命所要求的超级素质的人，PIA 努力通过各种渠道寻找尽可能多的候选者。

碰巧这时程心的一个大学同学来到纽约，她们见面后谈起了其他同学的下落，这个同学提到云天明，她从胡文那里听说他已是肺癌晚期，时日无多了。当时程心没多想什么，立刻找到阶梯计划人选的负责人于维民副局长，推荐云天明为候选人。

在程心的余生中，她无数次回忆那一时刻，每次都不得不承认：她当时真没有多想什么。

程心要回国一次，因为她与云天明的同学关系，于维民让她代表 PIA 去与云天明谈这件事，她立刻答应了，也没多想什么。

听完程心的讲述，云天明慢慢从床上坐起来，程心让他继续躺下，他只是木然地说自己想一个人待会儿。

等轻步离开的程心刚把门关上，云天明就爆发出一阵歇斯底里的狂笑。

真是个大傻瓜！还有比他更傻的吗?！他以为给了所爱的人一颗星星那人就爱他了？就流着圣洁的眼泪飞越大洋来救他了？多美的童话。

不是，程心是来让他死的。

接下来的一个简单推论更是让他笑得窒息：从程心到来的时间看，她肯定不知道云天明已经选择了安乐。换句话说，假如云天明没有选择安乐，她来了以后也要让他安乐，引诱他，甚至逼他安乐。

错了，她给他的死法并不安乐。

姐姐让他去死，只是怕他白花钱，这完全可以理解，况且，她是真心想让他死得安乐。但程心，却想让他成为死得最惨的人。云天明惧怕太空，同每一个学航天的人一样，他比别人更清楚太空的险恶，知道地狱不在地下而在天上。而程心，想让他的一部分，承载灵魂的那一部分，永远流浪在那无边无际无限寒冷的黑暗深渊中。

这还是最好的结果。

如果他的大脑真如程心所愿，被三体人截获并复活，那才是真正的噩梦。那些冷酷的异类会首先给他的大脑连上感官接口，然后进行各种感觉的输入试验，对他们最有吸引力的当然是痛苦感，他们会依次让他体验饿感、渴感、鞭打火烧的感觉、窒息的感觉，还有老虎凳和电刑的感觉、凌迟的感觉……他们会搜索他的记忆，看看他最惧怕的酷刑是什么，他们会发现的，那是他从某个变态的历史记载中看到的：首先把人打得皮开肉绽，然后用纱布裹紧他的全身，当一天后血干了，再嘶嘶啦啦地把纱布全扯下来……如果搜索，他们会发现他的这个恐惧，然后他们会把撕纱布时的感觉输入他的大脑。历史上真正经历那个酷刑的人很快就死了，但他的大脑死不了，最多也就是休克，在他们看来也就像芯片锁死一样平常，重新启动后可以再试，一遍遍地试，出于好奇，或仅仅是为了消遣……他没有任何解脱的可能，他没有手和身体，咬舌自杀都不可能，他的大脑就像一节电池，一遍遍地被充入痛苦的电流，绵绵无期，永无止境。

他接着笑，笑得喘不过气来，程心推门进来，关切地问："天明，你怎么了?！"他的笑戛然而止，把自己变成一具僵尸。

"云天明，我代表联合国行星防御理事会战略情报局问你：你愿意尽一个人类公民的责任，接受这个使命吗？这完全是自愿，你可以拒绝。"

看她圣洁的庄严，看她殷切的期待，她在为人类文明而战，她在保卫地球……周围怎么是这样，看这束夕阳透进窗里的余晖，投在白墙上如一摊肮脏的血；外面孤独的橡树，不过是坟墓中伸出的枯骨……

一抹凄惨的微笑出现在云天明的嘴角，渐渐溢散开来。

"好的，我接受。"他说。

危机纪元5—7年

阶梯计划

瓦季姆死了，他的车冲出汉密尔顿大桥的桥栏，扎进了哈雷姆河。车用了一天时间才打捞上来。解剖遗体后发现，瓦季姆身患白血病，车失控是白血病产生的眼底出血导致的突然失明造成的。

程心悲痛万分，瓦季姆像一位兄长那样关心她，帮她适应了异国的工作和生活，特别令程心感动的是他那宽广的胸怀。程心在工作上很主动，她的聪慧很引人注目，虽是出于责任心，但必然处处抢瓦季姆的风头，可他表现得很大度，总是鼓励程心在越来越大的舞台上展示自己的才华。

对于瓦季姆的死，部门内的人们有两种完全不同的反应：专业人员大都像程心一样为他们的领导悲伤；而那些冷酷的间谍特务，则都在窃窃私语着他们的遗憾：瓦季姆在水里浸了太长时间，大脑不能用了。

程心的悲痛渐渐被一个疑惑所占据：怎么这么巧？这想法初次出现

时令她打了个寒战，如果这背后真有阴谋，那它的阴暗和恐怖是她无法承受的。

她请教过技术规划中心的医学专家，得知人为导致白血病是可能的，使受害者置于放射环境中就有可能致病，但放射剂量和时间都很难掌握，低了不足以在短时间内致病，高了又会使受害者得迅速死亡的放射病而不是白血病。从时间上看，如果瓦季姆在PDC开始推动《安乐死法》的时候被人下黑手，现在的病况与时间是吻合的。如果真有凶手，那一定极其专业。

程心曾经拿着高精度盖革计数仪检查过瓦季姆的办公桌和公寓，没发现什么异常，少量的放射性残留都能得到正常的解释。但她看到了瓦季姆压在枕头下的妻儿的照片，漂亮妻子是比他小十一岁的芭蕾舞演员，小女儿更是可爱得让人心碎。瓦季姆曾对程心说过，也许是出于职业上的神经质，他从来不把她们的照片放到桌面或床头柜上，下意识地认为这样会使她们暴露在某种危险面前，他只是想看时才拿出来看……想到这里，程心的心一阵绞痛。

每当想到瓦季姆，程心的思绪总会不由自主地转到云天明身上。现在，他已同另外七位候选人一起，在特别护理下集中到距PIA总部不远的一处秘密基地，接受各种测试，以便从他们中间产生最终的人选。自从在国内与云天明见了一次面后，程心的心头总是被阴云笼罩，那阴云开始时只是若隐若现的一缕，后来渐渐浓重，使她的心海难见天日。

程心回忆起第一次见到云天明时的情景。那是大一刚入学时，本专业的同学轮流做自我介绍，她看到云天明静静地待在一个角落里，看到他的第一眼，她就立刻真切地感觉到了他的孤独和脆弱。以前她也见过同样孤僻的男孩，但从没有过这种感觉，好像潜入到他的心里偷看一样。程心喜欢的男性是那种阳光型的，自己阳光，也把阳光沐浴到女孩的心里，云天明正是这种男人的反面。但程心总是有一种关心他的愿望，她与他交流时总是小心翼翼，生怕不慎伤害了他，以前对任何一个男孩她都没有这样小心翼翼过。那次听同学谈起云天明，程心发现，他虽已被自己遗忘到记忆里一个遥远的角落，若不是别人提起可能再也想不起来，但一旦想起，那个角落中的他竟十分清晰。

那天夜里程心做了一个噩梦，又梦到了她的星星，但上面海洋中玫瑰色的藻群渐渐变成黑色，后来整个恒星坍缩成一个黑洞，一个完全不发光的黑洞，像太空被挖去一块。黑洞的周围，有一个发出荧光的小小的物体在运行，那个东西被黑色的引力禁锢着，永远无法逃脱——那是一个冰冻的大脑。

程心醒来，看着纽约的灯火在窗帘上投下的光晕，突然明白自己做了什么。

其实，她不过是向云天明转达PIA的请求，而他完全可以拒绝。她是为了保卫地球文明的崇高目的而推荐他的，他的生命已走到尽头，如果她再晚到一会儿，他已经不在人世了，她甚至是救了他！真的没什么，她真的没做什么会让良心不安的事。

但同时她也第一次知道，那些人就是念叨着这样的话把妈卖给妓院的。

程心接着又想到了冬眠技术，现在已经有了第一批真正的冬眠人，大部分是到未来寻找救治机会的绝症病人。云天明还是有机会生存下去的，虽然以他的社会地位，要进入冬眠可能很困难，但在她的帮助下应该有可能实现，他的这个机会其实是被她剥夺了。

第二天一上班，程心就去见维德，她原打算找于维民的，但还是觉得直接见局长更好一些，反正最终的决定权就在他手里。

同每次到维德的办公室一样，程心还是看到他在盯着自己手上燃烧的雪茄。她很少看到他做通常意义上的领导工作，如打电话、看文件、谈话和开会等。她不知道维德什么时候去做这些事，能看到他在做的只是沉思、沉思，无休无止的寂寥的沉思。

程心对维德说，自己认为五号候选人不合格，收回自己的推荐，同时请求把五号从候选人中除名。

“为什么？他的测试成绩名列前茅。”

维德的话让程心大感意外，同时心也冷了下来。在对候选人的测试中，首先使用一种特殊的全身麻醉剂，使被测试者的身体各部位和大部分感官失去知觉，但意识保持清醒，以模拟大脑脱离身体独立存在的状态。测试的内容主要是心理方面的，考察被测试者对异类环境的适应能力，但测试的设计者并不知道三体舰队的内部环境，只能凭猜测进行模拟。总的来说，这类测试十分严酷。

“他的学历太低。”程心说。

“你的学历倒是很高，但要让你的大脑去完成这个使命，肯定是最蹩脚的一个。”

“他的性格孤僻，说真的我没见过这样孤僻的人，根本没有能力融入周围的社会环境。”

“这正是五号的最大优势！你说的环境是人类的环境，很好地与这种环境融为一体的人，同时也对它产生了依赖感，一旦切断他与人类环境的联系，并将其置于一个完全异类的环境中，可能产生致命的精神崩溃。你正好就是这方面的例子。”

程心不得不承认维德说得有道理，别说置身异类环境，就是那个测试本身都可能让她崩溃。其实她心里清楚，以自己的级别，让PIA的最高领导放弃一个阶梯计划的候选人是一件不可能成功的事，但她不想轻易放弃，她想孤注一掷，不惜诋毁她想帮助的人。

“最重要的是，他长期隔绝于人群之外，对人类没有责任心，更谈不上爱心！”说完这话，程心自己也怀疑这是不是真的。

“地球上有他留恋的东西。”

维德说这话时仍盯着雪茄，但程心感觉他的目光从雪茄头上反射到她身上，并带上了那一小团暗火的热量。好在维德并没有在这个话题上继续深入。

“五号的另外一个优点是他很有创造力，这多少弥补了专业背景的不足。知道吗？他的一个简单的创意就让你的另一个同学成了亿万富翁。”

程心刚从候选人资料上看到过这事，知道她的同学中还有拥有九位数资产的富豪，但她不相信胡文是送星星的人，半点都不相信。他不是那样的人，如果真想向她示爱，他会送一辆名车或一串钻石项链什么的，但不会是星星。

“其实按照应有的标准，所有的候选人都差得远，但没办法。你让我更坚定了对五号的信心，谢谢。”

维德终于从雪茄上抬起头，在微微冷笑中看着程心，像以前一样，他又在欣赏她的绝望和痛苦。

但程心并没有完全绝望，她参加了为阶梯计划候选人举行的一个宣誓仪式。按照危机后修订的《太空公约》，任何借助地球资源飞出太阳系之外进行经济开发、移民、科学研究和其他活动的人类，都必须宣誓忠于人类社会。这本来被认为是一条为未来制定的条款。

宣誓在联合国大会堂举行，与几个月前宣布面壁计划不同，这个仪式不对外公开，参加的人也很少，除了七名阶梯计划候选人外，还有主持仪式的联合国秘书长和PDC轮值主席。在听众席的前排只坐着两排人，主要是包括程心在内的PIA参与阶梯计划的人。

宣誓的过程很简短，宣誓者把手放在联合国秘书长手中的联合国旗上，说出规定的誓词，大意是保证自己永远忠于人类社会，在宇宙中不做任何损害人类利益的事。

宣誓按候选人的序号进行，云天明前面有四个人，他们中有两个来自美国，一个是俄罗斯人，一个是英国人。排在云天明后面的有一个美国女性，还有一个他的中国同胞。所有的候选人都露出明显的病容，其中两位还坐在轮椅上，但他们的精神都很好，他们的生命如一盏油已几乎耗尽的灯，在最后的时刻被拨亮了灯芯的火焰。

程心看到了云天明，他比她上次见到时更憔悴了，但显得很平静。他没有朝程心这里看。

云天明前面四人的宣誓都进行得很顺利，其中那位轮椅上的美国人，已年过五十身患胰腺癌的物理学家，坚持从轮椅上站起来，自己走上主席台完成了宣誓。他们那羸弱但执着的声音在空荡的会堂中发出隐隐的回响。这中间唯一的小插曲就是那个英国人问自己能不能对《圣经》宣誓，得到的回答是可以，于是他把手按在《圣经》上说完了誓词。然后，轮到云天明了。

尽管程心是无神论者，但她此时真希望能抱住刚才英国人按着的那本《圣经》，对它祈祷：天明啊，说出你的誓言吧，宣誓忠于人类，你会的，你是个有责任心有爱的男人，正如维德所说，这里有你留恋的东西……她目送云天明走上主席台，看他走到了手捧联合国旗的萨伊面前，然后她紧张地闭上双眼。

程心没有听到云天明的誓言。

云天明从萨伊手中拿过那面蓝色的旗帜，把它轻轻放到旁边的讲台上。

“我不宣誓。在这个世界里我感到自己是个外人，没得到过多少快乐和幸福，也没得到过多少爱，当然这都是我的错……”他在说这番话时，双眼微闭，语气舒缓，仿佛在浏览自己凄凉的一生，而下面的程心，则像听到末日审判般微微颤抖起来，“但我不宣誓，我不认可自己对人类的责任。”云天明镇定地说。

“那你为什么答应承担阶梯计划的使命呢？”萨伊问，她的声音很柔和，看着云天明的目光也很平静。

“我想看看另一个世界。至于是否对人类忠诚，要取决于我看到的三体文明是什么样子。”

萨伊点点头，淡淡地说：“没有人强迫你宣誓，你可以下去了。下一位，请。”

程心像跌进了冰窖般浑身抖动了一下，她紧咬下唇，极力不使自己的眼泪流出来。

云天明通过了最后的测试。

维德从前排座位回过头来看着程心，这次他能欣赏到更纯粹的绝望和痛苦了。他用目光说：

看到他的素质了吧？

可……如果他说的是真心话呢？她回问。

如果我们这样相信，敌人也会相信。

维德转过身去，像想起什么似的又回头瞥了程心一眼。

这游戏真有趣，是吧？

接下来的事情有了些转机，候选人序号的最后一位，四十三岁的美国女性乔依娜，一名身患艾滋病的 NASA 太空工程师，也拒绝宣誓，说她到这里来是被迫的，如果不来，将受到周围人的鄙视，她的亲人将离她而去，把她扔在医院中等死。谁也不知道乔依娜说的是不是真话，更不知道她是不是受了云天明的启发。

但在第二天深夜，乔依娜的病情突然恶化，感染导致的肺炎使她呼吸衰竭，凌晨就去世了。由于是因病去世，她的大脑没有按照正常的程序从活体取出急速冷冻，已经因缺氧而死亡，不能使用了。

云天明当选为阶梯计划的使命执行人。

最后的时刻终于来临，程心得到通知，云天明的病情急剧恶化，要做脑切除手术了。手术在韦斯切特医疗中心的脑外科进行。

程心站在医院外面，她不敢进去，但又不忍心离开，只能站在那里咀嚼自己的痛苦。同来的维德径自向前走去，走了几步停下来，转身欣赏了几秒钟程心的痛苦，然后满意地把最致命的一击抛给她：

“哦，还有一个惊喜：你的那颗星星是他送的。”

程心愕然僵硬在那里，周围的一切在她的眼中飞快变化，仿佛之前看到的只是生活的投影，某种真实的色彩此时才显现出来，情感的激浪一时间让她找不到大地的存在。

程心转身向医院飞跑，跑进大门，飞奔过长长的走廊。在脑外科区外面她被两个警卫拦住了，她不顾一切地挣扎，却被死死抓住。她掏出证件塞给对方，继续冲向脑外科手术室。手术室外站着很多人，看到狂奔而来的她惊愕地闪开一条路，程心猛地撞开手术室亮着红灯的门。

一切都已结束。

一群白衣人同时转过头来，遗体已经从另一个门推走，在他们正中有一个工作台，上面放着个一米左右高的不锈钢圆柱形绝热容器，刚刚密封，从容器中涌出的由超低温液氦产生的白雾还没有消散，由于低温，那些雾紧贴着容器的外壁缓缓流下，流过工作台的表面，像微型瀑布般淌下，在地板上方消失了。白雾中的容器看上去似乎不像是尘世中的东西。

程心扑到工作台前，她带来的气流冲散了低温白雾，她感到被一阵寒气拥抱，但寒气立刻消失了，她仿佛是同自己追赶的东西短暂地接触了一下，那东西随即离开她，飘向另一个维度的时空，她永远失去了它。程心伏在液氦容器前痛哭起来，悲伤的洪流淹没了手术室，淹没了整幢大楼，淹没了纽约，在她上方成了湖成了海，她在悲伤之海的海底几乎窒息。

不知过了多长时间，程心感到有手放在自己肩上，这手可能早就放上去了，只是她才感觉到。有一个声音在对她说话，也可能已经说了很长时间，她刚听到。

“孩子，有一个希望。”这苍老而徐缓的声音说，然后又重复一遍，“有一个希望。”

程心仍在几乎窒息的抽泣中，但这个声音渐渐引起了她的注意，因为这并不是想象中空洞的安慰，话的内容很具体。

“孩子，你想想，如果大脑被复活，装载它的最理想的容器是什么？”

程心抬起泪眼，透过蒙眬的泪花她认出了说话的人，这位一头白发的老者是哈佛医学院的脑外科权威，他是这个脑切除手术的主刀。

“当然是这个大脑原来所属的身体，而大脑的每一个细胞都带有这个身体的全部基因信息，他们完全有可能把身体克隆出来，再把大脑移植过去，这样，他又是一个完整的他了。”

程心呆呆地看着眼前的超低温容器，泪水横流，突然她像是想起了什么，说出了一句让在场所有人吃惊的话：

“那，他吃什么?！”

然后，程心转身跑出去，同来时一样急切。

第二天，程心来到维德的办公室。她看上去像那些绝症中的候选人一样憔悴，把一个信封放到维德面前。

“我请求在飞行器的太空舱中带上这些种子。”

维德把信封中的东西倒出来，那是十几个小塑料袋，他很有兴趣地挨个看着，“小麦，玉米，马铃薯，这是……几样蔬菜吧，这个，辣椒吗？”

程心点点头，“我记得他喜欢吃。”

维德把所有小袋一起装回信封，推给她，“不行。”

“为什么？这质量仅仅18克！”

“我们要为减轻0.18克的质量而努力。”

“就当他的大脑重了18克！”

“问题是他没重那18克，加入这份质量，意味着最终速度的降低，与敌舰队的交会可能会晚许多年。再说，”维德开始露出他的冰冷微笑，“那就是个大脑，没有嘴更没有胃，要这些有什么用？别信那个克隆的神话，他们会在合适的培养箱里养活大脑的。”

程心真想把维德手中的雪茄抢过来摔到他脸上，但她克制住了自己，默默地把信封拿回来，“我会越过你向上级请求的。”

“可能没用。然后呢？”

“然后我辞职。”

“这不行。对于PIA，你还有用。”

程心也冷笑了一下，“你阻止不了我，你从来就不是我真正的上级。”

“我清楚这一点，但我不允许的事你就做不了。”

程心转身离走。

“阶梯计划需要有一个熟悉云天明的人去未来。”

程心站住了。

“但必须是PIA的人，你愿意去吗？好了，你现在可以递交辞呈了。”

程心继续向门口走，但脚步慢多了，最后终于站住，维德的声音又在后面响起：“你必须明确自己的选择。”

“我同意去未来。”程心扶着门虚弱地说，没有回头。

程心唯一一次见到阶梯飞行器是当它的辐射帆在地球同步轨道上

展开时，二十五平方千米的巨帆曾短暂地把阳光反射到北半球，那时程心已经回到上海，深夜她看到漆黑的天幕上出现一个橘红色的光团，五分钟后就渐渐变暗消失了，像一只在太空中看了一眼地球后慢慢闭上的眼睛。以后的加速过程肉眼是看不到的。

唯一让程心感到安慰的是，种子带上了，但不是她拿的那些，而是经过航天育种部门精心挑选的。

那面九点三公斤重的巨帆，用四根五百千米长的蛛丝拖曳着那个直径仅四十五厘米的球形舱，舱的表面覆盖着蒸发散热层，起航时的质量为八百五十克，加速段结束时减为五百一十克。

加速航段从地球延伸至木星轨道，在这段航程上已经预先布设了一千零四枚各种当量的核弹，有三分之二是裂变核弹，其余是氢弹。它们就像是一串太空地雷，阶梯飞行器的加速过程就是依次触发这些核地雷的过程。除此之外，还有数量众多的探测器巡行在加速航段上，以监测阶梯飞行器的航向和速度，及时调整下一枚核弹的位置。核爆炸的闪光以一定的间隔不断地在巨帆后面亮起，像搏动的心脏，辐射的飓风强劲地推动着这片轻盈的羽毛。当接近木星轨道的第九百九十七枚核弹爆炸时，监测表明飞行器已经达到了预定速度：光速的百分之一。

但故障就在这时出现了。监测系统通过巨帆反射光的频谱分析发现，帆开始卷曲，据推测最大的可能是一根帆索断了。但第九百九十八枚核弹仍被引爆，只剩下三根帆索的帆此时得到了一个错误的速度分量，偏离了预定航线。帆继续卷曲，雷达反射面急剧缩小，监测系统丢失了它，也丢失了它的轨道参数，人类不可能再找到它了。失之毫厘，谬以千里。随着岁月的流逝，飞行器距预定的航线将越来越远，与三体舰队交会并被截获的希望也越来越小。按照它最后的大致方向，它将在六千多年后掠过第一颗恒星，五百万年后飞出银河系。

但阶梯计划至少成功了一半，人类成功地把一架飞行器——尽管轻得像羽毛——推进到准相对论速度。

程心本来已经没有理由去未来了，她似乎要继续被阶梯计划完全改变了的人生，但PIA仍然让她冬眠。她的使命变成了阶梯计划的未来联络员；设想这项计划如果能对两个世纪后的人类宇航有帮助，就需要一个全面了解它的人，而不仅仅是死的资料。其实，派她去的真正目的，可能只是希望阶梯计划不被未来所遗忘或误解。这一时期，还有一些其他的大型工程项目向未来派去联络员，目的也一样。

如果千秋功罪真有人评说，现在已经可以派一个人去解释岁月造成的误会。

当程心的意识在寒冷中模糊时，她感到一丝安慰：和云天明一样，她也要在无边的黑暗中漂流了。

第二部

威慑纪元12年

“青铜时代号”

从“青铜时代号”上可以用肉眼看到地球了，减速航行时舰尾对着地球方向，能离开岗位的人们纷纷来到舰尾广场，透过宽阔的舷窗观看地球。这时，地球还只是一颗星星，只能微微看出些蓝色。最后的减速开始了，随着星际引擎的启动，原来处于失重状态飘浮于广场上空的人们如落叶般缓缓向舷窗飘去，最后都贴在高大的舷窗玻璃壁上。过载缓缓加强，停在一个G，这是地球的重力，舷窗成了地面，趴在上面的人们感到这重力像是前方母亲星球的拥抱，玻璃壁像回音壁般传递着人们的声音：

“回家了！”

“回家了！”

“要见到孩子了。”

“我们能有孩子了！[1]”

---

①按照“青铜时代号”在脱离太阳系时制定的法律，只有在舰上有人死亡时才能有新生儿出生。

“她说她还等着我。”

“到时候你肯定看不上她了，你是全人类的英雄，到时候追你的女孩子会像鸟群一样。”

“多少年没看到过鸟群了？”

“想想前面的事，真像梦。”

“现在才像梦呢。”

“太空真可怕。”

“是啊，我回去就退役，开一个小农场，永远生活在大地上。”

……

距地球舰队惨烈的覆灭已经十四年了，在太阳系的两端爆发黑暗战役后，残存的舰队与地球的联系就中断了，但在其后一年半的时间里，“青铜时代号”仍能监听到地球发出的大量信息，大部分是地球表面的广播和通信，也有清晰度更高的太空通信。但突然，在危机纪元208年11月初的两天时间里，地球向太空溢散的带有信息的电磁波全部消失，所有的波段都陷入一片沉默，地球就像一盏突然关掉的灯。

《时间之外的往事》（节选）

黑暗森林恐惧症

当人类得知宇宙的黑暗森林状态后，这个在篝火旁大喊的孩子立刻浇灭了火，在黑暗中瑟瑟发抖，连一颗火星都害怕了。

在最初的几天里，甚至民用移动通信都被禁止，全球大部分通信基站都被强令关闭。这在以前肯定会引发大动乱的措施，现在却得到了民众广泛的理解和赞同。虽然随着理智的渐渐恢复，移动通信也恢复了，但对电磁发射的管制空前严格，无线通信都被限制在很低的功率，超过此功率的发射则可能被判处反人类罪。

其实，人们心里也明白这是毫无意义的过度反应。地球电磁信息向太空溢散的高峰是在模拟信号时代，那时的电视和无线广播都有很高的功率。但进入数字通信时代后，一方面大量的通信转入光纤和电缆，另一方面即使无线的数字通信功率也较模拟通信小许多，地球向太空的电磁溢散急剧减少，以至于三体危机前，还有学者忧虑地球越来越难以被外星朋友发现了。

其实电磁波是宇宙间最原始、效率最低的信息传递方式，在太空中电磁信号的衰减和畸变都很快，绝大部分自地球溢散的电磁信息都传不出两光年，只有叶文洁创造的那种恒星级功率的发射才有可能被星际监听者接收到。

以人类的技术水平向前一步，高效的宇宙信息传递技术有两种：中微子和引力波，后者后来成为人类对三体世界的主要威慑手段。

黑暗森林理论对人类文明的影响是极其深刻的：那个篝火余烬旁的孩子，由外向乐观变得孤僻自闭了。

对于地球电磁信息突然消失的原因，“青铜时代号”上的人们大多认为太阳系已经被占领了，“青铜时代号”增大了加速功率，向26光年外一颗带有类地行星的恒星进发。

但在十天后，“青铜时代号”突然收到了一条来自太空舰队司令部的电波信息。信息同时发向“青铜时代号”和远在太阳系另一端的“蓝色空间号”，说明了刚刚发生在地球上的事，告诉他们人类对三体世界的威慑已经成功建立，让两舰立刻返航，并说明这条信息是冒险发出的，不会再重复。

对于这个信息，“青铜时代号”不敢轻信，不排除是太阳系的占领者设下的陷阱。但为可能的返航考虑，飞船停止了加速，同时向地球连续发电询问，不过均无答复，地球的电磁静默在继续着。

正当“青铜时代号”准备再次启动加速时，一件不可思议的事情发生了：一个来自三体世界的智子在舰上低维展开，在“青铜时代号”和太阳系之间建立了量子通信信道。于是，一切才最终被证实。

“青铜时代号”上的太空军人们得知，作为末日战役中幸存的战舰，他们已成为人类的英雄，整个地球世界都在盼望着他们的回归，舰队司令部宣布对“青铜时代号”上的全体官兵集体授予最高荣誉勋章。

“青铜时代号”立刻返航，这时，它位于距太阳两千三百个天文单位的太空中，早已越出柯伊伯带，但距奥尔特星云还十分遥远。由于已经接近最高航速，减速消耗了大量聚变燃料，最后向太阳系方向只能达到较低的速度，回家的航行用了十一年。

前方出现一个小白点，迅速清晰起来，这是迎接“青铜时代号”的“万有引力号”战舰。

“万有引力号”是末日战役后地球建造的第一艘恒星级战舰。现在，星际飞船的外形越来越不规则。一般的巨型飞船都是由几个模块组成，可以组合成多种形状，但“万有引力号”则相反，呈一个白色圆柱体，这个圆柱体是如此规则，以至产生了一种不真实感，好像某种超级绘图软件以太空为屏幕绘出的一个基本形状，仿佛是柏拉图理想世界中的一个元素，而不是现实中的实体。如果“青铜时代号”上的人们看到过地球上的引力波天线，会立刻发现这艘飞船几乎是它的完美复制品。事实上，“万有引力号”的整个船体就是一个引力波天线，它等同于一个能进行星际航行的引力波发射器，同地球上的那个发射器一样，可以随时向宇宙的各个方向广播引力波信息——这两个巨型引力波发射装置，共同构成了人类对三体世界的黑暗森林威慑。

编队航行了一天后，“青铜时代号”在“万有引力号”的护送下进入地球同步轨道，缓缓泊入太空港。从“青铜时代号”上可以看到，在太空港广阔的空气区，人山人海，世界上这么多的人聚集在一起，能想起来的只有奥运会开幕式和麦加朝圣了。战舰缓缓进入一片彩色的大雪中，那是人海中向他们抛出的鲜花。舰上的人都向两侧的人海中眺望，试图找到他们的亲人，他们远远看到每个人都热泪盈眶，忘情地欢呼着。

“青铜时代号”微微震动了一下，终于停泊。舰长向舰队总部报告飞船的情况，同时说明将留下执勤人员，得到的回答是：应该让他们尽快与亲人团聚，不必留舰执勤。一名上校率领替代的执勤小组很快登舰，他们和舰上遇到的每个人拥抱，共同洒下重逢的泪水。从他们的军装上看不出是属于哪支舰队，他们告诉舰上的人，重建的太阳系舰队将是一个整体，而包括他们在内的参加过末日战役的精英们将成为舰队的骨干力量。

“我们将在有生之年征服三体世界，并为人类开辟第二个太阳系！”那位登舰迎接的上校说。

立刻有人回答说外太空太可怕了，他们愿意永远待在地球上。上校回答说那当然好，他们是全人类的英雄，有权选择自己今后的生活，不过在休息一阵后他们会改变想法的，他渴望看到这艘伟大的战舰再次起航。

“青铜时代号”上的人们开始离舰，所有官兵穿过一条长长的通道进入空气区，眼前豁然开朗。与舰上相比，这里的空气异常清新，像雨后初晴般香甜，在蓝色地球的背景下，人海发出的欢呼声充满了广阔的空间。

在上校的要求下，舰长开始点名。上校坚持要求点了两遍，确认全舰人员都在此。

突然，一切陷入寂静，周围的人海依旧沸腾着，但发出的声浪完全消失了。上校的声音响了起来，他脸上仍残留着温暖的微笑，但声音在这诡异的寂静中如利剑般锋利：

“现在声明：你们都已被开除军籍，不再属于太阳系舰队，但你们给舰队带来的耻辱永远无法抹去！你们现在也不能与亲人团聚，他们并不希望见到你们。你们的父母以你们为耻，你们的配偶大部分已经离你们而去。虽然社会并没有歧视你们的孩子，但他们这十多年也是在耻辱中长大，他们恨你们！你们已经被移交给舰队国际的司法系统。”

上校说完，与几位随行军官匆匆离去。同时，人海消失了，周围暗了下来。几束探照灯光来回扫射，照出包围他们的大批武装宪兵，他们分布在周围广场上和远处的台阶上，所有的枪口都对准这里。有人回头看看，“青铜时代号”周围的那些花束倒是真的，在飘浮的花丛中，他们的战舰像一口待葬的巨大棺材。

脚下的磁力鞋都同时失效，他们在失重中失去支撑飘浮起来，像一群动弹不得的靶子。一个冷漠的声音从什么地方向他们喊话：“所有携带武器的人请把武器交出来！请各位配合，否则无法保证你们的生命安全。从现在起，你们所有人都因一级谋杀罪和反人类罪被逮捕了！”

威慑纪元13年

审　判

对“青铜时代号”案件的审理由太阳系舰队的军事法庭进行，法庭位于地球同步轨道的舰队基地中。舰队国际的主体位于火星、小行星带和木星轨道上，但由于地球国际对此案极为关注，于是把法庭设在地球附近。为适应来自地面的旁听者，基地旋转产生重力，在法庭宽阔的窗外，蓝色的地球、耀眼的太阳和银河系灿烂的星海交替出现，仿佛是不同价值观的宏大展示，“青铜时代号”案件就在这变幻的光影中开庭。法庭审理持续了一个月，以下是部分庭审记录。

尼尔·斯科特，男，45岁，上校军衔，时任“青铜时代号”舰长。

……

法官：我们还需要再次回到对“量子号”攻击的决策过程上来。

斯科特：那我再重复一遍，攻击是由我独立决定并下令进行的，之前我没有同“青铜时代号”的任何一位军官讨论和沟通过。

法官：你一直试图独揽全部责任，这对你，甚至对你试图袒护的对象，都不利。

公诉人：已经证明，攻击前有过一次全舰投票。

斯科特：对这次的投票我已经做过说明，舰上人员总计1775名，赞同攻击的只有59人，不是攻击的原因和依据。

法官：你能给出这59人的名单吗？

斯科特：投票是无记名的，在舰内网络上进行，这些在航行和作战日志上都有记录。

公诉人：你没有说实话。我们有充分证据证明，投票是记名的，更重要的是，结果与你所说的完全不同，你篡改了日志记录。

法官：我们现在需要你交出真实的投票结果记录。

斯科特：我没有，现在那上面显示的结果就是真实的。

法官：尼尔·斯科特，我提醒你，如果你继续对法庭调查采取这种不合作的态度，可能会害了你的许多无辜的部下，也就是那些曾对攻击“量子号”投反对票的人。如果没有你提供的证据，我们只能依据现有罪证对“青铜时代号”所有下级军官、所有士官和士兵统一定罪量刑。

斯科特：怎么能这么做？！我们面对的是法律吗？你是法官吗？无罪推定原则呢？

法官：无罪推定原则不适用于反人类罪，这一国际法准则在危机纪元就确立了，以确保人类的叛徒受到法律制裁。

斯科特：我们不是人类的叛徒！我们为地球而战时，你们在哪儿？！

公诉人：你们是！两个世纪前的地球三体组织背叛人类的利益，今天的你们背叛人类最基本的道德准则。

斯科特:(沉默)

法官:希望你知道伪造证据的后果。另外,在开庭时你曾代表本案所有被告发表过一份声明,对“量子号”1847名死难者和他们的亲人表示忏悔,现在是你体现诚意的时候了。

斯科特:(长时间沉默)好吧,我交出真实结果,你们可以从“青铜时代号”上日志数据库中的一个加密记录中得到,那里有全部的投票记录。

公诉人:在此之前,你能对大体情况做一个说明吗?比如,赞成攻击“量子号”的人有多少?

斯科特:1670人,占舰上总人数的94%。

法官:请肃静!

斯科特:但即使结果不是这样,即使赞成率低于50%,我也会发起攻击。

公诉人:那我提醒你:“青铜时代号”与太阳系另一侧的“自然选择号”等新舰不同,AI智能程度较低,没有部下的配合,你不可能单独发动攻击。

……

赛巴斯蒂安·史耐德,男,31岁,少校军衔,时任“青铜时代号”武器系统目标甄别和攻击模式控制军官。

……

公诉人:你是“青铜时代号”上除舰长外唯一拥有阻止或中止攻击的系统权限的军官。

史耐德：是的。

法官：你没有这么做。

史耐德：没有。

法官：你当时的心理状态是什么？

史耐德：那一瞬间，哦，不是攻击的那一瞬间，是之前我得知“青铜时代号”再也不可能返回、飞船就是我的全部世界的那一瞬间，我就改变了。没有过程，一下子就变了，变成另外一个人，就好像——那个传说中的什么思想钢印一样。

法官：你认为有可能吗？我是说舰上存在思想钢印。

史耐德：当然不可能，我只是比喻，太空本身就是一个思想钢印……总之那一瞬间我就放弃了自我，成了集体的一部分，成了集体的一个细胞、一个零件——只有集体生存下来，自己的存在才有意义……就是这样，我说不清楚，我不指望你们理解。即使您，法官先生，亲自乘上“青铜时代号”，再向太阳系外沿着我们的航线航行几万个天文单位，甚至比那更远，你也不可能理解，因为你知道你还会回来，你的灵魂一步都没离开，还在地球上——除非飞船的后面突然间一无所有，太阳地球都消失，变成一片虚空，那时你才能理解我的那种变化。

我是加利福尼亚人，公元1967年，在我的家乡发生了这样一件事：有一个名叫罗恩·琼斯的高中教师（哦，请不要因为暂时跑题打断我，谢谢），为了让他的学生透彻地理解什么是极权、什么是纳粹，就在班上用模拟的方式建立了一个极权社会。只用了五天时间，琼斯就成功了，他的班级成了一个微型的纳粹德国，在那里，每个学生都自愿放弃了自我和自由，融入至高无上的集体，并对集体的目标充满宗教般的狂热。

最后，这场以游戏开始的教学试验几乎失控。后来这件事被德国人拍成了电影，当事人还写过一本书，名叫《极权只需五天》。同样，“青铜时代号”在得知了自己永远流浪太空的命运后，也建立了这样一个集体极权社会，知道我们用了多长时间吗？

五分钟。

真的只有五分钟，那个全体会议只开了五分钟，这个极权社会的基本价值观就得到了“青铜时代号”上绝大多数人的认可。所以，当人类真正流落太空时，极权只需五分钟。

……

鲍里斯·洛文斯基，男，36岁，中校军衔，时任“青铜时代号”副舰长。

……

法官：是你率领首批小分队进入被攻击的“量子号”吗？

洛文斯基：是的。

法官：当时里面还有活着的人吗？

洛文斯基：没有。

法官：遗体情况怎么样？

洛文斯基：人都死于氢弹电磁脉冲作用于舰体产生的次声波，遗体全部完好。

法官：你们是怎么处理遗体的？

洛文斯基：像“蓝色空间号”那样，为他们建立了纪念碑。

法官：纪念碑中有遗体吗？

洛文斯基：没有，我怀疑太阳系另一端“蓝色空间号”建立的那座纪念碑中也没有。

法官：遗体去了哪里？

洛文斯基：补充舰上的食品库存。

法官：全部？

洛文斯基：全部。

法官：这件事情是怎么决定下来的？是谁首先决定把遗体作为食物的？

洛文斯基：这个……我真的想不起来了。当时感觉这是一件很自然的事，我负责全舰后勤配给，指挥对遗体的贮存和分配等工作。

法官：遗体是怎样食用的？

洛文斯基：就是那样，大多数是同生态循环系统的蔬菜和肉类混在一起烹调。

法官：食用者都是哪些人？

洛文斯基：所有人，“青铜时代号”上的所有人。舰上四个餐厅里都有这种食物，肯定都吃过。

法官：他们知道吃的是什么吗？

洛文斯基：当然。

法官：他们的反应呢？

洛文斯基：我想，肯定有人有些不适应吧，但没有什么太大的反应。哦，有一次在军官餐厅用餐时，我还听旁边的一位军官说了句：谢谢，乔伊娜。

法官：什么意思？

洛文斯基：卡尔·乔伊娜中尉是“量子号”上的通信军官，他吃的好像就是她的一部分。

法官：他怎么可能知道吃的是谁呢？

洛文斯基：您知道身份标识单元吧，像一粒米那么大，植入左臂，能耐高温，偶尔烹调时没把那东西取出来，食用者在盘子里发现时可以用随身通信器什么的把上面的信息读出来。

法官：法庭肃静！请把两位晕倒的女士送出去……你们不会不知道，这种行为已经打破了人类的道德底线。

洛文斯基：当时有另外的道德底线。“青铜时代号”在末日战役中超功率加速时，因为动力系统过载，舰上的生态循环系统断电近两个小时，系统因此造成严重损坏，恢复得很慢；冬眠系统也出现故障，只能容纳五百多人，这样还有一千多人要吃饭，当时如果没有额外的补给，会有一半人饿死。即使没有这种情况，考虑到未来漫长的航程，把那么多宝贵的蛋白质资源抛弃在太空中不加以利用，才是打破了道德底线……当然，我不是在为自己辩护，也没有为“青铜时代号”上的任何人辩护，当我已经恢复到地球人的思维时，讲出这些来并不容易，请相信，并不容易。

尼尔·斯科特舰长在法庭的最后陈述：

我没有太多可说的，只有一个警告：生命从海洋登上陆地是地球生物进化的一个里程碑，但那些上岸的鱼再也不是鱼了；同样，真正进入太空的人，再也不是人了。所以，人们，当你们打算飞向外太空再也不回头时，请千万慎重，需付出的代价比你们想象的要大得多。

……

最后宣判结果：因犯反人类罪和谋杀罪，尼尔·斯科特舰长和其他六名高级军官被判终身监禁；其余1768人中，只有138人被宣布无罪，余下均被判刑，刑期从二十年至三百年不等。

由于舰队国际的监狱位于火星和木星轨道之间荒凉的小行星带，犯人们只能再次飞离地球。"青铜时代号"返航后，他们虽来到了距地球近在咫尺的同步轨道，但三千五百亿千米中的这最后三万千米却永远走不过去了。当押送飞船加速时，同在返航的战舰中一样，他们又都飘落在船尾的舷窗上，像一堆永远无法归根的落叶，看着无数次萦绕梦中的蓝色地球渐渐远去，再次变成一颗淡蓝色的星星。

在离开基地前，包括原副舰长洛文斯基、原目标甄别军官史耐德等十几人在宪兵的押解下最后一次进入"青铜时代号"，同接手该舰的新部队进行一些细节方面的交接。在过去的十几年中，这里曾是他们的整个世界，他们在各处精心设置了草地、森林和海岸的全息影像，还培育了真正的花草，修建了喷泉和鱼池，使这里真正成为家的样子。现在，这一切都不存在了，他们的痕迹被完全抹去，"青铜时代号"又变成了一艘冷冰冰的星际战舰。舰上遇到的每一个军人都对他们投来冷漠的目光，或者干脆忽略他们的存在。这些军人在敬礼时目光特别专注，以表明这军礼是对着押解他们的宪兵军官的，与这些穿囚服的人无关。

史耐德被带到一个球形舱里，向三名军官交代一些目标甄别系统的技术细节。那三名军官两男一女，那名女中尉十分美丽，但这三人面对史耐德就像面对一个电脑查询界面一样，声音冷淡地输入问题等待回答，没有一丝礼貌的表示，更没一句多余的话。

需解决的问题并不太多，一个小时就完成了。这时，史耐德在半空中的操作界面上点了几下，似乎是在离开前习惯性地关闭操作窗口，然后他突然猛踹舱壁，在失重中飞到球形舱的另一端。几乎同时，球形舱分成了两个，三名军官和一名宪兵被关在其中一个舱里，史耐德独自在另一间里。

史耐德在面前调出一个操作界面，以令人目眩的速度点击着，那是一个通信界面，他在激活“青铜时代号”的大功率超远程星际通信系统。

一声闷响，舱壁被激光枪烧出一个小洞，舱内充满了白色的浓烟。宪兵从另一侧把枪管伸过来，对准史耐德，警告他立刻停止操作并打开舱门。

“‘青铜时代’呼叫‘蓝色空间’！‘青铜时代’呼叫‘蓝色空间’！”史耐德的声音并不高，他知道呼叫传输的距离与他的音高无关。

一束激光穿透史耐德的胸膛，血液变成红色的蒸汽喷出，被自己的血雾所笼罩的他，用尽最后的生命嘶哑地喊出一句话：

“不要返航，这里不是家！”

对于地球发出的返航诱饵，“蓝色空间号”本来就比“青铜时代号”多了一些犹豫和怀疑，它只进行低功率减速，直至收到“青铜时代号”的警报时，还保持着离开太阳系的正速度。收到警报后，它立刻由减速转换为全功率加速，继续逃离太阳系。

当地球通过三体的智子情报得知这个消息时，两个文明第一次拥有了一个共同的敌人。

令他们欣慰的是,“蓝色空间号”目前还不具备对两个世界进行黑暗森林威胁的能力,它即使以最大功率向宇宙发送两个恒星系的坐标,也几乎不可能被第三方收到。要到达最近的恒星巴纳德星进行恒星级功率的宇宙广播,以“蓝色空间号”的航行能力,需要三百年时间;但目前它的航向并没有改变以指向巴纳德星,而是仍然向着之前确定的目标NH558J2星飞行,需两千多年才能到达。

“万有引力号”立刻起航追击“蓝色空间号”,这是目前太阳系唯一一艘能够进行恒星际航行的飞船。在此之前,三体世界曾提议由速度更快的水滴(正式称呼是强互作用力宇宙探测器)追赶并摧毁目标,但地球世界坚决拒绝了这个提议,认为这是人类的内部事务。末日战役是人类最大的创伤,十多年来,其疼痛不但没有减轻,反而愈加剧烈。允许水滴再次攻击人类,在政治上是绝对不可接受的,尽管在大多数人的心目中,“蓝色空间号”已经是一艘异类的飞船了,但对其执法只能由人类实施。也许考虑到时间充裕,三体世界没有坚持,只是强调“万有引力号”具有发射引力波的能力,必须保证它的绝对安全,水滴应与其同行,以确保对“蓝色空间号”的压倒优势。

于是,“万有引力号”与两个水滴编队航行,它们之间的距离保持在几千米。两者大小悬殊,当看到“万有引力号”的全景时,水滴几乎不可见,但后者表面却完整而清晰地映着“万有引力号”的镜像。

“万有引力号”只比“蓝色空间号”晚建十年时间,除了引力波发射,并没有更多的先进技术,其推进能力只是略优于“蓝色空间号”,能追上后者完全凭借燃料优势。即使这样,按照目前两舰的速度和加速度,“万有引力号”追上“蓝色空间号”也需要五十年时间。

威慑纪元61年

执剑人

在一棵巨树建筑的顶端，程心仰望着她的星星，那是她被唤醒的原因。

在当年的群星计划中，共有十五个人购买了十七颗恒星，除程心外，其他十四人都湮没在茫茫历史中，也找不到有合法继承权的后人，大低谷像一只筛子，滤掉了太多的东西。现在，只有程心是唯一一个合法拥有恒星的人。

现在，人类还没有飞向太阳系外的任何恒星，但技术的飞速发展，已经使300光年内的恒星不再只有象征意义。程心拥有的DX3906被证明并不是一颗裸星，刚刚发现它带有两颗行星，从其中一颗行星的质量、轨道和大气光谱推测，它极可能是一颗与地球十分相似的类地行星，于是其价值急剧飙升。人们随后惊奇地发现，这个遥远的世界竟然是有主人的。

联合国和太阳系舰队想收回这颗恒星的所有权，但按照法律，这只有在其主人同意出让的情况下才能实现，于是，冬眠了二百六十四年的程心被唤醒了。

程心醒来后首先得知：同预料的一样，阶梯飞行器没有任何消息，三体人舰队没有截获它，也没有观测到它的存在，阶梯计划已经被历史遗忘，云天明的大脑永远迷失在茫茫太空中。但就是这个已经没入虚无的人，却给他爱的人留下了一个实实在在的世界，一个由一颗恒星和两颗行星构成的世界。

DX3906的行星是一位名叫艾AA的博士生发现的。她在做自己的博士毕业论文研究时，采用了一种新的观测方法，用一颗恒星作为引力透镜观测另一颗恒星，由此获得了这个发现。

在程心眼中，艾AA是个像鸟一般轻灵的女孩子，充满生机地围着她飞来飞去。她自称熟悉公元人，因为自己的导师就是一位公元世纪的物理学家。也许是这个原因，她得到了毕业后的第一份工作，被指定为程心与联合国太空开发署之间的联络人。

联合国和舰队的要求让程心很为难。她当然不能独自占有一个世界，但也不能把深爱她的人送的礼物卖掉。她提出无偿放弃对DX3906的所有权，只保留那张证书作为纪念，但却被告知不行。按照现有法律，政府、联合国和舰队都不能无偿接收这样大宗的个人资产，他们只能从她手中买下DX3906，这是程心无论如何也无法接受的。经过痛苦的思考，她决定出让两颗行星的所有权，保留恒星，但同时与联合国和舰队签署一份附加协议，确定人类可以免费使用该恒星产生的能量。经过研究，这个想法在法律上是可行的。

AA告诉程心，只出让行星的话，联合国的出价就低许多，但那仍然是一笔巨额财产，她需要成立一个公司来运作。AA接着问，如果成立公司的话，程心是否愿意让她来工作，得到程心的肯定答复后，AA立刻打电话辞掉了太空开发署联络人的职位，并声称自己开始为程心工作了，开始为她的利益说话。

“你傻不傻呀?！”AA大叫道，“有许多选择，你却做了最糟的一个！比如你可以把恒星一起转让，那样你就成为世界上最富有的人之一了！或者，什么都不出让，整个星系全给自己留着，这是完全可以的！在这个时代，法律对个人财产是绝对保护的，没人能抢走你的世界！然后，然后你再冬眠，直到能够飞向DX3906那一天，你可以飞到自己的世界去，那么大的地方，有海洋和大陆，想怎么玩就怎么玩！当然最好带上我……”

程心说她已经决定，“我们俩相隔快三个世纪了，我不指望能马上互相理解。”

“是，是。”AA一声叹息，“可你应该重新认识良心和责任这两样东西，责任使你出让行星，良心使你保留恒星；责任又让你放弃恒星的能量。你是过去那种被这两样东西绑架的人，像我的导师那样。不过，在这个时代，良心和责任可不是褒义词，这两种东西表现得太多会被视为心理疾病，叫社会人格强迫症，要接受治疗的。”

……

即使在城市的灯光中，程心也没费太大力气就找到了DX3906。与她的时代相比，现在的大气层清澈了许多。她从夜空收回目光，回到令她惊叹的现实中：她和AA就像站在一棵发光圣诞树上的两只小蚂蚁，周围是圣诞树的森林，光辉灿烂的大楼像叶子般挂满了每根树枝。但这座巨型城市是建在地面上的，随着威慑而来的和平，人类的第二次穴居时代结束了。

她们沿着这根树枝走去，每根树枝都是一条大街，路面飘浮着许多信息窗口，使得街道像一条五光十色的河流。时常有几个窗口从路中的主流中飘出来，跟着她们走一小段，发现她们对自己不感兴趣后又飘回到主流中去。属于这条街的建筑都挂在下面。这是最高的树枝，上面就是星空，如果走在下面的树枝大街上，就会被挂在周围和上方树枝的建筑所围绕，自己仿佛是一只小虫子，飞行在树叶和果实都发出绚丽光芒的梦幻森林中。

程心看着街上的行人，一个女孩子，两个女孩子，一群女孩子，又是一个……都是女孩子，都很美丽，穿着闪闪发光的衣服，像是这梦幻森林中的精灵。好不容易有一个看上去年龄稍大些的，也是女人，美丽几乎掩盖了年龄。当她们走到这根树枝的尽头，面对着下面的灯海，程心问出了那个她早就想问的问题：

"男人呢？"

她苏醒已有四天，从没见过男人。

"到处都是啊。"AA指指附近，"看那个背靠着栏杆的，还有那边三个，还有那两个正在走过来的，都是男人。"

程心看看那几个人，她（他）们面容白嫩姣好，长发披肩，身材苗条柔软，仿佛骨头都是香蕉做的，举止是那么优雅轻柔，说话声音随着微风传过来，细软而甜美……在她的时代，这些人在女人中也都属于女人味最浓的那一类。

程心很快想明白了：其实这种进程早已开始。公元20世纪80年代可能是最后一个崇尚男性气质的年代，那以后，虽然男人还在，但社会和时尚所喜欢的男人越来越女性化。她想起了21世纪初的某些日韩男明星，第一眼看上去也是美丽女孩的样子，那时人们称之为男色时代来临。大低谷打断了人类的女性化进程，但随着威慑时代而来的半个多世纪的舒适的和平，使这一进程加速了。

AA说："你们公元人最初确实很难分辨他们，不过这对你来说可能容易些，从那些男人看你的眼神就知道，你这样的古典美人是很吸引他们的。"

程心有些警惕地看了一眼AA。

"你想什么呀，我可是地地道道的女人耶！哼，你们那时的男人有什么好？粗鲁野蛮肮脏，像是没有充分进化的物种，你会适应这个美好时代的。"

程心在三个世纪前即将进入冬眠时，对自己在未来会面临的困境做过各种假设，但现在这个是她不可能想象到的。想想在这个女性化世界的长远生活会是什么样子，程心的心中一阵惆怅，不由得又抬头去夜空中寻找自己的星星。

"又在想他呀！"AA扳着程心的双肩说，"就算那个男人当时没有飞向太空，和你在一起，你们孙子的孙子现在也进坟墓了。这是全新的时代，全新的生活，与过去全无关系的！"

程心努力使自己这样想，并努力使思绪返回现实。来到这个时代只有几天，她对以往近三个世纪的历史只有大概的了解，最令她震惊的就是人类与三体世界因黑暗森林威慑而建立起来的战略平衡，这时，一个问题突然冒上脑际。

这样一个柔软的女性世界，威慑?!

程心和AA往回走去，路面上，又有几个信息窗口围着她们飘移，其中一个引起了程心的注意：首先是因为画面上有一个男人，显然是过去时代的男人，面色憔悴，头发蓬乱，站在一座黑色的墓碑旁。他和墓碑处于阴冷的暗影中，但他的双眼似乎映射着遥远天边的晨曦，显得很亮。下面有一行字幕：

……在他那个时代，杀人是要判死刑的。

程心觉得这个男人很面熟，细看时画面又消失了，代之以一个正在演讲的中年女人（程心只能认为是女性）。她的衣服不发光，很正式，使她看上去像一个政治家，刚才的字幕就是她说出的话。这个窗口觉察到了程心的注意，放大了许多，同时发出了刚好能让她听到的声音，演讲者的声音很甜美，每个字像用长长的糖丝连起来，但说的内容很可怕：

“为什么要判死刑？答案是因为杀了人，但这只是正确答案之一，还有一个答案是：因为杀的人太少了。杀一个人是要被判死刑的，杀几个几十个更是如此，如果杀了几千几万人，那就罪该万死；但如果再多些，杀了几十万人呢？当然也该判死刑，但对于有些历史知识的人，这个回答就不是太确定了；再进一步，如果杀了几百万人呢？那可以肯定这人不会被判死刑，甚至不会受到法律的惩处，不信看看历史就知道了，那些杀人超过百万的人，好像都被称为伟人和英雄；更进一步，如果这人毁灭了一个世界，杀死了其中的所有生命，那他就成了救世主！”

“她（他？）在说罗辑，他们想审判他。”AA说。

“为什么？”

“很复杂，直接原因是：那个恒星系，就是他向宇宙广播了坐标导致其被摧毁的那个，不知道其中有没有生命，但肯定存在有的可能，所以他被指控有世界灭绝罪的嫌疑。这是现代法律中最重的罪了。”

“你就是程心吧?!”这声音让程心吃了一惊，因为它竟来自路面的那个窗口，里面的演讲者惊喜地看着程心并指着她说，像见到一个老朋友，“你是拥有那个遥远世界的人。啊，你真的很好，把那个时代的美都带给我们，你是唯一拥有一个世界的人，也能拯救这个世界，大众对你寄予厚望！哦，我是……”

AA一脚把那个画面关掉了。程心被这个时代的信息技术深深震撼，她不知道自己的影像如何传到演讲者那里，更不知道她（他？）是如何从亿万观众中把自己检索出来的。

AA赶到程心前面，转身退着走面对她问道：“你会毁灭一个世界以建立这种威慑吗？特别是：如果敌人没有被你的威慑吓住，那你会按动按钮毁灭两个世界吗？”

“这问题没意义，我怎么可能把自己置于那种位置？”

AA停下脚步，抓住程心的双肩，直视她的双眼，“真的不会吗？”

“当然，就我能想到的，那是对一个人来说最可怕的境地了，比死可怕多了。”程心说，AA的认真使她有些吃惊。

AA点点头，“那我就放心了……明天再细谈，早点休息吧，你现在很虚弱，要一个星期才能完全恢复。”

第二天一早，程心就接到AA的电话，AA在屏幕上眉飞色舞地说今天上午要带她去一个好地方，给她一个惊喜，并说接她的车就在楼顶上。程心来到楼顶，果真看到了那辆开着车门的飞行车，她进入车内时发现AA并不在里面。车门无声地滑上，程心身下的座椅像手掌般把她握住，飞行车轻盈地飞起，汇入城市森林间飞车的洪流中。这时天还早，朝阳射入城市森林的无数道光束几乎与地面平行，飞行车就在一道道阳光间穿越城市。巨树建筑渐渐稀疏，最后完全消失了，蓝天下的大地被森林和草原所覆盖，一片令程心陶醉的绿色扑面而来。

威慑纪元开始后，地球重工业几乎全部移到了太空轨道，生态环境迅速恢复，现在已经接近工业革命前的水平。由于人口减少和粮食生产工业化，耕地也在消失，地球正在变成一个大公园。

这突然到来的美好世界使程心有一种不真实感，自从冬眠苏醒后，她一直恍若梦中。

半个小时后飞行车降落了，车门滑开，程心一下车，它立刻升空飞走了。螺旋桨搅起的大风平息后，寂静笼罩着一切，只有鸟鸣从远方传来。程心打量着周围，发现自己置身于一片废弃的建筑中。这些建筑像是公元世纪的，好像是一个居住区，每座楼房的下半部分都长满了密密的藤蔓植物。看着这被新纪元的绿色所覆盖的过去，程心多少找回了一些现实感。

她叫着AA的名字，回答她的却是一个男人的声音：

“你好！”

这声音来自程心身后二楼的一个阳台，她转身看到了站在缠满藤蔓的阳台上那个男人，不是现在女性化的男性，而是过去真正的男人。程心仿佛又回到梦中，但这次是她的公元世纪噩梦的延续：这个男人是托马斯·维德，穿的衣服也是与过去一样的黑皮夹克，只是他看上去老了些，可能他是在程心之后许多年冬眠的，或者比程心更早苏醒，也许两者都有。但程心的目光立刻集中在维德的右手上，那只戴着黑色皮手套的手握着一把手枪，公元世纪的手枪，枪口对着程心。

"这枪里的子弹是为水下射击特制的，据说能保存很长时间，但已经二百七十多年了，不知还能不能用。"维德说，脸上露出程心熟悉的冰水般的微笑，那种笑容是他在欣赏别人绝望时特有的。

子弹能用。一声爆响中，程心看到枪口的火光，自己左肩像被猛击一拳，冲击力把她推靠到后面的一堵残壁上。枪声被密集的藤蔓植物吸收，传不了多远，外面的鸟鸣声还在继续。

"不能用现在的枪，它们每次射击都会自动在公共安全数据库中登记。"维德说，语气与三个世纪前同程心谈日常工作时一样平淡。

"为什么?！"程心说出了三个世纪后对他说的第一句话，她没感到疼，左肩只有一种绵软的麻痹感。

"为了执剑人。我想成为执剑人，你会同我竞争，而你会成功。我对你本人没有一点儿恶意，不管你信不信，我此时很难过。"

"瓦季姆是你杀的？"程心问，血从她的嘴角流出。

"是，阶梯计划需要他。而现在，我的新计划却不需要你。你们都很出色，但挡道的棋子都应清除。我只能前进，不择手段地前进！"

维德说完又开了一枪，子弹穿透程心的左腹部，仍然没有痛感，但全身在麻痹中失去支撑，她靠着墙慢慢滑下，在身后的藤蔓叶子上留下鲜红的血迹。维德再次扣动扳机，这次，近三个世纪的岁月终于显出了作用，枪没响。维德拉动枪栓退出臭弹，再次把枪口对准程心。就在这时，他握枪的右臂好像自己爆炸了，一团白烟升起后，维德的右小臂消失了，被烧焦的骨肉碎片飞溅到周围的绿叶中，手枪却完好无损地掉到楼下。维德没动，仿佛若有所思地看着自己已经消失的右小臂，然后抬头仰望，在他看的方向，一辆飞行警车正俯冲下来，还没有接触地面，就有几名带枪的警察跳到下面在气流中翻腾的深草里，他们看上去也是身材苗条的女孩，但动作敏捷。

最后下来的是AA，她的泪眼在程心已经模糊的视线中晃动着，也能听到她的哭诉声，大意是有人伪造她的电话等。

剧痛开始出现，且来势凶猛，程心休克了过去。很快她又醒过来了，发现自己已经在车里，身体被不知名膜状物全部包裹起来，疼痛消失了，甚至感觉不到身体的存在，意识再次模糊。她最后用只有自己能听到的声音问：

“什么是执剑人？”

《时间之外的往事》（节选）
面壁者的幽灵——执剑人

罗辑对三体世界建立的黑暗森林威慑无疑是伟大的功绩，但最终产生这个功绩的面壁计划却被认为是一个极其幼稚的荒唐举动。人类当时像个第一次走向社会的孩子，对险恶的外部世界充满了恐惧和迷茫，面壁计划就是这种精神冲击的产物。随着罗辑把威慑控制权移交给联合国和太阳系舰队，人们认为面壁计划这一历史的传奇永远结束了。

人们开始对威慑本身进行深入思考，由此诞生了一门学科：威慑博弈学。

构成威慑的主要元素有：威慑者和被威慑者，在黑暗森林威慑中分别是人类和三体世界；威慑操作，发射三体世界坐标导致两个世界毁灭；威慑控制者，掌握发射开关的人或组织；威慑目标，三体世界放弃侵略并向人类世界传递技术。

以威慑者和被威慑者同归于尽为后果进行的威慑，被称为终极威慑。

与其他类型的威慑相比，终极威慑的特点是：一旦威慑失败，那么再进行威慑操作对于威慑者来说便毫无意义。

终极威慑成功的关键在于，必须使被威慑者相信，如果它不接受威慑目标，就有极大的可能触发威慑操作。描述这一因素的是威慑博弈学中的一个重要指标：威慑度。只有威慑度高于80%，终极威慑才有可能成功。

人们很快发现一个极其沮丧的事实：如果黑暗森林威慑的控制权掌握在人类的大群体手中，威慑度几乎为零。

让人类集体做出毁灭两个世界的决定本来就极其艰难，这个决定远远超出了人类社会的道德和价值观底线，而黑暗森林威慑本身的情形使这种决定的可能性进一步降低。如果威慑失败，人类还有至少一代人的时间可以存活，从某种意义上说，这对活着的人就是全部了；如果因威慑失败而进行威慑操作，向宇宙广播两个世界的坐标，那毁灭随时都可能到来，这个结果远糟于放弃威慑操作。所以，当威慑失败时，人类的群体反应是完全可以预测的。

但个体的反应无法预测。

黑暗森林威慑的成功，正是建立在罗辑个体的不可预测上。当威慑失败时，决定他行为的更多是他的人格特征和心理因素，即使是基于理智，他个人的利益与人类整体利益未必契合。威慑纪元初，两个世界对罗辑的全部人格特征进行了极其详细的研究，并建立了相应的数学模型，人类和三体的威慑博弈学者们得出了几乎相同的结果：依威慑失败时的精神状态不同，罗辑的威慑度在91.9%至98.4%之间浮动，三体世界绝对不敢冒这个险。

在威慑建立后很短的时间里，虽然还没来得及进行上述的深入研究，但人们很快觉察到了这个事实，联合国和太阳系舰队立刻把威慑控制权交还给罗辑，就像扔出一块滚烫的铁。从收回到交还控制权，前后只有十八个小时的时间，但这段时间已足够水滴摧毁环绕太阳的核弹链以阻止人类进行坐标广播，而敌人没有行动，这被认为是三体世界在这场战争中的最大失误，而人类则冷汗淋漓地长出了一口气。

于是，罗辑一直掌握着黑暗森林威慑的控制权。他的手中，先是握着太阳核弹链的起爆开关，后来握着引力波的发射开关——两个世界的战略平衡，像一个倒放的金字塔，令人心悸地支撑在他这样一个针尖般的原点上。

黑暗森林威慑是悬在两个世界头上的达摩克利斯之剑，罗辑就是悬剑的发丝，他被称为执剑人。

面壁计划并没有成为历史，人类无法摆脱面壁者的幽灵。

如果说面壁计划是人类历史上首次出现的怪物，那黑暗森林威慑和执剑人在历史上却有过先例。公元20世纪，华约和北约两大军事集团的冷战就是一个准终极威慑。冷战中的1974年，苏联启动Perimeter计划，建立了一个后来被称为末日系统的预警系统，其目的是在北约核突袭中，当政府决策层和军队高级指挥层均被消灭，国家已失去大脑的情况下，仍具备启动核反击的能力。它利用核爆监测系统监控苏联境内的核爆迹象，所有的数据会汇整到中央计算机，经过逻辑判读决定是否要启动核反击。这个系统的核心是一个绝密的位于地层深处的控制室，当系统做出反击的判断时，将由控制室内的一名值班人员启动核反击。公元2009年，一位曾参加过Perimeter战略值班的军官对记者披露，他当时竟然只是一名刚从伏龙芝军事学院毕业的二十五岁的少尉！当系统做出反击判断时，他是毁灭的最后一道屏障。这时，苏联全境和东欧已在火海之中，他在地面的亲人和朋友都已经死亡，如果他按下启动反击的按钮，北美大陆在半个小时后也将同样成为生命的地狱，随之而来的覆盖全球的辐射尘和核冬天将是整个人类的末日。那一时刻，人类文明的命运就掌握在他手中。后来，人们问他最多的话就是：如果那一时刻真的到来，你会按下按钮吗？

这位历史上最早的执剑人说：我不知道。

人们现在的希望就是：黑暗森林威慑能够出现像20世纪的核威慑那样美好的结局。

岁月在诡异的平衡中流逝，威慑已经建立了六十年，已过百岁的罗辑仍执掌着威慑控制权。他在人们眼中的形象也在慢慢变化。

主张对三体世界采取强硬政策的鹰派不喜欢他。早在威慑刚建立时，强硬派就主张向三体世界提出更加苛刻的条件，企图彻底解除三体世界的武装。有些方案已经到了荒唐的地步，比如"裸移民"计划，提出让三体人全体脱水，然后由货运飞船送至奥尔特星云，再由人类飞船接运到太阳系，存储于建造在月球或火星上的干库中，依据某种条件分小批逐步解冻。

温和的鸽派同样不喜欢罗辑。他们关注的焦点集中在被罗辑泄露坐标的187J3X1恒星系中是否有生命和文明上。对这一点，两个世界的天文学家们都无法做出肯定的回答，无法证明有，也无法证明没有。但罗辑肯定有世界毁灭罪的嫌疑。他们认为，人类和三体两个文明要想建立一个和平共处的世界，必须以泛宇宙的人权体系为基础，即承认宇宙间所有文明生物都拥有完全平等的人权。而要使这样一个泛宇宙人权体系成为现实，就必须对罗辑进行审判。

罗辑对两者都没有理会。他只是握着引力波发射的开关，沉默地坚守着执剑人的岗位，坚守了半个世纪。

人们发现，人类对三体世界的任何政策，都不可能绕过执剑人，没有执剑人的承认，人类的政策在三体世界没有任何效力。这样，执剑人就成为像面壁者一样拥有巨大权力的独裁者。

随着时间的流逝，罗辑的形象由救世主一天一天地变成了一个不可理喻的怪物和毁灭世界的暴君。

人们发现威慑纪元是一个很奇怪的时代，一方面，人类社会达到空前的文明程度，民主和人权得到前所未有的尊重；另一方面，整个社会却笼罩在一个独裁者的阴影下。有学者认为，科学技术一度是消灭极权的力量之一，但当威胁文明生存的危机出现时，科技却可能成为催生新极权的土壤。在传统的极权中，独裁者只能通过其他人来实现统治，这就面临着低效率和无数的不确定因素，所以，在人类历史上，百分之百的独裁体制从来没有出现过。但技术却为这种超级独裁的实现提供了可能，面壁者和持剑者都是令人忧虑的例子。超级技术和超级危机结合，有可能使人类社会退回黑暗时代。

但大多数人也承认，目前还不到停止威慑的时候。随着智子封锁的解除和三体世界的知识输入，人类科学飞速发展，但与三体世界比，还相差两到三个技术时代；只有当两个世界科技实力相当时，才能考虑停止威慑。

还有一个选择：把威慑控制权交给人工智能。这一选择曾被认真考虑，并进行了大量的研究试验，它的最大优势是威慑度极高，但最终被否决了。把两个世界的命运交付给机器，这本身就是一件很恐怖的事。试验发现，AI对威慑所面临的复杂情况做出正确判断的概率比人要低许多，因为这种判断本身所要求的不仅仅是逻辑推理能力。另外，在政治上这也不会使人们感觉更好，这不过是把人的独裁转化成机器独裁，从政治角度看更糟糕。还有最重要的一点：智子对AI的干扰。虽然这种情况从未发生过，但仅仅这种可能性的存在就使这个选择成为不可能。

折中的选择是更换执剑人。即使不考虑以上的因素，罗辑已是百岁老人，思维和心理随时可能出现异常波动，把两个世界的命运放到他手中很难让人放心。

程心恢复得很快。医生们声称，即使那把手枪中的十颗7毫米子弹全部击中她，即使她的心脏被击碎，现代医学也能把她救活并恢复到与正常人基本无异的健康状态，但如果大脑被击中就没救了。

据警方透露，维德几乎成功。世界上最近的一起谋杀案发生在二十八年前，而这个城市已经近四十年没有谋杀犯罪了，警方对预防和侦破谋杀案已经生疏。是另一名执剑者候选人，维德的一个竞争对手，向警方提出警告，但他也没有任何证据，只是以这个时代所没有的敏锐觉察到了维德的意图。半信半疑的警方耽误了很多时间，直到发现了维德伪造AA的电话时才采取行动。

许多人到医院来看望程心，有政府、联合国和舰队的官员，社会各界的人士，当然也有AA和她的朋友们。程心现在已经能够很容易地分辨现代人的性别，同时也渐渐适应了外表完全女性化的现代男人，感觉他们有一种她的时代的男人们所没有的优雅，但他们还远不可能对她产生异性吸引力。

随着陌生感的消失，程心渴望进一步了解这个时代，可目前她还只能待在病房里。

这天，AA在病房中为她放了一部全息电影，说是本届奥斯卡奖的最佳影片，名叫《长江童话》，取材于李之仪的《卜算子》"我住长江头，君住长江尾……"。影片描写一个没有具体年份的上古田园时代，分别居住在长江入海口和源头的一对情侣的爱情故事。整部影片中，男女主人公之间的距离不可跨越，他们从未见面，连想象中的相会画面都没出现过，但他们的思念之情却被表现得无比凄婉动人。影片的摄影也十分唯美，长江入海处江南的清丽婉约和源头青藏高原的雄浑壮阔相互映衬，令程心陶醉。影片丝毫不见她的时代那类商业化的张扬，故事像长江一样从容流淌，使她融入其中。

程心想到，她现在就在时间大河的江之尾，而江之头却空荡荡的……

这部电影激起了程心对新纪元文化的兴趣，当她能走动时，AA又带她去了画展和音乐会。程心清晰地记得公元世纪在798厂和上海现代艺术双年展中见到的那些变态怪异的东西，很难想象那时的艺术延伸到现在是什么样子。但她看到的画都很温和写实，而柔美的色彩中又跃动着生机和情感，她感觉那一幅幅画就像一颗颗心，在为自然和人性之美轻轻跳动。至于音乐，她感觉听到的都像是古典交响曲，让她又想到了那部电影中的长江，厚重雄浑又从容舒缓，她像是在目不转睛地看着江面的流水，不知不觉中感到不是水在流，而是人在向上游走，她就这样被带了很远很远……

这个时代的文化艺术与程心想象中的完全不同，但也不是简单地回归古典，更像是自后现代以后的螺旋升华，完全建立在一个新的美学基础上，比如《长江童话》中就包含着对宇宙时空的深刻隐喻。但使程心最为激动的是，21世纪后现代文化艺术中所充斥的那种晦暗绝望变异喧闹消失得无影无踪，代之以一种从未有过的温馨的宁静和乐观。

“我爱这个时代，但想想也挺让人吃惊的。”程心说。

“要是知道这些电影、画和音乐的作者，你就更吃惊了，他们都是四光年外的三体人。”AA说，看着程心目瞪口呆的样子，她开心地大笑起来。

《时间之外的往事》（节选）

文化反射

威慑建立之后，为了接收和消化三体世界向地球传送的科学技术信息，成立了世界科学院，这是一个与联合国同级别的国际组织。人们最初预测，人类只能接收到来自三体世界的挤牙膏似的零星信息，且这些信息充满刻意的谬误和误导，地球科学家们只能从中猜谜般地获得真正的新知识。但三体世界在这方面的态度出乎所有人的预料，他们在短时间内系统地传送了海量的知识信息，主要是基础科学信息，包括数学、物理学、宇宙学、分子生物学（以三体世界生命为基础）等等，每一类都是一个完整的学科体系。这巨量的信息令地球科学界一时手足无措。三体世界还对地球人进行了不间断的指导，一时间地球世界几乎成了一所大学。智子对加速器的封锁解除后，三体物理学的核心内容一步步得到实验证实，使人类对这些知识的真实性有了初步的确认。三体世界甚至多次抱怨世界科学院消化知识的速度太慢，他们似乎迫不及待地想使人类达到自己世界的科学水平，至少在基础科学方面是这样。

对这一令人困惑的现象，人们提出了多种解释，较为可信的一种是：三体世界看到了人类科学加速发展的优势，想通过人类科学的发展获得新的知识，地球被作为一个知识电池来使用，试图在为其充电后获得更高的能量。

三体世界对此的解释是：如此慷慨的知识传送是出于对地球文明的敬意，三体世界从地球文明那里得到了更多的东西。人类文化使三体世界睁开了一双新的眼睛，看到了生命和文明更深层的意义，体验到了以前从未觉察到的自然和人性之美。人类文化在三体世界广为传播和渗透，正迅速和深刻地改变着三体世界的社会形态，并在半个世纪中引发了多次革命，使得三体世界的社会结构和政治体制与地球越来越相似，人类的价值观正在那个遥远的社会得到认同和推崇，人类文化正被所有三体人所迷恋。

开始，人们对此将信将疑，但随之而来的更加令人难以置信的文化反射浪潮证实了这一切。

威慑纪元十年后，由三体世界传送而来的，除了海量的知识信息，还有越来越多的模仿人类的文化艺术作品，包括电影、小说、诗歌、音乐、绘画等。令人吃惊的是，三体世界对人类文化的模仿似乎没有经历邯郸学步的过程，一开始就达到了很高的水准。这种现象被学者们称为文化反射。人类文明在宇宙中有了一面镜子，使人类从以前不可能的角度重新认识自己。在以后的十年间，反射文化在人类世界流行开来，取代正在日益颓废和失去活力的地球本土文化，成为文化主流，在大众中引领时尚，在学者中成为寻找新的文化思想和美学理念的源泉。

现在，一部电影或小说，如果不预先说明，一般无法看出它的来源，很难确定其作者是人类还是三体人。因为在来自三体世界的作品中，人物全部是地球人类，自然环境也都是地球类型的，完全看不出异世界的影子，这是三体世界接受人类文化的最有力证明。同时，三体世界本身仍然笼罩在神秘的面纱中，几乎没有任何关于那个世界的细节被传送过来。三体人认为，自己粗陋的本土文化现在还不值得展示给人类，特别是双方在生物学和自然环境方面的巨大差异，一旦展现，可能会给已经建立起来的宝贵的交流带来意想不到的障碍。

人们欣慰地看到，一切都在朝好的方向发展，一束阳光真的照进了黑暗森林的这个角落。

程心出院的这一天，AA说智子想见她。

程心已经知道，现在，智子这个词并不是指那些来自三体世界的强大诡异的智能化微观粒子，而是一个女人的名字。这女人是个机器人，由人类最先进的AI和仿生技术制造，却由以前被称为智子的智能粒子控制。这个名叫智子的女人是三体世界在地球的大使，与以前智子的低维展开相比，她的出现使得两个世界的交流变得更加自然和顺畅。

智子住在位于城市边缘的一棵巨树上，从飞行车上远远看去，那巨树的叶子很稀疏，仿佛正处于深秋的凋零之中。智子的住所位于最顶端的树枝上，那根树枝只有一片叶子，那是一幢雅致的竹木结构的小别墅，在一团白云中时隐时现。现在是无云的晴天，那团白云显然是别墅所生成的。

程心和AA沿长长的树枝走到尽头，路面都是由圆润的石子铺成，两旁是翠绿的草坪。沿一道旋梯可以下到悬空的别墅，智子在别墅门口迎接她们。她身材纤小，穿着华美的日本和服，整个人像是被一团花簇拥着。当程心看清她的面容时，花丛黯然失色，程心很难想象有这样完美的女性容貌，但真正让这美丽具有生机的，是控制她的灵魂。她浅浅一笑，如微风吹皱一汪春水，水中的阳光细碎轻柔地荡漾开来。智子对她们缓缓鞠躬，程心感觉她整个人就是一个汉字：柔——外形和内涵都像。

“欢迎，欢迎，本该到府上拜访，可那样就不能用茶道来招待了，请多多见谅。真的很高兴见到你们。”智子再次鞠躬说，她的声音和身体一样轻细柔软，刚刚能听清，但似乎有一种魔力，仿佛她说话时别的声音都停下来，为她的细语让路。

两人跟着智子走进庭院，她的圆发髻上插着的一朵小白花在她们前面微微颤动着，她也不时回头对她们微笑。这时，程心已经忘记眼前是一个外星侵略者，忘记在四光年外控制着她的那个强大的异世界，眼前只是一个美丽柔顺的女人。特别之处只是她的女人味太浓了，像一滴浓缩的颜料，如果把她扔到一个大湖中溶化开来，那整个湖都是女人的色彩了。

庭院中小路的两侧都是青翠的竹林，白雾在竹林中凝成薄薄的一层，悬在半人高的林中微微起伏。走过一座下面有淙淙清泉的小木桥，智子退到一边鞠躬把两人让进客厅。客厅是纯东方式的，很敞亮，四壁都有大块的镂空，使这里像一个大亭子。外面只有蓝天白云，云都是从近处涌出，飘得很快。墙上挂着一幅不大的浮世绘和一个绘着国画风景的扇面，装饰简约典雅，恰到好处。

智子请程心和AA在柔软的榻榻米上坐下，然后自己也以优雅的姿势坐下来，有条不紊地把一件件精美的茶具在面前摆开。

“可得有耐心，这茶可能两小时后才喝得上。”AA在程心耳边低声说。

智子从和服中拿出一块洁白的帕巾，开始轻轻擦拭已经极其洁净的茶具，先是细细地擦一个精致的有着长长细柄的竹制水杓，然后依次轻擦那些白瓷和黄铜小碗，用竹杓把一只陶罐中的清泉水舀到一个小瓷锅中，放到一个精致的铜炉上烧着，然后从一只小白瓷罐中把细细的绿色茶末倒进小碗，用竹刷慢慢旋抹……这一切都做得极慢，有些程序还反复做，仅擦茶具一项就用了近二十分钟，对智子来说，这些动作的功能并不重要，重要的是它们的仪式感。

但程心并没有感到厌倦，智子那轻柔飘逸的动作有一种催眠作用，令她着迷。不时有清凉的微风从外面的空中吹来，智子的玉臂仿佛不是自己在动，而是被微风吹拂着飘荡，她的纤纤玉手所抚弄的也仿佛不是茶具，而是某种更为柔软的东西，像轻纱，像白云，像……时间，是的，她在轻抚时间，时间在她的手中变得柔软蜿蜒，流淌得如同竹林中的那层薄雾般缓慢。这是另一个时间，在这个时间中，血与火的历史消失了，尘世也退到不存在的远方，只有白云、竹林和茶香，这真的是日本茶道中"和敬清寂"的世界。

不知过了多长时间，茶终于煮好了，又经过一系列纷繁的仪式后，终于递到程心和AA手上。程心尝了一口那碧绿的茶汁，一阵苦香沁入心脾，脑海中似乎有什么东西变得清澈透明了。

"我们女人在一起，世界就很美好，可我们的世界也很脆弱，我们女人可要爱护这一切啊。"智子轻言慢语地说，然后深深鞠躬，语气变得激动起来，"请多关照，请多关照！"

对于这话中的深意，以及这茶中的深意，程心自然是理解的。

接下来的一次聚会，又把程心拉回到沉重的现实。

与智子见面后的第二天，有六个公元人来见程心，他们都是第二任执剑者的候选人，均为男性，年龄在三十四至六十八岁之间。与威慑纪元之初相比，这个年代从冬眠中苏醒的公元人数量已经大大减少，但仍形成一个特定的社会阶层。对于他们来说，融入现代社会要比在危机纪元后期苏醒的那些人更加困难。公元人阶层中的男性都自觉或不自觉地使自己的外表和人格渐渐女性化，以适应这个女性化社会，但程心眼前的这六个男人都没有这么做，他们都顽固地坚守着自己的男性外表和性格。如果程心前些日子见到这些人，一定会有一种舒适感，但现在她却感到压抑。

这些男人的眼中没有阳光，很深的城府使他们都把自己掩藏在看不透的面具下。程心感到自己面对着一堵由六块冰冷的岩石构筑的城墙，城墙显露着岁月磨砺的坚硬和粗糙，沉重中透着寒气，后面暗藏杀机。

程心首先对那位向警方报警的候选人表示感谢。她是真诚的，不管怎样，他救了她的命。那个面容冷峻的四十八岁男人叫毕云峰，曾经是当时世界上最大的粒子加速器的设计师之一。同程心一样，他也是大型工程派向未来的联络员，期望有朝一日智子的封锁解除后加速器能够重新启用，但那个时代建造的所有加速器都没能保留到威慑纪元。

“但愿我没有犯错误。”毕云峰说，他可能想幽默一些，但无论程心还是其他人都没有这种感觉。

“我们是来劝你不要竞选执剑人的。”另一个男人直截了当地说。他叫曹彬，三十四岁，是所有候选人中最年轻的一位。危机开始时他曾是丁仪的同事，是一名物理学家。智子封锁加速器的真相公布后，他痛感理论物理学已成为没有实验基础的空对空的数学游戏，就进入冬眠等待封锁解除。

“如果我竞选，你们认为有可能成功？”程心问。从智子那里回来后，这个问题一直萦绕在她的脑际，几乎使她彻夜未眠。

“如果你那么做，几乎肯定能成功。”伊万·安东诺夫说，这个英俊的俄罗斯人是候选人中除曹彬外最年轻的，四十三岁，却资历非凡。他曾是俄罗斯最年轻的海军中将，官至波罗的海舰队副司令，因绝症而冬眠。

“我有威慑力吗？”程心笑着问。

“不是一点没有。你曾是PIA的成员，在过去的两个多世纪里，PIA曾对三体世界采取过大批的主动侦察行动，末日战役前夕甚至向太阳系舰队发出过关于水滴攻击的警告，可惜没受重视。它现在已经成为一个传奇般的机构，这点会使你在威慑方面加分的。另外，你是唯一一个拥有另一个世界的人，那也可以拯救眼前这个世界，不管这是否合乎逻辑，现在的公众就是这么联想的……”

“关键不在于此，听我解释。”一个秃顶的老男人打断了安东诺夫的话，他叫A.J.霍普金斯，或者说他自称叫这个名字，因为他苏醒时身份资料都丢失了，而他又拒绝提供任何身份信息，连随便编一份都拒绝，这使他获得公民身份颇费周折。但他神秘的身世却也为竞选加了不少分，他与安东诺夫一起，被认为是候选人中最具威慑力的两位。“在公众眼中，最理想的执剑人是这样的：他们让三体世界害怕，同时却要让人类，也就是现在这些娘儿们和假娘儿们不害怕。这样的人当然不存在，所以他们就倾向于让自己不害怕的。你让他们不害怕，因为你是女人，更因为你是一个在她们眼中形象美好的女人。这些娘娘腔比我们那时的孩子还天真，看事情只会看表面……现在她们都认为事情在朝好的方向发展，宇宙大同就要到来了，所以威慑越来越不重要，执剑的手应该稳当一些。”

“难道不是吗？”程心问，霍普金斯的轻佻语气让她很反感。

六个男人没有回答她，只是默默地几乎不为她所觉察地交换着目光，同时他们的目光也更加阴沉了。身处他们中间，程心仿佛置身于阴冷的井底，她在心里打了个寒战。

“孩子，你不适合成为执剑人。”那位最年长者说话了，他六十八岁，是冬眠时职位最高的人，时任韩国外交部副部长，"你没有政治经验，又年轻，经历有限，还没有正确判断形势的能力，更不具备执剑者所要求的心理素质，你除了善良和责任感外什么都没有。"

"我不相信你真的想过执剑人的生活，你应该知道那是一种怎样的牺牲。"一直沉默的那个男人说，他曾是一位资深律师。

最后这句话让程心沉默了，她也是刚刚才知道了现任执剑者罗辑在威慑纪元的经历。

六位执剑者候选人走后，AA对程心说："我觉得，执剑人的生活不叫生活，地狱里都找不到那么糟的位置，这些公元男人干吗追逐那个？"

"用自己的一根手指就能决定全人类和另一个世界的命运，这种感觉，对那时的某些男人来说是很有吸引力的，也可能是他们的终身追求，会让他们着魔。"

"该不会让你也着魔吧？"

程心没有回答，现在，事情真的不是那么简单了。

"那个男人，真难想象有那么阴暗那么疯狂那么变态！"AA显然是在指维德。

"他不是最危险的。"程心说。

维德确实不是最危险的，他的险恶隐藏得并不深。公元人的城府之深、人格之复杂，是AA和其他现代人很难想象的。这剩下的六个男人，在他们那冰冷的面具后面隐藏着什么？谁知道他们中有没有叶文洁或章北海？更可怕的是，有几个？

在程心面前，这个世界显示出她的脆弱，就像一个飘飞在荆棘丛中的美丽肥皂泡，任何轻微的触碰都会使一切在瞬间破灭。

一周以后，程心来到联合国总部，参加DX3906恒星系中两颗行星的转让仪式。

仪式结束后，行星防御理事会主席与她谈话，代表联合国和太阳系舰队，正式提出希望她竞选执剑人。他说已有的六位候选人都有太多的不确定因素，他们中的任何人当选，都会被相当一部分公众视为一个巨大的危险和威胁，将引发大面积恐慌，接下来发生的事很难预料。另一个危险因素是：这六位候选人都对三体世界有着强烈的不信任和攻击倾向，出自他们中的第二任执剑人可能与地球国际和舰队国际中的鹰派合作，推行强硬政策，借助黑暗森林威慑向三体世界提出更高的要挟，可能使目前两个世界间发展良好的和平进程和科学文化交流突然中断，后果不堪设想……她当选则可以避免这一切的发生。

穴居时代结束后，联合国总部又迁回了旧址。程心对这里并不陌生，大厦的外貌与三个世纪前相差不大，甚至前面广场上的雕塑都保存完好，草坪也恢复如初。站在这里，程心想起二百七十年前那个动荡的夜晚，面壁计划公布，罗辑遭到枪击，晃动的探照灯光束下混乱的人群，直升机旋翼搅起的气流吹动她的长发，救护车闪着红灯呜咽着远去……那一切仿佛就发生在昨天。背对着纽约灯海的维德双眸闪着冷光，说出了那句改变了她一生的话："只送大脑。"

如果没有那句话，现在的一切都将与她无关，她只是一个在两个世纪前就已经逝去的普通人，她的一切都已经在时间的江之源头消逝得无影无踪。如果足够幸运，她的第十代子孙此时可能正等待着第二任执剑者的诞生。

但现在，她活着，面对着广场上的人海，显示她肖像的全息标语影像在人群上方轻轻飘荡，像绚丽的彩云。一个抱着婴儿的年轻母亲走上来，把怀中几个月大的孩子递给她，那个可爱的小宝宝对着她甜甜地笑着。她抱住那个温暖的小肉团，把宝宝湿软的小脸贴到自己的脸上，心立刻融化了，她感觉自己抱着整个世界，这个新世界就如同怀中的婴儿般可爱而脆弱。

“看，她是圣母玛利亚，她真的是！”年轻母亲对人群喊道，然后转向程心，热泪盈眶地双手合十，“美丽善良的圣母，保护这个世界吧，不要让那些野蛮的嗜血的男人毁掉这美好的一切。”

人群发出应和的欢呼声，程心怀中的宝宝被吓哭了，她赶紧抱紧他。她一直在问自己一个问题：还有别的选择吗？现在有了最后的答案：没有。因为三个原因：

第一，一个人被推崇为救世主与被推上断头台有一个共同点，就是他（她）都没有选择，先是罗辑，后是程心。

第二，年轻母亲的话和怀中温暖柔软的婴儿让程心突然明白了一件事，她看清了自己对这个新世界的感情的实质：母性。是她在公元世纪从未体会过的母性，在她的潜意识中，新世界中所有的人都是自己的孩子，她不可能看着他们受到伤害。以前，她把这误认为是责任，但母性和责任不一样，前者是本能，无法摆脱。

第三，还有一个事实，像一堵不可逾越的墙一样矗立在程心面前，即使前两项都不成立，这堵墙仍然立在那里，这就是云天明。

同样是地狱，同样是深渊，云天明先走进去了，是为她走进去的，现在她不可能退却，只能接受这个报应。

程心的童年沐浴在母爱的阳光中，但只有母爱。她也曾问过妈妈：爸爸在哪儿？与其他的单身母亲不同，妈妈对这个问题反应从容，先是平静地说不知道，然后又轻轻叹息说，要是能知道就好了。程心也问过自己是从哪里来的，妈妈说是捡来的。与一般母亲的谎言不同，妈妈说的是实情，程心确实是她捡来的。妈妈从未结过婚，在一个傍晚与男友约会时，看到被遗弃在公园长椅上的刚三个月大的程心，襁褓中还有一瓶奶、一千块钱和一张写着孩子出生年月的小纸条。本来妈妈和男友是打算把孩子交给派出所的，那样派出所会把孩子转交给民政局，然后，叫另一个名字的程心，将在一家保育院中开始她的孤儿生涯。不过，妈妈后来又决定第二天早上再把孩子送去，不知是为了提前体验做母亲的感觉还是别的什么原因。但当太阳再次升起时，她已经很难再把孩子送走了，一想到这个小生命要离开母亲去漂泊，她的心就剧痛起来，于是她决定做程心的母亲。那个男友后来因此离开了她。在以后的十年中，妈妈又交了四五个男友，都因为这个孩子没有谈成。程心后来知道，那些男友大都没有明确反对妈妈收养自己，但只要对方表现出一点不理解或不耐烦，她就与他分手了，她不想给孩子带来一点伤害。

程心小时候并没感到家庭有什么残缺，相反，她觉得家就应该是这样，就是妈妈和女儿的小世界，所有的爱和快乐这个小世界中全有，她甚至怀疑再多一个爸爸会不会有些多余。长大一些后，程心终于还是感觉到父爱的缺失。开始这感觉只是一丝一缕的，后来渐渐强烈起来。也就在这时，妈妈给她找到了一个爸爸，那是一个很好的男人，有爱心有责任感，他爱上妈妈的原因，很大程度上是由于妈妈对程心的爱。于是，程心生活的天空中又多了一个太阳。这时，程心感到这个小世界很完整了，再来一个人真的多余了，于是爸爸妈妈再也没有要孩子。

后来程心上大学，第一次离开爸爸妈妈。再往后，生活就像一匹脱缰的野马，驮着她越走越远。终于，她不但要在空间上远离他们，还要在时间上远行了，她要去未来。

永别的那一夜铭心刻骨，她告诉爸爸妈妈明天还回来，不过她知道回不来了，她无法面对那分离的时刻，只能不辞而别，但他们好像看出了什么。

妈妈拉着她的手说："咱们仨是因为爱走到一起的……"

那一夜，她在他们的窗前站到天明。在她的感觉中，夜风的吹拂，星星的闪烁，都是在重复妈妈最后的话。

三个世纪后，她终于有机会为爱做些事了。

"我将竞选执剑人。"程心对婴儿的母亲说。

威慑纪元62年，奥尔特星云外

“万有引力号”

“万有引力号”对“蓝色空间号”的追击已经持续了半个世纪，现在它已接近目标，距“蓝色空间号”只有三个天文单位了。与两舰飞过的1.5光年的漫长航程相比，现在可以说是近在咫尺。

十年前，“万有引力号”穿过了奥尔特星云，这片距太阳1光年的彗星出没的冷寂空间被认为是太阳系最后的边界，“万有引力号”和“蓝色空间号”是首次越过这个边界的人类飞船。当时丝毫没有穿越星云的感觉，偶尔有一颗冰冻的没有彗尾的彗星近距离掠过，也在几万几十万千米之外，肉眼根本看不到。

越过奥尔特星云后，“万有引力号”便进入了真正的外太空。这时，太阳已经变成了一颗舰尾方向的普通星星，与其他的星星一样，失去了真实的存在感，仿佛是遥远虚空中的幻觉。所有的方向都是深不见底的深渊，唯一能被感官确定的实体存在就是与“万有引力号”编队飞行的水滴了。两个水滴分别位于飞船两侧五千米处，肉眼刚刚能够看到。“万有引力号”上的人们喜欢用望远镜透过舷窗看水滴，它毕竟是这无际虚空中的一个安慰。其实看水滴就是看自己，它像一面镜子，表面映出“万有引力号”的镜像，虽然有些变形，但由于水滴表面的绝对光滑，镜像十分清晰，只要放大到足够的倍数，观察者甚至能清楚地看到飞船舷窗里的自己。

但“万有引力号”上一百多名官兵中的大部分人感觉不到这种寂寥，他们在冬眠中度过了这五十年中的大部分时间。飞船日常航行时的值班人员只有五至十人，在轮换值勤中，每人的值勤时间只有三至五年。

整个追击过程，就是“万有引力号”和“蓝色空间号”两舰间复杂的加速博弈过程。首先，“蓝色空间号”不可能进行无限制加速，那样会耗尽燃料，失去机动能力，即使摆脱追击，面对前方茫茫的太空荒漠也等于自杀。而“万有引力号”的加速也受到限制，它的燃料贮备虽然远多于“蓝色空间号”，但要考虑返航，这样，在没有意外发生的情况下，燃料应分成四等份使用，分别是：向太阳系外加速，返航前的减速，返航向太阳系加速，到达地球前的减速。所以，能够用于追击加速的燃料只占总贮备量的四分之一。好在通过对之前航行记录的计算和智子情报，“万有引力号”能够精确掌握“蓝色空间号”的燃料贮备量，而后者对前者的燃料情况则一无所知，所以在这场博弈中，“万有引力号”能看到“蓝色空间号”手中的牌，反之则不行。在双方交替的加速中，“万有引力号”一直保持着高于“蓝色空间号”的速度，但两舰的最终速度与它们能达到的最高速度都相差甚远。在追击开始后的第二十五年，也许是已经达到了燃料消耗的底线，“蓝色空间号”停止了加速。

在半个世纪的航程中，"万有引力号"一直在呼叫"蓝色空间号"，告诉他们逃跑没有意义，即使甩脱地球的追击战舰，水滴也肯定能追上并消灭他们；而回到地球，他们将得到公正的审判，命令他们立刻减速返航。这如果实现将大大缩短追击时间，但"蓝色空间号"一直没有理会。

就在一年前，当"万有引力号"与"蓝色空间号"的距离缩短至三十个天文单位时，发生了一件并不是太意外的事："万有引力号"和两个同行的水滴进入智子盲区，与地球的实时通信中断了，只能采用电磁波和中微子通信，"万有引力号"发出的信息到达地球需要一年零三个月的时间，还要等待同样长的时间才能得到回复。

《时间之外的往事》（节选）
黑暗森林的另一个间接证据——智子盲区

危机纪元之初，在使用智子系统探测地球的同时，三体世界也向银河系的其他方向发射了接近光速的智子，首批发射了六个。但这些智子不久均进入盲区，最远的一个只飞行了7光年。后来发射的智子也遇到了同样的事情，最近的盲区是跟随"万有引力号"的智子遇到的，与地球的距离只有1.3光年。

智子间的量子联结是一次性的，一旦中断不可能恢复，那些进入盲区的智子都永远迷失在了太空中。

对于智子遇到了什么样的干扰，三体世界一无所知，这种干扰可能是自然的，也可能是"人"为的；三体和地球科学家都倾向于后者。

飞向银河系的智子在进入盲区前，只来得及探测两个邻近的带有行星的恒星系，其中都没有生命和文明。但三体和地球的学者们都认为，那些星系的荒凉正是智子能够接近它们的原因。

所以，直到威慑纪元后期，宇宙对两个世界仍保持着神秘的面纱，但智子盲区的存在很可能是黑暗森林状态的一个间接证据，这个状态不允许宇宙变得透明。

智子进入盲区对“万有引力号”的使命并没有致命的影响，但却使任务复杂了许多。之前，潜入“蓝色空间号”内部的智子，使“万有引力号”一直能够掌握目标飞船内部的情况，现在“蓝色空间号”开始对“万有引力号”呈现黑箱状态。其次，水滴失去了三体世界的实时控制，其行为完全由内置的AI所控制，可能会发生意想不到的情况。

以上情况促使“万有引力号”的值勤舰长决定加快任务的进程，“万有引力号”再次提速，加快接近目标。

随着“万有引力号”的迅速逼近，“蓝色空间号”第一次与追击舰联系，提出一个解决方案：把包括主要嫌疑犯在内的舰上三分之二的人员送上太空穿梭机，离开“蓝色空间号”，由“万有引力号”接收，剩下三分之一的人驾驶“蓝色空间号”继续飞向太空深处的目标。这样，人类在星际就保留了一个前哨和种子，保留了一个探索的机会。

这个要求被坚决拒绝。

“万有引力号”声明：“蓝色空间号”上的所有人都有谋杀嫌疑，必须全部接受审判，他们是被太空异化的人，已经不被人类社会认为是自己的一部分，更不可能代表人类探索宇宙。

“蓝色空间号”显然终于意识到逃跑和抵抗都没有意义，如果追击者只有太阳系战舰，那还可以背水一战，但同行的两个水滴已经使双方的实力变得不成比例。在水滴面前，“蓝色空间号”只是一个纸糊的靶子，没有任何逃脱的可能。在双方相距十五个天文单位时，“蓝色空间号”向“万有引力号”投降，放弃逃跑，同时开始全功率减速，这使两舰的距离急剧缩短，漫长的追捕就要结束了。

“万有引力号”全舰从冬眠中苏醒，战舰进入战斗状态，曾经冷清寂静了半个世纪的飞船再次充满了人气。

醒来的人们所面对的，除了近在眼前的追捕目标，还有与地球失去实时通信的事实。后者并未在精神上拉近他们与“蓝色空间号”的距离，恰恰相反，就像一个与父母暂时走失的孩子，对所遇到的根本没有父母的野孩子更加恐惧和不信任，所有人都希望尽快把“蓝色空间号”绳之以法，然后返航。虽然两舰同处广漠冷寂的外太空，以相差不多的速度朝着同一方向航行，但在精神上，“万有引力号”与“蓝色空间号”所进行的是两种截然不同的远航，前者是有源的，后者无源。

在全体苏醒后第九十八小时，“万有引力号”上的心理医生韦斯特接待了第一位咨询者。来人是戴文中校，这令韦斯特有些吃惊，在医生的记录中，他是舰上心理稳定系数最高的人。戴文是随舰的宪兵指挥官，负责“万有引力号”追上目标后，解除“蓝色空间号”的武装并逮捕所有嫌疑犯。“万有引力号”起航时，地球上的男人是最后一代像男人的男人，而戴文又是他们中间最男性化的，他外形剽悍，常被误认为是公元人。他经常发表一些强硬言论，认为对于黑暗战役一案，法律应该恢复死刑。

“医生，我知道你会对听到的一切保守秘密，我也知道这很可笑。”

戴文小心翼翼地说，一反他往日锋芒毕露的作风。

“中校，对于我的专业来说，没什么是可笑的，一切都很正常。”

“昨天，星际时间大约是436950，我从四号会议舱出来，沿十七号舰廊回我的舱。就在舰廊中间，靠近情报中心那里，迎面走来一个人，是一名中尉，或者说穿着太空军中尉的军便装。这时除了值勤的，大部分人都睡了，不过在那里遇到一个人也没什么奇怪的，只是……”中校摇摇头，眼神恍惚起来，像是在回忆梦境。

“有什么不对吗？”

“我与那人擦肩而过，他向我敬礼，我随意扫了他一眼……”

上校又停了下来，医生点点头示意他说下去。

“那个人是——是‘蓝色空间号’上的陆战队指挥官朴义君少校。”

“你是说‘蓝色空间号’吗？”韦斯特平静地问，没有表现出丝毫的惊奇。

戴文并没有直接回答这个问题，“医生，你知道我的工作，我不停地通过智子发来的实时图像监视着‘蓝色空间号’内部，可以这么说：我对那里的所有人比对这里的人更熟悉，我当然认识朴义君，那个朝鲜人。”

“也许只是舰上一个相貌相近的人。”

“本舰的人我也熟悉，没有这样的人。而且……他敬礼后从我身边走过，面无表情，我站在那里待了几秒钟，回头看时，舰廊里已经空无一人了。”

“上校，你是什么时候苏醒的？”

“三年前，为了监视目标内部情况，我以前也是舰上苏醒时间最长的人。”

“那么你肯定经历了进入智子盲区的事件。”

“当然。”

“那之前你一直看着目标飞船上的实时图像，我想在你的感觉中，自己更像是身处‘蓝色空间号’而不是‘万有引力号’。”

“是的，医生，很多时间确实有这种感觉。”

“然后，图像突然消失了，那里你什么都看不到了，同时你也很累了……上校，就这么简单，相信我，不必担心，很正常。建议你多休息，现在毕竟人手很充裕了。”

“医生，我是末日战役的幸存者，当时被爆炸抛出来，蜷缩在一个不比你这张桌子大多少的救生舱中，在海王星轨道上飘了一个月。获救时我都快死了，但心理仍没有出现问题，更没有幻觉……我相信我看到的。”戴文说着起身离开，走到舱门时他又转过身来，“再遇到那个杂种，不管在什么地方，我会杀了他。”

三号生态区发生了一起小事故，一根培养液管道破裂了，这是一根很坚固的碳纤维管，且不承压，发生破裂的可能性很小。维护工程师伊万穿过生态区热带雨林般的无土栽培植物，看到破裂的管道已经关闭液流，有几个人正在清理泄出的黄色培养液。见到管子上的破口时伊万愣住了，像见了鬼一般——

“这……这是微陨石击破的！”

有人笑出声来。伊万在工作上是个老成持重的人，正因为如此，他现在才显得更可笑。几个生态区都位于舰体中部，具体到三号区，距最近的舰体外壁也有几十米远。

“我做过十多年的舱外维护，这种事闭上眼睛都不会弄错！你们看，外爆型破口，边缘有明显的高温烧蚀，典型的微陨石击创！”

伊万把眼睛凑近破口，仔细察看破口对面的管道内壁，然后让一名技师用切割工具把管壁切下圆圆的一片，拿去显微放大。当放大一千倍的图像传来时，所有人都在震惊中沉默了。管壁上镶嵌着几个黑色的小颗粒，大小约几微米，放大后的图像中，颗粒的晶面闪闪发光，像是几只不怀好意的眸子盯着他们。这些宇航员当然都知道那是什么东西，这颗微陨石的直径约一百微米，击穿第一道管壁时自己也破碎了，已失去大部分动能的碎片镶嵌在破口对面的管壁上。

所有人都不约而同地抬头仰望破口上方。

上方的舱壁光洁无损。事实上，在这道舱壁上方，与外面的太空还隔着几十道、也可能是上百道各种厚度的舱壁，这些舱壁中任何一道受到这样的撞击都会引发高级别报警。

但这颗微陨石只可能来自太空，因为从创口的状态推断，微陨石与管道的相对速度高达每秒三万米，不可能在舰内把它加速到如此高的速度，更不可能在生态区里做到这点。

“见鬼了。”一位叫艾克的中尉咕哝一声，转身走开了。他这话别有含义，因为就在十几个小时前，他还见过一次更大的鬼。

那时，艾克正躺在自己舱室的床上昏昏欲睡，突然看到对面的舱壁上开了一个圆形的口子，直径有一米左右，挂在墙上的那幅夏威夷风景画与圆口重合的部分消失了。本来，飞船内部的许多舱壁是可变形的，可以在任何位置自动出现舱门，但并不会出现这种圆形的洞，况且中层军官宿舍的舱壁都是不可变形的金属壁。艾克细看，发现那个圆洞的边缘像镜面一般光洁。这件事虽然诡异，但也是艾克求之不得的，因为隔壁住着薇拉中尉。

薇拉是舰上的AI系统维护工程师，那个俄罗斯美人是艾克狂热追求的对象，但薇拉对他似乎没什么兴趣。艾克还记得两天前的事，当时他和薇拉都刚结束值勤，一起回到军官舱，艾克想到薇拉的舱室里坐坐，但她同每次一样，只是堵在门口和他说话。

“我只是进去坐坐。你看亲爱的，我们是邻居，我连你的门都没串过一次，你总得照顾一下男人的尊严。”艾克说。

“这个舰上有尊严的男人都是忧郁的，没有心情串女人的门。”薇拉斜眼瞟着艾克说。

“有什么可忧郁的？我们追上那帮杀人犯以后，世界上一切威胁都消失了，快乐的时代就要到来了。”

“他们不是杀人犯！如果没有威慑，‘蓝色空间号’现在就是人类延续的唯一希望。可我们现在正和人类的敌人联手追击他们，你一点儿都不觉得耻辱？”

“哦，亲爱的，”艾克手指薇拉丰满的胸部说，“你这样的思想，是怎么……”

“是怎么参加这次航行的，对吗？你去心理军官和舰长那里告发我好了，我会马上被强制冬眠，回去后就被踢出军队，我求之不得呢！”薇拉说完，在艾克面前砰的一声关上了门。

现在，艾克可以从这个洞顺理成章地进入薇拉的舱室了。他解开失重束缚带，从床上坐起来，但立刻停住。他看到圆洞的下方，床头柜的三分之一也消失了，那是位于圆洞前的部分，断面和圆洞的边缘一样，也是光洁晶亮的镜面，像被一把无形的利刃削掉了一样。被切断的不仅是床头柜，还有装在里面的东西，他看到一摞衣服被齐齐地切开，断茬也是亮晶晶的。整个断面与圆洞边缘吻合在一起，能看出是一个球面。艾克轻推床面，在失重中升起一点，透过圆洞向隔壁看去，立刻吓得魂飞天外，几乎肯定自己是在噩梦中。洞的另一侧，薇拉紧靠舱壁的单人床少了一部分，躺在床上的薇拉的小腿和那部分床也一起消失了！床和腿的断面仍然是镜面，腿的断面虽然光洁无比，像涂上水银一般，但也能清晰地看到被齐齐切断的肌肉和骨骼。不过，薇拉剩下的部分好像安然无恙，她躺在那里睡得很香，丰满的胸部在均匀的呼吸中缓缓起伏。放在平时，艾克一定会陶醉其中，但现在他只感到一种超自然的恐怖。他稍微定神细看，发现床和腿的断面也是与圆洞边缘吻合的球面形状。

看起来这是一个直径一米左右的泡状空间，在泡内的东西全消失了。

艾克从床头拿起一把提琴弓，颤抖着把弓向那个无形的空间泡伸去。果然，弓伸进泡内的部分消失了，但弓弦仍然紧绷着。他把弓抽回来，发现它完好无损。不过他仍然庆幸自己没有钻这个洞，谁知自己能不能完好无损地从另一侧出去？

艾克强迫自己镇静，想了想出现目前这种超自然现象最可能的原因，然后做出了一个他自认为明智的决定：戴上催眠帽重新躺回床上。他扎紧束缚带后启动了催眠帽，把睡眠时间设定成半小时。

半小时后艾克准时醒来，看到圆洞依旧。

于是他又把催眠时间设定为一个小时，醒来后再看，圆洞消失了，舱壁依旧，那幅风景画完好无损地挂在那里，一切都与原来一样。

但艾克还是很担心薇拉。他冲出门去，来到薇拉的门前，没按门铃，使劲砸门，脑子里浮现的都是薇拉断了半截腿躺在床上奄奄一息的可怕画面。门好半天才开，薇拉在门前睡眼蒙眬地问他怎么回事。

“我来看看，你……还好吗？”艾克说着向下看看，薇拉的睡裙中两条修长的美腿完好无损。

“白痴！”薇拉把门猛地关上。

回到自己的舱室后，艾克又戴上催眠帽，这一次他把睡眠时间定为八个小时。对于刚才的事，唯一明智的选择就是让它烂在自己肚子里。由于“万有引力号”的特殊性质，对舰上人员，特别是各级军官的心理监视十分严格，舰上部署了一支心理监视部队。在一百多名定员中，就有十几名心理军官，以至于起航时有人质问，这是星际飞船还是精神病院。再加上那个非军职的心理学家韦斯特，此人特别讨厌，把什么都归结为心理障碍和精神疾病，让人觉得马桶不通了他都能用心理学理论加以分析。舰上的心理甄别标准十分苛刻，只要被认定有轻度心理障碍，就要强制冬眠。那对艾克来说是一件很可怕的事，将导致他错过两舰会合的历史性时刻，如果那样，半个世纪后回到地球时，他在未来女孩们的眼中将不再是英雄。

但现在艾克对韦斯特和其他心理军官的厌恶感减轻了一些，以前总认为他们小题大做故弄玄虚，没想到人真的能有这样逼真的幻觉。

与艾克的幻觉相比，刘晓明中士见到的超自然景象可以称得上壮观了。

当时，中士执行了一次舰外巡查任务，就是驾驶一艘小型太空艇，在距飞船一定距离处对它的外部进行常规检查，以期及时发现船体表面的异常，如陨石撞击等。这是一项古老而过时的操作，不是必需的，也很少进行，因为灵敏的传感监测系统可以随时发现舰体异常，同时这项操作只能在飞船匀速航行时进行，加速航段要做十分困难。最近，随着向“蓝色空间号”的靠近，“万有引力号”频繁地做加速和减速调整，现在终于停止加速，处于匀速航行状态，中士接到命令，借这一机会进行一次舰外巡查。

中士驾驶太空艇从舰体中部平滑地驶出“万有引力号”，在太空中滑行到能够看到飞船整体的距离。巨大的舰体沐浴在银河系的星光中，与冬眠航行时不同，所有的舷窗和外侧舰廊都透出灯光，在舰体表面形成一片灿烂的亮点，使“万有引力号”看上去更加气势磅礴。

但中士很快发现了一件令人难以置信的事：“万有引力号”是一个标准的圆柱体，而现在，它的尾部竟然是一个斜面！同时，中士发现舰体的长度短了许多，约有五分之一的样子，就像舰尾被一把无形的巨刀削掉了一段！

中士把眼睛闭上几秒钟，再次睁开后，看到的仍然是尾部被削掉的“万有引力号”！顿时一股寒气穿透脊髓。这恐惧不仅是由于眼前景象的诡异，还有更实际的内容：这艘巨型星际飞船是一个有机整体，如果舰尾突然消失，能量循环系统将被完全破坏，随之而来的将是整舰的大爆炸。但现在什么都没有发生，飞船仍在平稳地航行中，看上去像绝对静止地悬在太空中一样。耳机中和眼前的系统屏幕上连最轻微的异常报警都没有。

中士打开通话开关，想要向上级报告，但旋即又把通话频道关上了。他想起一位参加过末日战役的老宇航员的话："太空中的直觉是不可靠的，如果必须依靠直觉行事，就先从一数到一百，没有时间的话，也至少要数到十。"

他闭上眼睛开始数，数到十时睁开眼，"万有引力号"的舰尾仍然不见踪影；他闭上眼睛继续数，呼吸急促起来，但仍努力回忆着经受过的训练，迫使自己冷静再冷静。数到三十时睁眼，终于看到了完整无缺的"万有引力号"。中士又闭上眼长出一口气，使自己剧烈的心跳稳定下来，然后操纵太空艇向舰尾驶去，绕到圆柱体的顶端，看到了聚变发动机三个巨大的喷口。发动机没有启动，聚变堆维持着最低功率运行，喷口只透出黯淡的红光，让他想起地球上的晚霞。

中士庆幸自己没有报告，军官还可能接受心理治疗，像他这样级别的士官则只能因精神问题而被强制冬眠，同艾克一样，刘晓明也不想作为一个废品回到地球。

韦斯特医生到舰尾去找关一帆，他是一名随舰航行的学者，在设于舰尾的宇宙学观测站工作。中部生活区有分配给关一帆的生活舱，但他很少到那里住，而是长期待在观测站中，连吃饭都让服务机器人送去，人们称他为"舰尾隐士"。

观测站只是一个窄小的球形舱，关一帆就在里面工作和生活，这人不修边幅，头发胡子老长，但看上去还是很年轻。韦斯特见到关一帆时，他正悬浮在球形舱正中，一副躁动不安的样子，额头汗湿，眼神紧张，一只手不时拉扯一下已经大开的领口，好像喘不过气来似的。

“我在工作，没时间接待你，我在电话里告诉过你的。”关一帆说，显然对医生的到来感到很厌烦。

“正是在电话里，我发现你有精神障碍的症状，所以来看看。”

“我不是军人，只要没有威胁到飞船和他人的安全，你管不着我。”

“不错，按规定我可以不管，我来是为了你好。”韦斯特转身离去，“我不相信一个患有幽闭恐惧症的人能在这种地方正常工作。”

韦斯特听到关一帆说让他等等，他没有理会继续离去，正如预料的那样，关一帆从后面追上来，拉住他说：“你是怎么知道的？我确实有你说的那个……幽闭恐惧，我感到很幽闭，像被塞到一根细管子里，有时又觉得被两片无限大的铁片压在中间，压扁了……”

“不奇怪，看看你待的地方。”医生指指观测站，它像是卡在纵横交错的管道和线缆中的一只小鸡蛋，“你的研究对象是最大的，可待的地方是最小的，再想想你在这里待了多长时间？你上次苏醒后已经四年没冬眠了吧？”

“我没抱怨，‘万有引力号’的使命是执法而不是探索，起航匆匆忙忙的，能建立这个站就不错了……关键是，我的幽闭恐惧与这个无关。”

“我们到一号广场去散散心吧，肯定对你有帮助。”

医生没再多说什么，拉着关一帆向舰首飘去。如果在加速状态下，从舰尾到舰首相当于从一千多米深的井里爬上来，但在目前匀速航行的失重状态下，去那里就很容易了。一号广场位于圆柱形舰体的头部，笼罩在一个半球形透明罩下，站在这里，几乎感觉不到半球罩的存在，仿佛置身于太空中。与球形舱中的星空全息影像相比，这里更能体会到外太空航行的“去物质效应”。

“去物质效应”是宇航心理学中的一个概念。当人们身处地球世界时，周围被物质实体所围绕，潜意识中的世界图像是物质的和实体的；但在远离太阳系的外太空中，星星只是遥远的光点，银河系也只是一片发光的薄雾，从感官和心理上，世界已经失去了质量和实体感，空间主宰了一切，于是，航行者潜意识中的世界图像由物质的变成了虚空的，这个心理模型是宇航心理学的基本坐标。这时，在心理层面上，飞船成了宇宙中唯一的一个物质实体。在亚光速下，飞船的运动是不可察觉的，宇宙变成了一间没有边际的空旷展厅，群星都像幻觉，飞船是唯一的展品。这种心理模型可能带来巨大的孤独感，并且很容易在潜意识中产生对“展品”的超级观察者的幻想，进而又带来因完全暴露而产生的被动感和不安。

所以，外太空宇航中的负面心理因素大多是以外部环境的超开放性为基础的，而在这种环境下，关一帆竟然产生了幽闭恐惧，这在韦斯特丰富的专业经历中十分罕见。但眼前还有一件更奇怪的事：韦斯特明显看出，关一帆进入广场后，暴露于广阔太空并没有使他产生舒适的解脱感，他身上那种因幽闭产生的躁动不安似乎一点都没有减轻。这也许证明了他说过的话，他的幽闭恐惧可能真的与那狭窄的观测站无关，这使得韦斯特对他产生了更大的兴趣。

“你没感觉好些吗？”医生问。

“没有，一点没有，还是很幽闭，这里，这一切，都很幽闭。”

关一帆只是对星空扫了一眼，就望着“万有引力号”的航行方向，医生知道，他是想看到“蓝色空间号”。现在，两舰相距只有十万千米，速度基本相同，都停止加速处于匀速航行状态，以外太空的尺度可以说是在编队航行了。两舰指挥层正在就交接细节进行最后的谈判。但在这个距离上，肉眼还是不能看到对方。水滴也看不到了，按照半个世纪前起航时与三体世界的协议，它们现在处于距两舰均为三十万千米的位置。三者的位置构成了一个细长的等腰三角形。

关一帆收回目光，看着韦斯特说："昨天我做了一个梦，梦里到了一个地方，那是一个很宽敞的地方，宽敞到你不可能想象的程度。醒来后感觉现实很狭窄，就感到幽闭恐惧了。就好像，从一出生就一直把你关在一个小箱子里，也无所谓，可一旦把你放出来一次再关回去，就不一样了。"

"说说你在梦中去的那个地方。"

关一帆对医生神秘地一笑，"我会对舰上的科学家说，甚至还想对'蓝色空间号'上的科学家说，但不会对你说。医生，我对你本人没有成见，但实在看不惯你们这个行业所共有的那副德行：只要你们认定谁有精神障碍，那此人说的一切都是自己的病态幻觉。"

"可你刚说过是在做梦。"

关一帆摇摇头，努力回忆着什么，"我不知道那是不是梦，也不知道那时是不是醒着。有时候，你会在梦中觉得醒来了，却发现仍在梦中；有时候，你本来醒着，却好像在梦中。"

"后一种情况很少见，如果在你身上发生了，就可以判定为精神障碍的症状。哦，我这么说又让你不满了。"

"不不，其实想想我们俩也有共同之处：我们都有自己的观察对象，你观察精神病人，我观察宇宙；和你一样，我也有一套判定观察对象是否健全的标准，这个标准就是数学意义上的和谐与美。"

“那你的观察对象显然是健全的。”

“你错了，医生。”关一帆手指灿烂的银河，眼睛却盯着韦斯特，像在指给他看一个突然出现的巨大怪物，“它是一个高位截瘫的病人！”

“为什么？”

关一帆抱着双膝把自己缩成一团，这动作也同时使他在失重中慢慢旋转起来，他看到壮丽的银河系围绕着自己运行，自己成了宇宙中心。

“因为光速，已知宇宙的尺度是一百六十亿光年，还在膨胀中，可光速却只有每秒三十万千米，慢得要命。这意味着，光永远不可能从宇宙的一端传到另一端，由于没有东西能超过光速，那宇宙一端的信息和作用力也永远不能传到另一端。如果宇宙是一个人，就意味着他没有一个神经信号能够传遍全身，他的大脑不知道四肢的存在，四肢不知道大脑的存在，同时每个肢体也不知道其他肢体的存在，这不是截瘫病人是什么？其实我有一个比这更糟的印象，宇宙只不过是一具膨胀中的死尸①。”

“有意思，关博士，很有意思！”

“除了每秒三十万千米的光速，还有另一个‘三’的症状。”

“什么？”

“三维，在弦理论中，不算时间维，宇宙有十个维度，可只有三个维度释放到宏观，形成我们的世界，其余的都卷曲在微观中。”

“弦论好像对此有所解释。”

“有人认为是两类弦相遇并相互抵消了什么东西才把维度释放到宏

① 由于光速的限制，很难解释目前宇宙很高的均匀度，即宇宙的各个方向都具有相同的星系密度和微波背景温度，因为在大爆炸后，正常的膨胀过程中宇宙的各部分不可能相互作用取得平衡，因而出现了暴胀理论，认为宇宙在极短的时间内由很小的直径突然膨胀到目前的尺度。

观，而在三维以上的维度就没有这种相遇的机会了……这解释很牵强，总之在数学上不是美的。与前面所说的，可以统称为宇宙三与三十万的综合征。”

“那么病因呢？”

关一帆哈哈大笑着搂住了医生的肩膀，“伟大的问题！不瞒你说，还真没人想这么远！我相信是有病因的，那可能是科学所能揭露的真相中最恐怖的一个。但……医生，你以为我是谁啊，我不过是龟缩在一艘飞船尾巴上的小小观测者，起航时只是个年纪轻轻的助理研究员。”他放开医生，对着银河长叹一声，“我是舰上冬眠时间最长的人，起航的时候我才二十六岁，现在也只有三十一，但宇宙在我眼里，已经由所有美和信仰的寄托物变成了一具膨胀的尸体……我感觉已经老了，群星不再吸引我，我只想回家。”

与关一帆不同，韦斯特医生的苏醒时间很长。他一直认为，要保持别人的心理稳定，自己首先要成为有能力控制情绪的人，但现在，有什么东西冲击了他的心灵，他第一次带着感情回望半个世纪的漫长航程，双眼有些湿润了，“朋友，我也老了。”

像是回答他们的话，战斗警报忽然凄厉地鸣响，仿佛整个星空都在尖叫。大幅的警报信息窗口也在广场上空弹出，那些窗口层层叠叠地涌现，像彩色的乌云般很快覆盖了银河。

“水滴攻击！”韦斯特对一脸茫然的关一帆说，“它们都在急剧加速，一个对准‘蓝色空间号’，一个对准我们。”

关一帆四下看看，本能地想抓住什么东西以防飞船突然加速，但四周空无一物，最后只能抓住医生。

韦斯特握住他的手说:“战舰不会机动飞行的,来不及了,我们只剩十几秒钟了。”

短暂的惊慌后,两个人都有一种奇异的庆幸感,庆幸死亡来得如此突然,以至于根本没有时间恐惧。也许,刚才对宇宙的讨论是对死亡最好的准备。他们都想到同一句话,关一帆先说了出来:

“看来,我们都不用为自己的病人操心了。”

威慑纪元62年11月28日16:00—16:17

威慑控制中心

高速电梯向下沉去，上方越来越厚的地层似乎全压在程心的心上。

半年前，在联合国和太阳系舰队联合会议上，程心当选为第二任引力波威慑系统控制者，即执剑人，她得到的票数将近第二名的两倍。现在她正前往威慑控制中心，在那里将举行威慑控制权的移交。

威慑控制中心是人类所建造的最深的建筑，位于地下四十五千米，已经穿过了地壳，深入到莫霍不连续面下的地幔中。这里的压力和温度都比地壳高许多，地层的主要成分是坚固的橄榄岩。

电梯运行了近二十分钟才到达，程心走出电梯，迎面看到一扇黑色的钢门，门上用白色的大字写着黑暗森林威慑控制中心的正式名称——引力波宇宙广播系统零号控制站——并镶嵌着联合国和太阳系舰队的徽标。

这座超深建筑是很复杂的，有独立封闭的空气循环系统，而不是直接与地面大气相通，否则，四十五千米深度产生的高气压将使人感到严重不适；还有一套强大的冷却系统，以抵御地幔近500℃的高温。但程心看到的只有空旷。门厅的白墙显然都具有显示功能，但现在全是空空荡荡的白色，其他一无所有，仿佛这里刚建完还没有正式使用。半个世纪前在设计控制中心时曾征求过罗辑的意见，他当时只是简单地说了一句：

像坟墓一样简洁。

威慑控制权移交仪式是很隆重的，不过都是在四十五千米高的地面上进行，那里聚集了地球国际和舰队国际的所有首脑，程心就是在他们那代表着全人类的注视下走进电梯的。但这里主持最后交接的只有两个人：行星防御理事会主席和舰队总参谋长，他们代表了直接领导和运行威慑系统的两个机构。

PDC主席指着空旷的门厅对程心说，控制中心将按照她的想法重新布置，这里可以有草坪、植物和喷泉等，如果她愿意，这里也可以用全息影像完全模拟地面的景观。

"我们不希望你过他那样的生活，真的。"舰队参谋长说。也许是他身着军装的缘故，程心从他身上看到了一些过去的男人的影子，他的话也让她感到一丝温暖，但这些除不去她心上的沉重，这沉重像上方的地层，已经累积了四十五千米厚。

《时间之外的往事》（节选）

执剑人的抉择——生存与毁灭的十分钟

建立黑暗森林威慑的第一个系统，是围绕着太阳的三千多枚包裹着油膜物质的核弹，核弹爆炸后产生的尘埃将使太阳发生闪烁，向宇宙广播三体世界的坐标信息。这个系统虽然庞大，但极不稳定，可靠性也很差。在水滴解除对太阳的电磁波全频段封锁后，向太阳发射超大功率电波的发射系统立刻投入运行，与核弹链威慑系统互相补充。

以上两个系统都是以包括可见光在内的电磁波作为广播媒介。现在知道，这是星际通信中最原始的手段，被称为“太空狼烟”。由于电磁波在太空的高衰减性和高畸变性，广播的范围十分有限。

在威慑建立时，人类已经初步掌握了引力波和中微子的接收技术，只缺少发射和调制技术。人类要求三体世界传送的第一批技术信息就是关于这方面的，这使地球世界迅速掌握了中微子和引力波通信技术。虽然与量子通信相比，这两项技术仍然落后，引力波和中微子的传输速度都限制在光速，但与电磁波通信相比已经高了一个层次。

这两种传递媒介都具有极低的衰减，因而具有极远的传送距离。特别是中微子，几乎不与其他物质发生作用，理论上一束经过调制的中微子，可以把信息传到已知的宇宙尽头，所产生的衰减和畸变也不影响信息的阅读。但中微子束只能定向发射，引力波却可以向宇宙的所有方向进行广播，于是，引力波成为黑暗森林威慑的主要手段。

引力波发射的基本原理是具有极高质量密度的长弦的振动，最理想的发射天线是黑洞，可用大量微型黑洞连成一条长链，在振动中发射引力波。但这个技术即使三体文明也做不到，只能退而求其次，使用简并态[①]物质构成振动弦。这种超密度弦的直径仅有几纳米，只占天线整体

---

①一种高密度的物质状态。由于泡利不相容原理禁止不同的组成粒子占据同一量子态，因此，减少体积就会迫使粒子进入高能态，从而产生巨大的简并压力。简并态物质包括电子简并态、中子简并态等。

的极小一部分，体积巨大的天线大部分只是用来支撑和包裹这种超密弦的材料，所以天线总质量并不太大。

构成振动弦的简并态物质原本在白矮星和中子星内部存在，放在常规环境中会发生衰变，变成普通元素。目前人类能够制造的振动弦半衰期是五十年左右，半衰期一到，天线就完全失效，所以引力波天线的寿命是半个世纪，到时需要更换。

引力波威慑第一阶段的主要战略思想是确保威慑，计划建造一百个引力波发射台，部署在各大洲的不同位置。但引力波通信有一个缺陷：发射装置无法小型化。引力波天线体积巨大结构复杂，建设成本高昂，最终只建造了二十三台引力波发射器。但使得“确保威慑”思想被否定的还是另一个事件。

威慑建立后，地球三体组织逐渐消失，但另一类与之相反的极端组织——信奉人类中心论，主张彻底消灭三体世界——却发展起来。“地球之子”就是其中规模较大的一个。威慑纪元6年，“地球之子”对设在南极大陆的一个引力波发射台发动袭击，企图夺取发射器，进而掌握威慑控制权。“地球之子”出动三百多名武装人员，使用了包括小型次声核弹在内的先进武器，加上该组织在发射台内部潜伏的内应，袭击险些得手。如果不是守卫部队及时炸毁了发射天线，后果不堪设想。

“地球之子”事件在两个世界都引起了巨大的恐慌。人们意识到引力波发射器是一个何等危险的东西。三体世界也施加了巨大的压力，使得地球在对引力波技术传播严加控制的同时，很快把已建成的二十三个发射台缩减为四个，其中三个分别位于亚洲、北美和欧洲，剩下的一个就是太空中的“万有引力号”飞船。

所有发射器的启动均采用正触发，环太阳核弹链采用的负触发方式已没有意义，因为现在的情况与罗辑单枪匹马建立威慑时已大不相同，一旦执剑人被消灭，别的人或机构可以接过威慑控制权。

最初，庞大的引力波天线只能在地面建造。但随着技术的进步，威慑建立十二年后，三架发射天线和相关设备都移到地层深处。然而人们清楚，几十千米厚的地层对发射台和控制中心提供的保护，主要是针对来自人类自身的威胁，对于三体世界可能发动的攻击则意义不大。

对于用强互作用力构造的水滴，掩护引力波发射器的几十千米地层如同液体一样，可以轻易穿透。

威慑建立后，航向太阳系的三体舰队全部转向，这是可以用人类的观测技术证实的。人们最关心的，是已经到达太阳系的十个水滴——强互作用力宇宙探测器的去向。三体世界坚持在太阳系留下四个水滴，理由是引力波发射器有可能被人类极端势力劫持，这种情况一旦发生，三体世界应该有能力采取措施保卫两个世界的安全。地球当局勉强同意，但要求四个水滴的位置不得超越太阳系外围的柯伊伯带，同时每个水滴都有一个人类探测器跟随，随时掌握其位置和轨道。这样，一旦有变，地球能够有五十个小时左右的预警时间。这四个水滴中的两个后来随“万有引力号”追击“蓝色空间号”，柯伊伯带只剩下两个水滴。

但没人知道另外六个水滴在哪里。

按照三体世界的说法，那六个水滴已经离开太阳系追赶转向的三体舰队了，但没人相信。

三体人对于人类，早已不是当初的透明思维的生物了。在过去的两个世纪中，他们在欺骗和计谋方面学得很快，这可能是他们从人类文化中得到的最大的收获。

人们确信，那六个水滴肯定大部分甚至全部潜伏在太阳系。但是由于水滴体积极小、速度极快，具有超强的机动能力，且对电磁雷达隐形，对它们的搜索和跟踪极其困难。地球采用播撒油膜物质和其他最先进的太空监测手段，有效的监视半径也只能达到十分之一个天文单位，也就是一千五百万千米，如果水滴进入这个范围，地球有把握发现，但若在这个半径之外，基本上就是水滴自由行动的空间了。

水滴以最高速度冲过这一千五百万千米，只需十分钟。

这就是一旦那个终极时刻到来时，执剑人所拥有的决断时间。

一阵低沉的隆隆声响起，那道有一米多厚的沉重钢门缓缓移开，程心一行三人走进了黑暗森林威慑系统的心脏。

迎接程心的是更加广阔的空白和空旷。这是一间半圆形的大厅，迎面是一堵半弧形的白墙，表面有些半透明，像冰做的，地板和顶板都是洁净的白色。这里给程心的第一印象是：她面对着一只没有眸子的空眼球，透出一种荒凉的茫然。

然后程心看到了罗辑。

罗辑盘腿端坐在白色大厅正中，面对着那堵弧形白墙，他的头发和胡须都很长，但不乱，梳理得很整齐，也都是纯白色，几乎与白墙融为一体，这使得他穿的整洁的黑色中山装格外醒目。他端坐在那里，呈一个稳定的倒丁字形，仿佛是海滩上一只孤独的铁锚，任岁月之风从头顶吹过，任时间之浪在面前咆哮，岿然不动，以不可思议的坚定等待着一艘永不归航的船。他的右手握着一个红色的条状物，那就是执剑者的剑柄——引力波广播的启动开关。他的存在使这个空眼球有了眸子，虽然与大厅相比只是一个黑点，却使荒凉和茫然消失了，眼睛有了神。而罗辑本人的眼睛从这个方向是看不到的，他对来人没有丝毫反应，只是盯着面前的白墙。

如果面壁十年可以破壁，那这堵白墙已经破了五次。

PDC 主席拦住了程心和参谋长，轻轻地说，离交接时间还有十分钟。

五十四年的最后十分钟，罗辑仍然坚守着。

在威慑建立之初，罗辑曾有过一段美好时光，那时他与庄颜和孩子团聚，重温两个世纪前的幸福。但这段时间很短暂，不到两年，庄颜就带着孩子离开了罗辑。原因众说纷纭，比较流行的说法是，当罗辑在公众面前仍然是一个救世主时，他的形象在他最亲近的人眼中已经发生了变化，庄颜渐渐意识到，与自己朝夕相处的是已经毁灭了一个世界、同时把另外两个世界的命运攥在手中的男人，他变成了一个陌生的怪物，让她和孩子害怕，于是她们离开了。另一种说法是，罗辑主动叫她们离开，以便她们能有正常的生活。庄颜和孩子不知所终，她们现在应该都还活着，在什么地方过着普通人平静的生活。

庄颜和孩子离开之时，也是地球引力波发射器代替环绕太阳的核弹链成为威慑武器的时候，从此，罗辑开始了漫长的执剑人生涯。

罗辑置身于宇宙的决斗场，他所面对的，不是已经成为花架子的中国剑术，也不是炫耀技巧的西洋剑法，而是一招夺命的日本剑道。在真正的日本剑道中，格斗过程极其短暂，常常短至半秒，最长也不超过两秒，利剑相击的转瞬间，已有一方倒在血泊中。但在这电光石火的对决之前，双方都要以一个石雕般凝固的姿势站定，长时间地逼视对方，这一过程可能长达十分钟！这时，剑客的剑不在手里而在心中，心剑化为目光直刺敌人的灵魂深处，真正的决斗是在这一过程中完成的，在两剑客之间那寂静的空间里，灵魂之剑如无声的霹雳撞击搏杀，手中剑未出，胜负生死已定。

罗辑就是以这种目光逼视着那堵白墙，逼视着那个四光年外的世界。他知道智子使得敌人能看到自己的目光，这目光带着地狱的寒气和巨石的沉重，带着牺牲一切的决绝，令敌人心悸，使他们打消一切轻率的举动。

剑客的逼视总有尽头，最后的对决总会到来，但对于罗辑，对于他置身的这场宇宙决斗，出剑的时刻可能永生永世也不会出现。

但也可能就在下一秒。

就这样，罗辑与三体世界对视了五十四年，他由一个玩世不恭的人，变成一位面壁五十四年的真正面壁者，一位五十四年执剑待发的地球文明的守护人。

这五十四年中，罗辑一直在沉默中坚守，没有说过一句话。事实上，如果一个人十至十五年不说话，他将失去语言能力，虽能听懂但不能说了。罗辑肯定已经不会说话了，他要说的一切都在那面壁的炯炯目光中，他已经使自己变成一台威慑机器，一枚在半个世纪的漫长岁月中每一秒都一触即发的地雷，维持着两个世界恐怖的平衡。

“引力波宇宙广播系统最高控制权交接时间已到。”PDC 主席打破沉默郑重宣布。

罗辑仍然保持原姿态不动，参谋长走过去想扶他站起来，但他抬起左手谢绝了。程心注意到，他抬手的动作刚健有力，完全没有百岁老人的迟缓。然后，罗辑自己稳稳地站了起来，令程心惊奇的是，他由盘腿坐地到直立，两手竟没有接触过地面，年轻人要做到这点都很吃力。

“罗辑先生，这是引力波宇宙广播系统最高控制权第二任掌握者程心，请把广播启动开关交给她。”

罗辑站立的身姿很挺拔，他向着看了半个世纪的白墙凝视了最后几秒钟，然后向墙微微鞠躬。

他是在向敌人致意，他们隔着四光年的深渊遥遥对视半个世纪，这也是一种缘分。

然后他转身面对程心，新老执剑人默默相对。他们的目光只是交会了短暂的一刹那，那一瞬间，程心感觉有一道锐利的光芒扫过她灵魂的暗夜，在那目光中，她感觉自己像纸一样薄而轻，甚至完全透明了。她无法想象，五十四年的面壁使这位老人悟出了什么，他的思想也许在岁月中沉淀得像他们头顶的地层一样厚重，也可能像地层之上的蓝天一样空灵。她不可能真正知道，除非自己也走到这一天。除了不见底的深邃，她读不懂他的目光。

罗辑用双手把开关交给了程心，程心也用双手接过了这个地球历史上最沉重的东西，于是，两个世界的支点由一位一百零一岁的老人转移到一个二十九岁的年轻女子身上。

开关带着罗辑的体温。它真的很像剑柄，上面有四个按钮，其中一个在顶端，为防止意外启动，除了按下按钮需要很大的力度外，还要按一定顺序按动才能生效。

罗辑轻轻后退两步，向三人微微点头致意，然后转身迈着稳健的步伐向大门走去。

程心注意到，在整个过程中，没有谁对罗辑五十四年的工作说过一句感谢的话。她不知道PDC主席和舰队总参谋长是否想说；交接过程在没有罗辑参与的情况下预演过多次，没有表达感谢的安排。

人类不感谢罗辑。

门厅中，几个身穿黑色西装的人挡住罗辑，其中一人说："罗辑先生，我以国际法庭检察官的名义通知你，你已被指控犯有世界灭绝罪，现被国际法庭拘押，将接受调查。"

罗辑没有看这些人，继续向电梯门走去，检察官们不由自主地让出路来。事实上，罗辑可能根本就没有觉察到他们的存在，他眼中锐利的光芒熄灭了，代之以晚霞般的平静。漫长的使命已经最后完成，那最沉重的责任现在离开了他。以后，不管他在已经女性化的人类眼中是怎样的恶魔和怪物，人们都不得不承认，纵观文明史，他的胜利无人能及。

钢门没有关，程心听到了门厅里的人说的话。她突然有一种冲动，想冲过去对罗辑说声谢谢，但还是克制住了自己，黯然地看着他的身影消失在电梯中。

然后，PDC主席和舰队总参谋长也默默地离开了。

当钢门隆隆地关闭时，程心感到以前的人生像漏斗中的水一样从越来越窄的门中漏出去；当钢门完全关上时，一个新的她诞生了。

她再次看看手中的红色开关，它已经成为她的一部分，以后她与它不能分离，即使睡眠时也要把它放在枕边。

白色的半圆大厅中一片死寂，仿佛时间也被封闭在这里不再流动，真的很像坟墓。以后这儿就是她的全部世界了。她首先要做的是让这里恢复生活的气息。她不想像罗辑那样，她不是战士和决斗者，她是女人，毕竟要在这里度过很长时间，可能是十年、半个世纪，其实她为这个使命准备了一生，所以站在这漫长道路的起点，她很坦然。

但命运却再次显示了它的怪异无常，程心准备了一生的执剑人生涯，从她接过红色开关时起，仅仅持续了十五分钟便结束了。

威慑纪元最后十分钟，62年11月28日16:17:34—16:27:58

威慑控制中心

弧形的白墙突然变成了红色，仿佛被地狱的岩浆烧透了，这是最高警报的颜色。一行白色大字出现在红色的背景上，每个字都像是一声惊惧的尖叫：

发现强互作用力宇宙探测器！共六个，其中一个飞向地球与太阳的拉格朗日点，另外五个以一、二、二分为三个编队，以25000千米/秒的速度冲向地球，预计十分钟后到达地面！

在程心的身边出现了1至5这五个悬浮的数字，发出幽幽的绿光。这是五个全息按钮，点击任何一个，都会在空中弹出相应的信息窗口，不同程度地显示更详细的情报内容。所有的信息均来自监视地球周围一千五百万千米太空的预警系统，由太阳系舰队总参谋部对预警信息进行分析后转发给执剑人。

后来知道，六个水滴就潜伏在一千五百万千米警戒圈外围不远，距地球一千八百万至两千万千米之间的太空中，其中三个长期以太阳为背景，借助凌日干扰[1]掩护自己；另外三个则混杂在飘浮于这一区域的一堆太空垃圾中，这堆垃圾主要是地球轨道上的早期裂变核电厂的反应堆核废料。其实，即使水滴不采取这些隐蔽措施，在警戒圈外也很难发现它们。之前，人们一直认为水滴最可能的潜伏位置是在更远处的小行星带。

罗辑等待了半个世纪的晴空霹雳，在他离开五分钟后就降临到了程心的头上。

程心没有点击那些全息按钮，她不需要更多的信息了。

程心首先明白了一件事：错了，自己全弄错了。在她的潜意识深处，自己的执剑人使命一直呈现着一幅完全错误的图像。当然，她一直在做着最坏的准备，或者说努力使自己这样做。她曾在舰队和PDC专家的帮助下，详细了解了威慑系统的整体配置，也曾同舰队上层指挥系统和PDC的战略家们彻夜讨论可能出现的各种极端情况，甚至设想过比现在还糟糕的情形。但她犯了一个自己没有也不可能觉察到的致命错误，其实也正是因为这个错误，她才得以当选第二任执剑人。

她在潜意识中不相信现在的事情会发生。

强互作用力宇宙探测器三个编队与地球平均距离1400万千米，最近距离1350万千米，九分钟到达地面！

---

①凌日干扰，是指当观测者、观测目标和太阳处于同一条直线时，观测目标是以太阳为背景的，太阳是一个巨大的电磁发射源，这时，观测者就会受到太阳发射的强烈干扰。

在程心的潜意识中，她是一个守护者，不是毁灭者；她是一个女人，不是战士。她将用自己的一生守护两个世界的平衡，让来自三体的科技使地球越来越强大，让来自地球的文化使三体越来越文明，直到有一天，一个声音对她说：放下红色开关，到地面上来吧，世界不再需要黑暗森林威慑，不再需要执剑人了。

当她以执剑人的身份面对那个遥远的世界时，与罗辑不同，她没感觉到这是一场生死决斗，只感觉这是一盘棋，她平静地在棋盘前坐下，想好了各种开局，假设了对方的各种棋路并一一想好应对的方法，她准备用一生的时间下这盘棋。

但对方没有移动一枚棋子，而是抓起棋盘向她劈头盖脸砸过来。

就在五分钟前程心从罗辑手中接过红色开关的一刹那，六个水滴就从潜伏处开始向地球全力加速，敌人没有多耽搁一秒钟。

强互作用力宇宙探测器三个编队与地球平均距离1300万千米，最近距离1200万千米，八分钟到达地面！

空白。

强互作用力宇宙探测器三个编队与地球平均距离1150万千米，最近距离1050万千米，七分钟到达地面！

空白，全是空白，除了白色的大厅、白色的大字，外面的一切也都是空白，程心仿佛悬浮在牛奶宇宙之中。这是一团直径160亿光年的牛奶，在这广漠的空白中，她找不到任何依托。

强互作用力宇宙探测器三个编队与地球平均距离1000万千米，最近距离900万千米，六分钟到达地面！

怎么办？

强互作用力宇宙探测器三个编队与地球平均距离900万千米，最近距离750万千米，五分钟到达地面！

空白开始消散，上方四十五千米厚的地层又显示出沉重的存在，那是沉积的时间。在最下面的一层，就是紧压在威慑控制中心上面的，可能是四十亿年前的沉积层，那时地球刚刚诞生五亿年。那一片浑浊的海，那是海的婴儿状态，海面被不间断的闪电击打着；那时的太阳，是迷蒙的天空中一个毛茸茸的光团，在海面上映出一片血红；以很短的间隔，天空中不时出现另一些光团，拖着长长的火尾撞击海面，这些陨石激起的海啸会把巨浪推上岩浆横流的大陆，水火相遇产生的遮天蒸汽云让太阳更加黯淡……与这地狱的惨烈不同，浑浊的海水中悄悄地酝酿着小小的故事。这时，有机分子在闪电和宇宙射线中诞生，它们碰撞、融合、裂解。这是一场漫长的积木游戏，持续了五亿年。终于，一根分子链颤抖着分裂，复制出另一根完全相同的分子链，然后它们分别吸附周围的有机小分子，再次复制自己……在这场积木游戏中，产生这样自我复制的分子链的概率如此之小，如同一阵龙卷风卷起一堆金属垃圾，落下后就组装成一辆奔驰车一般。

但这事竟然发生了，于是，长达三十五亿年的壮丽历程开始了。

强互作用力宇宙探测器三个编队与地球平均距离750万千米，最近距离600万千米，四分钟到达地面！

太古代21亿年，元古代的震旦纪18亿3000万年；然后是古生代：寒武纪7000万年，奥陶纪6000万年，志留纪4000万年，泥盆纪5000万年，石炭纪650万年，二叠纪5500万年；然后中生代开始了：三叠纪3500万年，侏罗纪5800万年，白垩纪7000万年；然后是新生代：第三纪6450万年，第四纪250万年。然后人类出现，与以前漫长的岁月相比仅是弹指一挥间，王朝与时代像焰火般变幻，古猿扔向空中的骨头棒还没落回地面就变成了宇宙飞船。最后，这35亿年风雨兼程的行进在一个小小的人类个体面前停下了，她只是在地球上生活过的一千亿人中的一个，她手中握着一个红色的开关。

强互作用力宇宙探测器三个编队与地球平均距离600万千米，最近距离450万千米，三分钟到达地面！

四十亿年时光沉积在程心上方，让她窒息，她的潜意识拼命上浮，试图升上地面喘口气。潜意识中的地面挤满了生物，最显眼的是包括恐龙在内的巨大爬行动物，它们密密麻麻地挤在一起，铺满大地，直到目力所及的地平线；在恐龙间的缝隙和它们的腿间腹下，挤着包括人类在内的哺乳动物；再往下，在无数双脚下，地面像涌动着黑色的水流，那是无数三叶虫和蚂蚁……天空中，几千亿只鸟形成一个覆盖整个苍穹的乌云旋涡，翼手龙巨大的影子在其中时隐时现……

万籁俱寂，最可怕的是那些眼睛，恐龙的眼睛，三叶虫和蚂蚁的眼睛，鸟和蝴蝶的眼睛，细菌的眼睛……仅人类的眼睛就有一千亿双，正好等于银河系中恒星的数量，其中有所有普通人的眼睛，也有达·芬奇、莎士比亚和爱因斯坦的眼睛。

强互作用力宇宙探测器三个编队与地球平均距离450万千米，最近距离300万千米，两分钟到达地面！个数为二的两个编队分别指向亚洲和北美大陆，个数为一的编队指向欧洲大陆。

按动开关，三十五亿年的进程将中止，一切都将消失在宇宙的漫漫长夜中，像从未存在过一样。

那个婴儿仿佛又回到她的怀中，软软的，暖暖的，小脸湿乎乎的，甜甜地笑着，叫她妈妈。

强互作用力宇宙探测器三个编队与地球平均距离300万千米，最近距离150万千米，正在急剧减速，一分钟三十秒到达地面！

“不——”程心惊叫一声，把手中的开关扔了出去，像看一个魔鬼般看着它滑向远处。

强互作用力宇宙探测器三个编队已接近月球轨道，继续减速，按照其航线延长线推测攻击目标：北美、欧洲和亚洲引力波发射台，引力波宇宙广播系统零号控制站，预计三十秒后接触地面。

最后这段时间像蛛丝般被无限拉长，但程心没有再犹豫，她坚持已经做出的决断。这个决断不是用思想做出的，而是深藏在她的基因中，这基因可以一直追溯到四十亿年前，决断在那时已经做出，在后来几十亿年的沧海桑田中被不断加强，不管对与错，她知道自己别无选择。

好在解脱就要到来了。

强震出现了，这是水滴穿过地层时产生的。程心无法站立，跌坐在地，在她的感觉中，周围的坚实岩层都不存在了，控制中心似乎被放在一面巨大的鼓膜上。程心闭起双眼，想象着水滴在上面穿过地层的情景，等待着那个光滑晶亮的魔鬼以宇宙速度击中这里，把她和周围的一切化为熔浆。

但震动猛烈跳动了几下后停止了，就像鼓师在曲终时的几下猛擂。

大屏幕上的红色消失了，代之以之前的白色，使这里瞬间显得明亮空旷起来。几行黑色大字在白色背景上显现：

北美引力波发射台被摧毁。

欧洲引力波发射台被摧毁。

亚洲引力波发射台被摧毁。

太阳电波放大功能被全频段压制。

寂静再次覆盖了一切，只有隐约的淅沥水声，是什么地方被震裂的水管发出的。

现在程心知道，刚才的震动是水滴攻击亚洲引力波发射天线时发出的，那个发射台距这里只有二十千米，也在同一深度的地下。

水滴没有攻击执剑人。

那几行黑字消失，在一片茫然的空白后，最后的显示出现：

引力波宇宙广播系统无法恢复，黑暗森林威慑终止。

威慑后一小时

失落的世界

程心乘电梯来到地面，走出入口站的大门时，她看到了一小时前刚举行过威慑控制权交接仪式的露天会场。参加仪式的人们已经离去，这里空荡荡的，只有那排旗杆在夕阳中拉出长长的影子，最高的两根旗杆上挂着联合国和太阳系舰队的旗帜，后面是各国的国旗，这些旗帜在微风中平静地飘扬着。再向前看是一望无际的戈壁，几只鸟儿鸣叫着落入近处的一丛红柳，远方可以看到连绵的祁连山，少量的积雪在山顶勾出几抹银色。

一切依旧，但这个世界已经不属于人类了。

程心不知道该做什么，威慑中止后，任何方面都没有与她联系。现在，与威慑一样，执剑人已经不存在了。

她茫然地向前走去，在走出基地大门时，两个哨兵向她敬礼。她害怕面对人们，但她发现，他们的眼中除了一丝好奇外并没有更多的东西，显然他们还不知道刚刚发生了什么。按照常规，执剑人是可以短暂地来到地面的，他们可能以为她上来是因为刚才的地震。程心又看到大门边的一辆军用飞行车旁有几名军官，他们甚至没向她这边看，只是专注地看着她背对的方向，其中一位还向那边指了指。

程心转身顺着他们的目光看去，看到了地平线上那朵蘑菇云，那是从地下喷出的尘埃，十分浓密，以至于看上去像是固体。它突兀地出现在平静的天地之间，仿佛是用图形软件在一幅风景画中随意叠加上去的东西。再细看，程心感到那朵蘑菇云像是一个丑陋的头像，在夕阳中露出一种奇怪的表情。蘑菇云是从水滴穿入地层的位置喷出的。

程心听到有人叫自己的名字，转身一看，竟是艾AA正向这里跑过来。她穿着白色的风衣，长发被风吹起，喘着气说她来看程心，但他们不让她进去。她指着远处自己的车说，还给程心的新住处带来了好几盆花呢，然后她指着远方的蘑菇云问，那是不是火山爆发，和刚才的地震有关系吗？

程心真想抱住AA大哭一场，但她克制住了自己，想让这个快乐的女孩子晚一些知道已经发生的事，也想让刚刚结束的美好时代的余音再延长一些。

《时间之外的往事》（节选）

对黑暗森林威慑失败的反思

导致失败最重要的因素当然是对执剑人的错误选择，这方面将在另外的章节专门论述，这里只从技术角度重新审视威慑系统设计上的失误。

威慑失败后，人们首先想到的是引力波发射器太少了，当初把已经建成的二十三个发射台中的二十个拆除是一个错误。但这种想法没有抓住问题的实质。根据监测数据，水滴穿入地层摧毁一个发射台所需的时间平均只有十几秒钟，即使计划中的一百个发射台全部建成并部署，水滴摧毁整个系统也用不了多少时间。关键在于这个系统是可摧毁的，而人类本来有机会建造一个不可摧毁的引力波宇宙广播系统。

问题不在于引力波发射台的数量，而在于它们部署的位置。

设想如果已经建造的二十三个发射台不是位于地面而是在太空，也就是说建造二十三艘“万有引力号”飞船，平时各飞船拉开距离分散在太阳系不同的位置，即使水滴发动突然袭击，也很难全部消灭它们，必然有一艘或多艘飞船逃脱追击消失在太空深处。

这样黑暗森林威慑系统的威慑度便增加很多，而且，所增加的威慑度与执剑人无关。当三体世界意识到，凭他们在太阳系的力量不可能完全摧毁威慑系统，他们对自己的冒险可能会谨慎许多。

遗憾的是，“万有引力号”只有一艘。

没有建造多艘引力波飞船的原因有两个：其一是“地球之子”对南极引力波发射台的袭击。在这方面，对于来自人类的威胁，引力波发射飞船与地基发射台相比更不安全，有着更多的不确定因素。其二是经济原因。由于引力波发射天线体积巨大，引力波飞船的天线只能是船体本身，这样天线材料还要满足宇航的要求，成本更是成倍增长，建造“万有引力号”的费用几乎是地球上二十三个发射台的总和。同时，飞船的船体不可能更新，所以当贯穿船体的简并态振动弦达到五十年的半衰期而失效时，飞船的发射功能消失，只能制造新的引力波飞船。

但更深层的原因潜藏在人们意识深处，从来没有被说出甚至可能没有被意识到：引力波飞船太强大了，强大到它的建造者自己都害怕。如果发生事变，水滴的袭击或其他原因迫使引力波飞船飞向太空深处，且由于太阳系内存在的威胁永远不能返航，它们就成为新的“蓝色空间号”和“青铜时代号”，或变成什么更不确定更可怕的东西，同时，它们拥有引力波宇宙广播的能力（虽然不会超过振动弦的半衰期），因而掌握着人类世界的命运！那样，一种恐怖的不确定性将永远播撒到太空中。

这种恐惧归根结底还是对黑暗森林威慑本身的恐惧，这就是终极威慑的特点：威慑者和被威慑者对威慑有着相同的恐惧。

程心走向那几位军官，向他们提出要去喷发点看一看。其中一位负责基地警戒的中校立刻为她派了两辆飞行车，一辆送她去喷发点，另一辆上有几名士兵负责警卫。程心让艾AA在原地等着自己，但AA坚持要随程心去，只好让她上了车。

飞行车以贴地的高度朝尘云方向飞去，速度很慢。AA问开车的士兵那是怎么回事，士兵说他也不知道，那火山共喷发了两次，间隔几分钟时间，他说这可能是中国境内有史以来的第一座活火山吧。

他做梦也想不到，火山下面就是这个世界曾经的战略支点——引力波发射天线。第一次火山喷发是水滴穿入地层时产生的，它摧毁天线后沿原路穿出地层，引发了第二次喷发。由于喷发主要是由水滴在地层中释放的巨大动能所引起，并非地幔中的物质喷出，所以都很短暂。水滴速度极快，穿入和飞出地表时肉眼是看不到的。

在飞车下面掠过的戈壁上，零星出现了一些冒烟的小坑，那是由喷发口飞出的岩浆和灼热的岩石砸出的。前行过程中，小坑渐渐密集起来，戈壁上笼罩着一层烟雾，不时能看到燃烧的红柳丛，这里人迹罕至，但也能看到几幢被震塌的旧建筑。这一片看上去像是刚刚结束了一场战役的战场。

那团尘云已经被风吹散了一些，不再呈蘑菇状，变得像一头乱发，边缘被即将落下的夕阳照成了血红色。在接近喷发点时，飞行车被一道空中警戒线拦住了，只好降落。在程心的坚持下，地面的警戒线让她通过了，这些军人不知道世界已经陷落，程心在他们面前仍有执剑人的权威。但他们挡住了AA，任她怎样叫喊挣扎也不让通过。

这个方向在上风，没有太多的尘埃落下，但烟尘挡住了夕阳的光芒，形成一片不断变幻着浓淡的阴影。程心在阴影中走了一百多米，来到一个巨坑的边缘。坑呈漏斗状，中心有几十米深，大团浓密的白烟仍从坑中涌出，坑底有一片暗红色，那是一洼岩浆。

就在这个坑下方四十五千米深处，引力波天线，那个长一千五百米、直径五十米，在磁悬浮状态下悬浮于地幔空洞的圆柱体，已经被击成碎片并被炽热的岩浆吞没。

这本来也应该是她的命运，对于一名放弃了威慑操作的执剑人，那是最好的结局。

坑底的那一片红光对程心产生了强烈的诱惑，只要再向前走一步，她就能实现自己渴望的解脱。在扑面而来的滚滚热浪中，她出神地盯着那一洼暗红的岩浆，直到被身后一串银铃般的大笑惊醒过来。

程心转身循着笑声看去，只见在夕阳透过烟尘投下的变幻光影中，一个苗条的身影正向这里走来。一直等那人走到面前，程心才认出她是智子。

除了依旧白嫩姣美的脸，这个机器人与程心上次见到的已经判若两人。她身穿沙漠迷彩，头上那曾经插着鲜花的圆发髻不见了，代之以精干的短发，脖子上围着一条忍者的黑巾，背后插着一把长长的武士刀，显得英姿飒爽。其实她身上那已到极致的女人味并没有消失，身姿和举动仍显出如水的轻柔，但这些却融入了一股美艳的杀气，如一条柔软而致命的绞索，巨坑中涌出的热浪也驱不散她带来的寒气。

“你做出了我们预测的选择。”智子冷笑着说，“不必自责，事实是：人们选择了你，也就选择了这个结局，全人类里面，就你一个是无辜的。”

智子的话让程心的心动了一下，她并没有为此感到安慰，但不得不承认这个美丽的魔鬼有一种穿透心灵的力量。

这时，程心看到AA也走了过来。她显然已经得知或猜到了什么，两眼冒火地盯着智子，从地上抱起一块石头就向智子的后脑勺砸去。智子转身一挥手，像赶走一只蚊子般挡开了石头。AA冲智子喊着她能想到的所有骂女人的话，立即又拾起一块石头。智子从背上抽出了武士刀，一手把不顾一切扑过来阻止她的程心推开，一手把刀旋转着挥舞起来，刀在空气中呜呜作响，像电风扇一般看不见了。智子停下时，一小缕断发从AA头上飘落下来，她吓得缩着脖子，像冻住一般不敢动了。

程心注意到智子手中的武士刀，她曾在那幢云雾中的东方别墅里见过，当时它与另外两把短些的倭刀一起放在茶案一个精致的木刀架上，都装在鞘中，看上去那么无害。

“这都是为什么？”程心喃喃地问，更像是问自己。

"因为宇宙不是童话。"

程心从理智上当然明白，威慑平衡如果维持下去，美好的前景只属于人类而不是三体世界，但在她的潜意识中，宇宙仍是童话，一个爱的童话。她最大的错误，就在于没有真正站在敌人的立场上看问题。

从智子看她的眼神中，程心明白了自己为什么没有被水滴攻击。

在引力波发射系统被摧毁、太阳电波放大功能被压制的情况下，程心活着也做不了什么；进一步推测：如果人类还掌握着三体世界所不知道的其他宇宙广播手段（可能性极小），在执剑人被消灭的情况下，可能会有别的人启动广播，但执剑人存在时这种可能性就会小许多，因为那些人有了依靠和推脱的理由。

但他们依靠的是什么？程心不是一个威慑者，反而成了一道安全屏障，敌人看透了她。

她是一个童话。

"你不要得意，我们还有'万有引力号'！"AA说，她的胆子又恢复了一些。

智子把刀背放到肩上轻蔑地一笑，"小傻瓜！'万有引力号'已经被摧毁了，就在一个多小时前交接完成时。很遗憾，如果没有盲区，我本来现在就可以给你们展示它在一光年外的残骸的。"

现在，一个蓄谋已久的精巧计划显现出来：威慑控制权交接的具体时间在五个月前就已确定，那时跟随"万有引力号"的智子还没有进入盲区，随行的两个水滴已经接到在交接完成后立刻摧毁"万有引力号"的指令。

智子把长刀向后一扬，准确地插入背上的鞘中，"我要走了，请代我向罗辑博士表达三体世界的敬意，他是一个强大的威慑者，伟大的战士。另外，如果有机会，也请向托马斯·维德先生表示遗憾。”

智子的最后一句话让程心吃惊地抬起头来。

“知道吗？在我们的人格分析系统中，你的威慑度在百分之十上下波动，像一条爬行的小蚯蚓；罗辑的威慑度曲线像一条凶猛的眼镜蛇，在百分之九十高度波动；而维德……”智子遥望着烟尘后面落得只剩一角的夕阳，眼中透出明显的恐惧，然后用力摇摇头，仿佛正努力从自己的脑子中赶走什么，“他根本没有曲线，在所有外部环境参数下，他的威慑度全顶在百分之一百，那个魔鬼！如果他成为执剑者，这一切都不会发生，和平将继续，我们已经等了六十二年，也不得不继续等下去，也许再等半个世纪或更长。那时，三体世界只能同在实力上已经势均力敌的地球文明战斗，或妥协……但我们知道，人们肯定会选择你的。”

智子大步离开，走远后她又转过身来，对沉默相视的程心和AA喊道：“可怜虫们，准备去澳大利亚吧！”

威慑后六十天

失落的世界

在威慑中止后的第三十八天，运行在小行带外侧的林格-斐兹罗观测站发现，三体星系附近朝太阳系方向的星际尘埃云中出现了飞船航迹，共四百一十五条，显然，三体世界向太阳系派出了第二支舰队。

这支舰队应该是五年前派出的，在四年前穿过了尘埃云。这是三体世界一个相当冒险的行动，因为如果不能在起航后的第五年摧毁人类的黑暗森林威慑系统，舰队穿过尘埃云被发现后可能引发威慑操作。这说明，早在那时，对于人类世界对黑暗森林威慑心态的转变，以及可能选择什么样的第二任执剑人，三体世界已经有了准确的预测。

历史似乎又回到了起点，新的轮回开始了。

在威慑中止后，人类世界的前途再次陷入一片黑暗之中，但同两个多世纪前第一轮危机开始时一样，人们并没有把这种黑暗同自己的命运联系起来。从尘埃云中的航迹分析，第二支三体舰队的速度与第一支没有太大差别，即使后面会有更高的加速，舰队到达太阳系也在两三个世纪以后，现在活着的人们都能够平安地度过自己的一生。有了大低谷的教训，人类社会不会再次为了未来而牺牲现在。

但这一次人类没有那么幸运。

在三体舰队驶出尘埃云后仅三天，观测系统竟然在第二片尘埃云中发现了航迹，也是四百一十五条！这不可能是更早时候派出的另一支舰队，只能是几天前发现的那同一支舰队。第一支三体舰队从第一片尘埃云到达第二片用了五年，而第二支舰队只用了六天！

三体舰队达到了光速！

从对第二片尘埃云中航迹的分析也证明了这件事。那四百一十五条航迹以每秒三十万千米的光速延伸，在光速飞船的冲击下，那些航迹十分醒目。

从时间上看，舰队在穿过第一片尘埃云时立刻进入光速，其间竟没有加速过程。

如果这样，三体第二舰队应该已经到达了太阳系。可以说它们几乎到达了。现在，使用中型天文望远镜，也可以看到距太阳六千个天文单位处的太空中的一片亮点，有四百一十五个。那是三体舰队减速时推进器的火焰，但这却是常规推进器，这时，舰队已经脱离光速，速度骤降至光速的百分之十五。显然这是允许常规推进在到达太阳系前充分减速的最高速度，按照这个速度和舰队减速率计算，三体第二舰队到达太阳系还需一年左右的时间。

这确实是一件令人费解的事：三体舰队显然能够在极短的时间内达到或脱离光速，但它们却不敢在三体星系或太阳系附近这么做。舰队起航后，用了整整一年时间以常规速度航行，直到与三体星系相距六千个天文单位时才进入光速；在距太阳系同样距离处脱离光速降至常规推进速度，这段距离光速航行只需一个月，舰队却不惜再花一年的时间用常规推进航行。这样，第二舰队的航行时间比完全光速航行整整多出了两年。

能想到的解释只有一个：这是为了避免四百一十五艘飞船进入光速时对两个世界产生影响。这个安全距离是地球到海王星距离的两百倍，如果在这个距离上才能避免飞船对行星的影响，那就意味着引擎产生的能量比恒星还高两个数量级！这实在难以想象。

《时间之外的往事》（节选）
三体世界的技术爆炸

三体世界的技术发展是从什么时候由匀速变为爆炸式加速的，这一直是个谜。有学者认为这种加速早在危机纪元开始前就出现了，也有人认为三体世界的技术是晚至威慑纪元才出现飞跃的。对于三体技术爆炸的动因，人们的看法倒是比较一致，认为主要有两个方面：

首先，地球文明对三体世界产生了巨大的影响，在这一点上三体人可能没有撒谎。自第一个智子到达地球后，大量涌入的人类文化使三体世界发生了深刻的变化。人类的部分价值观得到认同：发现了为应对乱纪元的灾难而产生的极权体制对科学的阻碍，思想自由得到鼓励，个体的价值得到尊重——这些都有可能在那个遥远的世界引发类似文艺复兴的思想启蒙运动，进而产生科技的飞跃，这一定是一段辉煌的历史，但其具体的过程却不得而知。

另一个可能只是猜测：飞向宇宙其他方向的智子并非像三体人所说的一无所获，在进入盲区前，它们很可能至少探测了一个文明世界。如果是这样，三体世界从这个第三方文明中得到的可能不仅仅是技术知识，还有关于宇宙黑暗森林状态的重要信息。那样的话，不管在哪个方面，三体世界现在都比地球所知道的多得多。

智子在威慑中止后第一次露面，她仍穿着那身迷彩服，背插武士刀，向全世界宣布第二支三体舰队将于四年后到达太阳系，将完成对这个恒星系的全面占领。

与第一轮危机时不同，三体世界对人类的政策发生了重大变化。智子宣称三体没有消灭人类文明的计划，而是在太阳系为人类划出了保留地，具体的位置是：地球上的澳大利亚，火星的三分之一领土，这样，就保证了人类文明最基本的生存空间。

智子说，为四年后的被占领做准备，人类必须立刻开始向保留地移民；为了执行她所说的"去威胁化"，杜绝黑暗森林威慑和类似威胁的再一次出现，人类必须解除武装，进行"裸移民"，即在移民过程中不能携带任何重型装备和设施。移民必须在一年内完成。

目前，人类在火星上和太空中的可居住空间，最多只能容纳三百万人，所以，移民的目的地主要是澳大利亚。

直到这时，人们仍然幻想着至少一代人的平安生活，所以在智子的讲话发表后，没有一个国家响应，更没有人开始移民。

在史称"保留地声明"的讲话发表五天后，一直在地球大气层内巡行的五个水滴中的一个攻击了北美、欧洲和亚洲的三座大城市。攻击的目的并不是毁灭城市，只是恐吓。它径直穿过城市的巨树森林，沿途撞击悬挂在树枝上的建筑，那些被击中的建筑先是熊熊燃烧，然后像烂掉的果实一般从几百米高度坠落到地面，造成三十多万人死亡，这是自末日战役后最惨重的人类伤亡事件。

现在人们认识到，在水滴面前，人类世界就像石块下的鸡蛋一般脆弱，任何城市和大规模设施都不可能提供有效遮蔽。如果三体人愿意，他们可以摧毁所有城市，逐步把地球表面变成一片废墟。

其实，人类正在逐渐改变这种劣势。人们早就认识到，对水滴的防御，只能借助强互作用力材料（SIM）[1]本身。在威慑中止前，地球和舰队的研究机构已经能够在实验室中少量制造这种超级材料，只是距批量生产和实用化还有很远的距离。如果再有十年时间，强互作用力材料就可以大批量生产。虽然水滴的推进系统还远远超出人类的技术能力，但可以用SIM制造常规导弹，借助数量优势，一旦击中就有可能摧毁水滴；或者用SIM建造防御屏障，即使水滴敢于攻击这种屏障，它也变成了一枚一次性的炮弹。

但现在，这已经永远不可能变为现实了。

智子再次发表讲话，声称三体世界之所以改变对人类文明的灭绝政策，完全是出于对地球文化的热爱和敬意。向澳大利亚的移民完成后，会有一段艰难的日子，但只是短暂的三四年，当三体舰队到达后，完全有能力使澳大利亚的四十亿人过上舒适的生活。同时，占领者还将帮助人类建造火星和太空中的居住空间，在舰队到达五年后就可以向火星和

① 见《三体·黑暗森林》，一种超强度材料，其原子由基本粒子中的强互作用力联结。

太空大规模移民，十五年后就能基本完成。那时，人类将拥有相对而言足够大的生存空间，两个文明将在太阳系开始新的和平生活。但这一切，都要以第一次移民的顺利进行为前提。如果向澳大利亚的移民不立即开始，水滴将继续攻击城市。在一年的期限后，任何处于保留地之外的人类都将被当作三体领土的入侵者而消灭。当然，只要人类离开城市呈疏散状态，仅凭五个水滴是做不到这一点的，它们不可能把分散在各大陆上的一个个或一小群一小群的人全部杀死，但在四年后，到达太阳系的三体舰队无疑能够做到这一点。

“是灿烂辉煌的地球文化为人类赢得了生存的机会，希望你们珍惜。”智子最后说。

全人类向澳大利亚的移民开始了。

威慑后第一年

澳大利亚

程心站在弗雷斯老人的房前，看着热浪滚滚的维多利亚沙漠。目力所及之处，密布着刚建成的简易住房，在正午的阳光下，这些合成板和薄金属板建成的房子显得崭新而脆弱，像一大片刚扔到沙漠上的折纸玩具。

库克船长在五个世纪前发现澳大利亚时做梦也想不到，有一天全人类会聚集到这块曾经无比空旷的大陆上。

程心和艾AA是随最早的一批移民来到澳大利亚的。程心本来可以去堪培拉或悉尼这样的大城市过比较舒适的生活，但她坚持做一个普通移民，来到内陆条件最差的、位于沃伯顿附近沙漠中的移民区。让她无比感动的是，同样可以去大城市的AA坚持要跟着她。

移民区的生活是艰苦的，但在最初的日子里，到来的移民数量不多，还可以忍受。与物质生活的艰苦相比，更糟糕的还是来自人的骚扰。程心和AA最初是两个人住一间简易房，但随着移民的增加，房间里的人数渐渐增加到八个。另外六个女人都是在天堂一般的威慑纪元出生的，在这里，到处是她们平生第一次见到的事物：食品和水的定量配给，没有信息墙壁甚至没有空调的房间、公共厕所和公共浴室、上下铺……这是一个绝对平均的社会，钱没有用，所有人得到的配给都完全一样。她们以前只在历史电影中看到过这些，移民区的生活对她们而言是地狱般的折磨，程心自然就成了这些人发泄的对象。她们动不动就对她恶语相向，骂她是废物，没能威慑住三体世界，最该死的是在接到攻击警报后放弃了威慑操作，否则引力波广播一启动，三体人就吓跑了，至少还有几十年的好日子过，即使广播启动后地球立即毁灭，也比到这鬼地方受罪强。开始她们只是骂，后来发展到对程心动手动脚，甚至抢夺她的配给品。

但AA却拼命保护她的朋友，她像个小泼妇一样一天与那六个女人打好几次架，有一次抓住一个最凶女人的头发往上下铺的床柱上撞，把那人撞得血流满面，那几个女人才再不敢轻易惹她和程心了。

但憎恨程心的并不止这几个人，周围的移民也经常来骚扰，他们有时朝这间房子扔石头，有时一大群人围住房子齐声叫骂。

对这些，程心都坦然接受了——这些甚至对她是一种安慰，作为失败的执剑人，她觉得自己应该付出比这更大的代价。

这时，一位名叫弗雷斯的老人来找她，请她和AA到自己的房子里去住。弗雷斯是澳大利亚土著，八十多岁了，身体仍很强健，黝黑的脸上长着雪白的胡须。作为本地人，他暂时能够保有自己的房子。他是一个冬眠后苏醒的公元人，在危机纪元前曾是一个土著文化保护组织的负责人，在危机纪元初冬眠，目的是在未来继续自己的事业。醒来后他发现，跟自己预料的一样，澳大利亚土著与他们的文化一起，已经接近消失了。

弗雷斯的房子建于21世纪，很旧但十分坚固，位于一处树丛边缘。迁到这里后，程心和AA的生活安定了许多，但老人给她们最多的还是心灵上的安宁。与大多数人对三体世界撕心裂肺的愤怒和刻骨铭心的仇恨不同，弗雷斯淡然地面对眼前的一切，他很少谈论这危难的时局，只说过一句话：

“孩子，人做过的，神都记着。”

是的，人做过的别说神，人自己都还记着。五个世纪前，文明的地球人登上了这块大陆（尽管大部分是欧洲的犯人），在丛林中把土著当成野兽射杀，后来发现他们是人不是兽，仍照杀不误。澳大利亚土著已经在这片广阔的土地上生活了几万年，白人来的时候澳大利亚还有五十万土著，但很快就被杀得只剩三万，直至逃到澳大利亚西部的荒凉沙漠中才幸免于难……其实，当智子发表保留地声明时，人们都注意到她用了Reservation这个词，这是当年对印第安保留地的称呼，那是在另一块遥远的大陆上，文明的地球人到达那里后，印第安人的命运比澳大利亚土著更悲惨。

刚到弗雷斯家里时，AA对那旧房子中的一切都充满了好奇。那里好像是澳大利亚土著文化的博物馆，到处装饰着古老的树皮画和岩画、用木块和空心树干做成的乐器、草辫裙、飞去来器和长矛等。最让AA感兴趣的是几罐用白色黏土、红色和黄色的赭石做成的颜料，她立刻知道了那是干什么用的，就用手指蘸着在自己的脸上涂了起来，然后跳起她从什么地方看到过的土著舞蹈，嘴里哈哈地叫着，说早点这样就能把之前住的房间里那几个婊子吓住。

弗雷斯笑着摇摇头，说她跳的不是澳大利亚土著的舞，是毛利人的，外来的人常把这两者搞混，但他们有很大的不同，前者温顺，后者是凶悍的战士。而就算是毛利人的舞她跳得也不对，没把握住其精神。说着，老人用颜料在自己脸上涂了起来，很快涂成一张生动的脸谱，然后脱下上衣，露出了黝黑的胸膛上与年龄不相称的结实肌肉，从墙角拿了一根货真价实的长矛，为她们跳起了毛利战士的舞蹈。他的表演立刻像勾了魂似的把她们吸引住了，弗雷斯平时的和善宽厚消失得无影无踪，瞬间变成一个咄咄逼人的凶神恶煞，浑身上下充满了雄壮剽悍的攻击力。他的每一声怒吼、每一次跺脚，都使窗玻璃嗡嗡作响，令人不由得发抖。最令她们震撼的还是他的眼睛，睁得滚圆，灼热的怒火和冰冷的杀气喷涌而出，凝聚了大洋洲雷电和飓风的力量，那目光仿佛在惊天动地地大喊：不要跑！我要杀了你！！我要吃了你！！！

跳完舞，弗雷斯又恢复了平时的和善模样，他说："一个毛利勇士，关键是要盯住敌人的眼睛，用眼睛打败他，再用长矛杀死他。"他走到程心面前，意味深长地看着她，"孩子，你没有盯住敌人的眼睛。"他轻轻拍拍程心的肩膀，"但，这不怪你，真的不怪你。"

第二天，程心做了一件连她自己也很难理解的事：她去看了维德。

那次谋杀未遂后，托马斯·维德被判刑三十年，现在，他所在的监狱刚迁到澳大利亚的查尔维尔。

当程心见到维德时，他正在干活儿，把一个用作仓库的简易房的窗子用合成板封住。他的一只袖管是空的，在这个时代，本来很容易接一只功能与正常手臂差不多的假肢的，不知为什么他没有那么做。

有两个显然也是公元人的男犯人冲程心轻佻地打口哨，但看到程心要找的人后他们立刻变得老实了，都赶紧垂头干活儿，好像对刚才的举动有些后怕。

走近维德后，程心有些惊奇地发现，虽然在服刑，还是在这样艰苦的地方，他反而变得比她上次看到时整洁了许多，他的胡子刮得很干净，头发梳得整齐有形。这个时代的犯人已经不穿囚服了，但他的白衬衣是这里最干净的，甚至比那三个狱警的都干净。他嘴里含着几颗钉子，每次用左手将一颗钉子按进合成板里，然后拿起锤子利落有力地把钉子敲进去。他看了程心一眼，脸上的冷漠没有丝毫变化，继续在沉默中干活儿。

程心看到这人第一眼时就知道，他没有放弃，他的野心和理想，他的阴险，还有许许多多程心从来不知道的东西，什么都没有放弃。

程心向维德伸出一只手来，他看了她一眼，放下锤子，把嘴里咬着的钉子放到她手中，然后她递一颗钉子，他就钉一颗，直到程心手中的钉子都钉完了，他才打破沉默。

“走吧。”维德说，又从工具箱中抓出一把钉子，这次没有递给程心，也没有咬在嘴里，而是放在脚旁的地上。

“我，我只是……”程心一时不知道该说什么。

“我是说离开澳大利亚，在移民完成前快走。”维德低声说，他说这话时嘴唇几乎不动，眼睛盯着正在钉的合成板，稍远些的人都会以为他在专心干活儿。

同三个世纪前的许多次一样，维德又是以一句简短的话让程心呆住了。每次，他都像是扔给她一个致密的线团，她得一段一段把线团拆开才能领会其中复杂的含义。但这一次，维德的话让她立刻不寒而栗，她甚至没有胆量去拆那线团。

“走吧。”维德没有给程心提问的时间，紧接着说，然后转向她，短暂地露出他特有的那种冰水般的微笑，“这次是让你离开这儿。”

在回沃伯顿的路上，程心看到了大地上密集得望不到边的简易房，看到了在房屋之间的空地上忙碌的密密麻麻的人群。突然，她感到自己的视角发生了变化，像从世界之外看着这一切，而这一切也突然变得像一个熙熙攘攘的蚁窝。这个诡异的视角使她处于一种莫名的恐惧之中，一时间，澳大利亚明媚的阳光也带上了冷雨的阴森。

移民进行到第三个月时，迁移到澳大利亚的人数已经超过十亿。同时，各国政府也陆续迁往澳大利亚各大城市，联合国迁到悉尼。移民由各国政府领导指挥，联合国移民委员会对全世界的移民行动进行协调。在澳大利亚，移民都按国家分区域聚集，以至于澳大利亚成了一个地球世界的缩小版，除了大城市外，原有的地名已弃之不用，代之以各个国家的名称和各国大城市的名称，现在，纽约、东京和上海都不过是由一片简易房构成的难民营。

对这样超大规模的人口迁移和聚集，无论是联合国还是各国政府都毫无经验，各种巨大的困难和危险很快浮现出来。

首先是住房问题，移民领导者们发现，即使把全世界现有的建筑材料都搬到澳大利亚，也只能满足最后移民人数不到五分之一的居住需求，而这时所谓的居住仅仅是每人一张床而已。在移民达到五亿时，已经没有足够的材料建造简易房，只能建造超大型的帐篷，像体育馆一般大小，每个能住上万人，但在这种极其恶劣的居住环境和卫生条件下，大规模传染病随时可能暴发。

粮食开始出现短缺，由于澳大利亚原有的农业工厂远远不能满足移民的需要，粮食必须从世界各地运来，随着移民人口的增加，粮食从调运到分发至移民手中的过程越来越复杂和漫长。

但最危险的还是移民社会的失控。在移民区，超信息化社会已经完全消失了，刚来的人还在墙上、床头小桌上甚至自己的衣服上乱点，但立刻发现这些都是没有IT的死东西，甚至基本的通信都不能保障，人们只能从极其有限的渠道得知世界上正在发生的事情，对于这些来自超信息化社会的人来说，这就像失明一般。在这种情况下，现代政府以往的领导手段都失效了，他们不知道怎样维持这样一个超拥挤社会的运行。

与此同时，太空中的人类移民也正在进行。

威慑中止时，太空约有一百五十万人。这些在太空中长期生活的人分成两个部分，其中约五十万人属于地球国际，生活在地球轨道上的太空城、空间站以及月球基地中；另一部分则属于太阳系舰队，分布于火星基地、木星基地和游弋在太阳系的太空战舰中。

属于地球国际的太空人绝大部分都在月球轨道以内，只能返回地面，同地球上的所有人一样移民澳大利亚。

属于太阳系舰队的约一百万人则全部移民至舰队的火星基地，那里是三体世界为人类指定的第二处保留地。

自从末日战役后，太阳系舰队再也没有恢复到那样庞大的规模，在威慑中止时，舰队只有一百多艘恒星级战舰。虽然技术在发展，但战舰的速度一直没有提高，似乎核聚变推进已经达到了极限。现在，三体舰队的压倒优势不仅仅在于它们能够达到光速，最可怕之处还在于它们根本不经加速就能够直接跃迁至光速；而人类的战舰如果考虑燃料的消耗以保证返航的话，加速到最高的百分之十五光速可能需要一年的时间，与三体飞船相比，慢得像蜗牛。

威慑中止时，太阳系舰队的一百多艘恒星级战舰本来有机会逃脱到外太空，如果当时所有战舰朝不同的方向全速逃离，太阳系中的八个水滴很难追上它们。但没有一艘战舰这样做，都按智子的命令返回了火星轨道，理由很简单：移民到火星，与地球上向澳大利亚的移民不同，一百万人在火星基地的封闭城市中仍能继续文明舒适的生活，因为基地本来的设计就能够容纳这么多人长期生活。与永远流浪外太空相比，这无疑是一个更好的选择。

三体世界对于火星上的人类十分警惕，从柯伊伯带返回的两个水滴长期在火星城市上空盘旋监视，因为与地球移民不同，太阳系舰队虽然已经基本解除武装，但火星基地中的人类仍然掌握着现代技术，否则城市无法生存。不过，火星人类绝对不敢进行制造引力波发射器之类的冒险，建造这样巨大的东西不可能不被智子察觉，半个世纪前末日战役的恐怖历历在目，而火星城市像蛋壳般脆弱，水滴一次撞击造成的减压就可能使所有人陷入灭顶之灾。

太空中的移民在三个月内就完成了，月球轨道内的五十万人返回地球进入澳大利亚，太阳系舰队的一百万人移居火星。这时，太阳系的太空中已经没有人了，只有空荡荡的太空城和战舰飘浮在地球、火星和木星轨道上，飘浮在荒凉的小行星带中，仿佛是一片寂静的金属坟墓，埋葬着人类的光荣与梦想。

在弗雷斯老人的家中，程心也只能从电视中得知外面的情况。这天，她从电视中看到一个食品分发现场的实况，这是一次全息转播，有身临其境之感。现在这种需要超高速带宽的电视广播越来越少了，只在重要新闻时出现，平时只能收到2D画面。

转播的地点是在沙漠边缘的卡内基，全息画面中出现了一个巨型帐篷，像是平放在沙漠中的半个巨蛋，而从中拥出的人群则如同巨蛋破裂后溢出的蛋清。人们蜂拥而出是因为来了食品运输机，这种提升力很大而体积很小的运输机一般采用吊运方式运送食品，即把包装成一个大立方体的食品吊在机身下运输。这次来的运输机有两架，第一架运输机刚把吊运的食品垛放到地面上，人群就如决堤的洪水般拥来，很快把食品垛围住淹没，负责维持秩序的几十名士兵构成的警戒线一触即垮，那几名负责分发食品的工作人员吓得又从一架长梯爬回运输机内，这堆食品就如同一块扔进浑水的雪团一样很快融化不见了。镜头向地面拉近，可以看见抢到食品的人又面临着周围人的争抢，那一袋袋食品像蚁群中的米粒一般，很快被撕碎扯烂，然后人们又争抢散落在地的东西。另一架运输机则把第二个食品垛放在稍远一些的空地上，这一次根本没有士兵警戒，负责分发的人员也没敢下机，人群立即像被磁铁吸引的铁屑一般蜂拥而来，很快又把食品垛围在中间。

这时，一个绿色的身影从运输机中飞出，苗条而矫健，从十几米高处轻盈地落到食品垛上。涌动的人群顿时凝固了，人们看到站在垛顶的是智子，她仍是那身迷彩服打扮，颈上的黑巾在热风中飘荡，更衬托出脸庞的白皙。

“排队！”智子对着人群喊道。

镜头拉近，可以看清智子怒视人群的美丽的眼睛，她的声音很大，在运输机的轰鸣声里都能听清。但下面的人群仅被她的出现镇住了一小会儿，很快又骚动起来，靠近食品垛的人开始割断外面的网兜拿食品。接着骚动加剧，人群再次沸腾起来，有几个胆大的丝毫不管智子的存在，开始向垛顶爬。

“你们这些废物！为什么不维持秩序?！”智子仰头向悬停在上方的运输机喊道，在运输机敞开的舱门处，站着几个脸色煞白的联合国移民委员会的官员，“你们的军队呢?！警察呢?！允许你们带进来的那些武器呢?！你们的职责呢?！”

舱门口的那几个人中有一位是移民委员会主席，他一只手紧抓着舱门，另一只手对着智子摊了一下，慌乱地摇摇头，表示无能为力。

智子从背后拔出武士刀，以快得几乎让人看不清的动作连挥三下，将刚爬上垛顶的三个人都砍成了两截。那三个人被砍的方式惊人地一致，都是刀从左肩进右肋出，被斜斜地劈开，那六块半截人体向垛下飞去，还在半空，里面的内脏已经溢出散开，同飞扬的血瀑一起，噼里啪啦地落在人群中。在一片恐惧的惊叫和哭号中，智子从垛顶凌空跳下，落到人群中，再次闪电般地砍杀起来，转眼间已经砍倒了十几个人。人群惊恐地后退，很快在她的周围清出了一块空地，就像一滴洗洁精落到盘中的油汤里一般。空地上那十几具尸体也都同前面三人一样，被从左肩到右肋斜斜地劈开，这是让血和内脏最快流出的方式。在那一大片血红面前，人群中的一部分被吓得晕倒在地。智子向前走去，人们惊慌地闪开，她的身体似乎带着一圈无形的力场，把人群排斥开来，始终在自己周围保持着一圈空地。她走了几步站住了，人群再次凝固。

"排队。"智子说，这次声音不高。

人群很快变成了长长的队列，仿佛在运行一个数组排序程序一样。队列一直延伸到远处的巨型帐篷那儿，还绕着它转了一圈。

智子纵身一跃，跳回了食品垛的顶上，用滴血的长刀指着下面的队列说："人类自由堕落的时代结束了，要想在这里活下去，就要重新学会集体主义，重新拾起人的尊严！"

当天夜里程心失眠了，她轻轻走出房间。这时已是深夜，她看到门厅的台阶上有一闪一闪的火星，那是弗雷斯在抽烟。他的膝上放着一把"迪杰里多"，那是澳大利亚一种土著乐器，用挖空的粗树枝做成，有一米多长。他每天晚上都要坐在这儿吹一会儿。"迪杰里多"发出一种低沉浑厚的呜呜声，不像是音乐，仿佛是大地的鼾声，每天晚上，程心和AA都是在这种声音中入睡。

程心走到弗雷斯身边坐下，她很喜欢同老人在一起，他那种对苦难现实的超然犹如镇痛剂一般安抚着她那颗破碎的心。老人从不看电视，也不关心地球上正在发生的任何事。每天夜里，他几乎不回自己的房间，就坐在这里靠着门廊的木柱入睡，直到朝阳照到身上时才醒来，甚至在暴雨之夜他都这样，说这儿比床上睡得舒服。他曾经说，如果有一天政府的那帮杂种来把房子收走，他不会去移民区，在树丛中搭一个遮雨的小草棚就能过下去。AA说，他这把年纪那样不行的，他说，祖先行，他就行。早在第四纪冰河期，他的祖先就从亚洲划着独木舟漂过太平洋来到这里，那可是四万年前，希腊呀埃及呀连影子还没有呢。他说自己在21世纪曾是一名富有的医生，在墨尔本有自己的诊所，威慑纪元苏醒后也一直过着舒适的现代生活，但就在移民开始时，他体内的某种东西复苏了，突然感觉自己其实是大地和丛林中的动物，领悟到生活所需要的东西其实是那么少，感觉睡在露天就很好，很舒服。

弗雷斯说，他不知道这是什么兆头。

程心看着远处的移民区，已是深夜，那里的灯光稀疏了一些，一望无际的简易房在星光下显出一种难得的静谧。程心突然产生了一种奇异的感觉，仿佛置身于另一个移民时代，那是五个世纪前澳大利亚的移民时代，那片平房中睡着的，都是粗犷的牛仔和牧马人，她甚至嗅到了马粪和牧草的味道。程心把这感觉对弗雷斯说了。

“那时可没这么挤，据说一个白人向另一个白人买牧场，只需付一箱威士忌的钱，然后买家在日出时骑快马跑出去，日落时回来，这一大圈围住的土地就归他了。”

程心以前对澳大利亚的印象大多来自那部与这个国家同名的电影，在电影里，男女主人公赶着马群横穿北澳大利亚壮丽的大陆，不过那不是移民时代，是二战时期，是距她度过青春的那个时代不远的过去，但放到现在已经是很远的历史了——电影中的休·杰克曼和妮可·基德曼应该都已经逝去两个多世纪了。程心突然想到，不久前看到维德在简易房前干活儿的样子，很像那个电影中的男主人公。

想到维德，程心就把一个月前维德对她说的那句话告诉了弗雷斯，她早就想对他说这事，但又怕打扰了他超然的心境。

“我知道这人。”弗雷斯说，“孩子，我肯定地说你应该听他的，但你又不可能离开澳大利亚，所以不要想这事了。想不可能的事有什么用？”

弗雷斯说的是事实，现在想从澳大利亚出去是很难的。封锁澳大利亚的不仅有水滴，还有智子招募的地球治安军的海上力量。从澳大利亚返回各大陆的飞行器和船舶，如果被查出载有移民，会立刻遭到攻击。同时，随着移民期限的临近，愿意回去的人很少，澳大利亚虽然艰苦，总比回去送命强。零星的小规模偷渡一直存在，但像程心这种备受瞩目的公众人物是不可能这样离开的。

然而这些并不是程心所考虑的，无论怎样，她都不会离开这里。

弗雷斯似乎不想再谈这个话题，但看到程心在黑暗中沉默着，似乎期待他发表更多的看法，就接着说：“我是一个骨科医生，你可能知道，断了的骨头长好后，愈合的断裂处长得比原来还粗，这在医学上叫超量恢复，是说如果人体有机会弥补以前缺少的某些东西，那么这些东西可能恢复到比不缺少它们的人更多。与人类相比，他们——”他指指星空，“他们曾经缺什么你是知道的，他们超量恢复了吗？恢复到什么程度？谁也不清楚。”

程心被这话震撼了，但弗雷斯似乎没有继续讨论的兴趣，他仰望着夜空，缓缓吟诵道：

所有的部落都已消失，
所有的长矛都已折断。
在这里，
我们曾经饮露餐花，

而你们，

却撒下一片砾石。

就像听弗雷斯吹响“迪杰里多”一样，程心的心被这首诗触动了。

“这是20世纪一位澳大利亚土著诗人的诗，他叫杰克·戴维斯。”

老人说完，便靠在廊柱上，不一会儿就发出了鼾声。程心坐在夜色中，坐在对这巨变中的世界无动于衷的群星下，直到东方发白。

移民开始半年后，世界人口的一半，二十一亿人已经迁移到澳大利亚。

潜藏的危机开始爆发，移民开始后第七个月发生的堪培拉惨案，成为一连串噩梦开始的标志。

智子要求人类进行裸移民，这也是威慑纪元中地球世界的鹰派曾对三体世界移民太阳系提出过的设想。除了建筑材料和建造新的农业工厂的大型部件，以及必需的生活用品和医疗设备，移民不得携带任何军用和民用的重型装备，各国前往移民区的军队也只能配备有限的维持秩序用的轻武器，人类被彻底解除了武装。

但澳大利亚政府除外，他们保留了一切，包括陆海空军的全部装备。于是，这个自诞生以来就一直处于国际事务边缘的国家一跃成为人类世界的霸主。

移民初期，澳大利亚政府是无可指摘的，他们和全体澳大利亚人做出了巨大的努力来安置移民。但随着各大洲的移民如洪水般拥进澳大利亚，这个曾经是地球上唯一独占一块大陆的国家心理开始失衡，澳大利亚原住民社会民怨沸腾，新上台的政府开始对移民施行强硬政策。他们很快发现，现在澳大利亚联邦对其余国家的优势，与三体对地球世界的优势也差不多了。后来的移民大都被安置在荒凉的内地，像新南威尔士州这样富庶的沿海地带，被划为澳大利亚的“保留领土”，禁止移民，堪培拉和悉尼被划为“保留城市”，也禁止移民定居，于是，移民能够长期居住的大城市只剩下墨尔本。澳大利亚政府也开始变得颐指气使，以人类家长自居，渐渐凌驾于联合国和各国政府之上。

虽然新南威尔士州禁止移民，但很难阻止内地移民去旅行。出于对刚刚告别的城市生活的向往，大量移民拥入悉尼，虽然不让定居，但就是在街头流浪也比住在移民村里强，至少让人感觉仍然身处文明世界，这使得城市人满为患。澳大利亚政府决定把移民从悉尼市内驱逐出去，以后也禁止外来移民进入城市，这引起了滞留城中的移民和军警的冲突，造成了一些伤亡。

悉尼事件引发了移民对澳大利亚政府早已郁积的众怒，有上亿移民拥进新南威尔士州，拥向悉尼。面对眼前铺天盖地的滚滚人海，州和城市的澳大利亚驻军望风而逃。几千万人拥入悉尼，洗劫了城市，像一个巨大的蚁群覆盖了一具新鲜的动物尸体，很快使其变成白骨架。悉尼市内火光冲天，犯罪横行，变成一个由巨树建筑构成的恐怖森林，生存条件还不如移民区了。

之后，移民大军又把目标转向两百多公里外的堪培拉。由于堪培拉是澳大利亚首都，在移民开始后有一半国家的政府也迁移至此，联合国也刚从悉尼转移到这里，军队不得不进行防守。这一次冲突造成了重大伤亡，死了五十多万人，大部分并非死于军队的火力下，而是死于上亿人的混乱造成的踩踏和饥渴；在这场持续了十多天的大混乱里，有几千万人完全断绝了食物和饮水供应。

移民社会也发生着深刻的变化。人们发现，在这块拥挤饥饿的大陆上，民主变成了比专制更可怕的东西，所有人都渴望秩序和强有力的政府，原有的社会体制迅速瓦解，人民只希望政府能给他们带来食物、水和能放一张床的生存空间，别的都不在乎了。聚集在这块大陆上的人类社会像寒流中的湖面一样，一块接一块地冻结在专制极权的坚冰之下。智子砍完人后说的那句话成为主流口号，包括法西斯主义在内的形形色色的垃圾，从被埋葬的深坟中浮上表面成为主流。宗教的力量也在迅速恢复，大批的民众聚集在不同的信仰和教会之下，于是，一个比极权政治更老的僵尸——政教合一的国家政权开始出现。

作为极权政治的必然产物，战争是不可避免的，国家间的冲突频繁起来，开始只是为了抢夺食品和水，后来发展到有计划地争夺生存空间。堪培拉惨案后，澳大利亚军队有了很强的威慑力，在联合国的要求下，他们开始以强力手段维持国际秩序，如果不是这样，一场澳大利亚版的世界大战已经爆发，而且正如20世纪初有人预言的那样，这场大战是用石头打的。现在除了澳大利亚，各国军队甚至连冷兵器也不可能做到人手一把，最常见的武器是建筑用金属支架做的棍棒，连博物馆中的古代刀剑都被取出来重新使用。

在这些阴暗的日子里，无数人早上醒来时都不相信自己真回到了现实。他们发现在仅仅半年的时间里，人类社会倒退了如此长的距离，一只脚甚至已经踏进了中世纪。

这时，支撑每个人和整个社会免于全面崩溃的，只有一样东西：三体第二舰队。现在，舰队已经越过柯伊伯带，在晴朗的夜晚，有时用肉眼都可以看到舰队减速的光焰。那四百一十五个暗弱的光点，是澳大利亚人类的希望之星。人们牢记着智子的承诺，期望舰队的到来能给这块大陆上的所有人带来安宁舒适的生活，昔日的恶魔变成了拯救天使和唯一的精神支柱，人们祈盼它快些降临。

随着移民的进行，在澳大利亚以外的地球各大陆的夜晚，一座座城市陷入黑暗，变成了死寂的空城，就像最后的晚餐结束时豪华餐厅中一盏接一盏熄灭的灯。

移民第九个月时，澳大利亚的人数已经达到三十四亿，由于生存环境的进一步恶化，移民曾经被迫停顿。这时，水滴又开始袭击澳大利亚之外有人居住的城市，智子也再次发出威胁，说一年的期限一到，对保留地之外人类的清除工作立刻开始。现在，澳大利亚就像一辆即将开往不归路的囚车，上面的犯人已经快把车厢挤爆了，却还要把剩下的七亿人硬塞进去。

智子也考虑到了继续移民面临的巨大困难，她提出的解决办法是把新西兰和大洋洲的一些岛国作为移民的缓冲区。这个措施发挥了作用，在剩下的两个半月里，又有六亿三千万人经过缓冲区迁移到澳大利亚。

终于，在距最后期限三天时，运载着最后一批三百万移民的船队和飞机相继从新西兰起程前往澳大利亚，大移民完成了。

这时，澳大利亚聚集了人类的绝大部分——四十一亿六千万人，在澳大利亚之外，只剩下约八百万人类，他们分成三个部分：火星基地一百万人，五百万地球治安军和约两百万地球抵抗运动成员，还有少量散落各地因各种原因没有移民的人，数量无法统计。

地球治安军是智子为了监督地球移民而招募的人类军队，她许诺参军的人将不参加澳大利亚移民，以后可以自由生活在被三体人占领的世界中。招募令发出后报名异常踊跃，据后来的统计，网络上总共出现了十多亿份入伍申请，其中两千万人参加了面试，最后招募了五百万人。这些最后的幸运儿并不在意人们的唾沫和鄙夷的目光，因为他们知道，那些吐唾沫的人中相当一部分是提交过申请的。

有人把地球治安军与三个世纪前的地球三体组织相提并论，其实两者的性质完全不同：ETO的成员都是充满坚定信念的战士，而参加治安军的人不过是为了逃避移民过舒服日子而已。

地球治安军分为亚洲、北美和欧洲三个军团，拥有各大国在移民中遗留下来的精良装备。移民初期，治安军的行为还是比较收敛的，只是按照智子的命令督促各国移民的进行，同时保护城市和地区的基础设施不被破坏。但随着澳大利亚困难的加剧，移民进度越来越难以满足智子的要求，在她的命令和威胁下，治安军变得越来越疯狂，不惜大规模动用武力来强迫移民，在世界各地造成了上百万人的死亡。最后，当移民期限过后，智子下达了消灭保留区外所有人类的命令，治安军彻底变成了魔鬼。他们驾驶着飞行车端着激光狙击枪，在空寂的城市和原野上像猎鹰一样盘旋，见人就杀。

与治安军相反，地球抵抗运动是人类在这场烈火中炼出的真金。他们有许多分支，数量很难统计，据估计在一百五十万至两百万人之间。他们分散在深山和城市的地下，与治安军展开游击战，并等待着同踏上地球的三体侵略者的最后战斗。在人类历史上所有沦陷区的抵抗组织中，地球抵抗组织付出的牺牲是最大的，因为治安军有水滴和智子的协助，抵抗组织每一次作战行动都近乎自杀，同时也使得他们不可能进行任何大规模的集结，这就为治安军对他们各个击破创造了条件。

地球抵抗运动的构成很复杂，包括各个阶层的人，其中有很大比例是公元人。六名执剑人候选人都是抵抗运动的指挥官，移民结束时，其中的三人已经在战斗中牺牲，只剩下加速器工程师毕云峰、物理学家曹彬和原海军中将安东诺夫。

所有抵抗运动的成员都知道他们在进行的是一场毫无希望的战斗，将来三体舰队到达地球之日，也就是他们全军覆灭之时。这些在深山和城市的下水道中衣衫褴褛饥肠辘辘的战士，是在为人类最后的尊严而战，他们的存在，是人类这段不堪回首的历史中唯一的亮色。

凌晨，程心被一阵轰隆声惊醒。这一夜睡得本来就不安稳，外面人声不断，都是新到的移民。程心突然想到现在已经不是打雷的季节了，而且这轰隆声过后，外面突然安静下来。她不由打了个寒战，猛地从床上坐起来，披衣来到门外。在门廊睡觉的弗雷斯差点绊倒她，老人睡眼蒙眬地抬头看看她，又靠在柱子上继续睡了。

这时天刚蒙蒙亮，外面有很多人，都神情紧张地看着东方低声议论着什么。程心顺着他们的目光看去，只见地平线上升起一道烟柱，很黑很浓，仿佛露出白色晨光的天边被撕开了一道口子。

程心从人们的口中得知，一个小时前治安军开始大规模空袭澳大利亚，主要的打击目标是电力系统、港口和大型运输设备。那道烟柱就是从五公里外刚刚被摧毁的一座核聚变发电厂冒出的。人们又惊恐地抬头看天，凌晨蓝黑的天空中有五道雪白的航迹，那是正在掠过的治安军轰炸机。

程心转身回到房间，AA也起床了，正在打开电视，想从新闻中了解发生了什么事。程心没看电视，她不需要更多的信息了。近一年来，她不断地祈祷这一刻不要出现，神经变得极度敏感，只要有一点点迹象就能做出准确判断。其实从睡梦中听到那声来自远处的轰响时，她基本上已经确定发生了什么。

维德又对了。

程心发现自己早对这一刻做好了准备，不假思索就知道该做什么了。她对AA说要去一趟市政府，然后出门从院子里推了一辆自行车，这是现在移民区中最便捷的交通工具了。同时她还带了一些食品和水，知道事情多半办不成，自己还要走更长的路。

程心沿着到处拥堵的路向市政厅骑去。各个国家都把自己的各级行政系统原封不动地搬到了移民区，程心所在区的移民主要来自中国西北地区的一个中等城市，现在这个区就以这座已经留在另一个大陆上的城市命名，也由原市政府领导。市政厅就在两公里远处的一个大帐篷里，从这里就可以看到帐篷的白色尖顶。

连续两周的突击移民，新来的人不断拥入，移民已经不像以前那样按原行政区分配，而是哪里有空就向哪里塞，越来越多的其他城市地区的人拥进来，后面进来的都是其他省份的，甚至还有外国人。在最近的两个月，澳大利亚又拥入了七亿人，移民区已经拥挤不堪。

路的两侧人山人海，各种物品一片狼藉。新到的移民没有住处，只能露宿在外，人们现在大多被刚才的爆炸声惊起来，不安地望着烟柱升起的方向。晨光把一切都笼罩在一片阴郁的暗蓝中，在这暗蓝之中，人们的面孔更显苍白。程心又有那种从高处看蚁穴的怪异感觉，在这大片的苍白面孔中穿行，她潜意识中感到太阳不会再升起来了。一阵恶心和虚弱袭来，她刹住了车，靠在路边干呕起来，呕得眼泪都流出来胃才平和下来。她听到近处有孩子在哭，抬头看去，一个坐在路边一堆毯子中抱着孩子的母亲，头发蓬乱一脸憔悴，任孩子抓挠一动不动，呆滞地看着东方，晨曦使她的双眼发亮，但透出的只有茫然和麻木。

程心想起了另一位母亲，美丽健康，充满活力，在联合国大厦前把可爱的婴儿放到自己的怀抱里，叫自己圣母……她和那个孩子现在在哪儿？

到市政厅的大帐篷前时，程心不得不下车从人群中挤过去。平时这里人也很多，都是来要住处和食品的，但现在这些聚集的人可能是来确认到底发生了什么事。在通过大门前军警的警戒线时，程心说明了自己是谁才被允许通过，那名军官并不能确定她的身份，扫描了她的身份证后才放行。当确定她是谁时，他的眼神让程心铭心刻骨，那眼神在说：

当初我们为什么选择了你？

进入市政厅后，程心找回了一些超信息时代的感觉，她看到在大帐篷中宽阔的空间里，飘浮着许多全息信息窗口，它们悬浮在众多的官员和工作人员上方。这些人显然已彻夜未眠，都显得疲惫不堪，但也都很忙碌。许多部门都集中在这里，显得十分拥挤，让程心想起公元世纪华尔街的股票交易大厅。人们在悬浮于面前的信息窗口上点击书写，然后窗口会自动飘浮到下一个处理程序的人面前，这些发光的窗口像一群来自刚刚消逝的时代的幽灵，这里是它们最后的聚集地。

在一间用合成板隔起来的小办公室里，程心见到了市长。他很年轻，女性化的清秀面庞上像别人一样满是疲惫，还有一丝迷离和恍惚。眼前的重负，显然不是他们这脆弱的一代能够承受的。墙上有一个很大的信息窗口，里面显示着一座城市的照片，那座城市的建筑大多是传统的地面形，只有不多的几棵树形悬挂式建筑，显示城市的规模为中等。程心注意到画面是动态的，半空不时有车辆飞过，时间看上去也是凌晨，一切都像从办公室的窗子看出去一般，那可能是他移民前生活和工作的城市。看到程心，他也露出了那种“我们为什么选择你”的目光，但举止还是很礼貌，问程心有什么需要他帮助的。

“我需要和智子联系。”程心直截了当地说。

市长摇摇头，但对程心这要求的惊奇多少驱散了一些疲惫，他对这事显得认真了许多，“这不可能。首先，我们这个级别的部门不可能直接与她联系，省政府都不行，谁也不知道她现在在哪个洲哪个大陆。再说，现在与外界的联系很困难，我们与省里的联系刚刚中断，这里可能很快就要断电了。”

“能送我去堪培拉吗？”

“我不能提供飞机，但可以派地面车辆送你去，可你知道，那也许比步行还慢。程女士，我强烈建议你不要离开，现在到处都非常乱，很危险，城市都在遭受轰炸，我们这里算比较平静的。”

由于没有无线供电系统，移民区不能使用飞行车，只能用地面车辆和飞机，但现在地面道路已经很难通行了。

程心刚走出市政厅的门，就又听到一声爆炸，一道新的烟柱从另一个方向升起，人群由不安变得骚动起来。她挤过去，找到了自己的自行车。她决定骑车去五十多公里外的省政府，从那里联系智子，如果不行，再想办法去堪培拉。

无论如何，这是她能做的最后一件事，不管结果如何，她必须做。

人群突然安静下来，在市政厅的上方出现了一个宽阔的信息显示窗口，其宽度几乎与大帐篷相当。这个窗口以前也出现过，是市政府发布重要信息用的。由于电压不稳，窗口有些抖动，但在凌晨暗黑的天空背景前，它显示的图像仍然很清晰。

在空中显示的图像是堪培拉的国会大厦，它于1988年落成，但直到现在人们仍称之为新国会大厦。从远处看，大厦如同一个依山而建的巨大掩体，在它的上方有一根可能是地球上最高的旗杆，那根高八十多米的旗杆由四根象征着稳固的巨型钢梁支撑在空中，不过现在看来，倒像一个大帐篷的骨架。旗杆上现在飘扬的是联合国国旗，自悉尼动乱以来，迁至堪培拉的联合国就把这里作为总部。

程心的心像被一只巨掌抓住，她知道，最后审判日到了。

镜头切换到大厦内部的议会大厅，里面已经坐满了人，地球国际和舰队国际的所有首脑都聚集于此，这是由智子紧急召集的联合国大会。

智子站在主席台上，她仍身着迷彩服围着黑巾，但没带武士刀。这一年来，她脸上那种美艳的冷酷消失了，显得容光焕发。她对会场鞠了一躬，程心又看到了两年前那个温柔的茶道女人的影子。

“移民结束了！”智子再次鞠躬，“谢谢各位，谢谢所有的人！这是一个伟大的壮举，可以和原始人类在几万年前走出非洲相比。两个文明的新纪元开始了！”

这时，会场的所有人都紧张地抬起头来，外面又传来一道爆炸声，会场上方的三盏长条形吊灯摇晃起来，所有的影子也随着晃动，仿佛大厦摇摇欲坠。智子的声音在继续：

“在伟大的三体舰队给你们带来美好的新生活之前，所有人还必须经历艰难的三个月，我希望人类的表现像这次移民一样出色！

“现在我宣布：澳大利亚保留地与外界完全隔绝，七个强互作用力宇宙探测器和地球治安军将对这块大陆实施严密封锁，任何企图离开澳大利亚的人都将被视为三体世界领土的侵略者而坚决消灭！

“对地球的去威胁化将继续进行，这三个月的时间，保留地必须处于低技术的农业社会状态，禁止使用包括电力在内的任何现代技术。各位都已看到，治安军正在系统地拆除澳大利亚所有的发电设施。”

程心周围的人们都互相交换着目光，每个人都希望别人帮助自己把握智子最后一段话中的含义，因为那太令人难以置信了。

“这是屠杀！”会场中有人声嘶力竭地喊道，所有的影子仍在摇晃，像绞架上的尸体。

这是屠杀。

本来，四十二亿人在澳大利亚生活并不是一件难以想象的事，移民完成后，澳大利亚的人口密度为每平方公里五百多人，比移民前日本的人口密度高不太多。

先前设想中，人类在澳大利亚的生存是以高效率生产的农业工厂为基础的，在移民的过程中，有大批农业工厂也迁移到澳大利亚，一部分已经重新装配完成。在农业工厂里，经过基因改造的农作物以高出传统农作物几十倍的速度生长，但自然的光照不可能为这种生长提供足够的能量，只能使用人工产生的超强光照，这就需要大量的电力。

一旦电力中断，在这些农业工厂的培养槽中，那些能够吸收紫外线甚至X射线进行光合作用的农作物，将在一两天内腐烂。

而现有的存粮，只够四十二亿人维持一个月。

“您的这种理解让我无法理解。”智子对喊“屠杀”的人露出真诚的迷惑表情。

“那粮食呢?！粮食从哪里来?！”又有人喊道，他们对智子的恐惧已经消失，只剩下极度的绝望。

智子环视大厅中所有的人，“粮食？这不都是粮食？每个人看看你们的周围，都是粮食，活生生的粮食。”

智子是很平静地说出这话的，好像真的是在提醒人们被遗忘的粮仓。

没有人说话，一个策划已久的灭绝计划已经走到了最后一步，现在说什么都晚了。

智子继续说:“在即将到来的生存竞争中，大部分人将被淘汰，三个月后舰队到达之时，这个大陆上将剩下三千万至五千万人，这些最后的胜利者将在保留地开始文明自由的生活。地球文明之火不会熄灭，但也只能维持一个火苗，像陵墓中的长明灯。”

澳大利亚联邦议会大厅是模仿英国议会大厅建造的，布局有些奇怪，周围有一圈高高在上的旁听席，中间的各国首脑所在的议员席好像放在一个大坑中，现在，那里的人们一定感觉自己处在一个即将被填埋的坟墓里。

“生存本来就是一种幸运，过去的地球上是如此，现在这个冷酷的宇宙中也到处如此。但不知从什么时候起，人类有了一种幻觉，认为生存成了唾手可得的东西，这就是你们失败的根本原因。进化的旗帜将再次在这个世界升起，你们将为生存而战，我希望在座的每个人都在那最后的五千万人之中，希望你们能吃到粮食，而不是被粮食吃掉。”

……

“啊——”离程心不远处的人群中传出一声女人的尖叫，像利刃划破晨空，但立刻被一片死寂吞没了。

程心感到天旋地转，她并未意识到自己倒下，只是看到天空把大帐篷和信息显示窗口挤下去，占据了她的全部视野，然后地面触到她的后背，仿佛是大地在她背后直立起来一样。晨空像是晦暗的海洋，那几缕被朝阳映红的薄云像飘浮在海面上的血。接着，她视野的中心出现了一块黑斑，迅速扩大，就像一张在蜡烛上方展开的纸被烧焦一样，最后黑色覆盖了一切。她昏厥的时间很短，两手很快找到了地面，那是软软的沙地。她撑着地面坐起来，又用右手抓住左臂，确定自己恢复了神志，但世界消失了，只有一片黑暗。程心睁大了双眼，但除了黑暗什么都看不见——她失明了。

各种声音围绕着她，她不知道哪些来自现实，哪些是幻觉。有潮水一般的脚步声，有惊叫声和哭声，还有许多自己分辨不出来的怪啸，像狂风吹过枯林。

有跑过的人撞倒了她，她又挣扎着坐起来，黑暗，眼前还是一片黑暗，像沥青一般浓稠的黑暗。她转向自己认为的东方，但即使在想象中也看不到初升的太阳，那里升起的是一个黑色的巨轮，把黑色的光芒洒向世界。

在这无边的黑暗中，她似乎看到了一双眼睛，那黑色的眸子与黑暗融为一体，但她能感觉到它的存在，能感觉到它对自己的注视。那是云天明的眼睛吗？自己已经坠入深渊，应该能见到他了。她听到云天明在叫她的名字，极力想把这幻觉从脑海中赶走，但这声音固执地一遍遍响起。她终于确定声音是来自现实，一个年轻男人的声音，是这个时代那种女性化的男音。

“你是程心博士吗？”

她点点头，或是感觉自己点了头。

“你的眼睛怎么了？看不到了吗？”

“你是谁？”

“我是治安军一个特别小分队的指挥官，智子派我们进入澳大利亚接你走。”

“去哪里？”

“你想去哪里都行，她会安排好你的生活，当然，她说这得你自愿。”

这时，程心又注意到了另一个声音，她原以为那也是幻觉。那是直升机的轰鸣声。人类已经掌握了反重力，但因能耗巨大而无法投入实用，现在大气层内的飞行器大部分仍是传统旋翼式的。她感到了扑面的气流，证实了确实有直升机悬停在附近。

“我能和智子通话吗？”

有人把一个东西塞到她手中，是一部移动电话，她把电话凑到耳边，立刻听到了智子的声音：

“喂，执剑人吗？”

“我是程心，我一直在找你。”

“找我干什么？你还以为自己是救世主吗？”

程心缓缓摇摇头，“不，我从来都没那么想……我只想救两个人，这总行吧？”

“哪两个？”

“艾AA和弗雷斯。”

“就是你那个叽叽喳喳的小朋友和那个土著老头儿？你找我就是为这个？”

“是的，让你派来的人带他们走，让他们离开澳大利亚过自由的生活。”

“这容易。你呢？”

“你不用管我了。”

“我想你看到了周围的情况。”

“没有，我的眼睛什么都看不到了。”

“你是说你失明了？你不应该缺少营养吧？”

刚才程心就有些奇怪，智子知道AA，但怎么会也知道弗雷斯呢？他们三人在这一年中确实一直得到了足够的配给，弗雷斯的房子也没有像其他当地人的房子那样被征用，还有，自从她和AA搬进来后，再没有人到这里骚扰过她。程心一直以为这是当地政府对自己的照顾，现在才知道是智子一直在关心她。程心当然清楚，在四光年外控制智子的肯定是一个群体，但她与其他人一样，总是把她当成一个个体，一个女人。

这个正在杀死四十二亿人的女人却在关心她这一个人。

“如果你留在那里，最后会被别人吃掉的。”智子说。

“我知道。”程心淡淡地回答。

似乎有一声叹息，“好吧，有一个智子会一直在你附近，如果你改变主意或需要什么帮助时，直接说出来我就能听到。”

程心沉默了，最终没有说谢谢。

有人抓住了她的胳膊，是那个治安军指挥官，“我刚接到带那两人走的命令，你放心，程心博士。你还是离开的好，这是我个人的请求，这里很快就变成人间地狱了。”

程心摇摇头，“你们走吧。知道他们在哪儿吧？谢谢。”

她凝神听着直升机的声音，失明后听觉变得格外灵敏，几乎像第三只眼一样。她听到直升机飞起，在两公里外弗雷斯的房子那里再次降低悬停，几分钟后再次升空，渐渐远去。

程心欣慰地闭上眼睛，其实与睁着一样只有黑暗。现在，她那已经撕裂的心终于在血泊中平静下来，这黑暗竟成为一种保护，因为这黑暗之外是更恐怖的所在，那里正在浮现的某种东西，使寒冷感到冷，使黑暗感到黑。

周围的骚动剧烈起来，脚步声、冲撞声、枪声、咒骂、惊叫、惨叫、哭号……已经开始吃人了吗？应该不会这么快，程心相信，即使到了三个月后完全断粮之际，大部分人也不会吃人。

所以大部分人将被淘汰。

剩下的那五千万人无论仍然是人还是变成其他什么东西都不重要，人类作为一个概念即将消失。

现在，可以用一句话来概括人类历史了：走出非洲，走了七万年，最后走进澳大利亚。

人类在澳大利亚又回到了起点，但再次起程已不可能，旅行结束了。

有婴儿的哭声，程心很想把那个小生命抱在怀中，她又想起了两年前在联合国大厦前抱过的那个宝宝，软软的，暖暖的，孩子的笑那么甜美。母爱让程心的心碎了，她怕孩子们饿着。

威慑纪元最后十分钟，62年11月28日16:17:34—16:27:58

奥尔特星云外，“万有引力号”和“蓝色空间号”

当水滴攻击的警报出现后，“万有引力号”上只有一个人如释重负，他就是詹姆斯·亨特，舰上年龄最大的人，已经七十八岁，人们都叫他老亨特。

半个世纪前，在木星轨道的舰队总部，二十七岁的亨特从总参谋长那里接受了使命。

“派你到‘万有引力号’上去做餐饮控制员。”总参谋长说。

这个岗位其实就是以前的炊事员，只不过现在战舰上炊事工作全部由人工智能完成，餐饮控制员只负责操作烹饪系统，主要是向其中输入每餐的菜谱和主食种类。在这个岗位上的最高军衔也就是中士，而亨特刚被授予上校军衔，他是舰队中得到这一军衔最年轻的一位。但亨特没有感到奇怪，他知道自己是去做什么。

“你是一个潜伏者，任务是监控引力波发射台，一旦出现战舰高层指挥系统无法控制的危险，就销毁发射控制器。遇到非常情况时，你可以采取自己认为合适的一切手段。”

“万有引力号”的引力波发射系统包括天线和发射控制器，天线就是船体本身，不可能破坏，但只要销毁发射控制器，整个系统就失效了。按照“万有引力号”和“蓝色空间号”上的条件，是不可能重新装配一台新的发射控制器的。

亨特知道，像自己这样的潜伏者，在古代的核潜艇中也有过。当时不论是在苏联还是北约的战略核潜艇中，都有一些身处不起眼岗位上的士兵和低级军官肩负着这样的使命，随时准备在有人试图控制潜艇和洲际导弹的发射权时，从他们意想不到的方向采取果断行动制止阴谋。

“你要密切监视舰上的一切动向，你的任务也需要你不间断地了解所有值勤周期的情况，所以，在整个任务过程中，你不能冬眠。”

“我不知道自己能不能活一百多岁。”

“你只需活到七十多岁，那时，船体中简并态振动弦的半衰期就到了，‘万有引力号’的引力波发射系统将会失效，于是你的使命也就完成了。算下来，你只需要在前半个航程保持苏醒状态，整个返航航程都可以冬眠。不过，这仍是一个极富献身精神的使命，几乎需要献出一生，你完全可以拒绝。”

“我接受。”

总参谋长问了一个在过去时代的将领不会提出的问题：“为什么？”

“末日战役中，我曾是战略情报局驻‘牛顿号’的情报分析军官，在战舰被水滴击毁前，我乘一艘救生艇逃生。那是舰上最小的一种救生艇，但上面也能坐五个人，当时有一群人向这边移动，可我单独一个人就把它开走了……"

"这件事我知道，军事法庭已经有结论，你没有过失，你的救生艇开出后不到十秒钟飞船就爆炸了，你没有时间等其他人。"

"是，但……我现在感觉当时还是和'牛顿号'在一起的好。"

"是啊，失败铭心刻骨，我们都觉得自己本不该活下来。不过这一次，你有可能救几十亿人。"

两人沉默许久，窗外，木星的大红斑像一只巨眼一样注视着他们。

"在交代具体的任务细节前，我首先要你明白一点：任务中行动的触发应该是极其敏感的，在无法判定危险的程度时，你首先应该选择销毁操作，即使误操作也不是你的责任。在操作中，不必考虑附带损失，如果需要，毁灭全舰也是可以接受的。"

起航后，亨特被安排在第一轮值勤，为期五年。这五年间，他一直秘密地吃一种蓝色小药片。到值勤结束时，在冬眠前的体检中他被查出患有脑血管凝血障碍，又称冬眠障碍症，这是一种十分罕见的症状，对人的正常生活没有任何影响，只是不能冬眠，否则醒来时会导致严重的大脑损伤，这也是迄今发现的唯一影响冬眠的病症。当亨特被确诊后，他发现周围人的神情像在出席他的葬礼一般。

于是在整个航程中亨特一直醒着，舰上每个再次苏醒的人都发现他老了一些。他向每一批新醒来的人讲述他们冬眠后那十几年的趣闻轶事，这个炊事兵因此成了舰上最受欢迎的人，无论军官还是士兵都喜欢他。渐渐地，他成了这次漫长远航的一个象征。谁也想不到这个宽厚随和的伙夫是一个与舰长平级的军官，也是除舰长外唯一一名拥有在危机出现时毁灭全舰的权限和能力的人。

在头三十年的时间里，亨特有过几个女朋友，他在这方面有着让其他人嫉妒的优势，可以和不同时段执勤的女孩子交往。但几十年后，他渐渐老去，那些仍然年轻的女性就只拿他当一般朋友和一个有趣的人了。

在这半个世纪中，亨特唯一爱过的女性叫秋原玲子，可是在大部分时间里，他与她之间的距离都大于千万个天文单位，因为秋原玲子在“蓝色空间号”上，是一名上尉导航员。

追击“蓝色空间号”是三体和地球两个世界间唯一真正有着共同目标的事业，因为这艘航向太空深处的孤船是两个世界共同的威胁。在诱使黑暗战役幸存的两舰返航的过程中，“蓝色空间号”知晓了宇宙的黑暗森林状态，如果有朝一日他们掌握了宇宙广播的能力，后果不堪设想。对“蓝色空间号”的追击得到了三体世界的全力配合，在进入智子盲区前，“万有引力号”上一直可以收到智子发来的追击目标内部的实时图像。

在几十年的时间里，亨特先是由中士升为上士，后来又破格提拔为军官，先后由准尉升至上尉，但即使到最后，他也没有权限看到智子传来的“蓝色空间号”内部的影像。然而他掌握着舰上几乎所有系统的后门指令，常常在自己的舱室中把来自“蓝色空间号”的图像缩至巴掌大小观看。他看到那是一个与“万有引力号”完全不同的小社会，高度军事化集权，有着严格冷酷的纪律，人们在精神上都融入集体之中。第一次见到玲子是起航后第二年，亨特立刻就被这个美丽的东方姑娘迷住了，常常连续几个小时看着她，感觉对她的生活甚至比对自己的都熟悉。但仅仅一年后，玲子就进入了冬眠，她再次苏醒值勤已经是三十年以后了，这时她仍然年轻，而亨特已经由一个青年变成快六十的人了。在那个圣诞之夜，他在狂欢晚会后回到自己的小舱室，又调出了“蓝色空间号”的实时画面。首先显示的是那艘飞船复杂的整体结构图，他点击航行控制中心所在的位置，显示的画面中果然出现了正在值班的玲子。她面对着宽阔的全息星图，上面有一条醒目的红线标示出“蓝色空间号”的航迹，后面还有一条几乎与红线重合的白线，那是“万有引力号”的航迹。亨特注意到，白线所标示的与“万有引力号”真实的航线有一定的误差，目前两舰相距还有几千个天文单位，在这样的距离上，对飞船这样小的目标进行定位极其困难，那条航线可能只是他们的猜测，但两舰间的距离估计得很准确。这次亨特特意把画面放大了些，这时，画面中的玲子突然转身面对着他，露出一个动人的微笑说：“圣诞快乐！”亨特当然知道玲子并不是对自己说的，她是在祝贺所有的追击者，她当然知道自己正在被智子监视，但却无法看到这边。不管怎样，这是亨特最幸福快乐的一刻。由于“蓝色空间号”上的人员数量多，玲子的值勤时间不长，一年后又再次冬眠了。亨特盼望着与玲子直接见面的那一天，那要到“万有引力号”追上“蓝色空间号”的时候。他悲哀地想，即使一切顺利，那时自己也已经快八十了。他只希望对她说一声“我爱你”，然后目送她去接受审判。

在半个世纪的航程中，亨特一直忠实地履行着自己的职责，他时时刻刻观察着舰上可能出现的异常情况，不断地在心中预演着各种危机下的行动预案。但任务本身并没有给他带来什么压力，因为他心里清楚，还有一道最可靠的保险时时伴随着“万有引力号”。与舰上的许多人一样，他也经常从舷窗中遥望编队航行的水滴，但太空中的水滴在他的眼里比其他人多了一层意义。他心里清楚,“万有引力号”上一旦出现异常,特别是出现叛乱和试图非法控制引力波发射系统的迹象,水滴会立刻摧毁这艘战舰。它们的动作绝对比他快,水滴在几千米外从加速到击中目标,时间不会超过五秒钟。

现在,亨特的使命已接近完成。监测系统显示,引力波发射天线的主体,那根不到十纳米粗,却贯穿一千五百米舰体的简并态振动弦即将到达它的半衰期,再有不到两个月的时间,振动弦的密度将降低到正常发射引力波的底线之下,天线将完全失效。到时,“万有引力号”不再是对两个世界都具有致命威胁的引力波广播台,将变成一艘普通的星际飞船,亨特的任务也就完成了。那时,他将表明自己的身份——他很好奇自己面对的是敬佩还是谴责,不管怎样,他将停止服用那种蓝药片,脑血管凝血障碍将消失,他会进入冬眠,醒来后在地球上的新纪元度过自己的余生。不过冬眠要在见到玲子之后,反正也快了。

但编队进入了智子盲区。在半个世纪的潜伏中,他曾设想过上百种危机,这是比较严重的一种情况。智子的失效使水滴和三体世界不再能够实时掌握“万有引力号”内部的情况,这就意味着一旦出现意外情况,水滴不可能及时做出反应。这使得形势突然严峻起来,亨特肩上的责任陡然增加了十倍,突然出现的压力使他感觉自己的使命才刚刚开始。

亨特更加密切地关注舰内的各种动向,由于“万有引力号”已经处于全舰苏醒状态,他的监视困难了许多。但亨特是舰上唯一一个所有人都熟悉的人,有着很好的人缘和丰富的人际关系,同时,他表现出来的随和性格及所处的无关紧要的岗位使大多数人对他都没有戒心,特别是士兵和下层军官,把不敢对上层指挥官和心理军官说的话都对他说了,这使亨特对全局有了准确掌握。

进入智子盲区以后，形势变得越来越微妙，半个世纪的航程中都很少出现的异常情况突然大量涌现：处于舰体中心的生态区竟然遭到微陨石的袭击；不止一个人声称见到舱壁突然开口；某些物体部分或全部消失，一段时间后又恢复原状……所有这些异象中，让亨特印象最深刻的是宪兵指挥官戴文中校所说的奇遇。戴文属于战舰的高级指挥层，亨特本来与他交往不多，但那天他看到戴文主动去找人人都避之不及的心理学家，便立刻警觉起来。他用一瓶陈年威士忌去接近戴文，与他攀谈，得知了那件怪事。当然，除了微陨石那件事，所有这一切最合理的解释就是人们的幻觉，智子的消失以某种尚不知晓的方式诱发了群体的心理障碍，韦斯特博士和那些心理军官都是这么说的。亨特的职责不允许他轻易接受这种说法，虽然如果排除心理障碍和幻觉，那一切怪事都显得不可能，但亨特的使命就是应对可能出现的不可能。

相对于天线的巨大，引力波发射系统的控制单元体积却很小——处于舰尾一个很小的球形舱中，系统完全独立，与舰上的其他部分没有任何联系。那个球形舱像一只被加固的保险箱，包括舰长在内，舰上没人拥有进入的密码，只有地球上的执剑人才能启动系统发射。如果执剑人在地球上启动引力波广播，就会有一束中微子信息发向“万有引力号”，也启动飞船上的广播发射，当然，现在这个信号从地球到达这里需要一年时间。

但“万有引力号”一旦被劫持，这些防护措施并不能起太大作用。

亨特的手表上有一个小按钮，按下后，将触发发射控制单元所在的球形舱里的一枚烧熔弹，能够高温熔化舱内的一切设备。他要做的就是以不变应万变，不管出现什么样的危机，只要其危险超出阈值，就按动那个小按钮毁掉发射控制单元，也就使引力波广播系统处于不可恢复的失效状态；事态是否超过危险阈值，由他自己来判断。

从这个意义上看，亨特其实是一名“反执剑人”。

但亨特并不完全相信手表上那个按钮和控制单元舱中那枚他从未见过的烧熔弹的可靠性，他认为最理想的状态是日夜守护在控制单元舱外，只是这样做会引起怀疑，而身份隐蔽是自己最大的优势。不过他还是想尽量离控制单元舱近一些，就常常去同样位于舰尾的宇宙学观测站，这样做不会引起别人的怀疑。在全舰苏醒的状态下，亨特的炊事工作已有人去做，他很清闲，同时因为关一帆博士是舰上唯一不受军纪约束的军外学者，老亨特去那里找他喝酒聊天是很正常的事。关一帆则在享用亨特利用特权搞来的美酒的同时，向他大谈宇宙的“三与三十万综合征”。很快，亨特大部分时间都待在舰尾观测站中，与引力波发射系统控制单元舱之间只相距二十多米的廊道。

刚才，亨特又来到观测站，在来路上遇到关一帆和那个心理学家前往舰首，于是他决定直接到控制单元舱去看看。就在距那里不到十米时，水滴攻击的警报出现了。由于他的级别所限，在面前出现的信息窗口只显示了很粗略的内容，但他知道，水滴此时距飞船比编队航行时远许多，可能还有十几秒的时间。在这最后的短暂时间里，老亨特感到的只有解脱和欣慰，不管以后的世界会怎样，他终于完成了使命，等待他的不是死亡，是自己的胜利。

正因为如此，当半分钟后警报解除时，亨特反而成了全舰唯一一个陷入极度恐惧的人。对于他的使命而言，水滴攻击是一个解脱，但警报的解除则隐含着巨大的危险，因为这意味着在已经出现的莫测局势中，引力波发射系统将保持完好。毫不犹豫地，他按动了手表上的销毁按钮。

一片寂静，虽然控制单元舱密封很严，但应该能感觉到内部烧熔弹爆炸的震动，手表的小屏幕上显示：销毁操作无法完成，销毁模块已被拆除。

亨特甚至没感到意外，他早就凭直觉预感到最坏的情况已经出现，刚才那只差十几秒的幸运终于还是没有降临。

两个水滴都没有击中目标，它们分别近距离擦过“万有引力号”和“蓝色空间号”，与两飞船最近时仅相距几十米。

警报解除三分钟后，“万有引力号”的舰长约瑟夫·莫沃维奇才来得及和高层指挥官们聚集到作战中心。中心显示着巨大的模拟态势图，漆黑的太空背景上隐去了所有的星星，只标示出两舰的相对位置和水滴的攻击路线。那两条长三十万千米的白线看上去都是直线，但数据显示两条长线其实都是抛物曲线，只是曲率太小看不出来。两个水滴开始加速后不久，它们的航向就在不断地改变，这种改变十分微小，但累积起来最终造成了它们对各自攻击目标的几十米误差。指挥官们都认识到，这根本不是水滴的航线。他们中的许多人都参加过末日战役，水滴在超高速运动中凌厉的锐角转向至今想起仍令他们胆战心惊；而现在这条航线，看上去像是有一个与航线垂直的外力连续地作用于水滴，把它从攻击航线上推开。

“可见光录像。”舰长说。

群星和银河出现了，这是真实的太空影像，在一角有一个时间数字飞快跳动。所有人都在重温几分钟前的恐怖，那时能做的只有等待死亡，机动躲避飞行和拦截射击都没有任何意义。很快时间数字停止了，这时水滴已经擦过了飞船，但由于速度太快，肉眼不可见。

接着放高速摄影，十几秒钟的过程全放完需要很长时间，只选择最后一段，大家看到了从摄影镜头前方掠过的水滴，在群星背景前像一颗黯淡的流星一闪而过。然后影像重放，当水滴运动至画面正中时定格，然后逐级放大，直至水滴占据了大半个画面。半个世纪的编队航行令他们对水滴十分熟悉，也使得眼前的情景更令他们震惊：画面中的水滴形状依旧，但表面不再是绝对光滑的镜面，而是呈现晦暗的黄铜色，看上去好像锈迹斑斑，仿佛一个巫师维持青春的巫术突然失效，三个世纪的太空岁月留下的痕迹一下子全部显现出来，它不再是一个亮晶晶的精灵，变成了一枚飘浮在太空中的旧炮弹。近年来，与地球的通信使他们了解了强互作用力材料的一些基本原理，知道水滴的表面处于一种由内部装置产生的力场中，这种力场能够抵消粒子间的电磁力，使强互作用力溢出，如果力场消失，强互作用力材料就变成了一块普通的金属。

水滴死了。

接下来显示后面的监测记录。模拟图显示，水滴擦过“万有引力号”后，航向停止缓慢的改变，变成了直线匀速滑行，那个神秘的外加推力消失了。这种状态只持续了几秒钟，接着水滴开始减速，战场分析系统的计算显示，使水滴减速的推力与刚才改变它航向的推力大小相等，似乎是同一个推力源由垂直于航向转移到了水滴的正前方。

在高倍望远镜拍摄的可见光影像中，可以看到正在远去的水滴的背面，接着，水滴自身倒转了九十度，以与航向垂直的状态开始减速。就在这时，一幕神话般的情景出现了——现在韦斯特医生也在场，如果不是他亲眼所见，肯定又一口咬定这是心理幻觉——水滴前方出现了一个三角形的物体，长度大约是它的两倍，大家一眼就认出那是“蓝色空间号”上的太空穿梭机！为了增加推力，穿梭机上外挂了多台小型聚变发动机，虽然发动机的喷口都背对着画面，但仍可以看到它们全力开动喷出的光柱。穿梭机紧顶着水滴使它减速，可以推测刚才使水滴航向改变从而拯救“万有引力号”的推力也是同一来源。在穿梭机出现后，水滴的另一侧又出现了两个穿宇宙服的身影，减速产生的过载使那两人的身体紧贴在水滴上，其中一人的手中拿着一个什么仪器，似乎在对捕获品进行研究。以前，在人们的印象中，水滴是一种具有神性的东西，似乎不属于这个世界，也是人不可能接近的，末日战役前，唯一一次与水滴进行零距离接触的人都已灰飞烟灭。但在眼前的接触中，水滴已经神性全无，失去镜面后它看上去平淡无奇，显得比旁边的太空穿梭机和宇航员都陈旧，全无灵气，像是后者收集的一个古董或废品。穿梭机和宇航员只出现了几秒钟就消失了，已经死去的水滴再次孤零零地飘浮在太空中，但仍在减速，说明穿梭机还在那里推着它，只是隐形了。

“他们能摧毁水滴?！”有人惊叫。

莫沃维奇舰长的第一反应只想到一件事，同警报解除时的亨特一样，他没有片刻犹豫，按动自己手表上的一个按钮，那是与亨特那只一样的手表，这一次，错误信息显示在空中跳出的一个红色信息窗口中：

销毁操作无法完成，销毁模块已被拆除。

舰长转身冲出作战中心，向舰尾冲去，其他的军官都紧跟在后。

“万有引力号”上最先到达引力波发射控制单元舱的是老亨特，他也没有进入此舱的权限，遂打算首先断开控制单元与天线舰体的联系，这样可以暂时使引力波发射系统失效，再设法销毁舱内的控制单元。

但已经有人在那里了。

亨特拔出手枪对准那人——此人穿着“万有引力号”上的中尉军装，这与他应该穿的末日战役时的太空军服装不同，可能是从舰上偷来的。对方正在打量着控制单元舱，亨特一看背影就认出了他。

“我知道戴文中校没看错。”亨特说。

“蓝色空间号”陆战队指挥官朴义君少校转过身来，他很年轻，看上去不超过三十岁，但脸上透出一种“万有引力号”上的人所没有的沧桑感。他看上去多少有些意外，也许没想到这么快就有人来，也许没想到来人是老亨特，但他仍很镇静，半抬起双手说：“请听我解释。”

老亨特不想听解释，他不想知道这人是怎么进入“万有引力号”的，甚至不想知道他是人是鬼，不管真相如何，情况已经到了最危急的时刻，他现在只想销毁引力波发射控制单元，这是他生命的全部目的，而现在这个来自“蓝色空间号”上的人挡在他的路上，他毫不犹豫地开枪了。

子弹击中了朴义君的前胸，冲击力把他推到身后的舱门上。亨特的手枪发射的是飞船内部专用的特制子弹，不会对舱壁和内部设备造成损坏，但杀伤力显然不如激光枪。朴义君胸前的弹洞中溅出几滴血珠，但他仍然在失重中直起身，把手伸进染血的军服，从右肋掏出自己的枪来。亨特又开了一枪，仍然击中了对方的胸部，在失重中溅出了更多的血珠。

亨特随后瞄准了目标的头部，但没来得及射出第三颗子弹。

刚赶到的包括舰长在内的军官们看到这样一幕情景：亨特的手枪飞出好远，他的身体僵直，两眼上翻只有眼白，四肢微微抽搐；他的口中血似喷泉，那些血液在失重中凝成大大小小的圆球散布四周，在这些血球中有一个暗红色的物体，拳头大小，后面拖着两根尾巴一样的管状物——由于不透明，很容易同血球区分开，那东西有节奏地搏动着，每次搏动都从拖在后面的细管中挤出一些血来，这就产生了一个推进力，使它在失重中向前飞行，像一只游动的暗红色小水母。

那是亨特的心脏。

在刚才的挣扎中，亨特的右手先是猛地捂住胸口，接着拼命撕扯胸前的衣服把外衣扯开了，人们可以清楚地看到他露出的胸膛，完好无损，没有一点伤痕。

“马上手术也许还能救活他。”朴义君少校用沙哑的声音吃力地说，他胸前的两个弹洞仍在冒血，“现在医生不需要开胸就能把心脏接回去……其他的人不要乱动，否则，他们摘除你们的心脏或大脑就像从眼前的树枝上摘个苹果一样容易。‘万有引力号’已经被占领了。”

一群全副武装的人从另一条廊道冲进来，他们大部分身穿末日战役前的深蓝色陆战队轻便宇宙服，显然都来自“蓝色空间号”。陆战队员们都端着杀伤力很大的激光冲锋枪。

舰长向周围的军官们示意了一下，他们都默默地扔出武器。“蓝色空间号”上的人数是“万有引力号”的十倍，仅陆战队员就有一百多名，可以轻易控制“万有引力号”全舰。

现在已经没有什么是难以置信的，“蓝色空间号”已经变成一艘超自然的魔法战舰，“万有引力号”上的人们在重温末日战役中的震撼。

在“蓝色空间号”的球形大厅中央悬浮着一千四百多人，他们大部分是“蓝色空间号”上的人员，有一千二百多人。六十多年前，也是在这里，“蓝色空间号”上的官兵列队宣誓接受章北海的指挥，现在他们基本上还是那些人。由于飞船上常规航行时苏醒状态的值勤人数很少，所以六十多年后他们的平均年龄只老去三到五岁，大部分人并没有感到时光的流逝，黑暗战役的烈焰和太空中冷寂的葬礼都历历在目。其余是来自“万有引力号”的一百多人。除了军装的颜色明显不同外，两舰的人员分别聚成了一大一小两个人群，他们互存戒心，拉开了很大的距离。

两群人之前，两舰的高级指挥官倒是混聚在一起，他们中最引人注目的是“蓝色空间号”的舰长褚岩上校，他四十三岁，看上去还要年轻些，是一位学者型的军人，风度儒雅，言行举止沉稳中甚至带着一丝羞涩。但在地球世界，褚岩已是一个传奇人物。黑暗战役中，是他命令提前抽空了“蓝色空间号”内部的空气，使其在次声波核弹的最初攻击中免于覆灭，以至于在地球的舆论中，“蓝色空间号”在黑暗战役中是属于自卫还是谋杀仍有争议。黑暗森林威慑建立后，也是他力排众议，顶着全舰思乡心切的巨大压力，没有全速回航地球，使得在接到“青铜时代号”的警报后有足够的时间逃离。关于褚岩还有许多传说，比如当初“自然选择号”叛逃时，他是唯一一名主动要求出航追击的舰长，有证据表明这是别有用心，他的真实目的是想劫持“蓝色空间号”与“自然选择号”一起叛逃，但这也只是传说。

褚岩说：“这里聚集了两艘飞船上的大部分人员，虽然我们之间还存在分歧，我们仍然把所有人看作是一个共同世界的人，这是一个由‘蓝色空间号’和‘万有引力号’共同组成的世界。在我们共同规划这个世界的未来之前，先要完成一件迫在眉睫的事。”

空中出现一个巨大的全息显示窗口，显示着太空中一片星光稀疏的区域，画面正中有一片淡淡的白雾，雾中有一组刷子样的白色直线，由几百条平行线段组成，这些线段显然经过图像处理的加强，在画面中很醒目。两个多世纪以来，“雾中刷子”图案已为人们所熟悉，甚至被用来做成商标。

“这是三体星系附近星际尘埃中的航迹，是我们在八天前观察到的。请各位注意看。”

人们都盯着图像看，很快发现那些白线都有肉眼可以觉察的延伸。

“这是多少倍快放？”“万有引力号”的一名军官问。

“没有快放，是原速。”

这话引发了人群中的一阵骚动，像初降的暴雨落入树丛一般。

“粗算一下，这……接近光速了。”“万有引力号”莫沃维奇舰长说，声音倒是很平静，这两天令人难以置信的事情太多了。

“是的，第二支三体舰队正在以光速驶向地球，四年后到达。”褚岩说，他用关切的目光看着“万有引力号”的人群，似乎对把这个信息告诉他们感到很不安，“你们起航后，地球世界一天天陷入大同盛世的梦幻中不能自拔，完全误判了形势。三体世界一直在等待，现在他们等到了机会。”

“谁能证明这不是伪造的?！”“万有引力号”的人群中有人喊。

“我证明！”关一帆说，他在前面和军官们站在一起，是他们中唯一一个没穿军装的人，“我的观测站也观测到了同样的航迹，只是我主要进行大尺度的宇宙学观测，没有注意，经他们提醒我才把与此有关的观测数据调出来看了。我们和三体星系、太阳系构成了一个不等边的三角形，三体星系与太阳系是最长的一条边，我们与太阳系是最短的边，我们与三体星系连线的长度介于两者之间，就是说，我们与三体星系的距离比太阳系要近一些，地球大约将在四十天后观察到航迹。”

褚岩说：“我们相信，在地球那边事变已经发生，具体时间就是五小时前水滴对我们两舰发动袭击的时间。根据从‘万有引力号’上得到的信息，那正是地球上两任执剑人刚刚完成交接的时间，这就是三体世界等待了半个世纪的机会。两个水滴显然在进入盲区之前就接到了指令，这是一个策划已久的整体计划。现在可以肯定，黑暗森林威慑状态已不复存在，可能的结果有两个，引力波宇宙广播已经启动，或者没有启动。我们相信——”

褚岩说着，在空中又调出了程心的照片，这是刚从“万有引力号”上得到的。画面上的程心在联合国大厦前抱着婴儿，这个画面放得与航迹的画面一样大，两者形成了鲜明的对比。太空的基色是肃杀的黑色和银色，分别来自空间的深渊和冰冷的星光。而程心真的像一个美丽的东方圣母，她与怀中的婴儿沐浴在柔和的金色阳光中，让人们又找回已久违半个世纪的离太阳很近时的感觉。

“——我们相信是后者。”褚岩接着说。

“他们怎么选了这样一个执剑人?!”“蓝色空间号”的人群中有人问。

莫沃维奇舰长说：“‘万有引力号’起航已经六十多年，我们也飞了有半个世纪了，地球社会的一切都在变化，威慑是个舒服的摇篮，人类躺在里面，由大人变成了孩子。”

“你们不知道地球上已经没男人了吗？”“万有引力号”的人群中有人喊道。

“地球人类确实已经没有能力维持黑暗森林威慑。”褚岩说，“按照计划，我们将占领‘万有引力号’重建威慑，但刚刚知道了引力波天线衰变这回事，我们发射引力波的能力只能再维持两个月。请相信，这对我们所有的人都是极大的打击，现在只剩一个选择，立刻启动引力波宇宙广播。”

人群大乱。在显示着三体舰队光速航迹的冷酷太空旁，怀抱婴儿的程心充满爱意地看着他们。这两幅对比鲜明的巨大画面，彰显着他们面临的两种选择。

“你们要犯世界灭绝罪?！”莫沃维奇舰长质问道。

面对混乱，褚岩仍保持着平静，他没有理会莫沃维奇舰长，径自对人群说:“启动广播对我们没有任何意义。现在，不论是地球的追捕还是三体的追杀，我们都逃脱了，两个世界对我们都不再有威胁。”

这是所有人都明白的一件事。隐伏在两舰上的智子进入盲区后不可恢复，它们与三体世界的联系永远中断，水滴也被摧毁，这样，两个世界就丢失了对两舰的跟踪。在奥尔特星云之外的茫茫太空中，即使以三体达到光速的技术力量，重新搜索到两艘灰尘般的飞船也是不可能的。

“你们这是报复！”“万有引力号”的一名军官说。

“我们有权报复三体世界，他们应该为已经犯下的罪行负责。这是战争，消灭敌人天经地义。对于人类世界，按照上面的推论，现在他们所有的引力波发射装置都已被摧毁，地球已被控制，很可能，对人类的整体灭绝已经开始。启动宇宙广播是给地球一个最后的机会，太阳系的坐标暴露后，那里再没有任何占领的价值，毁灭随时可能降临，借此就能把太阳系的三体力量赶走，他们的光速舰队也不会再把太阳系作为目标，这就使人类至少避开了迫在眉睫的灭绝。另外，我们的引力波广播只公布三体星系的坐标。”

“这也等于公布了太阳系的坐标。”

“是的，但希望能给地球更多的时间，让尽可能多的人类逃离太阳系，至于他们到底逃不逃，那是他们自己的事。”

“这毕竟是灭绝两个世界的行为，其中一个还是我们的母星，这个决定就像最后审判日的判决一样重大，是不能这么轻易做出的！”莫沃维奇说。

“同意。”

褚岩说完，在空中已经出现的两个显示窗口之间又出现了一个全息窗口，显示的图形极为简洁，只有一个长方形的红色按钮，长度有一米左右，下方有一个数字，目前显示为0。

“我说过，我们是一个完整的世界，这个世界中的所有人都是普通人，但命运把我们推到了对两个世界做出最后审判的位置上。最后的决定必须做出，但不能由某个人或某些人做出，这将是这个世界的决定，我们举行全民公决。现在，赞同对三体星系的坐标进行引力波宇宙广播的人，请按动这个红色按钮；反对或弃权的什么都不要做。各位，目前‘蓝色空间号’和‘万有引力号’上的人员总数，包括在场的和正在值勤岗位的，共1415人，如果赞成人数达到或超过总人数的三分之二，即944

人，宇宙广播将立刻启动；否则，将直到天线失效，永不启动。下面，全民公决开始。”

褚岩说完，转身按动了悬浮在空中的硕大的红色按钮，按钮闪了一下红光，表示点击生效，下面的数字由“0”变为“1”。紧接着，“蓝色空间号”的两位副舰长也先后按动按钮，统计数字跳到“3”；接下来是“蓝色空间号”上的其他高层军官，然后是人群中的中下层军官和士兵，他们以一列细长的队列飘过红色按钮，一次次按动它。

随着按钮的红光一次次闪起，下面的统计数字在不断增长，这是历史心脏的最后跳动，是踏向一切的终点的最后步伐，令所有的人惊心动魄。

数字跳到“795”时，关一帆按动了按钮，他是“万有引力号”上投赞成票的第一个人。之后，又有几名“万有引力号”的军官和士兵按动按钮。

终于，数字跳到了“944”，一行醒目的大字浮现在按钮上方：

再次点击，引力波宇宙广播将启动。

这时正好轮到队列中的一名士兵，排在他后面的还有很多人。他把手放到按钮上，但没有按动，等着后面的一名少尉把手放到他的手上，接着又有许多双手放上来，叠成高高的一摞。

“请等一下。”莫沃维奇舰长突然说，他飘过来，在众目睽睽之下把手放在那摞手的最上方。

然后，这几十只手一起按下，按钮闪起了最后的红光。

这时，距叶文洁在公元20世纪的那个清晨按下那个红色按钮已经三百一十五年了。

引力波发射启动了。所有人都感到了一阵强劲的振动，这振动似乎不是来自外部，而是自己的身体发出的，似乎每个人都变成了一根嗡嗡作响的琴弦。这死亡之琴只弹奏了十二秒就停止了，然后一切陷入寂静。

在飞船外面，时空的薄膜在引力波中泛起一片涟漪，像风吹皱了暗夜中的湖面，对两个世界的死亡判决以光速传向整个宇宙。

威慑后第一年，移民完成后第六天清晨

澳大利亚

程心听到周围的喧闹声突然平息下来，只剩下远处市政厅上方的信息显示窗中的声音。她能听到其中智子的声音，还有另外两个人的讲话声，但由于距离太远听不清说什么，只是感觉他们的话音像咒语一般，使周围的其他声音越来越稀少，最后竟完全消失。在他们说话的间隙，四周一片死寂，仿佛世界被冻住一般。

巨大的声浪突然爆发，使程心不由得颤抖了一下。她已经失明了一段时间，大脑中真实世界的图像正在被虚幻的想象一点点挤走，这声浪使她感到周围的太平洋突然一涌而起，喧嚣的巨浪从四面八方把澳大利亚吞没。过了几秒钟她才分辨出这竟是欢呼声。有什么可欢呼的？难道是群体大疯狂的开始？声浪久久难以平息，只是欢呼渐渐被高声的话语所取代，说话声很快密集起来，仿佛在大陆被淹没后又有暴雨降到无法平静的海面上。在这声音的暴雨中，她一时无法分辨出人们在说什么。

但她一次又一次听到“蓝色空间”和“万有引力”这两个词。

程心被声浪扰乱的听觉渐渐又恢复了敏感，她注意到了另一个微弱的声音，那是自己面前的脚步声，她感觉有人在面前看着她。果然，那人说话了：

“程心博士，你眼睛怎么了，看不见了吗？”程心感到一股微弱的气流，可能是那人在她眼前晃手，“是市长派我来找你的，我们要回家了。”

“我没有家。”程心无力地说。家这个词像一把刀子割在她的心上，使她那已在极度的痛苦中麻木的心又抽搐了一下。她想起了三个世纪前离家时那个冬夜，想起了她在家的窗外迎来的那个黎明……父母都在大低谷前去世，他们绝对想象不到女儿已被时光和命运抛到什么样的地方。

“不是，大家都准备回家了，离开澳大利亚，从哪里来回哪里去。”

这话让程心猛地抬起头来，睁大双眼的黑暗还是让她很不适应，她极力想看清些什么，“什么？”

“‘万有引力号’启动了引力波广播！”

这怎么可能?!

“三体星系的位置暴露了，当然太阳系也暴露了。三体人要跑了！他们的第二支舰队已经转向，离开太阳系了，所有的水滴也都从地球撤走了。用智子刚才的话说：太阳系再也不用担心入侵，这里和三体星系一样，已经成了全宇宙都避之不及的死亡之地。”

怎么可能?!

“我们要回家了，智子已经命令治安军全力疏散澳大利亚的人口，从哪里来回哪里去。疏散速度会越来越快，不过所有移民要全部离开澳大利亚，还得三到六个月时间吧。你可以先走，市长让我送你到省里。”

“‘万有引力号’？”

“具体是怎么回事，谁都不知道，智子也不知道，但三体世界肯定收到了引力波广播，就是在一年多前威慑失败时发出的。”

“能让我一个人待会儿吗？”

“好的，程心博士，你应该感到安慰，他们替你把事情做了。”

那人不再说话了，但程心能感到他还在身边。周围的声浪渐渐消退，接着是暴雨般纷乱的脚步声，这声音也很快稀疏了，好像人们都从市政厅前跑开去忙什么事了。程心感到自己周围的海水正在退去，广阔的大地露了出来，自己就坐在这空旷的大地正中，像大洪水后唯一的幸存者。她脸上感到一丝暖意，是太阳升起来了。

威慑后第一天至第五天

奥尔特星云外，“万有引力号”和“蓝色空间号”

“翘曲点用肉眼就能看见，但最好的方法是检测电磁辐射，它们发出一种电磁波，很微弱，但频谱有很明显的特征，飞船上的常规监测系统就能检测和定位。一般来说，像飞船这么大的体积内总会有一到两个翘曲点，最多的一次出现过十二个。看，现在就有三个。”褚岩说。他正同莫沃维奇和关一帆一起在“蓝色空间号”上一条长长的廊道中飘行，他们的前面有一个信息窗口，其中显示着飞船内部的交通图，图中有三个红点在闪动，他们正向其中一个所在的位置飘去。

“好像在那里！”关一帆指指前方说。

他们看到前方光滑的舱壁上出现了一个圆孔，直径一米多，边缘仍是那种光洁晶亮的镜面。向孔内看去，可以看到密集的粗细不同的管道，而这些管道中的一部分断开了，它们中间的一段消失了，断开的管道有六七根，其中两根较粗的管道断面里有什么东西在晃动，那是里面流动的液体。同一根管道相对的两个断面中都有液体晃动，液体显然流过了消失的一段。每根管道的消失段长短不一，所有的断面大致勾勒出一个球形，从这个形状上看，这个无形的空间泡的另一半显然在舱壁的这一侧，也就是在廊道里。莫沃维奇和关一帆小心地避开了这一部分空间。

褚岩并不在意，他把手向前伸去，伸进了那个无形泡所在的空间，半只手臂消失了，在另一侧的关一帆看到了手臂光洁的断面，就像在“万有引力号”上艾克中尉曾看到的薇拉的腿一样。褚岩抽回手臂，让吃惊的莫沃维奇和关一帆看看它完好无损，然后鼓励他们也试试。于是，两人也小心翼翼地把手伸进那无形的泡泡，看着它们消失，然后手臂也消失了，但没有任何感觉。

“我们进去吧。”褚岩说，然后像跳水似的钻进了那个空间。莫沃维奇和关一帆惊恐地看着他的身体从头到脚消失在空气中，在空间泡无形的球面上，他身体的断面飞快地变换着形状，那晶亮的镜面甚至在周围的舱壁上反射出水纹一样跳动的光影。褚岩很快完全消失了，正当莫沃维奇和关一帆面面相觑之际，突然从那个空间伸出两只手，那两只手和前臂就悬在空中，分别伸向两人，莫沃维奇和关一帆各抓住一只手，立刻都被拉进了四维空间。

有过亲身经历的人都一致同意，置身四维空间的感觉是不可能用语言来描述的，他们甚至断言，四维感觉是人类迄今为止所遇到的唯一一种绝对不可能用语言描述的事物。

人们总是喜欢用这样一个类比：想象生活在三维空间中的一张二维平面画中的扁片人，不管这幅画多么丰富多彩，其中的二维人只能看到周围世界的侧面，在他们眼中，周围的人和事物都是一些长短不一的线段而已。只有当一个二维扁片人从画中飘出来，进入三维空间，再回头看那幅画，才能看到画的全貌。

这个类比，其实也只是进一步描述了四维感觉的不可描述。

首次从四维空间看三维世界的人，首先领悟到一点：以前身处三维世界时，他其实根本没看见过自己的世界，如果把三维世界也比作一张画，他看到的只是那张画与他的脸平面垂直放置时的样子，看到的只是画的侧面，一条线；只有从四维看，画才对他平放了。他会这样描述：任何东西都不可能挡住它后面的东西，任何封闭体的内部也都是能看到的。这只是一个简单的规则，但如果世界真按这个规则呈现，在视觉上是极其震撼的。当所有的遮挡和封闭都不存在，一切都暴露在外时，目击者首先面对的是相当于三维世界中亿万倍的信息量，对于涌进视觉的海量信息，大脑一时无法把握。

此时，在莫沃维奇和关一帆的眼前，“蓝色空间号”飞船像一幅宏伟的巨画舒展开来。他们可以一直看到舰尾，也可以一直看到舰首。他们能够看到每一个舱室的内部，也能够看到舱中每一个封闭容器的内部；可以看到液体在错综复杂的管道中流动，看到舰尾核反应堆中核聚变的火球……当然，透视原理仍然起作用，太远就看不清楚，但一切都能看到。没有这种经历的人在听他们描述时会产生一个错误的印象，感觉他们是“透过”舰体看到所有的一切，事实是他们没有“透过”什么，一切的一切都并列在外，就像我们看一张纸上画的圆圈，能看到圆圈内部，并没有“透过”什么。这种展开是所有层次上的，最难以描述的是固体的展开，竟然能够看到固体的内部，比如舱壁或一块金属、一块石头，能看到它们所有的断面！他们被视觉信息的海洋淹没了，仿佛整个宇宙的所有细节全聚集在周围色彩斑斓地并列呈现出来。

这时，他们不得不面对一个全新的视觉现象：无限细节。在三维世界里，人类的视觉面对的是有限细节，一个环境或事物不管多么复杂，呈现的细节是有限的，只要用足够的时间依次观看，总能把绝大部分细节尽收眼底。但从四维看三维时，由于三维事物在各个层次上都暴露在四维视野中，原来封闭和被遮挡的一切都平行并列出来。比如一个封闭容器，首先可以看到它内部的物体，而这些内部物体的内部也是可见的，在这无穷层次的暴露并列中，便显露出无限的细节。在莫沃维奇和关一帆面前的飞船，虽然一切都显露在眼前，但任何一个小范围内的一件小东西，比如一只水杯或一支笔，它们并列出来的细节也是无限的，视觉也接收到无限的信息，用眼睛看时，穷尽一生也不可能看全它们在四维空间的外形。当一个物体在所有层次上都暴露在四维时，便产生了一种令人眩晕的深度感，像一个无限嵌套的俄罗斯套娃，这时，“从果核中看到无穷”不再是一个比喻。

莫沃维奇和关一帆也相互看到了对方，还看到了旁边的褚岩。他们看到的是并列出无限细节的人体，可以看到所有的骨骼和内脏，可以看到骨骼里的骨髓，可以看到血液在心脏心室间的流动和瓣膜的开闭，与对方对视时，也可以清晰地看到眼球晶状体的结构……但“并列”这个词同样可能引起误解，人体各部分的物理位置并没有任何变化，皮肤仍然包裹着内脏和骨骼，每个人在三维世界中的熟悉形象还在，是细节的一部分，与其他无限的细节并列在一起。

“你们注意手不要乱动，不小心可能会触到别人或自己的内脏。”褚岩说，“不过只要不用力，问题也不大，可能有点儿疼或恶心，有时还会造成轻微的感染。也别乱动周围的东西，除非你确实知道那是什么。现在飞船上的一切都是裸露的，你可能触到高压电缆或高温蒸汽什么的，还可能接触到集成电路，造成系统故障。总之，对于三维世界来说你们现在有神一样的力量，但必须经过一段时间的对四维的适应才能使用这种力量。”

莫沃维奇和关一帆很快知道了怎样不触动内脏。从一个方向上，他们可以像在三维世界里一样握住别人的手而不是抓住里面的骨头。要触到骨头或内脏，则需从另一个方向，那是一个在三维空间中不存在的方向。

接下来，莫沃维奇和关一帆又发现了一件令他们激动的事情：他们能看到星空，在各个方向上都能看到。他们清楚地看见，在宇宙的永恒之夜中，银河系在灿烂地延伸着。他们知道自己此时仍身处飞船中，三人都没有穿宇宙服，都在呼吸着飞船中的空气，但在第四个维度上，他们暴露在太空中。作为宇航员，三个人都曾经历过无数次太空行走，但从未感觉到自己在太空中暴露得这样彻底。以往太空行走时，他们至少包裹在宇宙服中，而现在，没有任何东西挡在他们和宇宙之间，周围这展现出无限细节的飞船对星空没有丝毫遮挡，在第四维度上，整个宇宙与飞船也是并列的。

对于由无限细节产生的无限信息，生来就是用于感觉和思考三维空间的大脑无法把握，最初都处于信息超载的堵塞状态。但大脑会很快适应四维环境，无意识地忽略掉大部分细节，只把握事物的大框架。

当最初的眩晕过去后，莫沃维奇和关一帆又面临着一个更大的震撼，这个感觉刚才被周围环境的无限细节所转移——对空间本身的感觉，或者说是对三维之外的第四个维度的感觉，后来人们称之为高维空间感。对于亲历过四维空间的人来说，高维空间感是最难用语言描述的，他们往往试图这样说明：我们在三维空间中称之为广阔、浩渺的这类东西，会在第四个维度上被无限重复，在那个三维世界中不存在的方向上被无限复制。他们常常用两面相对的镜子来类比，这时在任何一面镜子中都可以看到被复制的无数面镜子，一个向深处无限延伸的镜子长廊，如果作为类比，长廊中的每面镜子都是一个三维空间。或者说：人们在三维世界中看到的广阔浩渺，其实只是真正的广阔浩渺的一个横断面。描述高维空间感的难处在于，置身于四维空间中的人们看到的空间也是均匀和空无一物的，但有一种难以言表的纵深感，这种纵深不能用距离来描述，它包含在空间的每一个点中。关一帆后来的一句话成为经典：

“方寸之间，深不见底啊。”

感受高维空间感是一场灵魂的洗礼，在那一刻，像自由、开放、深远、无限这类概念突然都有了全新的含义。

褚岩说：“我们该回去了，翘曲点只能稳定一段时间，然后就会漂移或消失。寻找新的翘曲点需要在四维中移动，对你们这样第一次进来的人有一定的危险。”

“在四维怎么看到翘曲点？”莫沃维奇问。

“很简单：翘曲点一般是球形的，光在球体内部有折射，里面的物体也有一定的变形，造成物体形状的不连续，当然这只是四维空间中的光学效应造成的，不是真正的变形，你们看——”

褚岩指指他们来的方向，莫沃维奇和关一帆又看到了那些管道，它们也呈展开状态，可以清楚地看到内部流动的液体。就在他们刚才进入四维空间的地方，有一个透明的球形区域，里面的管道弯曲变形，那个区域像附着在蛛网上的一颗露珠。这与在三维空间的情况不一样，后者的翘曲点没有光的折射效应，是完全隐形的，只能通过它内部已进入四维的物体的消失来感知其存在。

“如果你们再进来，一定要穿宇宙服，因为如果寻找新的翘曲点返回，新手有时定位不准，返到三维时可能落在飞船外面。”

褚岩示意两人跟着他，进入那个露珠状的泡内，就在一瞬间，他们又回到了三维世界，回到飞船的廊道中，就在十分钟前进入四维空间时的那个位置。其实他们刚才就没有离开，只是所在的空间多了一个维度。舱壁上的那个圆洞依旧，仍可以看到里面那些中断的管道。

但对于莫沃维奇和关一帆，这已经不是原来那个熟悉的世界了，在他们现在的感觉中，三维世界是如此狭窄和憋闷。关一帆稍好一些，他毕竟在半睡半醒的状态下经历过一次；莫沃维奇则完全处于幽闭恐惧之中，有一种窒息感。

“这种感觉很正常，多经历几次就好了。”褚岩笑着说，“二位已经是真正知道广阔的含义的人，现在就是穿上宇宙服到外面的太空中散步，你们也会感觉狭窄的。”

“这一切到底是怎么回事？”莫沃维奇扯开衣领喘息着问。

“我们进入了一个太空区域，这个区域中的空间维度是四。就这么简单，我们把这个区域叫宇宙中的四维碎块。”

“可我们现在是在三维中呀！”

“四维空间包含三维空间，就像三维包含二维一样，要比喻的话，我们现在就处于四维空间中的一张三维的纸片上。”

“是不是这样一个模型——”关一帆激动地说，“我们的三维宇宙就是一大张薄纸，一张一百六十亿光年宽的薄纸，这张纸上的某处粘着一个小小的四维肥皂泡？”

“太妙了，关博士！”褚岩兴奋地一拍关一帆的肩膀，使他在失重中翻了一个跟头，“我一直在想一个形象的比喻，你一下子就找到了！我们需要一个宇宙学家！正是这样，我们现在是处于这张三维大纸片上，在纸面上爬行，进入了那个肥皂泡与纸面相交的区域。刚才我们从翘曲点离开纸面，进入了肥皂泡里面。”

“刚才虽在四维中，我们自身仍是三维的。”莫沃维奇说。

“是这样，我们是飘到四维中的三维扁片人。”

“翘曲点到底是什么东西？”

“三维宇宙这张纸并不是处处平坦的，有些地方弯曲着，翘曲到四维，这就是翘曲点。这是一些低维通向高维的通道，我们可以由这些点进入四维。”

“翘曲点很多吗？”

“很多，到处都是。‘蓝色空间号’之所以能够早些发现这个四维的秘密，是因为我们的飞船上人多，所以与翘曲点接触的机会也多；而‘万有引力号’上人少，比较空旷，加上你们的心理甄别很严格，有人遇到了也不敢说出来。”

“翘曲点都是这么大吗？”

“不，有的很大。我感到不解的是，曾经观察到‘万有引力号’后部三分之一都翘曲到四维，持续了好几分钟，你们居然都没发现什么？”

“飞船的后三分之一部分一般没有人，哦，平时只有他一个。”莫沃维奇转向关一帆说，“你经历过一次了，是吧？我听韦斯特说过。”

“当时半睡半醒的，后来听了那个白痴的话，我真以为是自己的心理幻觉。”

“从三维空间看不到四维，但从四维空间能够看到三维世界的一切并且能对它产生作用。我们就是在四维的高度伏击了水滴。不管强互作用力探测器有多强大，它仍然是一个三维物体。现在看来，三维本身就意味着脆弱，从四维看去，它不过是一张展开的图纸而已，毫无防御能力，可以从四维接近它，不需要知道它的原理，只需在它的内部，哦，对四维来说全是外部，随意破坏就行。”

“三体世界也不知道四维碎块的事？”

“现在看来，应该不知道。”

“肥皂泡——这个四维碎块有多大？”

“在三维空间谈四维的大小没有意义，我们只能说碎块在三维的投影有多大。只进行了初步探测，我们猜测碎块的三维投影是球形的，如果这样，按目前探测的数据计算，它的半径可能在四十至五十个天文单位之间。”

“与太阳系的大小差不多。”

这时，三人旁边舱壁上的圆洞开始缓缓移动，同时在缩小，当移到距他们十几米远处时完全消失了。但飘浮在他们附近的信息窗口显示，又有两个新的翘曲点在“蓝色空间号”上出现了。

“三维宇宙中怎么会出现四维碎块呢？”关一帆沉吟道。

“不知道，谁都不知道。博士，这是你的事了。”

自从发现四维碎块的存在后，“蓝色空间号”就对这片空间进行了大量的探测研究，现在“万有引力号”的加入带来了更为先进的设备和技术，使探测的范围和深度扩大了许多。

在三维空间中，这片太空区域十分空旷，看上去没有什么异常。探测研究主要在四维空间进行。在四维释放探测器有很大的难度，大部分探测研究主要是通过天文望远镜，把望远镜通过翘曲点送入四维，对周围太空进行观察。在四维空间操纵三维仪器需要一段时间的适应，当观测正常进行时，立刻有了震撼的发现。

望远镜发现了一个圆环状的物体，由于无法确定它与飞船的距离，也就无法测量其体积，估计其三维直径在八十至一百千米左右，环箍直径约二十千米，像一只太空魔戒。环箍上可以看到电路状的复杂结构。从外形上看，基本可以确定这个物体是智慧体制造的。

这是人类第一次直接观察到两个世界之外的第三方宇宙文明。

一个最令人震惊的事实是：“魔戒”是封闭的！它处于四维空间中，却没有呈现三维展开，它的内部完全不可见，这就意味着它是一个四维物体！进入四维空间后，这是人们第一次见到四维实体。

人们首先感到的是可能被攻击的恐惧，但“魔戒”表面没有任何活动的迹象，也没有探测到它发出的电磁波、中微子和引力波信号。“魔戒”除了缓慢的自转外，没有任何加速迹象。初步判断这可能是一个废墟，被废弃已久的太空城或宇宙飞船。

在接下来的观测中，在四维碎片的深处发现了更多的不明物体，它们大小不一，形状各异，但都带有明显的智慧制造特征。有金字塔形、十字形、多边体框架结构等，还有各种不规则的组合体，但明显不是自然天体。望远镜能够分辨出形状的这类物体已经有十几个，在更远处还有大量的只能看出点状的物体，总计有上百个。同“魔戒”一样，它们没有任何活动迹象，也没有发出任何可检测的信号。还有一个共同点：它们都是封闭的四维实体。

关一帆向褚岩舰长提出，要驾驶一艘太空艇近距离考察“魔戒”，有可能的话就进入它的内部。这个要求被坚决拒绝了。在四维空间航行充满危险，确定位置需要四个坐标，而来自三维世界的设备或目测只能确定三个坐标，这样，对于三维航行者来说，四维空间中任何一个物体的位置都是不确定的，无论是使用仪器或目测，探险者都无法确定“魔戒”的方位和距离，有可能突然撞上它。同时，在四维太空中寻找返回的翘曲点比较困难。由于有一个维度坐标无法确定，如果发现翘曲点，只能得知它所在的方向，却无法确定距离，有时翘曲点可能距太空艇很远，通过它返回三维时空后，也会落到距飞船十分遥远的地方。另外，太空艇与飞船间通信的电波有相当大的部分溢散到第四个维度，导致信号很微弱，两者间联系很困难。

接着，两艘飞船内部在一天内同时遭到六次微陨石撞击，其中“蓝色空间号”聚变反应堆的磁悬浮控制单元被一颗直径一百四十纳米的微陨石击中，完全摧毁。这是飞船最致命的关键系统，核聚变反应的小火球温度高达百万度，能够汽化任何材料，它是由磁场悬浮在宽大的反应舱的中心位置。一旦控制单元失效，聚变火球将从磁场中逃逸，可能在瞬间烧穿舰体。好在冗余单元及时投入，关闭了处于最低功率状态运行的反应堆，没有造成更大的灾难。

随着向四维碎块内部的深入，微陨石的密度明显增大，同时还观测到肉眼可见的大陨石从飞船附近掠过，它们与飞船的相对速度是第三宇宙速度的几倍。在三维太空中，飞船的关键部位都被层层保护，可以抵挡这些陨石的撞击，但现在，它们完全暴露在四维中，没有任何防护能力。

褚岩决定两艘飞船立刻退出四维碎块。碎块在整体上有一个远离太阳系的速度，与飞船的航行速度方向相同，所以尽管“蓝色空间号”和“万有引力号”飞离太阳系的速度很快，但它们与四维碎块间的相对速度很小，两舰只是慢慢追上了碎块，目前只深入了很小的距离，减速退出它也很容易。

但关一帆对这个决定暴跳如雷：“宇宙最大的秘密就在眼前，这里可能隐藏着宇宙学一切问题的答案，我们怎么能离开?！”

“你是说‘三与三十万综合征’吗？四维碎块真让我想到了它。”

“即使从现实考虑，我们也可能从那个圆环废墟中得到意想不到的东西！”

“但这一切的前提是要生存下去，现在，两舰随时面临毁灭。”

关一帆叹息着摇摇头，“那好吧，离开前让我乘太空艇去探测一下‘魔戒’，你不是谈生存吗？给我一次机会吧，也许我们以后的生存取决于我这次的发现！”

“可以考虑发射无人探测器。”

“四维世界，只有亲眼看到才知道是怎么回事，这你应该比我清楚。”

经过两舰指挥层短暂的商议后，关一帆的提议被批准了，并组成了一支三人探险队，除关一帆外，还有卓文上尉和韦斯特医生。卓文是“蓝色空间号”上的科学军官，有着比较丰富的四维空间航行经验；韦斯特医生则是自己坚决要求加入的，被批准主要是因为他在起航前有过研究三体语言学的经历。

人类曾经在四维空间进行过的最长的航行，是“蓝色空间号”对水滴和“万有引力号”的袭击。当时曾用太空艇通过四维接近“万有引力号”，首先把包括朴义君少校在内的三人通过翘曲点送入飞船进行侦察，然后分三批把六十多名陆战队员从四维投放到飞船中。对水滴的攻击则使用小一些的太空穿梭机。但这一次，对“魔戒”的探险航程则远得多。

太空艇从位于两艘飞船之间的一个翘曲点进入四维。在出发探险的三个人身后，太空艇小型发动机的核聚变火球在燃烧，随着功率的增加，由暗红变成幽蓝，与两艘飞船的聚变堆中的两个大火球一起，照亮了这个并列展开的无穷世界。这个世界属于“蓝色空间号”和“万有引力号”的部分在快速离去。渐入太空深处后，高维空间感更加强烈。韦斯特医生虽然已经两次进入四维，仍不由得赞叹：

“什么样的心灵才能把握这样的世界啊！”

卓文上尉在驾驶太空艇时使用目光跟踪鼠标或语音控制，一般不动手，以免触碰到暴露的敏感部件。这时，“魔戒”用肉眼看去仍是一个隐约可见的小点，但他仍谨慎地使太空艇在很低的速度上行驶。由于空间中多出来的那个不可测度的维度，视觉看到的距离是完全不可靠的，“魔戒”可能仍远在一个天文单位之外，也可能已经近在眼前。

航行持续了三个小时，太空艇已经超出了曾经在四维空间进行的最远的航行距离，“魔戒”看上去仍然是一个点，但卓文却更加谨慎了，随时做好全力减速和紧急转向的准备。关一帆有些不耐烦了，请求卓文提高些速度，就在这时，韦斯特惊叫起来，“魔戒”显示出圆环形状，是突然显示的，由一个点瞬间变成硬币大小，没有逐渐增大的过程。

“要随时记住：在第四个维度上我们是瞎子。”卓文说，并再次放慢速度。

航行又持续了两个多小时，如果在三维，太空艇已经航行了二十万千米左右。

突然间，硬币大小的“魔戒”顶天立地地出现在前方。卓文用目光操纵太空艇紧急转向，使撞向环箍的太空艇从“魔戒”的圆环中穿过。从艇中看去，像是通过了太空中一道巨大的拱门。太空艇全力减速，然后返回，悬停在距“魔戒”的圆心不远处。

这是人类第一次近距离看到四维物体，与高维空间感相似，他们感受到了被称为高维质感的宏伟。“魔戒”是全封闭的，看不到内部，但能感觉到一种巨大的纵深感和包容性。在来自三维世界的眼光中，所看到的“魔戒”不是一个“魔戒”，而是无数个“魔戒”的叠加，这种四维质感摄人心魄，是真正的纳须弥于芥子的境界。

从这个距离看到的“魔戒”表面，与从飞船上用望远镜观察有很大不同。它的色彩由金黄变成了暗铜色，那些电路般的精细线条其实是碰撞的擦痕，仍然没有任何活动迹象，也没有光亮和其他辐射。看着“魔戒”陈旧的表面，太空艇上的三个人都感到似曾相识，他们想起了被摧毁的水滴，进而想象：如果这个巨大的四维圆环也曾有过晶亮的镜面表面，那又是何等惊人的景象。

按照计划，卓文用中频电波发送了一个问候语。这是一幅简单的点阵图，图中由六行不同数量的点组成了一个质数数列：2、3、5、7、11、13。

他们没有指望得到应答，但应答立刻出现了，速度之快让三人不敢相信自己的眼睛。悬浮在太空艇舱里的信息窗口显示出一个简单点阵图，与他们发送的类似，也用六行点组成六个质数，但图中的点阵大了许多，把他们发送的那个数列接了下来：17、19、23、29、31、37。

对方的含义很明确，回答了他们的问候。

在探险计划中，发送问候语只是一个随意的尝试，并没有准备在得到应答后如何进一步交流。正当三人不知所措时，太空艇的通信系统收到了“魔戒”发来的第二幅点阵图，是这样一个数列：2、3、5、7、11、13、1、4、2、1、5、9。很快又收到了第三幅点阵图：2、3、5、7、11、13、16、6、10、10、4、7。然后是第四幅点阵图：2、3、5、7、11、13、19、5、1、15、4、8。第五幅点阵图：2、3、5、7、11、13、7、2、16、4、1、14。点阵图形不断地发来，这些图形所表示的数列都有一个明显的共同点：头六个质数是他们发送的问候语。至于后面那六个数，卓文和韦斯特都把期待的目光投向身为科学家的关一帆。宇宙学家对着显示窗口中那不断出现的数列思考了半天，困惑地摇摇头。

“我看不出后六个数的规律。”

“那就假设没有规律。”韦斯特指着显示窗口说，“前六个数是我们发送的，最可能的含义就是表示我们，后六个数没有规律且不断出现不同的组合，可能代表‘一切’，我们的一切。”

“‘它’想知道我们的有关资料？”

“更有可能是语言样本，以便‘它’译解和学习后再与我们进一步交流。”

“那就把罗塞塔系统发给‘它’吧。”

“这需要请示。”

罗塞塔系统是一个为了三体世界的地球语言教学而研制的数据库，数据库中包含了约两百万字的地球自然史和人类历史的文字资料，还有大量的动态图像和图画，同时配有一个软件将文字与图像中的相应元素对应起来，以便于对地球语言的译解和学习。

母船批准了探险队的请求，但太空艇上没有罗塞塔系统，而此时太空艇与母船的通信信号已经很微弱了，不可能进行大容量的信息传递，只能由母船直接向“魔戒”发送。用电磁波当然也不可能，好在“万有引力号”上装备了中微子通信设备，但不知道“魔戒”能否接收中微子信号。

在“万有引力号”用中微子信号发送罗塞塔系统后的三分钟，太空艇收到了来自“魔戒”的一系列点阵图，第一幅是很整齐的一个8×8点阵，共六十四个点；第二幅图中点阵的一角少了一个点，剩下六十三个；第三幅图中又少一点，剩六十二个……

“这是倒计数，也相当于一个进度条，可能表示‘它’已经收到了罗塞塔，正在译解，让我们等待。”韦斯特说。

“可为什么是六十四点呢？”

“使用二进制时一个不大不小的数呗，与十进制的一百差不多。”

卓文和关一帆都很庆幸能带韦斯特来，在与未知的智慧体建立交流方面，心理学家确实很有才能。

在倒计数达到五十七时，令人激动的事情出现了：下一个计数没有用点阵表示，“魔戒”发来的图片上赫然显示出人类的阿拉伯数字56！

“学得真快！”关一帆赞叹道。

数字继续减小，每隔十几秒减1，几分钟后，数字减到0。最新发来的图片上显示出四个汉字：

我是墓地。

罗塞塔系统中使用的是汉英混合的文字，“魔戒”肯定也是使用这种文字，只是这句话正好都是汉字。关一帆向通信窗口中输入一个问题，开始了人类与“魔戒”的交谈：

谁的墓地？

这个墓地的建造者的墓地。

这是一艘宇宙飞船吗？

曾经是飞船，死了以后就是墓地。

你是谁？和我们说话的是谁？

我是墓地，墓地在和你们说话，我是死的。

你是说你是乘员已经死去的飞船本身，或者说是飞船的控制系统？

（没有回答。）

附近区域还有许多物体，它们也都是墓地吗？

大部分是墓地，不久后都要成为墓地，我不认识它们。

你们是从远处来的，还是一直在这里？

我从远处来，它们也从远处来，从不同的远处来。

从哪里来？

海。

这片四维空间是你们建造的吗？

(没有回答。)

你们说自己从海里来,海是你们建造的吗?

这么说,这片四维空间对于你,或者说对于你的建造者,是类似于海洋的东西吗?

是水洼,海干了。

为什么这么小的空间里聚集了这么多的飞船,或者说墓地?

海干了鱼就要聚集在水洼里,水洼也在干涸,鱼都将消失。

所有的鱼都在这里吗?

把海弄干的鱼不在。

对不起,这话很费解。

把海弄干的鱼在海干前上了陆地,从一片黑暗森林奔向另一片黑暗森林。

这句话中最后两个相同的词像两声霹雳,让太空艇上的三人,以及远处两艘母船上通过微弱信号监听的人们都打了一个寒战。

黑暗森林……是什么意思?

就是你们的意思。

那你会攻击我们吗?

我是墓地,我是死的,谁都不会攻击。不同维度之间没有黑暗森林,低维威胁不到高维,低维的资源对高维没有用。但同维的都是黑暗森林。

能给我们一些建议吗?

快离开水洼,你们是薄薄的画儿,你们脆弱,在水洼里很快就会变

成墓地……呀，你的小船上好像有鱼。

关一帆愣了好几秒钟才想到，太空艇上真的有鱼，那是他随身带着的一个小生态球，比拳头稍大一些。那个玻璃球内看上去只有一条小鱼和几片海藻，却是一个精心设计的封闭小生态系统。这是关一帆最喜爱的东西，出发前他特意带上，如果回不去，这东西就做他的陪葬品了。

我喜欢鱼，能送给我吗？

怎么送？

扔过来。

三人扣上宇宙服的头盔，打开太空舱的舱盖，关一帆把生态球举到眼前，在四维中小心地从三维的方向托住玻璃外壁，最后看了一眼。从四维看去，生态球的无限细节展现无遗，使这个小小的生命世界显得异常丰富多彩。关一帆挥臂把生态球向"魔戒"方向扔出去，看着那小小的透明球消失在四维太空中。然后他们关上舱盖，继续对话：

宇宙中只有这一个水洼吗？

没有回答。之后，"魔戒"完全沉默了，无论怎样联系都不再回应。

这时，母舰传来信息，"蓝色空间号"又遭到了一次微陨石的袭击，两舰周围的各种飘浮物也迅速增多，还出现了小尺寸的四维物体，疑似飞船或建筑的碎片。褚岩命令他们立刻返回，登上"魔戒"的计划取消了。

由于掌握了距离，返回时太空艇的速度提高了一倍多，只用两个多小时就回到了母舰附近，并顺利地找到翘曲点回到“蓝色空间号”上。

探险队成为英雄，受到了热烈的欢迎，虽然他们的发现对两舰的未来并无实际意义。

“关博士，对向‘魔戒’提的最后一个问题，你怎么看？”褚岩很有兴趣地问。

“还是用我们的比喻比较直观：在一张直径一百六十亿光年的大纸上粘着一个直径仅几十个天文单位的小肥皂泡，我们却正好爬进了泡内，这个概率小到可以忽略不计。可以肯定，纸面上还粘着其他肥皂泡，可能有很多。”

“也就是说，我们未来还会遇到。”

“有一个更迷人的问题：以前遇到过吗？比如地球，已经在太空中运转了几十亿年，难道没有可能进入过四维碎块吗？”

“要真有那回事可太惊人了，那只能发生在恐龙时代或更早，我想人类不可能经历过。问题是：恐龙能找到翘曲点吗？”

“现在的关键问题是：为什么会有肥皂泡？为什么三维宇宙中会有这么多的四维碎块？”

“这确实是一个巨大的秘密。”

“上校，现在我感觉到，这可能还是一个黑暗的秘密。”

“蓝色空间号”和“万有引力号”开始退出四维碎块的航行，随着减速的启动，飞船上出现了由船尾向船头的重力。关一帆和两舰的科学军官们抓紧最后几天时间对四维空间进行观测研究，他们几乎所有的时间都待在四维中，这一方面是由于工作需要，另一方面也是因为三维的狭窄和幽闭越来越让他们难以忍受。

在减速开始后第五天，突然，所有身处四维的人都在一瞬间回到了三维，他们都不是经由翘曲点回来的。从飞船的电磁辐射检测系统得知，两舰上已经没有一个翘曲点了。

“蓝色空间号”和“万有引力号”退出了四维碎块。

这有些出乎意料，因为按照计算，还应该有二十多个小时才能退出四维碎块内部。提前退出的原因可能有两个，一是碎块在与两舰退出的相反方向加速了，一是碎块本身在缩小。人们都相信是后者，除了观测数据外，他们都记得“魔戒”的那句话：

海干了鱼就要聚集在水洼里，水洼也在干涸，鱼都将消失。

两舰编队最后停泊在四维与三维空间的交界处附近，这里是安全的。

四维碎块的边缘是无形的，眼前的太空一片空旷，像深潭中的水面一般平静。银河系的星海一如既往地发出灿烂的银光，没有任何迹象显示在不远的前方另一个维度上，隐藏着巨大的秘密。

但人们很快观察到一种奇怪且壮观的现象：在前方的太空中，常常出现一些发亮的长线，那些线很细，在出现之初十分笔直，肉眼看不出宽度，长度在五千到三万千米之间。它们都是突然出现的，开始会发出蓝光，然后色彩渐渐变红，笔直的线也开始弯曲，并中断成许多小段，最后消失。经观测发现，这些长线都出现在四维碎块的边缘，仿佛有一支无形的巨笔，不断地在太空中标示出四维与三维的交界线。

无人探测器飞向长线出没的太空区域，有一次侥幸在近处观察到长线出现的情景。当时探测器距长线只有一百多千米，近到用普通焦距就能看出线的宽度。长线一出现，探测器就全速向它飞去，到达时线刚刚弯曲消失。在那一区域，检测到丰富的氢和氦元素，还有许多重元素尘埃，主要是铁和硅。

通过对观测数据的研究，关一帆和科学军官们很快得出结论：这些长线是进入了三维空间的四维物质，由于碎块的缩小，它们进入了三维太空，瞬间衰变成三维物质。这些进入三维空间的四维物质在四维空间的体积都很小，但它们在第四维度的部分变成三维，体积骤然增大，且呈直线状展开。据计算，一块在三维投影的质量只有几十克的四维物质，三维展开后可以形成一条上万千米的长线。

现在，两舰面对这样一个事实：按照四维碎块边缘后退的速度，在二十天左右，“魔戒”将进入三维太空！两舰将等待目睹这一宇宙奇观，反正现在他们有的是时间。以前方不断划出的长线为标志，两艘飞船谨慎地向前推进，与后退的碎块边缘保持着同样的速度。

在接下来的十几天里，关一帆沉浸在思考和计算中，科学军官们也在热烈讨论。最后大家一致同意，按现有的理论物理学，无法对四维碎块进行太多的理论分析，但经过三个世纪发展的理论至少能够做出一项与现实相符的预测：处于宏观状态的高维度会向低维度跌落，就像瀑布流下悬崖一样，这就是四维碎块不断缩小的原因：四维空间都跌落到三维。

那个丢失的维度并没有消失，它从宏观蜷缩到微观，成为蜷缩在微观的七个维度中的一个。

用肉眼又能够再次看到“魔戒”了，这个自称是墓地的存在即将在三维宇宙中毁灭。

这时，“蓝色空间号”和“万有引力号”同时停止前进，并后退了三十万千米，因为“魔戒”进入三维太空时，在维度跌落过程中将放出巨大的能量，这也是之前出现的那些长线发光的原因。

二十二天后，四维碎块的边界退过了“魔戒”。在它进入三维太空的那一瞬间，宇宙仿佛被拦腰斩断，长长的断口发出炫目的强光，如同一颗恒星被瞬间拉成一条线。当光芒黯淡一些后，一条横过整个太空的长线显现出来，从飞船上看不到它的头和尾，像上帝在宇宙的绘图板上比着丁字尺从左到右画了一道。据测量，这条把可见的宇宙分成两部分的线，其长度接近一个天文单位，约一亿三千万千米，几乎可以把地球和太阳连接起来。与以前出现的那些长线不同，这条线即使从几十万千米外仍能看出其宽度。长线发出的光由蓝白变成红色，然后渐渐黯淡下去，线本身也变得宽散弯曲，由一条笔直的长线变成一道尘埃带，弯弯曲曲不见首尾。它自身已经不发光，但浸透了星海的光芒，变成宁静的银灰色。两艘飞船上观看的人们这时都有一个奇怪的印象，感觉尘埃带看上去很像宇宙背景上的银河系，刚才发生的仿佛是一次对银河系的宏大摄影，闪光灯闪过后，拍下的照片在太空中渐渐显影。

看着这壮丽的景象，关一帆有些伤感，他想起了自己送给“魔戒”的生态球，它只拥有了那个礼物不长的时间。在三维展开的一刹那，“魔戒”内部的所有四维结构都被完全破坏，这是一场最彻底的毁灭。四维碎块中其他那些已经死去或仍活着的飞船，最终也都无法逃脱这样的命运，在这广阔的宇宙中，它们只能在四维碎块这个小小的角落中存在。

一个巨大而黑暗的秘密。

“蓝色空间号”和“万有引力号”派出多艘太空艇前往尘埃带，除了考察外，还想看看能不能收集一些有用的资源。“魔戒”三维化以后都变成很普通的元素，大部分是氢和氦，从中有可能得到核聚变燃料。但尘埃中的这两种元素都呈气态，扩散很快，没有收集到多少。另外还有一些重元素，可以采集到一些有用的金属。

现在，两艘飞船应该考虑自己的未来了。由“蓝色空间号”和“万有引力号”共同组成的一个临时委员会宣布，两艘飞船上的任何人都可以做出选择：随两舰继续航行或返回太阳系。两舰将装配一个独立于两舰的冬眠舱，并把两舰上七台聚变发动机中的一台用于推进它，决定返回的人将乘坐这艘临时装配的飞船，在冬眠中返回太阳系，航行时间预计为三十五年。两舰将用中微子通信通知地球冬眠飞船的轨道参数，以便在它到达太阳系时进行接应。为了防止三体世界借此侦测到两舰的位置，与地球的联系将在冬眠飞船起航一段时间后再进行。如果地球方面能够在飞船到达太阳系前派出接应飞船协助减速的话，加速段就有更多的燃料用于推进，返回的航程可以缩短至十几年。

如果那时还有太阳系和地球的话。

只有两百多人选择返回，其余的人不想回到那个正在走向毁灭的世界，决定随“蓝色空间号”和“万有引力号”继续航行，飞向未知的太空深处。

一个月后，两舰编队和冬眠飞船同时起航，各自飞向不同的方向：冬眠飞船沿来路返回太阳系，“蓝色空间号”和“万有引力号”则计划绕过四维碎块，然后再确定一个新的目标星系。

聚变发动机的光芒照亮已经稀薄的尘埃云带，将它映成了金红色，像地球温馨的晚霞，使所有的人，回家的和远行的，都热泪盈眶。美丽的太空晚霞很快消失，永恒之夜又笼罩了一切。

人类文明的两粒种子继续向星海深处飘去，不管命运如何，一切总算又开始了。

第三部

广播纪元7年

程　心

艾AA说程心的眼睛比以前更明亮更美丽了，也许她没有说谎。程心以前有中度近视，但现在视野异常清晰，感觉世界像刷新了一样。

从澳大利亚返回已经六年了，但移民的苦难和这六年时光几乎没在AA身上留下痕迹，她就像一株鲜活水灵的植物，岁月和苦难的水珠都从她光滑的叶片上滚落，一点儿都沾不上。这六年，程心的公司在她的运作下飞速发展起来，成为近地轨道太空建筑业的巨头，但她看上去完全不像一家大公司的首席执行官，还是那副活泼女孩儿的样子，不过在这个时代这也很正常。

这六年对程心来说也不存在，她是在短期冬眠中度过的。从澳大利亚回来后，经过诊断，她的失明最初是心因性的，超强度的精神打击所致，但后来发展成生理病变，导致视网膜剥离并坏死。治疗方法是用她的基因进行不完全克隆，再从克隆体中的干细胞培育出视网膜进行移植，这一过程需要五年左右。程心处于深度抑郁之中，在黑暗中度过五年将使她彻底崩溃，于是医生让她短期冬眠。

现在的世界也确实刷新了。得知引力波宇宙广播启动后，全世界为此欢呼不已。“蓝色空间号”和“万有引力号”成为神话般的拯救之船，两艘飞船上的成员也成为万众崇拜的超级英雄。“蓝色空间号”在黑暗战役中的谋杀嫌疑被推翻，确认为是受到攻击后的正当自卫。同时成为英雄的还有移民时期在各大陆坚持战斗的地球抵抗运动成员。当那些衣衫褴褛的抵抗战士出现在公众面前时，所有的人都热泪盈眶。一时间，两艘飞船和抵抗战士成为人类伟大精神的象征，而无数的崇拜者在不知不觉之间感觉自己也一直拥有这种精神。

随之而来的是对地球治安军的疯狂报复。其实从客观上来说，在这场灾难中，治安军起到的正面作用远比抵抗运动多。他们在移民期间保护了城市和其他基础设施，虽然是为即将到来的三体文明保存的，但保证了移民返回后世界经济的快速复苏。在移民返回过程中，由于粮食短缺和电力中断，澳大利亚几度陷入失控的混乱，也是进入澳大利亚的治安军保证了基本的供给并维持了秩序，保证了大疏散在没有重大伤亡的情况下于四个月内完成。在那样的大混乱中，如果没有这支装备精良的武装力量，后果将不堪设想。但这一切均不被法庭考虑，所有的治安军成员都受到审判，有一半被判为反人类罪。大移民期间，大部分国家都恢复了死刑，从澳大利亚返回后也并没有取消。五年中，不断有大批的前治安军成员被处决，而对此欢呼雀跃的人群中，有相当一部分是当初在治安军报名中的落选者。

但一切很快恢复了平静，人们开始重建生活。由于城市和工业设施保存完好，各方面都很快恢复，不到两年，城市的伤痕就完全消失，呈现出移民前灿烂的繁荣，所有人都开始一心一意地享受生活。

这种祥和是建立在这样一个事实的基础上：在罗辑的黑暗森林试验中，从把187J3X1恒星坐标向宇宙广播到该恒星被摧毁，其间有一百五十七年时间，这正好是现代人的平均寿命。这时，人类也出现了有史以来最低的出生率，人们不想把孩子带到一个注定要毁灭的世界上来——但大部分人都认为自己可以平安地度过一生。人们也看到了这样一个事实：引力波的宇宙广播能力比当初的太阳电波放大要强得多，不过，人类很快找到了一个更大的自我安慰：对黑暗森林理论本身的质疑。

《时间之外的往事》（节选）
宇宙迫害妄想——对黑暗森林理论的最后质疑

虽然自威慑纪元以来的六十多年里，黑暗森林理论已成为人类历史的一个大背景，但学术界对它的真实性的质疑一直存在，直到广播纪元开始时，一直没有一个能够从科学角度证明它的确凿证据，已有的几个证据都缺乏坚实的科学基础。

疑点一：罗辑的黑暗森林试验导致187J3X1恒星系被摧毁。该星系是否真是由外部的智慧力量所摧毁一直存在争议。最大的质疑来自天文学界，主要观点有两种：一种观点认为，所观察到的击中恒星的光速物体不足以摧毁恒星，187J3X1星系的毁灭可能是一次自然的超新星爆发，由于之前对这颗恒星的参数掌握不足，无法确定它是否具备新星或超新星爆发的条件；但也无法证伪，考虑到由坐标广播到恒星毁灭的时间跨度，这种可能性是相当大的。第二种观点承认该恒星是被光速物体摧毁，但认为光粒可能是银河系中的一种自然现象。虽然迄今为止没有观察到第二个光粒现象，但确实观察到大质量物体被自然力量加速到极高速度的例子，曾经观测到有恒星被星团的引力以极高速度甩出银河系，有学者认为，银河系中心的超级黑洞完全有可能把小质量物体加速到极接近光速，这种光速物体可能在银心大量产生，只是由于其体积很小难以发现。

疑点二：三体世界对黑暗森林威慑的恐惧。这是迄今为止对黑暗森林理论最有力的证明，但三体世界本身所掌握的证据和其论证的过程一直不得而知，所以在科学上也无法被视为直接的证明。三体世界有可能因为别的未知原因同人类建立起威慑平衡，并且最终放弃对太阳系的占领。对这种未知原因的假说有许多种，虽然没有一种有绝对的说服力，但也都无法证伪。还有学者提出一种“宇宙迫害妄想”学说，认为三体世界本身也并没有掌握黑暗森林理论的确切证据，只是由于其长期所处的极端险恶的环境，使其对宇宙社会产生了一种群体的迫害妄想，这种群体妄想类似于地球中世纪的宗教，被大多数三体人信以为真。

疑点三：“魔戒”对黑暗森林理论的确认。“魔戒”显然是从发给它的罗塞塔系统中人类历史资料的最后部分得知“黑暗森林”这个词的。这个词在人类威慑纪元的历史资料中频繁出现，被其引用是可以理解的。但在“魔戒”与探险队的对话中，这一部分十分简短含糊，不足以证明“魔戒”确实理解了该词的含义。

威慑纪元以来，对黑暗森林理论的研究已成为一门独立的学科。除了理论研究外，还进行了大量的宇宙观测和计算机模拟，从不同角度建立了众多的数学模型，但在大部分学者眼中，该理论还只是一个无法证实也无法证伪的假说。真正相信黑暗森林理论的是政治家和公众，而后者显然更多是根据自身所处的境遇，选择是相信还是否定它。在广播纪元开始后，大众越来越倾向于认为黑暗森林理论真的是一个宇宙迫害妄想。

随着一切都尘埃落定，人们的注意力从宇宙广播转移到对威慑纪元结束至今的整体事件的回顾和反思上来。对执剑人的指责和声讨开始铺天盖地地出现，如果在事变之初执剑人就启动宇宙广播，至少可以避免后来的移民灾难。但舆论的主要抨击焦点集中在对执剑人的选择上。这是一个十分复杂的过程，由世界民意形成的政治压力促成了当时联合国和舰队国际的最后决定，人们激烈地争论着该由谁负责，但几乎没有人提出这是所有人的群体意志导致的结果。舆论对程心本人还是相对宽容的，她美好的公众形象为自己提供了一定的保护，同时她作为一个普通移民经历的苦难也博得了同情，人们更多地把她看作一个受害者。总的来说，执剑人在最后时刻的放弃使历史绕了一个大弯，但并没有改变总体的进程，宇宙广播终究还是启动了，所以对那段历史的讨论很快平息下来，程心也渐渐淡出了人们的视野，毕竟这时最重要的事情还是享受生活。

但对程心来说，生活却成了无尽的折磨。她的眼睛复明了，心里仍一片黑暗，终日处于抑郁的深海中。精神的痛苦已不再那么灼热、那么撕心裂肺，但变得绵绵无绝期。痛苦和抑郁仿佛是与生俱来地渗透了她的每一个细胞，她不再记得自己的生活中还曾有过阳光。她变得更加沉默寡言，不再接受来自外界的信息，对自己那迅速扩大的公司也毫不关心。AA对程心很关心，但她要忙公司的事务，能陪程心的时间也不多，支撑着程心生活的是弗雷斯。

在移民结束的那个黑暗的时刻，弗雷斯和AA一起被带出澳大利亚，他在上海待了一阵，没等大疏散结束就回到了沃伯顿的家中。澳大利亚重新沉寂下来之后，弗雷斯把自己的房子捐给了政府做土著民俗博物馆，自己在附近的树林中搭了个小帐篷，真的过起了祖先的原始生活。风餐露宿中，老人的身体好像比以前更健壮了。他拥有的唯一一件现代化物品就是移动电话，每天他都给程心打几次电话，每次都是简单地说一两句话：

“孩子，这里太阳升起来了。”

“孩子，这里晚霞很美。”

“孩子，我这一整天都在收拾周围乱七八糟的板房，想让沙漠变成原样。”

“孩子，这里下雨了，空气中那种沙漠的潮味，你应该记得的。”

……

澳大利亚与中国的时差在两个小时左右，程心渐渐适应了老人的作息时间，每当听到老人的声音，她就想象自己也生活在那遥远沙漠中的树林里，被与世隔绝的宁静笼罩着。

这天深夜，睡梦中的程心突然被电话铃声惊醒，一看是弗雷斯打来的。这时是凌晨1点14分，在澳大利亚是凌晨3点左右。弗雷斯知道程心处于严重的失眠中，如果不借助催眠器，一天只能睡两三个小时，他平时绝对不会在这时打扰她。这次，他电话中的声音也失去了往常的和缓沉稳，变得急促而紧张：“孩子，快出去看天上！”

其实程心在房间里也发现了外面的异常。刚才艰难的睡眠中，她正在做噩梦，这梦中的情景以前也常出现：夜色笼罩的平原中央有一座巨大的陵墓，一片幽幽的蓝光从陵墓中透出，照亮了附近的地面……现在，外面就是一片这样的蓝光。程心走到阳台上，看到天空中有一颗发出蓝光的星星，其亮度压过了所有的星光，它位置恒定，很容易同运行在近地轨道上的太空设施区分开，是一颗太阳系外的恒星。它的亮度还在急剧增加，很快照出了地面上的人影，使城市的灯海黯然失色。约两分钟后，这颗恒星的亮度达到峰值，比满月还亮，使人无法正视，光的色彩也由幽蓝变成惨白，把城市照得亮如白昼。程心知道那是哪里，近三个世纪以来，那是人们仰望夜空时看得最多的一个位置。

附近的巨树建筑中传来惊叫声，还有什么东西破碎的声音。

那颗星的光度在达到峰值后渐渐减弱，由白变红，大约半个小时后，完全熄灭了。

程心出来时没拿电话，但通话窗口跟随着她，她仍能听到弗雷斯的声音，这声音又恢复了沉稳和超然：“孩子，不要怕，该发生的总要发生。”

安逸的美梦彻底破灭，黑暗森林理论得到了最后的证实，三体世界被摧毁了。

《时间之外的往事》（节选）

黑暗森林的新模型

三体世界应该是在广播纪元三年零十个月被摧毁的，引力波宇宙广播后这么短的时间就引来了打击，这出乎所有人的预料。

因为三体星系一直处于密切监视之中，所以其对这次事件掌握了较为详细的资料。三体星系受到的打击与罗辑进行试验的187J3X1恒星受到的打击完全一样：是一个极端接近光速的小体积物体，借助于相对论效应产生的质量膨胀摧毁恒星。被摧毁的是三体星系三星中的一颗，时机选择得很精确，这颗恒星被击中时，刚刚捕获了三体行星成为它的卫星，恒星爆发时行星被完全摧毁。

“万有引力号”在启动引力波广播时，与三体星系相距约三光年，考虑到引力波以光速传播的时间，光粒的发射点应该比两艘飞船更接近三体星系，而且几乎是接到信息马上发射。观测数据也证实了这点，光粒穿过三体星系附近尘埃云的尾迹被清晰地记录下来。但这个范围的太空中肯定没有其他恒星系，这就是说，光粒是从某个宇宙飞行器上发射的。

黑暗森林理论以前的模型主要是以恒星系为基础的，人们想当然地认为，对坐标已经被广播的恒星系的打击，都是来自其他恒星系。如果宇宙飞行器也能够成为打击源，情况便骤然复杂起来。相较于对恒星位置的精确掌握，除三体舰队外，人类对于宇宙中智慧体制造的飞行器一无所知，它们的数量、密度、速度和航向等全都是未知，这使得黑暗森林打击的可能来源更加扑朔迷离，打击的出现也更加迅捷。除三体星系外，距太阳系最近的恒星也有六光年，但那些幽灵般的异类宇宙飞船可能就从太阳附近穿过。原以为远在天边的死神，赫然出现在眼前。

广播纪元7年

智子

人类世界第一次目睹了一个文明的毁灭，而这样的命运随时都会落到自己头上。绵延了近三个世纪的三体威胁烟消云散，现在人类面对的是更加冷酷的整个宇宙。

预想中的世界性大恐慌并没有出现，面对四光年外远方世界的毁灭，人类社会只是奇怪地沉寂下来，所有人都在茫然中等待，尽管谁也不知道在等什么。

自危机纪元的大低谷以来，虽然历史经历了几次重大转折，但人类世界总体上是处于高度民主文明的高福利社会状态。两个世纪以来，人们的潜意识中形成这样一个共识：不管情况糟到何等地步，总会有人来照管他们的。这种信念在大移民灾难中几乎崩溃，但在六年前那个最黑暗的早晨，奇迹还是出现了。

这次人们也在等待奇迹。

在三体星系毁灭后的第三天，智子突然请程心和罗辑去喝茶。她说没别的意思，只是朋友好久没见，去叙叙旧。

联合国和舰队国际都很重视这次会见。现在，全社会的这种茫然等待的状态十分危险，人类群体就像海滩上脆弱的沙堡，随时可能在风中崩溃。上层希望两位前执剑人能够从智子那里带回一些稳定人心的信息，在为这次会见举行的PDC紧急会议上，甚至有人暗示即使得不到这种信息，也可以编出一些模棱两可的来。

六年前宇宙广播启动后，智子就从公众的视野中消失了，即使偶尔露面，也面无表情，只成为三体世界的传声筒。她现在一直待在那幢空中的木制小别墅中，可能大部分时间都处于待机状态。

在悬挂智子别墅的树枝上，程心见到了罗辑。大移民期间，罗辑一直和抵抗运动在一起，他没有参加或指挥过任何行动，但一直是抵抗战士们的精神领袖。治安军和水滴都在疯狂地搜索并欲消灭他，但不知道他是如何隐蔽的，即使是智子都找不到他的行踪。现在，程心见到的罗辑仍是那副挺拔冷峻的样子，除了在风中飘拂的须发更白了一些，七年的时光几乎没有在他身上留下更多痕迹。他没有说话，但向程心致意时露出的微笑让她感到很温暖。罗辑让程心想起了弗雷斯，他们是完全不同的两种人，但都带来了公元世纪某种山一般强大的东西，让程心在这陌生的新纪元有一种依靠。还有维德，那个差点杀了她的像狼一般邪恶凶狠的公元男人，她对他既恨又怕，但在他身上，她居然也感到一种依靠，这感觉真的很奇怪。

智子在别墅门前迎接他们，她又穿上了华美的和服，圆发髻上插着鲜花。那个穿迷彩服的凶悍忍者消失得无影无踪，她又变回了一个如花丛中的清泉一般的女人。

“欢迎，欢迎。本该到府上拜访，可那样就不能用茶道来招待了，请多多见谅，真的很高兴见到你们。”智子鞠躬，说着程心第一次在这里见到她时一样的话，声音也一样柔细。她引着两人走过竹林中的庭院，走过淙淙清泉上的小木桥，进入那个大亭子似的客厅。然后，三人在榻榻米上坐下，智子开始摆弄茶道，时间在宁静中流逝，任窗外的蓝天上云卷云舒。

看着智子轻柔飘逸的动作，程心百感交集。

是的，她（他们？它们？）本来是能够成功的，且每一次都几乎成功了，但人类每一次都凭借顽强、狡诈和机遇挽回了败局。三个世纪的漫漫征程，最后只落得母星家园在火海中陨灭。

智子早在四年前就知道了三体世界毁灭的消息。在三天前毁灭的光信号传到地球后，她曾对国际社会发表了一个简短的讲话，只是简单地通报了灾难的过程，对灾难的起因——人类两艘飞船所启动的引力波宇宙广播——没有做任何评价，更没有谴责。人们有理由怀疑，四年前在四光年外的三体行星上控制这个机器人的那些三体人已经葬身火海，现在她的控制者可能身处三体舰队的飞船。智子讲话时的表情和声音都很平静，这种平静不是之前仅仅充当传声筒时的呆滞，而是控制者灵魂和精神的真实体现，显示出面对毁灭时人类无法企及的高贵和尊严。面对这个母星世界已经毁灭的文明，所有人都感到从未有过的敬畏。

通过智子提供的有限信息和人类的观测数据，可以大致勾勒出三体世界毁灭的景象。

灾难发生时，三体行星正处于一个稳定的恒纪元中，围绕着三星中的一颗恒星运行，轨道半径约0.6个天文单位。恒星被光粒击中后，光球层和对流层上被击出一个巨大的裂孔，孔的直径达五万千米，可以并排放下四个地球。不知是偶然还是攻击者有意为之，光粒击中恒星的位置正在行星运行的黄道面上。从三体行星上看去，那个太阳的表面出现了一个光度极强的亮斑，它像熔炉的大门，太阳深处的强辐射通过裂孔，穿透光球层、对流层和色球层，直接照射到行星上。暴露在光斑下的那个半球之上，处于室外的生命在几秒钟内就被烤焦。接着，恒星内部的物质从裂孔喷涌而出，形成了一股五万千米粗的烈焰喷泉。喷出的太阳物质温度高达千万度，一部分在引力的作用下落回太阳表面，一部分则达到了逃逸速度，直冲太空。从行星上看去，太阳表面仿佛长出了一棵灿烂的火树。约四小时后，喷出物质穿过0.6个天文单位的距离，火树的树顶与行星轨道相交。又过了两个小时，运行中的行星接触了火树的树梢，然后在喷出物质带中运行了三十分钟，这段时间，行星等于是在太阳内部运行，喷出物质经过太空的冷却后仍有几万摄氏度的高温。当行星移出喷出物质带后，它已经是一个发出暗红色光芒的天体，表面均被烧熔，岩浆的海洋覆盖了一切。行星的后面拖着一道白色的尾迹，那是被蒸发的海洋的水蒸气；而后尾迹被太阳风吹散，行星变成了一颗披散着白色长发的彗星。

这时，行星表面已经没有生命，三体世界已经毁灭，但灾难的引信才刚刚点燃。

喷出带对行星产生了巨大的阻力，行星在穿过后运行速度降低，轨道下降了一些。火树像太阳伸出的魔爪，一次次拉低行星，只要穿过喷出带十次左右，行星就会坠落到太阳表面，三体星系中漫长的宇宙橄榄球赛将迎来大结局，但这个太阳没有活到成为冠军的那一刻。

由于喷出物质导致压力降低，恒星内部的核聚变反应暂时变弱，于是这个太阳迅速暗下去，最后只能看到一个朦胧的轮廓，这使得太阳表面的火焰巨树更加醒目耀眼，仿佛是在宇宙的底片上用尖利物划出来的。随着聚变的熄灭，内部辐射压力已不足以支撑恒星的外壳，太阳开始坍缩，最终黯淡下去的外壳接触并挤压内核，引发了最终的大爆发。

这就是三天前地球上的人们看到的那一幕。

恒星爆发摧毁了三体星系的一切，星系内正在逃离的大部分飞船和太空城都被毁灭，只有极少数的飞船侥幸逃脱——当时，这些飞船正处于另外两颗太阳后面，这两颗没有受到打击的恒星在大爆发中起到了掩体的作用。

以后，剩下的两轮太阳将组成一个稳定的双星系统，但再也没有生命来享受有规律的日出日落了。爆发的恒星物质和破碎的行星在两轮太阳周围形成广阔的吸积盘，像两片灰色的墓场。

“有多少人逃离了？”程心轻轻地问。

“加上已经远航的舰队，不到千分之一。”智子回答的声音更轻，她仍专心于茶道，没有抬头。

程心有很多的话想说，女人对女人的话，但她是人类的一员，如今与智子隔着的那道沟壑已无法跨越。想到这里她什么也说不出来，只能提出上层授意她问的问题。以下的谈话被称为“茶道谈话”，对后来的历史进程产生了重要影响。

“我们还有多长时间？”程心问。

“不能确定，打击随时都会到来，但按照概率，应该还有一段时间，可能长达一两个世纪，就像你们上一次进行的试验那样。”智子看了罗辑一眼。后者正襟危坐，不动声色。

“可是……”

“三体世界与太阳系的情况不同。首先，被广播的是三体星系的坐标，如果由此觉察到地球文明的存在，就要查阅近三个世纪前双方首次通信的资料；肯定会被查阅的，但查阅和决定发起打击同时发生的概率比较小；肯定会发生，但需要时间。还有更重要的一点：从远距离观察，三体星系看起来比太阳系更危险。”

程心吃惊地看了罗辑一眼，后者仍不动声色，她问：“为什么？”

智子坚决地摇摇头，“这永远不能告诉你们。”

程心使谈话回到预定的轨道上来，“已有的两次打击都是用光粒摧毁恒星，这是普遍的打击方式吗？未来对太阳系的打击也会是这样的吗？”

“黑暗森林打击都有两个相同的特点：一、随意的；二、经济的。”

“请解释一下。”

“这不是正规的星际战争，只是顺手消除可能的威胁。所谓随意的，是说坐标被发布是唯一的打击依据，不会对目标进行近距离直接探测，只是发动打击，因为对超级文明来说，近距离探测比打击成本更高；所谓经济的，是指只进行最低成本的打击，用微小低廉的发射物诱发目标星系中的毁灭能量。”

“诱发恒星的能量吗？”

智子点点头，“到目前为止，我们看到的是这样。”

“有可能防御吗？”

智子微笑着摇摇头，像对一个孩子解释她的幼稚，“整个宇宙在暗处，我们在明处。我们在黑暗森林中就是一只拴在树顶上的小鸟，被聚光灯照亮，打击可能来自任何方向。”

“从两次打击的性质来看，应该是有被动防御的可能，三体世界在本星系也有飞船幸存。”

“请相信我，人类绝对无法在打击中幸存。逃亡吧。”

“星际逃亡，我们能逃离的人连千分之一都不到。”

“那总比全军覆没强。”

从我们的价值观来说，未必。程心暗想，但没有说出口。

“我们不要再谈这些，好吗？请不要再提问题，我能告诉你们的就是上面那些了，我是请两位朋友来喝茶的。”智子说，对两人鞠躬后，把两碗碧绿的茶分别递给他们。

程心还有许多预设的问题没有问，她接过茶时很紧张，但她知道再问也没有用了。

到目前为止一言不发的罗辑仍很从容，而他对茶道显然更内行些，左手托着茶碗，右手把碗转了三圈才开始喝。他喝得很慢，让时间在寂静中流逝。直到窗外的云雾染上了夕阳的金色，他的茶才喝完，然后他慢慢放下碗，说出了第一句话：

“我也不能再问了吗？”

罗辑在三体世界的威望早就在智子身上得到了显现。从一开始程心就注意到，与对自己表现出来的温和友善不同，智子对罗辑充满了敬畏，只要她面对罗辑，这敬畏就会从目光中毫不掩饰地流露出来。她总是同罗辑保持着比程心更远的距离，对罗辑鞠躬时也更慢更深一些。

听到罗辑的话，智子又深深鞠躬。“请等一下。”她说，然后垂眼静坐，像在沉思。程心知道，几光年外的太空里，三体舰队的飞船上，智子的控制者们正在紧张地商议。大约两分钟后，她抬起头来说：

“您只能提一个问题，我只能做肯定、否定或不知道三种回答。”

罗辑把茶碗慢慢放下，但智子又抬起手阻止他说话：“这是出于我的世界对您的尊敬。我说出的答案肯定是真实的，即使这个答案可能对三体世界有害，但只能有一个问题，我也只能做三种简单的回答，请您在提问前慎重考虑。”

程心担忧地看着罗辑，后者却几乎没有停顿，果断地说：“我考虑好了，下面是我的问题：如果从宇宙尺度的远距离观察，三体世界显现出某种危险特征，那么，是否存在某种安全特征，或者叫安全声明，可以向宇宙表明一个文明是安全的，不会对其他世界构成任何威胁，进而避免黑暗森林打击？地球文明有办法向宇宙发出这样的安全声明吗？”

对这个问题，智子迟迟不回答，又垂下双眼沉思。在程心的感觉中这段时间长得惊人，每过一秒，她的信心就减退一分，最后她几乎肯定智子的回答是没有或不知道。但智子突然用明澈的双眼直视罗辑——在此之前，她从来没有敢于正视过他——她回答了一个字，语气斩钉截铁：

“有。”

“怎么做?!”程心脱口而出。

智子把目光从罗辑身上移开，摇摇头，慢慢地给他们添上茶，“再没有什么能告诉你们的了，真的没有了，永远没有了。”

“茶道谈话”给在等待中乞讨希望的人们伸出的无数双手里放上了一点儿东西：有可能向宇宙发布避免黑暗森林打击的安全声明。

《时间之外的往事》（节选）

宇宙安全声明——孤独的行为艺术

“茶道谈话”发布后，所有的人都在思考如何发布安全声明。上至世界科学院，下至小学生，都在冥思苦想，提出了无数方案。全人类一起动脑子全力解决一个具体问题，这在人类历史上还是第一次。

人们很快发现，安全声明是一个越想越深的谜。

所有的发布方案大致可分为两大类：声明派和自残派。

声明派的设想很简单，就是向宇宙广播声明，宣布地球文明是安全的。这一派主要致力于研究声明的表达方式。不过在大多数人看来，这个想法近乎弱智，不管表达方式多么精妙，在这个冷酷的宇宙中，真会有“人”相信吗？况且，安全声明需要的是宇宙中的无数文明全部相信。

自残派占主流，他们的理论认为，安全声明的内容必须是真实的，这就意味着声明包括“说”与“做”两部分，而“做”是重点，人类必须为在黑暗森林中的生存付出代价，把地球文明变成确实安全的文明，直白说就是文明的自残。

大多数的自残方案都着眼于技术，主张人类主动退出太空时代和信息时代，建立一个低技术社会，比如19世纪末的电气和内燃机社会，甚至农耕社会。考虑到世界人口的急剧下降，这个方案是可行的。这样，安全声明就变成了低技术声明。

自残派中还出现了极端想法：智力自残。使用某种药物或脑科学技术降低人类的智力，并在基因水平把这种低智力在遗传上固定下来，低技术社会自然就实现了。这种想法其实是走向极端的技术自残，让大多数人厌恶，但仍广为流行。按照这种设想，安全声明就是弱智声明。

还有许多其他思潮，比如自我威慑派，主张建立某种自我威慑系统，一旦启动即脱离人类的控制，系统如果监测到人类的不安全行为，则启动毁灭机制。

这是一场想象力的盛宴，无数的方案中，有的精巧，有的奇特，也有的像邪教般恐怖和邪恶。

但所有这些方案都没抓住安全声明的实质。

智子指出，黑暗森林打击的一个重要特点就是随意性，打击的发起者不对目标进行近距离探测。在已经提出的所有方案中，人类只是在表演着没有观众的行为艺术，不管做得多么诚心，除自己外没人能看到。退一万步说，即使真有某些慈父般的文明对地球进行近距离探测，甚至在地球和太阳系中安装类似于智子的长期监视系统，它们也只占宇宙中亿万文明的极小一部分。在大多数宇宙文明的眼中，太阳只是无数光年外一个暗弱的光点，没有任何细节特征，这是宇宙黑暗森林状态的基本数学结构。

曾经有过一个天真的时代，那时科学家相信，能够通过远距离观测发现遥远恒星系中存在的文明迹象，比如探测行星大气中氧气、二氧化碳和水的吸收光谱，以及文明发出的电磁辐射等，甚至提出戴森球迹象这类异想天开的猜测。现在知道，这是一个所有文明都在隐藏自己的宇宙，如果一个恒星系从远方观察没有任何智慧迹象，可能是因为它真的处于蛮荒状态，也可能是那个星系中的文明已经成熟的标志。

安全声明实质上是一种宇宙广播，并且需要所有的聆听者都相信它的内容。

有一颗遥远的星星，是夜空中一个隐约可见的光点，所有随便望了它一眼的人都说，那颗星星是安全的。这就是宇宙安全声明。

一件几乎不可能做到的事。

还有一个让人百思不得其解的谜：为什么智子不告诉人类如何发布安全声明？

幸存的三体文明对人类进行技术封锁是完全可以理解的。宇宙广播以后，两个世界都面临着来自整个银河系甚至全宇宙的敌意，相互间都不再是对方的重大威胁，也无暇顾及彼此。随着三体舰队在茫茫太空中渐行渐远，两个文明间的联系也渐渐变得细若游丝。但有一个事实是三体和地球人都永远不会忘记的：目前所有这一切的根源都在于三体世界，是他们首先对太阳系发起入侵，是他们试图灭绝人类并几乎成功。如果地球人类在技术上取得飞跃，复仇是不可避免的，最有可能的复仇对象就是幸存的三体人可能找到的新家园，而这种复仇可能在地球文明被黑暗森林打击摧毁之前就完成。

但安全声明不同，如果这种声明能够使全宇宙都相信地球是安全的，那地球对三体文明也是安全的，这难道不正是三体世界希望看到的？

尽管对发布真正的安全声明的途径没有任何线索，所有严肃的研究都只是进一步证明了它的不可能，但公众对尽快发布声明的愿望不可遏止，虽然大多数人都知道已有的那些方案不能解决任何问题，但还是不断有人进行尝试。

有一个欧洲的民间组织试图架设超大功率电波发射天线，想通过太阳放大功能广播他们编制的安全声明，很快被警方制止。太阳系中的所有水滴早在六年前就已全部撤走，对太阳放大功能的封锁也已经解除，但这种发射还是很危险的，可能提前暴露地球文明的坐标。

还有一个名为“绿色拯救者”的组织，在全球拥有几百万成员，主张人类通过退回农耕社会向宇宙发布安全声明。该组织中的两万多人又回到了澳大利亚，在这个大移民后重新变得空旷的大陆上，开始建立一个示范型农耕社会。“绿色拯救者”在澳大利亚的农耕生活被不间断地全球直播。这个时代已经找不到传统农具，只好由赞助者为他们专门制造。澳大利亚的可耕地很少，全部用于种植昂贵的高档农作物，他们只好在政府指定的地块自己开荒。不过，集体劳动只持续了不到一个星期就没人再干了，这倒不是因为“绿色拯救者”的人懒惰，仅凭热情他们也能维持一段时间的勤劳，而是因为现代人的身体素质已经发生了很大的变化，虽在柔韧性和灵活性方面优于过去的人，却不再适合单调重复的体力劳动，更何况人力开荒在农业时代也是一项很繁重的劳动。在“绿色拯救者”的领袖表达了对自己农民祖先的敬意后，众人一哄而散，示范型农耕社会的事业不了了之。

对安全声明的变态理解还引发了一些恶性恐怖事件，出现了一些主张降低人类智力的“反智慧”组织，其中的一个组织策划了一次大规模行动，在纽约的城市自来水系统中大量加入一种名为“神经元阻遏剂”的药物，该药物能够对大脑产生永久性伤害。好在发现及时，没有造成太大伤害，只是使纽约的供水系统瘫痪了几个小时。令人不解的是，这些“反智慧”组织却无一例外地要求自己保持高智慧，严禁组织成员示范性地使用降低智力的药物或其他技术手段，声称自己有责任做最后一批“智慧人”，以完成低智慧社会的建立并领导其运行。

在死亡的威胁与生存的诱惑面前，宗教再一次成为社会生活的中心。

纵观历史，宇宙黑暗森林状态的发现对各大宗教，特别是基督教，是一个沉重的打击。其实这种打击早在危机纪元初就出现了，在得知三体文明的存在时，基督徒们立刻发现，在伊甸园里没有三体人的位置，在创世纪时上帝也从来没有提到过三体人。教会和神学家开始了长达一个多世纪的对教义和《圣经》艰难的重新解释。在刚刚能够自圆其说之际，又出现了黑暗森林这个怪物，一时间人们知道，宇宙中存在着数量巨大的智慧文明群体，如果每个文明都有一个亚当和夏娃，那伊甸园中的人口数量与现在地球上差不多了。

但在大移民灾难中，宗教开始了全面的复兴。现在，有一种思潮广为流行，认为人类在过去的七十多年中两次濒临毁灭的边缘，两次都奇迹般地脱险。这两次脱险事件——黑暗森林威慑的建立和引力波宇宙广播的启动，有许多共同的特点：它们都是在极少数人的策划下突然发生的，它们的发生依赖于许多平时看似不可能出现的机遇，比如两艘飞船和水滴同时进入四维碎块等；这都是明显的神迹。在两次危机到来时，信徒们都进行了虔诚的大规模祈祷，正是这样虔诚的祈祷最终迎来主的拯救，尽管对于究竟是来自哪个主存在着不可调和的争论。

于是地球成了一座大教堂，成了一颗祈祷之星，每个人都以从未有过的虔诚祈祷着救赎的出现。除了梵蒂冈教皇主持的多次全球规模的礼拜外，人们在各种场合都进行着小群体的或个人的祈祷，他们饭前和睡前都默诵着同一句祷词：主啊，降予我们启示吧，指引我们向星空表达我们的善意，让全宇宙知道我们是安全的。

在地球的近地轨道上有一座世界性的太空教堂。说是教堂，其实它没有任何实体建筑，只有一个巨大的十字架，十字架两根梁的长度分别为二十千米和四十千米，能够发光，夜晚在地面上可以清楚地看到它的形状。做礼拜时，教众就身穿太空服悬浮在十字架下面，有时人数可达数万。与他们一起悬浮的，还有无数根能够在真空中燃烧的巨型蜡烛，点点烛光与群星一起闪耀，从地面看去，烛光和人群像一片发光的太空尘埃。每天夜里，地面上也有无数人面对那个出现在星海中的十字架祈祷。

甚至三体文明也成为祈祷的对象。历史上，三体文明在人类眼中的形象一直不断变化。危机纪元之初，他们是强大而邪恶的外星入侵者，同时也在地球三体运动中被ETO神化；之后，三体世界的形象渐渐由魔鬼和神降为人，黑暗森林威慑建立以后，三体世界在人类眼中的地位降到最低，他们成了一群文化低劣、仰人类鼻息的野蛮人；威慑中止后，三体人又露出了入侵者和人类灭绝者的真面目；但很快，宇宙广播启动后，特别是在三体星系毁灭后，他们又成了与人类同病相怜的受害者。在得知安全声明这回事后，人类社会最初的反应是一致的，强烈要求智子公布发布声明的方法，警告她不要为此犯下世界毁灭罪行。但很快人们意识到，对于一个正在星际中远去、同时仍然掌握着人类无法企及的高技术的世界，任何狂怒和遣责都是无济于事的，最好的办法还是请求。请求后来变成乞求，渐渐地，在苦苦的乞求中，也在日益浓厚的宗教氛围中，三体世界的形象再次发生了变化。既然他们掌握着发布安全声明的方法，那他们就是上帝派来的拯救天使了，人类之所以还没得到他们的救赎，是因为还没有充分表现出自己的虔诚。于是对智子的乞求又变成祈祷，三体人再一次变成了神。智子的居住地成了圣地，每天都有大批的人聚集在那棵巨树建筑下，人数最多的时候是往年麦加朝圣人数的数倍，形成一片一望无际的人海。那幢空中别墅在四百多米高处，从地面看上去很小，在它自身产生的云雾中时隐时现。有时智子的身影会在别墅前出现，看不清细节，只有她的和服像一朵云中的小花。这种情况很少发生，因而也很神圣，人海中信仰各种宗教的人都以自己的方式表达虔诚。有的加紧祈祷，有的欢呼，有的声泪俱下地倾诉，有的跪拜，有的五体投地。每到这时，智子只是向下面的人海微微鞠躬，然后悄然退去。

“即使拯救真的出现还有意义吗？人类的尊严已丧失殆尽。”毕云峰说，他曾是执剑人的候选人之一，大移民时成为地球抵抗运动亚洲分支的主要指挥官。

像他一样保持理智的人仍然有很多，在各个学科领域都对安全声明进行着大量的深入研究。探索者们风雨兼程，试图找到具有坚实科学基础的安全声明发布方法，但所有的研究都渐渐指向同一个结论。

如果真的存在发布安全声明的可能性，那就需要某种全新的技术，这种技术远超出地球世界目前的科学水平，人类闻所未闻。

对于已消失在太空中的“蓝色空间号”飞船，人类社会的孩子脸又变了。这艘飞船由拯救天使再次变成黑暗之船、魔鬼之船。它劫持了“万有引力号”，对两个世界发出了罪恶的毁灭诅咒，它的罪恶不可饶恕，它是撒旦的终极形态。那些朝拜智子的人，同时也代表人类发出请愿，希望三体舰队尽快搜索并追杀两艘飞船，以维护正义和主的尊严。与其他的祈祷一样，这个呼吁没有得到智子的任何回应。

与此同时，程心在公众眼中的形象也慢慢发生着变化，她不再是一个不合格的执剑人，再次成为一位伟大的女性。人们挖出了一篇古老的散文——屠格涅夫的《门槛》来形容她，她勇敢地跨过了那道没有女人敢于接近的门槛，然后，承受着常人难以想象的巨大压力，也面对着日后将遭受的无尽的屈辱，在最后关头没有向宇宙发出毁灭的信号。至于她最后放弃威慑操作带来的后果，人们不再多想，只是感受着她对人类的爱，这种爱产生的痛苦甚至使她双目失明。

从深层分析，公众对程心的这种感情其实是对她潜意识中的母爱的回应。在这个家庭已经消失的时代，母爱也变得稀薄，天堂般的高福利社会抑制了孩子们对母爱的需求。但现在，人类世界暴露在冷酷的宇宙中，死神的镰刀随时都会落下，人类这个文明的婴儿被丢弃在阴森恐怖的黑暗森林中，他大哭起来，只想抓住妈妈的手。而程心这时正好成了寄托母爱的对象，这个来自公元世纪的年轻美丽的女性是先祖派来的爱的使者，是母爱的化身。当公众对程心的感情纳入了日益浓厚的宗教氛围中时，一个新纪元圣母的形象再次被逐渐建立起来。

对程心来说，这断绝了她活下去的最后希望。

生活对于程心早就成了负担和折磨。她之所以选择活着，是不想逃避自己应该承担的东西，活下去就是对自己那巨大失误的最公平的惩罚，她必须接受。但现在，她已经成了一个危险的文化符号，对她日益增长的崇拜，将成为已经在迷途中的人们眼前的又一团迷雾，这时，永远消失就是她最后应尽的责任了。

程心发现，自己做出这个决定竟然很轻松，就像一个早就打算远行的人，终于卸下一切俗务，可以轻装出发了。

程心拿出一个小药瓶，里面只剩一粒胶囊，这是短期冬眠的药物，她就是靠这种药冬眠了六年，但如果没有体外循环系统维持生命，人服用后会很快无痛苦地死去。

这时，程心的意识就像太空一般透明而空旷，没有回忆，没有明显的感觉，精神的水面平滑如镜，倒映着正在落下的生命的太阳，像每一个黄昏一样自然……这就对了，如果一个世界都能在弹指一挥间灰飞烟灭，一个人的终结也就应该如露珠滚下草叶般平静淡然。

正当程心把胶囊放在手中时，电话响了，又是弗雷斯打来的，这里是黄昏，澳大利亚已是夜里。

“孩子，这里月亮很好，我刚才看到一只袋鼠，移民居然没把它们吃光。”

弗雷斯从来不用视频通话，好像自信他的语言比图像更生动，虽然知道他看不到自己，程心还是笑了笑，“那真好，弗雷斯，谢谢。”

“孩子，一切都会好起来的。”老人说完就挂断了电话，他应该没发现什么异常，他们每次通话都这么简短。

艾AA上午刚来过，兴高采烈地告诉她又有一项大工程中标：在同步轨道上建造一个更大的十字架。

程心突然意识到自己还有两个朋友，在这一段噩梦般的短暂历史中，她只有这两个真正的朋友，如果她结束自己的生命，那对他们是怎样的打击？她刚才还透明空灵的心突然抽紧了绞痛起来，像被许多只手抓住。平静的精神水面破碎了，上面倒映的阳光像火一般燃烧起来。七年前，在全人类面前她没能按下那个红色按钮，现在想到两个朋友，她也难以吞下这粒会带来解脱的药。她再一次看到了自己无边无际的软弱，她什么都不是，只是一个女人。

刚才，她面前的那条河是封冻的，她可以轻松地走到彼岸；但现在，河面融化了，她只能蹚过黑色的河水。这将是漫长的折磨，但她相信自己会走到对岸的，也许会犹豫和挣扎到明天凌晨，但她最终会咽下那粒胶囊，她已经别无选择。

这时电话又响了，是智子打来的，她又请程心和罗辑明天去喝茶，说这是同他们最后的告别。

程心把胶囊慢慢放回药瓶，这次会面她必须去，这意味着有足够的时间蹚过那条痛苦的河了。

第二天上午，程心和罗辑又来到智子的空中别墅，他们看到在几百米的下面聚集着大片的人海。智子昨天晚上向全世界宣布自己要离开，今天来朝拜的信徒比往日多了几倍，但并没有往日的祈祷和呼喊声，人群处于一片寂静之中，像等待着什么。

在别墅的门前，智子又说了与前两次一样的欢迎的话。

这次的茶道是在沉默中进行的，他们都明白，两个世界间该说的话已经说完了。

程心和罗辑都清楚地感觉到下方人海的存在。地面上沉默的人海像一块大吸音毯，使茶厅中的寂静更深了，有一种压抑感，似乎窗外的白云都凝重了许多，但智子的动作仍那么轻柔曼妙，细瓷茶具相碰都不发出一点声音，智子似乎在用轻柔和飘逸对抗这凝重的时空。一个多小时过去了，程心和罗辑并没有感觉到漫长。

智子把做好的茶双手捧给罗辑，“我要走了，请二位多多保重。”再把茶捧给程心，“宇宙很大，生活更大，也许以后还有缘相见。”

寂静中，程心抿了一小口绿茶，闭起双眼品味着，一阵沁人心脾的清苦，像饮下了冷寂的星光。茶喝得很慢，但最后还是喝完了。程心和罗辑起身做最后的告辞，这次智子送了他们很远，一直沿着旋梯送到树枝上。这时，别墅喷出的白云第一次消失了，在下方的地面上，人海仍沉默着。

“在分别前，我要完成最后一项使命，传递一个信息。”智子说着，向两人深深鞠躬，然后起身抬头，用意味深长的目光看着程心。

“程心，云天明要见你。”

《时间之外的往事》（节选）

漫长的阶梯

危机纪元之初，人类社会的热情还没有被大低谷扑灭，为建立太阳系防御，曾经集中地球世界的资源完成了一系列的壮举。这些巨大的工程都达到或突破了当时技术的极限，像太空电梯、恒星型核弹在水星的试验、可控核聚变技术的突破等，都已载入史册。这些工程为大低谷后的技术飞跃奠定了基础。但阶梯计划不属于此列，甚至在大低谷之前它就被遗忘了。在历史学家看来，阶梯计划是典型的危机初期激情和冲动的产物，是一次没有经过周密计划就草率进行的冒险。除了结局的完全失败，在技术上也没留下什么有价值的东西，后来的宇航技术完全是朝着另一个方向发展的。

谁也没有想到，在近三个世纪后，阶梯计划为绝境中的地球文明带来了一线曙光。

运载着云天明大脑的阶梯飞行器是如何被三体世界截获的，可能永远是个谜。

在木星轨道附近，阶梯飞行器的一根帆索断裂，飞行器偏离了预定航线，地球方面也失去了它的轨道参数，飞行器迷失于茫茫太空中。但三体世界能够在后来截获飞行器，肯定掌握了它在帆索断裂后的轨道参数，否则，即使凭借三体技术也不可能在太阳系外的茫茫太空中搜寻到这样小的一个物体。最可能的猜测是：阶梯飞行器起航后，至少在加速航段，智子一直跟随着它，掌握了它最后的轨道参数。但如果说智子在其后的漫长航程中一直跟随则不太可能，飞行器后来穿过了柯伊伯带，又穿过了奥尔特星云，在这些太空区域有可能因星际尘埃减速或偏航，但看来偏航并没有发生，否则三体世界不可能知道新的轨道参数。所以，阶梯飞行器被截获有一定的幸运成分。

截获阶梯飞行器的基本可以确定是三体第一舰队的飞船，最有可能是那艘一直没有减速的飞船。当时它大大前出于舰队，预计提前一个半世纪到达太阳系，到达后因速度太高只能穿越而过；这艘飞船的目的也一直是个谜。黑暗森林威慑建立后，这艘飞船与第一舰队一起转向，对于它的航线参数地球方面并没有掌握，但如果它转向后的航线与第一舰队方向一致的话，就可能与偏航后的阶梯飞行器相遇。当然，即使相遇，两者间交错时也有巨大的距离，如果那艘飞船没有掌握飞行器的精确轨道参数,也不可能对它进行搜索定位。

对于飞行器被截获的具体时间只能粗略估算,在三十到五十年前,不可能早于威慑纪元。

三体舰队截获阶梯飞行器的动机是可以理解的。直到最后,三体世界与人类世界真正的实体接触也仅限于水滴,所以得到一个人类的实体生物标本对他们还是有一定诱惑力的。

云天明现在肯定身处三体第一舰队,该舰队的大部分飞船朝天狼星方向飞行。他的状态不得而知,不知道他的大脑是被单独培养,还是移植到克隆出的身体中,但人们最关心的还是另一个问题。

云天明仍在为人类的利益而工作吗?

这个担心不无道理,云天明见程心的要求得到应允,说明他已经融入了三体世界,甚至可能在那个世界已经拥有了一定的社会地位。

接下来一个顺理成章但令人震惊的问题是:他是否参与了威慑纪元开始后至今的历史,这半个世纪中两个世界间发生的一切与他有没有关系?

但云天明毕竟是在地球文明陷入绝境的关键时刻出现的,他真的带来了希望。人们得知这一消息时,第一个反应就是,自己的祈祷得到了回应,拯救天使终于出现了。

广播纪元7年

云天明

透过运载舱的舷窗看出去，程心眼中的世界就是一根宽八十厘米的导轨，这根导轨向上方和下方无限延伸，直到细得看不见。已经起程一个小时，现在距海平面已有一千多千米，早已越过大气层进入太空。下面的地球正处于黑夜的一面，大陆的轮廓朦朦胧胧，没有实感。上方的太空漆黑一片，远在三万多千米高处的终端站根本看不到，让人感觉导轨指向的是一条不归路。

作为一名公元世纪的航天工程师，程心在近三个世纪后的今天才第一次进入太空。现在乘坐任何航天飞行器都不再需要适应性训练，但考虑到她可能的不适，技术支持小组还是让她搭乘太空电梯。运载舱几乎全程都是匀速直线运行，没有超重，舱中的重力也没有明显的落差。重力是逐渐减小的，直到同步轨道的终端站才会出现完全的失重。有时，程心看到一个小点从远处飞速掠过，那可能是以第一宇宙速度运行的卫星，在这个高度，只有以它们那样的速度沿轨道方向运行才能产生失重。

导轨表面很光滑，几乎看不出运动，运载舱仿佛静止地悬在导轨上。其实这时运载舱的运行速度是每小时一千五百千米左右，相当于一架超音速飞机，到达同步轨道需要大约二十个小时，这在太空中确实是一个很低的速度。程心想起在大学时的一次什么讨论中，云天明曾说，从原理上讲低速航天是完全可能的，只要能维持恒定上升的动力，以汽车的速度，甚至以步行的速度也可以走到太空，甚至可以走到月球轨道，但不可能登上月球，因为那时月球与走过去的人有着每小时三千多千米的相对速度，如果试图消除这种速度与月球保持静止，那就又成高速航天了。程心还清楚地记得他最后说：在月球轨道附近，看着庞大的月亮从头顶飞速掠过，肯定很震撼。现在她就是在他说过的低速航天中。

运载舱呈胶囊形，一共有四层，程心在最上一层，陪同她的人都在下面三层，没人来打扰她。她所在的是豪华商务舱，像五星酒店的房间，有很舒服的床，有沐浴间，但窄小许多，大小相当于大学宿舍吧。

她最近总是想起大学时代，想起云天明。

在这个高度，地球的阴影区域很小，太阳出现了，外面的一切都淹没在强光中，周围的舷窗自动调低了透明度。程心仰躺在沙发上，透过上方的舷窗继续看着导轨。那根漫无尽头的长线仿佛是从银河系垂下来的，她极力想从导轨上看出运动，或想象出运动来，这种凝视具有催眠作用，她渐渐睡着了。

蒙眬中，程心听到有人在轻唤她的名字。是一个男声，她发现自己置身于大学宿舍中，躺在下铺，但房间里空无一人。她看到墙上有光影移动，就像路灯照进行驶的车内。看看窗外，发现在那棵熟悉的梧桐树后，太阳飞快地划过天空，几秒钟就升降一次，即使太阳升起时，它背后的天空也是漆黑的，星星和太阳一起出现。那声音仍在呼唤她的名字，她想起身看看，却发现自己的身体从床面上飘浮起来，书本、水杯和笔记本电脑等也飘浮在周围……

程心从梦中惊醒，发现自己真的在飘浮，已经离开沙发一小段距离。她伸手想抓住沙发把自己拉回去，却无意中把身体推开，一直升到顶部的舷窗下。她在失重中转身轻推窗面，成功地使自己落回到沙发上。舱内一切依旧，只是失重使一些原来已经落下的尘埃飞到空中，在阳光下闪闪发亮。这时她才发现陪同的一名PDC官员已经从下层上来了，刚才也许就是他在叫自己，但现在他只是惊奇地看着眼前的一幕。

"程博士，你说你是第一次进入太空？"官员问，得到程心肯定的回答后他笑着摇摇头，"不像，真的不像。"

连程心自己都感觉不像。第一次经历失重并没有让她感到慌乱和不适，能够从容应对，也没有恶心和眩晕的感觉，仿佛她自然而然地就属于这里，属于太空。

"我们快到了。"官员指指顶窗说。

程心抬头看去，首先看到的仍是太空电梯的导轨，但这时已经能够从它的表面看出运动，说明运载舱减速了。在导轨的尽头，同步轨道终端站已经能看出形状，它由多个同心圆构成，由五根辐条连为一体。最初的终端站只有中心一小部分，那些圆环是不同时代扩建的，越靠外的环越新。终端站整体在缓缓地旋转。

程心也看到，周围出现的太空建筑渐渐多了起来，它们都是依托电梯终端站的便利建设起来的，形状各异，远远看去像一件件精致的玩具，只有突然从近处掠过的那些建筑，观者才能感受到其庞大。程心知道，这其中就有她的太空建筑公司——星环集团的总部，AA现在就在里面工作，但她认不出是哪个。

运载舱从一个巨大的框架结构中穿过，阳光被密集的框架切碎，从另一端升出时，终端站已经占据了上方的大部分太空，银河只是透过圆环间的缝隙闪烁。这巨大的结构从上方扑天盖地压下，运载舱进入终端站时四周暗了下来，如同火车进入隧洞。几分钟后，外面出现明亮的灯光，运载舱进入终端大厅停住了。周围的大厅在旋转，程心第一次感到有些头晕，但运载舱与导轨脱离后，被一个夹具在中部固定，一阵轻微的震动后，它也随终端站整体一起旋转，周围的一切静止了。

程心与四名陪同人员一起走出运载舱，进入圆形的终端大厅。由于他们是这一时段到来的唯一一架运载舱，大厅里显得很空旷。程心对这里的第一印象就是熟悉，虽然这里也到处飘浮着信息窗口，但大厅的主体是用现在早已不再使用的金属材料建造的，主要是不锈钢和铝合金，到处都可以看到岁月的痕迹，她仿佛不是置身于太空，而是在一个旧火车站的候车大厅里。他们乘坐的是人类建成的第一部太空电梯，这个终端站建于危机纪元15年，已经连续使用了两个多世纪，即使在大低谷时期也没有关闭过。程心注意到大厅中纵横交错的栏杆，那是为人员在失重环境中移动设置的。这显然是早期的设施，因为现在都使用个人失重推进器，它体积很小，使用时固定在腰带或肩上，可以在失重中对人产生推力，由一个手持控制器控制移动方向。那些栏杆大部分是不锈钢制造，甚至还有一部分是铜制的，看着它们那经过两个多世纪中无数只手磨损的表面，程心竟想到了古老城门前深深的车辙印。

陪同人员给程心上进入太空后的第一课——教她使用失重推进器，但程心更习惯于抓着栏杆飘行。当他们行至大厅出口时，程心被墙上的几幅招贴画吸引了，都是些很旧的画，主题大部分是太阳系防御系统的建设。其中一幅画被一名军人的形象占满，他穿着程心很陌生的军装，用如炬的目光盯着画外，下面有一行醒目的大字：地球需要你！旁边一幅更大的画上，一大群不同肤色的人手挽手组成一道致密的人墙，背景是占据大部分画面的联合国的蓝色旗，下面也有一行字：用我们的血肉筑起太阳系的长城！对这些画程心却没有熟悉的感觉，因为它们的风格更旧了，让人想起她出生之前的那个时代。

"这些是大低谷初期的作品。"一位陪同的PDC官员说。

那是一个短暂的专制时代，全世界都处于军事状态，然后是崩溃，从信仰到生活，一切都崩溃了……可为什么把这些画保留到现在，为了记忆还是忘却？

程心一行从大厅出口进入一条长长的走廊，走廊的断面是圆形的，笔直地向前延伸，长得看不到尽头，程心知道这就是圆环形终端站的五根辐条之一。开始他们仍然飘行在失重中，但很快重力（离心力）出现了，最初尽管很微弱，却一下子有了上下的方向感。原来的走廊突然变成了不见底的深井，飘行变成了坠落，让程心头晕目眩，但"井"壁上出现了许多导引栏杆，在自由下落中如果速度太快，可以抓住栏杆减速。

他们很快经过了第一个十字路口，程心向垂直交叉的另一条走廊看去，发现在两个方向上地面都向上升起，像一座小山谷一样，显然这是终端站的第一个圆环。程心看到走廊的两个入口都有一个发红光的标志，上面写着：终端一环，重力0.15G。向上弯曲的走廊两侧都有一排整齐的密封门，不时开启关闭。有很多行人，他们虽然在微重力下可以直立着地，但显然还得借助失重推进器跳跃行进。

通过一环后，重力继续增加，自由下落已经不安全，“井”壁上出现了自动扶梯，上行和下行各有两道。程心不时和旁边上行扶梯上的人交错而过，发现他们装束随意，与地面城市中的居民没什么两样。“井”壁上有许多大大小小的信息窗口，有一部分正在播放的新闻中就出现了程心二十多个小时前登上太空电梯的画面，此时程心因为被四名护送者围在正中，加上她戴着宽墨镜，没有被人认出来。

在随后的下降中，他们又先后通过了七个环，由于环的直径依次增长，两侧地面上翘的坡度也逐渐变缓。在这个过程中，程心感觉自己是在“井”中穿过时代的地层。在两个多世纪中，终端站是由内向外一环一环扩建的，所以越深处地层越新。每一环的建造材料都与上一环不同，看上去也都比上一环新许多，其建造和装饰风格彰显出一个时代的断面。从大低谷压抑冷漠整齐划一的军事色彩，到危机纪元后半叶的乐观和浪漫，再到威慑纪元弥漫着自由和懒散的享乐主义。在四环之前，环内的舱室都是与环一起整体建造的，但从五环开始，环本身只提供了一个建设空间，环内的建筑设施都是后来规划建设的，显示出丰富的多样性。由上至下经过每一环，太空站的特点渐渐消失，尘世的色彩越来越浓郁。当到达第八环、也就是终端站的最外一环时，环内的建筑风格和环境与地面的小城市已经没有什么区别，像一条繁华的步行街，加上已经增长到1G的标准重力，程心几乎忘记了这里是距地面三万四千千米的太空。

但尘世都市的景象很快消失了，一辆小机动车把他们送到一处能直接看到太空的地方。这是入口处标有“A225港”的一个扁平大厅，像广场一般宽阔的平面上停放着几十艘形状各异的小型太空飞行器，大厅的一侧则完全向太空敞开，可以看到随着终端站的旋转而移动的群星。不远处一团强光亮起，照亮了整个港口，那个光团由橘黄色渐渐变成纯蓝，那艘刚启动发动机的太空艇缓缓移出，很快加速，直接从港口的敞开处冲进太空。程心看到了一个人们已经习以为常的技术奇迹，她一直不明白如何在不完全封闭的太空建筑中保持空气和气压。

他们穿过一排排的飞行器，来到港口尽头一个空旷的小广场。广场正中孤零零地停放着一艘太空艇，艇旁还有一小群人，显然正等待着程心的到达。这时，在港口向太空敞开的一侧，银河系正缓缓移过，它的光芒给太空艇和人投下长长的影子，使得小广场像一个大钟面，那些影子就是移动的时针。

那群人就是为这次会面成立的PDC和舰队联合小组，他们中的大部分程心都认识，都在七年前参与过执剑人的交接工作。领导人仍是PDC轮值主席和舰队总参谋长，主席已经换人，但参谋长还是七年前的那一位，这人类历史上最长的七年在他们的脸上都留下了沧桑。见面后大家都没有说话，只是默默地握手，默默地感慨。

程心打量着眼前的太空艇，太空短程飞行器形状各异，唯独没有过去人们想象中的流线型。这一艘是最普通的形状，球形，很规则，程心甚至看不出推进器在哪一侧。这艘太空艇的体积大约相当于过去的一辆中巴车，没有名称，外面只印有一行编号，很普通的一个东西，程心就要乘坐它去与云天明会面。

会面地点在地球与太阳的引力平衡处：拉格朗日点。

三天前，智子与程心和罗辑分别后，就向地球方面详细通报了会面的细节。她首先阐明了这次会面的基本原则：这只是云天明和程心两人之间的事，与任何第三方无关。会面中，他们谈话的内容也将严格限制在两人之间，不得涉及任何三体世界的技术、政治和军事方面的内容，云天明不能谈这些内容，程心也不能提这样的问题。会面过程中不得有第三方在场，也不能进行任何形式的记录。

会面地点在地球与太阳之间拉格朗日点的太空中，距地球一百五十万千米，通过由智子建立起的与三体第一舰队的实时通信进行，可以进行实时谈话和图像传送。

为什么要在百万千米之外的太空中进行会面通信？在中微子通信时代，这个距离的太空隔绝性与在地面上没有太大区别。按智子的解释，这只是一种象征，让会面在孤立的环境中进行，以表示其与两个世界无关。之所以选择拉格朗日点，只是为了保持会面时位置的稳定，同时，按三体世界在太空中的惯例，天体间的引力平衡点就是约会的地方。

以上是程心已经知道的，接下来，她又被告之了一件更重要的事。

总参谋长带着程心进入太空艇，里面空间不大，只能坐四个人。他们刚坐下，前面的球形舱壁就变成透明的，成了半球形的舷窗，像一个放大了的太空服的面罩。之所以选择这种型号的太空艇，可能主要是考虑到它的视野广阔。

现代的太空飞行器内部已经没有直接手动的操纵物，操纵显示屏都是在空中投影，所以舱内空荡荡的。如果一个公元人第一次进入这里，可能会以为这是一个没有任何设备的空壳。但程心立刻看到了三个不寻常的东西，显然是后来装上的。那是三个圆片，贴在前面半球形的舷窗上方，分别是绿、黄、红三种颜色，让人想起过去的交通信号。参谋长向程心解释它们的用途：

“这是三盏灯，由智子控制。会面通信过程自始至终都被监听和监视，如果他们认为谈话内容正常，绿灯亮；如果想对不适宜的内容发出警告，黄灯亮。”

总参谋长说到这里突然沉默了，过了好一段时间，似乎下定了决心，他才向程心解释红灯的作用：

“如果他们认为你已经知道了不该知道的信息，红灯亮。”

他转过身，指了指他们背后不透明的那部分舱壁，程心看到那里贴着一个不引人注意的小金属体，像是一个古代天平用的砝码。

“这是一个爆炸物，也由智子控制，红灯亮后三秒钟引爆，摧毁一切。”

“哪一方的一切？”程心问，她首先想到的不是自己。

“只是地球这一方。不用为云天明的安全担心，智子已经明确告诉地球方面，即使红灯亮起，被毁灭的只是太空艇，云天明不会受到任何伤害。

“红灯可能在谈话过程中亮起。如果整个会面过程正常完成，但他们在重新审查所监听的谈话内容时发现有不适宜内容，那时红灯也可能亮。下面，我要告诉你最重要的一点……”

参谋长又沉默了，程心的目光平静如水，对他微微点头，鼓励他继续。

“千万注意，绿、黄、红三灯不是顺序亮起，红灯亮之前不一定有警告，可能由绿灯直接跳到红灯。”

“好的，我知道了。”程心说，她的声音很轻，如一阵微风吹过。

“除了谈话内容，还有一种因素可能亮红灯：智子发现太空艇中有记录设备，或者有信息转发设备。但这个请你放心，绝对不会发生，太空艇是反复检查过的，没有任何记录设备，通信设备也全部拆除，连航行的日志功能都消除了，全部航行都是由艇内的AI自主进行，在返回前不会与外界进行任何形式的通信。程博士，你明白这意味着什么吗？”

“如果我回不来，你们就什么也得不到了。”

“你能明白这点我很高兴，这正是我们要向你强调的。照他们说的去做，只谈你们之间的事，不要涉及其他，连隐喻和暗示都不要。时刻牢记一点：如果你回不来，地球什么都得不到。”

“那样的话，如果我回来了，地球还是什么也得不到。将军，我不想让这事发生。”

总参谋长想看看程心，但没有直视她，只看着她在前面透明罩上的投影。她的影像叠印在星海上，那双美丽的双眸平静地映着星光，他突然感觉群星都在围着她旋转，她成了宇宙的中心。他再次强迫自己，没有进一步劝她不要冒险，而是说出了下面的话：

“这个，”参谋长指指后面，“是一枚微型氢弹，按你们那时的TNT当量计算，五千吨级，可以炸毁一座小城市。如果真发生了，一切都在一瞬间，没有任何痛苦。”

程心又对参谋长恬淡地微笑了一下，“谢谢，我知道了。”

五个小时后，程心乘坐的太空艇从港口起航了，3G的过载把程心紧紧压在椅背上，这是普通人能够舒适承受的超重的上限。从一个后视窗口中，她看到终端站巨大的外壳上反射着太空艇发动机的光亮，小艇像是从一只巨炉中飘出的一颗小火星。不过终端站本身也在迅速缩小，这个刚才程心还置身其中的巨大构造很快也变成一粒小点，但地球仍宏大地占据着半个太空。

特别小组的人反复向程心强调，这次飞行本身而言是再普通不过了，不会比她以前乘坐一次民航飞机更特别。从终端站前往地日间的拉格朗日点将飞行约一百五十万千米，也就是百分之一个天文单位，是一次短程太空飞行，她乘坐的这艘球形艇也是一架短程太空飞行器。但程心记得，三个世纪前使她选择航天专业的一个重要诱因，是公元世纪中叶的一项伟大壮举，在那项壮举中，先后有十二个男人登上了月球，但他们的航程只是这段距离的五分之一。

十多分钟后，程心目睹了一次太空中的日出。太阳从地球的弧形边缘上缓缓升起，太平洋的波涛已被距离抹去，像镜面一般光洁地反射着阳光，大片的云层像贴在镜面上的雪白肥皂沫。从这个位置上看，太阳比地球小许多，像是这个暗蓝色的世界孕育出的一枚光芒四射的金蛋。当太阳完全升出弧形地平线时，地球向阳的一侧被照亮成一个巨大的下弦月形状。这个大月牙是如此明亮，以至于地球的其余部分都隐没于阴影中，太阳与下面的弯月似乎构成了一个宇宙中的巨型符号，程心觉得它象征着新生。

程心知道，这很可能是她见到的最后一次日出了。在即将到来的会面中，即使双方都忠实地遵守谈话的规则，那个遥远的世界可能也不会让她活着返回，而她不打算遵守规则。但她感觉一切都很完美，没有什么遗憾了。

随着太空艇的行进，地球被照亮的一面在视野中渐渐扩大。程心看着大陆的轮廓，很轻易地认出了澳大利亚，它像漂在太平洋中部的一大片枯叶。那块大陆正在从阴影中移出，明暗交界线位于大陆中部，表明沃伯顿刚好是早晨，她想象着弗雷斯在树林边看到的沙漠日出的景象。

太空艇越过地球，当弧形的地平线最后移出舷窗的视野时，加速停止了。随着过载的消失，程心感觉像拥抱着自己的一双手臂突然松开了一样。太空艇朝着太阳方向无动力滑行，恒星的光芒淹没了一切星星。透明罩调暗了，太阳成为一只不刺眼的圆盘，程心手动再调暗些，使太阳变得像一轮满月。还有六个小时的旅程，程心飘浮在失重中，飘浮在月光般的阳光里。

五个小时后，太空艇旋转一百八十度，发动机对准前进方向开始减速。太空艇转向时，程心看到太阳缓缓移走，然后，群星和银河像一轴展开的长卷般从视野中流过。最后当太空艇再次稳定下来时，地球又出现在视野正中，这时它看上去只有地面上看到的月球大小。几个小时前它在程心眼前展示的宏大已经消失得无影无踪，只剩下脆弱，像一个充满蔚蓝色羊水的胚胎，被从温暖的母腹中拿出，暴露在太空的寒冷和黑暗中。

发动机启动后，程心又被重力拥抱起来。减速持续了约半个小时，然后发动机断续运行，进行最后的姿态调整。最后，重力再次消失，一切都寂静下来。

这里就是地日间的拉格朗日点，这时，太空艇已成为一颗太阳的卫星，与地球同步运行。

程心看了一下表，航行时间卡得很准，现在离会面还有十分钟。周围的太空仍一片空旷，她努力使自己的意识也空旷起来。她要为大量的记忆做准备，能够记录会面信息的只有她的大脑，她要使自己变成一架没有感情的录音机和摄像机，在以后的两个小时中尽可能多地记下听到和看到的一切。做到这点不容易，程心想象着她身处的这片空间，这里太阳和地球的引力相互抵消为零，这里比别处的太空又多了一分空旷，她置身于这片零的空旷中，是一个孤立的存在，与宇宙的任何部位都没有关系……她用这种想象一点一点地把纷繁的感情赶出意识，渐渐达到了她想要的空白的超然状态。

在不远处的太空中，一个智子低维展开，程心看到前方突然出现了一个球体，直径有三四米，距太空艇只有几米远，挡住了地球，占据了大部分视野。球体的表面是全反射镜面，程心清晰地看到太空艇和艇中的自己在球面上的映像。她不知道这个智子是一直潜伏在太空艇中，还是独自来到这里。球面上的映像很快消失了，球体渐渐变成半透明状，像一个大冰球般深不可测。有一刻，程心感觉它像是太空中挖出的一个洞。接着，有无数雪花状的亮点从球体内部浮上来，在球面上形成一片闪动的光斑。程心看出这是白噪声图像，就像收不到信号的电视屏幕上的一片雪花。

白噪声持续了三分钟左右，几光年外传来的图像在球体中出现了，很清晰，没有丝毫干扰和变形。

程心曾无数次猜测自己将看到什么，也许只有声音或文字，也许会看到一个培养液中的大脑，也许会看到云天明完整的本人……虽然她认为最后的那个可能性很小，但还是设想了那种情况下云天明可能身处的环境，也想出了无数种，然而，现在见到的绝对超出了她的想象。

一片阳光下的金色麦田。

麦田大约有半亩的样子，长势很好，该收割了。田地的土壤有些诡异，是纯黑色的，颗粒的晶面反射着阳光，在土地上形成无数闪烁的星星。在麦田旁的黑土中，插着一把铁锹，式样很普通，甚至它的锹把看上去都像是木头的。铁锹上挂着一顶草帽，显然是用麦秸秆编成的，有些旧了，磨破的边缘上秸秆都伸了出来。在麦田的后面还有一片地，种着绿色的作物，好像是蔬菜。一阵微风吹过，麦田里泛起道道麦浪。

在这黑土田园之上，程心看到了一个异世界的天空，或者穹顶。那是由一大团纷乱的管道构成的，管道有粗有细，都呈暗灰色，像一团乱麻般缠绕纠结。在这缠盘成一堆的上千根管道中，有两三根在发光，光度很强，像几根蜿蜒曲折的灯丝。发光的管道露在外面的部分把光芒洒向麦田，成为供作物生长的阳光，同时也用光亮标示出它在那团管道乱麻中的走向。每根发光的管道只亮很短的时间就暗下去了，同时另一根管道又亮起来，每时每刻都保持有两至三根管道发光，这种转换使得麦田上的光影也在不断变幻中，像是太阳在云层中出没一样。

令程心感到震撼的是这团管道的混乱程度。这绝不是疏于整理造成的，相反，形成这种混乱是要费很大力气的，这是一种达到极致的混乱，好像其中出现任何一点点的秩序都是忌讳。这似乎暗示着一种与人类完全不同的美学取向：混乱是美的，秩序是丑的。那些发光的管道使这团乱麻有了奇特的生气，有种阳光透过云层的感觉，程心一时不禁想到，这是不是对云和太阳的一种极度变形的艺术表现？旋即，她又感觉整团管道乱麻像一个巨大的大脑模型，那交替亮起的管子象征着一条条神经回路的建立……但理智使她否定了这些奇想，比较合理的推测是：这可能是一个散热系统或类似的装置，并非为下面的农田而建，后者只是利用它发出的光照而已。仅从外形上看，这个系统所表现出来的工程理念是人类完全无法理解的，程心既感到疑惑，又被它迷住了。

有一个人从麦田深处走来，程心远远就认出了他是云天明。云天明穿着一身银色的夹克，是用一种类似于反射膜的布料做成的，像那顶草帽一样旧，看上去很普通。他的裤子在麦丛中看不到，可能也是同样的面料做成的。他在麦田中慢慢走近，程心看清了他的脸，他看上去很年轻，就是三个世纪前与她分别时的岁数，但比那时健康许多，脸晒得有些黑。他没有向程心这边看，而是拔下一穗麦子，在手里搓了几下，然后吹去麦壳，边走边把麦粒扔到嘴里吃，就这样走出了麦田。当程心感到云天明可能不知道自己的存在时，他却抬起头来，微笑着冲程心挥挥手。

“程心，你好！”云天明说。他看她的目光中充满喜悦，但那是一种很自然的喜悦，就像田间干活儿的小伙子看到同村的姑娘从城里回来时一样，仿佛三个世纪的岁月不存在，几光年的距离也不存在，他们一直在一起。这是程心完全没有想到的，云天明的目光像一双宽厚的手抚摸着她，让她极度紧张的精神放松了一些。

这时，贴在舷窗上的三盏灯中的绿灯亮了。

“你好！”程心说，跨越三个世纪的情感在她的意识深处涌动，像郁积的火山。但她果断地封死了情感的一切出口，只是对自己默念：记，只是记，记住一切。“你能看到我吗？”

“能看到。”云天明微笑着点点头，又向嘴里扔了一粒麦子。

“你在做什么？”

对这个问题,云天明似乎感到有些不可思议,他向麦田挥挥手,“种地呀!”

“是在为自己种吗?”

“当然,要不我吃什么?”

云天明在程心的记忆中是另一个样子。在阶梯计划的那段时间,一个憔悴虚弱的绝症病人;再早些时候,一个孤僻离群的大学生。那时的云天明虽然对世界封闭着自己的内心,却反而把自己的人生状态露在外面,一看就能大概知道他的故事。但现在的云天明,所显露出来的只有成熟,从他身上看不到故事,虽然故事肯定存在,而且一定比十部奥德赛史诗更曲折、诡异和壮丽,但看不到。三个世纪在太空深处孤独的漂流,在异世界那难以想象的人生旅程,身体和灵魂注定要经历的无数磨难和考验,在他的身上都没有丝毫痕迹,只留下成熟,充满阳光的成熟,像他身后金黄的麦子。

云天明是生活的胜利者。

“谢谢你送的种子。”云天明说,语气很真诚,“我把它们都种上了,一代又一代,都长得很好,只有黄瓜没种成,黄瓜不好种。”

程心暗暗咀嚼着这话的含义:他怎么知道种子是我送的(尽管最后换上了更优良的)?是他们告诉他的,还是……

程心说:“我以为这里只能无土栽培的,没想到飞船上还有土地。”

云天明弯腰抓起一把黑土,让土从指缝慢慢流出,下落的黑土闪动着点点晶光,“这是陨石做成的,这样的土……”

绿灯熄灭,黄灯亮起。

云天明显然也能看到警告,他打住话头,举起一只手笑了笑,这动作和表情显然是做给监听者的。黄灯熄灭，绿灯再次亮起。

“多长时间了？”程心问。她故意问出这样一个含糊的问题，有许多可能的解读，可以指他种了多长时间的地，或他的大脑被移植到克隆的身体中有多长时间，或阶梯飞行器被截获有多长时间，或任何别的含义，她想留给他足够的空间传递信息。

“很长时间了。”

云天明给出了一个更含糊的回答。他看上去平静依旧，但刚才的黄灯肯定使他害怕，他怕程心受到伤害。

云天明接着说：“开始我不会种地，想看看别人怎么种，但你知道，已经没有真正的农民了，我只能自己学着种。慢慢学会了，好在我需要的也不多。”

程心刚才的猜测被证实了，云天明话中的含义很明确：如果地球上有真正的农民，他就能看到他们种地，就是说，他能看到智子从地球传回的信息！这至少说明，云天明与三体世界的关系已经相当密切了。

“麦子长得真好，该收割了吧？”

“是，今年年景好。”

“年景？”

“哦，发动机运行功率高，年景就好，否则……”

黄灯亮。

又一个猜测被证实了：空中那一团乱麻的管道确实是一种类似于散热系统的东西，它们发光的能量来自飞船的反物质发动机。

“好了，我们不谈这个。”程心微笑着说，“想知道我的事吗？你走以后的……”

“我都知道，我一直和你在一起。”

云天明说出这句话时仍那么平静和沉稳，却使程心的心震颤了一下。是的，他一直和她在一起，通过智子实时地看着她的生活，他一定看到了她是怎样成为执剑人，看到她在威慑纪元的最后时刻扔掉了那个红色开关，看着她在澳大利亚经历的苦难，看着她在极度的痛苦中失明，再到后来，还看着她把那粒胶囊拿在手中……他与她一起经历了所有的苦难，可以想象，当他看着几光年远方的她在炼狱中挣扎时，一定比她还痛苦。如果她能早些知道，这个深爱她的男人一直跨越光年的距离守候在自己的身边，那该是怎样的安慰。但那时对于程心而言，云天明已经迷失在广漠的太空深处，在大部分时间中，她以为他早就不存在了。

“我那时要知道有多好……”程心喃喃地说，像是自语。

“怎么可能……”云天明轻轻摇摇头。

被压抑在深处的情感再次涌动起来，程心极力克制着自己，不让眼泪流出。

“那，你的经历呢？有什么能告诉我的吗？”程心问，这是赤裸裸的冒险，但她必须跨出这一步。

“嗯……让我想想……”云天明沉吟着。

黄灯亮，这次是在云天明还没有说出任何实质内容前就亮起，是严重的警告。

云天明果断地摇摇头，“没有，没有能告诉你的，真的没有。”

程心没有再说话，她知道，对于这次使命，自己能做的已经做完了，至于云天明要做什么，她只有等待。

“我们不能这样说话了。”云天明轻轻叹息着说，并用眼睛说出了后面的话：为了你。

是的，太危险了，黄灯已经亮起三次。

程心也在心里叹息了一声。云天明放弃了，她的使命无法完成，但也只能这样，她理解他。

一旦放弃了使命，这片容纳他们的几光年直径的太空就成了他们的私密世界。其实，如果仅限于她和他之间，根本不需要语言，他们用目光就能倾诉一切。现在，当注意力从使命稍稍移开，程心从云天明的目光中感受到了更多的东西，一下把她带回到大学时代。那时云天明就常常向她投来这样的目光，他做得很隐蔽，但女孩子的直觉能感受到。现在，这目光与他的成熟融合在一起，像穿过光年距离的阳光，让她沉浸在温暖和幸福中。

但这种程心愿意永远持续下去的沉默并没有持续多久，云天明又说话了。

“程心，你还记得咱们俩小时候是怎么在一起消磨时光的吗？”

程心轻轻摇头，这个问题猝不及防，也不可理解，小时候?！但她成功地掩盖了自己的惊奇。

“那无数个晚上，我们常常在睡前打电话聊天。我们编故事，讲故事，你总是编得比我好。我们编了多少故事，有上百个吧？”

“应该有吧，很多的。”程心以前是一个不会撒谎的人，她很惊奇自己现在竟能如此不动声色。

“你还记得那些故事吗？”

“大部分忘了，童年已离我很远了。”

“但离我并不远，这些年，我把那些故事，我编的和你编的，重新讲了一遍又一遍。”

“给自己讲吗？”

“不，不是给自己讲。我来到这里，总得给这个世界带来些什么……我有什么能给他们的呢？想来想去，我能给这个世界带来童年，所以我就讲我们编的那些故事，孩子们都很喜欢。我甚至还出过一本选集，叫《地球的童话》，很受欢迎。这是我们俩的书，我没有剽窃你的作品，你编的故事都署你的名，所以，你在这里是著名的文学家。”

以迄今为止人类对三体种族极其有限的了解，三体人两性结合的方式是双方的身体融为一体，之后这个融合的躯体将发生分裂，裂解为三至五个新的幼小生命，这就是他们的后代，也是云天明所说的孩子。但这些个体继承父母的部分记忆，出生后思想上已经有一定程度的成熟，所以并不是人类意义上的真正的孩子，三体世界真的没有童年。三体人和人类学者都认为，这是造成两个世界社会文化巨大差异的根源之一。

程心紧张起来，她现在知道云天明并没有放弃。关键时刻到来了，她必须做些什么，但要万分谨慎！她微笑着说：“既然咱们不能说别的，那些故事总能讲吧？那真的只和我们有关。”

“讲我编的还是你编的？”

“讲我编的吧，把我的童年带回来。”程心的回答几乎没有迟疑，连她都惊异自己思维的速度，仅一瞬间，她明白了云天明的用意。

“这很好，那我们下面不再说别的了，就讲故事，讲你编的那些故事。”云天明说这话时摊开两手看着上方，显然是说给监听者听的，意思很明白：这样行了吧，肯定都是安全的内容。然后他转向程心，“我们还有一个多小时的时间，讲哪个呢？那我就讲，嗯……《国王的新画师》

吧。”

于是，云天明开始讲那个叫《国王的新画师》的童话故事，他的声音低沉舒缓，像在吟诵一首长长的古老歌谣。程心开始是在努力记忆，但渐渐就沉浸在了故事中。时间就在云天明的童话中流逝。他先后讲了内容连续的三个故事:《国王的新画师》《饕餮海》和《深水王子》。当第三个故事结束时，在智子的显示画面上出现了一个倒计时，显示会面的时间只剩一分钟了。

分别的时刻即将来临。

程心从童话的梦中突然惊醒，什么东西猛烈地撞击着她的心扉，让她难以承受。她说:“宇宙很大，生活更大，我们一定还能相见的。”这话脱口而出，说完她才意识到自己重复了智子的话。

“那我们约定一个相会的地点吧，除了地球，再约另一个地方，银河系中的一个地方。”

“那就在你送给我的那颗星吧，那是我们的星星。”程心不假思索地说。

“好，在我们的星星！”

在他们跨越光年的深情注视中，倒计时归零，画面消失，又变成一片白噪声雪花，然后变回到最初的全反射镜面。

舱内的绿灯灭了，此时三盏灯都没有亮。程心知道，自己正处在最后的生死线上。在几光年外三体第一舰队的某艘战舰上，她和云天明谈话的内容正被重放接受审核，死亡的红灯随时会亮起，之前不会再有黄灯警告。

在智子球体的表面，程心又看到了太空艇的映像，看到了艇中的自己。球形的太空艇对着智子的这一半是全透明的，看上去像一个精致的圆形项链挂件，自己就是绘在这个小圆盘上的肖像。她身着雪白的超轻太空服，看上去纯净、年轻、美丽。最让她惊奇的是自己的目光，清澈宁静，完全没有透出内心的波澜。想到这个美丽的挂件将挂在云天明的心上，她感到一丝安慰。

经过了一段程心很难判断长短的时间，智子消失了，红灯没有亮。外面太空依旧，蓝色的地球在远方重新出现，身后是太阳，它们见证了一切。

超重出现，太空艇的发动机启动加速，返程开始了。

在返航的几个小时中，程心把太空艇全部调成不透明，把自己完全封闭起来，重新变成了一部记忆机器，在心里一遍又一遍地复述着云天明说过的话和讲过的故事。加速停止，失重滑行，发动机掉转方向，减速，这些她都没察觉，直到一阵震动后，舱门打开，终端站港口的灯光透了进来。

迎接她的是陪同她前来的四名官员中的两位，他们表情冷漠，只是简单地打了招呼，就带着程心穿过港口，来到一道密封门前。

“程心博士，你需要休息，不要再多想过去的事了，我们本来也没抱多大希望能得到什么。”那位PDC官员说，然后请程心通过刚打开的密封门。

程心原以为这是港口的出口，却发现自己进入了一个狭窄的房间，四壁都是某种晦暗的金属，极为密封，门在她身后关上后看不出一点儿痕迹。这里绝不是休息的地方，陈设相当简单，只有一张小桌子和一把椅子，桌子上放着一个话筒；这个时代话筒基本绝迹，只有进行高保真录音时才使用。房间的空气中有一种刺鼻的味道，像硫黄味，皮肤也感到微微的瘙痒，空气中显然充满静电。房间里挤满了人，特别小组的成员全在这里。那两位迎接的官员一进房间，脸上冷漠的表情立刻消失了，目光变得与其他人一样凝重和关切。

“这里是智子盲区。”有人对程心说。她这才知道人类已经能够屏蔽智子了，尽管只能在这样窄小的封闭空间中做到。

总参谋长说：“现在请复述你们谈话的全部内容，不要漏掉任何能想起来的细节，每个字都很重要。”

然后，特别小组的所有人都悄然退出，最后离开的是一位工程师，她告诫程心屏蔽室的四壁都是带电的，千万不能触碰。

房间里只剩下程心一人，她在小桌前坐下来，开始复述她记住的一切。一个小时十分钟后，她完成了。她喝了一点水和牛奶，稍稍休息了一会儿，就开始第二遍复述，然后是第三遍。在第四遍复述时，她被要求从后向前回忆。第五遍是在一个心理学家小组陪同下进行的，他们用某种药物使她处于半催眠状态，她都不知道自己说了些什么。不知不觉间，六个多小时过去了。

复述最后完成时，特别小组的人又拥进屏蔽室。这时他们才同程心握手拥抱，在激动中热泪盈眶，说她卓越地完成了一项伟大的工程，但程心仍处于记忆机器的麻木状态中。

直到程心身处太空电梯舒适的返回舱中，大脑里的记忆机器才关上，她变回到了一个女人。极度的疲惫和情感的浪潮同时淹没了她，面对着下方越来越近的蓝色地球，她哭了起来。这时，她的脑海中只剩下一个声音反复回荡：

我们的星星，我们的星星……

与此同时，在下方三万多千米的地面，智子的别墅在一团火焰中化为灰烬，同时烧毁的还有那个作为智子化身的机器人。在此之前，她向世界宣布，太阳系中的智子将全部撤离。

人们对智子的话将信将疑。有可能离开的只是这个机器人而已，还有少量的智子长期驻留在太阳系和地球上。但也可能她说的是实情，智子是宝贵的资源，残存的三体文明处于星舰状态，在相当长的时间内无法制造新的智子，而监视太阳系和地球已没有太大的意义。如果舰队进入智子盲区，就可能丢失处于太阳系中的智子。

如果是后一种情况，则意味着三体和地球两个世界彻底断绝了联系，再次成为宇宙中的陌路人。长达三个世纪的战争和恩怨都已成为宇宙间的过眼烟云，他们即使真如智子所说的有缘再相遇，也是遥远未来的事了，但两个世界都不知道自己还有没有未来。

广播纪元 7 年

云天明的童话

情报解读委员会（IDC）的第一次会议也是在智子屏蔽室中召开的。虽然多数人倾向于认为智子已经消失，太阳系和地球都是“干净”的了，但还是采取了这个保密措施，主要是考虑到，万一智子仍然存在，可能威胁到云天明的安全。

目前对公众发布的，只是云天明与程心的对话，而云天明传递的情报主体——那三个童话故事，仍处于绝对保密状态。在透明的现代社会，从舰队国际和联合国层面上对如此重大的信息向全世界保密，是一件很难做到的事，但各国还是很快就此达成了一致。如果情报主体被公布，可能出现全世界的解读热潮，这可能危及云天明的安全。云天明的安全如此重要，并不仅仅是为他个人考虑，目前，他仍然是唯一一个身处外星社会并深入星际的人，未来，他的重要性不可取代。

同时，对于云天明情报的保密解读，标志着联合国的权力和行动能力的进一步增强，使其向真正的世界政府又迈进了一步。

这间屏蔽室比程心在太空中用过的那间要宽敞些，但作为会议室仍很狭窄。目前建立的屏蔽力场只能在有限的空间体积内保持均匀，体积增大力场会产生畸变，失去屏蔽作用。

与会的有三十多人，除了程心，还有两个公元人，他们是曾经的执剑人候选人中的两位：加速器工程师毕云峰和物理学家曹彬。

所有人都穿着连体的高压防护服，因为屏蔽室的金属墙壁都带电，需要防止内部人员意外触碰。特别是要求人们戴防护手套，以防有人习惯性地点击墙壁试图激活信息窗口。在屏蔽力场中，任何电子设备都不能运行，所以室内没有任何信息窗口。为保持力场的均匀，这里的陈设尽可能减少，主要就是人们的座椅，连会议桌都没有。与会者们穿的防护服原是电业工人高压作业时穿的，在简陋的金属房间中，这一群人像是古代的工厂车间在开班前会。

对于简陋和拥挤，以及空气中的静电带来的刺鼻味道和皮肤的不适，与会者没有人抱怨。近三个世纪一直在智子的监视下生活，现在突然脱离了异世界的偷窥，屏蔽室中的人们都有一种前所未有的解脱感。智子屏蔽技术是在大移民结束后不久实现的，据说第一批进入屏蔽室的人都患上了一种“屏蔽综合征”，他们像喝醉酒一样特别多话，无所顾忌地向身边的人倾诉自己的隐私。有一名记者用诗意的语言形容道：“在这个狭窄的天堂，人们敞开了心扉，我们对视的目光不再含蓄。”

IDC是舰队国际和联合国行星防御理事会共同组建的机构，其使命是解读云天明传递的情报。它按照不同的学科和专业分为二十五个小组，这次与会的并不是专业科学家，而是各小组的负责人，也就是IDC的委员。

IDC主席首先代表舰队国际和联合国向云天明和程心表达敬意，他称云天明为人类历史上最英勇的战士，说他是第一个在外星世界成功生存的人类——在敌人的心脏，在那难以想象的环境中，他孤军奋战，给危难中的地球文明带来了希望；程心则以自己的勇气和智慧，冒着生命危险成功地接收了来自云天明的情报。

这时，程心小声向主席请求发言。她站起来环视了一圈会场后，说："各位，眼前的一切，都是阶梯计划的最终成果。这个计划与一个人是分不开的，在三个世纪前，正是因为他的坚持，并用果敢的领导能力和卓越的创造力，使阶梯计划克服重重困难得以实现。这个人就是时任行星防御理事会战略情报局局长的托马斯·维德，我认为我们也应该向他表示敬意。"

会场沉默了，没人对程心的提议表示赞同。在大部分人的心目中，维德是公元世纪黑暗人性的象征，是眼前这个险些被他杀掉的美丽女性的反面，想到他总是令人不寒而栗。

主席（他本人是PIA的现任局长，是维德在三个世纪后的继任者）也没有对程心的话做出回应，而是继续会议的议程："对于情报的解读，委员会有一个基本的原则和期望，情报不可能提供任何具体的技术信息，但却有可能指明正确的研究方向，对包括光速宇航和宇宙安全声明在内的未知技术，提供一个正确的理论概念。如果做到这一点，就为人类世界带来了巨大的希望。

"我们得到的情报分为两大部分，一部分是云天明与程心博士的对话，另一部分是他讲的三个故事。初步分析认为，重要的信息都隐藏在三个故事中，对话部分可解读的东西并不多。由于以后我们的注意力不会放在对话部分，在这里先把从对话中已经得到的信息总结一下。

“首先我们得知，为了这次情报传递，云天明做了长期大量的准备工作，他创作了上百个童话故事，包含情报的三个故事就混杂在这些故事中。他通过讲述和出版选集的方式使三体世界熟悉这些故事，这是一个漫长的过程，很不容易，如果在这个过程中那三个故事隐含的信息没有被识破，以后敌人也会认为这些故事是安全的。但即使这样，他还是给三个故事加上了另一道保险。”

主席转向程心，“我想提个问题：真像云天明说的那样，你们在童年时就认识吗？”

程心摇摇头，“不，我们只是大学同学，他与我确实都来自同一个城市，但我们的小学和中学都不是同一所学校，大学之前我们肯定不认识。”

“这个王八蛋！他这么撒谎，想要程心的命吗?!”坐在程心旁边的艾AA大叫起来，引来众人不满的侧目。她不是IDC的委员，是作为程心的顾问和助理参加会议的，这也是由于程心的坚持。AA在天文学上曾经有所建树，但在这里她资历太浅，受到所有人的轻视，人们都认为程心应该有一个更称职的技术顾问，甚至程心本人也常常忘了AA曾经是一名科学家。

一名PIA官员说：“这么做危险性并不太大。他们的童年时代在危机纪元前，那时智子还没有到达地球，当时的他们也不可能是智子的探测对象。”

“可后来他们会查公元世纪留下来的资料！”

“现在要查到危机纪元前两个孩子的资料谈何容易？即使查到当时的户籍或学籍记录什么的，知道他们小学和中学都不在同一所学校，也不能证明那时他们就不相识。还有一点你没想到，”PIA官员毫不掩饰对AA缺乏专业素质的轻蔑，“云天明是可以动用智子的，他肯定先试着查询过。”

主席接着说：“这个冒险是必要的，云天明把三个故事的作者换成了程心，这就进一步使敌人确信了这些故事的安全性。在讲述的一个多小时中，黄灯一次没亮，后来还发现，其实在故事全部讲完时，智子限定的会面时间已过去了四分钟，为了让云天明把最后一个故事讲完，监听者善解人意地把会面时间总共延长了六分钟，这就说明他们对这些故事已经没有戒心。云天明这么做还有一个重要目的，他借此传达了一个明确的信息：三个故事中隐藏着情报。

“至于从对话中能够解读的其他信息不是太多，我们一致认为云天明最后的一句话比较重要——”主席说着，右手在空中比画了一下，这是个习惯性动作，试图点开全息信息窗口，发现做不到后，他就自己说出了那句话，“‘那我们约定一个相会的地点吧，除了地球，再约另一个地方，银河系中的另一个地方。’这句话可能的含义有两个，第一，他暗示自己不可能返回太阳系了；第二——”主席停了一下，又挥了一下手，这次像是要赶走什么东西，“其实并不重要，我们继续下面的吧。”

会议室中的空气有些凝重了，人们心里都清楚这句话的第二个含义：云天明对地球避免打击生存下来没有信心。

工作人员开始在会场分发文件，文件是蓝色封面，只有编号没有题目，在这个时代，纸质文件已经很罕见了。

“各位请注意，文件只能在这里阅读，不能带出会议室，也不能做记录。它的内容在场的人大多数都是第一次接触，现在让我们一起把它读一遍吧。”

会场静下来，人们开始认真阅读那三个可能拯救人类文明的童话故事。

云天明的第一个故事

王国的新画师

很久很久以前，有一个王国叫无故事王国，它一直没有故事。其实对于一个王国而言，没有故事是最好的，没有故事的王国中的人民是最幸福的，因为故事就意味着曲折和灾难。

无故事王国有一个贤明的国王、一个善良的王后和一群正直能干的大臣，还有勤劳朴实的人民。王国的生活像镜面一样平静，昨天像今天，今天像明天，去年像今年，今年像明年，一直没有故事。

直到王子和公主长大。

国王有两个儿子，分别是深水王子和冰沙王子，还有一个女儿：露珠公主。

深水王子小时候去了饕餮海中的墓岛上，再也没有回来，原因后面再讲。

冰沙王子在父王和母后身边长大，但也让他们深深忧虑。这孩子很聪明，但从小就显示出暴虐的品性。他让仆役们从王宫外搜集许多小动物，他就和这些小动物玩帝国游戏，他自封为皇帝，小动物们为臣民，臣民们都是奴隶，稍有不从就砍头，往往游戏结束时小动物们都被杀了，冰沙就站在一地鲜血中狂笑不已……王子长大后性格收敛了一些，变得沉默寡言，目光阴沉。国王知道这只是狼藏起了獠牙，冰沙心中有一窝冬眠的毒蛇，在等待着苏醒的机会。国王终于决定取消冰沙王子的王位继承权，由露珠公主继承王位，无故事王国在未来将有一位女王。

假如父王和母后传给后代的美德是有一个定量的，那冰沙王子缺少的部分一定都给了露珠公主。公主聪明善良，且无与伦比地美丽，她在白天出来太阳会收敛光辉，她在夜晚散步月亮会睁大眼睛，她一说话百鸟会停止鸣唱，她踏过的荒地会长出绚丽的花朵。露珠成为女王必定为万民拥戴，大臣们也会全力辅佐，就连冰沙王子对此也没有说什么，只是目光更阴沉了。

于是，无故事王国有了故事。

国王是在他的六十寿辰这一天正式宣布这一决定的。在这个庆典之夜，夜空被焰火装点成流光溢彩的花园，灿烂的灯火几乎把王宫照成透明的水晶宫殿，在欢歌笑语中，美酒如河水般流淌……

每一个人都沉浸在幸福快乐中，连冰沙王子那颗冰冷的心似乎也被融化，他一改往日的阴沉，恭顺地向父王祝寿，愿他的生命之光像太阳一样永远照耀王国。他还赞颂父王的决定，说露珠公主确实比自己更适合成为君主。他祝福妹妹，希望她多多向父王学习治国本领，以备将来担当重任。他的真诚和善意让所有的人为之动容。

“吾儿，看到你这样我真是高兴。”国王抚着王子的头说，“真想永远留住这美好的时光。”

于是有大臣建议，应该制作一幅巨型油画，把庆典的场景画下来，挂在宫殿中以资纪念。

国王摇摇头,“我的画师老了,世界在他昏花的老眼中已蒙上了雾霭,他颤抖的老手已绘不出我们幸福的笑容。”

“我正要说这个,”冰沙王子对国王深深鞠躬,“我的父王,我正要献给您一位新画师。”

王子说完对后面示意了一下,新画师立刻走了进来。这是一个大男孩,看上去也就十四五岁的样子,裹着一件修士的灰色斗篷,在这金碧辉煌的宫殿和珠光宝气的宾客中像一只惊恐的小老鼠。他走路时,已经很瘦小的身子紧缩成一根树枝一般,仿佛时时躲避着身边看不见的荆棘。

国王看着眼前的画师显得有些失望,“他这么年轻,能掌握那高深的技巧吗?”

王子再次鞠躬,“我的父王,他叫针眼,从赫尔辛根默斯肯来,是空灵大画师最好的学生。他自五岁起就跟大画师学画,现已学了十年,深得空灵画师的真传。他对世界的色彩和形状,就像我们对烧红的烙铁一样敏感,这种感觉通过他如神的画笔凝固在画布上,除了空灵画师,他举世无双。”王子转向针眼画师,“作为画师,你可以直视国王,不算无礼。”

针眼画师抬头看了一眼国王,立刻又低下了头。

国王有些吃惊,“孩子,你的目光很锐利,像烈焰旁出鞘的利剑,与你的年龄极不相称。”

针眼画师第一次说话了:“至高无上的国王,请宽恕一个卑微画师的冒犯。这是一个画师的眼睛,他要先在心里绘画,我已经把您,还有您的威严和贤明一起画在心里,我会画到画里的。”

“你也可以看王后。”王子说。

针眼画师看了一眼王后，低下头说：“最最尊敬的王后，请宽恕一个卑微画师的冒犯。我已经把您，还有您的高贵和典雅一起画在心里，我会画到画里的。”

“再看看公主，未来的女王，你也要画她。”

针眼画师看露珠公主的时间更短，如闪电般看了一眼后就低头说：“最最受人景仰的公主，请宽恕一个卑微画师的冒犯。您的美丽像正午的阳光刺伤了我，我第一次感到了自己画笔的无力，但我已经把您，还有您无与伦比的美丽一起画在心里，我会画到画里的。”

然后王子又让针眼画师看看大臣们。他挨着看了，目光在每个人的身上只停留一瞬间，最后低下头说：“最最尊敬的大人们，请宽恕一个卑微画师的冒犯。我已经把你们，还有你们的才能和智慧一起画在心里，我会画到画里的。”

盛宴继续进行，冰沙王子把针眼画师拉到宫殿的一个角落，低声问道：“都记住了吗？”

针眼画师头低低的，脸全部隐藏在斗篷帽的阴影里，使那件斗篷看上去仿佛是空的，里面只有黑影没有躯体。“记住了，我的王。”

“全记住了？”

“我的王，全记住了，即使给他们每人的每根头发和汗毛各单画一幅特写，我都能画得真真切切分毫不差。”

宴会到后半夜才结束，王宫中的灯火渐渐熄灭。这正是黎明前最黑暗的时候，月亮已经西沉，乌云自西向东，像帷幕一样遮住了夜空，大地像是浸在墨汁中一般。一阵阴冷的寒风吹来，鸟儿在巢中颤抖，花儿惊惧地合上了花瓣。

有两匹快马像幽灵一般出了王宫，向西方奔驰而去，骑在马上的分别是冰沙王子和针眼画师。他们来到了距王宫十多里的一处幽深的地堡中。这里处于夜之海的最深处，潮湿阴森，像一个沉睡着的冷血巨怪的腹腔。两人的影子在火炬的光芒中摇曳，他们的身躯只是那长长影子末端的两个黑点。针眼画师拆开一幅画，那画有一人高，他把包画的帆布掀开后让王子看。这是一位老人的肖像，老人的白发和白须像银色的火焰包围着头脸，他的眼神很像针眼画师，但锐利中多了一份深沉，这画显示出画师高超的技艺，纤毫毕现，栩栩如生。

“我的王，这是我的老师，空灵大画师。”

王子打量着画，点点头说：“你先把他画出来是明智的。”

“是的，我的王，以免他先把我画出来。”针眼画师说着，小心翼翼地把画挂到潮湿的墙上，“好了，我现在可以为您作新画了。”

针眼画师从地堡的一个暗角抱出一卷雪白的东西，“我的王，这是赫尔辛根默斯肯的雪浪树的树干，这树百年长成后，它的树干就是一大卷纸，上好的画纸啊！我的画只有画在雪浪纸上才有魔力。”他把树干纸卷放到一张石桌上，拉出一段纸来，压在一大块黑曜石石板下，然后用一把锋利的小匕首沿石板把压着的纸切下，掀开石板后，那张纸已经平平展展地铺在石桌上，它一片雪白，仿佛自己会发光似的。然后画师从帆布包中拿出各种绘画工具，“我的王，看这些画笔，是用赫尔辛根默斯肯的狼的耳毛做的。这几罐颜料也都来自赫尔辛根默斯肯，这罐红的，是那里巨蝙蝠的血；黑的，是那里深海乌贼的墨汁；蓝的和黄的，都是从那里的古老陨石中提取的……这些都要用一种叫月毯的大鸟的眼泪来调和。"

"赶快画画吧。"王子不耐烦地说。

"好的，我的王，先画谁呢？"

"国王。"

针眼画师拿起画笔开始作画。他画得很随意，用不同的色彩这里点一点，那里画一道，画纸上的色彩渐渐多了起来，但看不出任何形状，就像把画纸暴露在一场彩色的雨中，五彩的雨滴不断滴到纸面上。画面渐渐被色彩填满，一片纷繁迷乱的色彩，像被马群践踏的花园。画笔继续在这色彩的迷宫中游走，仿佛不是画师在运笔，而是画笔牵着他的手游移。王子在旁边疑惑地看着，他想提问，但画面上色彩的涌现和聚集有一种催眠作用，让他着迷。突然，几乎是在一瞬间，就像波光粼粼的水面被冻结一样，所有的色块都有了联系，所有的色彩都有了意义，形状出现了，并很快变得精细清晰。

王子现在看到，针眼画师画的确实是国王，画面上的国王就是他在宴会上看到的装束，头戴金色的王冠，身穿华丽的礼服，但表情大不相同，国王的目光中没有了威严和睿智，而是透出一种极其复杂的东西，如梦初醒、迷惑、震惊、悲哀……藏在这一切后面的是来不及浮现的巨大恐惧，就像看到自己最亲密的人突然拔剑刺来的那一瞬间。

"我的王，画完了，我把国王画到画里了。"针眼画师说。

"你把他画到画里了，很好。"王子看着国王的画像满意地点点头，他的眸子中映着火把的火光，像灵魂在深井中燃烧。

在十几里外的王宫中，在国王的寝室里，国王消失了。在那张床腿是四个天神雕像的大床上，被褥还有他身体的余温，床单上还有他压出的凹印，但他的躯体消失得无影无踪。

王子把已完成的画从石桌上拿起扔到地上，“我会把这幅画装裱起来，挂在这里的墙上，没事的时候经常来看一看。下面画王后吧。”

针眼画师又用黑曜石石板压平了一张雪浪纸，开始画王后的肖像。这次王子没有站在旁边看，而是来回踱步，空旷的地堡中回荡着单调的脚步声。这次画师作画的速度更快，只用了画上幅画一半的时间就完成了。

“我的王，画完了，我把王后画到画里了。”

“你把她画到画里了，很好。”

在王宫中，在王后的寝室里，王后消失了。在那张床腿是四个天使雕像的大床上，被褥还有她身体的余温，床单上还有她压出的凹印，但她的躯体消失得无影无踪。

在宫殿外面的深院中，一只狼犬觉察到了什么，狂吠了几声，但它的叫声立刻被无边的黑暗吞没，它自己也在前所未有的恐惧中沉默了，缩到角落不住地颤抖着，与黑暗融为一体。

“该画公主了吧？”针眼画师问。

“不，等画完了大臣们再画她，大臣们比她危险。当然，只画那些忠于国王的大臣，你应该记得他们的样子吧？”

“当然，我的王，全记住了，即使给他们每人的每根头发和汗毛各画一幅特写……”

“好了，快画吧，天亮前画完。”

“没问题，我的王，天亮前我会把忠于国王的大臣，还有公主，都画到画里。”

针眼画师一次压平了好几张雪浪纸，开始疯狂作画。他每完成一幅画，画中的人就从睡榻上消失。随着黑夜的流逝，冰沙王子要消灭的人一个接一个变成了挂在地堡墙上的画像。

露珠公主在睡梦中被一阵敲门声惊醒，那声音又急又响，从来没有人敢这样敲她的门。她从床上起身，来到门前时看到宽姨已经把门打开了。

宽姨是露珠的奶妈，一直照顾她长大，公主与她建立的亲情甚至超过了生母王后。宽姨看到门外站着王宫的卫队长，他的盔甲还带着外面暗夜的寒气。

“你太无礼了！竟敢吵醒公主?！她这几天一直失眠睡不好觉！”

卫队长没有理会宽姨的责骂，只是向公主匆匆敬礼，“公主，有人要见你！”然后闪到一边，露出他身后的人，那是一位老者，白发和白须像银色的火焰包围着头脸，他的目光锐利而深沉，他就是针眼画师向王子展示的第一幅画中的人。他的脸上和斗篷上满是尘土，靴子覆满泥巴，显然是长途跋涉而来。他背着一个硕大的帆布袋，但奇怪的是打着一把伞，更奇怪的是他打伞的方式：一直不停地转动着伞。细看一下伞的结构，就知道他这样做的原因：那把伞的伞面和伞柄都是乌黑色，每根伞骨的末端都固定着一只小圆球，是某种半透明的石头做成的，有一定的重量。可以看到伞里面几根伞撑都折断了，无法把伞支撑起来，只有让伞不断转动，把伞骨末端的小石球甩起来，才能把伞撑开。

“你怎么随便让外人进来，还是这么个怪老头?!”宽姨指着老者责问道。

“哨兵当然没让他进王宫，但他说……”卫队长忧虑地看了一眼公主，“他说国王已经没了。”

“你在说什么?！你疯了吗？”宽姨大喊，公主仍没有作声，只是双手抓紧了胸前的睡袍。

“但国王确实不见了，王后也不见了，我派人看过，他们的寝室都是空的。”

公主短促地惊叫了一声，一手扶住宽姨好让自己站稳。

老者开口了：“尊敬的公主，请允许我把事情说清楚。”

“让老人家进来，你守在门口。”公主对卫队长说。

老者转着伞，对公主鞠躬，似乎对于公主能够这么快镇静下来心存敬意。

“你转那把伞干什么？你是马戏团的小丑吗？”宽姨说。

“我必须一直打着这把伞，否则也会像国王和王后一样消失。”

“那就打着伞进来吧。”公主说，宽姨把门大开，以便让老者举伞通过。

老者进入房间后，把肩上的帆布袋放到地毯上，疲惫地长出一口气，但仍转着黑伞，伞沿的小石球在烛光中闪亮，在周围的墙壁上投映出一圈旋转的星光。

“我是赫尔辛根默斯肯的空灵画师，王宫里新来的那个针眼画师是我的学生。”老者说。

“我见过他。”公主点点头说。

“那他见过你吗？他看过你吗？”空灵画师紧张地问。

“是的，他当然看过我。”

“糟透了，我的公主，那糟透了！”空灵画师长叹一声，“他是个魔鬼，掌握着魔鬼的画技，他能把人画到画里。”

“真是废话！”宽姨说，“不能把人画到画里那叫画师吗？”

空灵画师摇摇头，“不是那个意思，他把人画到画里后，人在外面就没了，人变成了死的画。”

“那还不快派人找到他杀了他?!”

卫队长从门外探进头来说：“我派全部的卫队去找了，找不到。我原想去找军机大臣，他可以出动王宫外的禁卫军搜查，可这个老人家说军机大臣此时大概也没了。”

空灵画师又摇摇头，“禁卫军没有用，冰沙王子和针眼可能根本就不在王宫里，针眼在世界上任何地方作画，都能杀掉王宫中的人。”

“你说冰沙王子？”宽姨问。

“是的，王子要以针眼画师作武器，除掉国王和忠诚于他的人，夺取王位。”

空灵画师看到，公主、宽姨和门口的卫队长对他的话似乎都没感到意外。

“还是先考虑眼前的生死大事吧！针眼随时可能把公主画出来，他可能已经在画了。”

宽姨大惊失色，她一把抱住公主，似乎这样就能保护她。

空灵画师接着说："只有我能除掉针眼，现在他已经把我画出来了，但这把伞能保护我不消失，我只要把他画出来，他就没了。"

"那你就在这里画吧！"宽姨说，"让我替你打伞！"

空灵画师又摇摇头，"不行，我的画只有画在雪浪纸上才有魔力，我带来的纸还没有压平，不能作画。"

宽姨立刻打开画师的帆布包，从中取出一截雪浪树的树干，树干已经刮了外皮，露出白花花的纸卷来。宽姨和公主从树干纸卷上抽出一段纸，纸面现出一片雪白，房间里霎时亮了许多。她们试图在地板上把纸压平，但不管怎样努力，只要一松手，那段纸就弹回原状又卷了回去。

画师说："不行的，只有赫尔辛根默斯肯的黑曜石石板才能压平雪浪纸，那种黑曜石石板很稀有，我只有一块，让针眼偷走了！"

"这纸用别的东西真的弄不平吗？"

"弄不平的，只有用赫尔辛根默斯肯的黑曜石石板才能压平，我本来是希望能够从针眼那里夺回它的。"

"赫尔辛根默斯肯，黑曜石？"宽姨一拍脑袋，"我有一个熨斗，只在熨公主最好的晚礼服时才用，就是赫尔辛根默斯肯出产的，是黑曜石的！"

"也许能用。"空灵画师点点头。

宽姨转身跑出去，很快拿着一个乌黑锃亮的熨斗进来了。她和公主再次把雪浪纸从纸卷中拉出一段，用熨斗在地板上压住纸的一角，压了几秒钟后松开，那一角的纸果然压平了。

"你来给我打伞，我来压！"空灵画师对宽姨说。在把伞递给她的时候，他嘱咐道，“这伞要一直转着打开，一合上我就没了！”看到宽姨把伞继续旋转着打开举在他的头顶，他才放心地蹲下用熨斗压纸，只能一小块一小块地挨着压。

“不能给这伞做个伞撑吗？”公主看着旋转的伞问。

“我的公主，以前是有伞撑的。”空灵画师边埋头用熨斗压纸边说，“这把黑伞的来历很不寻常。从前，赫尔辛根默斯肯的其他画师也有这种画技，除了人，他们也能把动物和植物画到画里。但有一天，飞来了一条渊龙，那龙通体乌黑，既能在深海潜游，又能在高空飞翔，先后有三个大画师画下了它，但它仍然在画外潜游和飞翔。后来，画师们筹钱雇了一名魔法武士，武士用火剑杀死了渊龙，那场搏杀使赫尔辛根默斯肯的大海都沸腾了。渊龙的尸体大部分都被烧焦了，我就从灰堆中收集了少量残骸，制成了这把伞。伞面是用渊龙的翼膜做的，伞骨、伞柄和伞撑都是用它的乌骨做成，伞沿的那些宝石，其实是从渊龙已经烧焦的肾中取出的结石。这把伞能够保护打着它的人不被画到画里。后来伞骨断了，我曾用几根竹棍做了伞撑，但发现伞的魔力竟消失了，拆去新伞撑后，魔力又恢复了。后来试验用手在里面撑开伞也不行，伞中是不能加入任何异物的，可我现在已经没有渊龙的骨头了，只能这样打开伞……”

这时房间一角的钟敲响了，空灵画师抬头看看，已是凌晨，天快亮了。他再看看雪浪纸，压平的一段从纸卷中伸了出来，平铺在地板上不再卷回去，但只有一掌宽的一条，远不够绘一幅画的。他扔下熨斗，长叹一声。

“来不及了，我画出画来还需要不少时间，来不及了，针眼随时会画完公主，你们——”空灵画师指指宽姨和卫队长，“针眼见过你们吗？”

“他肯定没见过我。”宽姨说。

“他进王宫时我远远地看到过他，但我想他应该没看见我。”卫队长说。

“很好，”空灵画师站起身来，“你们俩护送公主去饕餮海，去墓岛找深水王子！”

“可……即使到了饕餮海，我们也上不了墓岛的，你知道海里有……”

“到了再想办法吧，只有这一条生路了。天一亮，所有忠于国王的大臣都会被画到画里，禁卫军将被冰沙控制，他将篡夺王位，只有深水王子能制止他。”

“深水王子回到王宫，不是也会被针眼画到画里吗？”公主问。

“放心，不会的，针眼画不出深水王子。深水是王国中针眼唯一画不出来的人，很幸运，我只教过针眼西洋画派，没有向他传授东方画派。”

公主和其他两人都不太明白空灵画师的话，但老画师没有进一步解释，只是继续说：“你们一定要让深水回到王宫，杀掉针眼，并找到公主的画像，烧掉那幅画，公主就安全了。”

“如果也能找到父王和母后的画像……”公主拉住空灵画师急切地说。

老画师缓缓地摇摇头，“我的公主，来不及了，他们已经没有了，他们现在就是那两幅画像了，如果找到不要毁掉，留作祭奠吧。”

露珠公主被巨大的悲痛压倒，她跌坐在地上掩面痛哭起来。

“我的公主，现在不是哀伤的时候，要想为国王和王后复仇，就赶快上路吧！”老画师说着，转向宽姨和卫队长，“你们要注意，在找到并毁掉公主的画像之前，伞要一直给她打着，一刻都不能离开，也不能合上。”他把伞从宽姨手中拿过来，继续转动着，“伞不能转得太慢，那样它就会合上；也不能太快，因为这伞年代已久，转得太快会散架的。黑伞有灵气，如果转得慢了，它会发出像鸟叫的声音，你们听，就是这样——”老画师把伞转得慢了些，伞面在边缘那些石球的重量下慢慢下垂，这时能听到它发出像夜莺一样的叫声，伞转得越慢声音越大。老画师重新加快了转伞的速度，鸟鸣声变小消失了。“如果转得太快，它会发出铃声，就像这样——”老画师继续加快转伞的速度，能听到一阵由小到大的铃声，像风铃，但更急促，“好了，现在快把伞给公主打上。”他说着，把伞又递给宽姨。

“老人家，我们俩一起打伞走吧。”露珠公主抬起泪眼说。

“不行，黑伞只能保护一个人，如果两个被针眼画出的人一起打伞，那他们都会死，而且死得更惨：每个人的一半被画入画中，一半留在外面……快给公主打伞，拖延一刻危险就大一分，针眼随时可能把她画出来！”

宽姨看看公主，又看看空灵画师，犹豫着。

老画师说：“是我把这画技传授给那个孽种，我该当此罪。你还等什么？想看着公主在你面前消失？！”

最后一句话令宽姨颤抖了一下，她立刻把伞移到公主上方。

老画师抚着白须从容地笑起来，“这就对了，老夫绘画一生，变成一幅画也算死得其所。我相信那个孽种的技艺，那会是一幅精致好画的……”

空灵大画师的身体渐渐变得透明，然后像雾气一般消失了。

露珠公主看着老画师消失的那片空间，喃喃地说："好吧，我们走，去饕餮海。"

宽姨对门口的卫队长说："你快过来给公主打伞，我去收拾一下。"

卫队长接过伞后说："要快些，现在外面都是冰沙王子的人了，天亮后我们可能出不了王宫。"

"可我总得给公主带些东西，她从来没有出过远门，我要带她的斗篷和靴子，她的好多衣服，她喝的水，至少……至少要带上那块赫尔辛根默斯肯出产的好香皂，公主只有用那香皂洗澡才能睡着觉……"宽姨唠唠叨叨地走出房间。

半个小时后，在初露的曙光中，一辆轻便马车从一个侧门驶出王宫，卫队长赶着车，车上坐着露珠公主和给她打伞的宽姨，他们都换上了平民装束。马车很快消失在远方的雾霭中。

这时，在那个阴森的地堡中，针眼画师刚刚完成露珠公主的画像，他对冰沙王子说，这是他画过的最美的一幅画。

云天明的第二个故事

饕 餮 海

出了王宫后，卫队长驾车一路狂奔。三个人都很紧张，他们感觉在未尽的夜色里，影影绰绰掠过的树木和田野中充满危险。天亮了一些后，车驶上了一个小山冈，卫队长勒住马，他们向来路眺望。王国的大地在他们下面铺展开来，他们来的路像一条把世界分成两部分的长线，线的尽头是王宫，已远在天边，像被遗失在远方的一小堆积木玩具。没有看到追兵，显然冰沙王子认为公主已经不存在了，被画到了画中。

以后他们可以从容地赶路了。在天亮的过程中，周围的世界就像是一幅正在绘制中的画，开始只有朦胧的轮廓和模糊的色彩，后来，景物的形状和线条渐渐清晰精细，色彩也丰富明快起来。在太阳升起前的一刹那，这幅画已经完成。常年深居王宫的公主从来没有见过这样大块大块的鲜艳色彩：森林草地和田野的大片绿色、花丛的大片鲜红和嫩黄、湖泊倒映着的清晨天空的银色、早出的羊群的雪白……太阳升起时，仿佛绘制这幅画的画师抓起一把金粉豪爽地撒向整个画面。

“外面真好，我们好像已经在画中呢。”公主赞叹道。

“是啊，公主，可在这幅画里你活着，在那幅画中你就死了。”打伞的宽姨说。

这话又让公主想起了已经离去的父王和母后，但她抑制住了眼泪，她知道自己现在再也不是一个小女孩，她应该担当起王国的重任了。

他们谈起了深水王子。

“他为什么被流放到墓岛上？”公主问。

“人们都说他是怪物。”卫队长说。

“深水王子不是怪物！”宽姨反驳道。

“人们说他是巨人。”

“深水不是巨人！他小的时候我还抱过他，他不是巨人。”

“等我们到海边你就会看到的，他肯定是巨人，好多人都看到了。”

“就算深水是巨人，他也是王子，为什么要流放到岛上？”公主问。

“他没有被流放，他小时候坐船去墓岛上钓鱼，正好那时饕餮鱼在海上出现，他就回不来了，只好在岛上长大。”

……

太阳升起后，路上的行人和马车渐渐多起来。由于公主以前几乎没有出过王宫，所以人们都不认识她，但尽管她现在还戴着面纱，只露出两只眼睛，看到她的人仍惊叹她的美丽。人们也称赞驾车的小伙子的孔武英俊，笑话那个老妈妈为她的美丽女儿打着的那把奇怪的伞和她那奇怪的打伞方式。好在没有人质疑伞的用途，今天阳光灿烂，人们都以为这是遮阳伞。

不知不觉到了中午，卫队长用弓箭射了两只兔子做午餐。三人坐在路边树丛间的空地上吃饭。露珠公主摸着身旁柔软的草地，嗅着青草和鲜花的清香，看着阳光透过树叶投在草地上的光斑，听着林中的鸟鸣和远处牧童的笛声，对这个新世界充满了好奇和惊喜。

宽姨却长叹一声，"唉，公主啊，离开王宫这么远，真让你受罪了。"

"我觉得外面比王宫好。"公主说。

"我的公主哇，外面哪有王宫里好？你真是不知道，外面有很多难处呢，现在是春天，冬天外面会冷，夏天会热，外面会刮风下雨，外面什么样的人都有，外面……"

"可我以前对外面什么都不知道。我在王宫里学音乐，学绘画，学诗歌和算术，还学着两种谁都不说的语言，可没人告诉我外面是什么样子，我这样怎么能统治王国呢？"

"公主，大臣们会帮你的。"

"能帮我的大臣都被画到画里了……我还是觉得外面好。"

从王宫到海边有一个白天的路程，但公主一行不敢走大道，遇到城镇就绕开，所以直到半夜才到达。

露珠公主从来没有见过这样广阔的星空，也第一次领略了夜的黑暗和寂静，车上的火把只能照亮周围一小块地方。再往远处，世界就是一大块模糊的黑天鹅绒。马蹄声很响，像要把星星震下来。公主突然拉住卫队长，让他把马车停下。

“听，这是什么声音？像巨人的呼吸。”

“公主，这是海的声音。”

又前行了一段，公主看到两旁有许多在夜色中隐约可见的物体，像一根根大香蕉。

“那些是什么？”她问。

卫队长又停下车，取下车上的火把走到最近的一个旁边，“公主，你应该认识这个的。”

“船？”

“是的，公主，是船。”

“可船为什么在陆地上？”

“因为海里有饕餮鱼。”

在火把的光芒中可以看到，这艘船已经很旧了，船身被沙子埋住一半，露在外面的部分像巨兽的白骨。

“啊，看那里！”公主又指着前方惊叫，“好像有一条白色的大蛇！”

“不要怕公主，那不是蛇，是海浪，我们到海边了。”

公主和为她打伞的宽姨一起下车，她看到了大海。她以前只在画中见过海，那画的是蓝天下的蓝色海洋，与这夜空下的黑色海洋完全不同，这泛着星光的博大与神秘，仿佛是另一个液态的星空。公主不由自主地向海走去，却被卫队长和宽姨拦住了。

“公主，离海太近危险。”卫队长说。

“我看前面水不深，能淹死我吗？”公主指指沙滩上的白浪说。

“海里有饕餮鱼，它们会把你撕碎吃掉的！”宽姨说。

卫队长拾起一块破船板，走上前去把船板扔到海中。船板在海面晃荡了几下，很快附近一个黑影浮出水面向它扑去，由于大部分在水下，看不出那东西的大小，它身上的鳞片在火把的光中闪亮。紧接着又有三四个黑影飞快地游向船板，在水中争抢成一团，伴随着哗哗的水声，可以听到利齿发出的咔嚓咔嚓声，仅一转眼的工夫，黑影和船板都不见了。

“看到了吗？它们能在很短的时间里把一艘大船咬成碎片。”卫队长说。

“墓岛呢？”宽姨问。

“在那个方向，”卫队长指指黑暗的水天相连处，“夜里看不见，天一亮就能看见。”

他们在沙滩上露营。宽姨把伞交给卫队长打，从马车上拿下一个小木盆。

“公主呀，今天是不能洗澡了，可你至少该洗洗脸的。”

卫队长把伞交还给宽姨，说他去找水，就拿着盆消失在夜色中。

“他是个好小伙子。”宽姨打着哈欠说。

卫队长很快回来，不知从什么地方打来了一盆清水。宽姨为公主洗脸，她拿一块香皂在水中只蘸了一下，一声轻微的吱啦声后，盆面立刻堆满了雪白的泡沫，鼓出圆圆的一团，还不断地从盆沿溢出来。

卫队长盯着泡沫看了一会儿，对宽姨说:“让我看看那块香皂。”

宽姨从包裹中小心翼翼地拿出一块雪白的香皂，递给卫队长，“拿好了，它比羽毛还轻，一点儿重量都没有，一松手就飘走了。”

卫队长接过香皂，真的感觉不到一点儿重量，像拿着一团白色的影子。“这还真是赫尔辛根默斯肯香皂，现在还有这东西？”

“我只有两块了，整个王宫，我想整个王国，也只剩这最后两块了，是我早些年特意给公主留的。唉，赫尔辛根默斯肯的东西都是好东西，可惜现在越来越少了。”宽姨说着，把香皂拿回来小心地放回包裹中。

看着那团白泡沫，公主在出行后第一次回忆起王宫中的生活。每天晚上，在她那精美华丽的浴宫中，大浴池上就浮着一大团这样的泡沫，灯光从不同方向照来，大团泡沫忽而雪白，像从白天的天空中抓来的一朵云；忽而变幻出霓彩，像宝石堆成的。泡到那团泡沫中，公主会感到身体变得像面条般柔软，感到自己在融化，成了泡沫的一部分，那舒服的感觉让她再也不想动弹，只能由女仆把她抱出去擦干，再抱她去床上睡觉。那种美妙的感觉可以一直持续到第二天早晨。

现在，公主用赫尔辛根默斯肯香皂洗过的脸很轻松很柔软，身上却僵硬而疲劳。随便吃了些东西后，她便在沙滩上躺下，开始时铺了一张毯子，后来发现直接躺到沙上更舒服。柔软的沙层带着白天阳光的温度，她感觉像被一只温暖的大手捧在手心，涛声像催眠曲，她很快睡着了。

不知过了多长时间，露珠公主被一阵铃声从无梦的酣睡中惊醒，那声音是从她上方旋转的黑伞中发出的。宽姨睡在她旁边，打伞的是卫队长，火把已经熄灭，夜色像天鹅绒般笼罩着一切，卫队长是星空背景前的一个剪影，只有他的盔甲映出星光，还可以看到海风吹起他的头发。伞在他的手中稳稳地旋转着，像一个小小的穹顶遮住了一半夜空。她看不见他的眼睛，但能感觉到他的目光，他与无数眨眼的星星一起看着自己。

“对不起，公主，我刚才转得太快了。”卫队长低声说。

“现在什么时间了？”

“后半夜了。”

“我们离海好像远了。”

“公主，这是退潮，海水后退了，明天早上还会涨起来。”

“你们轮流为我打伞吗？”

“是的，公主，宽姨打了一白天，我夜里多打一会儿。”

“你也驾了一天车，让我自己打一会儿伞，你也睡吧。”

说出这些话后，露珠公主自己也有些吃惊，在她的记忆里，这是自己第一次为别人着想。

“那不行，公主，你的手那么细嫩，会磨起泡的，还是让我为你打伞吧。”

“你叫什么名字？”

同行已经一天，她现在才问他的名字。放在以前她会觉得很正常，甚至永远不问都很正常，但现在她为此有些内疚。

“我叫长帆。”

“帆？”公主转头看看，他们现在是在沙滩上的一艘大船旁边，这里可以避海风。与其他那些搁浅在海滩上的船不同，这艘船的桅杆还在，像一把指向星空的长剑。“帆是不是挂在这根长杆上的大布？”

“是的，公主，那叫桅杆，帆挂在上面，风吹帆推动船。”

“帆在海面上雪白雪白的，很好看。”

“那是在画中吧，真正的帆没有那么白的。”

“你好像是赫尔辛根默斯肯人？”

“是的，我父亲是赫尔辛根默斯肯的建筑师，在我很小的时候，他带着全家来到了这里。”

“你想回家吗，我是说赫尔辛根默斯肯？”

“不太想，我小时候就离开那里，记得不太清了，再说想也没用，现在永远也不可能离开无故事王国了。”

远处，海浪哗哗地喧响，仿佛在一遍遍地重复着长帆的话：永远不可能离开，永远不可能离开……

“给我讲讲外面世界的故事吧，我什么都不知道。”公主说。

“你不需要知道，你是无故事王国的公主，王国对你来说当然是无故事的。其实，公主，外面的人们也不给孩子们讲故事，但我的父母不一样，他们是赫尔辛根默斯肯人，他们还是给我讲了一些故事的。”

“其实父王说过，无故事王国从前也是有故事的。”

“是的……公主，你知道王国的周围都是海吧，王宫在王国的中心，朝任何一个方向走，最后都会走到海边，无故事王国就是一个大岛。”

“这我知道。”

“以前，王国周围的海不叫饕餮海，那时海中没有饕餮鱼，船可以自由地在海上航行，无故事王国和赫尔辛根默斯肯之间每天都有无数的船只来往。那时无故事王国其实是叫故事王国，那时的生活与现在很不一样。”

“嗯？”

“那时生活中充满了故事，充满了变化和惊奇。那时，王国中有好几座繁华的城市，王宫的周围不是森林和田野，而是繁华的首都。城市中到处可见来自赫尔辛根默斯肯的奇珍异宝和奇异器具。无故事王国，哦不，故事王国的物产也源源不断地从海上运往赫尔辛根默斯肯。那时，人们的生活变幻莫测，像骑着快马在山间飞奔，时而冲上峰顶，时而跌入深谷，充满了机遇和危险。穷人可能一夜暴富，富豪也可能转眼赤贫，早晨醒来，谁也不知道今天要发生什么事，要遇到什么样的人。到处是刺激和惊喜。

“但有一天，一艘来自赫尔辛根默斯肯的商船带来一种珍奇的小鱼，这种鱼只有手指长，黑色的，貌不惊人，装在坚硬的铸铁水桶中。卖鱼的商人在王国的集市上表演，他将一把剑伸进铁桶中的水里，只听到一阵刺耳的‘咔嚓咔嚓’声，剑再抽出来时已被咬成了锯齿状。这种鱼叫饕餮鱼，是一种内陆的淡水鱼，生长在赫尔辛根默斯肯岩洞深处黑暗的水潭中。饕餮鱼在王国的市场上销路很好，因为它们的牙齿虽小，但像金刚石一样坚硬，可做钻头；它们的鳍也很锋利，能做箭头或小刀。于是，越来越多的饕餮鱼从赫尔辛根默斯肯运到了王国。在一次台风中，一艘运鱼船在王国沿海失事沉没，船上运载的二十多桶饕餮鱼全部倾倒进了海中。

“人们发现，饕餮鱼在海中能够飞快地生长，长得比在陆地上要大得多，能达到一人多长，同时繁殖极快，数量飞速增加。饕餮鱼开始啃食所有漂浮在海面上的东西，没来得及拖上岸的船，不管多大，都被啃成碎片，当一艘大船被饕餮鱼群围住时，它的船底很快被啃出大洞，连沉没都来不及，就在海面上被咬成碎片，像融化掉一般。鱼群在故事王国的沿海环游，很快在王国周围的海中形成一道环形的屏障。

“故事王国就这样被周围海域中的饕餮鱼包围，沿海已成为死亡之地，不再有任何船只和风帆，王国被封闭起来，与赫尔辛根默斯肯和整个外部世界断绝了一切联系，过起了自给自足的田园生活。繁华的城市消失了，变成小镇和牧场，生活日渐宁静平淡，不再有变化，不再有刺激和惊喜，昨天像今天，今天像明天。人们渐渐适应了这样的日子，不再向往其他的生活。对过去的记忆，就像来自赫尔辛根默斯肯的奇异物品那样日渐稀少，人们甚至有意地忘记过去，也忘记现在。总的来说就是再不要故事了，建立了一个无故事的生活，故事王国也就变成了无故事王国。”

露珠公主听得入了迷，长帆停了好久，她才问：“现在海洋上到处都有饕餮鱼吗？”

“不，只是无故事王国的沿海有，眼神好的人有时能看到海鸟浮在离岸很远的海面上捕食，那里没有饕餮鱼。海洋很大，无边无际。”

“就是说，世界除了无故事王国和赫尔辛根默斯肯，还有别的地方？”

“公主，你认为世界只有这两个地方吗？”

“小时候我的宫廷老师就是这么说的。”

“这话连他自己都不信。世界很大，海洋无边无际，有无数的岛屿，有的比王国小，有的比王国大，还有大陆。”

“什么是大陆？”

“像海洋一样广阔的陆地，骑着快马走几个月都走不到边。”

“世界那么大？”公主轻轻感叹，又突然问道，“你能看到我吗？”

“公主，我现在只能看到你的眼睛，那里面有星星。”

“那你就能看到我的向往，真想乘着帆船在海上航行，到很远很远的地方去。”

“不可能了，公主，我们永远不可能离开无故事王国，永远不能……你要是怕黑，我可以点上火把。”

“好的。”

火把点燃后，露珠公主看着卫队长，却发现他的目光投向了别的地方。

“你在看什么？”公主轻声问。

“那里，公主，你看那个。”

长帆指的是公主身边一小丛长在沙里的小草，草叶上有几颗小水珠，在火光中晶莹地闪亮。

“那叫露珠。”长帆说。

“哦，那是我吗？像我吗？”

“像你，公主，都像水晶一样美丽。”

“天亮后它们在太阳光下会更美的。”

卫队长发出一声叹息，很深沉，根本没有声音，但公主感觉到了。

“怎么了，长帆？”

“露珠在阳光下会很快蒸发消失。”

公主轻轻点点头，火光中她的目光黯然了，“那更像我了，这把伞一合上，我就会消失，我就是阳光下的露珠。”

“我不会让你消失的，公主。”

“你知道，我也知道，我们到不了墓岛，也不可能把深水王子带回来。”

“要是那样，公主，我就永远为你打伞。”

云天明的第三个故事
深水王子

露珠公主再次醒来时，天已经亮了，大海由黑色变成了蓝色，但公主仍然感觉与画中见过的完全不同。曾被夜色掩盖的广阔现在一览无遗，在清晨的天光下，海面上一片空旷。但在公主的想象中，这空旷并不是饕餮鱼所致，海是为了她空着，就像王宫中公主的宫殿空着等她入住一样。夜里对长帆说过的那种愿望现在更加强烈，她想象着广阔的海面上出现一叶属于她的白帆，顺风漂去，消失在远方。

现在为她打伞的是宽姨，卫队长在前面的海滩上向她们打招呼，让她们过去。等她们走去后，他朝海的方向一指说：“看，那就是墓岛。”

公主首先看到的不是墓岛，而是站在小岛上的那个巨人，那显然就是深水王子。他顶天立地站在岛上，像海上的一座孤峰。他的皮肤是日晒的棕色，强健的肌肉像孤峰上的岩石，他的头发在海风中飘荡，像峰顶的树丛。他长得很像冰沙，但比冰沙强壮，也没有后者的阴郁，他的目光和表情都给人一种大海般豁达的感觉。这时太阳还没有升起，但巨人的头顶已经沐浴在阳光中，金灿灿的，像着火似的。他用巨手搭凉棚眺望着远方，有那么一瞬间，公主感觉她和巨人的目光相遇了，就跳着大喊：

“深水哥哥！我是露珠！我是你的妹妹露珠！我们在这里！”

巨人没有反应，他的目光从这里扫过，移向别处，然后放下手，若有所思地摇摇头，转向另一个方向。

“他为什么注意不到我们？”公主焦急地问。

“谁会注意到远处的三只小蚂蚁呢？”卫队长说，然后转向宽姨，“我说深水王子是巨人吧，你现在看到了。”

“可我抱着他的时候他确实是一个小小的婴儿呀！怎么会长得这么高？不过巨人好啊，谁也挡不住他，他可以惩罚那些恶人，为公主找回画像了！”

“那首先得让他知道这里发生了什么事。”卫队长摇摇头说。

“我要过去，我们必须过去！到墓岛上去！”公主抓住长帆说。

“过不去的，公主，这么多年了，没有人能够登上墓岛，那岛上也没有人能回来。”

“真想不出办法吗？”公主急得流出了眼泪，“我们到这里来就是为了找他，你一定知道该怎么办的！”

看着公主泪眼婆娑，长帆很不安，“我真的没办法，到这里来是对的，你必须远离王宫，否则就是等死，但我当初就知道不可能去墓岛。也许……可以用信鸽给他送一封信。”

“那太好了，我们这就去找信鸽！”

“但那又有什么用呢？即使他收到了信，也过不来，他虽然是巨人，到海中也会被饕餮鱼撕碎的……先吃了早饭再想办法吧，我去准备。”

“哎呀，我的盆！”宽姨叫起来，由于涨潮，海水涌上了沙滩，把昨天晚上公主洗脸用的木盆卷到了海中。盆已经向海里漂出了一段距离，盆倒扣着，里面的洗脸水在海面泛起一片雪白的肥皂泡沫。可以看到有几条饕餮鱼正在向盆游去，它们黑色的鳍像利刀一样划开水面，眼看木盆就要在它们的利齿下粉身碎骨了。

但一件不可思议的事发生了：饕餮鱼没有去啃啮木盆，而是都游进了那片泡沫中，一接触泡沫，它们立刻停止游动，全都浮上了水面，凶悍之气荡然无存，全变成了一副懒洋洋的样子，有的慢慢摆动鱼尾，不是为了游动而是表示惬意；有的则露出白色的肚皮仰躺在水面上。

三个人吃惊地看了一会儿，公主说："我知道它们的感觉，它们在泡沫中很舒服，浑身软软的像没有骨头一样，不愿意动。"

宽姨说："赫尔辛根默斯肯的香皂确实是好东西，可惜只有两块了。"

卫队长说："即使在赫尔辛根默斯肯，这种香皂也很珍贵。你们知道它是怎样造出来的吗？赫尔辛根默斯肯有一片神奇的树林，那些树叫魔泡树，都长了上千年，很高大。平时魔泡树没有什么特别之处，但如果刮起大风，魔泡树就会被吹出肥皂泡来，风越大吹出的泡越多，赫尔辛根默斯肯香皂就是用那种泡泡做成的。收集那些肥皂泡十分困难，那些泡泡在大风中飘得极快，加上它们是全透明的，你站在那里很难看清它们，只有跑得和它们一样快，才能看到它们。骑最快的马才能追上风中的泡泡，这样的快马在整个赫尔辛根默斯肯不超过十匹。当魔泡树吹出泡泡时，制肥皂的人就骑着快马顺风狂奔，在马上用一种薄纱网兜收集泡泡。那些泡泡有大有小，但即使最大的泡泡，被收集到网兜里破裂后，也只剩下肉眼都看不见的那么一小点儿。要收集几十万甚至上百万的泡泡才能造出一块香皂，但香皂中的每一个魔树泡如果再溶于水，就又能生发出上百万个泡泡，这就是香皂泡沫这么多的原因。魔泡树的泡泡都没有重量，所以真正纯的赫尔辛根默斯肯香皂也完全没重量，是世界上最轻的东西，但很贵重。宽姨的那些香皂可能是国王加冕时赫尔辛根默斯肯使团带来的赠礼，后来……”

长帆突然停止了讲述，若有所思地盯着海面。那里，在雪白的赫尔辛根默斯肯香皂的泡沫中，那几条饕餮鱼仍然懒散地躺浮着，在它们前面，是完好无损的木盆。

“好像有一个办法到墓岛上去！”长帆指着海面上的木盆说，“你们想想，那要是一只小船呢？”

“想也别想！”宽姨大叫起来，“公主怎么能冒这个险?!”

“公主当然不能去，我去。”卫队长从海面收回目光，从他坚定的眼神中，公主看出他已经下定了决心。

“你一个人去，怎样让深水王子相信你？”公主说，她兴奋得脸颊通红，“我去，我必须去！”

“可就算你到了岛上，又怎么证明自己的身份？”卫队长打量着一身平民装束的公主说。

宽姨没有说话，她知道有办法。

“我们可以滴血认亲。”公主说。

“即使这样公主也不能去！这太吓人了！”宽姨说，但她的口气已经不是那么决绝。

“我待在这里就安全吗？”公主指着宽姨手中旋转着的黑伞说，“我们太引人注意了，冰沙很快会知道我们的行踪，在这里，我就是暂时逃过了那张画，也逃不脱禁卫军的追杀，到墓岛上反而安全些。”

于是他们决定冒险了。

卫队长从沙滩上找了一只最小的船，用马拖到水边，就在浪花刚舔到船首的地方。找不到帆，但从其他的船上找到两支旧桨。他让公主和打伞的宽姨上了船，将宽姨拿出来的赫尔辛根默斯肯香皂穿到剑上递给公主，告诉她船一下海就把香皂浸到水里。然后他向海里推船，一直推到水齐腰深的地方才跳上船全力划桨，小船载着三人向墓岛方向驶去。

饕餮鱼的黑鳍在周围的海面上出现，向小船围拢过来。公主坐在船尾，把穿在剑上的赫尔辛根默斯肯香皂浸到海水中，船尾立刻涌现一大团泡沫，在早晨的阳光中发出耀眼的白光，泡沫团迅速膨胀至一人多高，并在船尾保持这个高度，在后面则随着船的前行扩散开来，在海面形成雪白的一片。饕餮鱼纷纷游进泡沫浮在其中，像躺在雪白的毛绒毯上一样享受着无与伦比的舒适惬意。公主第一次这么近看饕餮鱼，它们除了肚皮通体乌黑，像钢铁做成的机器，但一进入泡沫就变得懒散温顺。小船在平静的海面上前进，后面拖曳了一条长长的泡沫尾迹，像一道落在海上的白云带。无数的饕餮鱼从两侧游过来进入泡沫中，像在进行一场云河中的朝圣。偶尔也有几条从前方游来的饕餮鱼啃几下船底，还把卫队长手中的木桨咬下了一小块，但它们很快就被后面的泡沫所吸引，没有造成大的破坏。看着船后海面上雪白的泡沫云河，以及陶醉其中的饕餮鱼，公主不由得想起了牧师讲过的天堂。

海岸渐渐远离，小船向墓岛靠近。

宽姨突然喊道："你们看，深水王子好像矮了一些！"

公主转头望去，宽姨说的没错，岛上的王子仍是个巨人，但比在岸上看明显矮了一些，此时他仍背对着他们，眺望着别的方向。

公主收回目光，看着划船的长帆，他此时显得更加强健有力，强劲的肌肉块块鼓起，两支长桨在他手中像一对飞翔的翅膀，推动着小船平稳前行。这人似乎天生是一个水手，在海上显然比在陆地更加自如。

“王子看到我们了！”宽姨又喊道。墓岛上，深水王子转向了这边，一手指着小船的方向，眼中透出惊奇的目光，嘴还在动，像喊着什么。他肯定会感到惊奇，除了这只出现在死亡之海上的小船外，船后的泡沫扩散开来，向后宽度逐渐增大，从他那个高度看过去，海面上仿佛出现了一颗拖着雪白彗尾的彗星。

他们很快知道王子并非对他们喊话，他的脚下出现了几个正常身高的人。从这个距离上，他们看上去很小，脸也看不清，但肯定都在朝这个方向看，有的还在挥手。

墓岛原是个荒岛，没有原住民。二十年前，深水去岛上钓鱼时，陪同他的有一名监护官、一名王宫老师、几名护卫和仆从。他们刚上岛，成群的饕餮鱼就游到这片沿海，封死了他们回王国的航路。

他们发现，现在王子看上去又矮了一些，似乎小船距海岛越近，王子就越矮。

小船渐渐接近岛岸，可以看清那些正常身高的人了，他们共八个人，大部分都穿着和王子一样的用帆布做的粗糙衣服，其中有两个老者穿着王宫的制服，但都已经很破旧了，这些人大都挂着剑。他们向海滩跑来，王子远远地跟在后面，这时，他看去仅有其他人的两倍高，不再是巨人了。

卫队长加速划行，小船冲向岛岸，一道拍岸浪像巨手把小船向前推，船身震动了一下，差点把公主颠下船去，船底触到了沙滩。那些已经跑到海滩上的人看着小船犹豫不前，显然是怕水中的饕餮鱼，但还是有四个人跑上前来，帮忙把船稳住，扶公主下船。

“当心，公主不能离开伞！”下船时宽姨高声说，同时使伞保持在公主上方，她这时打伞已经很熟练了，用一只手也能保持伞的旋转。

那些人毫不掩饰自己的惊奇，时而看看旋转的黑伞，时而看看小船经过的海面——那里，赫尔辛根默斯肯香皂的白沫和浮在海面的无数饕餮鱼形成了一条黑白相间的海路，连接着墓岛和王国海岸。

深水王子也走上前来，这时，他的身高与普通人无异，甚至比这群人中的两个高个子还矮一些。他看着来人微笑着，像一个宽厚的渔民，但公主却从他身上看到了父王的影子，她扔下剑，热泪盈眶地喊道：“哥哥，我是你的妹妹露珠！”

“你像我的妹妹。”王子微笑着点点头，向公主伸出双手。但几个人同时阻止了公主的靠近，把三位来者与王子隔开，其中有人佩剑已出鞘，警惕地盯着刚下船的卫队长。后者没有理会这边的事，只是拾起公主扔下的剑察看，为了避免对方误会，他小心地握着剑尖，发现经过这段航程，那块穿在剑上的赫尔辛根默斯肯香皂只消耗了三分之一左右。

“你们必须证实公主的身份。”一位老者说，他身上破旧的制服打理得很整齐，脸上饱经风霜，但留着像模像样的胡须，显然在这孤岛岁月中他仍尽力保持着王国官员的仪表。

“你们不认识我了吗？你是暗林监护官，你——”宽姨指指另一位老者，“是广田老师。”

两位老者都点点头。广田老师说：“宽姨，你老了。”

“你们也老了。”宽姨说着，腾出一只转伞的手抹眼泪。

暗林监护官不为所动，仍一丝不苟地说：“二十多年了，我们一点都不知道王国发生了什么，所以还是必须证实公主的身份。”他转向公主，“请问，您愿意滴血认亲吗？”

公主点点头。

“我觉得没必要，她肯定是我的妹妹。”王子说。

“殿下，必须这样做。”监护官说。

有人拿来两把很小的匕首，给监护官和老师每人一把。与这些人锈迹斑斑的佩剑不同，两把匕首寒光闪闪，像新的一样。公主伸出手来，监护官用匕首在她白嫩的食指上轻轻划了一下，用刀尖从破口取了一滴血。广田老师也从王子的手指上取了血样，监护官从老师手中拿过匕首，小心翼翼地把刀尖上的两滴血混在一起，血立刻变成了纯蓝色。

“她是露珠公主。”监护官庄重地对王子说，然后同老师一起向公主鞠躬。其他的几个人都扶着剑柄单膝跪下，然后站起来闪到一边，让王子和公主兄妹拥抱在一起。

“小时候我抱过你，那时你才这么大。”王子比画着说。

公主向王子哭诉王国已经发生的事，王子握着她的手静静地听着，他那饱经风霜但仍然年轻的脸上表情一直从容镇定。

大家都围在王子和公主周围，静静地听着公主的讲述，只有卫队长在做着一件奇怪的事。他时而快步跑开，在海滩上跑到很远的地方看着王子，然后又跑回来从近前看他，如此反复好几次，后来宽姨拉住了他。

“还是我说得对，王子不是巨人吧。”宽姨指指王子低声说。

“他既是巨人又不是巨人。”卫队长也压低声音说，“是这样的：我们看一般的人，他离得越远在我们眼中就越小，对吧？但王子不是这样，不管远近，他在我们眼中的大小都是一样的，近看他是普通身高，远看还是这么高，所以远看就像巨人了。”

宽姨点点头，“好像真是这样。”

听完公主的讲述，深水王子只是简单地说：“我们回去。”

回王国的船有两只，王子与公主一行三人坐在小船上，其余八人乘另一只更大些的船，是二十年前载着王子一行来墓岛的船，有些漏水，但还能短程行驶。在来时的航道中，泡沫消散了一些，但无数的饕餮鱼仍然浮在海面上很少动弹，有些饕餮鱼被船头撞上，或被桨碰到，也只是懒洋洋地扭动几下，没有更多的动作。大船破旧的帆还能用，在前面行驶，从漂浮一片的饕餮鱼群中为后面的小船开出一条路来。

“你最好还是把香皂放到海里，保险一些，万一它们醒过来怎么办？”宽姨看着船周围黑压压的饕餮鱼，心有余悸地说。

公主说：“它们一直醒着，只是很舒服，懒得动。香皂只剩一块半了，不要浪费，而且我以后再也不用它洗澡了。”

这时，前面的大船上有人喊道：“禁卫军！”

在远处王国的海岸上出现了一支马队，像黑压压的潮水般涌上海滩，马上骑士的盔甲和刀剑在阳光中闪亮。

“继续走。”深水王子镇定地说。

“他们是来杀我们的。”公主的脸色变得苍白。

“不要怕，没事的。”王子拍拍公主的手说。

露珠公主看着哥哥，现在她知道他更适合当国王。

由于是顺风，尽管航道上有懒洋洋漂浮着的饕餮鱼阻碍，回程也快了许多。当两艘船几乎同时靠上海滩时，禁卫军的马阵围拢过来，密集地挡在他们面前，像一堵森严的墙壁。公主和宽姨都大惊失色，但经验丰富的卫队长却把提着的心多少放下一些，他看到对方的剑都在鞘中，长矛也都竖直着；更重要的是，他看到了那些马上的禁卫军士兵的眼睛，他们都身着重甲，面部只露出双眼，但那些眼睛越过他们盯着海面上那漂浮着饕餮鱼的泡沫航道，目光中都露出深深的敬畏。一名军官翻身下马，向刚靠岸的船跑来。大船上的人都跳下船，监护官、老师和几名执剑的卫士把王子和公主挡在后面。

“这是深水王子和露珠公主，不得无礼！”监护官暗林对禁卫军举起一只手臂大声说。

跑过来的军官一手扶着插在沙滩上的剑，对王子和公主行单膝礼，“我们知道，但我们奉命追杀公主。”

“露珠公主是合法的王位继承人！而冰沙是谋害国王的逆贼！你们怎么能听他的调遣?!”

“我们知道，所以我们不会执行这个命令，但，冰沙王子已经于昨天下午加冕为国王，所以，禁卫军现在也不知道该听谁的指挥。”

监护官还想说什么，但深水王子从后面走上前来制止了他，王子对军官说：“这样吧，我和公主与你们一起回王宫，等见到冰沙后，把事情做个了结。”

在王宫最豪华的宫殿中，头戴王冠的冰沙正在同忠于他的大臣们纵酒狂欢。突然有人来报，说深水王子和露珠公主统帅禁卫军从海岸急速向王宫而来，再有一个时辰就到了。宫殿中顿时陷入一片死寂。

“深水？他是怎么过海的？难道他长了翅膀？”冰沙自语道，但并没有像其他人那样面露惊恐，“没什么，禁卫军不会受深水和露珠指挥，除非我死了……针眼画师！”

随着冰沙的召唤，针眼画师从暗处无声地走出，他仍然穿着那身灰斗篷，显得更瘦小了。

“你，带上雪浪纸和绘画工具，骑快马去深水来的方向，看他一眼，然后把他画下来。你见到深水很容易，不用靠近他，他在天边一出现你就能远远看到的。”

“是，我的王。”针眼低声说，然后像老鼠一样无声地离去了。

“至于露珠，一个女孩子，成不了大气候，我会尽快把她的那把伞抢走的。”冰沙说着，又端起酒杯。

宴会在压抑的气氛中结束，大臣们忧心忡忡地离去，只剩下冰沙一人阴郁地坐在空荡荡的大厅中。

不知过了多长时间，冰沙看到针眼画师走了进来，他的心立刻提了起来，不是因为针眼两手空空，也不是因为针眼的样子——画师看上去并没有什么变化，仍是那副小心翼翼的敏感模样，而是因为他听到画师的脚步声。以前，画师走路悄无声息，像灰鼠一般从地面滑过，但这一刻，冰沙听到他发出了吧嗒吧嗒的脚步声，像难以抑制的心跳。

“我的王，我见到了深水王子，但我不能把他画下来。”针眼低着头说。

“难道他真的长了翅膀？”冰沙冷冷地问。

“如果是那样我也能画下他，我能把他翅膀的每一根羽毛都画得栩栩如生，但，我的王，深水王子没有长翅膀，比那更可怕：他不符合透视原理。”

“什么是透视？”

“世界上所有的景物，在我们的视野中都是近大远小，这就是透视原理。我是西洋画派的画师，西洋画派遵循透视原理，所以我不可能画出他。”

“有不遵循透视原理的画派吗？”

“有，东方画派，我的王，你看，那就是。”针眼指指大厅墙上挂着的一幅卷轴水墨画，画面上是淡雅飘逸的山水，大片的留白似雾似水，与旁边那些浓墨重彩的油画风格迥异，“你可以看出，那幅画是不讲究透视的。可是我没学过东方画派，空灵画师不肯教我，也许他想到了这一天。”

“你去吧。”王子面无表情地说。

“是，我的王，深水王子就要到王宫了，他会杀了我，也会杀了你。但我不会等着让他杀死，我将自我了断，我要画出一幅登峰造极的杰作，用我的生命。”针眼画师说完就走了，他离去时的脚步再次变得悄无声息。

冰沙招来了侍卫，说：“拿我的剑来。”

外面传来密集的马蹄声，开始隐隐约约，但很快逼近，如暴雨般急骤，最后在宫殿外面戛然而止。

冰沙站起身，提剑走出宫殿。他看到深水王子正走上宫殿前长长的宽石阶，露珠公主跟在他后面，宽姨为她打着黑伞。在石阶下面的广场上，是黑压压的禁卫军阵列，军队只是沉默地等待，没有明确表示支持哪一方。冰沙第一眼看到深水王子时，他有普通人的二倍身高，但随着他在台阶上越走越近，身高也在冰沙的眼中渐渐降低。

有那么一瞬间，冰沙的思绪回到了二十多年前的童年。那时，他已经知道了饕餮鱼群正在游向墓岛海域，但还是诱骗深水去墓岛钓鱼。当时父王在焦虑中病倒了，他告诉深水，墓岛有一种鱼，做成的鱼肝油能治好父王的病。一向稳重的深水竟然相信了他，结果如他所愿一去不返，王国里没人知道真相，这一直是他最得意的一件事。

冰沙很快打断思绪回到现实，深水已经走上宫殿前宽阔的平台，他的身高已与正常人差不多了。

冰沙看着深水说："我的哥哥，欢迎你和妹妹回来，但你们要明白，这是我的王国，我是国王，你们必须立刻宣布臣服于我。"

深水一手按在腰间生锈佩剑的剑柄上，一手指着冰沙说："你犯下了不可饶恕的罪行！"

冰沙冷冷一笑，"针眼不能画出你的画像，我的利剑却可以刺穿你的心脏！"说着他拔剑出鞘。

冰沙与深水的剑术不相上下，但由于后者不符合透视原理，冰沙很难准确判断自己与对手的距离，处于明显劣势。决斗很快结束，冰沙被深水一剑刺穿胸膛，从高高的台阶上滚下去，在石阶上拖出一条长长的血迹。

禁卫军欢呼起来，他们宣布忠于深水王子和露珠公主。

与此同时，卫队长在王宫中搜寻针眼画师。有人告诉他，画师去了自己的画室。画室位于王宫僻静的一角，平时戒备森严，但由于王宫中突发的变故，守卫大部分离去，只留下了一个哨兵。此人原是长帆的部下，说针眼在半个时辰前就进了画室，一直待在里面没有出来。卫队长于是破门而入。

画室没有窗户，两个银烛台上的蜡烛大部分已经燃尽，使这里像地堡一样阴冷。卫队长没有看到针眼画师，这里空无一人，但他看到了画架上的一幅画，是刚刚完成的，颜料还未干，这是针眼的自画像。确实是一幅精妙绝伦的杰作，画面像一扇通向另一个世界的窗口，针眼就在窗的另一边望着这个世界。尽管雪浪纸翘起的一角证明这只是一幅没有生命的画，卫队长还是尽力避开画中人那犀利的目光。

长帆环顾四周，看到了墙上挂着一排画像，有国王、王后和忠于他们的大臣，他一眼就从中认出了露珠公主的画像。画中的公主让他感到这阴暗的画室如天国一般明亮起来，画中人的眼睛摄住了他的魂，使他久久陶醉其中。但长帆最后还是清醒了，他取下画，拆掉画框，把画幅卷起来，毫不犹豫地在蜡烛上点燃了。

画刚刚烧完，门开了，现实中的露珠公主走了进来，她仍然穿着那身朴素的平民衣服，自己打着黑伞。

“宽姨呢？”长帆问。

“我没让她来，我有话要对你说。”

“你的画像已经烧了。”长帆指指地上仍然冒着红光的灰烬说，“不用打伞了。”

公主让手中的伞转速慢下来，很快出现了夜莺的鸣叫声，随着伞面的下垂，鸟鸣声越来越大，也越来越急促，最后由夜莺的叫声变成寒鸦的嘶鸣，那是死神降临前的最后警告。当伞最后合上时，随着伞沿那几颗石球吧嗒的碰撞，伞安静下来。

公主安然无恙。

卫队长看着公主，长长地出了一口气，又低头看看灰烬，“可惜了，是幅好画，真该让你看看，但我不敢再拖下去了……画得真美。”

“比我还美吗？”

“那就是你。”长帆深情地说。

公主拿出了那一块半赫尔辛根默斯肯香皂，她一松手，没有重量的雪白香皂就像羽毛似的飘浮在空气中。

“我要离开王国，去大海上航行，你愿意跟我去吗？”公主问。

“什么？深水王子不是已经宣布，你明天要加冕为女王吗？他还说他会全力辅佐你的。”

公主摇摇头，“哥哥比我更适合当国王，再说，如果不是被困墓岛，王位本来就应该由他继承。他如果成为国王，站在王宫的高处，全国都能看到他。而我，我不想当女王，我觉得外面比王宫里好，我也不想一辈子都待在无故事王国，想到有故事的地方去。”

“那种生活艰难又危险。”

“我不怕。”公主的双眼在烛光中焕发出生命的光芒，让长帆感到周围又亮了起来。

“我当然更不怕，公主，我可以跟着你到海的尽头，到世界尽头。”

“那我们就是最后两个走出王国的人了。”公主说着，抓住了那一块半飘浮的香皂。

“这次我们乘帆船。”

“对，雪白的帆。”

第二天早晨，在王国的另一处海岸上，有人看到海中出现了一张白帆，那艘帆船后面拖曳着一道白云般的泡沫，在朝阳中驶向远方。

以后，王国中的人们再也没有得到露珠公主和长帆的消息。事实上王国得不到任何外界的消息，公主带走了王国中最后一块半赫尔辛根默斯肯香皂，再也没有人能够冲破饕餮鱼的封锁。但没有人抱怨，人们早已习惯了这样的生活，这个故事结束后，无故事王国永远无故事了。

但有时夜深人静，也有人讲述不是故事的故事，那是对露珠公主和长帆经历的想象。每个人的想象都不一样，但人们都认为他俩到过无数神奇的国度，还到过像大海一样广阔的陆地，他们永远在航行和旅途中，不管走到哪里，他们总是幸福地生活在一起。

会场中，看完故事的人开始窃窃私语，更多的人仍沉浸在王国、大海、公主和王子的世界中。有的人沉思，有的人呆呆地盯着已经合上的文件，似乎能从封面上看出更多的内容。

“那个公主很像你呀。”AA小声对程心说。

“把注意力集中到正事上来……我有那么娇气吗？我会自己打那把伞的。”程心说，她是会场中唯一没有看文件的人，这个故事她已经倒背如流。其实，她真的不止一次想过，露珠公主是不是以自己为原型的，里面肯定有自己的影子，但卫队长不像云天明。

他认为我会扬帆远航吗，和另一个男人一起？

主席看到与会者都看完了文件，就请大家发表意见，主要是IDC各小组下一步的工作方向。

文学组的委员请求发言，这是最后想起来增设的一个专业小组，主要由文学作家和研究公元世纪文学史的学者组成，因为考虑到也许他们能有点用处。

请求发言的文学组委员是一名儿童文学作家，他说：“我知道，在以后的工作中，我的小组是最没有话语权的，所以趁现在有机会先说几句。”他举起手中蓝色封面的文件，“很遗憾，我认为这份情报是无法解读的。”

“为什么这样看？”主席问。

“首先明确我们要从中得到什么——人类未来的战略方向。如果这个信息真的存在的话，不管内容是什么，它的含义肯定是确定的，我们不可能把模糊的、多义的信息作为战略方向，但模糊性和多义性恰恰是文学作品语境的特点。为了安全，这三个故事中所包含的真正的情报信息一定隐藏得很深，这更增加了信息的多义性和不确定性，所以，我们将面临的困难，不是从这三个故事中解读不出信息，而是可能的解读太多了，但哪个都是不确定的。

“最后说句题外话：以童话作家的身份向云天明表示敬意。如果仅仅作为童话，这个故事很不错。”

第二天，IDC对云天明情报的解读工作全面展开。很快，人们就觉得那个童话作家确有先见之明。

云天明的三个故事包含着丰富的隐喻、暗示和象征，任何一个情节都可以解读出许多不同的含义，每种含义都有一定的理由和依据，但却无法确定哪一种是作者想要传递的信息，因而任何一种解读都无法成为战略情报。

比如，在故事开始出现的把人画到画里的情节，被认为是比较明显的隐喻和暗示，但不同学科的不同专家都有不同的理解。有人认为，绘画象征着对现实世界的数字化或信息化，因此这个情节可能暗示着对人的数字化，暗示着人类通过自身的数字化躲过黑暗森林打击。持这一观点的学者还注意到，被画到画里的人对于现实世界是安全的，因而人类数字化也可能是发布宇宙安全声明的一种途径。但另一种观点认为，这个情节有空间维度的隐喻，画纸与现实是两个不同维度的空间，人物被画入画中后在三维现实消失，使人不由得联想到“蓝色空间号”和“万有引力号”两舰在四维空间碎块中的遭遇，作者可能暗示人类把四维空间作为避难所，或者用某种方式通过四维空间向宇宙发布安全声明。也有人认为，深水王子不符合透视原理的身高也暗示着四维空间。

再比如，饕餮鱼隐喻着什么？有人从它们众多的数量、隐蔽的状态和极强的攻击性考虑，认为它们象征着黑暗森林状态中宇宙的文明群体，而使饕餮鱼在舒适中忘却攻击，则暗示了宇宙安全声明的某些未知的原则。另一个观点则与之相反，认为饕餮鱼暗示着某种人造智能机器，这种机器体积很小，但可以自我复制，这种机器被放入太空后，以柯伊伯带或奥尔特星云中的太空尘埃和彗星为原料，大量复制自己，数量呈几何级数增长，最终在太阳系周围形成一圈类似于柯伊伯带或奥尔特星云的智能屏障。这道屏障有各种可能的作用，比如对攻击太阳的光粒进行拦截，或使太阳系呈现某种能够从远方观察到的特殊形态，以达到发布安全声明的目的。这一解读被称为“鱼群设想”，是所有解读结果中较受重视的一个，因为与其他解读相比，“鱼群设想”具有较为明晰的技术轮廓，它也是世界科学院最早立项进行深入研究的一个解读。不过，IDC从一开始并没有对“鱼群设想”抱太大的希望，这个设想在技术上实现的可能性较大，但进一步研究发现，“鱼群”要想通过自身复制在太阳系外围形成屏障，需要上万年的时间，同时，从智能机器的功能看，无论是它的防御效果还是借助其发布安全声明的可能性，都只是水中月镜中花……“鱼群设想”最终还是被恋恋不舍地放弃了。

还有那把保护公主的旋转伞、神秘的雪浪纸和黑曜石、神奇的香皂……这些都被解读出大量的不同含义。

但正如童话作家所说，所有这些含义，看上去都有可能是真实的，又都不确定。

不过，也并非三个故事中的所有内容都是这么晦涩模糊和模棱两可，至少有一个东西，IDC的专家们认为可能含有确定信息，甚至可能成为打开云天明情报神秘之门的钥匙。

这就是那个奇怪的地名：赫尔辛根默斯肯。

云天明是用纯汉语向程心讲述三个故事的，人们注意到，故事中的绝大部分地名和人名都是具有明确含义的中文名，如无故事王国、饕餮海、墓岛、露珠公主、冰沙和深水王子、针眼和空灵画师、长帆卫队长、宽姨等，却突兀地出现这样一个音译地名，而且很长，发音又如此古怪。但这个怪异的名字在故事中反复出现，其出现频率高到不正常的地步：针眼和空灵画师来自赫尔辛根默斯肯，他们绘画用的雪浪纸来自赫尔辛根默斯肯，压纸的黑曜石石板和熨斗都来自赫尔辛根默斯肯，卫队长长帆是赫尔辛根默斯肯出生的人，赫尔辛根默斯肯的香皂，赫尔辛根默斯肯的饕餮鱼……作者似乎在反复强调这个名字的重要性，但故事中对赫尔辛根默斯肯并没有什么更具体的描写。它是一个像无故事王国一样的大岛，或是一块大陆，还是一组群岛，都不得而知。人们也不知道这个名字属于哪种语言，云天明在离开时的英语水平很一般，不懂任何第三种语言，但也不排除他后来学习的可能性。这个词不像英语，甚至不能确定它是否属于印欧语系；当然也不可能来自三体语言，因为三体语言是没有声音表达的。

学者们用各种地球上的已知语言拼写赫尔辛根默斯肯，向各专业咨询，在网络上和各种专业数据库中查询，均一无所获。在这个诡异的词语面前，各个学科最智慧的头脑都一筹莫展。

每个专业小组的人都问过程心，她确实记清这个词的发音了吗？程心都给出肯定的回答，她当时就注意到了这个地名的不寻常，着重记忆它，加上这个地名在故事中反复出现，应该不会有错的。

IDC的情报解读陷入僵局。这样的困难本在意料之中，如果人类能够轻易地从云天明的故事中解读出战略情报，那三体人也能，所以真正的情报信息必然在故事中隐藏极深。各小组的专家们疲惫不堪，智子屏蔽室中的静电和刺鼻的气味让他们十分烦躁。根据对故事不同的解读，每个小组都分成了好几个派别，彼此争吵不休。

随着解读僵局的出现，IDC内部渐渐出现了怀疑，怀疑三个故事中是否真的包含了有意义的战略情报信息。这种怀疑更多是针对云天明本身的，他毕竟只有公元世纪的大学本科学历，放到现在连初中的知识程度都达不到。在他执行使命之前有限的工作经历中，从事的也大多是基层事务性工作，没有高级科研经验，更不具备基础科学的理论能力。虽然他在被截获并克隆复活后可以学习，但对于他是否有能力理解三体世界的超级技术，特别是这种技术背后的基础理论，人们仍持怀疑态度。

更糟糕的是，随着解读工作的进行，一些复杂的东西不可避免地进入IDC。开始，所有人都在齐心协力为人类的未来而猜谜，但后来，各个政治实体和利益集团的影子开始在解读工作中显现。舰队国际、联合国、各个国家、跨国公司、各大宗教等，都在按照自己的政治意愿和利益诉求解读故事，把情报解读变成了宣传自己政治主张的工具。一时间，故事像个筐，什么都能往里装，致使解读工作变了味。不同派别之间的争论也更加政治化和功利化，令所有人灰心丧气。

但IDC对情报的解读陷入僵局产生了一个正面作用，就是使人们放弃了对奇迹的幻想。事实上，公众早就停止了这种幻想，因为他们根本就不知道云天明情报的存在。自下而上的政治压力，促使舰队国际和联合国把注意力从云天明情报转移到以人类现有技术为基础寻找地球文明的生存机会上来。

从宇宙尺度上看，三体世界的毁灭近在眼前，使人类世界有机会对恒星被摧毁的过程进行全面和细致的观测，这种观测得到了大量的完整数据。由于被摧毁的恒星与太阳在质量和星序上都十分相似，使人类有可能精确掌握太阳受到黑暗森林打击时灾变的数学模型。事实上，这方面的研究从三体世界毁灭的光信号传到太阳系那一刻起就大规模地开始了，研究的结果直接导致了掩体计划的诞生。现在，掩体计划已取代云天明情报，得到了国际社会空前的关注。

《时间之外的往事》（节选）

掩体计划——地球文明的方舟

一、对太阳系黑暗森林打击时间的预测

乐观预测，一百至一百五十年；一般预测，五十至八十年；悲观预测，十至三十年；人类生存计划按七十年时间段规划。

二、需要拯救的人口数量

按目前世界人口递减速率计算，七十年后约为六亿至八亿人。

三、对黑暗森林打击的总体预测

以三体恒星毁灭的观测数据为基础，建立了太阳遭到同样打击时的灾变数学模型。对该模型的运算表明，如果太阳遭到光粒袭击，火星轨道之内的类地行星将被全部摧毁。在打击初期，水星和金星完全解体，地球将保留一部分体积并维持球体形状，但其表面将被剥离，剥离深度达五百千米左右，包括全部地壳和地幔的一部分；火星表面将被剥离一百千米左右。在打击后期，所有类地行星将由于太阳爆发物质的阻力降低轨道，最终坠落到太阳的残存核心上，完全毁灭。

数学模型显示，太阳爆发的破坏力，包括辐射和扩散的恒星物质的冲击，与距离的平方成反比，即与太阳距离增大时破坏力急剧降低，这就使得距太阳较远的类木行星能够在打击中幸存。

在打击初期，木星表面将受到剧烈扰动，但其整体结构将保持完好，木星的卫星系统将基本保持不变。土星、天王星和海王星只是在表面受到一般扰动，结构保持完好。扩散的太阳物质将会对三颗类木行星的运行轨道产生一定影响，但在打击后期，爆发后的太阳物质将形成螺旋状的残骸星云，其旋转的角速度和方向将与类木行星保持一致，不再对行星产生足以降低轨道的阻力。

可以确定，太阳系的四颗巨行星：木星、土星、天王星和海王星在黑暗森林打击后将保持完好。

这个重要的预测是掩体计划的基本依据。

四、被放弃的人类生存计划

1. 星际逃亡计划：

技术上完全不可行。在规划的时间区段内，人类不可能具备超大规模的星际远航能力，能够进行星际逃亡的人数只占总人口的不到千分之一，且在飞船燃料耗尽和生态系统衰竭前，找到可居住的地外行星的可能性很小。

由于该计划只能接纳很小比例的人口，有违人类社会最基本的价值观和道德准则，在政治上也完全不可行，可能引发人类社会的剧烈动荡和全面崩溃。

2.远距离躲避计划：

可行性很低。计划的内容是在距太阳足够远的太空中建立人类居住点，以避开太阳爆发。根据模型计算，参照可预见的未来人类太空城的防护水平，安全的距离为距太阳六十个天文单位，已越出柯伊伯带。那个距离的太空区域资源贫乏，难以找到建设太空城市的原材料；同样由于资源问题，太空城即使建成，人类在其中的生存也面临难以克服的困难。

五、掩体计划

以木星、土星、天王星和海王星四大巨行星为掩体，避开黑暗森林打击引发的太阳爆发。计划在四大行星的背阳面建设供全人类移民的太空城，这些太空城紧靠各大行星，但不是它们的卫星，而是与行星一起绕太阳同步运行，这就使得太空城一直处于四大行星的背阳面，在太阳爆发时受到行星的屏蔽和保护。计划建立五十座太空城，每座可容纳一千五百万人左右。其中，木星背面二十座，土星背面二十座，海王星背面六座，天王星背面四座。

建设太空城的材料取自四大行星的卫星，以及土星和海王星的星环。

六、掩体计划的技术问题

该计划所涉及的技术基本在人类已达到的范围之内，舰队国际已具有丰富的太空城建设经验，并且已经在木星拥有相当规模的太空基地。也存在一些预计能够在计划规划的时间内克服的技术挑战，如太空城的位置维持。太空城不是四大行星的卫星，它们在行星的背阳面与行星保持相对静止的状态，且与行星的距离很近，引力会将太空城拉向行星，所以必须在太空城上安装位置维持发动机，以抵消行星引力，保持太空城与行星间的距离。最初计划太空城的位置位于巨行星的第二拉格朗日点[①]，这是位于巨行星外侧的引力平衡点，没有位置维持问题，但发现距离掩体行星太远，难以起到防护作用。

七、黑暗森林打击后人类在太阳系的生存问题

太阳被摧毁后，太空城将依靠核聚变能源生存。这时，太阳系将呈现螺旋星云状态，太阳爆发后形成的残骸星云中将含有几乎取之不尽的聚变燃料资源，可以很容易地大量采集，从太阳残存内核中也有可能采集到丰富的聚变燃料，可以满足人类长期生存的能源需求。每座太空城内可以拥有人造太阳，产生与打击前的地球所获日照相当的日照。从能源角度看，这时人类的资源贮备应该比打击前扩大了许多个数量级，因为对于太阳系的核聚变资源，太空城的消耗量仅是太阳的几亿亿分之一——从这个意义上说，太阳被摧毁竟然中止了太阳系核聚变资源的超级浪费。

木星的卫星木卫二表面全部由深达一百六十千米的海洋覆盖，含有

① 在行星与太阳构成的系统中，共有五个引力平衡的拉格朗日点，稳定的有两个，其中第二拉格朗日点位于行星与太阳连线上行星的外侧。

丰富的水资源，其贮量大于地球的海洋，可以满足太空城的需要。另外在星云内部还有大量的水资源。

在打击后，当星云态的太阳系基本稳定时，所有太空城将脱离作为掩体的行星，在太阳系内寻找较为适宜的生存空间。可以离开星云聚集的黄道面一段距离，避免星云的影响，同时从星云中采集各种资源。由于太阳爆发使类地行星解体，这时太阳系中的各种矿藏资源将游离在星云中，更容易开发和采集，这就为建设更多的太空城提供了条件。从这时残骸星云中的资源状况来看，对太空城数目的唯一限制是水资源，但仅木卫二的水资源就足以支持一千个容纳一千万至两千万人口的太空城。

所以，打击后的太阳系残骸星云可以为上百亿人口提供舒适的生活，并使人类文明具备足够的发展空间。

八、掩体工程对地球国际的影响

这是全人类建设一个新世界的工程，规模空前，启动它面临的最大障碍不是在技术方面而是在国际政治上。公众普遍担心掩体工程将耗尽地球资源，带来地球社会政治和经济的大倒退，甚至出现第二次大低谷。但舰队国际和联合国一致认为这个危险完全可以避免，掩体工程将成为一个完全的地球外工程，所需的资源百分之百取自地球之外的太阳系空间，主要来自四大类木行星的卫星，以及土星、天王星和海王星的星环，不会对地球资源和经济产生任何影响。相反，当太空的资源开发达到一定的规模，甚至可以反哺地球经济。

九、掩体工程总体步骤

用二十年时间建立巨行星带资源开发工业体系，再用六十年时间进行太空城建设，两个阶段间有十年的重叠期。

十、关于第二次黑暗森林打击的可能性

第一次打击产生的宏观效果，会让绝大多数远处观察者认为太阳系文明已被摧毁。同时，由于太阳已不存在，太阳系内已经没有经济型打击可以利用的超级能量源。所以，出现第二次黑暗森林打击的可能性很小。187J3X1恒星被摧毁后到目前的状况也部分证明了这一点。

随着掩体工程启动的临近，云天明渐渐淡出了国际社会的视线，IDC对情报的解读仍在进行，但只是作为行星防御理事会的一项例行工作，从中解读出真正的战略情报的希望越来越小。在IDC中，有人居然把掩体计划与云天明情报联系起来，解读出好几个与掩体计划有关的信息。比如那把伞，之前就很自然地被认为是防御系统的暗示，现在有人提出，伞沿的石球象征着太阳系的类木行星。太阳系可作为掩体的巨行星有四个，但在云天明故事中却没有伞骨数量的信息，从常理讲，四根伞骨显然少了些。其实，并没有多少人从理智上相信这个说法，但现在，云天明的故事对他们来说已经变成了类似于《圣经》的东西，不知不觉中，他们从中寻找的已不再是真实的战略情报，而是某种对现实的慰藉。

但就在这时，对云天明情报的解读却出现了出人意料的突破。

这天，艾AA来找程心。她早就不随程心参加IDC会议了，而是把所有精力集中在使公司介入掩体计划工程的努力上。人类将在木星轨道外建设新世界，这对于太空建筑公司无疑是近乎无限的发展前景。很巧，程心的公司就叫星环集团，而类木行星的星环是建设太空城的主要原材料来源。

“我想要一块香皂。”AA说。

程心没有理会AA的要求，她的眼睛没有离开面前的电子书，并问了AA一个聚变物理学的问题。从第一次苏醒以后，她就在努力学习现代科技。以自己的专业而言，公元世纪的航天技术现在已经全部消失，即使一艘小小的太空艇都使用核聚变推进。程心只能从基础的物理学开始，但她学得很快。其实，时代的隔阂并没有造成学习的障碍，基础理论的大规模更新只是威慑纪元开始以后的事，经过学习，来自公元世纪的许多科学家和工程师在新纪元都能再次适应自己的专业。

AA关掉程心的电子书，“我要香皂！”

“我没有香皂。你不会真的以为香皂有故事中的神奇功效吧？”程心话外的意思是，你什么时候能不再那么孩子气。

“我知道，但我喜欢泡泡，我想像公主那样在泡沫中洗澡，所以我想要香皂！”

现代的洗涤方式已与泡沫无关了，香皂和其他洗涤用品在一个多世纪前就已消失，现在洗涤主要采用两种方法，超声波和清洁体。清洁体是肉眼看不到的纳米机器人，可以溶于水，也能干燥使用，可在瞬间清洁物体表面和皮肤。

程心只好同AA出去找香皂，以前她处于抑郁中的时候，AA也常这样强行把她拉出去散心。

面对着城市的巨树林，她们想了半天，觉得最有可能找到香皂的地方只有博物馆。在一家展示城市历史的博物馆中，她们找到了香皂。那是在一个展示公元世纪日常用品的展厅中，里面光线很暗，展柜中那些物品被聚光灯照亮，都是公元世纪的东西，有各种家用电器、服装、家具等。这些东西保存得很好，一尘不染，有些甚至给人崭新的感觉。程心无法在感情上接受这些都是两个多世纪前文物的事实，她见到这些东西也没有久违的感觉，似乎它们昨天还分布在自己的周围。从第一次苏醒到现在，经历了这么多的事，新纪元对她仍是一个梦，她的精神固执地生活在过去。

香皂放在一个日用品展柜中，放在一起的还有其他洗涤用品，像肥皂和洗衣粉什么的。在香皂表面印着一个程心熟悉的商标，那块香皂是白色的，与故事中的一样。

博物馆馆长一开始说那块香皂是文物，不出售，接下来又漫天要价。

“买这块香皂的钱可以建一个小型日化厂了。”程心对AA说。

“日化厂是什么？”

“就是生产香皂的工厂。”

“那有什么！我为你做了这么长时间的CEO，你应该送我一件礼物的！再说了，它以后还可能增值呢！”

于是她们买下了那块香皂。之前程心建议，如果AA想洗泡泡澡的话，买那瓶沐浴露比较好，但AA说她就要香皂，因为那个公主用的是香皂。小心翼翼地从陈列柜中取出香皂后，程心把它拿在手中看了看，这两个世纪前的东西，还能闻到淡淡的清香。

回到住处后，AA迫不及待地拆开了那文物级的真空包装，拿着香皂进了浴室，关上门后里面响起了浴缸放水的声音。

程心敲了敲浴室的门说：“你最好不要用香皂洗澡，那是碱性的，你从来没用过，不适应，会伤皮肤的。”

AA没有回答。过了好一会儿，当放水声停止时，浴室的门打开了。

程心看到AA还完整地穿着衣服，她手里挥着一张白纸对程心说："你会叠小船吗？"

"这个技艺也失传了？"程心接过纸问。

"当然，现在很少见到纸了。"

程心坐下来叠船。她的思绪回到了大学时代那个细雨中的下午，她和云天明坐在水边，在笼罩着细雨和薄雾的水面上，她叠的那只小纸船渐漂渐远。然后，她又想起了云天明故事中最后的那张白帆……

AA拿过程心叠好的带篷的小纸船，称赞很漂亮，然后示意程心也进浴室。在盥洗台上，她用小刀片从香皂上切下了小小的一片，然后把小纸船的尾部扎了一个小孔，把那一小片香皂插入小孔中，抬头对程心神秘地一笑，轻轻地把纸船放进已灌满水并且水面已经平静下来的浴缸中。

小船向前移动了，在这片小小的水面上，从此岸航向彼岸。

程心立刻明白了原理：香皂在水中溶解后，降低了小船后方水面的张力，但船前方水面的张力不变，小船就被前方水面的张力拉过去了。[1]但这个想法转瞬即逝，程心的思想随即被一道闪电照亮！在她的眼中，浴缸中平静的水面变成了漆黑的太空，白色的小纸船在这无际的虚空中以光速航行……

但另一个念头立刻占据了程心的思想：云天明的安全。这个念头就像一只手猛然抓住了思想的琴弦，让它停止了振动。她强迫自己把目光从小船上移开，尽可能地对这件事表现出不以为然和毫无兴趣的样子。小船这时已经行驶到浴缸的另一侧，轻轻地停靠在边上，她伸手把纸船从水中拿起来，甩甩水后扔到盥洗台上。她克制住了把纸船扔进马桶冲

①这个试验的效果与水的硬度和清洁度有关，最好在小船后部加一个舵，否则，船可能不走直线。

走的冲动，但打定主意不能再把它放到水中了。

危险，虽然程心自己也倾向于相信太阳系中已经没有智子，但还是谨慎些为好。

程心的目光与AA相遇，发现对方的眼睛仿佛是自己眼睛的镜像，迸射出同样的因顿悟而兴奋的光芒。她立刻把目光移开，淡淡地说："不陪你玩儿了，你想洗澡就洗吧。"说完走出了浴室。

AA也跟着程心出来，她们倒上两杯葡萄酒，开始海阔天空地聊起来。先是谈星环公司在掩体工程中的前景，然后回忆各自在不同世纪中的大学生活，然后聊现在的生活。AA问程心为什么来到新纪元这么长时间还没有遇到一个中意的男人，程心说她到现在还无法像一个正常人那样生活，并说AA的问题是男朋友太多，她当然可以把情人带到这里来，但最好一次只带一个。她们还聊起两个时代女人们的时尚与嗜好，哪些相同哪些不同……她们只是通过语言发泄着自己的兴奋，不敢停下来，似乎一旦沉默，那个藏在各自心中的惊喜就会化为泡影。终于，在滔滔不绝中的一个不引人注意的间隙，程心轻轻冒出两个字：

"曲率——"

后两个字她用眼睛说出：**驱动？**

AA轻轻点头，她的目光说：**是的，曲率驱动！**

《时间之外的往事》（节选）

弯曲空间的动力

这个宇宙的空间并不是平坦的，而是存在着曲率，如果把宇宙的整体想象为一张大膜，这张膜的表面是弧形的，整张膜甚至可能是一个封闭的肥皂泡。虽然膜的局部看似平面，但空间曲率还是无处不在。

早在公元世纪，曾出现过许多极富野心的宇宙航行设想，其中之一就是空间折叠。设想把大范围空间的曲率无限增大，像一张纸一样对折，把“纸面”上相距千万光年的遥远的两点贴在一起。这个方案严格说来不应称为宇宙航行，而应该叫作“宇宙拖曳”，因为它实质上并不是航行到目的地，而是通过改变空间曲率把目的地拖过来。

这种气吞宇宙的事只有上帝才做得出来，如果加上基本理论的限制，可能上帝也不行。

对于利用空间曲率航行，后来又出现了一个更温和更局部的设想，一艘处于太空中的飞船，如果能够用某种方式把它后面的一部分空间熨平，减小其曲率，那么飞船就会被前方曲率更大的空间拉过去，这就是曲率驱动。

曲率驱动不可能像空间折叠那样瞬间到达目的地，但却有可能使飞船以无限接近光速的速度航行。

但直到云天明情报被正确解读前，曲率驱动仍是一个幻想，同上百个光速飞行的幻想方案一样，无论从理论上还是技术上，没有人知道它是否可行。

AA眉飞色舞地对程心说：“威慑纪元前，曾时兴穿带图像的衣服，那时的人一个个亮闪闪的，五光十色，可现在只有小孩儿那样，古典的服装又成主流了。”

但AA的眼睛却在说着另外的话，她的目光黯淡下来：这个解读看上去很靠谱，但要最后确定还是不可能，大概也得不到承认。

程心说:“我现在最吃惊的是，贵金属和宝石都不存在了。黄金已经成为普通的金属，这两个酒杯都是用钻石做的……你知道吗？我们那个时候，拥有这么小的一粒钻石，就这么小，对于大多数女孩子来说都是永远的奢望。”

她的眼睛说：不，AA，这次不一样，这次能确定！

“至少你们那时铝便宜了，电解铝出现之前铝也是贵金属，听说还有国王的王冠是铝的。”

怎么确定？

程心知道这次不可能再用目光表达了，IDC曾经要为她的住处配置一个智子屏蔽的房间，那要安装一大堆体积和噪声都很大的设备，她嫌麻烦没答应，现在很后悔。

“雪浪纸。”程心轻声说。

AA黯淡下去的目光瞬间又被点燃了，兴奋的光芒比上次更加明亮。

“这纸用别的东西真的弄不平吗？”

“弄不平的，只有用赫尔辛根默斯肯的黑曜石石板才能压平……”

……

这时，房间一角的钟敲响了，空灵画师抬头看看，已是凌晨，天快亮了。他再看看雪浪纸，压平的一段从纸卷中伸了出来，平铺在地板上不再卷回去，但只有一掌宽的一条，远不够绘一幅画的。他扔下熨斗，长叹一声。

一卷纸，一卷带曲率的纸，被拉出一段熨平了，减小了曲率。

这个意象是对曲率驱动时飞船前后空间形态的明显暗示，不可能是别的。

“我们走。”程心站起身说。

“我们走。”AA也说，她们要去最近的智子屏蔽室。

两天后，在IDC委员会的会议上，主席宣布所有的专业小组都认可了对曲率驱动的解读。

云天明告诉地球世界：三体光速飞船采用空间曲率驱动。

这是一个极其重要的战略情报。在众多的光速航行设想中，它确定了空间曲率驱动是可行的，这就为人类的宇航技术发展指出了明确的战略方向，如漆黑夜海中亮起的一座灯塔。

同样重要的是，这次成功的解读揭示了云天明在三个故事中隐藏情报的模式，可以归结为两点：双层隐喻和二维隐喻。

双层隐喻：故事中的隐喻不是直接指向情报信息，而是指向另一个更简单的事物，而这个事物则以较易解读的方式隐喻情报信息。在这个例子中，公主乘的小船，赫尔辛根默斯肯香皂和饕餮海，都是隐喻一个东西——肥皂驱动的纸船，而肥皂船的隐喻目标才是空间曲率驱动。在以前的解读中，人们陷入困惑的一个重要原因，就是按单层隐喻的习惯性思维解读故事，认为故事情节直接隐喻情报信息。

二维隐喻：这种模式是用于解决文学语言所产生的信息不确定性的问题。在一个双层隐喻完成后，附加一个单层隐喻，用来固定双层隐喻的含义。在此例中，用雪浪纸的卷曲和熨平暗示曲率驱动中的空间形态，把肥皂船的隐喻确定下来。如果把故事看作一个二维平面，双层隐喻只为真实含义提供了一个坐标，附加的单层隐喻则相当于第二个坐标，把含义在平面上的位置固定下来，所以这个单层隐喻又被称为含义坐标。含义坐标单独拿出来看是没有意义的，但与双层隐喻结合，就解决了文学语言含义模糊的问题。

"一个精妙的系统。"一位PIA的情报专家赞叹道。

委员们都向程心和AA表示祝贺和敬意，尤其是AA，一贯受到轻视的她现在令人刮目相看，在委员会中的地位提高了不少。

但程心的眼睛却湿润了。她想到了云天明，想象着这个在外太空的漫漫长夜和怪异险恶的异族社会中孤军奋战的男人，为了向人类传递情报，如何殚精竭虑，设计了这样一个隐喻模式，再在漫长的孤独岁月中创作出上百个童话故事，最后精心地把情报隐藏在其中三个故事中。三个世纪前他送给了程心一颗星星，三个世纪后他又带给人类一个希望。

以后的解读工作顺利了许多，除了有新发现的隐喻模式的指导，人们还默认了一个没有被证实的排除法：第一个被成功解读的情报与从太阳系逃亡有关，那剩下的情报有很大可能是关于安全声明的。

但解读者们很快发现，与第一个情报相比，隐藏在三个故事中的其他情报信息要复杂得多。

在接下来的IDC委员会会议上，主席拿来了一把他安排人专门制造的伞，与故事中空灵画师送给公主的保护伞一样，是黑色的，有八根伞骨，每根的末端都有一只小石球。真正意义上的伞早就从现代生活中消失了，现代人遮雨使用一种叫避雨器的东西，如小手电筒般大小，向上吹出气流把雨吹开。人们当然知道伞这东西曾经存在，也在影视中见过，但很少有人见过实物。大家好奇地争相摆弄这东西，发现它可以像故事中描写的那样在旋转中借石球的离心力张开，在旋转速度过快或过慢时也能发出相应的声音报警。大家的第一感觉是这样旋转着打伞是件很累的事，公主的奶妈居然能这样打一天伞，很让人佩服。

AA也拿过伞旋转着打开，她的手劲比较小，转动的伞面很快垂下来，警示转速过慢的鸟叫声出现了。

从主席把伞第一次打开时，程心就目不转睛地盯着它，现在，她突然指着AA喊道："别停下！"

AA加快了伞的转速，鸟叫声消失了。

"再转快些。"程心盯着伞说。

AA使尽力气转伞，警示转速过快的风铃声出现了；然后程心又让她转慢些，直到再次出现鸟叫声，就这样反复了几次。

"这不是伞！"程心指着旋转中的伞说，"我知道它是什么！"

旁边的毕云峰点点头，"我也知道了。"然后他转向在场的第三个公元人曹彬，"这是一种只有我们三个人才能想到的东西。"

"是的。"曹彬看着伞兴奋地说，"即使在我们那个时代，这东西也很陌生了。"

其余的与会者有的看着这三个活着的古人，有的看着伞，全都莫名其妙，但也都兴奋地期待着。

"蒸汽机离心调速器。"程心说。

"那是什么，一种控制电路？"有人问。

毕云峰摇摇头，"发明那东西的时候还没有电。"

曹彬开始解释:“那是18世纪出现的东西,一种用于调节蒸汽机转速的装置。它主要由两根或四根头部带金属球的悬杆和一根带套筒的转轴组成,就像这把伞,只是伞骨数量要少些。这个装置的转轴由蒸汽机带动旋转,当蒸汽机转速过快时,铁球由于离心力抬起悬杆,带动套筒上升,把与套筒相连的蒸汽门关小,降低蒸汽机转速;蒸汽机转速过低时,离心力的减小使悬臂内合,像伞合上一样,推动套筒下滑,开大蒸汽门增加转速……这是最早的工业自动控制系统。”

于是,人们知道了伞的第一层隐喻。但与肥皂船不同,蒸汽机离心调速器并没有明确的隐喻指向,它所隐喻的东西人们能够想到很多,比较确定的有两项——

负反馈自动控制,恒定的速度。

于是,解读者们开始寻找与这个双层隐喻相对应的含义坐标,很快找到了:深水王子。深水王子的身高在观察者眼中不随距离变化,这也可以有多种解读,比较明显的也有两个:

某种信号不随距离衰减的信息发布系统,一个在任何参照系下都恒定的物理量。

与伞的解读结果相比较,立刻找到一个确定的组合:

恒定的速度,不随参照系变化。

这明显是指光速。

出乎解读者们预料的是,对于伞的隐喻,他们又找到了第三个含义坐标:

“……赫尔辛根默斯肯香皂就是用那种泡泡做成的。收集那些肥皂泡十分困难,那些泡泡在大风中飘得极快……骑最快的马才能追上风中的泡泡……在马上用一种薄纱网兜收集泡泡……魔泡树的泡泡都没有重量，所以真正纯的赫尔辛根默斯肯香皂也完全没重量，是世界上最轻的东西……”

速度最快，没有质量（重量），这是一个十分确定的单层隐喻：光。

综上所述，伞隐喻着光或光速。而捕捉魔泡树的泡沫有两种可能的含义：

采集光能，降低光速。

解读者们都认为第一种可能的含义与人类的战略目标关系不大，所以都把注意力放在第二个可能的含义上。

仍然看不到情报的明确含义，但解读者们对第二个可能的含义进行了讨论，讨论主要集中在降低光速与发布宇宙安全声明的关系上。

“设想如果把太阳系，也就是海王星轨道或柯伊伯带以内空间的光速降低，就可能产生一个从大范围宇宙尺度上可以远程观测到的效应。”

这个想法让人们很兴奋。

“但这对宇宙观察者有什么安全意义吗？设想把太阳系内的光速降低十分之一，能使我们看上去更安全些吗？”

“这毫无疑问，那样的话即使人类拥有光速飞船，飞出太阳系的时间也要相应增加，当然，这意义并不大。”

“如果想对宇宙产生安全意义的话，把光速降低十分之一显然是不够的，可能要降低更多，比如降低到原来的百分之一，让观察者看到这是一个人类自我建造的阻滞带，确信我们飞出太阳系需要较长的时间，借此增加观察者对太阳系文明的安全感。”

“要那样的话，降低到原来的千分之一都不够，想想吧，以三百千米每秒的速度飞出太阳系，所需时间也并不太长。另外，如果人类能够在半径五十个天文单位的太空中改变一个基本宇宙常数，就等于向宇宙宣布地球文明已经掌握了很高的技术，这不是安全声明，反而是危险声明。”

……

从伞的双层隐喻和深水王子与魔泡树两个含义坐标中，解读者们能够明确其含义指向，却得不到确定的战略情报。这个隐喻已经不是二维而是三维了，有人猜测，是不是还存在着第三个含义坐标？于是，解读者们在故事中反复寻找，但没能找到它存在的迹象。

就在这时，那个神秘的地名“赫尔辛根默斯肯”突然被解读出来。

为了研究这个词，IDC增设了一个语言学小组，小组中有一个名叫巴勒莫的语言学家，主要研究语言的历史演化。吸收他进入小组，主要是考虑到他与这个专业的其他学者不同，不只是专注于单一的语系，而是对东西方多个语系的古代语言都比较熟悉。但巴勒莫对这个词也一无所知，他进入IDC后的研究也没有得到什么有用的线索，之所以能够成功解读完全是意外，与他的语言学专业没有关系。

一天早晨巴勒莫醒来，他的女朋友，一个满头金发的北欧姑娘问他是不是到过自己的祖国。

“挪威？没有，我从来没去过。”巴勒莫回答。

“那你怎么在梦里反复说那两个古代地名？”

“什么地名？”

“赫尔辛根和默斯肯。”

想到女友与IDC无关，这个词从她嘴里说出有一种奇怪的感觉，巴勒莫笑着摇摇头，“那是一个完整的词，赫尔辛根默斯肯，你把它从不同的位置拆开，肯定还能得到更多的地名。”

“我说的这两个地方都在挪威。”

“那又怎么样？巧合而已。”

“可我告诉你，普通挪威人也不太熟悉这两个地名，它们是古地名，现在都变了，我是研究挪威历史的才知道。它们都在挪威的诺尔兰郡。”

“亲爱的，仍然可能是巧合，因为这个词在读音上可以随意拆分。”

“够了！你在骗人！你肯定知道赫尔辛根是一座山的名字，而默斯肯是一座小岛，罗弗敦群岛中的一座小岛。”

“我真的不知道，我说它可能是巧合，是因为语言学中有一个现象：对于一个没有具体拼写方式只有读音的长词，在不理解其含义的情况下，有一部分人喜欢下意识地拆分它，而且按照自己的喜好拆分，你就是这样的人。”

巴勒莫没有说的是，在IDC小组研究这个词的过程中，他多次遇到这种按自己的意愿随意拆分的情况，所以他对女友的话并不在意，但她接下来的话改变了一切：

“那好吧，我再告诉你一件事：赫尔辛根山靠着海，在山顶能看到默斯肯岛，默斯肯岛是距赫尔辛根山最近的一座海岛！”

两天后，程心站在默斯肯岛上，隔海遥望着赫尔辛根山的悬崖，那悬崖是黑色的，也许是天空布满铅云的缘故，海也是黑色的，只有悬崖脚下出现一道白色的海浪。来之前听说，这里虽地处北极圈内，但受到北大西洋暖流的影响，气候比较温和。不过现在的海风仍然使程心感到十分阴冷。这里地处挪威北部的罗弗敦群岛，拔地而起的一系列险峻的岛屿由冰川蚀刻而成，在西部峡湾与北海之间形成了一道长达一百六十千米的屏障，如一道墙，将北冰洋与斯堪的纳维亚半岛北端隔开，岛间海峡水流湍急。以前这里的居民就很少，主要人口是捕鱼季节的渔民。现在，海产品主要来自养殖，海洋捕捞业已经消失，这里又变得荒凉起来，大概与更早的维京海盗出没时代差不多了。

默斯肯只是群岛中众多岛屿里很小的一座，赫尔辛根山也是一座无名的山峰，这是公元世纪的地名，在危机纪元末期，这两个地名都变了。

面对着这世界尽头的荒凉和肃杀，程心的心中却是坦然的。就在不久前，她还认为自己的生命已经走到了尽头，但现在，有太多的理由让生活继续下去。她看到，铅云低垂的天边有一道露出蓝天的缝隙。刚才，太阳从那道云缝中露出了几分钟，立刻使这阴冷的世界变了样子，很像云天明故事中的一句描写："仿佛绘制这幅画的画师抓起一把金粉豪爽地撒向整个画面。"她现在的生活就是这样，凄迷中藏着希望，阴冷中透出温暖。

同来的还有艾AA和包括毕云峰、曹彬、语言学家巴勒莫在内的几位IDC专家。

默斯肯是座小岛，没有常住居民，岛上只住着一位叫杰森的老人，八十多岁了，是一个公元人，他那方正的北欧面庞饱经风霜，让程心想起了弗雷斯。在被问起默斯肯岛和赫尔辛根山一带有什么特别的东西时，杰森老人一指岛的西端：

"当然有，看那里。"

那是一座白色的灯塔，现在只是黄昏，塔灯已经有节奏地发出光芒。

“那是干什么用的？”AA好奇地问。

“看看，孩子们果然已经不知道那是什么了……”杰森摇着头感慨地说，“那是古代为船指引航向用的。在公元世纪，我是个设计灯塔和航标灯的工程师，其实，直到危机纪元，海洋上还有许多灯塔在使用，现在全没了。我来这儿建了这座灯塔，是为了让孩子们知道，以前还有过这么一种东西。”

IDC的来人都对灯塔很感兴趣，这让他们想到了蒸汽机离心调速器，同样是一个已经消失的古代技术装置。但稍加探究就明白，这不是他们要找的东西。灯塔刚建成，用的是轻便坚固的现代建筑材料，工期只有半个月。杰森还肯定地说，这座岛历史上从没有过灯塔，所以仅从时间上看，这东西与云天明的情报无关。

“这一带还有什么特别的东西吗？”有人问。

杰森对着阴冷的天空和大海耸耸肩，“能有什么？这荒凉的鬼地方，我可不喜欢，但在别的岛上，他们不让我建灯塔。”

于是大家决定，到海峡对面的赫尔辛根山上去看一看。就在他们登上直升机时，AA突发奇想，想乘杰森的那艘小艇渡海过去。

“当然可以，不过孩子，今天海上浪大，你会晕船的。”杰森说。

AA指着海对面的赫尔辛根山说:“就这么近的路，能晕船？”

杰森连连摇头，“不能从这片海域直接过去，今天不能，必须绕那边走。”

“为什么？”

“因为那里有一个大漩涡，能吞掉所有的船。”

IDC的人们面面相觑，然后一起盯着杰森，有人问："你不是说再没什么特别的东西了吗？"

"我是本地人，大漩涡对我们而言不是什么特别的东西，它是这片海洋的一部分，在那里常常出现。"

"在哪里呢？"

"那里，从这个方向看不见，但能听到声音。"

大家安静下来，听到那片海面发出一阵低沉有力的隆隆声，像远处万马奔腾。

直升机起飞去勘探大漩涡，但程心想先坐船去看看，其他人也都同意。岛上只有杰森那一艘小艇，只能安全地坐下五六个人，程心、AA、毕云峰、曹彬和巴勒莫上了船，其余的人上了直升机。

小艇颠簸着驶离默斯肯岛，海上的风更大更冷，咸涩的水沫不断扑到脸上。海面呈暗灰色，在渐暗的天光下显得诡异莫测，那种隆隆声渐渐增大，但仍看不到漩涡。

"哦，我想起来了！"曹彬突然在风中喊道。

程心也想起来了，她原以为云天明是通过智子知道了这里的什么事，现在看来没那么复杂。

"爱伦·坡。"程心说。

"什么？那是什么？"AA问。

"一个19世纪的小说家。"

老杰森说："不错，爱伦·坡是写过一篇默斯肯大漩涡的小说，我年轻时看过，多少有些夸张，记得他说漩涡的水墙倾斜四十五度，哪有那么陡峭。"

一个世纪前，以文字为基础的叙事文学就消亡了，但文学和作家仍然存在，不过叙事是用数字图像进行的。现在，古典的文字小说已经变成了文物，大低谷后，一大批古代的作家和作品失传了，其中就包括爱伦・坡。

轰鸣声更大了。“漩涡呢？”有人问。

老杰森指着海面说：“漩涡比海面低，你们看那条线，越过它才能看到大漩涡。”那是一条波动的浪带，浪尖上有泡沫，形成一条白线，以一个大大的弧形伸向远方。

“越过它！”毕云峰说。

“那是生死线，船一旦过去是回不来的。”杰森瞪着毕云峰说。

“船在大漩涡中转多长时间才能被吸进去？”

“四十分钟到一个小时吧。”

“那就没事，直升机会救我们上去。”

“可我的船……”

“我们会赔你一艘。”

“比香皂便宜。”AA插了一句杰森听不明白的话。

杰森驾着小艇小心翼翼地越过了那条浪带，船晃了晃，然后变得平稳了，被什么力量攫住，仿佛进入了海面下的一条轨道，沿着与浪带一致的方向滑行。

“船被漩涡抓住了！哦，天，我也是第一次这么近看到！”杰森喊道。

像登上了山顶俯视一般，默斯肯大漩涡展现在他们面前。这个巨大的漏斗状凹陷直径约有一千米，倾斜的水墙确实没有爱伦・坡说的四十五度倾角，但肯定有三十度，水墙的表面致密而平滑，仿佛固体一般。船现在刚刚进入大漩涡的势力范围，速度还不太快，漩涡的转速是向下逐渐增加的，在底部那个小小的孔洞处转速达到最高，摄人心魄的轰鸣声就是从那里传出来的，那轰鸣显示了一种碾碎一切、吮吸一切的力量和疯狂。

“我就不信出不去。你沿着切线，最大功率向前冲！”AA对杰森喊道。后者按她说的做了。这是一艘电动艇，引擎的声音在漩涡的轰鸣中像蚊子叫。小艇加速接近泡沫线，眼看就要冲过去了，接下来却无力地向下转向，离开了泡沫线，如同一颗抛出的石子越过抛物线的顶端一样。他们又努力了几次，每一次都滑落下来，一次比一次滑得更深。

“看到了吧，那条线是地狱之门，只要是常规功率的船，越过它就别想回去！”杰森说。

现在，船滑落到了更深处，泡沫线已经看不到了，海面也完全看不到了，他们后面是一道海水的山脊，只有从大漩涡对面远处的边缘上还能看到缓缓移动的山峰顶部。所有人都感觉到了一种被不可抗拒的力量所捕获的恐惧，只有在上空盘旋的直升机带来一些安慰。

“孩子们，该吃晚饭了。”老杰森说。现在云后的太阳还没有落下去，但在这北极圈里的夏季，这时已经是夜里九点多了。杰森从舱里拎出一条大鳕鱼，说是刚钓上来的，然后又拿出三瓶酒，把鱼放到一个大铁盘子上，把一瓶酒浇到鱼上，用打火机嘭地一下点着了。火烧了不到五分钟，他就从仍燃烧着的鱼上扯肉吃，声称这是当地的烹调法。于是他们就吃着鱼，喝着酒，欣赏着大漩涡的景色。

“孩子，我认识你，你是执剑人吧？”杰森对程心说，“你们到这里来，一定是为了重要的使命。不过要淡定，淡定，既然末日躲不掉，就应该享受现在。”

“如果上面没有直升机，你还会这么淡定？”AA说。

“我会的，孩子，告诉你吧，我会的。公元世纪我得绝症时才四十岁，可我很淡定，根本没打算冬眠，我是在休克中被冬眠的，自己根本不知道。醒来时已经是威慑纪元，当时以为是来生转世了，结果发现没有来生这回事，死亡只是退远了些，还在前边等着我……灯塔建好的那天夜里，我远远地在海上看着它发光，突然悟出来：死亡是唯一一座永远亮着的灯塔，不管你向哪里航行，最终都得转向它指引的方向。一切都会逝去，只有死神永生。”

这时，进入漩涡已经二十分钟，小艇已滑落下水墙总高度的三分之一，艇身的倾斜角度越来越大，但由于离心力的缘故，艇中的人们并没有滑到左舷。这时，他们的目力所及之处全是水墙，即使从对面也看不到远处的峰顶了。他们都不敢看天空，因为在漩涡中，小艇是与水墙一起转动，相对几乎静止，所以几乎感觉不到漩涡的旋转，小艇仿佛是紧贴在一个静止的海水盆地的边坡上；但如果看天，大漩涡的旋转立刻显现出来，布满云层的天空以越来越快的速度整体转动，让人头晕目眩。由于离心力的增加，船下的水墙表面更加致密平滑，固体感也更强，如结冰一般。大漩涡底部的吮洞传出的轰鸣声压住了一切，让大家再也不能对话。这时，太阳又从西方的云缝中露出来，把一束金光射进大漩涡，然而照不到底，只照亮了水墙的一小部分，使漩涡深处看上去更黑暗了。大量的水雾从涡底咆哮的吮洞中喷出，在阳光中形成一道彩虹，瑰丽地跨越旋转的深渊。

“记得爱伦·坡也描写过漩涡中的彩虹，好像还是在月光下出现的，他说那是连接今生与来世的桥！”杰森大声说，但没有人能听清他的话。

直升机来救他们了，悬停在小艇上方两三米处，垂下一架悬梯让艇上的人爬上去。然后，空着的小艇漂远了，继续在漩涡中转着大圈，艇上没有吃完的鳕鱼上还燃着蓝幽幽的火苗。

直升机悬停在大漩涡的正上方，机上的人们看着下面旋转的大水坑，不一会儿就感到头晕恶心。于是有人给驾驶系统发出指令，让直升机以与漩涡相同的转速在空中旋转，这样在他们眼中，下面的漩涡确实静止下来了，但漩涡之外的整个世界却开始转动，天空、大海和山脉都在围绕着他们旋转，大漩涡仿佛成了世界的中心，眩晕感一点儿也没有减轻，AA哇地一下把刚吃进去的鱼都吐了出来。

看着下面的大漩涡，程心脑海中出现了另一个旋涡，由一千亿颗恒星组成，发着银光在宇宙之海中旋转，两亿五千万年转一圈，那就是银河系；地球在其中连一粒灰尘都算不上，而默斯肯漩涡又只是地球上的一粒灰尘。

半个小时后，小艇旋落到涡底，瞬间被吮洞吞没了，在轰鸣声中可以隐约听到船体被折断绞碎时发出的咔嚓声。

直升机把杰森送回了默斯肯岛，程心许诺尽快把赔他的船送来，然后与老人告别。直升机飞向奥斯陆，那里有最近的智子屏蔽室。

航程中，大家都在沉默地思考，甚至连目光的交流也没有。

默斯肯大漩涡暗示着什么根本不用想，太明显了。

现在的问题是，降低光速与黑洞之间有什么关系？黑洞与宇宙安全声明又有什么关系？

黑洞本身并不能改变光速，只是改变光的波长。

设想把光速降低到现有真空光速的十分之一、百分之一，甚至千分之一，分别是每秒三万千米、每秒三千千米和每秒三百千米，与黑洞有关系吗？一时看不出来。

这里有一道坎儿，常规思维比较难以跨越，但也并不是太难。这些人毕竟属于人类中最有智慧的那一群，特别是曹彬，作为一位跨越三个世纪的物理学家，他善于极端思维，而且他还知道这样一个事实：早在公元世纪，就有一个研究小组在实验室中把介质中的光速降到每秒十七米，比快速骑行的自行车还慢。当然，这与降低真空中的光速在本质上是不同的，但至少使下面的设想不再显得那么疯狂了。

再降，把真空光速降至现在的万分之一，即每秒三十千米，与黑洞有关系吗？似乎与前面没有本质的区别，仍然看不出什么……不，等等！

“十六点七！”曹彬脱口而出这个数字，他的双眼放射出光芒，很快把周围那些眼睛都点燃了。

每秒十六点七千米，太阳系的第三宇宙速度，如果达不到这个速度就不可能飞出太阳系。

光也一样。

如果太阳系的真空光速降到每秒十六点七千米以下，光将无法逃脱太阳的引力，太阳系将变成一个黑洞①。

由于光速不可超越，如果光出不去，那就什么都出不去，没有任何

① 当真空光速低于太阳系的逃逸速度时，太阳系的半径小于其史瓦西半径。史瓦西半径是任何具有重力的质量之临界半径，当一个天体的半径小于史瓦西半径时，光无法从半径内的引力场逃脱，便会成为黑洞。史瓦西半径的公式，其实是从物体逃逸速度的公式衍生而来，它将物体的逃逸速度设为光速，配合万有引力常数及天体质量，便能得出其史瓦西半径。

东西可以飞出太阳系黑洞的视界[1]，这个星系将与宇宙的其余部分彻底隔绝，变成一个绝对封闭的世界。

对于宇宙的其他部分来说，这样的世界绝对安全。

低光速的太阳系黑洞从远处观察是什么样子，不得而知，但只能有两种可能：在落后的观察者眼中太阳系消失了；对于先进的观察者，低光速黑洞应该能被远程观察到，但观察者立刻就明白它是安全的。

有一颗遥远的星星，那是夜空中一个隐约可见的光点，所有望了它一眼的人都说：那颗星星是安全的——这曾是一件被认为不可能的事，现在真的有可能做到。

这就是宇宙安全声明。

饕餮海，他们想到了饕餮海，想到了被饕餮海永远封闭的无故事王国。其实，这个含义坐标并不需要，前面的解读已经很明确了。

后来，人们把低光速黑洞称为黑域，因为相对于原光速黑洞，低光速黑洞的史瓦西半径很大，内部不是时空奇点，而是一个广阔的区域。

直升机飞行在云层之上，这时已经是夜里23点多，太阳正在西方缓慢地落下。这午夜的夕阳照进机舱，在金色的暖光中，大家都在想象，想象着光速每秒十六点七千米的世界的生活，想象着那个世界的夕阳每秒十六点七千米的光芒。

至此，云天明情报的大部分拼图已经完成，只剩一块：针眼画师的

---

① 黑洞的边界称为视界。黑洞外的物质和辐射可以通过视界进入黑洞内部，而黑洞内的任何物质和辐射均不能穿出视界，因此又称视界为单向膜。视界并不是物质面，它表示外部观测者从物理意义上看，除了能知道它（指视界）所包含的总质量、总电荷等基本参量外，其他一无所知。球状黑洞的视界半径，就是史瓦西半径。

画。解读不出它的双层隐喻，也找不到含义坐标。有解读者认为，画可能是默斯肯漩涡的一个含义坐标，象征着黑洞的视界，因为从外部观察者的角度看，任何进入黑洞的物体都将永远固定在视界上，很像是被画入画中。但大多数解读者都不同意这个想法，默斯肯漩涡的含义十分明显，云天明还使用了饕餮海来进一步固定其含义，没必要再设置一个含义坐标了。

这个隐喻最终无法解读，如维纳斯的断臂一般。针眼的画成了一个永远的谜，这个情节构成了三个故事的基础，从它所显现出来的典雅的冷酷、精致的残忍和唯美的死亡来看，可能暗示着一个生死攸关的巨大秘密。

《时间之外的往事》（节选）

地球文明的三条生路

一、掩体计划

成功希望最大的一个选择，完全基于人类现有的技术，没有理论上的未知。其实，掩体计划可以看作人类发展的自然延续，即使没有黑暗森林打击的威胁，人类也到了向太阳系大规模移民的时代，只是掩体计划更为集中，目的也更为明确。

这完全是地球世界自己的计划，云天明的情报中没有提到这个选择。

二、黑域计划

通过把太阳系转化为低光速黑洞发布宇宙安全声明。这是所有选择中技术难度最高的，需要在半径达五十个天文单位（约七十五亿千米）的广阔空间里改变宇宙基本常数，被称为上帝工程，在理论上存在着巨大的未知。

但黑域计划一旦成功，对地球文明所提供的安全保障是三个选择中最高的。除了宇宙安全声明所产生的保障外，进一步研究还发现，黑域本身就是一个高效防御屏障。来自外界的高速攻击体，如光粒，进入低光速区域后其速度立刻大大超越光速，而按照相对论原理，它只能以低光速运行，剩余的巨大动能则转化为巨大的质量，攻击体首先进入低光速区的部分质量急剧增大，速度则瞬间骤降，而仍在原光速区的后面部分将以原光速高速撞击到前部，这一效应将彻底摧毁攻击体。据计算，即使用强互作用力材料制造的像水滴那样的超坚固物体，在通过黑域边界时也将被完全粉碎。所以，人们把黑域称为宇宙保险柜。

黑域计划还有一个好处，在三个选择中，只有它能使人类免除太空中的颠沛流离，长久生活在熟悉的地球世界。

但地球文明将为此付出巨大的代价，太阳系将与宇宙的其余部分完全隔绝，相当于人类把自己置身的宇宙直径从一百六十亿光年缩小至五十个天文单位。在光速为每秒16.7千米的世界里生活是什么样子现在还不得而知，但可以肯定的是，那个世界中的电子计算机和量子计算机只能以极低的速度运行，人类可能退回到低技术社会，这是比智子更强的技术锁死。所以，黑域安全声明除了自我隔绝外，还有技术自残的一面，这也就意味着人类将永远没有力量飞出自造的低光速陷阱了。

三、光速飞船计划

曲率驱动技术在理论上未知，但实现难度明显低于黑域技术。

光速飞船几乎无法为地球文明提供任何安全保障，这一技术只能用于星际逃亡。这是三个选择中未知因素最多的一个，即使实现，进入茫茫外太空的人类前途也凶险莫测。同时，由于逃亡主义的危险性，这一计划的实现在政治上充满障碍和陷阱。

但注定有一部分人迷恋光速飞船，原因在生存之外。

对于广播纪元的人类，明智的做法是三个计划同时进行。

广播纪元8年

命运的抉择

程心来到星环公司的总部，这是她第一次到这里来，以前她从不参与公司的事务。在潜意识中，她总认为这笔巨大的财富不属于自己，似乎也不属于云天明，他们拥有的是那颗恒星，而恒星带来的财富则属于社会。

但现在，星环公司也许能够实现她的理想。

公司总部占据了一整棵巨树，最大的特色是所有的建筑都是全透明的，且建筑材料的折射率与空气相近，内部结构全部显现出来，可以看到里面移动的人员和无数信息窗口，那一幢幢悬挂在空中的大楼像五光十色的透明蚁穴。

在树顶的会议室里，程心见到了星环公司的大部分高管。他们都很年轻，思想锐利，活力四射，他们大都是第一次见到程心，毫不掩饰对她的尊敬和爱戴。

直到见面会结束，宽敞的会议室里只剩程心和AA两人时，她们才谈起公司的未来。现在，云天明的情报及其解读结果仍然处于保密状态，为了云天明的安全，舰队国际和联合国计划通过另一种方式向国际社会逐步公布解读结果，试图让它看起来像是人类世界的研究成果，这中间，还需要做一些有意误入歧途的研究来加以掩饰。

程心已经适应了脚下透明的地板，不再有恐高的感觉。会议室里飘浮着几个宽大的信息窗口，显示着星环公司在地球轨道上几处在建项目的实时图像，其中之一就是那个位于同步轨道上的巨型十字架。云天明出现后，公众对奇迹的幻想渐渐消失，随着掩体工程的启动，世界上的宗教氛围很快淡下去，教会的投资中止了，那个十字架成了烂尾工程，现在正在拆除，只剩下一个“一”字，看上去倒是更加意味深长。

“我不喜欢黑域。”AA说，“我觉得那应该叫黑墓，自掘坟墓。”

程心透过地板，看着下面的城市说：“我不这样想，在我的那个时代，地球与宇宙就是隔绝的，人们都在地上生活，一生都很少向星空看几眼；再向前的时代更是那样，之前的人们已经这样过了五千年的日子，你不能说那就不是生活。其实现在太阳系基本也是与宇宙隔绝的，真正在外太空的，也就那两艘飞船上的一千多人。”

“可我感觉，与星空隔开，梦就没有了。”

“怎么会呢？古代也有幸福和快乐，那时的梦也不比现在少。再说，在黑域中星空还是能看见的，只不过，唉，谁知是什么样子……其实，从个人来说，我也不喜欢黑域。”

“我知道你不喜欢。”

“我喜欢光速飞船。”

“我们都喜欢光速飞船，星环公司应该造光速飞船！”

“我以为你不同意的，这要进行大量的基础研究。”

“你以为我只是个商人，不错，我是，董事会也是，我们都追求利益最大化，但这与光速飞船不矛盾。从政治上考虑，政府肯定会把主要力量投入到掩体工程和黑域上，光速飞船是留给企业的机会……我们努力参与掩体工程，用其利润的一部分研究光速飞船。”

“AA，我是这样想：关于基础研究，曲率驱动与黑域在基础理论部分可能是重合的，我们等着政府和世界科学院做完这一部分，然后自己再向曲率驱动方向发展。”

“对，从现在开始，我们应该着手建立星环科学院了。应该开始招募科学家，他们中间迷恋光速飞船的人很多，但在国家和国际项目中找不到太多的机会……”

AA的话被突然涌出的大量信息窗口打断了，各种尺寸的窗口从所有方向涌现，像彩色的雪崩，很快埋住了原有的几个显示太空工程实时画面的大窗口。人们把这种现象称为“窗口雪崩”，它的出现意味着突发的重大事件。但这种突发的信息洪水往往使人在震惊中很长时间不知所措，反而搞不清到底发生了什么——程心和AA现在就处于这种状态，她们看到那些窗口中大多充满了复杂的文字和动态图像，能够很快看清内容的只有那些纯图像窗口。程心在一个窗口中看到了几张仰望的面孔，然后镜头飞快拉近，直到一双惊惧的大眼睛充满画面，她还听到一片嘈杂的尖叫声……一个新出现的窗口稳定在最前方，画面中出现的是AA的秘书，她从窗口中盯着程心和AA，一脸惊恐。

“不好啦！打击警报！”秘书喊道。

“具体怎么回事？”AA问。

“太阳系预警系统的第一个观测单元不是刚启动吗？马上就发现了光粒！”

“在什么方向什么距离？”

“我不知道，我什么都不知道，我只知道……”

“是官方的警报吗？”程心冷静地问。

“哦，好像不是，但所有媒体都在疯传，肯定是真的！我们还是去发射港逃命吧！”秘书说完，就从窗口中消失了。

程心和AA穿过密密麻麻的信息窗口来到会议厅的透明墙边，看到下方的城市中乱象已经出现。空中的飞行车突然增多，交通变得混乱，所有车辆都在拥挤中高速抢行。有一辆飞车撞到巨树建筑上，腾起一团火球，接着，城市中又有两处出现火焰和烟柱……

AA挑出几个信息窗口仔细察看，程心则联系IDC的委员，他们的电话大多占线。程心只联系上了两个委员，其中一位与他们一样不知情，另一位PDC的官员则告诉程心，可以确认太阳系预警系统的一号观测单元确实观测到了重大异常情况，但具体内容他也不知道。他还确认舰队国际和联合国都没有发出正式的黑暗森林打击警报，但他并不乐观。

“官方没发警报有两种可能，一是真的没事，二是光粒已经太近，没必要再发了。”这位PDC官员说。

AA从信息窗口中只得到一条确定信息：光粒沿黄道面以光速袭来，至于方向和目前与太阳的距离说法各异，对击中太阳时间的说法更是差异极大，有的说还有一个月的时间，有的说只剩几个小时了。

“我们去‘星环号’。”AA说。

“还来得及吗？”

“星环号”是星环公司的一艘商务飞船，现在停泊在地球同步轨道的公司太空基地。如果警报为真，目前唯一的逃生希望是乘飞船飞向木星，当光粒击中太阳时在木星的背阳面躲过大爆发。现在正值四百天一遇的木星冲日，以行星际飞船的速度，从地球飞到木星约需二十五至三十天，正好是AA刚看到的对剩余时间最长的一种预估，但这个信息极不可靠，因为刚开始建设的太阳系预警系统不可能提供那么长的预警时间。

“那总得做点什么，不能在这里等死！”AA说着，拉起程心跑出了会议大厅。外面就是树顶的停车场，她们钻进了一辆飞行车。AA想起什么又下了车，几分钟后她回来了，拎着一个琴盒似的长条箱，她把箱子中的东西取出来，把箱子扔在车外。程心认识那东西，虽然它现在发射的是激光而不是子弹，那是一支步枪。

“你拿这个干什么？”程心问。

“发射港一定挤破了头，谁知道会发生什么。”AA说着，把步枪扔到后座上，发动了飞行车。

现在每座城市都有一个太空发射港，主要作为太空穿梭机的起飞场，就像古代的机场一样。

飞行车向着发射港方向飞去，汇入一条浩浩荡荡的空中车流。这飞蝗群一般的车辆都是飞向发射港的，车流在地面投下了一条流动的影子，仿佛是城市流淌而出的血液。

在前方目的地的方向，出现了十几根直插蓝天的白线，那是太空穿梭机的尾迹，它们升上高空，然后都折向东方，消失在天空深处。新的白线还在不断从地面升起，向空中延长，每条白线的头部都有一个火团，光度看上去比太阳还亮，那是穿梭机聚变发动机的光焰。

程心从车内的信息窗口中看到一幅实时画面，是从太空中的近地轨道拍摄的。她看到无数条上升的白线在褐色的大陆上出现，不断延长，不断增多加密，仿佛地球正长出白发，白线头部的小火团像一大片浮向太空的萤火虫——这是人类从地球最大规模的一次集体逃离。

到达发射港上空时，可以看到下面排列着一大片太空穿梭机，大约有一百多架，在远处的巨型机库中仍不断地有穿梭机被移出来。空天飞机早已淘汰，现在的太空穿梭机都是垂直起飞。与程心在太空电梯的终端站港口看到的形状各异的太空艇不同，穿梭机都是规则的流线型，带有三至四片尾翼，它们现在零乱地竖立在发射港的停泊区，像一片钢铁植物的丛林。

AA在车上已经通知机库，把星环公司的一架穿梭机移到停泊区。她很快从空中找到了那架穿梭机，驾驶飞行车降落到它旁边。

程心看到周围停满了大小不一的穿梭机，小的只有几米高，看上去像一枚放大的炮弹，很难想象这样小的飞行器竟然能够飞出地球的引力深井进入太空。也有许多大型穿梭机，有的像古代大型民航客机那样大。星环公司的这架穿梭机属于中小型，高有十米左右，通体被金属镜面覆盖，让人想到水滴。穿梭机用带轮的起落架着地，可随时被勤务车拖向发射点。一阵轰鸣声从远处的发射区传来，很奇怪，竟让程心想起默斯肯大漩涡的声音。地面颤动起来，让她感到小腿发麻，一团强光自发射区亮起，一架尾部拖着光焰的穿梭机腾空而起，很快消失在高空，于是那伸向高空的尾迹又增加了一条。大团的白雾涌了过来，带着奇怪的焦味，这些雾气并非来自穿梭机的发动机，而是发射台下的冷却池中蒸发的冷却水。一切都笼罩在潮湿闷热的蒸汽中，让人更加焦躁不安。

在她们即将沿着一架细长的舷梯登上穿梭机之际，程心在渐渐消散的气雾中看到了一群孩子。他们就聚在不远处，看上去都是十岁以下的小学生，全穿着整洁漂亮的校服，有一位年轻女教师领着他们，她的长发被气浪吹起，正站在那里四下张望，一副茫然无助的样子。

“能稍等等吗？”程心问。

AA看了看那群孩子，知道程心要干什么，“你去吧，我们要等发射位，队排得长着呢。”

原则上太空穿梭机可以在任何平坦的场地起飞，但为了防止聚变发动机喷出的超高温等离子体对周围造成危险，都在发射台上起飞，发射台下有冷却池，还有导流槽，可以把等离子体导向安全的方向。

女教师看到程心走过去，没等她发问，就扑过来抓住她，“这架穿梭机是你们的吧？求求你救救孩子们吧！”她湿漉漉的刘海儿紧贴在前额上，眼泪和雾水一起在脸上流淌，她盯着程心，像要用眼神把她死死抓住似的。孩子们也围了过来，期盼的目光都汇聚到程心身上，“我们是太空夏令营的，本来就是要上同步轨道的，可是警报来了以后，他们不让我们登机了，让别人上去了！”

“那架穿梭机呢？”一同走来的AA问。

“已经起飞了，求求你们……”

“带他们一起走吧。”程心对AA说。

AA盯着程心看了几秒钟，那目光的含意很明确：地球上的人多了去了，你救得过来吗？最后，她在程心依然坚定的目光中摇摇头说：“只能带三个。”

“可这架穿梭机能坐十几个人的！”

“但‘星环号’在最大加速状态下只能乘五个人，只有五个深海液舱位[1]，多出来的人会被压成肉饼的。”

这个回答让程心很意外，深海液只在具有超大加速功率的恒星际飞船中才使用，而她一直以为“星环号”是一艘行星际飞船。

“好的好的，那就带三个吧！”教师放开程心转而抓住AA，生怕失去这个机会。

“你选三个吧。”AA指指孩子们说。

女教师放开了AA，呆呆地看着她，仿佛陷入了比刚才更深的恐惧中，“让我选?！天哪，我怎么能……”她惶恐地四下张望着，不敢看身边的孩子们，她看上去很痛苦，好像孩子们的目光正把她烧焦似的。

“好吧，我来选。”AA说，然后转向孩子们，脸上露出笑容，“同学们听着，我出三道题，谁先答对我们就带谁走。”她不理会程心和女教师吃惊的目光，竖起一根手指，“第一题：有一盏灯，关着，一分钟时闪亮了一下，再过半分钟又闪亮一下，再过十五秒再闪亮一下，以后就这样每过前面间隔时间的一半就闪亮一下，请问到两分钟时灯闪亮了多少次？”

“一百次！”有孩子脱口而出。

AA摇摇头，“不对。”

“一千次！”

“不对，好好想想。”

一阵沉默后，响起了一个怯生生的声音，来自一个文静的小女孩儿，在嘈杂的噪声中几乎听不清：“无数次。”

---

①一种可以让人在其中呼吸的液体，可充满人体脏器和组织，在飞船进行大功率加速时可对人体起到保护作用，见《三体 · 黑暗森林》。

“你，过来。”AA指着那个女孩儿说，待她走过来后把她揽到身后，“第二道题：一根粗细不均匀的绳子，从一头点燃后烧完要用一个小时，如何用它来做15分钟的计时？注意，不均匀！”

这次没有孩子急着说，他们都在思索，但很快有一个男孩儿举起了手，“绳子对折后从两头烧！”

AA点点头，“你过来吧。”她把这个男孩儿也拉到身后，与先前答对题的那个女孩儿站在一起，“第三题：82、50、26，下一个数是什么？”

很长时间没人回答。

AA重复道：“82、50、26，下一个数？”

“10！”一个女孩儿喊道。

AA冲她竖起大拇指，“好孩子，过来吧。”然后，她对程心示意了一下，带着三个孩子头也不回地走向穿梭机。

程心跟着他们走到舷梯下，回头看了一眼，只见剩下的孩子们围在他们老师的身边看着她，像看着正在最后一次落下永远不再升起的太阳。这景象在泪水中模糊了，攀上舷梯时，她仍能感受到背后孩子们那绝望的目光，如万箭穿心。这种感觉她在作为执剑人的最后时刻曾有过，在澳大利亚听到智子宣布人类灭绝计划时也曾有过，这是比死亡更痛苦的剧痛。

穿梭机内部很宽敞，有两排十八个座位，但机舱是竖立的，像井一样，需要沿阶梯爬到座位上。同在太空艇内的感觉一样，程心觉得这架飞行器简直就是一个空壳，她不知道哪儿还有空间安装发动机和控制系统。她想到公元世纪的化学动力火箭，如摩天大楼般高高耸立着，却只有顶端那一点点有效荷载。穿梭机舱内几乎看不到驾驶设备，只有几个信息窗口飘浮着。穿梭机的AI似乎认识AA，她一进来，那几个窗口就围拢到她身边，当她帮助孩子们和程心系安全带时，那些窗口一直跟着她。

“别这样看我，我给了他们机会，要生存就得竞争。”AA低声对程心说。

“阿姨，他们在下面会死吗？”那个男孩子问。

“我们每个人一生下来都注定要死的，只是早晚而已。”AA说着，坐到程心旁边的座位上，她没系安全带，只是察看着那些窗口，“见鬼，我们的发射位前还排着二十九个！”

发射港共有八个发射台，每次发射后，发射台都需要冷却十分钟才能再次使用，这期间还需向冷却池中加注冷却水。

仅从逃生角度看，等待的这段时间并不太重要，因为飞到木星需要一个月，如果这之前打击降临，无论是在太空中还是在地球上，结局都一样。但现在的问题是：稍有耽搁，可能就永远也无法起飞了。

这时，社会已处于混乱中，在求生本能的驱使下，城市中的一千多万人都在拥向发射港。这个时代的太空穿梭机相当于公元世纪的飞机，在短时间内只能运载一小部分人；而拥有穿梭机就如同古代拥有飞机一样，对大部分人来说是可望而不可即的。现在就算加上太空电梯的运力，在一个星期内只能把不到百分之一的地面人口送入近地轨道，能最后踏上木星航程的人还不到千分之一。

穿梭机上没有舷窗，但有几个信息窗口从各个角度播放着外面的图像，可以看到黑压压的人群正在拥进停泊区。人们围在每一架太空穿梭机周围，挥着拳头声嘶力竭地叫喊着，希望能够挤上其中一架。与此同时，在发射港的外围地带，早些时候降落的一大片飞行车又相继起飞，车内都是空的，是车的主人遥控它们飞上天阻止穿梭机发射的。天空中的飞行车越来越多，悬停在发射台上空，形成一片黑色的屏障，这样下去，很快谁都走不成了。

程心缩小了这个信息窗口，转身去安慰后座上的三个孩子。就在这时，AA惊叫了一声："天哪！" 程心回头看时，见那个画面被放到了最大，几乎占据了舱内的全部视野，画面上，一团耀眼的火球出现在穿梭机的丛林中。

有人竟然在停泊区的人群中启动发射了！

核聚变发动机喷出的等离子体的温度，是古代化学发动机喷出物温度的几十倍，如果在平坦的地面发射，高温等离子体能瞬间熔化地表，并向四周迸射，半径三十米内无人能存活。从画面中可以看到，许多黑点从烈焰出现的地方飞出，其中一个碰到附近一架穿梭机的顶部，在那里留下了一道黑印，那是一块烧焦的人体。火团周围的几架穿梭机倒下了，可能是起落架被烧熔了。

人群瞬间寂静下来，人们抬头看着，那架可能烧死了几十人的穿梭机轰鸣着从停泊区升起，拖着白色的尾迹直上高空，然后转向东方。人们似乎不敢相信眼前发生的事。只过了十几秒钟，又一架穿梭机从停泊区起飞，这次距离他们更近，轰鸣、火光和热浪让人群由僵滞陷入极度的狂乱中。接下来，第三架，第四架……停泊区的穿梭机相继强行发射，团团烈焰中，焦黑的人体拖着烟火在空中横飞，停泊区变成了火葬场！

AA咬着下唇看着惨烈的画面，然后一挥手关上了这个窗口，埋头在另一个小窗口上点击操作起来。

“你干什么？”程心问。

“起飞。”

“停下。”

“你看看——”AA把另一个小窗口甩给程心，其中显示着周围几架穿梭机——在每架穿梭机的尾部发动机喷口上方，都有一圈散热环，由大量的小散热片组成，用于聚变堆的散热。程心看到，周围几架穿梭机的散热环都发出暗红色的光芒，表示它们的聚变堆已经启动，即将起飞。“与其让他们先飞，还不如我们飞！”AA说。如果这些穿梭机中有一架启动发动机，就有可能烧熔周围穿梭机的起落架，使它们倾倒在已经熔化的地面上，包括星环公司的这架。

“不行，停下。”程心的声音平静，但无比坚定，她经历过比这更大的灾难，这一次她能够从容面对。

“为什么？”AA的声音变得同样平静。

“因为下面有人群。”

AA停下操作，转身面对程心，“那样，过不多久，我们、人群和地球就要一起变成碎片，在这些碎片中，你能分清哪些是高尚的，哪些是卑鄙的？”

“至少现在，道德底线还在。我是星环公司的总裁，这架穿梭机的所有权是星环公司的，你也是公司的员工，我有权做这个决定。”

AA与程心对视良久，然后点点头，伸手关闭了操作窗口，接着又关上了所有的信息窗口，把这里与外面狂躁的世界隔绝了。

“谢谢。”程心说。

AA没有回答她，像突然想起什么似的跳起来，从一排空着的座椅上拿起那支激光步枪，离开座位沿梯子向下走去，同时说：“你们都系好安全带，这里随时可能倒下去。”

“你去干什么？”程心问。

“我们走不了，他们也他妈的别想走！”AA挥着步枪喊道。

AA打开舱门走出去，立刻把舱门紧紧关上以防人们进入，然后从舷梯下到地面，端起步枪对着最近的一架正在启动的穿梭机尾翼射击。尾翼被击中的地方冒起一股青烟，被穿出一个小洞。洞只有手指粗，但已经足够了，穿梭机的监测系统会检测到尾翼的缺陷，AI系统将拒绝执行发射程序，这种拒绝是超越最高系统权限的，穿梭机里面的人不可能解除它。果然，那架穿梭机的散热环暗了下来，标志着聚变堆停机了。AA转着圈连续开枪，把周围的八架穿梭机每一架的尾翼上都穿了一个洞。在滚滚热浪和烟尘中的人群一片混乱，甚至没人注意到她干了什么。有一架散热环暗下来的穿梭机的舱门开了，走下来一个衣着华丽的女人，她围着穿梭机底部察看，很快发现了尾翼上的小洞，歇斯底里地哭叫起来，接着在地上打滚，把头向起落架上撞。没有人理会她，人们只看到她忘记关上的舱门，一拥而上拼命地想挤进那架已经不能起飞的穿梭机，很快挤成一大堆。AA走上“星环号”的舷梯，把刚探出头来的程心推了回去，自己也跟进去，然后飞快地关上舱门。进来后，AA立刻呕吐起来。

“外面……全是烤肉味儿。”AA在呕吐平缓下来后说。

“我们会死吗？”一个女孩儿从上面的座椅里探出头问。

“我们会看到非常非常壮观的宇宙景象。”AA一脸神秘地对她说。

“是什么样子？”

“反正，是最最壮观的，太阳将变成一团大焰火！”

“然后呢？”

“然后……也没什么，什么都没了能有什么，是吧？”AA走上去依次拍拍三个孩子的头说，她不打算哄骗他们，他们既然能答出那样的问题，就不会缺少看清眼前现实的智力。

当两人再次紧挨着坐下后，程心把一只手放到AA的手上，轻轻说道：“AA，对不起。”

AA对程心笑笑，这笑容程心很熟悉，AA在她眼中一直是一个小女孩儿，但却是一个强有力的小女孩儿，她在AA面前既感觉成熟，又感到无力。

“别放在心上，反正都是瞎忙活，最后结果都一样，像这样省点儿心也好。”AA长出一口气说。

如果“星环号”真的是恒星际飞船，那它飞到木星就要快得多，虽然地球至木星间的距离还不足以让它充分加速，但航程也只需两周左右。

AA似乎看出了程心的想法，“即使太阳系预警系统完全建成，预警时间也不过一天而已……不过冷静下来细想想，我感觉警报可能是假的。”

程心不知道，AA是不是因为这个想法，刚才那么轻易对她屈服的。

AA的话很快得到了证实。程心收到了那个IDC委员、同时也是PDC官员的电话，告诉她舰队国际和联合国已经联合发表声明，警报纯属误传，目前没有发现任何黑暗森林打击的迹象。AA点开了几个信息窗口，大部分都在播放联合国和舰队发言人发布声明的画面。再看看外面，发射区和停泊区的穿梭机发射都停止了，混乱还在继续，但不会再恶化了。

等外面稍稍平静一些，程心和AA走出穿梭机，看到的景象如惨烈的战场。到处是烧焦的尸体，都呈炭黑色，有的仍在冒出火苗。穿梭机群东倒西歪，有的倒在地上，有的相互斜靠在一起。前后共有九架穿梭机从停泊区强行发射，现在它们在天空中的尾迹还十分清晰，像划开的伤口一般。人群已不再狂躁，人们有的坐在发热的地上，有的呆立着，有的漫无目的地走动，似乎都搞不清眼前的一切究竟是噩梦还是现实。有警察部队在维持秩序，救护工作也开始了。

“下一次警报可能就是真的了。”AA对程心说，“你跟我们到木星背面去吧，星环公司要在那里建掩体工程的太空城。”

程心没有回答AA，而是问道：“‘星环号’是怎么回事？”

“这不是原来的‘星环号’，是新建的一艘小型恒星际飞船，行星航行状态时可乘二十人，恒星状态时乘五人，这是董事会特别为你建造的，可以作为你在木星的办公地点。”

行星际飞船与恒星际飞船的差别，就像内河渡船与大洋上的万吨巨轮的差别一样，当然区别并不是体现在体积上，恒星际飞船也有体积很小的，但与行星际飞船相比，它们拥有最精良的推进系统，装备着行星际飞船上没有的生态循环系统，且每个分系统都有三到四个冗余备份。如果程心真的乘新的“星环号”到木星背阳面，不管发生什么情况，飞船都足以维持她一生的生存。

程心摇摇头，“你们去木星吧，你乘‘星环号’去，我不参与公司的具体事务，待在地球上就可以。”

“你只是不想成为少数能活下来的人。”

“我与几十亿人在一起，不管发生什么事情，如果同时发生在几十亿人身上，那就不再可怕。”

“我很担心你。”AA抱住程心的双肩关切地端详着她，“不是担心你同几十亿人一起死去，我是怕你遇到比死更可怕的事。”

“我已经遇到过了。”

“如果向着光速飞船的理想走下去，你肯定还会遇到的，可你还能经受得起吗？”

假警报事件是大移民以来最大的社会动乱，虽然很短暂，造成的损失也十分有限，但给人们留下的印象却铭心刻骨。

在世界各地的上千个太空发射港中，大部分都发生了穿梭机从人群中强行发射的罪行，有一万多人死于核发动机的烈焰。在太空电梯的基站也发生了武装冲突，与发射港骚乱不同，这种冲突是国家间的，部分国家试图派军队控制赤道海洋上的国际基站，只是由于假警报的及时解除才没有升级成战争。在地球的太空轨道上，甚至在火星，都发生了民众群体争夺飞船的事件。

除了那些为自己逃命不顾众人死活的败类，在假警报事件中还发现了一件同样让公众深恶痛绝的事：在地球同步轨道和月球背面，有几十艘小型的恒星际和准恒星际飞船正在秘密建造中。所谓的准恒星际飞船，是指拥有恒星际飞船的生态循环系统，但只装备行星际推进系统的太空飞行器。这些建造中的昂贵飞船有些属于大公司，有些属于超级富豪。这些飞船都很小，恒星际状态下，也就是在完全依赖生态循环系统长期生存的状态下，大多只能容纳几个人。它们的目的只有一个：长期躲在巨行星背面。

正在建设的太阳系预警系统只能提供约二十四小时的预警时间，如果黑暗森林打击真的到来，这点时间内，现有的任何宇宙飞行器都不可能把人从地球送到最近的掩蔽处——木星，地球其实是孤悬于死亡之海上。这是一个人们早就看清了的事实，假警报过程中的争相逃命，不过是被压倒一切的求生欲望所驱使的集体疯狂，其实没有意义。目前长期生活在木星的有五万多人，大多是舰队木星基地的太空军军人，也有一部分掩体工程前期准备的工作人员，他们有充足的理由待在那里，公众无话可说。但那些秘密建造的恒星际飞船一旦完工，它们那些暴富的拥有者就可以长期躲在木星的背阳面了。

从法律角度讲，至少在目前，没有国际法或国家法律禁止团体或个人建造恒星际飞船，在巨行星背阳面避难也不被看作是逃亡主义，但这里出现了一个人类历史上最大的不平等：在死亡面前的不平等。

在历史上，社会不平等主要出现在经济和社会地位领域，所有人在死亡面前基本上是平等的。当然，死亡上的不平等也一直存在，比如医疗条件的不均、因贫富差距造成的在自然灾害中不同的生存率、战争中军队与平民的生存差异等，但还从来没有出现过这样的局面：占人类总数不到万分之一的少数人能够躲到安全之处生存下来，而剩下的几十亿人在地球上等死。

即使在古代，这种巨大的不平等都无法被容忍，更不用说在现代社会了。

这种现象直接导致了国际社会对光速飞船计划的质疑。

生活在木星或土星背后的飞船中，固然能够在黑暗森林打击中幸存下来，却不是一种让人羡慕的生活，不管生态循环系统能够提供多么舒适的环境，毕竟是生活在寒冷荒凉、与世隔绝的太阳系外围。但对三体第二舰队的观测表明，曲率驱动的宇宙飞行器加速到光速几乎不需要时间，光速飞船有可能在几十分钟的时间里从地球航行到木星，这样，太阳系预警系统提供的预警时间就绰绰有余，那些拥有光速飞船的特权人士和超级富豪完全可以在地球上舒适地生活，打击到来之际丢下几十亿人一逃了之，这个前景绝对无法让社会接受。假警报事件中的恐怖场景人们仍历历在目，大多数人都认为，光速飞船的出现可能引发世界范围的动乱，光速飞船计划因此面临前所未有的巨大阻力。

假警报的产生是由于超信息化社会对敏感信息的迅速放大效应，它的源头和起因是太阳系预警系统第一观测单元发现的异常现象，发现异常现象这件事是真实的，只是这个发现与光粒无关。

《时间之外的往事》(节选)

太空前哨——太阳系预警系统

对于光粒，地球世界只在187J3X1恒星和三体星系被摧毁时观察到两次，对它的了解很少，只知道它的运行速度极为接近光速，对于它的体积、初始质量和接近光速时的相对论质量则一无所知。但光粒确实可以称得上是攻击恒星的最原始武器，仅凭其巨大的相对论质量产生的动能摧毁目标。如果具备了将物体加速到光速的技术，只需发射极小质量的“子弹”即可产生巨大的摧毁能力，确实很“经济”。有关光粒的最宝贵的观测数据是在三体星系毁灭前取得的，科学家们发现了一个重要现象：由于光粒极高的速度，在与星际空间的稀薄原子和尘埃的剧烈碰撞中，会发出包括从可见光到伽马射线的强烈辐射，这种辐射有明显的特征。由于光粒的体积极小，所以直接观察完全不可能，而这种辐射却能够被观测到。

初看光粒攻击是无法预警的，因为它的运行速度几乎是光速，与它自己产生的辐射几乎并行前进，同时到达目标——换句话说，观测者在事件光锥之外——但真实的情况却更复杂一些。由于有静止质量的物体不可能完全达到光速，光粒的速度虽极为接近光速，但与精确的光速还是有一个微小的差值，这个差值使得光粒发出的辐射比光粒本身要稍快一些，如果光粒的飞行距离足够长，这个差值将越来越大。另外，光粒攻击目标的弹道并非绝对直线，由于其巨大的质量，不可避免地受附近天体引力的影响，弹道会发生轻微的弯曲，而这种弯曲比纯光线在相同引力场中弯曲的曲率要大得多，在接近目标时需要进行修正，这就使得光粒所走的路程比它发出的辐射要长一些。

由于以上两个因素，光粒发出的辐射将先于光粒本身到达太阳系，这个时间差就是预警时间。二十四小时的预警时间，是根据目前能够观测到光粒辐射的最远距离估算的，这种情况下，辐射超前光粒约一百八十个天文单位到达太阳系。

但这只是一种理想情况，如果光粒从近距离的飞船上发射，便几乎没有预警的机会，就像三体世界的命运一样。

太阳系预警系统计划建立了三十五个观测单元，从所有方向密切监视太空中的光粒辐射。

假警报事件两天前，太阳系预警系统一号观测单元。

一号观测单元其实就是危机纪元末的林格-斐兹罗观测站，七十多年前，正是这个观测站首先发现了驶向太阳系的强互作用力探测器——水滴。现在，观测站仍位于小行星带外侧的太空中，只是设备都进行了更新。比如可见光观测部分，望远镜的镜片面积又增大了许多，第一个镜片的直径由一千二百米增至两千米，上面可以放下一个小城镇了。这些巨型镜片的制造材料直接取自小行星带。最初制造的是透镜组中一片中等的镜片，直径五百米，它造出后被临时用来把太阳光聚焦到小行星上，熔化岩石制造高纯度玻璃，继而造出了其他的镜片。各个镜片成一排悬浮在太空中，透镜组延绵二十五千米，镜片间相距很远，看上去都像是孤立而互不相关的东西。观测站位于透镜组的末端，是一个仅容纳两人的小型空间站。

观测站中的常驻人员仍然是军人与学者的组合，前者负责预警观测，后者从事天文学和宇宙学研究，因此，三个世纪前开始的林格博士和斐兹罗将军之间因为观测时间而发生的争执也延续了下来。

当这架有史以来最大的望远镜调试完成、第一次成功地获取一颗四十七光年外的恒星图像时，观测站中的天文学家威纳尔激动得像看到儿子降生一般。与普通人想象的不同，以前的天文望远镜在观察太阳系外的恒星时，能做到的只是增强光度，不可能看到形状，不管望远镜有多强大，看到的恒星都是一个点，只是亮了些。但这时，在这架超级望远镜的视野中，恒星第一次显出了圆盘形状，虽然很小，像几十米外的一个乒乓球，看不清任何细节，但对于古老的可见光天文观测来说仍是一个划时代的时刻。

“天文学从此摘除了白内障！”威纳尔热泪盈眶地说。

预警观测员瓦西里中尉却不以为然,“我说,你应该明白我们的身份:前哨哨兵。在过去的时代,我们应该是站在边境线上的木头岗亭上,周围是没有人烟的戈壁或雪原,我们在寒风中看着敌国方向,一旦发现地平线上的坦克或骑兵,就打电话或点狼烟通知后方说敌人要入侵了……你一定要找到这种哨兵的感觉,别总把这儿当天文台。”

威纳尔的眼睛暂时离开显示着望远镜图像的终端屏幕,向空间站的窗外看了看,只见到远近飘浮着几块不规则的石块。那是制造镜片玻璃留下的小行星残块,它们在冷瑟的阳光中缓缓转动,更衬托出太空的荒凉,倒是真有些中尉所说的意境。

威纳尔说:“如果真发现了光粒,不发警报可能是更好的选择,反正也没什么用。本来嘛,在不知不觉中突然完蛋是一种幸运,你却又要把几十亿人折磨二十四小时,这简直是反人类罪。”

“要是那样,我们俩岂不是成了最不幸的?”

观测站接到舰队总参谋部的命令,调整望远镜方向,对三体星系进行观测,这一次威纳尔和瓦西里倒没有发生争执,天文学家对那个被摧毁的世界也很感兴趣。

各个悬浮的镜片开始进行位置调整,镜片边缘的离子推进器发出蓝色的光焰,只有这时,远方透镜的位置才显示出来,蓝色的光点也在太空中勾勒出超级望远镜的整体形状。二十五千米长的透镜组缓慢转向,当望远镜指向三体星系方向时,透镜组的位置被固定了,然后,各片透镜在轴向上前后移动进行对焦,最后大部分光点都熄灭,只有少数像萤火虫般间或亮起,那是镜片在进行对焦微调。

在望远镜的原始视野中,三体星系的图像看上去很平淡,只是太空背景上的一小片白色，像夜空中的一片羽毛，但图像经过处理放大至全屏后，显现出一片壮丽的星云。恒星爆发已经七年，现在看到的是爆发后三年的景象。在引力和原恒星留存下来的角动量的作用下，星云由凌厉的放射状渐渐变成一片柔和模糊的云团，然后被自转离心力压扁，显示出清晰精致的螺旋状。在星云上方，还可以看到另外两颗恒星，其中一颗显示出圆盘形状，另一颗只是更远处的一个光点，只有从它在群星背景上的移动中才能分辨出来。

从灾难中幸存下来的两颗恒星实现了三体世界世代的梦想，构成了一个稳定的双星系统，但现在没有生命能享受它们的照耀，这个星系已经完全不适合生命生存了。现在看来，黑暗森林打击只摧毁三星中的一颗，并不仅仅是为了经济，还有着更毒辣的目的。在星系中仍存在一至两颗恒星的情况下，星云物质不断被恒星吸入，这个过程产生了巨量的强辐射，使现在的三体星系成了辐射的熔炉，对生命和文明来说是一个死亡之域。正是这强辐射的激发，才使得那片星云自身发光，看起来如此明亮清晰。

“这让我想起了那天夜里峨眉山的云海，”瓦西里说，“那是中国的一座山，在那山的顶上看月亮是最美的景致。那天夜里，山下全是云海，望不到边，被上空的满月照着，一片银色，很像现在看到的样子。”

看着这四十万亿千米外的银色墓场，威纳尔也感慨万千，“其实吧，从科学角度讲，毁灭一词并不准确，没有真正毁掉什么，更没有灭掉什么，物质总量一点不少都还在，角动量也还在，只是物质的组合方式变了变，像一副扑克牌，仅仅重洗而已……可生命是一手同花顺，一洗什么都没了。”

威纳尔再次细看图像，得到了一个重要发现，“天哪，那是什么?！”他指着图像中距星云有一段距离的太空说，按比例，那里距星云中心大约三十个天文单位。

瓦西里盯着那里看，他毕竟没有天文学家久经训练的眼睛，开始什么都看不出来，但后来还是在漆黑的背景上看出了隐隐约约的轮廓线，勾勒出一个大致的圆形，像夜空中的一个肥皂泡。

“看上去很大，直径有……约十个A[①]吧，是尘埃吗？”

“绝对不是，尘埃不是这种形态。”

“你以前没见过？”

“谁也没见过。这东西透明，边界很淡，以前最大的望远镜也看不到。”

威纳尔把图像再次推远，想从整体上看看星云与双星的位置关系，并且想知道是否能看出星云的自转。在视野中，星云再次变成漆黑深空中的一小片白色。就在这时，在距离三体星系约六千个天文单位的远距离太空中，他又看到了一个“肥皂泡”，比刚才那个大许多倍，直径约五十个天文单位，约为一个行星系大小，在里面可以容纳三体星系或太阳系。威纳尔把这个新发现告诉了瓦西里。

“天哪！”瓦西里惊叫一声，“你知道这是什么位置吗?！”

威纳尔盯着看了一会儿，试探着说：“三体第二舰队进入光速的位置？”

“对。”

“你肯定？”

---

① 天文单位。

“我以前的职责就是观察这片空域，比对自己的手掌都熟悉。”

一个显而易见的事实：曲率驱动飞船在进入光速的加速段会留下航迹。

第一个较小的航迹在三体星系内部，它的出现有几种可能。也许，三体世界最初并不知道曲率驱动会留下航迹，在试验曲率引擎或光速飞船试航时在星系中意外产生了航迹；或者他们知道航迹的事，却因某种意外把航迹留在星系中。但有一点可以肯定，这绝对不是他们希望的事，他们肯定试图消除航迹，但没有做到。十一年前，三体第二舰队用了一年时间进行常规航行，在距母星系远达六千个天文单位时才启动曲率引擎进入光速，就是为了让航迹尽量远离母星系，虽然这样做已经晚了。

当时，这个举动一直让人们迷惑，最合理的解释是：这是为了避免415艘飞船进入光速时的能量溢出对三体世界产生影响。现在看来，是为了避免因曲率驱动航迹暴露母星文明。第二舰队在距太阳系六千个天文单位的远方就匆匆脱离光速也是这个原因。

威纳尔和瓦西里长时间对视着，目光中的恐惧越来越深，他们都在进行着同一个推测。

“立刻报告。”威纳尔说。

“可现在还不到常规通信时间，这时报告，就等于是警报了。”

“这就是警报！警告人类不要自我暴露！”

“你过虑了吧，人类才刚开始研究光速飞船，半个世纪后能造出来就不错了。”

“可万一初步试验就能产生那种航迹呢？也许这种试验在太阳系的什么地方正做着呢！”

于是，这个信息被以警报级别用中微子束发往舰队总参谋部，又被转发到联合国PDC总部，不想通过不正常渠道被误传为光粒攻击警报，引发了两天后的世界性动乱。

曲率驱动航迹是飞船在进入光速时留下的，就像火箭从地面起飞时在发射台上留下的烧痕，飞船进入光速后即以惯性飞行，不再留下航迹。可以合理地推测，飞船在由光速进入亚光速时同样会留下这样的痕迹。现在还不知道航迹能够在太空中保留多久，据推测，这可能是曲率驱动引起的某种空间畸变，可能会保留很长时间，甚至永久存在。

人们有理由认为，智子所说：从远距离观察，三体星系看起来比太阳系更危险，正是因为三体星系内部那一片直径十个天文单位的曲率驱动航迹——这使得对三体星系的黑暗森林打击来得无比迅速。航迹和坐标广播相互印证，使得三体星系的危险值急剧上升。

在接下来的一个月时间里，一号观测单元又在不同方向的太空中发现了六处曲率驱动航迹，都近似地呈球形，大小差别很大，直径从十五到两百个天文单位不等，但形态都很相似，其中有一处距太阳系仅为六千个天文单位，显然是三体第二舰队从光速脱离时留下的。其余的几处从它们所在的方向和位置看，都与三体第二舰队无关。可以认为，曲率航迹在宇宙中是普遍存在的。

这是继“蓝色空间号”和“万有引力号”两艘飞船在四维空间碎块中的发现后，对宇宙中存在大量高等智慧文明的又一个直接证据。

其中的一处航迹距太阳仅1.4光年，已经接近奥尔特星云，显然曾经有一艘宇宙飞船在那里停留，然后进入光速离去了，但谁也不知道这事是什么时候发生的。

曲率驱动航迹的发现，使得已经备受质疑的光速飞船计划彻底死亡。舰队国际和联合国都很快促成了国际立法，各个国家也相继立法，全面禁止对曲率驱动飞船的研究和制造，这是继三个世纪前的核不扩散条约以来，对一项技术最严厉的法律禁止。

于是，人类文明面临的三个选择只剩下两个：掩体计划和黑域计划。

《时间之外的往事》（节选）

对无边暗夜的恐惧

表面上看，光速飞船计划的死亡有着明显的原因：避免由此产生的曲率驱动航迹提前暴露地球文明的存在，或者提升太阳系在宇宙观察者眼中的危险值，招致更快到来的黑暗森林打击。但这件事背后有着更深层的原因。

从公元世纪到危机纪元末，人类对星空是充满向往的，但迈向宇宙的头几步充满失败和痛苦。惨烈的末日战役让人类痛苦地意识到自己在宇宙中的脆弱，同样给人们心灵带来创伤的是人类之间的黑暗战役。后来发生的事，无论是对“青铜时代号”的审判，还是“蓝色空间号”劫持“万有引力号”并发布宇宙广播，都加深了这种创伤，并使其上升到哲学高度。

其实，普通大众对该计划只是持冷漠态度，他们认为，即使光速飞船在自己的有生之年造出来，也不是属于自己的东西。大众更关注掩体计划，这毕竟是最现实的生存之道；当然也关注黑域计划，三个世纪的恐惧经历使人们强烈向往平安的生活，黑域能够提供这种生活；至于与宇宙的隔绝，人们当然感到遗憾，但太阳系本身已经足够大了，这种遗憾是可以接受的。人们对黑域的关注度低于掩体计划，是因为普通人也能看出这种技术的超级难度，大众普遍认为，凭人类的力量很难完成这样的上帝工程。

相比大众的冷漠态度，对于光速飞船计划的狂热支持和坚决反对都来自精英阶层。

支持研制光速飞船的派别认为，人类最终的安全来自向银河系的扩张和殖民，在这个冷酷的宇宙中，只有外向型的文明才能生存，偏安一隅终究要灭亡。持这种观点的人大多不反对掩体计划，但都对黑域计划持强烈的厌恶情绪，认为那是自掘坟墓，虽然他们承认黑域能够保证人类长期生存下去，但对整个文明而言，那种生活与死亡无异。

反对光速飞船的人大多是出于政治原因。他们认为，人类文明历尽艰辛，终于进入近乎理想的民主社会，而飞向星空后的人类则不可避免地发生社会大倒退。太空像一面放大镜，可以在瞬间把人类的阴暗面放到最大。“青铜时代号”审判中一名被告赛巴斯蒂安·史耐德的一句话被他们当作反复引用的口号：

当人类真正流落太空时，极权只需五分钟。

由民主文明的地球向银河系播撒无数个极权的种子，这种前景是一些人死也不愿接受的。

处于幼年的人类文明曾经打开家门向外看了一眼，外面无边的暗夜吓住了他，他面对黑暗中的广袤和深邃打了个寒战，紧紧地关上了门。

广播纪元 8 年

地 - 日拉格朗日点

程心再次来到位于地球和太阳引力平衡点的太空中，这时距她与云天明相会已过去七年，这是一次轻松许多的太空旅程，她是作为掩体计划模拟试验的志愿者前来的。

掩体计划模拟试验由舰队国际和联合国共同发起，目的是在太空中试验太阳爆发时用外围巨行星作为掩体的有效性。

用一颗超级氢弹模拟爆发的太阳，现在核弹威力指标已经不再使用TNT当量，这颗氢弹的威力折合成当量约为三亿吨级。为了更逼真地模拟太阳爆发的物理环境，氢弹外面还包裹了一层厚厚的外壳，以模拟太阳爆发时迸射的恒星物质。八颗行星均用来自小行星带的石块模拟，其中模拟类地行星的四个石块直径约为十米左右，模拟巨行星的石块则大许多，四个都为一百米左右。这八个石块按照八大行星轨道间距的比例悬浮在氢弹周围，构成了一个微缩的太阳系。最近的“水星”距“太阳”

四千米，最远的“海王星”则与“太阳”相距三百千米。在拉格朗日点进行试验，是为了降低行星和太阳引力的影响，使这个系统在相当长的一段时间里保持稳定。

从科学角度看，这个试验其实完全没有必要，用已经得到的大量数据进行计算机模拟就可以得出相当可信的结果。即使必须进行实体试验，也完全可以在试验室中进行，虽然规模小，但经过精心设计，也可以达到很高的精度。从科研角度看，太空中的这个大规模试验笨拙到弱智的程度。

但无论是试验的发起方还是设计和实施者都清楚，试验的最终目的不是科研，它实质上是一场耗资巨大的宣传，用以确立国际社会对掩体计划的信心。这就要求试验必须十分直观，有视觉冲击力，并且便于向全世界直播。

在光速飞船计划被彻底否决后，地球世界出现了与危机纪元之初十分相似的局面。当时，世界对防御三体入侵进行着两个方面的努力，一是建立太阳系防御系统的主流防御计划，二是面壁计划。现在，人类的主流生存计划是掩体计划，而黑域计划则与面壁计划类似，是充满着未知因素的冒险。两个计划平行进行，但对于黑域计划，目前能做的只是基础理论研究，牵涉面较小；对国际社会产生巨大影响的是掩体计划，必须做出巨大的努力来取得公众的支持。

本来，为了检测试验中“巨行星”的掩体效果，只需在石块后面放置相应检测设备即可，最多也就是增加试验动物。但为了取得轰动效应，组织机构决定让真人躲在巨石后面，并在全世界征集志愿者。

是艾AA建议程心报名参加试验的，她认为这是为星环公司参与掩体工程而树立公众形象的一次极佳的免费广告，同时，她和程心都清楚试验是经过严密策划的，只是看上去刺激，基本没什么危险。

程心的太空艇停泊在模拟木星的石块背阳面，这个石块呈不规则的土豆形，长一百一十米，平均宽度七十米，相当于地球上一座大型建筑的大小。这是作为有人的掩体距氢弹最近的一个石块，距离为五十千米。这个石块是用了两个多月的时间从小行星带推送到这里的，在推送途中，一位闲来无事且有艺术天赋的工程师，用颜料在石块表面的一部分画上了木星表面的条纹和大红斑，但从整体效果看，石块被画得不像木星，倒像一头太空怪兽，大红斑就是它的眼睛。

同上次一样，程心的太空艇是迎着耀眼的阳光飞来的，但进入石块阴影后，由于太空中不存在阳光的散射，一切都在瞬间黑了下来，石块另一边的太阳似乎根本不存在了，程心感觉自己仿佛身处午夜的悬崖下。

即使没有巨石遮拦，从这里也无法看到五十千米外模拟太阳的氢弹。但在另一个方向，可以看到模拟土星的石块，按行星轨道间距的比例，它距“太阳”正好一百千米，距“木星”五十千米，大小与后者差不多，它被日光照亮，在太空的背景上能看得很清楚，从这个距离上刚刚能够看出形状。程心也能看到两百千米外的“天王星”，但那只是一个亮点，很难从群星的背景中区分出来。其余的“行星”是看不到的。

与程心一起停泊在“木星”背阳面的还有十九艘太空艇，用它们模拟掩体工程计划在木星建设的二十座太空城。这些太空艇在石块后面排成了三排，程心在最前面，距石块十米左右。太空艇中共乘坐着一百多名志愿者，本来AA打算与程心一起来，但公司的事务使她走不开，程心这艘太空艇可能是“木星”背面唯一一艘只乘坐一人的。

从这个方向看，在一百五十万千米的远方，蓝色的地球处于最亮的状态，那里，三十多亿人正在观看试验的直播。

倒计时显示，距试验开始还有十分钟。通信信道中的声音沉寂下来，这时，一个男声突然冒了出来：

“你好，我在你旁边。”

程心立刻听出这是谁，不由得打了个寒战。她的艇处于前排五艘艇的最边上，向右看去，是紧靠着她的一艘球形太空艇，与她上次乘坐的那艘很相似，透明罩几乎占了艇身的一半，可以看到艇中有五个人，托马斯·维德坐在靠她的一侧向她招手。程心能够一眼认出维德，是因为他没有像身边的另外四人一样穿着轻便太空服，而是仍然穿着那身黑皮夹克，仿佛在显示对太空的鄙视。他仍没有装假手，一个袖管空着。

“我们对接一下，我到你那里去。”维德说，并没有征得程心的同意就启动了对接程序，他的太空艇开动了微调推进器，向程心这边缓缓靠过来，程心也只好启动了自己的对接程序。一次轻轻的震动后两艇靠在一起，舱门已经密封对接，门无声地滑开，两边气压平衡时程心的耳朵嗡地响了一下。

维德从对面飘行过来，他不可能有太多的太空经验，但与程心一样，似乎天生就属于这个环境。虽然只有一只手，他在失重中的动作却很稳健，仿佛仍然有重力作用在他身上一般。舱里很暗，地球的光照在对面的岩石上，再反射进来，就在这朦胧的光亮中，程心打量了维德一眼，发现时光仍未在他身上留下太多的印记，他与八年前在澳大利亚时变化不大。

"你怎么在这里？"程心问，尽量使自己的声音冷静一些，但在这个人面前她总是很难做到这一点。如果说这些年的经历，使世上万事在程心的心中都磨砺得如同眼前这块巨石一样圆润，维德就是这块石头上唯一仍然锐利的地方。

"我刑满了，一个月前。"维德从上衣口袋中掏出半截雪茄含在嘴里，在这里当然不能点燃，"减刑，一个杀人犯，仅十一年就出来了，我知道这不公平，对你。"

"我们都遵从法律，那没有什么不公平的。"

"在所有事情上都遵从，比如光速飞船？"

维德还是以前那样，像利刃一般飞快切入正题，不浪费一点时间。程心没有回答。

"你为什么选择光速飞船？"维德问，转头毫无顾忌地直视着程心。

"因为只有在这个选择中，人是大写的。"程心说，勇敢地迎接着他的目光。

维德点点头，把雪茄从嘴里拿出来，"很好，你是大写的。"

程心用询问的目光看着他。

"你知道什么是对的，也有勇气和责任心去做，这很了不起。"

"但是？"程心替他说出这两个字。

"但是，你没有完成这种事情的能力和精神力量。我们的理想是相同的，我也想造光速飞船。"

"你到底想说什么？"

"给我。"

"给你什么？"

“你拥有的一切。你的公司、你的财富、你的权力、你的地位，如果可能的话，还有你的荣耀和声誉。我用这些去造光速飞船，为了你的理想，为了大写的人。”

这时，太空艇的微调推进器又启动了，前面岩石的引力很微小，但还是拉着太空艇缓慢地前移，向岩面靠近，推进器把太空艇轻轻推离岩石，恢复到原位。等离子喷口的蓝色火焰照亮了岩面，上面画着的大红斑像一只突然睁开的巨眼，不知是这只眼还是维德刚才的话，让程心的心紧缩起来。维德与那只巨眼对视着，目光冷酷锐利，还带着一丝嘲讽。

程心没有说话，她一时不可能说出什么。

“不要犯第二次错误。”维德说，这话的每个字都像一记重锤砸在程心的心上。

试验时间到了，氢弹引爆，由于太空中没有大气层的阻挡，其能量几乎全部以辐射形式放出。在从距爆心四百千米处拍摄的直播画面上看，太阳旁边出现了一只火球，其亮度和大小很快超过了太阳本身，摄像机的遮光罩不断调低透明度，如果有人从这个距离目视的话，会导致永久失明。当火球达到最亮时，画面中除了一片雪亮什么都没有了，那光焰似乎要吞没整个宇宙。

处于巨石阴影中的程心和维德看不到这些，太空艇内关闭了转播画面，但能够看到他们身后的“土星”亮度突然增加，像一颗超新星。紧接着，巨石朝向“太阳”一面被烧熔的岩浆从四周飞过，那些岩浆掠过巨石边缘时呈暗红色，但在向着背阳面飞出一段距离后，核爆炸照在上面的强光反射亮度超过了它们本身发出的红光，细碎的岩浆变成了光芒四射的焰火，从太空艇上看，仿佛是从顶端观看一道银光闪闪的瀑布浩浩荡荡地落向地球方向。这时，模拟类地行星的四个较小的石块已经破碎消失，而模拟巨行星的巨石像四团被喷灯的火焰吹着的冰激凌，面向辐射的一面迅速被烧熔，变成规则光滑的球形，每块巨石后面都拖着一条越来越长的银光闪闪的岩浆尾巴。辐射到达后十几秒钟，氢弹外壳产生的模拟恒星物质的迸射物才击中巨石，使石块剧烈震动起来，并向外缓缓移动。太空艇的推进器启动，保持着艇身与巨石的距离。

火球持续了约三十秒后熄灭了，太空仿佛是一座突然关灯的大厅，一个天文单位之外的太阳的光芒显得暗弱无力。随着光焰的消失，巨石处于红炽状态的一半发出的光显现出来，开始很亮，像燃烧一般，但很快在太空的严寒中变成暗红色，凝固的岩浆在巨石边缘形成一圈长长的毛刺。

四块巨石后面的五十艘太空艇全部安然无恙。

延时五秒的图像传回地球，整个世界一片欢腾，对未来的希望像氢弹一样爆发开来，掩体计划模拟试验的目的达到了。

“不要犯第二次错误。”维德重复一遍，仿佛刚才发生的一切不过是打断他们谈话的短暂噪声。

程心看了看紧靠着这里的维德的那艘太空艇，艇内四个穿太空服的男人都一直关注着这边，并没有在意刚刚发生的壮观事件。程心知道，报名参加试验的人成千上万，只有知名或重要人物才能被选中，而维德刚刚出狱，那四个人显然是他的人，那艘太空艇也可能是属于他的。早在十一年前他竞选执剑人时，他就有许多忠实的追随者和无数的支持者，据说他还成立了一个组织，也许这一切都不是空穴来风。他就像一块核燃料，即使静静地封闭在铅容器中，都能让人感觉到力量和威胁。

“让我考虑一下。”程心说。

“当然需要考虑。”维德对程心点点头，在失重中无声地离去，移回了自己的太空艇，然后舱门关上，两艇分开了。

地球方向，已经冷却的熔岩碎屑在星空的背景前飘浮着，在阳光中像一片懒洋洋的灰尘，程心感觉心中的什么东西正松弛下来，自己也变得像一粒浮尘了。

在返回的途中，当太空艇与地球的距离缩小到三十万千米以内、通信基本没有延时时，程心给艾AA打电话，告诉了她与维德会面的事。

“照他说的做，把他要的都给他！”AA毫不犹豫地回答。

“你……”程心吃惊地看着信息窗口中的AA，她本来以为AA是这件事最大的障碍。

“他说得对，你没有能力做这件事，这会彻底毁了你的！但他行，这个浑蛋、恶魔、杀人犯、野心家、政治流氓、技术狂人……他行，他有干这事的精神力量和本事，让他去干好了，这是地狱，让他跳进去吧。”

“那你呢？”

AA莞尔一笑，“我当然不会在那个家伙手下工作，我会拿走属于我那份的。光速飞船禁止法出来后，我也怕这事儿了，我会去干些轻松的我喜欢的事儿，我希望你也能找到这种事儿。”

两天后，在星环公司总部的透明大厅里，程心会见了维德。

“我可以把你要的一切都给你。”程心说。

“然后你进入冬眠，”维德紧接着程心的话说，“因为你的存在可能影响我们的事业。”

程心点点头，“可以，这也是我的打算。”

“成功的那一天我们会唤醒你，那也是你的成功。如果那时光速飞船仍然违法，我们承担一切责任；如果光速飞船被世界接受，荣誉归于你……那可能是半个世纪甚至更长时间以后了，我们都老了，可你仍然年轻。”

“我有个条件。”

“说。”

“当这个事业可能危害人类的生命时，必须唤醒我，我将拥有最终的决定权，并可以收回赋予你的一切权力。”

“我不接受这个条件。”

“那就算了，我什么都不能给你。”

“程心，你知道我们将从事的是什么样的事业，有时候，不得不……”

“那就算了，我们各走各的路吧。”

维德看着程心，他的目光里出现了一些罕见的东西：犹豫，甚至无助——这种东西以前在他的精神世界中是很难看到的，就像火中难以见到水。“让我考虑考虑。”他说，然后走到透明墙壁前，看着外面的都市森林。三个世纪前的那个夜晚，在联合国广场，在纽约灯海的背景上，程心也见过这个黑色的背影。大约两分钟后，维德转过身来，他没有走过来，只是在透明墙壁前远远地看着程心。

“好吧，我接受。”

程心记得三个世纪前他转身后说的是：“Send cerebra only.（只送大脑。）”这句话后来改变了历史。

“我没有太多可以约束你的，我只能相信你的承诺。”

冰水似的微笑在维德脸上溢散开来，“其实你自己很清楚，如果我违背承诺，对你是一种幸运，但很遗憾，我不会的，我会遵守承诺。”

维德走过来，一只手整了整身上的皮夹克，但只是使上面的皱褶更多了。他站在程心面前庄重地说：“我保证：如果在光速飞船的研制过程中有可能危害人类生命，不管是以什么形式，我们都会唤醒你，到时你将拥有最终决定权，并可以收回我的一切权力。”

听完会面的情况后，AA对程心说：“那我和你一起冬眠好了，我们得随时做好重新接手星环公司的准备。”

“你相信他会遵守承诺？”程心问。

AA双眼直勾勾地看着前方，像遥视着不知在什么地方的维德，“我还真相信，这个魔鬼会的，但正像他说的，那对你未必是好事。程心，你本来能救自己的，可还是没救成啊。”

十天后，托马斯·维德成为星环公司的总裁，全面接管了公司事务。

与此同时，程心和艾AA进入冬眠。她们的意识在寒冷中渐渐模糊，那感觉就像在一条大河中顺流漂了很久，终于精疲力竭地上了岸，静止下来，看着大河在眼前流淌，看着熟悉的水面漂向远方。

就在她们暂时退出的时间长河中，人类的故事还在继续。

第四部

掩体纪元11年

掩体世界

37813号，您的这一阶段冬眠已经终止，您已经冬眠62年8个月21天13小时，您的剩余冬眠时间权限为238年3个月9天。

“亚洲一号”冬眠中心，掩体纪元11年5月9日14点17分。

这个小小的信息窗口在刚刚苏醒的程心面前显示了不到一分钟，然后就消失了。程心看到了光洁的金属天花板。她习惯性地盯着天花板上的一个点看，在她最后一次进入冬眠的那个时代，如果这么做的话天花板就会感应到她的注视，然后弹出信息窗口，但这个天花板没有反应。虽然还没有力气转动头部，但她还是可以看到房间的一部分，触目所及全是空荡荡的金属墙壁，没有信息窗口，空气中也是空荡荡的，没有任何全息显示。墙壁的金属看上去很熟悉，像是不锈钢片或铝合金，看不到任何装饰。

一个护士出现在程心的视野中，她很年轻，没有正眼看程心，而是在她的床周围忙碌了一会儿，可能是在拆除与她连接的医学设备。程心的身体还感觉不出她做了些什么，但却从这个护士身上看到某些熟悉的东西。程心很快知道，是护士的衣服。在程心最后所处的那个时代，人们的服装都是用自清洁衣料制作，极其洁净，任何时候都如全新的一般，但这个护士身上的白色护士装却能看出些旧的样子，虽然也还整洁，但能看出穿用的痕迹，时间的痕迹。

天花板在移动，程心看到自己的床被推出这间苏醒室，她吃惊地发现，是那个护士在推着她走，活动床居然需要人推。

走廊中看到的也是空荡荡的金属墙壁，除了顶板上的灯，没有任何装饰，那些灯看上去都很普通，程心看到一盏顶灯的灯框脱落了一半，在灯框与顶板之间她竟然看到了——电线。

程心努力回想意识恢复之初看到的信息窗口，却不敢肯定她真的看到过那东西，仿佛是个幻觉。

走廊里人很多，没人注意程心。程心首先仍是注意到人们的衣着，除了不多的穿白衣的医务人员外，人们的衣服也都很简便平实，色彩单一，像工作服。程心首先感觉这里似乎有许多公元人，但她立刻否定了这个想法，现在距公元世纪已经很远了，人类纪年都改变了四次，不可能再有这么多的公元人。之所以产生这种感觉，是因为她看到了男人，外形是男人的男人。

在威慑纪元消失的男人又回来了，这是一个能产生男人的时代。

人们行色匆匆，看上去都有事在身，这似乎又是一个轮回，上一个时代那种闲适和惬意已经消失，忙碌的社会再次出现。在这个时代里，大部分人不再是有闲阶级，要为生活奔忙了。

程心被推进了一个小房间。“37813号苏醒正常，进28号恢复室！”护士不知对谁喊道，然后走了，她出去的时候关上了门，程心注意到房间的门是手动的。

房间里只剩程心一人躺在床上，很长时间没人来打扰她，与前两次苏醒她受到的大量关注和照顾完全不同。她现在能确定的有两点：首先，在这个时代，冬眠和苏醒是一件极平常的事；另外，她的苏醒可能没有多少人知道，就像当年罗辑在危机纪元末的苏醒一样。

程心的身体渐渐恢复知觉，她的头能够转动了，随即看到了房间的窗户。她仍然记得冬眠前看到的世界，那时的冬眠中心是城市边缘的一棵巨树建筑，她当时在最顶端的叶子里，从落地窗可以看到宏伟的城市森林。现在从这扇窗看出去，只看到几幢普通的楼房，建在地面上的楼房，外形整齐划一，从反射阳光的表面看，像是金属结构的。这些建筑让程心再一次感觉回到了公元世纪。

她突然有一种幻觉：自己是不是刚从一场大梦中醒来？威慑纪元、广播纪元的一切都是梦，那些记忆虽然清晰，但太超现实，太像梦了。也许，自己根本没有三次跨越时间，仍身在公元世纪？

一个全息信息窗口在床边出现了，让程心打消了这个幻觉。信息窗口中只有几个简单的按钮，可以用来呼叫医生和护士。这里似乎对苏醒者的身体恢复过程十分了解，程心刚刚能够抬起手来，窗口就出现了；但也仅仅是这一个小小的窗口，那个信息窗口铺天盖地的超信息社会消失了。

与前两次苏醒不同，这次程心恢复得很快，当外面天色暗下来的时候，她已经能够下床走动了。她发现这里只提供最简单的服务，其间只有一个医生进来简单地察看了一下就走了，一切都靠自理，在仍然浑身无力的情况下，第一次沐浴得全靠自己。再比如用餐，如果不在那个小小的信息窗口中要求，她苏醒后的第一餐可能永远也不会送来。对这些程心没有感到不快，她从来就没有完全融入那种对每个人都照顾得无微不至的人性化时代，她习惯的仍是公元世纪的生活，现在有一种回归感。

第二天上午，有人来看程心。她一眼就认出来人是曹彬，这位物理学家曾经是最年轻的执剑人候选人，现在看上去老了许多，头上出现了少许白发，但岁月并未在他身上留下六十二年的痕迹。

“托马斯·维德先生让我来接你。”曹彬说。

“出什么事了？”想到自己被唤醒的条件，程心的心沉了下来。

“到那里后再说吧。”曹彬略微停顿后说，“这之前，我先带你看看这个新世界，以便你能对情况做出正确的判断。”

程心看看窗外那几幢外表平常的建筑，并没感觉到这个世界是新的。

“那你呢，这六十多年你不会一直醒着吧？”程心收回目光说。

“我差不多是与你一起冬眠的，十七年后环日加速器投入运行，我就醒来搞基础理论，搞了十五年。再后来，研究开始进入技术方向，我就没用了，又冬眠，两年前才醒来。”

“曲率驱动飞船项目怎么样了？”

“有些进展……以后再说吧。”这方面的事显然是曹彬不愿意很快提及的。

程心又看看外面，一阵微风吹过，窗前的一棵小树发出了沙沙声，好像有云遮住了太阳，那几幢建筑的金属表面的反光暗了下来。这个平凡的世界，能与光速飞船有关系吗？

曹彬也随着程心的目光看看窗外，然后笑了起来，“你肯定和我刚醒来时一样，对这个时代很失望……如果你现在感觉恢复得差不多了，我们出去看看吧。”

半个小时后，程心穿着一身与这个时代相称的白色套装，与曹彬一起来到冬眠中心的一个阳台上。城市在她面前展开，唯一令程心感慨的仍然是这种时光倒流的平凡感。在威慑纪元第一次苏醒后，当她看到城市的巨树森林时，那种震撼难以言表，她本来以为永远也看不到这样平凡的城市景观了。城市规划得很整齐，好像是一次性建成的，建筑的外形单调划一，似乎只考虑实用性，没有任何建筑美学方面的设计，都是长方体形状，外表没有任何装饰，甚至表面的色彩都是一样的金属银灰色，很奇怪，竟让她想起小时候见过的铝饭盒。这些整齐的建筑密集地排列着，直到目力所及的远方，在那里，是向上升起的山坡，城市延伸到坡上。

“这是哪里？”程心问。

“见鬼，怎么又是阴天？看不到对面了。”曹彬没有回答程心的问题，而是看着天空失望地摇摇头，好像阴天对程心认识这个新世界有很大影响似的，但程心很快发现了天空的异常。

太阳在云层前面。

这时，云层开始消散，出现一道迅速扩大的云隙。透过云隙，程心并没有看到蓝天，她看到的天空仍是大地，空中的大地上是与周围相似的城市，只是她在远远地仰望或俯瞰，这就是曹彬刚才说的“对面”。程心发现，远处那升起的地面并不是山坡，而是一直上升与“对面”连在一起的。她回头看，发现相反的方向地面也在远方上升，也是一直升到“对面”——这个世界是在一个大圆筒中。

“这是‘亚洲一号’太空城，在木星的背面。”曹彬这才回答程心刚才的问题。

新世界就这样展现在程心面前，所有的平凡瞬间变为震撼，她感到自己这时才真正苏醒过来。

下午，曹彬带程心去北边的城市出入端。按惯例，太空城的长轴为南北方向。他们在冬眠中心的外面上了一辆公共汽车，这是真正的公共汽车，在地面行驶，可能是电力驱动，但从外形上看，即使放到古代，也不会被误认为是别的东西。车上人很多，程心和曹彬找到了最后的两个座位，后面上来的人只能站着。程心回想她最后一次乘公交车是什么时候，即使在公元世纪，她也很早就不再坐这样拥挤的车了。

车速不快，可以从容地观赏外面的城市风景，现在，这一切在程心眼中都有了全新的含义。她看到大片的楼群从车窗外掠过，其间有小片的绿地和水塘。她还看到两所学校，校园里有蓝色的操场。她看到公路之外的地上覆盖着褐色的土壤，看上去与地球的土地没有太大区别，路边种着一种很像梧桐的阔叶树，还不时出现广告牌，上面的商品程心大多认不出是什么，但广告的风格却不陌生。

与公元世纪城市的唯一区别是，这个世界几乎全部是用金属建成的，建筑物都是金属构造，看看车内，除金属外也很少见到其他的材料，没有合成板，也没有塑料。

程心更多注意的还是车里的人。在另一侧的座位上坐着两个男人，其中一个夹着黑色的公文包在打瞌睡，另一个穿着一身带有黑色油污的黄色工作服，脚旁放着一个工具袋，一件程心不认识的器具从袋中露出一半，像是古代的冲击钻，不过是半透明的，这个男人的脸上露出体力劳动者的疲惫和漠然。前排坐着一对情侣，男孩伏在女孩的耳边不停地说着什么，女孩不时地傻笑一阵，并用一个小片儿从纸杯中刮出粉红色的东西吃，显然是冰激凌，程心甚至闻到了奶油的甜香味，与她记忆中三个世纪前的味道没有什么不同。旁边站着两个没有座位的中年妇女，是那种程心曾经十分熟悉的女人，被生活磨去了风韵，变得市井且不修边幅。这样的女人在威慑纪元和广播纪元是不存在的，那个时代的女人皮肤永远细腻白嫩，在各个年龄段都有着相应的精致和美丽。程心听到了这两个女人的对话。

……

"你没弄对，早市菜价和晚市差不多的，不要嫌麻烦，到西头批发市场去。"

"那里量不够也不按批发价卖。"

"你得等到晚一些，七点以后吧，那些菜贩子走了，多少都能按批发价。"

……

车内其他人的对话也断断续续地传来：

"市政部门与大气系统不同的，比较复杂，你才需要多长心眼，开始和谁都别太近，也别太远。"

"收供暖费就不合理，应该已经包含在电费里了。"

"早点把那个傻瓜换下来也不会输那么惨。"

“知足吧，我还是城建时期的老人呢，我一年才挣多少？”

“那鱼都不新鲜了，怎么能清蒸呢？”

“前天位置维持，四号公园的水又溢出来了，淹了一大片。”

“人家看不上他就算了，何必呢？你说他累不累呀……”

“不是正品，高仿的都不是，那个价钱……”

……

程心的心中漾起一种温暖的感觉，自从威慑纪元第一次苏醒后她就在寻找这种感觉，曾以为永远也找不到了。她几乎是贪婪地倾听着这些话音，对曹彬介绍太空城的话倒是没有太注意。

“亚洲一号”是掩体工程最早建设的太空城之一，呈规则的圆筒形，旋转产生的离心力模拟重力，长四十五千米，直径八千米，内部面积三百五十九平方千米，大约相当于过去地球上北京市市区面积的一半。这里最多时曾生活过两千多万人，现在由于新城不断建成，人口已经降至九百万，不再那么拥挤了……

这时，程心发现前方的天空中又出现了一个太阳，他们位于两个太阳之间。曹彬告诉她，太空城中共有三个人造太阳，都悬浮在太空城失重的中轴线上，相互间隔十千米左右，都是由核聚变产生能量，按二十四小时一昼夜调节明暗。

程心突然感到一阵震动，这时车正好停站，震动似乎来自大地深处。她感到背部有微微的推力，但车这时并没有开动。车窗外，可以看到树和建筑的影子突然移动了一个角度，这是天空中的人造太阳在突然移位，但很快，太阳在空中又慢慢移回了原位。程心看到周围的人对此都毫不在意。

“这是太空城的位置维持。”曹彬说。

公交车行驶了约三十分钟后到达终点。程心下车后，让她陶醉其中的平凡景致结束了，眼前赫然出现一面顶天立地的高墙。它的高大广阔让她倒吸一口冷气，仿佛到了世界的尽头。事实上这确实是这个世界的尽头，这是太空城的最“北”端，是一个直径八千米的大圆盘，在地面看不出圆形来，只能看到大地从两侧升起。圆盘顶端的高度与珠峰差不多，连接着太空城的另一面。有许多辐条从环绕圆盘的地面会聚到四千米高的圆心，每根辐条都是一条电梯轨道，圆心就是太空城的出入口。

程心在进入电梯前，恋恋不舍地回头看了一眼她似乎已经熟悉的城市。在这个位置上三个太阳都能看到，它们排成一排伸向太空城的另一端。这时正值黄昏时间，太阳正在暗下去，由耀眼的黄白色变成了柔和的橘红，给城市镀上一层温馨的金光。程心看到，在不远处的草地上有几个少女，穿着白色的校服，坐在草坪上快乐地说笑着，她们被风吹起的长发浸透了天顶上夕阳的金色光芒。

电梯内部很宽敞，像一间大厅，朝向城市的一面是全透明的，成为一个宽阔的观景台。每个座位上都有固定带，随着电梯的上升，重力很快减小。向外看，地面渐渐降低，而作为“天空”的另一个地面则渐渐清晰。当电梯到达圆心时，重力完全消失，向外看去，上和下的感觉也完全没有了。因为这里处于圆筒太空城的轴心，大地在四周环绕一圈，在这个位置，太空城展现出最为壮观的景象。这时，三个太阳的光度已经降到月光的程度，它们的色彩也变成了银色。从这个位置上看，三个太阳（月亮）几乎是重合的，它们的周围又出现了云，云都集中在零重力区，在圆筒的轴线上形成一道白色的云轴，一直通到太空城的另一端。从这里可以清楚地看到四十五千米远处的“南”端，曹彬告诉程心，那是城市推进器所在地。城市华灯初上，在程心的视野中，这灯海三百六十度环绕着自己，并向远方延伸，她仿佛在从一口环壁覆盖着璀璨光毯的巨井顶部向下看。

程心随意把目光锁定在城市的某处，发现那里楼房的布局很像公元世纪自己家所在的小区，她想象着那里某幢普通的楼房二层的某个窗口，蓝色的窗帘透出柔和的灯光，窗帘的后面，爸爸妈妈在等着自己……程心一时抑制不住自己的眼泪。

在威慑纪元第一次苏醒后，程心一直无法融入新时代，感觉自己是另一个时间的外来者。她万万没有想到，半个世纪后，在这距地球八亿千米的木星背面竟找到了回家的感觉。似乎三个多世纪前那熟悉的一切被一双无形的巨手卷起来，像画幅一样卷成圆筒状安放到这里，成为这在她眼前环绕一圈的世界。

程心和曹彬进入了一条失重走廊，这是一条圆形断面的大管道，人在里面抓着失重牵引索上的把手前行。各个方向上来的电梯中的乘客都集中到这里出城，走廊中人流密集。在走廊的圆壁上显示着一排信息窗口，窗口中的活动画面大多是新闻和广告，但窗口的数量有限，排列有序，不像上一个时代信息窗口层层叠叠铺天盖地的样子。

在此之前程心就注意到，让人眼花缭乱的超信息时代似乎消失了，这个世界中涌现的信息量变得节制而有序，不知是不是掩体世界政治经济体制的变化所致。

一出走廊，程心首先看到头顶旋转的星空。星空转得很快，初看让人有些头晕。周围的视野豁然开阔，他们正站在太空城顶部直径八千米的圆形广场上。这里是城市的太空港，停泊着大批的太空飞行器，其中大部分是太空艇，外形与程心六十多年前看到的没有太大区别，但体积普遍缩小了，有许多大小与古代的小汽车差不多。程心注意到，太空艇起飞时发动机喷口的光焰比半个世纪前她看到的要暗许多，不再刺眼，呈幽蓝色，这也许意味着小型聚变发动机的效率提高了。

程心看到出口周围划出了一个醒目的发光红圈，半径约百米。她很快明白了这红圈的含意：太空城在旋转中，圈外的离心力能产生明显作用，且再向外会急剧增大，所以圈外停泊的太空艇需要锚固，人在那里行走时也需穿黏性鞋，否则会被甩出去。

这里很冷，只有附近的太空艇启动时发动机喷出的热量才带来短暂的暖意。程心打了个哆嗦，并非仅仅因为冷，而是她突然意识到自己竟完全暴露在太空中！但周围的空气和大气压是实实在在的，还能感到阵阵寒风。看来，程心曾看到的在非封闭的太空环境中保持大气压的技术进一步发展，已经能够在全开放的太空生成大气层了！

曹彬看到了她的震惊，说："哦，目前只能在距'地面'十米左右形成正常气压的空气层，再厚就做不到了。"虽然来到这个世界的时间也不是太长，但他已经对这种在程心眼中神话般的技术不在意了，他只是想让程心看那些更震撼的东西。

在旋转的星海的背景上，程心看到了掩体世界。

从这个位置可以看到木星太空城群落的大部分，能看到二十二座太空城，还有四座城市在下面被挡住的方向。这二十六座太空城（比计划多建了六座）都处于木星的阴影之中，它们排成不太整齐的四列纵队，让程心想到了六十多年前躲在那块太空巨石后面的太空艇。“亚洲一号”的一侧是“北美一号”和“大洋洲一号”，另一侧是“亚洲三号”，“亚洲一号”与两侧太空城之间的距离仅五十千米左右，能感觉到它们的巨大，像两颗星球一般。但另一排的四座太空城距这里一百五十千米，已经很难从视觉上把握它们的大小；最远处的太空城距这里一千千米左右，看上去如玩具般小巧玲珑。

程心感到，太空城群落像是河水中一队静静地悬浮在岩石后面避开激流的鱼群。

最靠近“亚洲一号”的“北美一号”是一个纯球体，它与“亚洲一号”的圆柱体代表了太空城形状的两个极端；大部分太空城都是介于两者之间的椭球体，只是长短轴的比例不同；也有一些特异形状的太空城，如轮辐形、纺锤形等，但数量很少。

在另外三颗巨行星背面，还有三个太空城群落，共三十八座太空城，其中，土星背面二十六座，海王星背面八座，天王星背面四座，那些太空城群落所处的位置更加安全，但也更为边远冷寂。

这时，前排一座太空城突然发出蓝光，像是太空中出现了一个蓝色小太阳，把人和太空艇的影子深深地印在地面上。曹彬告诉程心，这是太空城推进器启动了，在进行位置维持。太空城群落并非是木星的卫星，而是在木星轨道外侧与木星平行绕太阳运行，这样才能使城市群落长期隐藏于木星的背阳阴影中。木星的引力不断拉近太空城与行星的距离，这就要靠城市推进器来不断维持太空城的位置，这是一项耗能巨大的操作。曾有一个设想，让所有太空城成为木星的卫星，当打击警报出现时，再改变轨道成为木星阴影中的随木星一起围绕太阳运行的太阳卫星，但在太阳系预警系统进一步完善并证明其可靠性之前，没有一座太空城敢冒这个险。

“你运气不错，遇到了三天一次的奇观，看！”曹彬指着一侧的太空说。程心在那个方向远远地看到了一个小白点，白点渐渐扩大，很快变成一个乒乓球大小的白色球体。

“木卫二？”程心问。

“是，木卫二，我们现在离它的轨道很近，你站稳了别害怕。”

程心想着他最后一句话的意思，同一般人一样，在她的印象里，天体在肉眼的视野中显示的运行速度都是很慢的，大部分在短时间观察中无法觉察到其运动。但她立刻意识到一个事实：太空城并不是木星的卫星，它们与木星是相对静止的，木卫二是运行速度很快的一颗卫星，她记得达到每秒十四千米，这样木卫二与太空城的相对速度也是这么高，如果太空城与它的轨道很接近的话……

没容程心细想，那个白色球体迅速增大，其膨胀速度给人一种不真实的感觉。木卫二很快占据了大半个太空，由一个白色小球转瞬间变成一个巨大的星球，空间的上下感也瞬间改变，程心感到“亚洲一号”正在向那白色的世界坠落下去。接着，这个直径三千多千米的世界从他们头顶快速移过，那一刻全部太空都被它占据。这时，太空城实际上是在木卫二的冰冻海洋上空飞行，可以清晰地看到冰面上纵横交错的条纹，像白色巨掌上的掌纹。被木卫二引力扰动的空气层中刮起了疾风，程心感到一股无形的力量从左向右拉扯着自己，如果不是穿着磁性鞋，她肯定会被拉离地面。旁边没有固定的小物体都飞了起来，几根与太空艇连接的管缆也飞舞着飘起，一阵让人心悸的隆隆声从脚下响起，是太空城巨大的结构框架在木卫二急剧变化的引力中产生的应力引起的。木卫二掠过太空城仅用了三分钟左右的时间，然后在另一侧把它的另一面显现出来，同时急剧变小。这时，前两排的八座太空城都启动了推进器，调整被木卫二引力改变的位置和姿态，太空顿时亮起八个光团。

“天哪，刚才它有多近?！”程心惊魂未定地问。

“最近的时候距这里一百五十千米，几乎是擦边而过。没办法，木星有十三颗卫星，太空城群落不可能完全避开它们。木卫二的轨道与赤道倾角很小，所以与这一排城市距离很近。它是木星城市群落的主要水源，上面还有很多工业，但一旦打击到来，都是要牺牲掉的。太阳爆发后，木星所有卫星的轨道都要发生大变化，到时候太空城要避开它们，那可是一个复杂的操作。”

曹彬找到了自己来时乘坐的太空艇，是最小的那种，外形和大小都像古代的小汽车，只能乘坐两个人。乘这么小的一架飞行器进入太空让程心本能地不安，虽然她知道这种担心是多余的。在艇内不用穿太空服，曹彬只是对AI说了声去“北美一号”，太空艇就启动推进器起飞了。

程心看到地面飞快地退去，太空艇沿城市旋转的切线飞出，很快，直径八千米的城市顶端进入视野，然后是“亚洲一号”太空城的整体。在这个圆柱体后面，是一片广阔的暗黄色，直到这片暗黄的边界在远方出现，程心才意识到这就是刚才看不到的木星。这是这颗巨大行星的背阳面，一切都处于晦暗寒冷的阴影中，太阳似乎根本不存在，只有木星氢氦的液态表面发出的磷光，透过深厚的大气层形成片片朦胧的光晕，像睡梦中眼皮下滚动的眼球。木星的巨大使程心很震惊，从这个位置只能看到它的一部分边缘，而那边缘只能看出很小的弧度。木星像一堵遮蔽一切的暗壁，使程心又有了站在世界尽头的巨墙前的感觉。

在随后的三天时间里，曹彬带着程心又游览了四座太空城。

他们首先去的是距“亚洲一号”最近的“北美一号”，那是一座纯球体形状的太空城。这种设计的最大优势在于，只需在球心有一个人造太阳即可使所有地区得到相同的光照。但球体构型的缺陷也很明显，主要是不同纬度地区的重力差异较大，赤道地区重力最大，随着纬度升高重力减小，两极地区处于失重状态。这样，在不同地区居住的人必须适应不同重力下的生活。

与“亚洲一号”不同，小型太空飞行器可以直接从北极的入口进入太空城。太空艇进入后，程心发现整个世界都在围绕着自己旋转，太空艇必须自转以与城市的旋转同步，然后才能降落。

程心和曹彬乘坐高速轨道列车前往低纬度地区，速度比“亚洲一号”中的公路车要快许多。程心发现这里的城市建筑更密集，也更高，显示出宏伟的大都市气派。特别是在高纬度的低重力地区，建筑的高度只受球体空间的限制，在靠近两极的地区都出现了高达十千米的大厦，是球体半径的一半，其顶端距人造太阳也只有十千米，像从地面伸向太阳的几根细长的尖刺。

“北美一号”建成较早，球半径二十千米，是人口最多的太空城，有两千万人居住于其中，是木星城市群落中繁华的商业中心。

在这座太空城中，程心看到了一个“亚洲一号”所没有的壮丽景观：赤道环海。其实，大多数太空城中都有宽度不等的环海，“亚洲一号”在这方面倒是一个特例。在球形或椭球形城市构型中，在重力方向上赤道是最低处，城市的水体自然集中于此，形成一个环绕城市中部的水环，成为城市的一条波光粼粼的腰带。站在海边，可以看到环海自两侧升起，从太阳后面横跨“天空”。程心和曹彬乘快艇在环海航行一周，航程六十多千米，海水来自木卫二，清澈冷冽，粼粼的波光投映到两岸的摩天楼群上。环海向木星的一侧堤坝较高，是为了防止位置维持时产生的加速使海水溢出，尽管这样，城市在进行非常规推进时还是可能导致小规模水灾。

曹彬带程心去的第三座太空城是“欧洲四号”。这座城市的构型是最典型的椭球形，它的特点是没有公用的人造太阳，每个社区都有自己的微型聚变太阳，这些小太阳在两三百米的高度照亮部分地面。这样做的好处是失重轴线可以充分利用，在“欧洲四号”的长轴线上建设了所有太空城中最高或最长的建筑物，它长四十千米，连接椭球体的南北极，本身就形成了一根长轴。由于内部处于失重状态，主要用作太空港和商业娱乐区。

“欧洲四号”是人口最少的太空城，仅四百五十万人，是掩体世界中最富裕的地方。程心惊奇地看到一大片在小太阳照耀下的精致别墅，每幢别墅都带有游泳池，有的甚至还有宽阔的草坪。宁静的环海点缀着片片白帆，岸边有悠闲的垂钓者。她看到一艘游艇缓缓驶过，其豪华程度较之过去的地球也毫不逊色，艇上正在举行有小乐队伴奏的酒会……她很惊奇这样的生活居然能够搬到距地球八亿千米的木星阴影中来。

“太平洋一号”可以说是“欧洲四号”的反面。这是掩体工程最早建成的太空城，与“北美一号”一样是标准球体构型。它最大的特点是不属于木星背面的城市群落，而是绕木星运行，是一颗木星的卫星。

在掩体工程的早期岁月，“太平洋一号”被用作上百万工程人员的居住区，随着工程的进展，又被用作施工材料的大型存储库，后来发现这座早期的实验性太空城有许多设计上的缺陷，最终被废弃了。向掩体世界的大移民结束后，“太平洋一号”中又开始有人居住，后来也形成了一座城市，有市政府和警察机构，但只负责维持最基本的公共设施的运转，对于城市社会基本上放任自流。“太平洋一号”是唯一一座不需要居留权就可自由入住的城市，城中主要是失业者和流浪者，以及众多因各种原因失去社会保险的穷人，还有潦倒的艺术家，后来甚至成了一些极端政治组织的据点。

“太平洋一号”没有城市推进器，内部也没有人造太阳，最重要的一点是它不自转，城市处于完全失重状态。

程心进入城里后，看到的是一个童话般的世界：仿佛一座破旧但繁华的老城市，突然失去了地心引力，一切都飘浮在空中。“太平洋一号”是一座永夜之城，每座建筑都用核电池维持照明和生活，于是有了漫天的灯火。城市中的建筑大多是简易棚屋，用废弃的建筑材料做成，由于没有上下之分，一般都做成六面全有窗（也是门）的立方体，或者做成球形，后者的好处是在不可避免的飘浮碰撞中强度较高。“太平洋一号”中完全没有地权的概念，所有建筑都在飘浮中位置不定，原则上市民有权使用城内任何一处空间。城市中还有大量的流浪者，他们连棚屋都没有，全部家当都放在一个大网兜里，以防四处飘散，他们就与网兜一起在飘浮中生活。城市里的交通极其简单，几乎没有车辆，也见不到失重拖曳索和个人推进器之类的东西，失重中的人们用脚踹建筑物飘行。由于城市中飘浮的建筑十分密集，到任何地方都不是问题，但这种移动方式需要很高的技巧。看着那些在飘浮的建筑间敏捷穿行的人，程心不由得想起了在树枝间悠荡而行的长臂猿。

程心和曹彬飘行到一群围着篝火的流浪汉旁边，这样燃明火在别的太空城是绝对禁止的。他们用来烧火的东西好像是某种可燃的建筑材料，由于失重，燃烧无法产生上升的火苗，只是空中飘浮的一团火球。他们喝酒的方式也很特别，把酒从瓶中甩出来，在空中形成许多飘浮的液球，那些衣衫破旧胡子老长的男人也飘浮着，把火光中那些晶莹剔透的小球一个个吞进嘴里。有一个喝醉的家伙吐了起来，那喷出的呕吐物产生了反推力，使那个醉汉在空中翻滚起来……

程心和曹彬又来到一处集市，这里所有的商品都飘浮在空中，在其中几盏飘浮灯的光亮中形成庞杂的一片，顾客和小贩就在其中飘行。这混浮成一团的货物应该很难分清哪件属于谁，但如果有顾客察看某件东西，立刻有货主过来搭讪。这里的商品有服饰、电器、食品酒类、各种容量的核电池、各种轻武器等，还有许多稀奇古怪的古董。有几片大小不一的金属残片标出高价，摊主说是太阳系外围空间收集的末日战役中战舰的残片，不知是真是假。程心惊奇地发现还有一个卖古书的摊位，翻看几本，对她来说那些书并不古老，所有的书也是在空中飘浮成一大团，许多书的书页展开，在灯光中像扇动着白翅的鸟群……程心看到一个木盒飘过眼前，上面标明是雪茄，她刚拿住那个木盒，立刻有一个黑人男孩飘过来，信誓旦旦地向程心保证这是正宗的古代哈瓦那雪茄，已经保存了近两百年，因为有些干了可以便宜些，并打开盒子让程心看，于是她买下了。

曹彬特别带着程心来到城市的边缘，就是太空城的球壁。球壁上没有任何建筑物，也没有土壤等内衬，处于城市刚建成时的毛坯状态，在小范围内看不出弧度，像一片广阔平坦的广场。建筑密密麻麻地悬浮在上空，把斑斓的光影投射到“广场”上。程心看到，内壁上布满了涂鸦的画作，一直延伸到目力所及的远方。这些画色彩浓烈，狂野奔放，想象汪洋恣意，在变幻的光影中像活了一样，仿佛是从上方飘浮的城市沉淀下来的梦幻。

曹彬没有带程心继续深入城市，因为据他说市中心地带的社会秩序很乱。城里常常发生黑帮火并，前几年的一次冲突竟击穿球壁，造成了严重的大气泄漏事故，后来，仿佛形成了某种不成文的约定，这些冲突只在城市中心区域发生。

曹彬还告诉程心，联邦政府投入了大量的财力在“太平洋一号”上完善社会福利，尽管在这里居住的六百多万人大部分没有工作，但也能保证基本的生活。

“如果黑暗森林打击到来，这里怎么办？”程心问。

“只有毁灭，城市没有推进器，就是有也不可能推进到阴影区与木星成并行运行状态。看这些，”曹彬指指空中飘浮的大群建筑，“如果城市加速，这一切会撞到球壁上，导致球壁破裂，那时城市就会像一个漏了底的袋子。如果打击警报出现，只有把这里的人紧急疏散到别的太空城中去。”

在离开时，程心透过太空艇的舷窗感慨地看着悬浮的永夜之城。这是贫穷和流浪的城市，却也拥有色彩万千的生活，像一幅失重状态下的《清明上河图》。

她知道，与上一个时代相比，掩体世界远不是理想社会，向太阳系边缘的大移民使得早已消失的一些社会形态又出现了，但这不是倒退而是螺旋形上升，是开拓新疆域必然出现的东西。

从“太平洋一号”出来后，曹彬还带程心看了几座特异构型的太空城，其中距“太平洋一号”较近的是一座轮辐状城市，就是程心六十多年前曾经到过的地球太空电梯终端站的放大版。程心对太空城未全部建造成轮辐状一直不太理解，因为从工程学角度来看，轮辐状是太空城最理想的构型，建造它的技术难度要远低于整体外壳构型的太空城，建成后具有更高的强度和抗灾能力，而且便于扩建。

“世界感。”曹彬的回答很简单。

“什么？”

“就是身处一个世界的感觉。太空城必须拥有广阔的内部空间，有开阔的视野，人在里面才能感觉到自己是生活在一个世界中。如果换成轮辐构型，那人们将生活在一圈或者几圈大管子里，虽然内表面积与整体外壳构型的太空城差不多，但里面的人总感觉是在飞船上。”

还有一些构型更为奇特的太空城，它们大多是工业或农业城市，没有常住人口。比如一座叫“资源一号”的太空城，长度达到一百二十千米，直径却只有三千米，是一根细长的杆子，它并不是绕自己的长轴旋转，而是以中点为轴心翻着筋斗。这座太空城内部是分层的，不同层域的重力差异极大，只有少数几层适合居住，其余部分都是适合不同重力的工业区。据曹彬说，在土星和天王星城市群落，两个或几个杆状太空城可以自中部铰接在一起，形成十字形或星形的组合体。

掩体工程最早建成的太空城群落是木星和土星群落，在较晚建设的天王星和海王星群落中，出现了一些新的太空城建设理念，其中最重要的是城市接口。在这两个处于太阳系遥远边缘的群落中，每座太空城都带有一个或多个标准接口，可以相互对接组合，组合后的城市居民的流动空间成倍扩大，有着更好的世界感，对社会经济的发展具有重大意义。连通后的大气和生态系统成为一个整体，运行状态更为稳定。目前的城市对接方式一般为同轴对接，这样对接后可以同轴旋转，保持对接前的重力环境不变。也有平行对接或垂直对接的设想，这样可以使组合后的城市空间在各个方向更为均衡，而不仅仅是同轴组合的纵向扩展，但由于组合体共同旋转将使原有的重力环境发生重大改变，所以没有进行过实际尝试。目前，最大的城市组合体在海王星，八座太空城中的四个同轴组合为一体，形成一个长达两百千米的组合城。在需要的时候，比如黑暗森林打击警报出现时，组合体可以在短时间内分解，以增强各自的机动能力。人们都抱有一个希望——有一天能够使每个城市群落中的所有太空城合为一体，形成四个整体世界。

目前，在木星、土星、天王星和海王星的背阳面，共有六十四座大型太空城，还有近百座中等和小型太空城以及大量空间站，在由它们构成的掩体世界中，生活着九亿人。

这几乎是现存人类的全部，在黑暗森林打击到来前，地球文明已经进入掩体。

每座太空城的政治地位相当于一个国家，四个城市群落共同组成太阳系联邦，原联合国演变成联邦政府。历史上地球各大文明都曾出现过城邦时代，现在，城邦世界在太阳系的外围再现了。

地球已经成为一个人烟稀少的世界，只有不到五百万人生活在那里，那是些不愿离开母星家园，对随时可能到来的死神无所畏惧的人。掩体世界中也有许多胆大的人不断地前往地球旅游或度假，每次行程都是赌命的冒险之旅。随着时间的推移，黑暗森林打击日益临近，人们也融入了掩体世界的生活，对母星的怀念在为生计的忙碌中渐渐淡漠。去地球的人一天比一天少了，公众也不再关注来自母亲行星的信息，只知道大自然在重新占领那里的一切，各个大陆都逐渐被森林和草原所覆盖。人们也听说留下的人都过得像国王一样，每个人都住在宽阔的庄园里，都有自己的森林和湖泊，但出家门必须带枪，以防野兽袭击。整个地球世界目前只是太阳系联邦中的一个普通城邦。

程心和曹彬乘坐的太空艇现在已经航行在木星城市群落的最外侧，在巨大阴暗的木星之畔，这个太空城群落显得那么渺小孤单，仿佛是一面高大山崖下的几幢小屋，它们远远地透出柔和的烛光，虽然微弱，却是这无边的严寒和荒寂中仅有的温暖栖所，是所有疲惫旅人的向往。这时，程心的脑海中竟冒出一首中学时代读过的小诗，是中华民国时期一个早被遗忘的诗人写的：

> 太阳落下去了，
>
> 山、树、石、河，
>
> 一切伟大的建筑都埋在黑影里；
>
> 人类很有趣地点了他们的小灯：
>
> 喜悦他们所看见的；
>
> 希望找着他们所要的。

掩体纪元11年

“光速二号”

程心和曹彬最后的目的地是星环城，那是一座中等太空城。中等太空城，是指内部面积在两百平方千米以下、五十平方千米以上的太空城市，它们一般都混杂在大型太空城的群落中。但木星群落的两座中等太空城，星环城和“光速二号”，却孤零零地处于太空城群落的最外侧，远离群落主体，几乎在木星的阴影保护区之外。

在到达星环城前，太空艇经过了“光速二号”城。曹彬告诉程心，“光速二号”曾是一座科学城，是研究降低真空光速建立黑域的两个基地之一，但现在它已经成为一座废弃的空城。程心很感兴趣，提出要看一看这座科学城，曹彬很勉强地指示太空艇转向那个方向。

“我们从外面看一看吧，最好不要进去。”曹彬说。

“有危险吗？”

“有危险。”

“同样有危险的‘太平洋一号’我们也进去了。”

“这个不一样,“光速二号”里没有人,是座……鬼城,反正人们都这么说。”

随着太空艇的接近,程心看到这座太空城确实是废墟,它不自转,外表残破,有许多破洞和裂缝,有的地方蒙皮大块地外翻,露出里面的框架。看着在太空艇探照灯照耀下的这座巨大的废墟,程心的心中有一种敬畏和恐惧,她觉得这废墟像一头搁浅的巨鲸,它躺在那里年代久远,只剩下干裂的皮和骨骼,生命早已离它而去。程心觉得展现在自己面前的似乎是一座比雅典卫城更古老的遗址,隐藏着更多的秘密。太空艇慢慢靠近一道大裂缝,裂缝有几个艇身宽,里面的金属框架也扭曲翘起,形成一个破口。太空艇的探照灯从裂缝照进去,程心看到了远方的“地面”,空荡荡的什么都没有。太空艇驶入裂缝一小段后悬停,打开探照灯向各处扫射,程心看到各个方向的“地面”都是空的,不但没有建筑物,也没有任何杂物,看不到曾经有人居住的痕迹,桁架结构的格子在“地面”上清晰可见。

“它是个空壳吗?”程心问。

“不是。”

曹彬看了程心几秒钟,好像在估计她的胆量,然后关闭了艇上的探照灯。程心最初看到的是一片黑暗,星光从对面的裂缝透进来,像透过破房子的房顶看夜空一样。但程心的眼睛适应了黑暗后,发现太空城废墟内并非漆黑一片,而是闪着幽幽的蓝光。程心身上一阵发冷,她强令自己镇定下来寻找光源,发现蓝光是从城内空间的中部发出的——那是一个发光点,亮亮灭灭,间隔没有规律,像一只随意眨动的眼睛。废墟的内部也随着光点的明灭时隐时现，刚才空空荡荡的地面充满了奇怪的影子，像暗夜里被天边闪电照亮的荒原。

“那光是太空尘埃落入黑洞产生的。”曹彬指着光点的方向说，似乎为了减轻程心的恐惧。

“那里有一个黑洞吗？”

“是的，现在距我们……不到五千米吧。一个微型黑洞，史瓦西半径只有二十纳米，质量相当于木卫十三。”

在这幽暗的蓝光中，曹彬给程心讲了“光速二号”和高Way的故事。

对降低真空光速的研究几乎与掩体工程同时开始。作为人类的第二条生存之路，国际社会为此投入了巨大的资源。掩体工程专门为此建立了一座大型太空城作为研究基地，这就是土星群落中的“光速一号”科学城。但六十年的大规模研究没有取得任何突破，即使在基础理论方面也没什么进展。

在介质中降低光速并不是难事，早在公元2008年，就能够在实验室中把介质光速降低到令人难以置信的每秒十七米，但这与降低真空光速在本质上是不同的。前者只是通过介质原子对光子的吸收和再发射实现的，这中间光子的传播速度仍是标准真空光速，对黑域计划没有意义。

真空光速是宇宙基本常数之一，改变它就等于改变宇宙规律，所以，降低真空光速必须在物理学最基础的领域有所突破，这是一件可遇不可求的事。六十年来，基础研究真正的成果是环日加速器的诞生，而它的出现，直接导致了黑域计划中最大规模的研究项目——黑洞项目的实施。

科学家们一直试图通过各种极端的物理手段对光速产生作用，曾经生成有史以来最强的人造电磁场。但对真空中的光产生作用，最好的选择是引力场，不过在实验室中产生局部强引力场极其困难，唯一可能的途径是黑洞，而环日加速器能够制造微型黑洞。

黑洞项目的首席科学家是高Way，曹彬曾与其共事过几年，他用一种很复杂的感情向程心描述此人：

“这个人有很严重的自闭症，不，不是天才自我选择的孤独，就是一种精神缺陷。他极端孤僻，与任何人都没有交流，也从没有与异性交往过。只有在这个时代，他才能在事业上取得那样的成功，不过人家也就是拿他当高智力电池使用而已。他深受这种缺陷的折磨，也一直在试图改变，这一点上他与别的天才完全不同。好像是从广播纪元8年开始，他一直从事降低光速的理论研究，很投入，以至于产生了一种奇怪的移情，他感觉光速就是自己的性格，只要能够改变光速，也就能改变自己。

“但真空光速确实是宇宙中最强硬的东西，降低光速的试验研究就像是对光的不择手段的酷刑。人们把各种极端的物理手段作用于光，打击它，扭曲它，折断它，肢解它，拉伸它，压扁它，甚至消灭它，但最大的成果也不过是在真空传播中改变了它的频率，光的速度则纹丝不动，像一堵不可逾越的墙。几十年下来，无论是搞理论的还是搞实验的，都有些绝望了，有一个说法，如果真有造物主，他在创造宇宙时只焊死了一样东西：光速。而对于高Way，这种绝望又深了一层，在我冬眠时他已经快五十岁了，还从未接近过女人，他感觉自己的命运就像真空光速一样硬，于是显得更加自闭和孤僻。

“黑洞项目是在掩体纪元元年开始的，历时十一年。其实，项目的规划者们并没有对此抱什么希望，无论是理论计算还是天文观测都表明，黑洞也不可能改变光速，这些宇宙中的魔鬼也只能用自己的引力场改变光线的路径和频率，对真空光速没有丝毫影响。但要使黑域计划的研究进行下去，就要有超高密度引力场的实验环境，这只能借助黑洞。还有一个理由：黑域本质上是一个大型低光速黑洞，对一个微型标准光速黑洞进行近距离研究，也许能得到什么意外的启示。

“环日加速器可以在短时间内产生微型黑洞，但这样小的黑洞会在短时间里蒸发。为了得到稳定的黑洞，微型黑洞在加速器中产生后立刻被导出，并被注入木卫十三内部。

“木卫十三是木星最小的一颗卫星，半径只有八千米，只是一个大石块。在产生黑洞之前，曾把这颗卫星从它的高轨道降低，并使它与城市群落一样成为太阳卫星，与木星平行运行。与其他太空城不同的是，它位于木星与太阳的第二拉格朗日点，就是我们现在的位置，能与木星保持稳定距离，不需要位置维持。这是人类迄今为止在太空中推送的最大质量的物体。

“微型黑洞被射入木卫十三，吸入物质后急剧扩大，与此同时，物质进入黑洞时产生的巨量辐射也迅速熔化周围的岩石。很快，半径八千米的整个木卫十三都被熔化了，这块土豆形的巨石变成了一个发着红光的岩浆球。这个岩浆球体积在慢慢缩小，亮度却越来越高，最后在一团超强的闪光中消失得无影无踪。据观测，除了最后被辐射驱散的一小部分物质外，木卫十三的大部分物质都被黑洞吸入。这个黑洞变得稳定了，它的史瓦西半径，或者说视界半径，由一个基本粒子大小增长到二十一纳米。

“然后，以黑洞为中心建造了一座太空城，这就是‘光速二号’。黑洞悬浮在‘光速二号’的中心，这完全是一座空城，处于与太空连通的真空状态，不自转，实际上就是一个容纳黑洞的巨型容器。人员和设备都可以进入太空城对黑洞进行研究。

“对黑洞的研究持续了多年，这是人类第一次在实验室状态下对黑洞样品进行研究，取得了大量的成果，发展了理论物理学和宇宙学的基础理论。但这些成果对于降低真空光速都没有帮助。

“在黑洞样品研究开始后的第六年，高 Way 遇难了。按照世界科学院的官方说法，他在研究工作出现的一次事故中‘被吸入黑洞’。

“其实稍有常识的人都明白，高 Way ‘被’吸入的可能性微乎其微。黑洞之所以成为连光都能吸入的超级陷阱，并非因为它有巨大的引力总量（当然，由恒星坍缩而成的大型黑洞引力总量也是很大的），而是，具有超高的引力密度。从远距离上看，它的引力总量其实与相同质量的普通物质相当。假如太阳坍缩成黑洞，地球和各大行星将仍然在原轨道上运行，不会被吸进去。只有在十分靠近黑洞的范围内，它的引力才显示出魔力。

“在‘光速二号’中，黑洞周围有一张防护网，半径是五千米，在研究工作中人员禁止进入网内。木卫十三的原半径仅八千米，所以黑洞在这个距离上的引力值与以前站在木卫十三上差不多。这个引力是十分微小的，人在那里的感觉与失重差不多，完全可以凭借太空服上的推进器逃脱。所以，高 Way 不太可能是‘被’吸入的。

“在得到稳定的黑洞样品后，高 Way 就对它着了迷。与光速搏斗了这么多年，不能撼动它丝毫，连这个接近三十万的常数小数点后面的许多位都改变不了分毫，他充满了焦躁和挫败感。真空光速恒定是宇宙的基本规律之一，于是他对宇宙规律既怕又恨。可眼前有这么一个东西，一个能把木卫十三压缩到二十一纳米的东西，在它的视界内部，在那个时空奇点里，已知的宇宙规律失效。

“高Way常常趴在防护网上，连续几个小时盯着五千米远处的黑洞看，看着它像现在这样幽幽地闪亮。有时他声称黑洞在说话，他从闪光中看出了什么信息。

“没有人看到高Way被吸入的过程，如果有录像也从未公布。他是黑洞项目的主要物理学家之一，有打开防护网入口的口令。他肯定进去了，一直向黑洞飘过去，一直接近到黑洞引力使他无法返回的距离……他可能只是想近距离看看这个让自己迷恋的东西，也可能是决定进入那个宇宙规律不起作用的奇点来逃避这一切。

“以后的事情就很诡异了。高Way被吸入后，人们用遥控显微镜观察黑洞，发现黑洞的事件视界，也就是那个半径仅二十一纳米的微小球面上，有一个人影，那就是正在通过视界的高Way。

“根据广义相对论，对于一个遥远的观察者来说，事件视界附近的时间急剧变慢，落向视界的高Way掉落过程本身也变慢至无限长。

“但以高Way为参照系，他已经穿过了视界。

“更离奇的是，那个人影各部分的比例是正常的，也许是由于黑洞很小，潮汐力[①]并没有作用到他身上。他被压缩到如此微小，但那一处的空间曲率也极大，所以不止一名物理学家认为视界上的高Way身体结构并没有遭到破坏，换句话说，现在他可能还活着。

“于是，保险公司拒绝支付死亡保险金。虽然从高Way自己的参照

① 当引力源对物体产生力的作用时，由于物体上各点到引力源距离不等，受到引力大小不同，从而产生引力差，对物体产生撕扯效果，这种引力差就是潮汐力。

系看，他通过了视界，应该已经死去，但保险合同是以我们这个现实世界为参照系制定的，在这个参照系中无法证明高Way已经死了。甚至理赔都不行，保险理赔必须等事故结束后才能进行，高Way仍在向黑洞坠落中，事故还没有结束，永远也不会结束。

“这时有一个女人提出法庭诉讼，要求世界科学院立刻停止对该黑洞样品的研究。到目前为止，远距离观察已经没什么可做的了，进一步的研究必然要对黑洞进行作用，比如让实验物体进入黑洞，这就要产生大量的辐射，还可能对视界附近的时空环境产生扰动，如果高Way还活着，这就可能危害到他的生命。这女人并没有胜诉，但由于各方面的原因，对这个黑洞样品的研究还是中止了，‘光速二号’也完全荒废，现在只能等待这个黑洞蒸发掉，据计算这还需要半个世纪。

“不过现在我们知道，还是有一个女人爱上高Way了，可惜高Way一直不知道这事。后来那个女人还常到这里来，用电波或中微子向黑洞发信息，甚至写了一幅大标语蒙到防护网上表达爱意。不知道下落中的高Way能否看到，不过从他自己的参照系看，他已经穿过视界进入奇点……反正这事挺纠结的。”

程心看着废墟的黑暗深处那团幽幽蓝光，她现在知道那里可能有一个人，正在时间停滞的界面上永恒地坠落着。这样一个人，在这个世界的视角中他还活着，在他自己的世界他却已经死了……有多少奇怪的命运，又有多少不可想象的人生……她这时也感觉黑洞的幽光似乎真的传递出某种信息，更像一个人在眨眼了。

程心收回目光，感到心里如这太空中的废墟一样空荡荡的，她轻轻地对曹彬说：“我们去星环城吧。”

掩体纪元11年

星环城

在接近星环城时，程心和曹彬的太空艇遇到了联邦舰队的封锁线。有二十多艘恒星级战舰分布在星环城周围，对这座城市实施的包围和封锁已经持续了两个星期。恒星级战舰本来也都堪称庞然大物，但与太空城相比就很小了，像飘浮在一艘巨轮周围的小舢板；封锁星环城的战舰是太阳系联邦舰队的大部分力量了。

当两支三体舰队消失在茫茫太空，三体世界与人类再无联系后，新的来自外星的威胁以完全不同的形式出现。为抗击三体侵略而诞生的舰队国际已失去了存在的基础，渐渐衰落，最后解体了。原属舰队国际的太阳系舰队归属太阳系联邦，这是第一次由统一的世界政府控制人类武装力量的主体。现在，维持庞大的太空舰队已没有必要，舰队的规模大大缩小。在掩体工程开始后，原有的一百多艘恒星级战舰中的大部分都转为民用，拆除了武器和生态循环系统，担负着各个掩体行星间的工程运输。仅有三十艘恒星级战舰在服役。六十多年来，联邦也没有建造任何新的战舰，因为大型战舰成本高昂，两三艘恒星级战舰的投资就相当于一座大型太空城的基建费用；同时也不再需要新的战舰了，联邦舰队的主要力量都投入到了建设太阳系预警系统上。

太空艇接到封锁线的命令停止前进，一艘军方的巡逻艇向太空艇驶来，它体积很小，从远处只能看到推进器减速发出的光亮，驶得很近才看清艇身。巡逻艇与太空艇对接时，程心看清了艇里坐着的几名军人。他们的军装与上一个时代相比变化很大，有复古倾向，太空特点减少了，带着很明显的陆战风格。但两艇对接后，过来的却是一位西装革履的中年人，他在失重状态的移动中仍保持着优雅沉稳的风度，在只能坐两人的狭小空间里并不显得局促。

“您好，我是布莱尔，联邦总统特使，将与星环城市政府进行最后谈判。本来可以从舰上与你们通话的，但我还是尊重公元世纪的习惯，亲自来显得更郑重些。”

程心看到政治家也变了，上一个时代的张扬和率真消失了，他们再次变得稳重节制和彬彬有礼。

“本来，联邦政府已经宣布对星环城全面封锁，任何人员不得进出，但我们知道来的是程心博士，”特使对程心点点头，“所以我们允许并协助您进入星环城，希望您运用自己的影响，劝说城市政府放弃他们偏执的违法行为，避免事态进一步扩大。我这也是在转达联邦总统的意愿。”

特使挥手打开一个信息窗口，太阳系联邦总统出现在画面上，他身后的办公室中立着一排掩体世界各大城市的旗帜，没有一面是程心熟悉的，国家和国旗一起消失了。总统是一个长相平凡的亚洲人，脸上带着疲惫，他对程心点头致意后说："正如布莱尔特使所说，这是联邦政府的意愿。维德先生亲口说过，最后的决定权在你。我们并不完全相信他的话，但还是对你寄予很大希望。很高兴看到你还这么年轻，但就这件事而言，你真的是太年轻了。"

总统的影像消失后，特使对程心说："我知道您已经对局势有所了解，但还是想把情况再介绍一下，当然是从公正客观的角度。"

程心注意到，无论是特使还是总统，致意和谈话都是只对自己，丝毫不理会曹彬的存在，能够明显地感觉到他们对他的敌意。程心其实已经听曹彬详细讲述过有关情况，现在听特使的介绍，发现两者相差并不大。

在托马斯·维德接管星环集团后，公司大规模参与掩体工程，在八年的时间里规模扩大了十倍，成为世界经济巨头之一。但维德本人并非卓越的企业家，要论公司经营，他可能连艾AA都不如，这些发展都是由他重新创建的经营团队实现的，他对公司的经营并没有太多介入，也不感兴趣；相反，公司利润中很大的一部分都被他拿去从事光速飞船的事业了。

掩体工程开始时，星环集团便着手建设星环城作为研究基地，之所以把城址选择在木星保护范围边缘的第二拉格朗日点，是为了省去城市推进器和位置维持的消耗。星环城是联邦政府管辖之外唯一的太空科学城。在星环城建设的中期，维德又开始了被称为太阳系长城的环日加速器的建设。

在半个世纪的时间里，星环集团在光速飞船的事业中主要从事基础研究。与公元世纪不同，自威慑纪元以来，大公司普遍介入基础科学研究，在新的经济体系中，基础研究能够带来巨大的利润，所以，星环集团的行为也没有什么异常之处。但星环集团制造光速飞船的最终目标是一个公开的秘密，只是在其从事的基础研究中，联邦政府抓不住法律上的把柄。但政府一直对星环集团存有戒心，曾对公司进行过多次调查。在半个世纪的时间里，星环集团与联邦政府的关系基本是融洽的，由于光速飞船和黑域计划在基础研究领域有很多的重叠，星环集团与世界科学院一直保持着良好的合作关系，世界科学院黑洞项目的黑洞样品就是由星环集团的环日加速器生成的。

但在六年前，星环集团突然宣布了研制曲率驱动飞船的计划，把自己的目标公开化。这在国际社会引起轩然大波，以后，星环集团与联邦政府便摩擦不断。经过反复谈判，星环集团承诺，当曲率发动机进入实质性试验阶段时，试验基地将移至距太阳五百个天文单位的外太空，以免发动机产生的航迹提前暴露地球文明的存在。但联邦政府则认为，研制光速飞船本身就是对联邦宪法和法律的粗暴践踏，光速飞船的出现带来的危险并不仅仅是航迹，它可能使掩体世界刚刚安定下来的社会生活又出现动荡，这是绝对不能容忍的。联邦政府通过决议，由政府接管星环科学城和环日加速器，全面停止星环集团与曲率驱动有关的理论研究和技术开发，并对星环集团今后的活动进行严格监督。

在这种情况下，星环集团宣布：星环城脱离太阳系联邦独立，不再受联邦法律制约。于是，太阳系联邦政府与星环集团间的冲突升级。

对于星环城的独立声明，国际社会不以为然，认为它自不量力。其实，在掩体纪元开始后，太空城市与联邦政府之间各种原因导致的摩擦常常发生。在遥远的海王星和天王星群落，先后有过两座大型太空城——“非洲二号”和“印度洋一号”——宣布过独立，但最后都不了了之。联邦舰队虽然与上个时代相比规模大大减小，但对于太空城仍占有绝对优势。按照联邦法律，城市不得拥有太空武装力量，只能建立有限的国民警卫队，完全不具备太空作战能力。掩体世界的经济高度一体化，任何一座太空城市都不可能承受两个月以上的封锁。

“在这一点上我也无法理解维德。”曹彬说，“他本是一个高瞻远瞩之人，每一步都深思熟虑，怎么竟贸然宣布独立？这种做法近乎弱智，这不是给联邦强行接管星环城提供口实吗？”

这时，太空艇正在驶向星环城，特使已经离开，艇上只有程心和曹彬两人。前方的太空中出现一个环形的构造物，曹彬指令太空艇驶近它并减速。那个圆环光洁的金属表面把星光拉长成一道道光纹，也反映着太空艇变形的映像，让人不由得想起“蓝色空间号”和“万有引力号”在四维空间中见到的“魔戒”。太空艇悬停在环的旁边，程心目测了一下，环的直径大约两百米，环箍约五十米粗。

“这就是环日加速器。”曹彬说，语气中带着明显的敬畏。

“这么小？”

“哦，对不起，我说得不准确。这只是环日加速器的一个加速线圈，这种线圈有三千二百个，间距约一百五十万千米，在木星轨道上环绕太阳一圈。被加速的粒子可不是在这个环里运行，而是从环中间穿过，被线圈产生的力场加速，飞向下一个线圈再被加速……可以这样绕太阳一圈或几圈。”

程心想了几秒钟后，突然恍然大悟。之前程心听曹彬多次提到过环日加速器，在她的脑海中总是浮现出悬浮在太空中的一圈管道，它的长度肯定是惊人的，但要成为环绕太阳的长城，即使在水星轨道之内也令人难以置信，那是另一个上帝工程了。现在，程心突然悟出了一件事：在地球陆地上的加速器管道是为了让粒子在真空中运行，而在真空的太空中，粒子加速器是不需要管道的！被加速的粒子可以在太空中飞行，从一个加速线圈飞向另一个。程心不由得转头看线圈对着的另一个方向。

“下一个线圈在一百五十万千米之外，相当于地球到月球距离的四五倍，看不到的。”曹彬说，“这是真正的超级加速器，能把粒子加速到宇宙大爆炸时的创世能量。粒子的加速轨道附近是严禁航行的，但几年前，一艘迷航的运输飞船误入加速轨道，被已经加速的粒子束击中，超高能粒子击中飞船后产生高能次级簇射，使飞船和它装载的上百万吨矿石瞬间气化。”

曹彬还告诉程心，环日加速器的总设计师是毕云峰。在这六十多年中，他为这个工程工作了三十五年，其余时间冬眠，去年刚刚苏醒，岁数比曹彬要老许多。

“但这老家伙是很幸运的，一个在公元世纪的地球上造加速器的人，三个世纪后又造了一个环绕太阳的加速器，人生如此，也是很成功了。不过这老头很偏激，狂热地支持星环城独立。”

反对光速飞船的力量主要来自公众和政界，而支持者则大部分来自科学界。星环城成为向往光速宇宙飞行的科学家心中的圣地，吸引了大批优秀的学者，即使联邦体制内的科学家，明里暗里也与星环集团有着大量的合作，这使得星环集团在基础研究的许多领域处于领先地位。

太空艇离开线圈继续飞行，星环城已经近在眼前。这座太空城采用少见的轮辐形结构，城市像一个在太空中旋转的大轮子。这种构型结构强度高，但内部空间不够开阔，缺少“世界感”。有评论说，星环城不需要世界感，对于这里的人来说，他们的世界是整个星空。

太空艇从巨轮的轴心进入，要通过一条长达八千米的辐条才能进入城市，这是轮辐构型的太空城最不方便的地方。程心想起了六十多年前在地球的太空电梯终端站的经历，想起了那个像旧火车站一样的终端大厅。但这里给她的感觉完全不同，星环城的规模是终端站的十多倍，内部很宽阔，也没有那种陈旧感。

在辐条通道中的升降梯上，重力渐渐出现，当达到1个G时，他们进入了城市。这座太空科学城由三部分构成：星环科学院、星环工程院和环日加速器控制中心。城市实际上是一条长达三十多千米的环形大隧道，确实没有整体中空构型的太空城那种广阔的空间感，但也并不觉得狭窄。

城市里看不到机动车，人们都骑着自行车出行，路边停放着许多自行车供人们取用。但是，前来接程心和曹彬的是一辆很小的敞篷机动车。

由于大环中的重力只有一个方向，所以城市只能建在环的一侧，另一侧则成为天空，投射着蓝天白云的全息影像，这多少弥补了一些“世界感”的不足。有一群鸟鸣叫着飞过，程心注意到它们不是影像，是真的。在这里，程心感觉到一种在其他太空城中没有的舒适感。这里的植被很丰富，到处是树木和草坪，建筑都不高。科学院的建筑都是白色的，工程院是蓝色的，但风格各异，这些精致的小楼半掩在绿树丛中，使她有一种回到大学校园的感觉。程心注意到一个有趣的地方，像是古代雅典一个神庙的废墟，在一个石块筑成的平台上，有几根断裂后长短不一的古希腊风格的大石柱，石柱上爬满了青藤，石柱中间有一座喷泉，在阳光下哗哗地喷出清亮的水柱。有几个衣着休闲的男女或靠在石柱上，或躺在喷泉旁边的草坪上，一副悠然自得的样子，似乎忘记了这座城市正处于联邦舰队的包围之中。

在废墟旁边的草坪中，有几座雕塑，程心的目光突然被其中一个吸引住了，那是一把长剑，被一只套着盔甲的手握着，正从水中捞起一个星星组成的环，水不停地从星环上滴下去。程心的记忆深处对这个形象有些印象，但一时又想不起来在哪里见过，她在车上一直注视着那座雕塑消失。

车在一幢蓝色的建筑旁停下，这是一个实验室，标有“工程院基础技术021”的字样。就在实验室门前的草坪上，程心见到了维德和毕云峰。

维德自接管星环集团后从未冬眠，现在已经一百一十岁，他的头发和胡须仍剃得很短，全都是雪白的了。他不拄拐杖，步伐稳健，但背有些驼，一只袖管仍然空着。在与他目光相对的一刹那，程心明白这人仍然没有被时光击败，他身上核心的东西没有被时间夺走，反而更凸显了，就像冰雪消融后露出的岩石。

毕云峰的年龄应该比维德小许多，但看上去更老些，他看到程心时很兴奋，似乎急着对她展示什么。

“你好，小女孩儿，我说过这时你仍年轻，我的岁数已经是你的三倍了。”维德说，他对程心露出的微笑仍然远不能令她感到温暖，但已没有那种冰水似的寒意了。

面对两个老者，程心感慨万千。他们为了共同的理想奋斗了六十多年，现在已经走到人生的尽头；而她自己，从威慑纪元第一次苏醒后似乎历尽沧桑，可是在非冬眠状态下竟然只过了四年！她现在是三十三岁，在这个平均寿命达一百五十岁的时代还是少女的年龄。

程心向两人致以问候，然后大家都没再说话。维德领着程心走进实验室，毕云峰和曹彬跟在后面。他们进入一间宽敞的大厅，一个很封闭的地方，没有窗户，嗅着空气中那股熟悉的静电味道，程心知道这里是智子屏蔽室。六十多年过去了，人们仍不能确定智子是否离开了太阳系，也许永远都不能确定。大厅中不久前一定布满了仪器设备，但现在，所有的实验设备都混乱地堆在墙边，显然是匆忙移开的，以便空出中央的场地。在大厅中央，孤零零地立着一台机器。周围的拥挤混乱和中央的空旷显示着一种难以掩饰的兴奋感，就像一群寻宝的人，突然挖出了宝藏，于是把工具胡乱地扔到周围，把宝藏小心翼翼地放到中央的空地上。

那台机器十分复杂，在程心眼中，它很像一台公元世纪托卡马克装置的缩小版，主体是一个密封半球，复杂得让人目眩的大量装置围绕着半球，球面上插有许多粗细不等的管状物，都正对着看不见的球心，使机器的主体看上去像半个布满了过多触角的水雷；这像是把某种能量集中到球心。切过半球的是一个黑色的金属平台，这就是机器的顶部。与下方的复杂相比，平台上的布置十分简洁，像一张空桌面，中央只有一个透明的半球形玻璃罩，罩子的直径与金属板下面的复杂半球一样，两者隔着平台构成一个完整的球体，显示着透明与密闭、简洁与复杂的鲜明对比。透明罩的中央又有一个小小的金属平台，面积只有几厘米见方，烟盒大小，表面光洁银亮。这个被扣在透明罩中的小平台像一个无比精致的微型舞台，隐藏在下面的庞大复杂的乐队要为它伴奏，让人不由得想象在那上面上演的将是什么。

“我们让你的一部分经历这伟大的时刻。”维德说，他走近程心，向她的头部伸出手，手上握着一把小剪刀。程心浑身紧张起来，但没有躲避。维德轻轻撩起她的一根头发，用剪刀从末梢剪下短短的一小截，用两根手指捏着看了看，好像嫌长，又剪了一半，剩下的一截只有两三毫米，几乎看不见了。维德捏着那截头发走向机器，毕云峰掀起透明罩，维德轻轻地把头发放到那个光洁的小平台上。一百多岁的维德只用一只手做着这些事，十分精确，手一点都不抖。

“过来，仔细看着它。”维德指着小平台对程心说。

程心把眼睛凑近透明罩看着小平台，能看到她的那一小截头发静静地放在光洁的小平面上，还能看到平台中央有一条红线，把小平面分成相等的两个部分，头发在红线的一侧。

维德向毕云峰示意了一下，后者在空中打开一个控制窗口，启动了机器。程心低头看了一下，发现机器上的几根管道发出红炽的光，让她想起曾看到过的三体飞船中的景象，但并没有感到热量溢出，只听到一阵低沉的嗡嗡声。她立刻又把目光转回到小平台上，感觉似乎有一个无形的扰动从平台上扩散开来，像轻风般拂过她的面颊，但这也许只是幻觉。

她看到头发移到了线的另一侧，但没看到移动的过程。

一声蜂鸣，机器停止了。

“你看到了什么？”维德问。

“你们用了半个世纪的时间，让一截三毫米的头发移动了两厘米。”程心回答。

“是空间曲率驱动使它移动的。”维德说。

“如果用同样的方法把这截头发持续加速，在十米左右的距离上它就能达到光速，当然我们现在做不到，也不敢在这里做，那样的话，这一小截达到光速的头发能够摧毁星环城。”毕云峰说。

程心沉思地看着那截被空间张力拉动了两厘米的头发，“就是说，你们发明了火药，制造出爆竹，但最终目标是制造航天火箭——这中间可有一千年的间隔。”

“你说得不准确。我们是有了质能转换方程，又发现了放射性原理，最终目标是制造原子弹，这中间只间隔几十年。”毕云峰说。

“在五十年内我们就能够造出曲率驱动的光速飞船，这就要进行大量的技术层面的研制试验工作，所以我们和联邦政府摊牌，以取得能够进行这些工作的环境。”

“可是照你们现在的做法，应该是什么都得不到的。”

“这就要看你的决定了。”维德说，“你肯定以为在外面那支舰队面前，我们的力量不堪一击。然而不是这样。”他对门口一挥手，“你们进来。”

一群全副武装的人从外面列队进入，很快把大厅挤满。大约有四五十人，都是年轻男性，全部身穿黑色的太空迷彩服，让这里一下子暗了许多——这是军用的轻便太空服，看上去与普通军装没有太大的区别，但装配上头盔和生命维持背包后就能进入太空。让程心吃惊的是这些人带的武器，全是步枪，公元世纪的步枪，可能是新制造的，但肯定是古代结构的枪支，有手动的枪栓和扳机，看得出是全机械的东西。这些人佩带的子弹也证实了这一点，他们每人都交叉背着两条子弹链，上面插满了黄澄澄的子弹。这些人出现在这里，就如同在公元世纪看到一群手持弓箭大刀的人一样。但这并不等于说这群战士在视觉上没有威慑力，让程心感到时光倒流的不仅仅是他们的古代武器，还有他们的样子。

他们表现出一种经过训练的整体性，不仅在服装和装备上，还有精神状态的一致。这些战士身体强壮，强劲的肌肉在薄薄的太空服下鼓起，他们都有线条刚劲的脸庞，目光和表情都很相似，透出金属般的冷酷和视生命如草芥的漠然。

“这是城市自卫队。”维德对着武装的人群挥了一下手，“是我们保卫星环城和光速飞船理想的全部力量，几乎是全部了，外面还有一些人，还会有更多的人加入，但总人数不会超过一百。至于他们的装备……”维德从一名战士身上拿下步枪，哗啦一声拉动枪栓，“你没看错，古代武器，用现代材料制造，子弹的发射药也不是火药，比真正的古代步枪射程要远一些，精度要高一些。在太空中，这些枪可以在两千千米外击中一艘大型战舰，但也仅此而已，很原始的玩意儿。你一定觉得这很可笑，我也有这种感觉，除了一点——”他把枪还给那名战士，又从他胸前的弹链上抽出一发子弹，“我说过，基本上是古代的子弹，但弹头是新的，对现在而言也是未来的技术。这个弹头是一个超导容器，内部高度真空，用磁场把一粒小球悬浮在正中，避免它与外壳接触，这粒小球是反物质。”

毕云峰带着明显的自豪说：“环日加速器不仅仅用来做基础研究实验，它还用来制造反物质。特别是最近四年，它一直在全功率运行制造反物质，现在，我们拥有一万五千发这样的子弹。”

这时，维德手中那颗看似原始的子弹让程心浑身发冷。她首先担心的是那个小小的超导容器中的约束磁场是否稳定可靠，稍有偏差，反物质小球接触外壳，整个星环城就会在湮灭的闪光中彻底毁灭。她又看看战士们胸前那一条条金黄色的弹链，那是死神的链条，仅一条弹链上的子弹就可以摧毁整个掩体世界。

维德接着说:“我们不用从太空出击,只等舰队靠近,从城市射击就可以。对这二十多艘战舰,我们可以向每一艘战舰发射几十发甚至上百发子弹,只要有一发命中就可以摧毁它。作战方式虽然很原始,但很灵活,一个人一支枪就是一个能够威胁战舰的作战单位。另外,我们还有人带着手枪潜入了其他太空城。”他说着,把子弹插回战士的弹链上,“我们不希望有战争。在最后谈判时,我们会向联邦特使展示我们的武器,并向他诚实地介绍我们的作战方式,希望联邦政府能够权衡战争的代价,放弃对星环城的威胁。我们的要求不高,只是想在距太阳系几百个天文单位的远方建一个曲率发动机试验基地而已。”

“可如果真的爆发战争,我们有胜利的把握吗?”曹彬问,他一直没有说话,显然与毕云峰不同,他并不赞成战争的选择。

“没有。”维德平静地回答,“但他们也没有,我们只能试一下了。”

在看到维德手中的反物质子弹时,程心已经知道自己该怎么办,她对联邦舰队并不是太担心,相信他们有办法防御这种攻击;现在,她的大部分思想集中在一件事上,维德之前说过的一句话在她的脑海中反复回荡:我们还有人带着手枪潜入了其他太空城。

如果战争爆发,那些潜入掩体世界其他太空城的游击队员,用装有反物质子弹的手枪向地面随意开一枪,正反物质湮灭的爆炸将瞬间撕裂城市薄薄的外壳,烧焦内部的一切,然后,旋转中的城市将在太空中解体为碎片,上千万人将死亡。

太空城像鸡蛋一样脆弱。

维德没有明确说过要攻击太空城,但不等于他不会这样做。程心的眼前浮现出一百多年前他用枪对准自己时的画面,那幕景象像被烙铁烙在她心中，她不知道一个男人要冷酷到什么程度才能做出那样的选择。这个人精神的核心，就是极端理智带来的极端冷酷和疯狂，她似乎又看到了三个多世纪前更年轻时的维德，像发狂的野兽般声嘶力竭地咆哮："前进！前进！！不择手段地前进！！！"

即使维德真的不想攻击太空城，别人呢？

像是要证实程心的忧虑，一名城市自卫队的战士说话了：

"程心博士，请你相信，我们会战斗到底的。"

另一名战士接下他的话："这不是为你而战，不是为维德先生而战，也不是为这座城市而战。"他一手指着上方，眼中喷出火焰，"知道他们要从我们这里夺走什么吗？不是城市和光速飞船，是太阳系外的整个宇宙！是宇宙中亿万个美妙的世界！他们不让我们到那些世界去，他们把我们和我们的子孙关在这个半径五十个天文单位、名叫太阳系的监狱里！我们是在为自由而战！为成为宇宙中的自由人而战！我们与古代那些为自由而战的人没什么区别，我们会战斗到底！我这是代表自卫队所有人说话。"

在一片阴郁冰冷的目光中，战士们纷纷对程心点头。

在以后的岁月里，程心会无数次想起这名战士的话，但现在，他的话没有打动她。她感到天昏地暗，陷入深深的恐惧中。她突然又有了一百三十多年前在联合国大厦前怀抱婴儿的感觉，现在，她感到自己怀抱着的婴儿面对一群恶狼，只想尽自己的力量保护怀中的孩子。

"你的诺言还有效吗？"她问维德。

维德对她点点头，"当然，要不为什么叫你来？"

"那好，立刻停止战争准备，停止一切抵抗，把所有的反物质子弹交给联邦政府，特别是你们那些潜入其他太空城的人，也立刻这样做！”

所有战士的目光都聚焦在程心身上，像要把她烧毁一样。力量悬殊，她面对着一群冷酷的战争机器，每人身上都背着上百颗氢弹，这些力量在一个强有力的狂人统率下，凝结成一个能够碾碎一切的黑色巨轮；而她，只是一个弱小的女子，正如维德所说，是这个时代里的一个小女孩，在这滚滚向前的巨轮前，她只是一株小草，不可能挡住什么，但她能做的也只有这些了。

但事情与她想象的不同，巨轮似乎在小草前停止了滚动，战士们聚焦在她身上的目光渐渐移开，转移到维德身上。那令她窒息的压迫感也一点点减轻，但她仍然难以呼吸。维德没有看任何人，只是盯着透明罩中那个放着程心头发的曲率驱动平台。那就像一座神圣的祭坛，程心可以想象，维德曾经把这些战士集合在这座祭坛周围，做出战争的决定。

“再考虑一下吧。”维德说。

“不需要考虑。”程心的声音异常决绝，“我再说一遍最后的决定：停止抵抗，交出星环城中的所有反物质。”

维德抬头看着程心，目光中又露出了那种罕见的无助和乞求，他一字一顿地说：“失去人性，失去很多；失去兽性，失去一切。”

“我选择人性。”程心说，环视所有人，“我想你们也是。”

维德挥手制止了想对程心说什么的毕云峰。他的目光黯淡下来，有什么东西熄灭了，永远熄灭了，岁月崩塌下来，压在他身上，他显得疲惫无力。他用仅有的一只手扶着金属平台，吃力地在别人刚搬来的一把椅子上坐下，然后慢慢抬起手，指指面前的平台，低垂着目光。

“把你们的子弹都集中到这里，所有的。”

开始没有人动，但程心明显感到有什么东西在软下来，黑色的力量正在消解。战士们的目光从维德身上移开，散漫开来，不再集中到任何方向。终于有人走过来，把两条子弹链放到平台上，虽然他放得很轻，但子弹和平台之间的金属撞击声还是让程心战栗了一下。弹链静静地躺在平台上，像两条金黄色的蛇。接着第二个人走过来放下弹链，然后是更多的人，平台上很快堆起了黄灿灿的一堆。所有子弹都集中到平台上后，弹链放下时发出的下雨一般的哗哗声消失了，寂静又笼罩了一切。

"命令掩体世界中所有的星环武装力量，放下武器，向联邦政府投降。市政府配合舰队接管城市，不要有任何过激行动。"维德说。

"是。"人群中有人回答，没有了弹链，这群身穿黑色太空服的人显得更暗了。

维德挥挥手让自卫队离开，他们无声地走出去，大厅中像乌云消散般亮起来。维德吃力地起身，绕过高高堆起的反物质子弹链，慢慢掀开了透明罩，对着光洁的曲率驱动平台轻轻吹了一口气，程心的头发被吹走了，他盖上罩后抬头对程心微笑了一下：

"小女孩，你看，我遵守了诺言。"

星环城事件结束后，联邦政府并没有立刻公布反物质武器的事。国际社会认为此事的结局在预料之中，并没有太大的反响。作为环日加速器的建造者，星环集团在国际社会拥有很高声誉，公众舆论对星环集团持宽容态度，认为没有必要追究任何人的法律责任，应尽快恢复星环城的自治。今后，只要保证不再从事与曲率驱动飞船有关的任何研究和技术开发，并把公司的活动置于联邦政府的严密监督之下，星环集团就可以继续开展自己的事业。

但一周后，联邦舰队参谋部向全世界展示了缴获的反物质子弹。当那堆金黄色的死神出现在人们眼前时，举世震惊。

星环集团被宣布为非法，联邦政府没收其全部资产，完全接管环日加速器，联邦太空军宣布对星环城长期占领，并解散星环科学院和工程院。包括维德在内的星环集团上层和城市自卫队的三百多人被逮捕。

在随后进行的太阳系联邦法庭审判中，托马斯·维德以反人类罪、战争罪和违反曲率驱动技术禁止法罪被判处死刑。

在太阳系联邦的首都“地球一号”太空城，在联邦最高法院附近一间纯白色的羁押室内，程心见到了维德。隔着一面透明屏，他们相视无语。程心看到，这个一百一十岁的人很平静，像一潭干涸前的静水，再也不泛起一丝波纹。

程心从透明屏的小窗中递给维德一盒雪茄，那是她在“太平洋一号”太空城中那个飘浮的集市买的。维德接过小木盒后，打开取出了里面十支雪茄中的三支，然后把木盒还给程心。

“多的用不着了。”他说。

“给我讲一些你的事情吧，你的事业，你的生活，我可以对后人讲。”程心说。

维德缓缓地摇摇头，“无数死了的人中的一个而已，没什么可说的。”

程心知道，隔开他们的除了这面透明屏，还有人世间最深的、已经永远不可能跨越的沟壑。

“那你有什么话要对我说吗？”程心最后问出了这句话，让自己吃惊的是，她期望得到回答。

“谢谢你的雪茄。”

过了好一会儿，程心才意识到这就是维德要对她说的话，最后的、全部的话。

他们在寂静中坐着，谁也没看对方，时间仿佛也变成了一潭死水，淹没了他们。直到太空城位置维持的震动使程心回到现实，她才缓缓起身，低声与维德告别。

一出羁押室的门，程心就从木盒中拿出一支雪茄，向看守借了打火机，抽了有生以来的第一口烟。奇怪的是她没有咳嗽，看着白色的烟雾在首都的太阳前袅袅升起，像三个世纪的岁月一样在她的泪眼中消散。

三天后，在一道强激光中，托马斯·维德在万分之一秒内被气化。

程心到“亚洲一号”的冬眠中心唤醒了冬眠中的艾AA，两人回到了地球。

她们是乘“星环号”飞船回去的。在星环集团被充公后，联邦政府向程心返还了公司庞大资产中的一小部分，大约相当于维德接管时星环集团的资产总额，仍是相当巨大的一笔财富，但与已经消失的星环集团无法相提并论。被返还的还有“星环号”飞船，这已经是该型号飞船的第三代，是一艘能够乘坐两至三人的小型恒星际飞船，里面的生态系统十分舒适精致，像一个优美的小花园。

程心和AA在地球人烟稀少的各个大陆上游荡，她们乘飞车飞过一望无际的森林，骑马在草原上漫步，行走在没有人烟的海滩。大部分城市已经被森林和藤蔓覆盖，许多城市只留下一块小镇大小的居住区。这时，地球的人口数量相当于新石器时代晚期。

在地球上待的时间越长，越感觉到整个人类文明史像是一场大梦。

她们还去了澳大利亚。那个大陆上只在堪培拉还有人居住，并残存着一个小镇大小的政府，仍自称为澳大利亚联邦。当年智子宣布灭绝计划的议会大厦的大门已经被茂密的植物封死，藤蔓甚至爬到了八十多米高的旗杆上。从政府的档案中她们查到了弗雷斯的记录，老人活了一百五十多岁，但终于被时间所击败，十多年前去世了。

她们又来到默斯肯岛。老杰森建的灯塔还在，但早已不能发光，这一带也成了无人区。在岛上她们又听到了大漩涡的声音，但放眼望去，只看到夕阳中空荡荡的海面。

她们的未来也是空荡荡的。

AA说："我们去打击后的时代吧，太阳消失后的时代，只有那时才有安稳的生活。"

程心也想去打击后的时代，倒不是为了安稳的生活，而是由于她制止了毁灭性的战争，又将受到万众的崇拜，这使得她不可能在这个时代生活下去。她也想亲眼看到地球文明在黑暗森林打击后继续生存和繁荣，那是让她的心灵得以安宁的唯一希望。她想象着在那太阳变成的星云中的生活，那里能找到真正的宁静，甚至能找到幸福，那将是她人生的最后港湾。

她毕竟才三十三岁。

程心和AA乘"星环号"回到了木星城市群落，再次在"亚洲一号"太空城中进入冬眠，预定的时间是两百年，但在合同中注明：这期间如果黑暗森林打击降临，她们将随时被唤醒。

第五部

掩体纪元67年

银河系猎户旋臂

翻阅坐标数据是歌者的工作，判断坐标的诚意是歌者的乐趣。

歌者知道自己做的不是什么大事，拾遗补阙而已，但这是一件必须做的事，且有乐趣。

说到乐趣，在这粒种子从母世界起航时，那里还是一个充满乐趣的地方，但后来，自从母世界与边缘世界的战争开始后，乐趣就渐渐减少了。到现在，一万多个时间颗粒过去了，无论是在母世界还是在种子里，都没多少乐趣可言，古典时代的那些乐趣都写在古歌谣中，吟唱那些歌谣，也是现在不多的乐趣之一。

歌者翻阅数据时正在吟唱着一首古歌谣：

我看到了我的爱恋

我飞到她的身边

我捧出给她的礼物
那是一小块凝固的时间
时间上有美丽的条纹
摸起来像浅海的泥一样柔软
……

歌者没有太多的抱怨，生存需要投入更多的思想和精力。

宇宙的熵在升高，有序度在降低，像平衡鹏那无边无际的黑翅膀，向存在的一切压下来，压下来。可是低熵体不一样，低熵体的熵还在降低，有序度还在上升，像漆黑海面上升起的磷火，这就是意义，最高层的意义，比乐趣的意义层次要高。要维持这种意义，低熵体就必须存在和延续。

至于这意义之塔的更高端，不要去想，想也想不出什么来，还有危险，更不用说意义之塔的塔顶了，可能根本没有塔顶。

回到坐标上来，空间中有许多坐标在穿行，如同母世界的天空中飞翔的矩阵虫。坐标拾取由主核进行，主核吞下空间中弥散的所有信息，中膜的、长膜的和轻膜的，也许有一天还能吞下短膜的。主核记着所有星星的位置，把信息以点阵方式与各种组合的位置模式进行匹配，识别出其中的坐标。据说，主核可以匹配五亿时间颗粒前的位置模式，歌者没有试过，没有意义。在那个遥远的时代，宇宙中的低熵群落比较稀疏，也还都没有进化出隐藏基因和清理基因。而现在——

藏好自己，做好清理。

但所有坐标中，只有一部分是有诚意的。相信没有诚意的坐标常常意味着清理空旷的世界，这样做浪费精力，还有一点点害处，因为这些空世界以后还可能用得着。无诚意坐标的发送者真是不可理喻，它们会得到报应的。

判断坐标的诚意有一些可遵循的规律，比如群发的坐标往往都没有诚意。但这些规律都是很粗略的，要想真正有效地判断坐标的诚意，主要靠直觉，这一点种子上的主核做不到，甚至母世界的超核也做不到，这就是低熵体不可取代之处。歌者有这种能力，这不是天赋或本能，而是上万个颗粒的时间积累起来的直觉。一个坐标，在外行看来就是那么一个简单的点阵，但在歌者眼中它却是活的，它的每一个细节都在表达着自己，比如取点的多少，目标星星的标注方式等，还有一些更微妙的细节。当然，主核也会提供一些相关信息，比如与该坐标有关的历史记录、坐标广播源的方向和广播时间等。这些合而成为一个有机的整体，在歌者的意识中浮现出来的将是坐标广播者本身。歌者的精神越过空间和时间的沟壑，与广播者的精神产生共振，感受它的恐惧和焦虑，还有一些母世界不太熟悉的感情，如仇恨、嫉妒和贪婪等，但主要还是恐惧，有了恐惧，坐标就有了诚意——对于所有低熵体，恐惧是生存的保证。

正在这时，歌者看到了一个有诚意的坐标，就在种子航线附近。这是一个用长膜广播的坐标，歌者也不知道自己为什么断定它有诚意，直觉是说不清的。他决定清理一下，反正现在也没有更多的事情可做，这事也不影响他正唱着的歌谣。他判断错了也没关系，清理就是这样，不是一件精确的工作，不要求绝对准确。这也不是急迫的工作，早晚做了就行。这也是这一岗位地位低的原因。

歌者从种子仓库取出一个质量点，然后把目光投向坐标所指的星星，主核指引着歌者的视线，像在星空中挥动一支长矛。歌者用力场触角握住质量点，准备弹出，但当他看到那个位置时，触角放松了。

三颗星星少了一颗，有一片白色的星尘，像深渊鲸的排泄物。

已经被清理过了，清理过了就算了，歌者把质量点放回仓库。

真够快的。

他启动了一个主核进程来追踪杀死那颗星星的质量点的来源。这是个成功概率几乎为零的工作，但按照规程必须做。进程很快结束，同每次一样，没有结果。

歌者很快知道为什么清理来得这么快。他看到了那个世界附近的那一片慢雾，慢雾距那个世界约半个构造长度，如果单独看它，确实难以判断其来源，但与被广播的坐标联系起来，一眼就看出它是属于那个世界的。慢雾表明那是个危险的世界，所以清理来得很快。看来有比自己直觉更敏锐的低熵体。这不奇怪，正如长老所说，在宇宙中，你再快都有比你快的，你再慢也有比你慢的。

一般来说，被广播的单个坐标最终都会被清理，只是时间早晚的问题。你可能认为这个坐标没诚意，但在亿万个低熵世界中有亿万万个清理员，总有认为它有诚意的。低熵体都有清理基因，清理是它们的本能。再说清理只是一件很简单的事，宇宙中到处都有潜在的力量，只需诱发它们为你做事就行了，几乎不耗费什么，也不耽误唱歌。

如果歌者有耐心等待，诚意坐标最后都会被其他未知的低熵体清理，但这样对母世界和种子都不利，毕竟他收到了坐标，还向坐标所指的世界看了一眼，这就与那个世界建立了某种联系。如果认为这种联系是单向的那就太幼稚了，要记住伟大的探知可逆定律：如果你能看到一个低熵世界，那个低熵世界迟早也能看到你，只是时间问题。所以，什么事情都等别人做是危险的。

下面要做的，就是把这个已经没用的坐标放入叫“墓”的数据库归档，这也是规程规定必须做的。当然与它相关的记录也要一起放入，就像把死者的遗物一起埋葬，反正母世界的习俗是这样。

“遗物”中有一样东西引起了歌者的兴趣，那是死者与另外一个坐标的三次通信记录，用的是中膜。中膜是通信效率最低的膜，也叫原始膜。长膜用得最多，但据说短膜也能用于传递信息，要真行，那就是神了。但歌者喜欢原始膜，他感到原始膜有一种古朴的美，象征着充满乐趣的时代。他经常把原始膜信息编成歌谣，唱起来总是很好听，当然一般听不懂什么，也没必要懂，除了坐标，原始膜的信息中不会有太多有用的东西，只感受其韵律就行了。但这一次，歌者居然懂了一点这些信息，因为其中一部分竟带有自译解系统！歌者只能懂一点点，一个轮廓，却足以看到一个不可思议的过程。

首先，由另一个坐标广播了一条信息，原始膜广播，那个世界（歌者把它叫弹星者）的低熵体笨拙地拨弹他们的星星，像母世界上古时代的游吟歌者弹起粗糙的墟琴。就是这条广播信息中包含自译解系统。

虽然那个自译解系统也是很笨拙很原始的东西，但足以使歌者把死者随后发出的一条信息的文本模式与之进行对比，很显然是回答广播信息的。这已经很不可思议了，但先前发广播的弹星者居然又回答了。

很有意思，很有意思！

歌者确实听说过没有隐藏基因也没有隐藏本能的低熵世界，但这是第一次见到。当然，它们之间的这三次通信不会暴露其绝对坐标，却暴露了两个世界之间的相对距离，如果这个距离较远也没什么，但很近，只有四百一十六个构造长度，近得要贴在一起了。这样，如果其中一个世界的坐标暴露，另一个也必然暴露，只是时间问题。

弹星者的坐标就这样暴露了。

在那三次通信过去九个时间颗粒以后，又出现一条记录，弹星者又拨弹他们的星星广播了一条信息，这……居然是一个坐标！主核确定它是坐标。歌者转眼看看那个坐标所指的星星，发现它也被清理了，大约是在三十五个时间颗粒之前。歌者认为刚才自己想错了，弹星者还是有隐藏基因的，因为它有清理基因，不可能没有隐藏基因。但像所有坐标广播者一样，它自己没有清理的能力。[1]

很有意思，很有意思。

为什么清理死者的低熵体没有清理弹星者？原因很多。可能它们没有注意到这三次通信，原始膜信息总是不引人注意的。但亿万个世界中总会有注意到的，歌者就是一个。其实如果没有歌者，也会被其他低熵体注意到，只是时间问题。也许它们曾注意到过，但没有隐藏基因的低熵群落威胁不大，嫌麻烦。

但大错特错！泛泛来说，假使弹星者真的没有隐藏基因，它就不怕暴露自己的存在，就会肆无忌惮地扩张和攻击。

至少在死前是这样。

但具体到这一个，更复杂一些。前面的三次通信，加上又一次的坐标广播，再到六十个时间颗粒后，对死者的那次来自别处的长膜坐标广

① 以上内容见《三体》及《三体 · 黑暗森林》。

播。这一连串事件构成了一个不祥的图景，昭示着危险。对死者的清除已经过去了十二个时间颗粒，弹星者应该意识到自己的坐标已经暴露，那此时唯一的选择就是把自己裹在慢雾中，让自己看上去是安全的，那样便没人会去理他们。也许是没有这个能力，但从它已经能够拨弹星星发出原始膜广播看，这段时间足够它拥有这个能力，也许它只是不想这么做。

如果是后者，那弹星者极其危险，比死者要危险许多。

藏好自己，做好清理。

歌者把目光投向弹星者，看到那是一颗很普通的星星，至少还有十亿时间颗粒的寿命。它有八颗行星，其中四颗液态巨行星，四颗固态行星。据歌者的经验，进行原始膜广播的低熵体就在固态行星上。歌者启动了大眼睛的进程，他很少这么做，这是越权行为。

“你干什么？大眼睛现在很忙。”种子的长老说。

“有一个低熵世界，我想近些看看。”歌者回答。

“你的工作，远远看一眼就足够了。”

“只是好奇。”

“大眼睛有更重要的目标要观测，没时间满足你的好奇，做你的事去吧。”

歌者没再继续请求，清理员是种子中地位最低的岗位，总是被轻视，认为这是容易做的琐碎工作。轻视者们却忘了，被广播的坐标往往都是危险的，比那些隐藏的大多数更危险。

剩下的事就是清理了，歌者再次从仓库中取出那个质量点。他突然想到清理弹星者是不能用质量点的，这个星系的结构与前面已死的那个星系不同，有死角，用质量点可能清理不干净，甚至白费力气，这要用二向箔才行。可是歌者没有从仓库里取二向箔的权限，要向长老申请。

“我需要一块二向箔，清理用。”歌者对长老说。

“给。”长老立刻给了歌者一块。

二向箔悬浮在歌者面前，是封装状态，晶莹剔透。虽然只是很普通的东西，但歌者很喜欢它。他并不喜欢那些昂贵的工具，太暴烈，他喜欢二向箔所体现出来的这种最硬的柔软，这种能把死亡唱成一首歌的唯美。

但歌者有些不安，“您这次怎么这样爽快就给我了？”

“这又不是什么贵重东西。”

“可这东西如果用得太多了，总是……”

“宇宙中到处都在用。”

“是，到处都在用，可我们以前还是多少有些节制的，现在……”

“你是不是听到什么了？”长老在歌者的思想体中翻找起来，让歌者一阵战栗。长老很快找到了歌者听到的传说，这也不是什么罪过，都是种子上公开的秘密。

是关于母世界与边缘世界的战争，以前不断有战报传来，后来就没有了，说明战事不顺利，甚至陷入危机。但母世界与边缘世界不可能共存，必须消灭边缘世界，否则自己将被毁灭。如果战争无法取得胜利，只能……

“是不是母世界已经准备二向化了？”歌者问，其实长老已经知道了他的问题。

长老没有回答，也许是默认了。

如果真是这样，那是莫大的悲哀。歌者无法想象那种生活，在意义之塔上，生存高于一切，在生存面前，宇宙中的一切低熵体都只能两害相权取其轻。

歌者把这些想法从思想体中删除了，这不是他该想的，这是自寻烦恼。他现在要想的是刚才的歌唱到什么地方了，想了好长时间才想起来，他接着唱：

……

时间上有美丽的条纹

摸起来像浅海的泥一样柔软

她把时间涂满全身

然后拉起我飞向存在的边缘

这是灵态的飞行

我们眼中的星星像幽灵

星星眼中的我们也像幽灵

……

歌声中，歌者用力场触角拿起二向箔，漫不经心地把它掷向弹星者。

掩体纪元67年

“星环号”

程心醒来时，发现自己处于失重中。

冬眠与睡眠不同，感觉不到时间的流逝。在整个过程中，只有在进入冬眠和苏醒时的不到两个小时有时间感，不管冬眠了多么漫长的岁月，感觉只是睡了不到两个小时，所以苏醒时总是有一种切换感，感觉自己通过了一道时空门，一下子进入了另一个世界。

程心现在身处的世界是一个白色的球形空间，她看到艾AA飘浮在附近，和她一样身穿冬眠时的紧身服，头发湿漉漉的，四肢无力地摊开，显然也是刚刚醒来。她们目光相遇时，程心想说话，但低温造成的麻痹还没有过去，她发不出声来。AA对她吃力地摇摇头，意思是：我和你一样，什么都不知道。

程心发现这个空间中充满了夕照一般的黄色光，这光是从一处像舷窗的圆形窗口透进来的。在窗外，程心看到迷离的流线状和旋涡状的条纹充满了视野，这些条纹呈平行的蓝黄相间的带状分布，显示出一个被狂野的风暴和激流覆盖的世界。这显然是木星表面。程心现在看到的木星表面与半个世纪前看到的有明显不同，亮了许多，很奇怪的，中间那一条宽阔汹涌的云带，竟让她想到了黄河。她当然知道，这条"黄河"中的一个旋涡可能容得下一个地球。在这个背景上，程心看到一个物体，主体是一根长长的圆柱，各段粗细不同，在圆柱的不同部位还附着有三个短柱体，它们联结为一个整体以圆柱为轴心缓缓旋转着。程心确定这是一个太空城组合体，由八座太空城组合而成。程心还发现了一个惊人的事实：她们所在的地方与太空城组合体相对静止，但背景的木星表面却在缓缓移动！从木星表面的亮度看，现在显然处于向阳面，甚至可以看到阳光在木星的气态表面投下的太空城组合体的影子。又过了一会儿，木星的日夜交界线出现了，怪眼一样的大红斑也缓缓移入视野。这一切都证明，她们所在的地方与太空城组合体并没有处于木星背阳阴影中，也没有与木星在太阳轨道上平行运行，两者现在都是木星的卫星，在围绕木星运行。

"我们在哪儿？"程心问，这时她可以发出沙哑的声音来，但还是无力控制自己的身体。

AA又摇摇头，"不知道，好像在飞船上。"

她们继续在木星的黄色光晕中飘浮着，像在梦境中一般。

"你们在'星环号'上。"

这声音来自她们旁边刚刚弹出的一个信息窗口，窗口中显示着一个白发苍苍的老人，程心一眼就认出了他是曹彬。看到他的老态，她意识到自己又跨越了一大段岁月。曹彬告诉她，现在是掩体纪元67年5月19日，她才知道自上次短暂的苏醒后，五十六年又过去了。自己在时间之外逃避生活，看着别人在转瞬间老去，这令她的心中充满了愧疚，她决定，不管以后发生什么，这都是自己的最后一次冬眠了。

曹彬告诉她们，她们所在的飞船是“星环号”的最新一代型号，三年前才建造完成。他说在半个世纪前的星环城事件后，他和毕云峰都被判有罪，但都在服刑后不久即被释放。毕云峰已经在十多年前去世，曹彬带来了他临终前对她们的问候，这让程心的双眼湿润了。曹彬告诉她们，现在木星群落的大型太空城已经增加到五十二座，大部分都形成了组合体，她们能看到的是木星组合体二号。由于太阳系防御系统的完善，所有的城市在二十年前都成了木星的卫星，只有在出现打击警报后才会改变轨道躲进掩体区。

“城市中的生活又变得像天堂一样了，可惜你们不能去看，没有时间了。”曹彬说到这里突然停了下来。程心和AA交换了一个不安的眼神，她们现在知道他之前的滔滔不绝可能就是为了推迟这一时刻。

“打击警报出现了吗？”程心问。

曹彬点点头，“是的，警报出现了，在半个世纪中有过两次误报，都差点把你们唤醒，但这一次是真的。孩子们——我已经一百一十二岁了，可以这么叫你们了吧——孩子们，黑暗森林打击终于降临了。”

程心的心骤然紧缩，不是因为打击的降临，一个多世纪以来，人类世界已经为此做好了一切准备，但她却敏感地觉察到事情不对。她们按照约定被唤醒了，恢复到这种状态至少需要四五个小时，就是说警报发出已经有一段时间了，可窗外的木星组合体二号既没有紧急解体，也没有改变轨道，仍若无其事地作为木星的卫星运行着。再看看曹彬，这个一百多岁的老人表情也太平静了，似乎还隐含着绝望。

"你现在是在——"AA问。

"我在太阳系预警中心。"曹彬抬手指指身后说。

程心看到曹彬身后是一个控制中心之类的大厅，空间几乎被泛滥的信息窗口所淹没。那些窗口在大厅中到处飘浮，不断有新出现的窗口挤到前面，但很快又被后来的窗口遮盖，像溃堤后涌出的洪水一般。但大厅中的人们似乎什么也没做。那里的人有一半穿着军装，他们或者靠着办公桌站立，或者静坐着，所有人都目光呆滞，脸上呈现着与曹彬一样不祥的平静。

不应该是这样子的，程心想。这不像一个已经进入掩体、面对打击胸有成竹的世界，倒是很像三个多世纪前，不，已经是四个世纪前，三体危机刚出现时的状态。那时，在PIA和PDC各种机构的办公室里，程心到处都能见到这样的气氛和表情，显示着一种面对宇宙中超强力量的绝望，一种放弃一切的麻木和漠然。

大厅中的人们大部分沉默着，但也有少数人正脸色黯然地低声交谈着什么。程心看到一个呆坐的男人，桌上一只杯子倒了，蓝色的饮料从桌面一直流到裤子上，但他全然没有理会。在另一侧，在一个被永远置顶的显示着复杂趋势图的大面积信息窗口前，一名军人和一个平民女性拥抱在一起，那女人的脸上有隐隐的泪光……

"为什么还不进掩体?!"AA指着舷窗外的太空城组合体问。

"没有必要了，掩体没用。"曹彬垂下双眼说。

"光粒现在距太阳有多近了?"程心问。

"没有光粒。"

"那你们发现了什么?"

曹彬凄惨地笑了起来，"一张小纸条。"

掩体纪元66年

太阳系外围

在程心苏醒前一年，太阳系预警系统发现了一个不明飞行物以接近光速的速度从奥尔特星云外侧掠过，最近时距太阳仅一点三光年。这个物体体积巨大，光速飞行时与空间稀薄的原子和尘埃碰撞激发的辐射十分强烈。预警系统还观测到，这个物体在飞行中曾进行过一次小角度转向，避开前方的一小片星际尘埃，然后再次转向回到原航线。几乎可以肯定，这是一艘智慧飞船。

这是太阳系中的人类第一次亲眼见到三体之外的外星文明。

由于前三次误报警的教训，联邦政府一直没有对外公布这一发现，在掩体世界中，知道这事的不超过一千人。在外星飞船最接近太阳系的那段日子里，这些人都处于极度的紧张和恐惧之中。在太空中的几十个预警系统观测单元里，在太阳系预警中心（现在是海王星群落中一座单独的太空城），在联邦舰队总参谋部作战中心，在太阳系联邦总统的办公室里，人们息声屏气地注视着外星来客的动向，像一群躲在水底瑟瑟发抖的鱼，听着水面的捕捞船驶过。这些知情人的恐惧后来发展到荒唐的地步，他们拒绝使用无线通信，甚至走路都放轻脚步，说话都压低声音……其实，谁都知道这毫无意义，因为预警系统现在看到的，是一年零四个月之前的景象，此时这艘外星飞船已经远去。

当外星飞船在观测的视野中渐行渐远时，人们并没能够松一口气，因为预警系统又有了一个更令人担忧的发现：外星飞船没有向太阳发射光粒，但发射了另外一个东西。这个物体也是以光速向太阳发射，但丝毫没有产生光粒的碰撞辐射，在所有电磁波段完全不可见，预警系统是通过引力波发现它的。这个物体不间断地发射出微弱的引力波，这种引力波频率和强度都恒定不变，没有搭载任何信息，可能是发射体固有的某种物理性质所致。预警系统在最初探测到这种引力波并定位其发射源时，以为是外星飞船发出的，但很快探测到引力波的发射源与飞船分离，以接近光速的速度飞向太阳系。对观测数据的分析还表明，发射体并没有精确地对准太阳，如果按它目前的轨道运行，它将从火星轨道外侧掠过太阳，如果它的目标是太阳的话，这是相当大的误差。这也从另一个方面表明它与光粒不同：在已有的两次对光粒的观测数据中，光粒发射后，在考虑恒星运行的提前量的前提下，都精确对准目标恒星，不需再进行任何修正，可以认为，光粒就是一块以惯性飞行的光速石头。现在对引力波源的精确跟踪表明，发射体并没有进行过任何轨道修正，似乎表明它的目标不是太阳，这也给人们带来了一点安慰。

在接近距太阳一百五十个天文单位时，发射体的引力波频率开始迅速降低，预警系统很快发现，这是发射体减速造成的。在几天的时间里，它的速度由光速急剧降低到光速的千分之一，而且还在继续降低中。这么低的速度对太阳不会构成威胁，这又是一个安慰，同时，在这个速度上，人类的太空飞行器可以与它并行飞行，就是说，可以出动飞船拦截它了。

“启示号”和“阿拉斯加号”两艘飞船组成编队，从海王星城市群落出发，对不明发射体进行探测。

这两艘飞船都带有引力波接收系统，可以构成一个定位网络，在近距离上对发射体进行精确定位。广播纪元以来，人类又建造了多艘能够发射和接收引力波的飞船，但在设计理念上有很大差别，主要是把引力波天线与飞船分开，成为两个独立的部分，天线可以与不同的飞船组合，天线在衰变失效后可以更换。“启示号”和“阿拉斯加号”只是两艘中型飞船，但体积与大型飞船相当，主要部分就是巨大的引力波天线。这两艘飞船很像公元世纪的氦气飞艇，看上去很庞大，但有效载荷部分只是挂在气囊下的那一小块。

探测编队起航十天后，瓦西里和白Ice在引力波天线上穿着轻便宇宙服和磁力鞋散步。他们都喜欢这样，比起飞船内部，这里视野开阔，宽阔的天线表面又给人一种脚踏实地的感觉。他们是第一探测分队的主要负责人，瓦西里是总指挥，白Ice领导技术方面的工作。

阿历克赛·瓦西里就是广播纪元那位太阳系预警系统的预警观测员，曾经与威纳尔一起发现了三体光速飞船的航迹，并引发了第一次误报警事件。事件之后，瓦西里中尉成为替罪羊之一，遭到开除军籍的处分，但他很不服气，认为历史一定会还自己以公正，就进入了冬眠。果然，随着时间的推移，光速飞船航迹这一发现越来越显示出其重大的意义，而第一次误报警事件的惨重损失也渐渐被淡忘，瓦西里在掩体纪元9年苏醒后恢复军职，现在已经成为联邦太空军中将，不过他也年近八十了。他看看身边的白Ice，心中感觉生活很不公平：此人比自己早出生八十多年，是危机纪元的人，同样是冬眠，现在才四十多岁。

白Ice原名白艾思，苏醒后为了使自己显得不那么落后于时代，改成了现代常用的中英文混合名。他曾经是丁仪的博士生，在危机纪元末冬眠，二十二年前才苏醒。一般来说，这么长的时间跨度使人很难再跟上时代，但理论物理学自有其特殊性。如果说，智子的封锁使公元世纪的物理学家到威慑纪元仍不过时的话，那么，环日加速器的建立则使物理学的基础理论领域处于重新洗牌的状态。早在公元世纪，超弦理论就被认为是十分超前的理论，是22世纪的物理学。环日加速器的建立，使得超弦理论有可能直接由实验验证，结果是一场灾难，被推翻的部分远多于被证实的，包括三体世界曾经传送的东西也被证伪，但按照三体文明后来达到的技术高度，他们的基础理论不可能错成这样，只能说明他们在基础理论方面也对人类进行了欺骗。而白Ice在危机纪元末提出的理论模型是少有的被环日加速器部分证实的东西。当他苏醒时，物理学界已经重新站到同一起跑线上，他则脱颖而出获得很高的声誉，又用了十多年时间，他重新回到物理学的最前沿。

“似曾相识吧。”瓦西里做了一个囊括一切的手势说。

“是啊，但人类的自信和傲慢已经荡然无存了。”白Ice说。

瓦西里深有同感。看看航线的后方，海王星已经变成一个幽蓝色的小点，太阳也只是一个黯淡的小光团，在天线表面连影子都投不出来。

当年那由两千艘恒星级战舰组成的壮丽方阵在哪里？现在只有这形单影只的两艘飞船，全体人员不到一百人。“阿拉斯加号”与“启示号”的距离近十万千米，完全看不到。“阿拉斯加号”并不仅仅是作为定位网络的另一端，上面还有一个探测分队，编制与“启示号”上的一样，按总参谋部的说法是后备队，看来上层对此行的险恶做了充分的估计。在太阳系这冷寂的边缘，脚下的天线仿佛是宇宙中唯一的孤岛。瓦西里想仰天长叹，但又觉得没有意思，就从宇宙服的衣袋中掏出一个小东西，让它旋转着悬浮在两人之间。

“看这是什么？”

那东西初看像某种动物的一块骨头，实际是一个金属零件，光滑的表面反射着寒冷的星光。

瓦西里指着旋转的零件说：“一百多个小时前，我们在航线附近探测到一小片金属漂浮物，派出一艘无人太空艇取回来几件，这就是其中一件。我查询过，这是危机纪元末恒星级战舰聚变发动机上的一个零件，冷却控制部分的。”

“这是末日战役的遗物？”白Ice敬畏地问。

“应该是，这次找到的还有一只座椅上的金属扶手和一块舱壁碎块。”

这一带是近两个世纪前末日战役古战场的轨道范围，掩体工程开始以后，经常发现古战舰的遗物，它们有的出现在掩体世界的博物馆中，有的则在黑市里流通。白Ice握住那个零件，感到一股寒气透过宇宙服的手套直入骨髓。他松手后，零件继续在空中旋转着，仿佛被附于其上的灵魂所驱动。白Ice把目光移开，遥望远方，只看到深不见底的空旷，那两千艘战舰和上百万人的遗骸已经在这片黑暗冷寂的太空中运行了近两个世纪，那些牺牲者流的血早就由冰屑升华成气体消散了。

“我们这次探测的东西，可能比水滴更险恶。”白Ice说。

“是啊，当时对三体已经算是熟悉，可对发出这东西的世界，我们一无所知……白博士，你猜过我们将遇到什么样的东西吗？”

“只有大质量的物体才能发射引力波，那东西质量和体积应该都很大吧，说不定本身就是一艘飞船……不过，这种事，意外就是正常。”

探测编队继续航行了一个星期，将自己和引力波发射源的距离缩短至一百万千米。在此之前，编队已经减速，现在速度已经降至零并开始向太阳系方向加速，这样，当发射体追上编队时，两者将平行飞行。探测工作主要由“启示号”完成，“阿拉斯加号”退至十万千米之外观察。

距离继续缩短，发射体距“启示号”仅一万千米左右，这时，它发出的引力波信号已经十分清晰，可以进行精确定位，但在那个位置上，雷达探测没有任何回波，可见光观测也空空如也。接着，距离缩短至一千千米，引力波发射源的位置仍然看不到任何东西。

“启示号”上的人们陷入惶恐之中，起航前曾设想过各种情况，唯独没有想到与目标近在咫尺，视野中却一无所有。瓦西里请示预警中心，在四十多分钟的延时后收到中心指令，继续缩短与目标的距离，直到近至一百五十千米！这时，可见光观测系统有所发现，在引力波发射位置有一个小白点，从飞船上用普通望远镜也能看到那个白点。于是，“启示号”派出一艘无人太空艇前往探测。太空艇向目标飞去，距离迅速缩短，五百千米，五十千米，五百米……最后，太空艇在距目标五米处悬停，它发回的高清晰全息图像，让两艘飞船上的人们看到了这个从外太空射向太阳系的东西——

一张小纸条。

只能这么形容它，它的正式名称是长方形膜状物，长八点五厘米，宽五点二厘米，比一张信用卡略大一些，极薄，看不出任何厚度，表面呈纯白色，看上去就是一张纸条。

探测小组的成员都是最优秀的专业人员和指挥官，都有着冷静的思维，但直觉的力量还是压倒了一切。他们曾准备着遭遇巨大的入侵物，甚至有人猜测是一艘如同木卫二般大小的飞船，从它所发射的引力波强度看这是完全可能的。看着这张来自外太空的纸条（后来他们就这么称呼它），他们都长长地出了一口气，把悬了许久的心放了下来。在理智上他们并没有放松警惕，这东西也可能是武器，可能具有毁灭两艘飞船的力量，但要说它能够摧毁整个星系，那确实太难以置信了。在外观上，它是那么纤细无害，像夜空中飘着的一根白羽毛。纸写的信早已消失，但人们从描写古代世界的电影中看到过那东西，所以纸条在他们眼中又多了一分浪漫。

检测表明，纸条对任何频段的电磁波都不反射，它呈现的白色不是反射外界的光线，而是自身发出的淡淡的白光，没有检测到任何其他辐射。由于包括可见光在内的任何电磁波都能穿透纸条，纸条实际是透明的，在近距离拍摄的图像上，能够透过它看到背后的星星。但由于它自身发出的白光的干扰，太空背景又很暗，因此，它从远处看呈现不透明的白色。至少从外表上看纸条是无害的。

也许这真的是一封信？

由于无人太空艇上没有合适的抓取工具，只好又派出一艘太空艇，艇上带有一只机械臂，试图用一个密封的小抓斗抓取纸条。当机械臂把张开的抓斗伸向纸条时，两艘飞船上人们的心又悬了起来。

这一幕也似曾相识。

奇怪的事情出现了，当抓斗合拢把纸条扣在其中、机械臂回缩时，纸条从密封的抓斗中漏了出来，仍在原位不动。反复试了几次，结果都一样。“启示号”上的控制者控制机械臂去接触纸条，臂杆从纸条中穿过，两者都完好无损，机械臂没有感觉到任何阻力，纸条的位置也没有丝毫移动。最后，控制者操纵太空艇缓缓移向纸条，试图推动它。当艇身与纸条接触后，后者没入艇身内，随着太空艇的前移，又从艇尾出现，保持原状。在纸条穿过艇身的过程中，太空艇内部系统没有检测到任何异常。

这时，人们知道纸条不是寻常之物，它像一个幻影，与现实世界中的任何物体都不发生作用。它也像一个小小的宇宙基准面，精确地保持原位不动，任何接触都不可能改变它的位置或者运行轨道丝毫。

白Ice决定亲自去近距离观察，瓦西里坚持要同他一起去。第一探测分队的两个领导人同时前往引起了争议，向预警中心请示需四十多分钟才能得到回答。由于瓦西里的坚持，也考虑到后备队的存在，大家勉强同意了。

两人乘坐太空艇向纸条驶去，看着“启示号”和庞大的引力波天线渐渐退远，白Ice感觉自己正在离开唯一的依靠，心中变得空虚起来。

“当年你的导师也像我们这样吧？”瓦西里说，他看上去倒是显得很平静。

白Ice默认了这话。此时他感觉自己在心灵上确实与两个世纪前的丁仪相通了，他们都在驶向一个巨大的未知，驶向同样未知的命运。

“不要担心，这次我们应该相信直觉了。”瓦西里拍拍白Ice的肩膀说，但他的安慰对后者没起什么作用。

太空艇很快驶到了纸条旁边。两人检查了宇宙服后，打开太空艇的舱盖，暴露在太空中，并微调太空艇的位置，使纸条悬浮在他们头顶上方不到半米的地方。他们仔细地打量着那块方寸大小的洁白平面，透过这洁白他们也看到了后面的星星，证实纸条是一块发光的透明体，只是自身的光线淹没了后面透出的星光，使透过它看到的星星有些模糊。他们又起身从艇中升起一些，使纸条的平面与自己的视线平齐，正如传回的图像显示的那样——纸条没有厚度，从这个方向看，它完全消失了。瓦西里向纸条伸出手去，立刻被白Ice抓住了。

“你干什么?!”白Ice厉声问道。他透出面罩的目光说出了剩下的话，“想想我的导师吧！”

“如果它真是一封信，也许需要我们这些智慧生命的本体直接接触才能释放出信息。”瓦西里说着，用另一只手把白Ice的手拿开。

瓦西里用戴着宇宙服手套的手接触纸条，手从纸条中穿过，手套表面完好无损；瓦西里也没有收到任何心灵传输的信息。他再次把手穿过纸条，并且停在那里，让那个小小的白色平面把手掌分成两个部分，仍然没有任何感觉，纸条与手掌接触的部分呈现出手掌断面的轮廓线，它显然没有被切断或弄破，而是完好无损地穿过了手掌。瓦西里把手抽回来，纸片又以原状悬浮在原位，或者说以每秒两百千米的速度与太空艇一起飞向太阳系。

白Ice也试着用手接触了一下纸条，又很快抽回来，“它好像是另一个宇宙的投影，与我们的世界全无关系。”

瓦西里则关心更为现实的问题，“如果什么东西都不能对它产生作用，我们就没办法把它带到飞船中进一步研究了。”

白Ice笑了起来，“再简单不过的事，你忘记《古兰经》中的故事了？如果大山不会走向穆罕默德，穆罕默德可以走向大山。”

于是，“启示号”缓缓驶向纸条，与它接触后使它进入飞船内部，然后慢慢调整位置，使纸条悬浮在飞船的实验舱中，如果在研究中需要移动纸条，则只能通过移动飞船本身来做到。这种奇特的操纵开始有些困难，好在“启示号”原是一艘勘探柯伊伯带小天体的飞船，具有优良的位置控制能力，引力波天线也加装了多达十二台微调发动机，在飞船的AI熟悉后，操纵就变得快捷而精确了。如果这个世界对纸条无法施加任何作用，那就只能让世界围着它运动了。

这是一个奇特的场景，纸条位于“启示号”的内部中心，但在动力学上与飞船没有任何关系，两者只是重叠着以相同的速度向太阳系运动。

进入飞船后，由于背景光的增强，纸条透明的性质更明显了，透过它可以清晰地看到后面的景物。它此时不再像纸条，而像一小张透明膜，仅以其自身发出的弱光显示其存在，但人们仍把它称为纸条。当背景光很强时，甚至会在视觉上失去它，研究者们只得把实验舱的照明调到很暗，这样纸条才能醒目些。

研究者们首先测定纸条的质量，在这种情况下只能通过测定它产生的引力来进行，但在引力测定仪的最高精度上没有任何显示，所以纸条的质量可能极小，甚至为零。对于后一种情况，有人猜测它是不是一个宏观化的光子或中微子，但从其规则的形状看，显然是人工制造物。

对纸条的分析没有进一步的成果，因为所有频段的电磁波穿透它后，都观察不到任何衍射现象，各种强度的磁场对它也没有任何影响，这东西似乎没有内部结构。

二十多个小时过去了，探测小组对纸条仍然接近一无所知，只观察到一个现象：纸条发出的光和引力波在渐渐减弱，这意味着它发出的光和引力波可能是一种蒸发现象。由于这两者是纸条存在仅有的依据，如果它们最后消失，纸条也就消失了。

探测编队接到了预警中心的信息，大型科考飞船“明日号”已经从海王星群落起航，七天后与探测编队会合，“明日号”上有更完善的探测研究装备，可对纸条进行更深入的研究。

随着研究的进行，飞船上的人们对纸条的戒心渐渐消失，不再小心翼翼地与它保持距离。知道它与现实世界不发生任何作用，也不发出有害辐射，便开始随意触摸它，让它穿过自己的身体，甚至还有人让纸条从自己的双眼处穿进大脑，让别人拍照。白Ice看到后突然发起火来：

“别这样！这一点儿都不好玩儿！”他大喊道，然后离开工作了二十多个小时的实验舱回到自己的舱室中。

一进门，白Ice就把照明关上，想睡觉。但在黑暗中他突然有一种不安，感觉纸条随时会从某个方向发着白光飘进来，于是又把照明打开，他就悬浮在这柔和的亮光中，陷入了回忆。

与导师的最后分别是一百九十二年前的事了，现在仍历历在目。那是一个黄昏，他们两人从地下城来到地面，开车进入沙漠。丁仪喜欢这样，他喜欢在沙漠中散步思考，甚至喜欢在沙漠中讲课，这有时让他的学生苦不堪言。他曾这样解释这种怪癖：“我喜欢荒凉的地方，生命对物理学是一种干扰。”

那天的天气很好，没有风沙，初春的空气中有一种清新的味道。师生二人躺在一道沙坡上，华北沙漠笼罩在夕阳中。往日，白艾思觉得这些连绵起伏的沙丘很像女人的胴体（这好像也是经导师点拨悟出的），但现在感觉它们像一个裸露的大脑，这大脑在夕阳的余晖中呈现出迷离的沟回。再看天空，今天居然在灰蒙蒙中显出一点久违的蓝色，像即将顿悟的思想。

丁仪说：“艾思啊，我今天要对你说的这些话，你最好不要对别人说，如果我回不来你也不要对别人说，倒没什么特别的原因，只是不想让人家笑话。”

“丁老师，那你可以等回来后再对我说。”

白艾思并不是在安慰丁仪，他说的是真心话，这时他仍沉浸在胜利的幻想和狂喜中，认为丁仪此行并没有什么太大的危险。

“首先回答我一个问题。”丁仪没有理会白艾思的话，指指夕阳中的沙漠说，“不考虑量子不确定性，假设一切都是决定论的，知道初始条件就可以计算出以后任何时间断面的状态，假如有一个外星科学家，给它地球在几十亿年前的所有初始数据，它能通过计算预测出今天这片沙漠的存在吗？”

白艾思想了想说：“当然不能，因为这沙漠的存在不是地球自然演化的结果，沙漠化是人类文明造成的，文明的行为很难用物理规律把握吧。”

“很好，那为什么我们和我们的同行，都想仅仅通过对物理规律的推演，来解释今天宇宙的状态，并预言宇宙的未来呢？”

丁仪的话让白艾思有些吃惊，他以前从未表露过类似的思想。

白艾思说："我感觉这已经是物理学之外的事了，物理学的目标是发现宇宙的基本规律，比如人类使地球沙漠化，虽不可能直接从物理学计算出来，但也是通过规律进行的，宇宙规律是永恒不变的。"

"嘿嘿嘿嘿嘿嘿……"丁仪突然怪笑起来，后来回想起来，那是白艾思听到过的最邪恶的笑，其中有自虐的快感，有看着一切都坠入深渊时的兴奋，用喜悦来掩盖恐惧，最后迷恋恐惧本身，"你的最后一句话！我也常常这样安慰自己，我总是让自己相信，在这场伟大的盛宴中，永远他妈的有一桌没人动过的菜……我就这样一遍遍安慰自己，在死前我还会再念叨一遍的。"

白艾思感觉丁仪走得更远了，如梦呓一般，他不知该说什么。

丁仪接着说："在危机初期，当智子首次扰乱加速器时，有几个人自杀。我当时觉得他们不可理喻，对于搞理论的，看到那样的实验数据应该兴奋才对。但现在我明白了，这些人知道的比我多，比如杨冬，她知道的肯定比我多，想得也比我远，她可能知道一些我们现在都不知道的事。难道制造假象的只有智子？难道假象只存在于加速器末端？难道宇宙的其他部分都像处女一样纯真，等着我们去探索？可惜，她把她知道的都带走了。"

"如果她那时和您多交流一些，也许就不会走那条路。"

"那我可能和她一起死。"

丁仪把身边的沙挖了一个坑，看着上面的沙像水一样流下来，"如果我回不来，我屋里那些东西都归你了，我知道，你对我从公元世纪带来的那些玩意儿很眼馋。"

“那是，特别是那一套烟斗……不过，我想我得不到那些东西的。”

“但愿如此吧，我还有一笔钱……”

“老师，钱的话……”

“我是想让你用它去冬眠，时间越长越好，当然，这得你自愿。我有两个目的：一是想让你替我看看结局，物理学的大结局；二是……怎么说呢，不想让你浪费生命，等人们确定物理学是存在的，你再去做物理研究也不迟嘛。”

“这好像是……杨冬的话。”

“可能并非妄言。”

这时，白艾思注意到了丁仪刚才在沙坡上挖出的小坑，那个坑在迅速扩大。他们赶紧站起来退到一旁，看着沙坑扩张，坑在扩大的同时也在加深，转瞬间，底部就没入黑影中看不到了，沙流从坑的边沿汹涌地流入，很快，坑的直径已经扩大到上百米，附近的一个沙丘被坑吞没了。白艾思向车跑去，坐到驾驶位上，丁仪也跟着坐上来。这时，白艾思发现车随着周围的沙一起缓缓向坑的方向移动，他立刻发动了引擎，车轮转动起来，但车仍继续向后移动。

丁仪说着，又发出那邪恶的笑：“嘿嘿嘿嘿嘿嘿嘿……”

白艾思把电动引擎的功率加到最大，车轮疯狂地旋转着，搅起片片沙浪，但车体却不可遏止地随着周围的沙子向坑移动，像放在一张被拉动的桌布上的盘子。

“尼亚加拉瀑布！尼亚加拉瀑布！嘿嘿嘿嘿……”丁仪喊道。

白艾思回头一看，见到了使他血液凝固的景象：沙坑已经扩大到目力可及的范围，整个沙漠都被它吞没，一眼望去，世界就是一个大坑，下面深不见底，一片黑暗；在坑沿上，流沙气势磅礴地倾泻而下，形成黄色的大瀑布。丁仪说得并不准确，尼亚加拉瀑布只相当于这恐怖沙瀑微不足道的一小段，沙瀑从附近的坑沿一直延伸至远在天边的坑的另一侧，形成一个漫长的沙瀑大环，滚滚下落的沙流发出轰隆隆的巨响，仿佛世界在解体一般！车继续向坑沿滑去，且速度越来越快，白艾思拼命踩住功率控制板，但无济于事。

“傻瓜，你以为我们能逃脱？”丁仪怪笑着说，“逃逸速度，你怎么不算算逃逸速度？你是用屁股读的书吗？嘿嘿嘿嘿……”

车越过了坑沿，在沙瀑中落下去，周围一起下落的沙流几乎静止了，一切都在向深不见底的黑暗中下坠！白艾思在极度惊恐中尖叫起来，但他听不到自己的声音，只听到丁仪的狂笑。

“哇哈哈哈哈哈……没有没被动过的宴席，没有没被动过的处女，哇嘻嘻嘻嘻嘻嘻……哇哈哈哈哈哈……”

白Ice从噩梦中醒来，发现自己已是满身冷汗，周围也悬浮着许多汗滴。他浮在半空僵了一会儿后，冲出去，来到另一间高级舱室，费了好大劲儿才叫开门，瓦西里也正在睡觉。

“将军，不要把那个东西，那个他们叫纸条的东西放在飞船里；或者说不要让‘启示号’停在那东西上，立刻离开它，越远越好！”

“你发现什么了吗？”

“没有，只是直觉。”

“你脸色很不好，是累了吧？我觉得你过虑了，那东西好像……好像什么都不是，里面什么都没有，应该是无害的。”

白Ice抓住瓦西里的双肩，直视着他的眼睛说:“别傲慢！”

“什么？”

“我说别傲慢，弱小和无知不是生存的障碍，傲慢才是，想想水滴吧！”

好像白Ice的最后一句话起了作用，瓦西里沉默地盯着他看了几秒钟，缓缓点头，“好吧，博士，听你的。‘启示号’离开纸条，与它拉开一千千米的距离，只在它附近留下一艘太空艇监视……要不，两千千米？”

白Ice松开抓着瓦西里的手，擦擦额头说:“你看着办吧，反正远些好，我会尽快写一个正式报告，把我的推测上报总部。”说完，他跌跌撞撞地飘走了。

“启示号”离开了纸条。纸条穿过飞船重新暴露在太空中，由于背景光变暗，它又呈现不太透明的白色，再次恢复白纸条的样子。“启示号”与纸条渐渐拉开距离，直到双方相距两千千米左右才固定位置，等待着“明日号”飞船的到来。同时，一艘太空艇留在距纸条十米处对它进行不间断的监视，艇上有两名探测小组的成员值班。

在太空中，纸条发出的引力波强度继续减弱，它本身也渐渐暗下来。

在“启示号”上，白Ice把自己关在实验舱中，在身边打开了十几个信息窗口，都与飞船的量子主机相连，开始进行大量的计算。窗口中显示着密密麻麻的方程、矩阵和曲线，他被这些窗口围在中间，焦躁不安，像掉进陷阱的困兽。

与“启示号”分离五十个小时左右后，纸条发出的引力波完全消失了，它发出的白光闪烁了两下也熄灭了，这就意味着纸条的消失。

“它完全蒸发了吗？”瓦西里问。

“应该不会，只是看不到了。”白Ice疲惫地摇摇头，把自己周围的信息窗口一个接一个地关闭。

又过了一个小时，所有的监测都没有发现纸条的丝毫踪迹，瓦西里命令两千千米外留下监视的太空艇返回“启示号”，但太空艇中两名值班的监视人员并没有回答返回的指令，只听到他们急促的对话：

“看下面，怎么回事?！”

“它在升起来！”

“别接触它！快出去！”

“我的腿！啊——”

在一声惨叫后，从“启示号”上的监视器中可以看到两名监视员中的一名从太空艇中飞出，开动太空服上的推进器试图逃离。与此同时，一片强光亮起，光是从太空艇的底部发出的，那里在熔化！太空艇仿佛是放在滚烫的玻璃上的一块冰激凌，底部熔成一摊，向各个方向扩散。那块“玻璃”是看不到的，只有太空艇熔化后摊开的部分才能显示出那个无形平面的存在。熔化物在平面上成极薄的一层，发出妖艳的彩光，像撒在平面上的焰火。那名监视员飞出了一段，却又像被某种引力拉向那个熔化物标示出的平面，很快他的脚接触到平面，立刻也熔化成光灿灿的一片，他身体的其余部分也在向平面铺去，只发出一声戛然而止的惊叫。

“所有人员进入过载位，现有发动机姿态，前进四！”

在从信息窗口中看到监视员的脚接触无形平面的一刹那，瓦西里越过“启示号”船长，果断地发出了这个指令，让“启示号”迅速离开。“启示号”不是恒星级飞船，它在前进四推进时内部人员不需要深海液的保护，但加速的超重还是把每个人死死压在座位上。由于指令发出太快，有些人没来得及进入座位，跌落到船尾受了伤。“启示号”的推进器喷出长达几千米的等离子体火流，刺破黑暗的太空，但在远方太空艇熔化的地方，仍能看到那片幽幽的光亮，像荒野中的磷火。

从监视器的放大画面中可以看到，太空艇只剩下顶部的一小部分，但很快也完全消失在那块绚丽的平面中。监视员的身体完全摊在平面上，显示出一个巨大的发光人形，不过，他的身体在平面上已成为没有厚度的一片，虽然大，却只有面积没有体积了。

“我们没有动，飞船没有加速。”“启示号”的领航员说，在超重中他说话很吃力。

“你在胡说什么？！”瓦西里想大吼，但超重中也只能低声说出。

从常识上看，领航员确实在胡说，飞船上的每个人都被加速过载死死压住，这证明“启示号”在大功率加速中。在太空中凭视觉判断所在飞行器的运动状态是不可能的，因为可参照天体的距离都很遥远，视行差在短时间根本看不出来，但飞船的导航系统可以观测到飞船很小的加速和运动，这种判断是不会错的。

“启示号”有过载却无加速，像被某种力量钉死在太空中。

“其实有加速，只是这一区域的空间在反方向流动，把加速抵消了。”白Ice无力地说。

“空间流动？向哪儿流？”

“当然是那里。”

超重中白Ice无力举手去指，但人们都知道他说的方向，"启示号"陷入死寂中。本来，超重使人们有一种安全感，像是在某种保护力量的怀抱中逃离危险，但现在，它变成了坟墓一般的压迫，令人窒息。

"请把与总部的通信信道打开，没有时间了，就当是我们的正式汇报吧。"白Ice说。

"已经打开了。"

"将军，你曾说过那东西'什么都不是，里面什么都没有'，其实你是对的，它真的什么都不是，里面什么都没有，它只是一片空间，与我们周围什么都不是、什么都没有的空间是一样的，唯一的区别是：它是二维的，它不是一块，而是一片，没有厚度的一片。"

"它没有蒸发吗？"

"蒸发的是它的封装力场，这种封装力场把那片二维空间与周围的三维空间隔开了，现在两者全接触了。你们还记得'蓝色空间号'和'万有引力号'看到的吗？"

没有人回答，但他们当然记得，四维空间向三维跌落，像瀑布流下悬崖。

"同四维跌落到三维一样，三维空间也会向二维空间跌落，由一个维度蜷缩到微观中。那一小片二维空间的面积——它只有面积——会迅速扩大，这又引发了更大规模的跌落……我们现在就处在向二维跌落的空间中，最终，整个太阳系将跌落到二维，也就是说，太阳系将变成一幅厚度为零的画。"

"可以逃离吗？"

"现在逃离，就像在瀑布顶端附近的河面上划船，除非超过一个逃逸速度，否则不论怎样划，迟早都会坠入瀑布，就像在地面向上扔石头，不管扔多高总会落回来。整个太阳系都在跌落区，从中逃离必须达到逃逸速度。”

“逃逸速度是多少？”

“我反复计算过四遍，应该没错。”

“逃逸速度是多少?！”

“启示号”和“阿拉斯加号”上的人们屏息凝神，替全人类倾听末日判决，白Ice把这判决平静地说出来：

“光速。”

导航系统显示，“启示号”已经出现了与推进方向相反的负加速，开始向二维平面所在的方向移动，速度很慢，但渐渐加快。发动机仍在全功率开动，这样可以减缓飞船跌落的速度，推迟最后结局的到来。

在两千千米外的二维平面上，二维化的太空艇和监视员的人体发出的光已经熄灭，与从四维向三维跌落相比，三维跌落到二维释放的能量要小许多。两个二维体的结构在星光下清晰地显现出来：在二维化的太空艇上，可以看到二维展开后的三维构造，可以分辨出座舱和聚变发动机等部分，还有座舱中那个卷曲的人体。在另一个二维化的人体上，可以清楚地分辨出骨骼和脉络，也可以认出身体的各个部位。在二维化的过程中，三维物体上的每个点都按照精确的几何规则投射到二维平面上，以至于这个二维体成为原三维太空艇和三维人体的两张最完整最精确的图纸，其所有的内部结构都在平面上排列出来，没有任何隐藏，但其映射规程与工程制图完全不同，从视觉上很难凭想象复原原来的三维形状。与工程图纸最大的不同是，二维展开是在各个尺度层面上进行的，曾经隐藏在三维构型中的所有结构和细节都在二维平面排列出来，于是也呈现了从四维空间看三维世界时的无限细节。这很像几何学中的分形图案，把图中的任何部分放大，仍然具有同样的复杂度，但分形图案只是一个理论概念，实际的图案受分辨率限制，放大到一定程度后就失去了分形性质；而二维化后的三维物体的无限复杂度却是真实的，它的分辨率直达基本粒子尺度。在飞船的监视器上，肉眼只能看到有限的尺度层次，但其复杂和精细已经令人目眩；这是宇宙中最复杂的图形，盯着看久了会让人发疯的。

但现在，太空艇和监视员的厚度都为零。

不知道现在二维平面已经扩展到多大的面积，只有那两片图形显示出它的存在。

“启示号”加速滑向二维平面，滑向那厚度为零的深渊。

“各位，不要沮丧，太阳系内没有人能逃脱，甚至一个细菌、一个病毒都不能幸存，都将成为这张巨画的一部分。”白Ice说，他现在看起来从容淡定。

“停止加速吧。”瓦西里说，“不在乎这点时间了，最后至少让我们轻松呼吸一会儿。”

“启示号”的发动机关闭了，飞船尾部的等离子体火柱消失，飞船飘浮在寂静的太空中。其实，飞船现在仍在向二维平面方向加速，但由于是随周围的空间一起运动，飞船里的人们感觉不到加速产生的过载，他们都处于失重中，惬意地呼吸着。

“各位，知道我想到了什么？云天明的童话故事，针眼画师的画。”白Ice说。

"启示号"上只有一小部分人知道云天明情报的事，现在，仅仅一瞬间，这些人都明白了这个情节的真实含义。这是一个单独的隐喻，没有任何含义坐标，因为它太简单太直接了。很可能，云天明认为自己把如此明显的隐喻放入故事是一个大冒险，但他冒了这个险，因为这个情报极其重要。

但他还是高估了人们的理解力。他可能认为，有了"蓝色空间号"和"万有引力号"的发现，人们能够解读这个隐喻。

这一关键情报的缺失，使人类把希望寄托于掩体工程。

人类已经观测到的两次黑暗森林打击确实都来自光粒，但人们忽略了一个事实：这两个星系与太阳系有着不同的结构，187J3X1有四颗类木巨行星，但它们的运行轨道半径极小（以公元世纪的观测技术也只能发现这样的太阳系外行星），平均仅为木星与太阳距离的百分之三，比水星与太阳的距离还近，几乎紧贴恒星，在恒星爆发时将被完全摧毁，不能用作掩体；而三体星系，只有一颗行星。

恒星的行星结构是一个能够在宇宙中远程观测到的星系特征，这种观测对于高技术文明而言可能瞟一眼就行了。

人类知道掩体，难道它们就不知道？

弱小和无知不是生存的障碍，傲慢才是。

"启示号"距二维平面已经不到一千千米了，它坠落的速度越来越快。

"谢谢各位的尽职尽责，我们在一起时间虽然不长，但合作得很愉快。"瓦西里说。

"也谢谢所有的人，我们曾一同生活在太阳系。"白Ice说。

“启示号”坠入二维空间，它被二维化的速度很快，只有几秒钟，焰火般的光芒再一次照亮了黑暗的太空。这是一幅面积广阔的二维图画，从十万千米外的“阿拉斯加号”上可以清晰地观察到。在这幅图画上，可以清楚地分辨出“启示号”上的每一个人，他们手拉手拥聚在一起，躯体中的每一个细胞都以二维状态袒露在太空中，成为毁灭巨画中最先被画入的人。

掩体纪元67年

冥王星

“我们回地球吧。”程心轻声说，在她已经陷入混乱和黑暗的思绪中，这个愿望最先浮上来。

“地球确实是一个等待终结的好地方，落叶归根嘛，但我们还是希望‘星环号’能去冥王星。”曹彬说。

“冥王星？”

“冥王星正处于远日点，那个方向距二维空间比较远，联邦政府很快就会正式向全世界发出打击警报，大批的飞船都会朝那个方向去，虽然最后的结果都一样，但剩下的时间会多一些。”

“还能有多少时间？”

“柯伊伯带以内的太阳系空间将在八至十天里全部跌落到二维。”

“不在乎这点时间了，我们还是回地球吧。”艾AA说。

“联邦政府想委托你们做一件事。”

“现在我们还能做什么？”

“不是什么重要的事情，现在已经没有重要事情了。有人提出这样一个想法：从理论上说，有可能存在这样一个图像处理软件，用它处理三维物体跌落到二维的图像，就能够恢复这个物体的三维图像。我们希望，在以后遥远的时间里，能有某个智慧文明从二维的太阳系中恢复我们世界的三维图像，虽然只是死的图像，人类的文化也不至于全部湮灭。冥王星上建有地球文明博物馆，原来地球上的相当一部分珍贵文物都存放在那里。博物馆建在冥王星的地下，我们担心，在二维化的过程中，这些文物与地层物质混杂在一起，结构可能遭到破坏，想让你们用‘星环号’把部分文物运出冥王星散落在太空中，让它们单独跌落到二维，这样它们的结构就能以二维形式完整地保存下来，这也算是一种抢救吧……当然，这种事情近乎幻想，但现在，有点事情做总比闲着好。另外，罗辑在冥王星上，他也很想见你们。”

“罗辑？他还活着？！”艾AA惊叫起来。

“是的，快两百岁了吧。”

“好吧，那我们去冥王星。”程心说，放在以前，这也是一次非凡的航行，但现在什么都无所谓了。

突然出现一个悦耳的男音：“请问你们要去冥王星吗？”

“你是谁？”艾AA问。

“我就是‘星环号’，‘星环号’上的AI，请问你们要去冥王星吗？”

“是的，我们该怎么做？”

“你们只需要确认，什么都不需要做，我将完成航行。”

“是的，我们去冥王星。”

“确认为最高权限指令，执行中。三分钟后‘星环号’将以1G加速，请注意重力方向。”

曹彬说：“好了，赶快离开吧，打击警报发布后，可能会出现崩溃性动乱。我们再联系吧，但愿还有机会。”没等程心和AA道别，他就关闭了信息窗口，这时候，她们和“星环号”显然不是他最关切的事。

从舷窗中望出去，远方太空城组合体的外壳上出现了几处蓝色的反光，那是反射的“星环号”推进器发出的光芒。程心和AA向球形舱的一侧落下去，她们感到自己的身体渐渐沉重，加速产生的重力很快达到1G。等到身体仍然虚弱的她们能够站起身来，再次透过舷窗向外看时，发现整个木星都在视野中了，但木星仍然很巨大，它变小的速度肉眼看不出来。

起航后，程心和AA在飞船AI的引导下开始熟悉“星环号”。与它的前身一样，这一代“星环号”仍然是一艘小型恒星际飞船，最大的乘员数是四人。飞船上的大部分空间被生态循环系统所占据，按照常规计算，生态系统具有很大的冗余量，几乎是用可以维持四十个人的容量来支持四个人的生活。生态系统做成相同的四个，联通运行并互为备份，如果其中一个意外坏死，可由其余的资源再次激活。“星环号”的另一个特点是可以直接在中等质量的固态行星上降落，在恒星际飞船中，这是极其罕见的设计。同类飞船一般都使用随船的太空穿梭机登陆行星，直接进入行星的引力深井要求飞船具有极高的强度，这使得制造成本大大增加。另外，因为要出入大气层，“星环号”具有全流线型的外形，这在星际飞船中也十分罕见。基于这样的设计，如果“星环号”在外太空找到一颗类地行星，它可以在相当长的时间里成为行星表面的一个生存基地。也许正是由于这个特点，“星环号”被派往冥王星运出文物。

“星环号”上还有许多不寻常的设计，比如，飞船上有六个小庭院，分别为二十至三十平方米不等，在加速时都可以自动适应重力方向，在匀速航行时可以在飞船内独自自转，产生人工重力。每个庭院内都有不同的生态景观，比如一小块翠绿的草地和流过草地的小溪，一处中间有清泉的小树林，一小片沙滩，有翻着浪花的清水涨落……这些景观小而精致，像是用地球世界最美好的东西穿成的一串珍珠，在小型恒星际飞船上，这是极其奢侈的设计。

对于“星环号”，程心感到痛心和惋惜，一个如此美好的小世界很快将变成一张没有厚度的薄片……但对于那些即将毁灭的更大的东西，她竭力避免自己去想，毁灭像一对黑色的巨翼遮盖了她思想的天空，她不敢抬头正视它。

起航两个小时后，“星环号”收到了太阳系联邦政府正式向国际社会发布的黑暗森林打击警报。公告由联邦总统宣读，她是一位美丽的女性，看上去十分年轻，宣读时面无表情。她站在太阳系联邦蓝色的旗帜前，程心发现，这面旗帜与古代的联合国旗帜十分相似，只是其中的地球图案换成了太阳。人类历史上最后一份重要文献十分简短，只有两百多字，全文如下：

太阳系预警系统已经于五个小时前证实，对本星系的黑暗森林打击出现。

这是一次维度打击，将把太阳系所在空间的维度由三维降至二维，这将彻底毁灭太阳系中的所有生命。

预计整个过程在八至十天内完成，截至公告发布时，太阳系三维空间向二维的跌落仍在进行中，且规模和速度正迅速扩大。

已经证实，脱离跌落区域的逃逸速度为光速。

一个小时前，联邦政府和议会已经通过决议，废止有关逃亡主义的一切法律。但政府提醒所有公民，逃逸速度远大于目前人类宇宙飞行器的最高速度，逃亡成功的可能性为零。

太阳系联邦政府、太阳系议会、太阳系最高法院、太阳系联邦舰队，将行使职责到最后一刻。

程心和AA没有收看更多的信息。现在，正如曹彬所说，掩体世界可能真的被建设成了天堂一般，她们很想看看天堂的样子，但没有看。如果这一切正在走向终结，越是美好就越令人痛苦，况且，那将是一个正在毁灭的恐惧中崩溃的天堂。

"星环号"停止加速，在它的后面，木星变成了一个小黄点。以后几天的航程，程心和AA都在睡眠器产生的不间断睡眠中度过，在这毁灭前夜的孤独航行中，仅不可遏止的胡思乱想就足以使人崩溃。

当程心和AA被AI从无梦的长睡中唤醒时，"星环号"已经到达冥王星。

这时，从舷窗和监视画面中能够看到冥王星的全景，这颗行星给她们的最初印象就是黑暗，像一只永远闭着的眼睛。在这个距离上，太阳的光线已经很弱了，"星环号"进入低轨道后才能看清行星表面的色彩。冥王星有着蓝黑相间的大地，黑色的是岩石，它本身不一定是黑色的，只是光线暗的缘故;蓝色的是固态的氮和甲烷。据说两个世纪前冥王星处于海王星轨道内侧的近日点时,是一个完全不同的世界,那时它表面的冰盖部分融化,产生了稀薄的大气,远远看去呈深黄色。

"星环号"继续下降,如果在地球,这时应该是惊心动魄的大气层再入阶段了,但现在"星环号"仍在寂静的真空中飞行,只有靠自己的推进器进行减速。这时,下面蓝黑相间的大地上出现了一行醒目的白字:

地　球　文　明

这行字是用现代东西方混合文字写成的,后面还有几行稍小的字,也是这四个字,是用几种主要的古文字写成的。程心注意到,在这些文字的后面,都找不到"博物馆"三个字。现在飞船所在的高度约一百千米,可以想见这些字的巨大,程心不好估计它们的大小,但肯定是人类写过的最大的字,每个足以容纳一座大城市。当"星环号"的高度降至万米左右时,视野中只能看全四个大字中的一个了;"星环号"最后降落的广阔的着陆场,就是汉字地球的"球"字右上的那个点。

在飞船AI的指示下,程心和AA穿上轻便宇宙服走出了"星环号",沿舷梯而下,站到冥王星的表面。在极度严寒中,她们宇宙服中的制热系统全功率运行着。着陆场一片洁白,在星光下给人发出荧光的幻觉。从着陆场表面的烧灼痕迹看,曾经有许多太空飞行器在这里降落或起飞,但现在这里一片空旷。

在掩体时代,冥王星类似于古地球的南极洲,没有人常住,是太阳系中人迹罕至的地方。

天空中，有一个黑色的球体在群星间如幽灵般快速移动，它体积很大，看不清表面细节。这是冥王星的卫星卡戎，它的质量达到冥王星的十分之一，使得两者几乎像一个双星系统，围绕着共同的质心运行。

“星环号”上的探照灯亮了，由于没有大气，看不到它的光柱，它的光圈落到远处一个黑色的长方形上——这座黑色方碑是这片白色大地上唯一的突起物。它有一种诡异的简洁，像是对现实世界的某种抽象。

“这东西我有些熟悉。”程心说。

“我不熟悉，可它给我的感觉很不好。”

程心和AA向着方碑走去——冥王星的重力只有地球的十分之一，她们实际上是跳跃着前进。一路上，她们发现自己是沿着一排画在白色地面上的箭头前行，那些箭头一个接着一个，都指向黑色方碑。到达方碑前时，她们才发现它的高大，仰头看看，像是星空被挖空了一大块；再向四周看看，发现那排箭头并不是唯一的，有许多排箭头呈放射状会聚到方碑。在方碑的下方有一个醒目的突出物，那是一个直径一米左右的金属轮子。程心和AA惊奇地发现，那轮子居然是一个用于手动的东西，因为在轮子上方的方碑表面用白线画着提示图，有两个弧形的箭头提示着转动的方向，箭头旁画着两扇门的示意图，一扇开了一半，一扇关闭。程心再转头看看那些会聚到这里的箭头线，这些没配文字简明而强烈的提示给她一种奇怪的感觉，AA把这种感觉说了出来。

“这些……好像不是给人看的。”

她们按顺时针方向转动轮子，轮子的阻力很大，方碑上慢慢滑开了一扇大门，有一股气体散溢出来，其中的水分很快在极低温下凝成冰晶，在探照灯的光芒中一粒粒地闪亮。她们走进门，迎面又遇到一扇大门，门上也有一个手动轮，这次轮子上方出现了一条简短的文字提示，说明这是一个过渡舱，需要先把第一道门关闭才能开启第二道门。程心和AA转动第一道门内侧的一个手动轮把门关闭，当探照灯光被截断后，她们不由得生出一种恐惧感，正要开启宇宙服上的照明，却发现这个扁狭的空间顶部有一盏小灯发出昏暗的光。这是她们第一次看到这个世界有电的迹象，另外，早在危机纪元末，内部有气压的建筑就已经可以直接向真空区域开门，不用过渡舱了。她们开始转动轮子开启第二道门，程心这时有一个感觉：即使第一道门不关上，第二道门照样能够打开，防止空气泄漏只有那一行文字提示而已，在这个低技术环境中，没有自动防误操作的机制。

一阵气流的冲击使她们险些跌倒，突然升高的温度使面罩一片模糊，有显示提示外部气压和空气成分都正常，可以打开面罩了。

她们看到一条通向下方的隧道，尽头在很深处，隧道中亮着一排昏暗的小灯，它们发出的光被黑色的洞壁所吞噬，灯与灯的间隔段都处于黑暗中。隧道底部是一条光滑的坡道，虽然坡度很陡，几乎有四十五度，但没有台阶；这可能有两个原因：在低重力下不需要台阶，或者，这条路不是给人走的。

“这么深，没有电梯？”AA说，看着陡峭的坡道不敢向下走。

“电梯时间长了会坏，这座建筑的使用年限可是按地质纪年设计的。”

这声音来自坡道的尽头，那里站着一位老者，在昏暗的灯光中，他那长长的白发和白须在低重力下飘散开来，像是自己发光似的。

“您是罗辑吗？”AA大声问。

“还能是谁？孩子们，我腿脚不太灵便，不上去接你们了，自己下来吧。”

程心和AA沿坡道跳跃着下降，由于重力很低，这并不惊险。随着距离的接近，她们从那个老者的脸上看出些罗辑的影子，他穿着一件中式白色长衫，拄着一根拐杖，背有些驼，但说话声音很响亮。

走完坡道，来到罗辑身边时，程心对他深深鞠躬，“前辈您好。”

“呵呵，不要这样，”罗辑笑着摆摆手说，“咱们还曾经是……同事吧。”他打量着程心，老眼中露出与年龄不相称的惊喜，“呵呵，你还是这么年轻。当年，你在我眼里只是执剑人，可到了后来，就渐渐变成了漂亮的女孩。唉，可惜转变得太慢了，现在什么都来不及了，呵呵呵呵……”

在程心和AA眼中，罗辑也变了，当年那个威严的执剑人已经无影无踪。但她们不知道，现在的罗辑，其实就是四个世纪前成为面壁者之前的那个罗辑，那时的玩世不恭也像从冬眠中苏醒了，被岁月冲淡了一些，由更多的超然所填补。

“您知道发生了什么事吗？”AA问。

“当然知道，孩子。”他用拐杖指指身后，“那些浑蛋都跑了，坐飞船跑了，他们也知道最后跑不了，但还是要跑，一群傻瓜。”

他指的是地球文明博物馆中其他的工作人员。

“孩子，你看，我们俩都白忙活了。”罗辑对程心一摊手说。

程心好半天才明白他的意思，但随之涌起的万千思绪又被罗辑压了下去，他摆着手说：“算了算了，其实嘛，及时行乐一直是对的，现在虽然行不了什么乐，也不要自寻烦恼。好，我们走，别扶我，你们自己还没学会在这里走路呢。”

以罗辑两百岁的蹒跚脚步，在这低重力下，最困难的不是走快而是走慢，所以他手里的拐杖更多是用来减速，而不是支撑自己。

走出一段后，眼前豁然开朗。但程心和AA很快发现，这不过是进入了另一个更宽大的隧洞而已，洞顶很高，仍由一排昏暗的小灯照明，隧洞看上去很长，在昏暗中望不到尽头。

“看看吧，这就是这里的主体。”罗辑抬起拐杖指指隧洞说。

“那文物呢？”

“在那头的大厅里，那些不重要，那些东西能存放多久，一万年？十万年？最多一百万年吧，大部分就都变成灰了，而这些——”罗辑又用拐杖指指周围，“可是打算保存上亿年的。怎么，你们还以为这里是博物馆吗？不是，没人来这里参观，这里不是让人参观的。这一切，只是一块墓碑，人类的墓碑。”

程心看着这昏暗空寂的隧洞，想想刚才看到的一切，确实都充满着死亡的意象。

“怎么想起建这个？”AA四下张望着问。

“孩子，这就是你见识少了。我们那时，”罗辑指指程心和自己，“人们常在活着的时候为自己张罗墓地，人类找墓地不太容易，建个墓碑还是可以的嘛。”他问程心，“你记得萨伊吗？”

程心点点头，“当然记得。”

四个世纪前，在PIA工作期间，程心曾在各种会议上见过几次当时的联合国秘书长。最接近的一次是在PIA的一个汇报会上，好像当时维德也在场，她在大屏幕上放着PPT给萨伊讲解阶梯计划的技术流程。萨伊静静地听着，从头至尾没有提一个问题。散会后，萨伊走到程心的身边，俯在她耳边轻轻说："你的声音很好听。"

"那也是个美人，这些年我也常想起她。唉，真的是四百多年前的古人了吗？"罗辑双手撑着拐杖长叹，"是她最早想起这事，提出应该做些事，使得人类消亡以后文明的一部分遗产和信息能够长久保留。她计划发射装着文物和信息的无人飞船，当时说那是逃亡主义，她去世后事情就停了。三个世纪以后，在掩体工程开始时，人们又想起这事儿来了。你们知道，那一阵子是最提心吊胆的日子，整个世界随时都会完蛋，所以，刚成立的联邦政府就决定，在建掩体工程的同时造一座墓碑，对外叫地球文明博物馆；任命我当那个委员会的主席。

"最初是搞一个挺大的研究项目，研究怎样把信息在地质纪年长度的时间里保存。最初定的标准是十亿年。哈，十亿年，开始时那些白痴还以为这挺容易，本来嘛，都能建掩体世界了，这算什么？但很快他们发现，现代的量子存储器，就是那种一粒米大小可以放下一个大型图书馆的东西，里面的信息最多只能保存两千年左右，两千年后因为内部的什么衰变就不能读取了。其实这还是说那些质量最好的存储器，根据研究，现有的普通量子存储器，有三分之二在五百年内就会坏。这下很有意思，本来我们干的这事是那种有闲心的人才干的很超脱的事，一下子成了现实问题，五百年已经有些现实了，我们这不都是四百多年前的人吗？政府立刻命令博物馆的研究停下来，转而研究怎样备份现代的重要数据，让它们至少在五个世纪后还能读出来，呵呵……后来，从我这里分出一个研究机构，我们才能继续研究博物馆，或者说墓碑。

"科学家发现，要论信息保存的时间，咱们那个时候的存储器还好些，他们找了些公元世纪的U盘和硬盘，有些居然还能读出来。据实验，这些存储器如果质量好，可以把信息保存五千年左右；特别是我们那时的光盘，如果用特殊金属材料制造，能可靠地保存信息十万年。但这些都不如印刷品，质量好的印刷品，用特殊的合成纸张和油墨，二十万年后仍能阅读。但这就到头了，就是说，我们通常用来存储信息的手段，最多只能把信息可靠地保存二十万年。而他们要存十亿年！

“我们向政府汇报说，按现有的技术，把10G的图形图像信息和1G的文字信息（这是博物馆工程所要求的最基本的信息量）保存十亿年是不可能的，他们不相信，但我们证明了真的不可能，于是他们把保存时间降到一亿年。

“但这也是一件极其困难的事。学者们开始寻找那些在漫长的时间中保存下来的信息。史前古陶器上的图案，保存了一万年左右；欧洲岩洞里发现的壁画，大约有四万年的历史；人类的人猿祖先为制造工具在石头上砸出的刻痕，如果也算信息的话，最早在上新世中期出现，距今约二百五十万年。可你别说，还真的找到了一亿年前留下来的信息，当然不是人类留下的，是恐龙的脚印。

“研究继续进行，但没有什么进展，科学家们显然已经有了一些结论，但在我面前总是欲言又止。我对他们说，没什么，不管你们得出的结果多么离奇或离谱，没有其他的结果，我们就应该接受。我向他们保证，不会有什么东西比我的经历更离奇和离谱的，我不会笑话他们。于是他们告诉我，基于现代科学在各个学科最先进的理论和技术，根据大量的理论研究和实验的结果，通过对大量方案的综合分析和比较，他们已经得出了把信息保存一亿年左右的方法，他们强调，这是目前已知的唯一可行的方法，它就是——”罗辑把拐杖高举过头，白发长须舞动着，看上去像分开红海的摩西，庄严地喊道，“把字刻在石头上！”

AA嘻嘻笑了起来，但程心没笑，她被深深震撼了。

“把字刻在石头上。”罗辑又用拐杖指着洞壁说道。

程心走到洞壁前，在黯淡的灯光下，她看到洞壁上密密麻麻地刻满了字，还有浮雕的图形。洞壁应该不是原始岩石，可能经过了金属注入之类的处理，甚至可能表面完全换成钛合金或黄金一类的耐久金属，但从本质上讲，仍是把字刻在石头上。刻的字不是太小，每个约有一厘米见方，这应该也是为长久保存考虑，字越小越难保存。

“这样做能保存的信息量就小多了，不到原来的万分之一，但他们也只能接受这个结果。”罗辑说。

“这灯很奇怪。”AA说。

程心看看旁边洞壁上的一盏灯，首先注意到它的造型：一只伸出洞壁的手擎着一支火炬。她觉得这造型很熟悉。但AA显然指的不是这个，这盏火炬形的灯十分笨重，体积和结构都像古代的探照灯一般，但发出的光却很弱，大约只相当于古代的二十瓦白炽灯泡，透过厚厚的灯罩，只比烛光稍亮一点。

罗辑说：“后面专门为这些灯供电的部分就更大了，像一座发电厂。这灯可是一项了不起的成果，它内部没有灯丝，也没有激发气体，我不知道发亮的是什么，但能够连续亮十万年！还有你们进来时的那两扇大门，在静止状态下，预计在五十万年的时间里能够正常开启，时间再长就不行了，变形了，那时要再有人进来，就得把门破坏掉。在那时，这些灯都已经灭了有四十万年了，这里一片黑暗。但对于一亿年而言，那只是开始……”

程心摘下宇宙服的手套，抚摸着那寒冷石壁上的字迹，然后她背靠着洞壁，看着壁上的灯发呆。她现在想起来在哪里见过这造型：那是法国先贤祠中的卢梭墓，从墓中就伸出一只这样擎着火炬的手，现在这些灯发出昏黄的弱光，这光不像是电发出的，更像奄奄一息的小火苗。

“孩子，你好像不爱说话。”罗辑走过来对程心说，声音中有一种程心久违的慈爱。

“她一直是这样。”AA 说。

“哦，我以前爱说话，后来不会说了，现在又爱说了，喋喋不休的，孩子，没让你烦吧？”

程心失神地笑笑说：“哪里，老人家，只是……面对这些我不知该说什么。”

是啊，能说什么呢？文明像一场五千年的狂奔，不断的进步推动着更快的进步，无数的奇迹催生出更大的奇迹，人类似乎拥有了神一般的力量……但最后发现，真正的力量在时间手里，留下脚印比创造世界更难，在这文明的尽头，他们也只能做远古的婴儿时代做过的事。

把字刻在石头上。

程心仔细观看刻在洞壁上的内容，以一对男女的浮雕开始，也许是想向未来的发现者展示人类的生物学外观，但这一对男女与公元世纪旅行者探测器上带着的金属牌上的图形不同，并非只有呆板的展示功能，表情和形体动作都很生动，多少有些亚当和夏娃的样子。在他们后面，刻着一些象形文字和楔形文字，这些可能是照着远古文物上面的样子直接刻上去的，现在大概也没有人知道它们的含意，如果是这样，又如何让未来的外星发现者看懂呢？再往前，程心看到了诗，从格式看是诗，但是字她一个都不认识，只知道那是大篆。

“是《诗经》。”罗辑说，“再往前，那些拉丁文的东西，是古希腊哲学家著作的片段。要看到咱们能认识的字儿，还得向前走几十米。”

程心看到那一大片拉丁文下面有一幅浮雕，好像是表现穿着简洁长袍的古希腊学者们在一个被石柱围绕的广场上辩论。

这时，程心有了一个奇怪的念头，她返回去，返回到洞壁的开始处又看了一遍，没找到她想找的东西。

“想找罗塞塔石碑那类东西？”罗辑问。

“是的，没有辅助译解的系统吗？”

“孩子，这是石刻，不是电脑，那玩意儿怎么刻得出来、刻得下？”

AA打量着洞壁，然后瞪大双眼看着罗辑说：“就是说，他们把这些连我们都看不懂的东西刻在这儿，指望将来有外星人能破译它？”

事实是，在遥远未来的外星发现者面前，洞壁上刻下的所有人类经典，其命运大概都与最前面那些远古的象形和楔形文字一样，没“人”能懂。也许，根本就没指望谁读懂。当建造者们领略到时间的力量后，他们也不再指望一个已经消亡的文明在地质纪年的未来真能留下些什么，罗辑说过这不是博物馆。

博物馆是给人看的，墓碑是给自己建的。

三人继续向前走，罗辑的拐杖在地面发出有节奏的嗒嗒声。

“我常来这里散步，想一些很有意思的事儿——”罗辑停住脚步，用拐杖指着一幅身着铠甲手持长矛的古代军人浮雕，“这是亚历山大东征，那时他要是再向前走一段，就能在战国晚期与秦相遇，那会发生什么事？现在会是什么样？”再向前走一段后，他又用拐杖向洞壁指指点点，这时，刻在上面的文字已经由小篆变成隶书，“哦，到汉朝了，从这儿到后面那一段，中国完成了两次统一，领土的统一和思想的统一，对整个人类文明来说，这是不是好事？特别是汉朝的独尊儒术，如果换成春秋那样的百家争鸣，那以后又会发生什么，现在又会是什么样？”他用拐杖在空中画了一个大圈，“在每一个历史断面上，你都能找到一大堆丢失的机遇。”

“像人生。”程心轻声说。

“哦，不不不，”罗辑连连摇头，“至少对我来说不像，我可是什么都没丢掉，呵呵。”他关切地看着程心，“孩子，你觉得自己丢失了很多？那以后可不要再丢失了。”

“没有以后了。”AA冷冷地说，心想这人到底有些老糊涂了。

他们走到了隧洞的尽头，回头看看这座地下的墓碑，罗辑长叹一声：“唉，本来打算保存一亿年的东西，结果一百年不到就要完了。”

“谁知道呢？也许二维世界的扁片文明能看到这些。”AA说。

“呵呵，你想得很有意思，但愿如此……看，这就是存放文物的地方，一共有三个这样的大厅。”

程心和AA转过身，发现眼前的视野再次开阔起来。这不是陈列厅而是存放仓库，文物都装在整齐码放的大小相同的金属箱里，每只箱子上都贴着详细的标签。

罗辑用拐杖敲了敲旁边的一只金属箱说：“我说过，这里不是主要的部分。这些东西嘛，大部分的保存年限都在五万年以内，那些雕像据说能保存上百万年，不过我不建议你们搬雕像，虽然在这里搬起来不费劲，但太占地方……好了，你们随便拿吧，挑喜欢的拿。”

AA很兴奋地看着周围的箱子，“我建议咱们多拿些画儿，少拿古籍手稿什么的，反正以后谁也看不懂那些东西了。”她走到一只金属箱前，在上面一处像按钮的地方按了一下，箱子没有自动打开，也没有信息提示。程心走过来，很吃力地掀起箱盖，AA从里面拿出了一幅油画。

“原来画也很占地方。”AA说。

罗辑从扔在一只箱子上的一件工作服中拿出一把小刀和一个改锥，递给她们，“主要是画框大，把框拆了。”

AA拿起改锥正要撬画框，程心却低低地惊叫一声，“啊，不。”她们看到，这幅画竟是凡·高的《星空》。

程心吃惊并不仅仅因为画的珍贵，她曾经看过这幅画。那是在四个世纪前，她刚去PIA报到不久。在一个周末，她去了曼哈顿的纽约现代艺术馆，就在那里看到了凡·高的几幅画。她印象最深的是凡·高对空间的表现，在他的潜意识中，空间肯定是有结构的。程心当时对理论物理知道得不多，但知道按照弦论，空间与实体一样，也是由无数振动着的微弦构成的，而凡·高画出了这些弦。在他的画中，空间与山、麦田、房屋和树一样，也充满了细微的躁动，给她印象最深的就是《星空》，没想到她竟在四个世纪后的冥王星上见到了它。

“拆吧拆吧，这样可以多拿些。”罗辑不以为然地挥挥拐杖说，“你们还以为这些玩意儿价值连城啊？现在连城本身都一钱不值了。”

于是，她们把画从那个可能有五个世纪历史的画框上拆下来，但仍保留着硬衬底，以免画布弯折后弄坏画面。然后她们继续拆别的油画，很快空画框就堆了一地。罗辑不知什么时候走了过来，把手放到一幅不大的油画上。

“这幅给我留下吧。”

程心和AA把那幅画搬到一旁，在一只靠墙的箱子上放好，她们离开时回头扫了一眼，又小小地吃了一惊。

那幅画是《蒙娜丽莎》。

程心和AA继续埋头拆画，AA低声说：“这老家伙很精，留下了最贵的一幅。”

“应该不是这个原因。”

“也许他爱过一个叫蒙娜丽莎的女人？”

罗辑坐在《蒙娜丽莎》旁边，一只老手抚摸着古老的画框，喃喃自语：“我不知道你在这儿，知道的话我会常来看你的。”

听到声音程心抬起头来，看到老罗辑并没有看《蒙娜丽莎》，他的双眼平视着前方，像是看着时光的深处。不知是不是错觉，程心竟看到那双深陷的老眼中有了泪光。

在冥王星地下的宏伟墓室中，在昏暗的能亮十万年的灯光中，蒙娜丽莎的微笑若隐若现，这微笑使人们困惑了九个世纪，现在则显得更加神秘诡异，似乎包容一切，又似乎一无所有，像正在逼近的死神。

掩体纪元67年

二维太阳系

程心和AA把第一批文物向地面运送，除了拆去画框的十多幅油画，还有两尊西周时期的青铜鼎和一批古籍，如果在1G的正常重力下，她们是肯定搬不动这些东西的，但在冥王星的弱重力下，搬运起来并不费劲。在通过过渡段时，她们按罗辑的叮嘱，先关上里面的门，再打开通向外界的门，否则她们会同文物一起被涌出的空气吹到半空中。在打开外侧门时，过渡段中的一点空气立刻在冥王星的严寒中被冻成一片飞舞闪亮的冰晶。她们开始以为照亮冰晶的是“星环号”上的探照灯，但当冰晶飞散后，她们发现远处“星环号”上的探照灯已经关闭了，来自太空的光芒照耀着冥王星的大地，使“星环号”和黑色方碑在白色的地面上投下长长的影子。她们抬头仰望，立刻在惊骇中后退了两步。

太空中有一双大眼睛在盯着她们。

那是两个发光的椭圆形，其结构像极了眼睛，都有白色或淡黄色的眼白和深色的眼球。

“那个是海王星，那个是天……哦不，是土星！”AA指着天空说。

两颗类木巨行星已经被二维化。天王星的轨道在土星之外，但由于前者目前正处于太阳的另一侧，首先跌落到二维的是土星。二维化后的巨行星应该是圆形，只是从冥王星上看，视线与二维空间平面有一个角度，于是它们在视野中变成了椭圆。两颗二维行星呈现出清晰的环层结构。二维海王星主要有三个环区，最外层是蓝色的环，看上去十分艳丽，像这只眼睛的睫毛和眼影，那是由氢气和氦气构成的大气层；中部是白色环，这是海王星厚达两万千米的地幔，曾被行星天文学家称为水－氨大洋；中心的深色区是行星核，由岩石和冰组成，质量相当于一个地球。二维土星的结构类似，只是外侧没有蓝色环。每个大环区中还有无数更细小的环区，构成精细的结构。细看时，这两只巨眼变得像两个年轮，刚刚锯断的大树露出的那种崭新的年轮。每颗二维行星的附近都有十几个小圆形，那是它们被二维化的卫星。土星外侧还有淡淡的一个大圆，是二维化的土星环。太空中仍能够找到太阳，仍然是一个刚能看出形状的小圆盘，发出无力的黄光；而两颗行星远在太阳的另一侧，可见它们二维化后面积的巨大。

但两颗二维行星没有体积，它们厚度为零。

在两颗二维行星发出的光芒中，程心和AA搬着文物穿过白色的降落场，走向“星环号”。飞船流线型的光洁机体像一面大哈哈镜，把二维行星的映像拉成流畅的长条，这个外形本身不由得让人联想到水滴，呈现出一种令人宽慰的坚固和轻捷感。在来冥王星的航程中，AA就曾对程心说过，她猜测“星环号”的船体中可能有一定比例的强互作用力材料。当她们走近时，飞船底部的舱门无声地滑开，她们沿着舷梯把文物搬进舱里，然后摘下头盔，在这温馨的小天地中长出了一口气，感到一阵归来的慰藉，不知不觉中，她们已经把这里当成家了。

程心问飞船AI，是否能收到海王星和土星方面的信息。她的话音刚落，信息窗口就铺天盖地涌出来，像一场要把她们埋葬的彩色雪崩。这情景让她们想起了一百一十八年前的第一次误报警，不过那一次涌现的信息画面大部分是媒体有组织的报道，而现在，新闻媒体似乎完全消失了，大部分画面没有具体内容，有的一片模糊，有的剧烈晃动，更多的是各种毫无意义的近景；但也有一部分画面被斑斓的色彩所充满，那些色彩都在变幻流动中，呈现出精细复杂的结构，有可能拍摄的是二维平面。

AA请求AI筛选出一些有内容的画面，AI问她们想要哪方面的信息，程心说要太空城方面的。泛滥的窗口被瞬间清空，很快出现了有序排列的十几个窗口，其中的一个窗口放大到最前方，AI介绍说这是十二小时前海王星群落中"欧洲六号"太空城的画面，该太空城原属于一个城市组合体，打击警报公布后组合体解体。

这个画面很稳定，视野也很广阔，拍摄的位置可能是在太空城的一个极点附近，展现的几乎是城市的全景。

"欧洲六号"太空城已经停电，只有几束探照灯把晃动的光圈投射到对面的城区，悬浮在城市中轴线上的三个核聚变太阳都变成了月亮，发出银色的冷光，显然只是为了照明而不再发出热量了。这是一个标准的椭球构型的大型太空城，城市中的建筑已与程心在半个世纪前看到的有了很大变化。掩体世界显然处于繁荣时代中，城市建筑不再整齐划一，而是形态各异，高度也增加了许多，有很多建筑的顶端已经接近城市的中轴线。树形建筑也出现了，看上去规模与地球上的差不多，只是挂在树上的建筑叶子更为密集。可以想象城市灯海亮起时的壮丽与辉煌，但现在，照耀这一切的只有冰冷的月光，在这种月光中，树形建筑更像巨树了，投下大片的阴影，城市的其余部分则像是巨树森林中华丽的废墟。

太空城已经停止自转，一切都处于失重状态，城市的空间中飘浮着无数没有固定的物体，除了大量的杂物和车辆外，还有整幢的建筑。

城市的中轴线上有一条黑色的云带，连绵在整条中轴线上，连接着两极。飞船AI在画面上划出一个小方框进行局部放大，生成了一个新的窗口画面，程心和AA震惊地发现，那黑色的云带竟是悬浮在中轴线上的人海！失重中的人们有的联结成一团，有的手拉手连成一列长队，更多的人则单独浮在空中。人们都戴着头盔，身上的衣服也都很密实，应该是太空服——在程心上次苏醒的时代，轻便宇宙服从外观上就已经很难同普通服装区分开了。每个人都有一个好像是生命维持系统的小背包，或背在背上或提在手中。不过，大部分人的头盔面罩是打开的，也能看出空中有微风吹过，说明城市中仍保留着正常的大气。聚变太阳此时发出的确实是冷光，因为在太阳周围聚集了更多的人，也许是为了得到光明和一丝温暖。已变成月光的银色阳光从密集人海的缝隙中透出，在周围的城市中洒下斑驳的光影。

据飞船AI介绍，“欧洲六号”中的六百多万人口已经有一半乘飞船或太空艇撤离城市，剩下的三百万人中，一部分是因为没有条件撤离，而大多数人是因为明白任何形式的逃离都没有成功的希望。退一万步说，即使真的成功脱离二维跌落区逃到外太空，以现有的大多数飞船上的生态条件而言，生存也维持不了多久，能够在外太空长期生存的恒星际飞船仍然是极少数人的专利。人们选择在自己熟悉的地方等待最后的时刻。

画面的声音播放开着，却没有听到什么声音，人海和城市都处于寂静中。所有人的目光都盯着城市的一个方向，那一带现在仍同城市的其他区域一样，布满鳞次栉比的建筑和纵横交错的街道，没有什么特别的东西，人们都在等待着。在太阳或月亮如水的冷光中，人们的脸色都如鬼魅般苍白，这使得程心想起一百二十六年前在澳大利亚大陆上的那个血色黎明。像那时一样，程心又出现了居高临下看蚁穴的感觉，那黑压压的人海像极了飘浮的蚁群。

人海中突然响起一阵惊叫，在太空城赤道上的一点，就是人们目光聚焦的那个地方，突然出现了一个亮点，像是黑屋屋顶出现一个小破口透进阳光一样。

那是“欧洲六号”最先与二维空间平面接触的位置。

亮点迅速扩大，成为一个椭圆形的发光平面，这就是二维空间平面。它发出的光芒被周围高大的建筑群切割成许多条光柱，也照亮了中轴线上的人海。这时，太空城像一艘底部破口的巨轮，在二维平面海洋上沉下去。二维平面像船内的水面，迅速上升，与平面接触的一切都在瞬间二维化。建筑群被上升的二维平面齐齐切割，它们的二维形体在平面上扩展开来，由于城内的平面只是二维化后的太空城很小的一部分，二维化的建筑大部分都扩展到太空城的范围之外。在升起和扩大中的二维平面上，斑斓的色彩和复杂的结构闪电般地向各个方向奔流飞散，仿佛二维平面是一个透镜，正管窥着从下面飞奔而过的色彩斑斓的巨兽。由于太空城中仍有空气，这时可以听到三维世界跌入二维时的声音——一种清脆尖锐的碎裂声，仿佛建筑群和太空城本体都是玲珑剔透的玻璃制品，一个巨型碾滚正在轧过这个玻璃城。

随着二维平面的上升，中轴线上的人海开始向与平面相反的方向扩散，就像一道被无形的手缓缓提起的帷幔。这情景让程心想到她曾见过的由几百万只鸟组成的鸟群的图像，那巨大的鸟群像一个完整的生命体，在黄昏的天空中变换着形状。

很快，太空城的三分之一被二维平面吞没，平面疯狂地闪耀着，不可阻挡地上升，逼近中轴线。这时已经开始有人跌入平面，他们或者是因为宇宙服上推进器的故障落在后面，或者放弃了逃跑。他们就像落在水面上的一滴滴彩色墨水，瞬间在平面扩展开来，展现出形态各异的二维人体。在飞船AI拉出的一个放大画面上，可以看到一对情侣拥抱着跌入平面，二维化后的两个人体在平面上并行排列，仍能看出拥抱的样子，但姿态很奇怪，像一个不懂透视原理的孩童笨拙地画出来的。还有一位母亲，高举着自己还是婴儿的孩子跌入平面，那孩子也只比她在三维世界多活了0.1秒，他们的形体也生动地印在这幅巨画上。随着平面的上升，落在上面的“人雨”渐渐密集起来，被定格的二维人体成群地涌现在平面上，随后大部分移出了太空城的边界。

当二维平面接近中轴线时，人海已经大部分降落到对面的城市中。此时，太空城的一半已经消失在二维空间中，二维平面的可见面积达到最大，人们抬头已经看不到昔日对面的城市，只见到一片迷乱的二维天空，向着“欧洲六号”仍处在三维世界的部分压下来。现在，从北极的主要出口逃离已经不可能，人群聚集在赤道附近，这里有三个紧急出口，失重中的人群在出口附近拥挤成高高的人山。

二维平面通过了中轴线，吞没了空中的三个聚变太阳，但在二维化过程发出的光芒中，剩下的世界变得更亮了。

一阵低沉的呼啸声响起，这是太空城中的空气泄入太空时发出的声音，这时，赤道上的三个紧急出口已全部敞开，每个出口都有一个足球场大小，直接通向仍然是三维的太空。

飞船AI把另一个窗口推到最前面，这是从外部太空中拍摄的“欧洲六号”的画面。已经二维化的太空城沿着一个无形的平面广阔地铺展开来，太空城仍处于三维的部分在中央显得很小，且正在迅速向平面沉下去，像一头巨鲸的脊背。在三维部分的太空城上，有三团黑烟一样的东西在扩散，那是被泄漏的空气形成的狂风吹出来的人群。二维海洋中的这座三维孤岛不断地下沉和消融，在不到十分钟的时间里，“欧洲六号”太空城被完全二维化。

画面上显示了二维太空城的全景，难以估计它的面积，肯定十分广阔。但这已经是一座死城，甚至可以说是城市的一张1 ∶ 1的图纸。在这张超级图纸上反映了城市的所有细节，小到每一颗螺丝钉，每一根纤维，每一只螨虫，甚至每一个细菌，都被精确地画下来，这张图纸的精确度是原子级别的，原三维世界中的每一个原子，都以铁的规则投射到二维空间平面上相应的位置。绘制这张图纸的一个基本原则是没有重叠，没有任何被遮挡的部分，所有细节都在平面上排列出来，显露无遗。在这里，复杂代替了宏伟。读懂这张图纸并不容易，能够看出城市的总体布局，也能够认出一些宏观结构，比如二维的树形建筑仍呈现出树形结构。不过二维化后的建筑结构变形很大，仅凭想象力从其二维图形推测出原来的三维形状几乎不可能，但毫无疑问，以正确的数学模型为基础的图像处理软件应该能够做到。

在画面上，还可以看到远处另外两座被二维化的太空城。它们已经不再发光，这些二维城市像飘浮在漆黑太空中的没有厚度的大陆，在无形的二维平面上遥遥相望。但摄像机（可能是在一艘无人太空艇上）也在向二维平面跌落，很快，二维的“欧洲六号”占据了整个画面。

那些从紧急出口逃离了“欧洲六号”的上百万人，此时也随着向二维跌落的三维太空坠向平面，就像在无形瀑布中的蚁群一样。磅礴的“人雨”洒落在平面上，使二维城市中的人形迅速密集起来。二维化的人体有很大的面积，但与广阔的二维建筑相比则十分微小，像这张巨画中无数刚能看出人形的小符号。

画面中的三维太空里出现了许多更大的物体，那是更早的时候飞离“欧洲六号”的小型飞船和太空艇，它们的聚变发动机都开到最大功率，但仍在跌向二维的三维空间中向着平面无助地坠落。有一瞬间，程心感觉飞船和太空艇喷出的长长的蓝色烈焰能够烧穿那没有厚度的平面，但等离子体射流只是首先被二维化了。在那些区域，二维建筑物被二维火焰烧得变形扭曲，紧接着，飞船和太空艇纷纷成为巨图的一部分，按照不重叠的规则，二维城市整体扩大为它们让开位置，看上去像是在平面上激起的水波扩散开来。

摄像机继续向平面坠落，程心紧盯着越来越近的二维城市，想在城市中找出活动的迹象，但是没有，除了刚才在火焰中的变形外，二维城市中的一切都处于静止状态，那些二维人体同样一动不动，没有任何生命的迹象。

这是一个死的世界，一张死的画。

镜头继续向平面接近，坠向一个二维人体。那个四肢张开的人体很快充满了画面，紧接着闪现出复杂的血管经络和肌肉纤维，也许是幻觉，程心似乎看到那二维化的血管中还有红色的二维血液在流动，但仅仅一瞬间，图像消失了。

程心和AA开始第二趟文物的搬运。她们现在都感觉这么做可能意义不大，因为看到二维城市后她们知道，二维化的过程能够保留三维世界的大部分信息，即使有信息丢失也是在原子级别上的。由于不重叠的映射规则，二维化后冥王星的地层不会与博物馆中的文物混杂在一起，文物的信息应该能够保留。但既然承担了这个最后的使命，她们也只能做下去，正如曹彬所说，现在有事情做比单纯等待要好些。

走出飞船，她们发现两颗二维巨行星仍悬在太空中，但变暗了许多，这使得它们下方新出现的一长条光带显得十分醒目。那条光带是由无数单独的小光斑连成的，连绵着横贯整个天空，像太阳系的一条新项链。

“那是小行星带吧？”程心问。

“应该是，下面该轮到火星了吧。”AA说。

“火星现在在太阳的这一侧呢。”

程心最后这句话让两人沉默下来，她们不再看二维化的小行星链，默默地向黑色方碑走去。

下面该轮到地球了。

再次进入博物馆大厅时，她们看到罗辑已经整理好了一批要搬运的文物，其中有许多中国画卷轴。AA展开了其中的一幅，“《清明上河图》。”她淡淡地说。现在，她们已经没有了当初看到绝世珍品时的敬畏和惊喜，在外面那宏大的毁灭面前，这也就是一幅普通的古画而已。当遥远未来的观察者到来时，在二维太阳系这幅巨画中，很难想象这幅二十四厘米宽、五米长的画真的有什么特别的价值。

程心和AA请罗辑到“星环号”上去，罗辑说他正想出去看看，就去找了一件太空服。这里有一处很舒适的生活区，是为工作人员建造的，不属于博物馆范畴，里面的设施都是现代化的，没有为长期保存进行的设计。

三人搬着文物走出方碑的大门，立刻看到了正在二维化的地球。

这是第一个跌入二维的固态行星，与海王星和土星相比，二维地球的“年轮”更加清晰精致，从黄色的地幔渐渐过渡到深红色的铁镍地核，但其面积远小于前两者。

与想象中的不同，他们没有看到蓝色。

“我们的海洋呢？”罗辑问。

“应该在最外一圈呢，二维的水可能是全透明的，看不到。”AA说。

三人搬着文物箱，沉默地走向“星环号”。悲伤还没有袭来，就像被利刃划开的伤口，一时还感觉不到痛。

二维地球还是显示出了她的奇观，在她的最外缘渐渐出现了一圈白色的环，最初只是隐约可见，但很快变得清晰醒目了。那道环洁白无瑕，但质地并不是均匀的，好像由无数细小的白色颗粒构成。

“看，那就是我们的海！”程心指着空中的二维地球说。

“是的，海水在二维空间结冰了，那里也很冷呢。”AA说。

“哦——”罗辑想抚胡须，但面罩挡住了他的手。

三人搬着文物进入“星环号”，程心和AA发现，罗辑似乎对飞船很熟悉，他空手走在前面，不用指引就走到了飞船的货运舱。飞船AI也认识他，并且接受他发出的指令。把文物安置好后，三人回到了生活区，罗辑向AI要一杯热茶，很快就有一个程心和AA从来没见过的小机器人给他送来了。

程心让AI播放来自地球的信息，AI回答说，只收到了很少量的地球方面的视频和音频信息，其中没有可识别的内容。从打开的几个窗口中看确实如此，都是失去控制的拍摄设备摄下的模糊图像。AI补充说，它能提供飞船监测系统拍摄的地球图像，同时打开了一个大窗口，二维化的地球一下子充满了画面。

看到这个画面时，三个人的第一反应就是不真实，甚至感觉这图像是AI自己随意合成出来哄骗他们的。

“天哪，你放的这是什么？”AA惊叫道。

“这是现在拍摄的地球图像，距离五十个天文单位，角放大率四百五十倍，是七个小时前的地球影像。”

他们再次细看这幅望远镜头拍摄的全息图像，二维地球的主体拍得很清晰，上面的“年轮”比肉眼看时更加细密，可能跌落已经完成，二维地球正在暗下来。令他们震惊的是冰冻的二维海洋——在最外侧环绕二维地球的白色冰环，他们可以清晰地分辨出组成冰环的颗粒，那竟是——雪花！大得难以想象的雪花，不会是别的东西，它们都呈规则的六边形，但晶枝的形状各异，晶莹剔透，精美绝伦。在五十个天文单位远处看到雪花本来就有一种强烈的不真实感，而这些超巨型的雪花还在平面上平行排列，绝无重叠，更加剧了这种不真实，这似乎是一种对雪花完全图案化的艺术表现，具有强烈的装饰效果，使得冰冻的二维海洋看上去像一件舞台艺术品。

“那些雪花有多大？”AA问。

“它们的直径大多在四千千米至五千千米之间。”飞船AI仍然用平淡刻板的声音回答，它没有惊奇的功能。

“比月球还大！”程心惊叹道。

AI另开了几个显示窗口，每个窗口中分别显示出单个的不同雪花的图像。在这些画面中，它们的大小失去了真实感，仿佛都是放大镜下的小精灵，在雪天飘落到手掌上后马上就会化成一小滴水。

“嗯——”罗辑又摸胡子，这次摸到了。

“它是怎么形成的？”AA大声问。

“不知道，检索不到有关天文尺度的冰晶聚合体知识。”AI回答。

在三维世界中，雪花是按照冰的结晶规律生长的，从理论上说，三维世界的结晶规律并没有限制雪花的大小，曾经有直径达三十八厘米的雪花的记录。

没有人知道二维世界中冰的结晶规律是什么，这种规律竟允许直径五千千米的二维冰晶聚合体出现。

“海王星和土星上都有水，氨也能结晶，为什么没有看到大雪花？”程心问道。

AI再次回答，不知道。

罗辑眯起双眼，欣赏着二维地球的画面说：“海变成这个样子也不错嘛，只有地球才配得上这样的花环。”

“我真想知道，那里的森林变成什么样了，草原变成什么样了，还有那些旧城市，都变成什么样了？”程心缓缓地说。

悲伤终于降临，AA嘤嘤地哭了起来，程心把目光从二维地球的雪花海洋上移开，眼含热泪沉默着。罗辑摇头长叹一声，继续喝茶。悲伤是有节制的，毕竟，那个减少了一个维度的世界也是他们最后的归宿。

在那里，他们将永远与母亲星球同在一个平面上。

三个人决定开始第三趟搬运。他们走出“星环号”，仰望天空，发现了三颗二维行星，海王星、土星和地球，都变大了许多，二维的小行星带也变粗了，这很明显，不是幻觉。他们向AI提问，得到了这样的回答：

“导航系统已经检测到太阳系的导航参照系发生分裂。其中参照系一维持原形态，该参照系中的导航标志物：太阳、水星、火星、木星、天王星和冥王星以及部分小行星带和柯伊伯带符合识别标准；参照系二发生大幅度变异，海王星、土星、地球和部分小行星带已经失去导航标志物特征。参照系一正在向参照系二运动，这导致你们所观察到的现象。”

在另一个方向的天空中，群星的背景前出现了大批移动的星星，这些星星大多发出蓝光，有些还拖着尾迹，它们是向太阳系外逃亡的飞船。有些飞船从很近的太空中掠过，全功率开动的推进器发出的光芒能在地面上照出移动的人影，只是没有一艘飞船在冥王星上降落。

但从跌落区逃脱是不可能的，刚才“星环号”AI的话实际是描述了这样一个景象：太阳系的三维空间像一张大地毯，正在被无形的手拖向二维深渊，而这些逃亡的飞船只是地毯上缓缓爬行的小虫子，甚至连有限的生存时间都延长不了多少。

“你们去吧，再拿一点就行了。我在这里等着，我可不想错过那个。”罗辑说，程心和AA都明白他说的“那个”是什么，她们都怕看到那一幕。

回到地下大厅后，程心和AA草草收集了一批文物，并没有挑选。程心想拿上尼安德特人的头骨，但AA把它扔到一边。

“以后，在这幅大画上二维头骨多的是。”AA说。

程心觉得她说的有道理，最早的尼安德特人距今不过十几万年，按乐观的预测，二维的太阳系在几百万年后有第一批观察者，在“他们”眼中，尼安德特人与现代人已经是同一时代的物种了。再看看别的文物，程心也感觉心灰意冷，无论是对现在的自己还是对遥远未来的“他们”，这些东西还不如正在毁灭的现实世界有意义。

她们最后看了一眼昏暗的大厅，抬着文物离开了。画中的蒙娜丽莎看着她们的背影，邪恶而诡异地微笑着。

一到地面，她们就看到太空中又多了一颗二维行星，它是水星（金星也在太阳的另一侧），看上去比二维地球更小，但由于二维化时发出的光芒显得很醒目。

把文物送上飞船后，程心和AA走出“星环号”，一直拄着拐杖等在外面的罗辑说：“好了，就这些吧，不要再搬了，再多也没什么意思。”

她们也觉得没什么意思，就同罗辑一起站在冥王星的大地上，等待着最壮丽的一幕：太阳的二维化。

现在，冥王星与太阳相距遥远的四十五个天文单位。在之前太阳系二维化的过程中，由于两者同处于一个向二维跌落的三维空间体中，它们的间距一直没有变化；但当太阳接触二维平面时，它便停止了运动，而冥王星仍随着周围的三维空间向二维平面跌落，使得它与太阳间的距离急剧缩短。

太阳二维化开始时，肉眼看不清细节，只见到遥远的太阳突然亮度增加，体积也在增加，后者是由于太阳跌入二维的部分在平面上扩展所致，从远距离看去像是恒星本身在膨胀。这时，“星环号”上的AI把一个宽大的信息窗口投射到飞船外面，其中显示着用望远镜头拍摄的太阳清晰的全息图像。但随着冥王星与太阳距离的迅速接近，用肉眼也能看清恒星二维化的壮丽景象了。

太阳接触二维平面的一刹那，跌入二维的部分就在平面上呈圆形迅速扩展开来，很快，平面上二维太阳的直径就超过了三维太阳，这一过程只用了三十秒左右，以太阳半径七十万千米计算，二维太阳边缘的扩展速度竟达到每秒两万多千米。二维太阳继续扩大，很快在平面上形成了一片广阔的火海，三维太阳就在这血色火海的中央缓缓沉下去。

四个世纪前，在红岸基地的峰顶，叶文洁在她生命的最后时刻曾看到过这样的日落。那时，她的心脏艰难地跳动着，像一根即将断裂的琴弦。黑雾开始在她的眼前出现，西方的天际，正在云海中下沉的夕阳仿佛融化着，太阳的血在云海和太空中弥漫开来，映现出一大片壮丽的血红。她说这是人类的落日。

现在，太阳真的在融化，把它的血铺展在二维平面中，这是最后一次日落。

远处，降落场外的大地上有大片白色蒸汽出现，冥王星上的固态氮和氨开始蒸发，新出现的稀薄的大气层对光有了散射，天空的背景不再漆黑一片，而是现出淡淡的紫色。

在三维世界的太阳落下去的同时，二维平面中的太阳却在升起。二维恒星把它的光能在二维平面内辐射，二维太阳系中第一次出现了阳光。四颗二维行星：海王星、土星、地球和水星，面向太阳的一侧都被照成金色的弧边，但它们能够受到光照的部分只是一维的边缘。围绕地球的巨型雪花在阳光中融化了，变成白色的水汽，被二维太阳风吹向二维的太空，一部分浸透了金色的阳光，像二维地球飘逸的长发。

一个小时后，太阳完全坠入二维平面。

从冥王星上看去，二维太阳是一个巨大的椭圆，与它相比，二维行星只是几块小小的碎片。与后者不同，二维太阳没有清晰的“年轮”，它只是大致分为三个环层：中心部分发出明亮的光芒，看不清细节，这一部分可能对应着三维太阳的核心聚变区；从核心向外的一个广阔的环区可能对应着三维太阳的辐射区，这是一片沸腾的二维海洋，在炽热的红光中，无数细胞状的细小结构飞快地生成、消失、分裂和组合，从局部看混乱且躁动不安，但整体上却形成某种宏伟的秩序和模式；再向外是三维太阳的对流区，像三维太阳一样，这个区域通过恒星物质的对流与二维太空进行着热量传递，与里侧辐射区的混沌不同，对流区呈现着一个十分有序的结构，可以看到许多整齐排列的环状对流回路在运行，大小和形状都十分相似；最外面是太阳的大气，金色的气流越出了太阳的圆周边缘，形成了大量的二维日珥，像围绕着二维太阳的一圈曼妙舞者，在二维太空中变幻着千万种汪洋恣意的舞姿，有些“舞者”脱离了太阳，在二维太空中远远飘去。

“太阳在那里还活着？”AA问道，她说出了三个人共同的希冀，他们都希望太阳能够继续照耀着二维太阳系，尽管那里已经没有生命。

但这只是希冀而已。

二维太阳在暗下去。核心区的光度在急剧降低，很快暗到可以看出其中更多的环层结构；辐射区也在变暗，沸腾平息下来，变成黏滞的蠕动；对流区的对流环都在变形崩溃，很快就完全消失；二维太阳外围那一圈金色的气体舞者则像枯萎的叶子般黯淡下来，失去了活力。这时可以看出，在二维世界至少万有引力还存在，那些在太空中飞扬的日珥失去了辐射的支撑，被二维太阳的引力慢慢拉回去，“舞者”们屈服于重力，一个个无力地倒下，太阳大气最后变成了最外侧平平的一个环圈。随着太阳的熄灭，二维行星被照亮的弧边也暗下来了，二维地球由蒸发的海洋形成的长发也失去了光辉。

三维世界的一切跌入二维后都将死去，没有什么能够活在厚度为零的画中。

也许二维宇宙有自己的太阳、行星和生命，但肯定是以一种完全不同的机制所构造和运行的。

就在三人专注于太阳二维化时，金星和火星也坠入二维平面，但与太阳相比，两颗类地行星二维化的过程显得有些平淡了。二维的火星和金星在“年轮”结构上与地球十分相似。在二维火星靠近边缘处有许多镂空区，那是原火星地层中含水的部分，说明火星地层中的水远比人们预想的多。这些水稍后也冻结成不透明的白色，但没有出现巨型雪花。巨型雪花在二维金星的外围出现了，不过数量远比二维地球的少，且都呈黄色，应该不是水的结晶。稍后，太阳这一侧的小行星带也被二维化，补齐了太阳系项链的另一半。

这时，冥王星上也出现了雪花，是小雪花，从淡紫色的天空中飘落。这是太阳二维化时被蒸发的氮和氨，随着二维太阳的熄灭，温度急剧降低，短命的氮氨大气被冻结成雪花。雪越下越大，很快在方碑和“星环号”

的顶部积起了厚厚的一层。虽然没有云，但密密的飞雪使冥王星的天空变得模糊了，二维太阳和行星在雪幕之后变得朦朦胧胧，雪使世界暂时变得窄小了。

“你们有没有回家的感觉？”AA在雪中举起双手转着圈说。

“嗯，我正想这么说呢。”程心深有同感地点点头。和AA一样，在她的印象中，雪似乎只是地球上才有的东西，刚才在二维地球周围看到的大雪花更加深了她的这个印象。这场在太阳系边缘的冷暗世界中的雪，使她感到了一丝母星的温暖。

罗辑看到了她们伸手抚摸飞雪的动作，有些担心地说：“我说你们两个，不会把手套摘下来吧？”

程心确实有用不戴手套的手接雪花的冲动，她想感受那丝丝的清凉，看着晶莹的雪花在自己的体温中融化……但理智当然制止她这样做，如果她真的摘下手套，地球的感觉将在瞬间消失，同时失去的还有她的那只手。那些氮氨雪花的温度是零下二百一十摄氏度，这是氮冻结的温度，在这样的酷寒中，她那只纤手很快会被冻得像玻璃一样脆。

“孩子们，没有家了，家已经变成一幅画了。”罗辑拄着拐杖摇摇头说。

这场氮氨大雪持续的时间不长，空中飘落的雪花渐渐稀疏，氮氨大气带来的紫色已经消失，天空重新变得黑暗清澈。可以看到，与下雪前相比，二维太阳和行星都变大了一些，这不是它们在继续膨胀，它们的二维化已经完成，面积已经恒定，这只是表明冥王星向着二维平面又靠近了一些。

在雪完全停下来后，靠近地平线的空中出现了一个光团，其光度迅速增加，很快超过了正在熄灭中的二维太阳。肉眼看不清细节，但他们都知道那是木星所在的位置，这颗太阳系最大的行星已经坠落到二维平面上了。冥王星有着周期为六个地球日的缓慢自转，二维太阳系的一部分已经沉入地平线之下，他们本以为看不到木星的毁灭了，现在看来，太阳系空间向二维跌落的速度在加快。

他们让飞船AI接收来自木星的信息。现在，能收到的图像信息已经很少，其中几乎没有可以识别的内容，大部分的信息都是音频。在每一个通信和广播频道上，都是一片声音的海洋，大部分是人声，仿佛太阳系空间已被躁动的人海填满，这声音中有呐喊、惊叫、哭泣、狂笑……甚至还有人在唱歌，从嘈杂的声浪中听不清任何内容，唯一能分辨出来的是许多人在合唱，他们唱着一首庄严舒缓的歌，像是圣歌。程心问AI，是否能够收到联邦政府官方的信息广播。AI说，政府的官方信息在地球二维化时就中断了，再也没有恢复过。太阳系联邦政府没有实现行使职责到最后一刻的诺言。

在冥王星附近的太空中，逃亡飞船仍在源源不断地飞过。

“孩子们，该走了。”罗辑说。

“我们一起走吧！”程心说。

“有必要吗？”罗辑笑着摇摇头，用拐杖指指方碑的方向，“我还是在那里舒服一些。”

“好吧，老人家，那我们等天王星二维化时再走，这样可以多陪您一会儿。”AA说，事到如今，真的也没必要再劝他了。即使上了“星环号”，最多能把结局推迟一个小时，他显然不在乎这点时间；如果不是使命在身，她们也不在乎了。

“不，现在就走！”罗辑坚决地说，用拐杖使劲蹾地，这使得他在低重力下浮起来，“谁也不知道以后跌落的速度有多快，别耽误了你们的正事。我们可以保持联系嘛，这和在一起是一样的。”

程心犹豫了一下，点了点头，“那好吧，我们走了，一定要保持联系啊！”

“当然，保持联系。”罗辑对她们举起拐杖以示告别，然后转身向方碑走去。低重力之下，他像是在雪地上飘行，不时用拐杖点地以减慢速度。程心和AA目送着他，直到这位面壁者、执剑人和人类最后的守墓人老迈的身影消失在方碑的大门中。

程心和AA返回“星环号”，飞船立刻起飞，推进器激起漫天的雪雾，很快达到了冥王星仅每秒一千多米的逃逸速度，进入太空轨道。从舷窗和监视画面中她们看到，冥王星原来蓝黑相间的表面现在又多了大片的雪白，用各种语言刻在大地上的“地球文明”的巨字被雪覆盖，几乎认不出来了。“星环号”从冥王星和它的卫星卡戎之间穿过，这两个天体相距如此之近，有穿过峡谷的感觉。

就在这道“峡谷”中，有许多逃亡飞船形成的移动的星星，它们的速度都比“星环号”要快许多。有一艘飞船从近处飞速超过“星环号”，距离不超过一百千米，推进器的光芒照亮了卡戎平滑的表面，可以清晰地看到它那三角形的船体，以及推进器喷出的近十千米长的蓝色火焰。

AI介绍说：“那是‘迈锡尼号’，一艘中型行星际飞船，没有配备循环生态系统，飞出太阳系后，即使船上载满给养并且只有一个乘员，生存时间也不超过五年。”

AI不知道，“迈锡尼号”不可能飞出太阳系，与其他的逃亡飞船一样，它在三维世界的生存时间不会超过三个小时了。

“星环号”飞出冥王星和卡戎构成的峡谷，把两个暗冷的世界甩在后面，飞进浩渺的太空。这时，她们看到了二维太阳的全貌，木星的二维化已经基本完成，现在，除了天王星，太阳系的绝大部分都已经二维化。

“天啊，星空！”AA失声喊道。

程心知道她说的是凡·高的《星空》。像啊，太像了。她脑海中那幅画的记忆，与眼前的二维太阳系几乎完美地重叠在一起。太空中充满了巨大的星体，这星体所占的面积甚至大于它们之间空间的面积，但星体的巨大并没有给它们带来实在感，它们像是时空的旋涡。宇宙中，空间的每一处微小的部分都在惊惧和疯狂中流动着、翻滚着、颤抖着，像燃烧的火焰，却只散发出酷寒。太阳和行星，所有的实体和存在，只是这时空乱流产生的幻象。

程心现在回想起两次看到《星空》时奇怪的感觉：画面中星空之外的部分，那火焰般的树，暗夜中的村庄和山脉，都呈现出明显的透视和纵深；但上方的星空却丝毫没有立体感，像挂在夜空中的一幅巨画。

因为星空是二维的。

他是怎么画出来的？ 1889年的凡·高，精神第二次崩溃的凡·高，难道真的用分裂和谵妄的意识，跨越五个多世纪的时空，看到了现在?!或者反过来，他早就看到了未来，这最后审判日的景象才是他精神崩溃和自杀的真正原因?!

“孩子们，你们还好吗？准备做什么？”罗辑在一个刚弹出的信息窗口中出现了。他已经脱去了太空服，白发和白须在低重力中飘浮起来，像在水中一般。他的身后，是那条准备保存一亿年的隧道。

“您好！我们准备把那些文物扔到太空中去，但我们想留下《星空》。”AA说。

“都留下吧，不要扔了，带上它们，走吧。”

这话令程心和AA很惊奇，她们对视了一眼。AA问道：“走？去哪儿？”

“去哪儿都行，你们可以去银河系的任何地方，甚至可以在有生之年飞到仙女座星云去。‘星环号’能够以光速航行，它安装了世界上唯一一套空间曲率驱动引擎。”

震惊令程心和AA说不出话来。

“维德死后，星环城的残余力量没有放弃努力，后来，又不断有人从监狱里释放出来，他们开始建设另一个秘密研究基地，知道在哪里吗？水星。那里也是太阳系人迹罕至的地方。四个世纪前，那个面壁者，那个叫雷迪亚兹的，用巨型氢弹在水星上炸了一个大坑。基地就建在那个坑里，建设过程用了三十多年，最后坑用一个大穹顶盖上了，对外宣称是一个研究太阳活动的机构。你们的星环集团后来也恢复运作，有了些发展，可以把基地维持下去。”

一道亮光射进舷窗，程心和AA并没有去看外面发生了什么。飞船AI提示，天王星发生“形态变化”，这意味着天王星也开始向二维跌落。在太阳另一侧的海王星早已二维化，这时，冥王星与二维平面之间已经没有任何天体了。

“维德死后第三十五年，空间曲率驱动的研究在水星基地恢复了，就从把你那截三毫米的头发驱动两厘米的阶段开始。研究持续了半个世纪，其间因各种原因有过几次中断，渐渐由理论研究过渡到技术开发。

这期间的艰难和曲折我就不说了。在技术开发的最后阶段，需要进行大规模的曲率驱动实验。对于水星基地来说，这是一大障碍，一是因为基地的力量有限，难以进行这样的实验；二是一旦进行实验，必然产生大规模的航迹，这就使水星基地的真实目的暴露了。其实，这五十多年来，基地的人员流动很大，联邦政府不可能对水星基地的内幕没有察觉，只是由于研究和实验的规模都很小，且研究都冠以别的名目，他们对此一直容忍了。但要进行大规模实验，必须有政府的合作。我们去找了联邦政府，后来双方合作得很好。”

“禁止光速飞船研究的法律废除了吗？”程心问。

“没有，政府与我们合作是因为……”罗辑用拐杖敲击着地面，发出均匀的嗒嗒声——他在犹豫，“这个，暂时还是不说吧。一年前，三套曲率引擎制造完成，共进行了三次无人光速试航，第一次是一号引擎，它在距太阳一百五十天文单位的太空进入光速，以光速航行一段后返回，对于引擎本身来说，试航时间只有十分钟左右，但对我们来说，它们在三年后才返回。第二次试航是二号和三号引擎同时进行，现在，那两套引擎已经在奥尔特星云之外，预计返回太阳系要在六年后了。安装在‘星环号’上的是经过第一次试航的一号引擎。”

“可是‘星环号’上怎么只有我们两个人，至少应该再带两个男人啊?!”AA对罗辑喊道。

罗辑摇摇头说：“来不及了，孩子。联邦政府与星环集团的合作项目是秘密进行的，知道存在曲率引擎的人不多，知道太阳系仅存的那一套安装在什么地方的人更少，但还是很危险，末日到了，人心难测啊，‘星环号’将成为全世界争夺的对象，人们将为它自相残杀，最后可能什么都不会剩下。所以，在打击警报发布前，必须让‘星环号’尽快离开掩体世界，当时真的没时间了。曹彬让‘星环号’到冥王星来，是想让你们接我上飞船，其实他应该让‘星环号’从木星直接加速到光速。”

“是啊，您为什么不跟我们一起走呢?！”AA大声问。

“我活得够长了，就是上了飞船，也再活不了多久，在这里做一个守墓人很合适。”

“我们去接您！”程心说。

“不要胡来，时间不多了。”

三维空间正在加速向二维平面坠落，在飞船的视野中，二维太阳已经占据了一半的太空，它现在已经完全熄灭，是一片浩渺的暗红色死海。这时，程心和AA发现，二维平面并不是绝对平整的，它在波动！有一道道两端都望不到尽头的长波滚过二维平面，正是三维空间中类似的波动和翘曲，使“蓝色空间号”和“万有引力号”拥有进入四维空间的通道。即使在没有二维物质的地方，二维平面的波动也能看得出来——这是二维空间在三维中的一种自显形，只有在平面足够大的情况下才能产生。在“星环号”上，已经明显地感觉到加速坠落产生的空间畸变。程心看到，圆形的舷窗变成了椭圆，本来很苗条的AA变得有些矮胖，空间在坠落的方向上拉伸，但程心和AA并没有感到任何不适，飞船各系统的运行也正常。

“请返回冥王星！”程心对AI说，然后她转向窗口中的罗辑，“我们一定要回去，时间还是有的，天王星还在二维化！”

“目前可通信的指令者中，罗辑拥有最高指令权限，只有他才能指令‘星环号’返回冥王星。”飞船AI刻板地回答。

隧洞前的罗辑笑了笑，“我要是想走，刚才就跟你们走了，我这样岁数的人，不适合远航了。孩子们，不要为我操心了，我说过的，我什么都没有失去。准备启动空间曲率驱动。”

罗辑的最后一句话是对飞船AI说的。

“航线参数？”AI问。

“目前航线的延长线吧，我也不知道你们要去哪儿，我想现在你们自己也不知道，要是想起了目的地，在星图上指出来就行了，半径五万光年内的大部分恒星，飞船都可以自动导航到达。”

“指令执行中，空间曲率驱动引擎三十秒后启动。”AI说。

“我们要进入深海液吗？”AA问，但她心里清楚，如果是常规推进，这样级别的加速度，进入什么液都要被压成薄饼的。

“不需要任何准备，这是空间驱动，没有过载。”

“曲率驱动引擎启动，系统运行正常。空间扭矩：23.8。推进曲率比：3.41:1；‘星环号’将在六十四分十八秒后进入光速。”

在程心和AA的感觉中，AI宣布的启动更像是停机，因为周围突然安静下来，而且这安静一直持续下去。她们知道，安静是聚变发动机停机所致，聚变堆和推进器产生的嗡嗡声消失了，但再也没有其他的声音来填补，真的很难相信有什么东西启动了。

不过，曲率驱动的迹象还是出现了。空间畸变渐渐消失，舷窗重新变圆，AA也恢复了苗条。透过舷窗看外面，附近的逃亡飞船仍在超越“星环号”，但超越的速度明显变慢了。

这时，飞船AI播出了一段正在进行的逃亡飞船间的音频通信，可能是它感觉通信的内容与“星环号”有关才播出的。

“快看，那艘船怎么加速那么快?！”一个女人尖叫道。

“哦，天哪，里面的人会被压成肉膜的。”一个男人说。

然后出现了另一个男人的声音：“你们这些白痴，那样的加速飞船也会被压扁！可它没有，那不是聚变发动机，那是空间曲率驱动！”

“曲率引擎?！光速飞船?！光速飞船！”

“看来传闻是真的了，他们自己在秘密建造光速飞船，自己逃跑……”

“啊呀呀呀呀！啊!！啊!!！”这是第一个女人的声音。

“前面的，拦截它！撞死它!！”

又是那个女人的声音，“啊！他们能达到逃逸速度，他们能逃掉！他们能活!！啊啊啊!！我要光速飞船!！拦住它呀！掐死里面的!！”

……

这时又出现一声尖叫，来自飞船内部，是AA发出的：“天哪！冥王星怎么变成两个了?！”

程心转向那个信息窗口，里面显示着飞船监视系统拍摄的冥王星的画面，这时冥王星已经远去，但还能够清晰地看到，正如AA所说，冥王星与它的卫星卡戎都变成了两个，相距不远地并列着。程心还发现，被复制的不仅仅是冥王星，二维平面背景上的景观也有部分重现，就像在图像处理软件中框选并复制了一个区域后稍稍移开一样。

“那是因为在‘星环号’的航迹中，光速变慢了。”罗辑解释说，他的图像已经开始扭曲，但声音仍很清晰，“你们看到的其中一个冥王星，是慢光速传过来的图像。在这个过程中，冥王星还在运行中，它移出了航迹的范围，又通过正常光速传来一个图像，你们就看到两个了。”

“光速变慢？”程心敏感地觉察到了一个巨大的秘密。

罗辑继续说：“听说你们是从肥皂小船悟出曲率驱动的，那我现在问一句：小船在浴盆中航行到达对岸后，你们有没有把它拿回来，放到浴盆里再试一次？”

当时没有，由于担心智子，程心把小船扔到一边去了，但很容易想出结果。

“小船不会再动了，因为第一次航行后，水的张力已经被减小了。”程心说。

“很对，光速飞船也一样。在曲率驱动的航迹上，空间的结构也被改变了，如果把同样的第二艘曲率驱动飞船放在第一艘飞船的航迹范围里，它将寸步难行。在航迹空间中，必须使用功率更大的曲率引擎，这时，空间曲率驱动仍能够使飞船达到航迹空间的最高速度，但这个速度比第一次航行时达到的最高速度要低得多。换句话说，在航迹空间里，真空光速降低了。”

“能降低到多少？”

“从理论上说能降到零，但在实际中几乎不可能做到。不过，把‘星环号’的曲率引擎的空间扭矩调到足够大，可以使航迹空间的光速降到人们梦寐以求的每秒16.7千米。”

“这就是……”AA盯着罗辑的影像说。

这就是黑域了，程心这样想，但没有说出来。

“这就是黑域。”罗辑说，“当然，要产生容纳一个恒星系的黑域，一艘飞船是远远不够的。据计算，生成容纳太阳系的黑域需要一千多艘曲率驱动飞船，这些飞船以太阳为中心，放射状地朝各个不同的方向加速到光速，它们产生的航迹在扩散中连成一体，形成一个笼罩整个太阳系的球体，这个球体中的光速为每秒16.7千米，这就是低光速黑洞，就是黑域。”

“黑域是光速飞船产生的！”AA说。

在宇宙中，曲率驱动航迹既可以成为危险标志，也能成为安全声明。如果航迹在一个世界旁边，是前者；如果把这个世界包裹在其中，则是后者。就像一个手拿绞索的人，他是危险的，但如果他把绞索套到自己的脖子上，他就变成安全的了。

“是的，但这点知道得很晚。在曲率驱动的研究中，实验是领先于理论的，你知道，这也是维德的风格。很多实验中的发现在理论上无法解释，没有理论指导，也就很难有意识地去注意一些现象。在研究初期，就是驱动你头发的那个阶段，曲率驱动产生的尾迹很少很淡薄，没有被注意到。其实当时有很多迹象，比如那些尾迹扩散后，低光速曾使附近一些计算机的量子集成电路出现故障，但还是没人往这方面想。后来随着实验规模增大，人们才发现了曲率驱动尾迹的秘密。也正是因为这个原因，联邦政府才同意与我们合作。这时，可以说他们对这个事业是倾尽全力的，政府投入了巨大的力量研制光速飞船，但时间已经来不及了……”罗辑摇头叹息一声，没有再说下去。

“从星环城事件到水星基地建立完成，这中间有三十五年，宝贵的三十五年被耽误了。”程心替他把话说了出来。

罗辑默默地点点头，他看程心的目光已经没有了慈爱，像最后审判日的火炬，至少在她看来是这样，那目光分明在说：孩子，看看你干了什么？

现在程心知道，地球文明的三条生存之路：掩体、黑域和光速飞船，其中只有光速飞船是真正的活路。

云天明指出了这条活路，但她把这条路堵死了。

如果她没有制止维德，星环城有可能获得独立，即使是暂时的、有限的独立，也有可能促使他们发现曲率驱动的尾迹效应，这将使联邦政府改变对光速飞船的态度，进而使人类有足够的时间建造那一千多艘光速飞船，进而有可能建造黑域，避免这次维度打击。

那时，人类会分成两部分，想飞向星空的和想在黑域中过安乐生活的，前者乘光速飞船离去，为后者留下黑域，各得其所。

她终于还是犯了第二次错误。

她两次处于仅次于上帝的位置上，却两次以爱的名义把世界推向深渊，而这一次已没人能为她挽回。

她开始恨一个人，这人就是维德，她恨他竟然遵守了诺言。为什么遵守？男人的尊严，还是为了她？当然，程心也明白，维德当时并不知道曲率驱动的尾迹效应，他研制光速飞船的目的，就像那个不知名的星环城战士所说，是在为自由而战，为成为宇宙中的自由人而战，为了太阳系外那千万个美妙的世界而战。如果他知道光速飞船是人类唯一活路的话，她相信他是不会受到诺言限制的。

但是不要推卸责任，不管她是不是真的仅次于上帝，只要在那个位置上，就不可能推卸责任。

不久前在冥王星上时，程心刚刚经历了一生中最轻松的时刻。其实面对世界末日的人是最轻松的，所有的责任和负担都已卸下，所有的担忧和焦虑都已消散，人生回到了从母腹出生时最单纯的状态。程心那时只需平静地等待，等待着在这如诗如画的毁灭中，成为太阳系巨画的一部分。

但现在，一切都反过来了。早期宇宙学曾有过一个悖论，认为如果宇宙无限，具有无限数量的天体的引力相叠加，将使宇宙中的每一点都受到无穷大的引力。程心这时感觉自己真的受到了无穷大的引力，这引力来自宇宙的各个方向，无情地撕扯着她的灵魂。一百二十七年前，她作为执剑人的最后时刻那可怕的幻觉又出现了，四十亿年的时光沉积在她上方，让她窒息。太空中充满了眼睛，都在盯着她，恐龙的眼睛，三叶虫和蚂蚁的眼睛，鸟和蝴蝶的眼睛，细菌的眼睛……仅地球上生活过的人类的眼睛就有一千亿双。

程心看到了AA的眼睛，读出了她目光中的话：你终于还是遇到了比死更可怕的事。

程心知道自己必须活下去，她和AA将是地球文明仅存的两个人，如果她去死，就等于杀了地球人类的一半，她只能活下去，这真是与她的失误极其相称的惩罚。

可是，前方的航程一片空白，她心中的太空不再是黑色的，而是变成了虚无的颜色。去哪里还有什么意义？

“我们去哪儿？”程心喃喃地问道。

“去找他们。”罗辑说，这时他的图像更加模糊，而且变成了黑白的。

这话像闪电般照亮了程心黑色的思绪，她和AA对视了一眼，她们当然明白“他们”的含意。

罗辑接着说：“他们还在，五年前掩体世界收到了他们发出的引力波信息，很简短的信息，不知道他们在哪儿。‘星环号’在航行时会定期发出呼唤他们的引力波信号，也许你们能找到他们，或者他们找到你们。”

这时，罗辑的黑白影像也消失了，但仍能听到他的声音，他说了最后一句话：“哦，要进画里了，孩子们，走好。”

来自冥王星的信号彻底中断了。

从监视系统的画面上看到，冥王星亮起来了，并开始在二维中扩散，显然博物馆所在的区域是最先接触二维平面的。

“星环号”的速度所产生的多普勒效应已经能够观察到，从单个的星星看不出什么，但总体来看，前方的星光微微偏蓝，后方则偏红，这种色彩的变化在后面的二维太阳系中也能看出来。

外面已经看不到逃亡飞船了，“星环号”全部超过了它们。现在，所有的逃亡飞船正雨点般地跌落到二维平面上。

来自太阳系的音频信号已经很稀疏了，都是很短促的话音，由于多普勒效应导致的信号频率变化，声音听起来有些怪异，像是吟唱一般：

“我们已经很近了！你们在我们后面吗……”

“不要这样！不要这样……”

“没有痛苦，我告诉你们，就一瞬间的事……”

“到了现在你还不相信我，那好，不要相信好了……”

“是的，宝贝，会变得很薄……”

“到这边来！我们要在一起……”

……

程心和AA静静地听着，信号越来越稀疏，声音出现的间隔越来越长，又过了三十分钟，她们终于听到了太阳系传出的最后一个人声：

“啊——”

这声呼喊戛然而止，在以后的时间里，万籁俱寂。这幅名为太阳系的二维巨画完成了。

“星环号”仍在向二维平面跌落，它已经达到的高速度只是减缓了跌落的进程，飞船仍未达到二维跌落区的逃逸速度。这时，“星环号”是太阳系唯一还处于二维空间之外的人造物体，程心和AA是仅有的画外人。“星环号”距二维平面已经很近了，从这个角度看去，二维太阳已经变得很扁平，像从海岸看大海一样，它那不再发光的暗红色平面无边无际。刚刚二维化的冥王星这时变得很大，且以肉眼能够觉察的速度继续变大。程心看着二维冥王星那精致的“年轮”，想从中找出博物馆的痕迹，但没找到，它毕竟太小了。三维空间向二维跌落的洪流似乎不可抗拒，程心这时有些怀疑，曲率引擎是否真的能使飞船进入光速，她真的希望一切就此终结，但这时，飞船AI说话了：

“‘星环号’将在180秒后进入光速，请指定航线。”

“我们不知道去哪儿呀……”AA茫然地说。

“你们可以在进入光速后指定航线，但在飞船参照系中，光速航行的时间很短，可能越过目的地，所以最好现在就指定。”

“我们不知道去哪里找他们。”程心说，“他们”的存在使未来有了些亮色，但仍是一片茫然。

AA突然抓住程心的手说：“你忘记了，宇宙中除了他们，还有他！”

是的，还有他。程心瞬间被强烈的思念淹没了，她从来没有像这样渴望见到一个人。

“你们有个约会！”AA说。

“是的，我们有个约会。”程心机械地回答，感情的激荡使她处于呆滞状态。

“那就去你们的星星！”

“好的，去我们的星星。”程心激动地对AA说。然后她问飞船AI，“能够定位DX3906恒星吗，这是危机纪元初的编号？”

“可以，这颗恒星现在的编号是S74390E2，请确认。”

她们面前显示出大幅的全息星图，范围是太阳系周围半径五百光年，一颗恒星闪耀着醒目的红光，被一个白色的箭头所标识；程心太熟悉那颗星了。

“是的，就是它，我们去那里吧。”程心点点头说。

“航线初始化完毕，‘星环号’在五十秒后进入光速。”

星图消失，切换成外部全景显示模式，飞船环境全部隐去，程心和AA如同悬浮在太空中一样，AI以前从未使用过这种显示模式。航向的前方，是银河系的星海，这时已经变成了纯蓝色，真的让人想起了海洋；后方，是二维太阳系，二维太阳和行星都笼罩在如血的红色中。

突然，宇宙发生了剧变，前方的所有星星都朝航向所指的方向聚集，仿佛这一半宇宙变成了一个黑色的大碗，群星都在向碗底滑落，很快在正前方聚成密密的一团，已经分辨不出单个的星星，它们凝成一个光团，像一块巨大的蓝宝石发出璀璨的蓝光。不时有零星的星星从光团中飞出，划过漆黑的空间快速向后飞去，它们的色彩不断变化，从蓝变成绿，再变成黄色，当它越过飞船后，则变成了红色。在飞船的后方，二维太阳系和群星一起凝聚成红色的一团，像在宇宙尽头熊熊燃烧的篝火。

“星环号”以光速向云天明送给程心的星星飞去。

第六部

银河纪元409年

我们的星星

“星环号”关闭了曲率引擎，以光速滑行。

航程中，AA一直在试图安慰程心，虽然她知道这已经是一件自己力所不能及的事。她对程心说，你认为是自己的错误毁灭了太阳系那是很可笑的，这样想实在是太自命不凡了，就像你在地面上做一个倒立，就认为自己举起了地球一样。即使你当时没有制止维德，那场战争的结局也很难预测，星环城真的能够获得独立吗？这点连维德自己也没有信心。联邦政府和舰队真的会被几粒反物质子弹吓住？也许星环城的守卫者能摧毁几艘战舰，甚至一座太空城，但星环城最后会被联邦舰队消灭，这种情况下可能连以后建设水星基地都不可能了。从另一个方面想，即使星环城独立，继续曲率驱动的研究并发现了尾迹效应，最后与联邦政府合作，有充足的时间造出一千多艘光速飞船，但人类世界真的会为自己建立黑域吗？要知道那时人们已经信心满满，认为掩体世界能够躲过黑暗森林打击并生存下去，他们真的会用黑域把自己与宇宙隔绝吗？

AA的话就像荷叶上的水滴从程心的思想中滑过，没有留下任何痕迹。程心现在唯一的希望就是见到云天明，向他倾诉这一切。在她的印象中，二百八十七光年是一段极其漫长的航程，但飞船AI告诉她，在飞船的参照系内，航行时间只有五十二个小时。程心有一种极其不真实的感觉，有时她觉得自己已经死了，正身处另一个世界。

程心长时间地透过舷窗看着光速视野中的太空，她知道，从前方那发出蓝光的星团中每跳出一颗星星，掠过飞船后飞进后方红色的星团，就意味着"星环号"飞过了一颗恒星。她数着那一颗又一颗跳出的星星，目送着它们掠过，看着它们由蓝变红，这种行为具有很强的催眠效应，她终于睡着了。

当程心醒来时，"星环号"已经接近目的恒星，它的船身旋转了一百八十度，曲率引擎对着前进方向开始减速。这时，飞船其实是在推着航迹前进。减速开始后，前方的蓝色星团和后方的红色星团都在渐渐散开，像两团绽放的焰火一般，很快扩散成满天的星海。随着速度的降低，多普勒效应产生的蓝色和红色也渐渐消退。程心和AA看到，前方的银河系的形状没有发生肉眼能够觉察到的变化，但向后看，只见到一片陌生的星群，太阳系早已无影无踪。

"我们现在距太阳系二百八十六点五光年。"飞船AI说。

"也就是说，那里已经过去了二百八十六年？"AA问，一脸如梦初醒的样子。

"以那个参照系而言，是的。"

程心轻轻叹息，对现在的太阳系而言，二百八十六年抑或二百八十六万年，有什么区别？但她突然想到一件事。

“在那儿，向二维的跌落什么时候停止？”

这个问题也让AA呆了好一会儿。是啊，什么时候停止？最初那片小小的二维空间中，是否设定了一个在某个时间停止的指令？对于二维空间以及三维向二维的跌落，程心和AA没有任何理论知识，但直觉告诉她们那不太可能，那个嵌入二维空间中的停止指令或程序真的太玄乎了，玄乎到不太可能。

跌落永远不会停止吗?!

对这件事，最明智的做法是别再去想它了。

DX3906恒星的大小与太阳接近。“星环号”开始减速时，从飞船上看它还是一颗普通的星星，但当曲率引擎停止时，这颗恒星已经能够看出圆盘形状，与太阳相比，它发出的光偏红。

“星环号”关闭曲率引擎后，启动了聚变发动机，飞船上的宁静被打破了，出现了推进器的嗡嗡声和微微的震动。飞船AI对监测系统刚刚得到的数据进行分析，重新确定了这个星系的基本状况：DX3906恒星有两颗行星，都是固态行星，其中距恒星较远的一颗体积与火星相当，但没有大气层，表面十分荒凉，由于它呈灰色，程心和AA 把它叫作灰星。轨道半径较小的另一颗行星体积与地球相当，表面特征也与地球十分相似，有含氧大气层，且有明显的生命迹象，但没有发现农业和工业文明存在的痕迹；它像地球一样呈现出蓝色，她们叫它蓝星。

AA很高兴，她的研究成果得到了证实。四百多年前，她的博士学位研究项目就是发现这颗恒星的行星，之前人们认为这是一颗没有行星的裸星。AA也正是由此认识了程心，如果没有这些经历，她的生活将完全是另一个样子。命运真的很奇特，四个世纪前，她从天文望远镜中无数次凝视那个遥远的世界时，做梦也想不到有一天会来到这里。

“当时你能看到这两颗行星吗？”程心问。

“不行，在可见光波段看不到，也许后来太阳系预警系统的望远镜能看到，我那时只有通过太阳引力透镜采集的数据来分析……我推测过这两颗行星的样子，和现在看到的差不多。”

“星环号”飞越太阳系到DX3906间的二百八十六光年只用了五十二个小时，但以亚光速从这个星系的边缘行驶到那颗类地行星，这仅仅六十个天文单位的路程却用了整整八天时间。在飞船接近蓝星时，程心和AA发现它与地球外观上的相似是虚假的。这颗行星的蓝色并不是海洋的颜色，而是陆地上植被的色彩。蓝星上的海洋呈淡黄色，面积只占星球表面积的五分之一。蓝星是一个寒冷的世界，它的陆地除了约三分之一的蓝色区域，大部分被白雪覆盖，海洋也大部分封冻，只有靠近赤道的小片区域处于融化状态。

“星环号”泊入蓝星的轨道，开始逐渐下降，这时，飞船AI突然有了一个重要发现：“接收到一个来自行星表面的智慧电磁信号，是着陆导航信号，威慑纪元初期的格式，接受这个着陆指引吗？”

程心和AA激动地对视了一眼，程心说：“接受！按它的指引着陆。”

“将出现4G超重，请进入加速位置，准备好后指令执行。”AI说。

“是不是他？”AA兴奋地问。

程心轻轻摇摇头，在她过去的生活中，幸运的时光只是大灾难和大毁灭的间隙，她对幸运有些恐惧了。

程心和AA坐进加速座椅，座椅像大手掌般合拢，把她们握在中间。

“星环号”开始减速，轨道急剧降低。很快，在一阵剧烈的震动中，飞船进入蓝星的大气层。在监视系统传回的画面中，蓝白相间的大陆充满了整个视野。

二十分钟后，“星环号”在赤道附近的陆地上着陆了。飞船AI吩咐程心和AA十分钟后再从座椅上起身，以适应蓝星与地球基本相同的重力。从舷窗和监视画面中可以看到，飞船着陆的地点是一片蓝色的草原，不远处可以看到被皑皑白雪覆盖的群山，这里已经靠近山脚。天空是淡黄色的，与在太空中见到的海洋的颜色一样，浅红色的太阳正在空中照耀着，这是蓝星的正午，但天空和太阳的色彩看上去像地球的黄昏。

程心和AA都没有仔细观察蓝星的环境，她们的注意力被停泊在“星环号”附近的一架飞行器吸引了。那是一架小型飞行器，有四五米高，表面是暗灰色，呈流线型，尾翼很小，不像是在大气层中飞行的，像是来往于太空轨道和地面间的穿梭机。

飞行器旁边站着一个人，一个男人，穿着白色的夹克和深色的裤子，“星环号”着陆时的气流吹乱了他的头发。

“是他吗？”AA紧张地问道。

程心轻轻摇头，远远看一眼，她就知道那人不是云天明。

那人踏着蓝色的草浪向“星环号”走来，走得不快，步态和身姿都透出些许疲惫，也没有任何惊奇与兴奋，仿佛“星环号”的出现是一件很平常的事。他走到距飞船十几米处停下，站在草地上耐心地等待着。

“他挺帅的。”AA说。

这人看上去四十岁左右，东方面孔，长得确实比云天明帅，额头宽阔，有一双睿智而温和的眼睛，那目光让人感觉他时时刻刻都若有所思，仿佛包括“星环号”在内的任何东西都永远引不起他的惊奇，只会使他思考。他举起双手做一个围住脑袋的姿势，是在表示头盔，然后一只手摆一摆，摇摇头，这显然是在表示出舱时不需要穿太空服。

“大气成分：氧35%，氮63%，二氧化碳2%，还有微量惰性气体，可以呼吸，但大气压只有0.53个地球标准气压，出舱后不要剧烈活动。”飞船AI说。

“站在飞船附近的那个生物是什么？”AA问。

“正常人类。”AI简单地回答。

程心和AA起身走出飞船，她们对重力还不太适应，步履有些蹒跚。走出舱门，呼吸很顺畅，并没有感到空气的稀薄。迎面吹来一阵风，很冷，但并不凛冽，其中还有一种青草的味道，给她们一种清爽的感觉。视野豁然开朗，蓝白相间的大地和山脉，淡黄色的天空和红色的太阳，这一切仿佛是一张伪造的地球彩色照片，除了色彩变换，其他的都一样。比如地面上的草，除了颜色是蓝的，形状与地球上的草差别不大。那个男人已经来到舷梯下面。

“等一等，梯子太陡，我扶你们下来吧。”男人一边说着，一边步履轻捷地登上舷梯，首先扶着程心向下走，“你们应该多休息一会儿再出来，这儿没有什么要紧的事。”程心听出，他有着明显的威慑纪元的口音。

程心感到他的手温暖而有力，他稳健的身体也为她挡住了寒风。面对这个在距太阳系两百多光年外的远方遇到的第一个男人，她有一种扑到他怀中的愿望。

“你们是从太阳系来的吗？”男人问。

“是的。”程心点点头，在男人的搀扶下小心翼翼地往舷梯下走，她对他的信任感在增强，便把更多的身体重量压在他身上。

“太阳系已经没有了。”AA说，她在舷梯顶部坐下。

“知道，还有人跑出来吗？”

这时程心已经下到地面，站在柔软的草丛中，她在舷梯最下面一级疲惫地坐下，同时摇摇头，“可能没有了。”

“哦……”男人点点头，走上舷梯去扶AA，“我叫关一帆，在这里还真等到你们了。”

“你知道我们要来？”AA把手伸给关一帆时说。

“收到了你们的引力波信息。”

“你是‘蓝色空间号’上的人吗？”

“呵呵，如果对刚走的那些人提这个问题，他们肯定很奇怪，‘蓝色空间号’和‘万有引力号’上的人现在已经是四个世纪前的古人了。不过，我还真是个古人，我是‘万有引力号’上的随舰研究员，这四个世纪一直在冬眠，五年前才苏醒。”

“‘蓝色空间号’和‘万有引力号’现在在哪儿？”程心扶着舷梯栏杆吃力地站起来，看着正在扶AA下来的关一帆问。

“在博物馆。”

“博物馆在哪儿？”AA问，她扶着关一帆的肩膀，几乎是被他抱着下来。

“在一号和四号世界里。”

“一共有几个世界？”

“四个，还有两个正在拓荒中。”

“这些世界都在哪儿？”

这时，关一帆已经把AA扶到地面，他放开她，笑着说："二位，以后不管遇到谁，人类或别的任何有智慧的东西，不要问他们的世界在哪儿，这是这个宇宙的基本礼节，就像不要问女士的年龄……不过我还是想问，你们都多大了？"

"你看着像多大就多大吧，她七百岁，我五百岁，就是这样。"AA说，在草地上坐下来。

"程心博士与四个世纪前相比几乎没变。"

"你认识她？"AA抬头看着关一帆问。

"从地球收到的图像中见过，那也是四个世纪前的事了。"

"这里有多少人，这颗行星上？"程心问。

"三个，就我们三个。"

"这么说，你们那几个世界都比这里好？"AA吃惊地问道。

"你是说自然环境吗？当然不是，在那些地方，经过一个世纪的改造后，大气层才勉强能呼吸。这是个好地方，我们见过的最好的地方，只是程心博士，我们欢迎你到这里来，但不能承认你对这里的所有权。"

"我早就放弃所有权了。"程心说，"那为什么不向这里移民呢？"

"这里很危险，外人常来。"

"外人？外星人？"AA问。

"是的，这一带靠近猎户旋臂的中心，有两条繁忙的航线。"

"那你在这里做什么，就为等我们吗？"

"不，我是和一支考察队过来的，他们已经离开了，我留下来等你们。"

十几个小时后，三人迎来了蓝星的夜晚。夜空中没有月亮，但与地球相比，这里的星空要明亮许多，银河系像银色的火海一般，能够在地上映出人影。其实与太阳系相比，这里距银河系的中心并没有近多少，可能是这二百八十七光年的空间中有星际尘埃，使太阳系看到的银河黯淡了许多。

在明亮的星光中，可以看到草地的许多部分在移动，程心和AA最初以为是风造成的幻觉，结果发现自己脚下的草丛也在移动，并发出细微的沙沙声。关一帆告诉她们，蓝草确实会动，它们的根须也是脚，每年的不同季节，草丛都会在不同的纬度间迁徙，主要是在夜间行走。AA听到这话，立刻把手中把玩的两片草叶扔了。关一帆说这些草确实是植物，靠光合作用生存，只有简单的触觉。这个世界的其他植物也能行走，他指给她们看远方的山脊，可以看到在星光下移动的树林，那些树木行走的速度比草要快许多，远远看去像夜行的军队一样。

关一帆指着夜空中一个星星比较稀疏的方向说："看那里，就在前几天，那里还能看到太阳，比从地球上看我们这里的这颗恒星要清楚，当然，那是二百八十七年前的太阳了。太阳是在考察队离开的那天熄灭的。"

"太阳只是不发光了，但面积很大，从这里用望远镜也许能看到。"AA说。

"不，什么都看不到了。"关一帆摇摇头，又指了指那片空旷的夜空，"即使你们现在回到那里去，也看不到什么了，那里已经是空荡荡的太空，一无所有。你们看到的二维太阳和行星，其实是二维化后三维物质的一种能量释放效应。你们看到的其实不只是二维物质，是它们释放的电磁波在二维和三维空间交界面的折射，能量释放完成后，一切都不可见了，二维太阳系与三维世界永远失去了联系。”

“怎么会呢？在四维空间是可以看到三维世界的。”程心说。

“是的，我就从四维看过三维，但三维看不到二维，因为三维是有厚度的，有一个维度可以阻挡和散射来自四维的光线，所以能够从四维看到；但二维没有厚度，三维世界的光线能够完全穿过，所以二维世界是全透明的，不可能看到。”

“用什么办法都看不到吗？”AA问。

“看不到，从理论上讲也不可能看到。”

程心和AA沉默许久。太阳系完全消失了，她们对母亲世界仅有的一点寄托原来也不存在。但关一帆随即给了她们一个小小的安慰：

“从三维世界可以凭一样东西检测到二维太阳系的存在，仅此一样：引力。二维太阳系的万有引力仍作用于三维世界，所以，那片空荡荡的太空中应该存在着一个完全看不见的引力源。”

程心和AA若有所思地对视着。

“有些熟悉，是不是？[①]”关一帆笑着问，他随即转移了话题，“还是谈谈你们来赴的约会吧。”

“你知道云天明吗？”AA问。

“不知道。”

“三体舰队呢？”程心问。

“也知道得不多。三体第一舰队和第二舰队可能从来就没有会合。六十多年前，金牛座附近爆发了一场大规模战役，很惨烈，残骸形成了

①这让人想到暗物质。

一片新的尘埃云。我们可以肯定其中的一方就是三体第二舰队，不知道另一方是谁，战役的结果也不清楚。”

“第一舰队呢？”程心关切地问，她的双眸在星光中闪亮。

“不知道，没有任何消息……你们不能在这里待太长时间，这不是个安全的地方。跟我走，去我们的世界吧，那里拓荒时代已经结束，生活开始好起来了。”

“我同意！”AA说，然后挽住程心的胳膊，“我们跟他走吧，你就是在这里等一辈子，最大的可能也是什么都等不到，生活总不能全是等待吧？”

程心默默地点点头，她知道自己追逐的是一个梦。

他们决定在蓝星再待一天就起航离开。

关一帆有一艘小型飞船停泊在蓝星的同步轨道上。飞船很小，没有名字，只有一个序列编号，但关一帆把它叫“亨特号”，说是为了纪念四百多年前“万有引力号”上的一个朋友。“亨特号”上没有生态循环系统，如果长期航行，乘员只能冬眠。“亨特号”的体积虽然只有“星环号”的几十分之一，却也是一艘曲率驱动的光速飞船。他们决定离开时，关一帆也乘“星环号”，让“亨特号”无人航行即可。程心和AA没有问航线的情况，甚至关于航行时间的问题，关一帆也都避而不答，可见对于人类世界的位置，他是极其谨慎的。

这一天，三个人在“星环号”附近做短途旅行。对于程心、AA和已经消失的太阳系人类来说，这意味着许多个第一次：第一次航行到太阳系外的恒星系，第一次踏上太阳系外的行星，第一次进入一个太阳系之外的有生命的世界。

与地球相比，蓝星上的生态系统十分简单，除了蓝色的可迁移的植物外，海洋中还有种类不多的鱼类，陆地上没有高等动物，只有简单的小昆虫，很像简化版的地球。这个世界可以生长地球的植物，所以，即使不借助任何技术，地球人类也能在这个世界生存下来。

关一帆进入“星环号”，对这艘精致的恒星际飞船发出由衷的赞叹，他说，对于他们银河系人类来说，太阳系人类的一样东西是继承不了也学不会的，那就是生活的品位。他在那几个幽美的小庭院中流连许久，沉迷于地球全息影像的宏伟景观中，这时他仍是那种若有所思的样子，眼睛却有些湿润。

在这段时间里，艾AA总是在一旁含情脉脉地看着关一帆。这一天，他们之间的关系有了微妙的进展。在旅行中，AA总是设法与关一帆接近，当后者说话时，她总是全神贯注地倾听，还不时地微笑点头。以前，她从未在任何男人面前有过这种表现。在与程心结识后的这几个世纪，AA有过无数的情人，而且经常同时有两个以上——这是新时代正常的生活状态，但程心知道，AA从来没有真正爱过一个男性。现在，她显然爱上了这个来自威慑纪元的宇宙学家。对此程心感到很欣慰，到了新世界后，艾AA应该有一个美好的新生活了。

对于自己，程心知道自己在精神上已经死了，能让她的精神继续活下去的唯一希望是云天明，现在这个希望成了泡影。其实，在二百八十六光年之外、四个世纪之后的一个约会本来就是泡影。在肉体上她当然会活下去，但那仅仅是尽责任，避免残存的地球文明的人口数量减半的责任。

蓝星的夜又降临了，他们决定第二天天亮时起航。

午夜，在“星环号”上熟睡的关一帆被左腕上通信器的鸣叫声惊醒，那是来自同步轨道上“亨特号”的呼叫。“亨特号”转发了监视卫星的信息；考察队留下了三颗小型监视卫星，其中一号和二号卫星布设在蓝星轨道上，三号则围绕本星系的另一颗行星——灰星运行，这条信息就来自三号卫星。

三十五分钟前，有来历不明的宇宙飞行器在灰星表面降落，这是一支飞行器编队，共有五架。仅仅十二分钟后，这些飞行器就同时从灰星表面起飞，很快消失了，甚至没有观察到它们进入行星轨道。卫星也许受到了强烈干扰，只传回了模糊不清的图像。

关一帆所在的这支考察队的任务，就是寻找并研究外星文明在这个星系留下的踪迹。收到监视卫星的信息后，他立刻决定乘“亨特号”前往灰星探察。程心强烈要求同他一起去，关一帆开始坚决拒绝，但听到AA的一句话后同意了：

“让她去吧，她肯定想知道这是不是与云天明有关。”

临行前，关一帆反复叮嘱AA，除非出现紧急情况，否则不要与“亨特号”通信联系，因为谁也不知道还有什么外来的东西藏在这个星系中，通信会暴露行踪。

在这仅有三个人的孤寂世界中，即使短暂的分别也是一件让人激动的事，AA与程心和关一帆拥抱道别，祝他们平安。在登上穿梭机前，程心回头看，AA站在如水的星光中向他们挥手，大片的蓝草从她周围涌过，寒风吹起她的短发，也在移动的草地上激起道道波纹。

穿梭机起飞了，在监视画面中，程心看到大片草地被推进器的火焰照亮，火光中的蓝草四散惊逃。随着穿梭机的上升，地面被照亮的区域很快暗下去，随后，已经远离的大地再次沉浸在星光中。

一个小时后，穿梭机在同步轨道上与“亨特号”对接，飞船的外形是四面体，像一座小金字塔，内部很狭窄，没有任何装饰物，供四人使用的冬眠舱占去了大部分空间。

与“星环号”一样，“亨特号”也是曲率驱动和聚变发动机的双动力配置，在行星际航行时只能使用聚变发动机，因为曲率引擎刚启动就会使飞船越过目标行星，根本来不及减速。聚变发动机启动后，“亨特号”脱离蓝星轨道，飞向灰星，后者现在还只是一个亮点。为了照顾程心，关一帆最初只把加速过载限制在1.5G左右，但程心劝他不要顾虑她，尽可能快一些，于是他就提高了加速。推进器的蓝色火焰加长了一倍，过载达到3G：在这样的超重下，他们只能深陷在加速座椅中动弹不得。关一帆切换到全景显示，飞船从他们周围完全隐去了，他们悬浮在太空中，看着蓝星渐渐远离。这时，程心感到3G的重力是来自蓝星的，这重力使太空有了上下的方向感，他们正朝上方的银河飞去。

3G的超重对说话影响不大，他们很自然地聊了起来。程心问关一帆为什么冬眠了这么长时间，他告诉程心，在寻找可定居世界的航行中，他不用执勤，一直冬眠。在两舰发现了可定居的一号世界后，主要的生活就是拓荒和建设，定居点就像一个农业时代的小村镇。这时，没有开展科学研究的环境和条件，新世界政府通过一个决议，让所有的基础科学家冬眠，直到有条件开展基础研究时再苏醒。“万有引力号”上的基础科学家只有他一人，但“蓝色空间号”上有七名学者。在这些冬眠者中，他是最晚苏醒的，这时距两舰到达一号世界已经近两个世纪了。

关一帆为程心介绍人类世界的情况，程心听得很入迷，但她注意到，关一帆谈到了一号、二号和四号世界，却从未提起过三号世界。

“我没有去过三号世界，没人去过，或者说去过的人不可能从那里回来，那个世界在光墓中。”

“光墓？”

“由光速飞船的尾迹产生的低光速黑洞，三号世界就是这样的一个黑洞。发生了一些事件，使他们认为自己世界的坐标已经暴露，所以只能这么做。”

“我们叫黑域。”

“嗯，这名字更贴切一些。其实，三号世界的人把它叫光幕，帷幕的幕，后来是外面的人把它叫光墓了，他们把它看作坟墓。不过人各有志，对三号世界的人来说那里是安乐的天堂。不知道他们现在是不是还这么看，光墓建成后，那个世界就无法再传出任何信息，但我想那里的人应该过得很好，因为对某一部分人来说，安全是幸福生活的基础。”

程心问关一帆新世界是什么时候制造出光速飞船的，得到的回答是一个世纪前。如此看来，云天明的情报使太阳系人类对银河系人类取得了近两个世纪的优势，即使考虑到新世界的拓荒时间，也至少提前了一个世纪。

“他是个伟大的人。”在程心谈到云天明时，关一帆说。

可是太阳系文明没有抓住这个机会，三十五年，生死攸关的三十五年，被耽误了，可能正是被她耽误了。现在想到这些，她的心已经感觉不到疼痛，只有死后的麻木。

关一帆说：“对人类来说，光速航行是个里程碑，这可以看成第三次启蒙运动，第三次文艺复兴，因为光速航行使人的思想发生了根本的改变，也就改变了文明和文化。”

“是啊，进入光速的那一刻，我也变了。想到自己可以在有生之年跨越时空，在空间上到达宇宙的边缘，在时间上到达宇宙的末日，以前那些只停留在哲学层面上的东西突然变得很现实很具体了。”

“是的，比如宇宙的终结、宇宙的目的，这些以前很哲学很空灵的东西，现在每一个俗人都不得不考虑了。”

“在你们那里，有人想过到宇宙末日去吗？”程心问。

“当然有，现在，新世界已经发出了五艘终极飞船。”

“终极飞船？”

“也有人叫它末日飞船。那些光速飞船没有目的地，只是把曲率引擎开到最大功率疯狂加速，无限接近光速，目的就是用相对论效应跨越时间，直达宇宙末日。据他们计算，十年内就可以跨越五百亿年，那他们现在已经到了，哦，当然是以他们的参照系。其实，并不需要有意识地做这事，比如在飞船加速到光速后，曲率引擎出现无法修复的故障，使飞船不能减速，你也可能在有生之年到达宇宙末日。”

“太阳系人类很可怜，直到最后，大多数人也只是在那一小块时空中生活过，就像公元世纪那些一辈子都没有走出过山村的老人，宇宙对他们仍然是个谜。”程心说。

关一帆从超重座椅上抬起头看着程心，在3G超重下，这是一个很吃力的动作，但他坚持了好一会儿。

“没什么遗憾，我告诉你，真没什么遗憾。宇宙的真相，还是不知道的好。”

“为什么？”

关一帆抬起手指指银河系的星海，然后任手臂以3G的重量砰地砸到身上。

“这一切，暗无天日。”

“你是指黑暗森林状态吗？”

关一帆摇摇头，在超重下像是在挣扎一样，“黑暗森林状态对于我们是生存的全部，对于宇宙却只是一件小事。如果宇宙是一个大战场——事实上它就是——在阵地间，狙击手们射杀对方不慎暴露的人，比如通信兵，或伙头军什么的，这就是黑暗森林状态；对于战争来说它是一件小事，而真正的星际战争，你们还没见过。”

“你们见过吗？”

“见过一点，更多的也只是猜测……你真的想知道吗？这种事情，知道得多一点，你心里的光明就少一点。”

“我心里已经没有光明了，我想知道。”

于是，在罗辑掉入寒夜中的冰湖六个多世纪后，在地球文明仅存的人类面前，宇宙黑暗的面纱又被揭开一层。

关一帆问道：“你猜一下，对于一个在技术上拥有几乎无限能力的文明，最有威力的武器是什么？不要从技术角度想，从哲学高度想。”

程心想了一会儿，挣扎似的摇摇头，“我不知道。”

“你经历过的事情可以给你一些提示。”

她经历过什么？她刚刚看到，为了毁灭一个恒星系，残忍的攻击者把那里的空间维度降低了一维。空间维度，空间维度是什么？

“宇宙规律。”程心说。

“你很聪明，正是宇宙规律。宇宙规律是最可怕的武器，当然也是最有效的防御手段。无论在银河系还是仙女座星云，无论在本星系群还是超星系群，在真正的星际战争中，那些拥有神一般技术力量的参战文明，都毫不犹豫地把宇宙规律作为战争武器。能够作为武器的规律有很多，最常用的是空间维度和光速，一般是把降低维度用来攻击，降低光速用于防御。所以，太阳系受到的维度打击是顶级攻击方式。怎么说呢，这也算地球文明的荣誉吧，动用维度攻击是看得起你们。在这个宇宙中，让人看得起已经很不容易了。”

“我想起来一件事要问你：太阳系空间向二维的跌落什么时候停止？”

“永远不会停止。”

程心打了个寒战，也吃力地抬起头来盯着关一帆。

“这就让你害怕了？你以为银河系和整个宇宙中只有太阳系在向二维跌落？呵呵……”

关一帆的冷笑又让程心的心抽动了一下，她说：“要是这样，你说的就不成立了，至少把降低空间维度作为武器这项不成立。从长远看，这是同归于尽的攻击，如果这样下去，发起维度攻击的一方所在的空间迟早也要跌落到二维！”

长时间的沉默，直到程心唤了一声：“关博士？”

“你太善良了。”关一帆轻轻地说。

“我不明白……”

“有一个选择可以使维度攻击者避免同归于尽，你想想看。”

程心沉默许久后说：“我想不出来。”

“我知道你想不出来，因为你太善良了。很简单：攻击者首先改造自己，把自己改造成低维生命，比如由四维生命改造成三维生命，当然也可以由三维改造成二维，当整个文明进入低维后，就向敌人发起维度打击，肆无忌惮，在超大规模上疯狂攻击，不需要任何顾忌。”

程心又陷入长时间的沉默中。

“你是不是想起了什么？”关一帆问。

程心确实在回忆。她想起了四百多年前，“蓝色空间号”和“万有引力号”误入四维空间碎块时，探险队与“魔戒”的对话，当时，关一帆就是探险队的一员。

这片四维空间是你们建造的吗？

你们说自己从海里来，海是你们建造的吗？

这么说，这片四维空间对于你，或者说对于你的建造者，是类似于海洋的东西吗？

是水洼，海干了。

为什么这么小的空间里聚集了这么多的飞船，或者说墓地？

海干了鱼就要聚集在水洼里，水洼也在干涸，鱼都将消失。

所有的鱼都在这里吗？

把海弄干的鱼不在。

对不起，这话很费解。

把海弄干的鱼在海干前上了陆地，从一片黑暗森林奔向另一片黑暗森林。

“为了战争的胜利，竟要付出这样的代价吗？”程心说，她很难想象在降低一个维度的空间中生活是什么样子，在二维空间中，世界万物看上去只是几根长短不一的线段，在三维世界生活过的人，真的可能使自己生活在一张没有厚度的薄纸里吗？当然，三维空间的生活对四维世界的人来说也同样无法想象。

程心得到的回答十分简单。

“总比死了强。”关一帆说。

不顾程心的震惊，关一帆接着说下去：“光速也是被频繁使用的规律武器，但为自己建造光墓或你说的黑域不在此列，那只是我们这些弱小的虫子保命的举动，神们不屑如此。在战争中，可以制造低光速黑洞把敌人封死在里面；但更多还是用来防御，作为城墙和陷阱。有的低光速带规模之大，横穿整个星系旋臂，在恒星密集处，大量的低光速黑洞融为一体，连绵千万光年，那是星际长城，无论多么强大的舰队，一旦陷进去就永远出不来，这是很难逾越的障碍。”

“这样下去会怎么样？”程心问。

“维度攻击的结果，宇宙中二维空间的比例渐渐增加，终将超过三维空间，总有一天，第三个宏观维度会完全消失，宇宙变成二维的。至于光速攻击和防御，会使低光速区不断增加，这些区域最后会在扩散中连为一体，它们中不同的慢光速会平衡为同一个值，这个值就是宇宙新的C值；那时，像我们这样处于婴儿时代的科学就会认为，每秒十几千米的真空光速是一个铁一般的宇宙常数，就像我们现在的每秒三十万千米一样。当然，这只是举出两个例子，还有其他的宇宙规律被用作武器，但目前为止我们还不知道都有哪些，很可能，所有的规律都能被武器化了，在宇宙的某一部分，被用作武器的规律甚至可能包括……当然这只是瞎猜，太玄乎，我也不相信。”

“包括什么？”

“数学规律。”

程心穷尽自己的想象，但仍然无法把握这不可思议的图景，连抓住其一角都难，“这也……太疯狂了！

“宇宙会变成一座战争废墟吗？”程心问道，很快想到了一个更准确的表达，“或者说，自然规律会成为战争废墟吗？”

“可能已经是了……现在，新世界中的物理学和宇宙学只是在干一件事：试图恢复战争前自然规律的原貌。已经有了一个比较清晰的理论模型，描述那个没有被战争改变的宇宙。那真是一个美丽的田园，那个时代，距今有一百多亿年吧，被称为宇宙的田园时代。当然，那种美只能用数学来描述，我们不可能想象出那时的宇宙，我们大脑的维度不够。”

程心又想起了那几句对话：

这片四维空间是你们建造的吗？

你们说自己从海里来，海是你们建造的吗？

“你是说，田园时代的宇宙是四维的，那时的真空光速也比现在高许多？”

“当然不是。田园时代的宇宙不是四维的，是十维。那时的真空光速也不是比现在高许多，而是接近无限大，那时的光是超距作用，可以在一个普朗克时间内从宇宙的一端传到另一端……如果你到过四维空间，就会知道那个十维的宇宙田园是个多么美好的地方。”

“天哪，你是说……”

“我什么也没说。”关一帆说，像是突然醒来一样，“我们只看到了一点点实情，剩下的都是猜测，你也只把它当成猜测好了，一部我们编出来的暗黑神话。”

但程心不为所动，径直沿着他刚才的思路说下去：“在田园时代以后的战争时代，一个又一个维度被从宏观禁锢到微观，光速也一级一级地慢下来……”

“我说过我什么也没说，都是猜测。”关一帆的声音渐渐低下去，“但谁也不知道，真相是不是比猜测更黑暗……有一点是肯定的：宇宙正在死去。”

飞船的加速停止了，一切处于失重中。这之前，程心眼中的太空和星海越来越虚化，越来越像噩梦，只有这3G的超重才带来一些实在感，她像被一双有力的臂膀抱着，这种拥抱使她多少能够抵御宇宙的暗黑神话带来的寒冷和恐惧；现在超重消失了，只剩下噩梦。银河系像一大片掩盖血迹的冰渍，近处的DX3906恒星则像深渊上燃烧的焚尸炉。

“把全景显示关了好吗？”程心轻声说。

关一帆关闭了显示，程心在瞬间由广袤的太空回到蛋壳般狭小的船舱中，在这里，她找回了一丝安全感。

“我不该对你说那些的。”关一帆说，他语气中的自责听起来很真诚。

“我迟早要知道的。”程心说，声音仍然很轻。

“再说一遍，那都是猜测，没有真正的科学证明。不要想那么多，关注眼前的生活好了。”关一帆把手放到程心的手上，“我说的那些事，就算是真的，也都是以亿年为时间单位的。你到我们的世界去，那也是你的世界，在那里过你自己的生活。别再大幅度地跨越时间了，只要你把自己的人生限制在十万年内，把生活的范围限制在一千光年内，那些事就与你无关。十万年，一千光年，够了吧？”

“够了，谢谢你。”程心握住了关一帆的手。

以后的航程，程心和关一帆都是在睡眠器的强制睡眠中度过的。航行持续了四天，他们在减速的超重中醒来时，灰星在视野中已经占据了大半个太空。灰星是一颗很小的行星，表面外观与月球差不多，像一颗光秃秃的大石球。但灰星的表面没有环形山，大部分是荒凉的平原。“亨特号”泊入灰星的轨道，由于没有大气，飞船的运行轨道可以压到很低。飞船前往监视卫星提供的坐标位置，那是五架不明飞行器降落和起飞的地方。关一帆原本计划乘穿梭机在那里着陆，然后考察飞行器留下的痕迹，但他和程心都没有想到，神秘来访者留下的东西如此巨大，从太空中就能看到。

“那是什么？”程心指着灰星表面惊叫道。

“死线。”关一帆说，他立刻认出了程心看到的东西，“注意不要太接近它！”他对AI说。

关一帆所说的死线是五根黑线，它们一端连着灰星的表面，另一端伸向太空。根据目测，每根线的长度在一百千米左右，已经高出了飞船的轨道，像灰星长出的五根黑色头发。

“那是什么？”

“曲率驱动的航迹，那是超大功率的驱动，航迹内的光速为零。”

在飞船运行的下一圈，关一帆和程心进入穿梭机，脱离飞船向灰星表面降落。由于轨道低且不需穿过大气层，下降过程迅速而平稳。穿梭机降落在灰星大地上，距死线约三千米。

他们在0.2G的重力下向死线跳跃着走去。灰星的平原上覆盖着一层薄薄的粉尘，分布着大小不一的砾石，由于没有大气的散射，阳光下的阴影和亮区黑白分明。他们很快走到了距死线一百多米的地方，关一帆挥手示意程心停下。死线的直径达二三十米，从这里看它们更应被称为死柱。

“这可能是宇宙中最黑的东西了。”程心说。除了极深的黑色，死线没有显示出任何细节，它标志着零光速区的范围，应该没有表面。向上看，即使在漆黑的太空背景上，更黑的死线也仍然清晰可见。

“也是宇宙中最死的东西了。”关一帆说，“零光速是真正意义上的死亡，绝对的死，百分之百的死。在那里面，每个基本粒子，每个夸克，都死了，没有丝毫振动。即使死线的内部没有引力源，它也是一个黑洞，零引力的黑洞，任何东西进去后都不可能出来。”

关一帆拾起一块石头向一根死线扔过去，石头消失在死线的绝对黑色中。

“你们的光速飞船能产生死线吗？”程心问。

“远远不能。”

“那你们以前见过这个？”

“见过，见得不多。”

程心仰望着这些伸向天空的黑色巨柱，它们顶起星空，仿佛把宇宙变成了死神的宫殿。这就是万物的归宿吗？她想。

天空中，程心能够看到死线的尽头，她指着那个方向问："飞船到那里就进入光速了？"

"是的，就上百千米的样子，我们以前见过的比这还短，进入光速就是一瞬间的事。"

"这就是最先进的光速飞船了？"

"也许吧，但这种做法很少见，死线一般都是归零者弄出来的。"

"归零者？"

"也叫重启者，可能是一群智慧个体，也可能是一个文明，或者几个文明，我们不知道，但已经确认它们的存在。归零者想重新启动宇宙，回到田园时代。"

"怎么做呢？"

"把时针拨过十二点。比如说空间维度，把一个已经跌入低维的宇宙重新拉回高维，几乎不可能；但从另一个方向努力，把宇宙降到零维，然后继续降维，就可能从零的方向回到最初，使宇宙的宏观维度重新回到十维。"

"零维?！你们见过把空间零维化?！"

"没有，只见过二维化，连一维化都没见过，但在什么地方肯定有归零者在做，谁也不知道是不是成功过。相对来说，把光速降到零容易一些，它们做得也比较多，试图把光速拨过零，重现无限光速。"

"这可能吗，从理论上说？"

"现在还不知道，也许归零者的理论认为可能。不过在我看来不可能，比如零光速，这是一道过不去的墙，零光速就是一切存在的绝对死亡，就意味着不可能再有任何运动。在这种状态下，主观不可能对客观产生任何作用，怎么可能把‘时针’继续向前拨呢？归零者做的事，更像是一种宗教，一种行为艺术。”

程心看着死线，恐惧中多了敬畏，“如果它是航迹，为什么不扩散呢？”

关一帆紧张地抓住程心的胳膊，“这正是我想说的。我们得赶快离开，不是说离开灰星，是离开这个星系，这里很危险。死线的状态与一般的曲率航迹不同，如果没有扰动它就会保持这个样子，也就是保持曲率引擎作用面的直径，但扰动出现它就会扩散，迅速扩散；像这样规模的死线，能扩散到一个恒星系大小，学者们把这个叫死线破裂。”

“扩散到的区域都是零光速？”

“不不，死线扩散后就像普通的曲率航迹，内部不再是零光速，扩散越广内部的光速就越高，但仍然是每秒十几千米的低光速，所以说，这些死线扩散后，有可能把这个星系变成低光速黑洞，就是你们说的黑域……我们走吧。”

程心和关一帆转身向穿梭机跳跃而去。

“你说的扰动是什么？”程心问，又回头看了一眼，在他们身后的平原上，五根死线的影子一直延伸到地平线处。

“现在还不太清楚，有理论认为是附近出现的其他曲率航迹，已经证明一定距离内的曲率航迹间有某种感应。”

“那，‘星环号’加速时会不会……”

“所以，我们要用聚变推进远离后再启动曲率驱动，至少要离开——用你们的量度——四十个天文单位。”

穿梭机起飞后，程心仍从监视画面中目不转睛地看着正在远去的死线，她说："归零者，让我看到一些亮色。"

关一帆说："宇宙是丰富多彩的，什么样的'人'或世界都有。有归零者这样的理想主义者，有和平主义者，有慈善家，还有只专注于艺术和美的文明，但它们不是主流，不可能主导宇宙的走向。"

"就像人类世界一样。"

"不过，对于归零者来说，它们的事业最终将由宇宙本身来完成。"

"你是说宇宙的终结吗？"

"是。"

"可据我知道的，宇宙将永远膨胀下去，越来越稀疏寒冷。"

"那是你们的宇宙学，但我们推翻了这个结论。暗物质的量被低估了，宇宙将停止膨胀，然后在自身的引力下坍缩，最后成为一个奇点并再次大爆炸，把一切归零。所以你看，最终的胜利者还是大自然。"

"新的宇宙是十维的吗？"

"不可能知道，有无穷的可能性，那是全新的宇宙，全新的生活。"

返回蓝星的航行与来时一样顺利，在大部分的时间里，程心和关一帆都在强制睡眠中度过。当他们被唤醒时，飞船已经泊入了蓝星的轨道。看着下面这蓝白相间的世界，程心竟有一种回家的感觉。

这时，通信信道中传来了艾AA的呼叫声，关一帆做了回应。

"这里是'亨特号'，出什么事了？"

AA的声音很急："我呼叫了你们好几次，都只有飞船回答，我怎么说它都不愿唤醒你们！"

"不是说过不要随便通信吗？出什么事了？"

“出大事了！云天明来了！”

最后一句话像一声闪雷，把程心从残留的睡意中震醒，连关一帆也目瞪口呆地僵住了。

“你在说什么？”程心轻声说。

“云天明来了！他的飞船三个多小时前就降落了！”

“哦——”程心机械地回应一声。

“他还是那么年轻，像你一样年轻！”

“是吗？”程心感觉自己的声音像是从很远的地方传来的。

“他还给你带来了一件礼物！”

“他已经给过我礼物了，我们就在他的礼物中。”

“那算不了什么，我告诉你吧，这件礼物更好更棒，也更大……他现在出去了，我去找他来跟你说话！”

关一帆插话进来说：“不用了，我们马上就下去了，这样通信有危险，我断了。”说完，他切断了通信。

他们长时间地对视着，最后都笑了起来。“我们真的醒了吗？”程心说。

即使是梦，程心也想多流连一会儿。她启动了全景显示，星空看上去不再那么黑暗和寒冷，竟像雨后初晴一般充满了清澈的美丽，连星光都带着春天嫩芽的芳香，这是重生的感觉。

“进穿梭机，我们尽快着陆。”关一帆说。

他们进入了穿梭机，飞船开始执行穿梭机的脱离程序。在狭窄的舱内，关一帆在一个界面窗口中作再入大气层前的最后检查和测试。

“他怎么来得这么快？”程心用梦呓般的声音说。

关一帆这时已经完全冷静下来，“这证实了我们的猜测：三体第一舰队在附近建立了殖民地，就在距这里一百光年的范围内。他们一定是收到了‘星环号’发出的引力波信号。”

穿梭机与飞船脱离，在监视画面上可以看到“亨特号”金字塔形的船体正渐渐远去。

“什么礼物能比一个恒星系还大？”关一帆笑看着程心问道。

激动中的程心只是摇摇头。

穿梭机的聚变发动机开始启动，外面的散热环发出红光，推进器在预热中，控制画面显示三十秒后减速开始，穿梭机的轨道将急剧降低，直到进入蓝星的大气层。

突然，程心听到了一阵尖厉的怪声，仿佛是穿梭机被一把利刃从头到尾划开，接着是剧烈的震动，然后，她便经过了怪异的一瞬间：怪异之处在于她不敢肯定这是一瞬间，这一刻既无限短，又无限长，她此时有一种跨越感，感觉自己在时间之外。后来关一帆告诉她，她经历了一段“时间真空”，那一刻的长短不可能用时间来计量，因为那一刻时间不存在。与此同时，她感觉自己在坍缩，似乎要变成一个奇点，这一刻，她、关一帆和穿梭机的质量变成无限大，然后，一切陷入黑暗。程心最初以为是自己的眼睛出了问题，她无法相信太空飞行器内部能变得这样黑，伸手不见五指。程心喊关一帆，但太空服的耳机中一片死寂。

关一帆在黑暗中摸索着，抱住了程心的头。程心感觉自己的脸与他的脸紧紧贴在一起，她没有抗拒，只感到莫大的安慰。但她很快发现，关一帆这么做只是为了和她说话，因为太空服的通信系统关闭了，只有把两人头盔的面罩紧贴在一起，才能把声音传给对方。

“不要怕，不要慌，一切听我的！现在不要动！”程心听到关一帆的声音从面罩里传来，凭接触的感觉她知道他肯定在大声喊，但她听到的声音很小，像是耳语。她感觉到他的另一只手在摸索着什么，很快舱内亮了起来。亮光来自关一帆手中一根香烟长短的条状物，程心知道那可能是一种化学发光体，“星环号”的应急装备中也有类似的东西，把它弯折后就能发出冷光。

“不要动，太空服已经不供氧了，减缓呼吸，我这就给舱内加压！不要怕，很快的！”关一帆说着，把发光条递给程心，自己则拉开座椅侧边的一个存储柜，从中拿出一个金属瓶，像一支小型灭火器，他在瓶口拧了一下，瓶中立刻喷出一股汹涌的白色气体。

程心开始感到呼吸困难，她知道太空服的控制系统停止工作了，供氧也随即停止，她现在呼吸的只是头盔中的一点儿残氧。她的呼吸急促起来，越猛烈地吸气，窒息感来得越快。她本能地抬手想打开面罩，关一帆抓住她的手制止了她，又一把将她抱住，这一次是为了安慰她。她感觉他像是在抱着自己从深水向上浮，在发光条的冷光中，她看到了他的眼睛，那目光仿佛在告诉她就要到水面了。程心在太空服中也感觉到了外面上升的气压，就在她即将完全窒息时，关一帆猛地打开了她的面罩，然后把自己的也打开了，两人大口地呼吸着。

呼吸稍微舒缓一些后，程心注意到了那个金属瓶，她特别注意到瓶颈处的一个小仪表，那是气压表，程心发现那竟是一个古老的指针式气压表，现在指针已经滑到了绿区。

关一帆说：“这些氧气也维持不了多长时间，这里很快还会冷起来，我们得赶快换太空服。”他起身飘离座椅，从舱的后部拉出了两只金属箱，他打开一只，程心看到了里面的太空服。不管是在太阳系还是在这里，现在的太空服都已经十分轻便，如果不戴头盔且内部不加压，再除去那个不大的生命维持箱，看上去与普通服装没有太大区别，但现在程心看到的这两套太空服却十分笨重，很像公元世纪的航天服。

他们的呼吸中出现了白色的水汽，程心脱下原来的太空服后，感到舱内寒冷刺骨。笨重的太空服穿起来十分吃力，关一帆帮着程心穿，她感觉自己就像个孩子，在这个男人面前，她有一种久违的依赖感。在戴上头盔前，关一帆仔细地给程心讲解这种太空服的用法，告诉她供氧开关、加压开关、温度调节旋钮、通信开关、照明开关等分别都在什么位置。这种太空服没有任何自动装置，它的一切功能都需要手动。

“这里面没有电脑芯片，现在，一切电脑，不管是电子的还是量子的，都不能启动了。”关一帆解释说。

“为什么？”

“因为现在的光速，可能只有每秒十几千米。”

关一帆为程心戴上头盔，这时，她的身体几乎冻僵了。关一帆为她打开了供氧开关，同时将电热系统也打开了，程心感觉太空服中渐渐暖和起来。这时，关一帆自己才开始换太空服，他穿得很快，戴上头盔后，费了一番周折才把两套太空服上的通信系统接通，但他们一时都冻得说不出话来，只能默默地等着自己的身体暖和过来。如果在1G的重力下，穿着这套笨重的太空服将很难移动，程心感觉它更像是一个小房子，是她现在唯一的栖息之处。飘浮在舱内的发光条已经暗了下来，关一帆打开了自己太空服上的照明灯。在狭窄的舱内，程心感觉他们像古代被困在井下的矿工。

“发生了什么？”程心问。

关一帆从座椅上浮起来，在舱壁上吃力地拉动着什么，一个透明舷窗出现了——以前舷窗的内部挡板是自动开启的，人力拉开很费劲。接着，他在另一侧的舱壁上也拉开一个舷窗。

程心向外看去，发现宇宙已经完全变了。

她首先看到处于太空两端的两个星团，前方星团发出蓝光，后方星团发出红光。在之前“星环号”的光速飞行中她见过这样的景象，但现在出现的两个星团不再是稳定的，它们的形状疯狂变幻，像两团狂风中的火焰。没有星星从前方的蓝色星团中蹦出，划过太空落进后方的红色星团，连接这宇宙两极的是两条光带，它们位于太空的两侧，从一个舷窗中只能看到一条，其中较宽的那条光带占据了近侧太空的一半，它的两端并没有与蓝红星团直接接触，而是在一段距离外形成两个尖圆的头部。程心能够看出这条宽光带其实是一个很扁的椭圆，或者说是被极端拉长的圆形。有大小形状不一的色块飞快地从宽带上移过，那些色块主要有三种颜色：蓝、白和淡黄——直觉告诉程心，这条光带就是蓝星。另一条光带更细更亮，它的表面上除了强光看不到细节，与蓝星不同，这条光带的长短在周期性地急剧变化，最长时成为一条连接蓝红两极的亮线，短时缩成一个明亮的圆球，后一形态暴露了它在正常时空中的原形，它就是DX3906恒星。

“我们正以光速绕蓝星轨道运行，当然，是低光速。”关一帆说。

穿梭机的速度曾经高于这时的光速，但由于光速不可能超越，它的速度跌到了低光速。

“死线扩散了？”

“是的，扩散到了整个恒星系，我们陷在这里了。”

“是不是因为云天明飞船的扰动？”

“不知道，有可能吧，他不知道这个星系中有死线。”

程心没有继续问下去，她不想问下一步怎么办，她知道很可能没什么可做的了。没有计算机能够在每秒十几千米的光速下运行，穿梭机的AI和各层控制系统全死了，在这种情况下，这架太空飞行器甚至连内部的一盏小灯都点不亮，它只是一个没有电和动力的金属罐子。“亨特号”飞船也一样成了一艘死船。跌入低光速前，穿梭机还没有启动减速推进，飞船应该就在不远处，但就是紧靠着它也进不去，因为没有控制系统，穿梭机和飞船的舱门都打不开。

程心想到了云天明和艾AA，他们在地面上，应该是安全的，但现在双方已经无法联系，她甚至都没能和他说上一句话。

这时，一个飘浮的物体轻轻撞在她的面罩上，是那个金属瓶，程心再次看到了上面的指针式气压表。她再摸摸自己的太空服，本来已经熄灭的希望之光又像萤火虫一般微微闪亮了。

“对这种情况有准备？”程心轻声问道。

“是的，有准备。”关一帆的声音从程心太空服的耳机中传出来，这是古老的模拟信号通信，声音有些畸变，“当然不是为死线扩散准备的，主要是考虑误入曲率驱动航迹的情况，那种情形和现在一样，低光速，什么都停了……下一步，咱们该启动神经元了。”

“什么？”

“神经元计算机，能够在低光速下运行的计算机。穿梭机和飞船都有两套控制系统，其中一套就是神经元模式的。”

程心很惊奇，竟然有能够在这样低的光速下运行的计算机。

“关键不是光速，而是体系模式，人脑中的化学信号传递更慢，只有每秒两三米，和人走路的速度差不多。神经元计算机就是模拟高等动物大脑的全并行处理，所用的芯片都是为低光速专门设计的。”

关一帆打开一处金属面板，上面有一个标志，是许多点状物的复杂互联，每个点都像一只小章鱼一样伸出许多触手。一个小控制台露出来，上面有一台平面显示器，还有几个开关和指示灯，这些都是在危机纪元末就消失了的东西。关一帆按动一个红色开关，屏幕亮起来，没有显示图形界面，只有一堆文字提示，程心大概看出是一个操作系统的启动进程。

“现在神经元并行模式还没有建立起来，只能用串行方式载入操作系统。你真的没法想象低光速下的串行数据通信有多慢，看，只有每秒几百个字节，连 1K 都不到。”

“那启动是需要很长时间的。”

“是啊，不过随着并行模式的逐渐建立，载入速度会不断加快，但真的要很长时间才能完成启动。”关一帆说着，指了指屏幕下方的一行提示：

引导部分剩余时间 68 小时 43 分（跳动的秒数）

总体剩余时间 297 小时 52 分（跳动的秒数）

“十二天！”程心吃惊地说，“那飞船呢？”

“飞船上有慢光速检测装置，可以自动启动神经元计算机，现在应该已经开始启动了，但完成的时间和这里差不多。”

十二天，只有十二天后才能利用穿梭机和飞船中的生存资源，这期间只能靠这两件原始的太空服活着。如果太空服中的电源是核电池，应该能维持这么长时间，但氧气肯定不够。

“我们得冬眠。”关一帆说。

“穿梭机上有冬眠设备吗？”程心刚问出口就知道没有意义，冬眠设备也是电脑智能控制的，即使有，现在也不能用。

关一帆又从刚才拿出金属氧气瓶的存储柜中，取出了一个小盒，他打开小盒让程心看放在里面的胶囊。“这是短期冬眠药物，与以前的不同，不需要体外循环维持装置。冬眠后呼吸会降到极慢，耗氧很少。一粒可以冬眠十五天左右。”

程心打开面罩，吃下了一粒冬眠胶囊。看着关一帆也吃了一粒后，她又向舷窗外看去。

蓝星，那条连接着光速宇宙蓝红两极的宽带，它的表面流动得更快了，已经分辨不出那些色块。

“你能看出上面的图形有周期吗？”关一帆问，他哪里也没看，半闭着双眼把自己束缚在超重座椅上。

“太快了，看不出来。”

“目光随着它移动。”

程心照他说的做了，用目光快速跟着流动的宽带，那些蓝白黄的色块能瞬间看清一下，但很快又模糊了。“还是看不出来。”她说。

“是啊，太快了，可能每秒重复几百次。”关一帆说完，默默地叹息，尽管他极力不让程心注意到自己的悲哀，她还是看出来了，她知道他悲哀的原因。

她知道，宽带上流动着的图形的每一个周期，都意味着穿梭机以光速围绕蓝星运行一圈。低光速下，狭义相对论魔鬼般的律法仍然有效，在那个参照系中，时间正以千万倍的速度闪电般地流逝，像从程心的心里流出的血。

这一刻，沧海桑田。

程心默默地从舷窗外收回目光，也把自己固定在座椅上。另一侧的舷窗中照进周期变幻的光线，外面，这个世界的太阳拉成一条连接宇宙两极的亮线，再缩成一颗光球，再拉长成亮线，像在疯狂地跳着死亡之舞。

“程心，”关一帆轻轻地唤了一声，“也许我们醒来时，看到那屏幕上显示着一条错误提示。”

程心转过头，透过面罩对他微微一笑，“我不怕的。”

“我当然知道你不怕，我只是想跟你说说话。我知道你作为执剑人的经历，只是想说，你没有错。人类世界选择了你，就是选择了用爱来对待生命和一切，尽管要付出巨大的代价。你实现了那个世界的愿望，实现了那里的价值观，你实现了他们的选择，你真的没有错。”

“谢谢。”程心轻轻地说。

“你后来的经历我不知道，但我相信你也没错。爱是没错的，一个人不可能毁灭一个世界，如果这个世界毁灭了，那是所有人，包括活着的和逝去的，共同努力的结果。”

“谢谢。”程心又说，热泪涌上眼眶。

“至于下面发生什么，我同样也不怕。早在‘万有引力号’上的时候，星空就让我感到恐惧，感到累，我就想停下对宇宙的思考，但却像吸毒一样，停不下来。现在，可以停止了。”

“那很好，知道吗？我唯一怕的就是你会怕。”

“我也是。”

他们的手拉在一起，在太阳的疯狂舞蹈中渐渐失去了意识和呼吸。

时间开始后约 170 亿年

我们的星星

苏醒的过程很长，程心的意识是一点一点渐渐恢复的，当她的记忆和视力恢复后，知道的第一件事就是神经元计算机启动成功了。舱内被柔和的光照亮，各种设备发出的嗡嗡声清晰可闻，空气中有一种温暖的感觉，穿梭机复活了。

但程心很快发现，舱内光源的位置与原来有明显的不同，可能是专为低光速设计的备用照明设备。空中也没有信息窗口，可能低光速已经不能驱动这样的全息显示。神经元计算机的人机界面就是那个平面显示器，现在，上面显示着彩色的图形界面，很像公元世纪的样子。

关一帆正浮在显示屏前，用没戴手套的手指点击屏幕操作着。发现程心醒来了，他对她笑了笑，做了一个 OK 的手势，递给她一瓶水。

“十六天了。”他看着程心说。

程心接过水瓶时发现自己也没戴手套，那水瓶是热的。她接着发现自己虽然还穿着那身原始太空服，但头盔已被摘下，舱内的气压和温度都很适宜。

程心用刚刚恢复知觉的手解开安全带，飘浮到关一帆身边，同他一起观看屏幕。他们都穿着太空服，但都没戴头盔，太空服紧紧挤在一起。屏幕上同时开着几个窗口，里面都滚动着大量的数据，正对穿梭机的各个系统进行检测。关一帆告诉程心，他已经与“亨特号”取得了联系，那里的神经元计算机也已经正常启动。

程心抬起头，看到两个舷窗仍然开着，她便飘了过去。为了让她看清楚外面，关一帆调暗了舱内的照明。现在，他们之间有一种默契，像一个人一样。

乍一看，外面的宇宙并没有明显的变化，仍然是在蓝星轨道上以低光速运行时看到的景象，蓝色和红色两个星团仍然在宇宙的两极飘忽不定地变幻着形状，太阳仍在直线和球体之间狂舞着，蓝星的表面也仍然飞快地流动着周期性的色块。当用目光飞快地追踪那些色块时，程心发现了一个变化：在色块的颜色中，蓝色和白色消失了，取而代之的是紫色。

“发动机系统的检测基本正常，我们随时可以减速脱出光速。”关一帆指着屏幕说。

“聚变发动机还能用？”程心问。在冬眠前，她心中就郁结着这个问题，但没有问，因为她知道多半会得到一个绝望的回答，她不想为难关一帆。

“当然不能用了，低光速下的核聚变功率太低，我们要启动备用的反物质发动机。”

“反物质?! 低光速下存放的容器……”

“没有问题，反物质发动机是专为低光速环境设计的，像这样的远程航行，飞行器上都配备有低光速动力系统……我们的世界对低光速技术做了大量研究，目的并不是解决误入曲率航迹的问题，而是考虑到万一有一天不得不躲进光墓，或者说黑域中。”

半个小时后，穿梭机和“亨特号”飞船同时启动反物质发动机，开始减速。程心和关一帆被超重紧紧压在座椅上，舷窗已经关上了。剧烈的震动出现了，随后渐渐平息，最后完全消失了，减速仅仅持续了十几分钟，然后发动机停止，失重再次出现。

“我们脱离光速了。”关一帆说，按动舱壁上的一个按钮，同时打开了两个舷窗。

透过舷窗，程心看到蓝红两个星团消失了。她看到了太阳，这是一个正常的太阳，与以前看到的没有明显变化。但当她从另一侧的舷窗中看到蓝星时却吃了一惊，蓝星已经变成紫星了，除了仍是淡黄色的海洋外，陆地均被紫色所覆盖，雪的白色也完全消失了。最令她震惊的是星空。

“那些线条是什么?!”程心惊叫道。

“应该是星星。”关一帆简单地回答说，同程心一样震惊。

太空中的星星都变成了发光的细线。线状的星星程心似曾相识，她曾经多次见过长时间曝光的星空照片，由于地球的转动，照片上的星星都成了线段，它们的长短和方向都一样。但现在，星星变成的线长短不一，方向也不一样，最长的几根亮线几乎贯穿了三分之一的太空，这些亮线以种种角度相互交错，使星空看上去比以前迷乱了许多。

“应该是星星。”关一帆又说了一遍，“星光到达这里要穿过两个界面，首先穿过光速与慢光速的界面，然后穿过黑洞的视界，就变成了这个样子。”

“我们在黑域里？”

“是的，我们在光墓里。”

DX3906星系已经变成了低光速黑洞，与宇宙的其余部分完全隔绝了，那由纷繁的银线构成的星空，将永远是可望而不可即的存在。

“我们下去吧。”关一帆打破长时间的沉默说。

穿梭机再次减速，使轨道急剧降低，在剧烈的震动中进入蓝星大气层，向着这个程心和关一帆注定要度过一生的世界降落。

在监视画面中，紫色的大陆占据了全部视野，现在可以肯定紫色是植物的颜色。蓝星的植物由蓝变紫可能是因为太阳的光辐射改变所致，为了适应新的光照，它们变成了紫色。

其实，太阳的存在本身就令程心和关一帆迷惑。按照质能方程，低光速下的核聚变只能产生很少的能量，也许，太阳内部仍然保持着正常光速。

为穿梭机设定的着陆坐标就是它上次从蓝星起飞的位置，也是“星环号”飞船的所在地。接近地面时，可以看到着陆点只有一片茂密的紫色森林。就在穿梭机准备飞离寻找可降落的空地时，推进器喷出的火焰使地面的大树纷纷逃闪，在林间空出的一块场地上，穿梭机平稳地降落了。

屏幕显示外面的空气可以呼吸，与上次着陆时相比，大气中的含氧量提高了许多，且大气层更加稠密，外部气压是上次降落时的1.5倍。

程心和关一帆走出穿梭机，再次踏上蓝星的大地。温暖湿润的空气扑面而来，地面上铺着一层腐殖叶，十分松软。在这片空地上布满了孔洞，那是刚才逃开的大树的根须留下的。那些紫树现在挤在空地的周围，阔大的叶子在风中摇摆，像一群围着他们窃窃私语的巨人；空地完全处于树荫中。如此茂密的植被，与上次见到的蓝星已经是两个世界了。

程心不喜欢紫色，总感觉那是一种病态压抑的颜色，让她想到心脏供氧不足的病人的嘴唇。现在，她被这铺天盖地的紫色包围，而且要在这紫色的世界中度过余生。

没有“星环号”，没有云天明的飞船，没有任何人类的踪迹。

关一帆与程心一起透过森林察看周围的地形，发现地形与他们上次的着陆点完全不同，他们清楚地记得着陆点附近有连绵的山峰，现在这里却是一片平坦的林地。他们怀疑着陆坐标弄错了，返回穿梭机核实，发现这里确实是上次“星环号”的着陆点。他们再次在附近仔细搜寻，但什么遗迹都没有找到，这里像是从未有人类踏足的处女地一般，仿佛他们上一次的蓝星之旅发生在另一个时空中的另一颗星球，与这里毫无关系。

关一帆回到穿梭机中，与仍在近地轨道上运行的“亨特号”飞船联系。飞船上的神经元计算机功能强大，它所支持的AI可以直接对话交流，低光速下，对话通信有十几秒的时滞。自从与穿梭机一起脱离光速后，“亨特号”就在低轨道上对蓝星表面进行遥感搜索，现在它已经完成了对行星大部分陆地的搜索，没有发现任何人类的踪迹，也没有其他智慧生命存在的迹象。

接下来，程心和关一帆只能开始做一件让他们深感恐惧、却又不得不做的事：确定现在的年代。低光速下的年代测定有一种特殊的方法，一些在正常光速的世界中不发生衰变的元素，在低光速下会出现不同速率的衰变，可由此精确测定低光速持续的时间。作为科学考察飞行器，穿梭机中有测定元素衰变的仪器，但它是一个独立的设备，没有神经元计算机控制系统，只有一个与穿梭机神经元主机的接口，关一帆费了很大周折，才使设备能够正常使用。他们让仪器依次测定从不同区域采集的十份岩石样本，以便于将结果进行对比。这个过程需要半个小时。

在等待测试结果时，程心和关一帆走出穿梭机，在林间空地中等待着。阳光透过林中的间隙，一缕缕地照进来。空地上有许多奇异的小生物飞过，有像直升机螺旋桨一样旋转着飞行的昆虫，还有一群群透明的小气球，借着浮力在空中飘行，穿过阳光时变幻出绚丽的虹彩；但没有见到长翅膀的生物。

“也许已经几万年过去了。”程心喃喃地说。

“也许比那更长。”关一帆望着森林深处说，“不过，现在，几万年，几十万年，有什么区别呢？”

然后他们都沉默无言，相互依偎着坐在穿梭机的舷梯上，感受着彼此的心跳。

半个小时后，他们走上舷梯，去面对那个不得不面对的现实。控制台的屏幕上显示着十份样本的检测数据，检测了多种元素，是一份复杂的表格，所有样本的检测结果都极其接近，在表格下方，简明地列出了平均结果：

样品1–10号检测元素平均衰变时间（误差：0.4%）：

星际时间段: 6177906

地球年: 18903729

程心把最后一个数字的位数数了三遍，然后默默地转身走出穿梭机，走下舷梯，站在这紫色的世界中。一圈高大的紫树围绕在她周围，一缕阳光把小小的光斑投在她的脚边，温湿的风吹起她的头发，透明小气球轻盈地飘过她的头顶，一千八百九十万年的岁月跟在她身后。

关一帆来到程心身边，他们目光相对，灵魂交融。

“程心，我们错过了。”关一帆说。

在DX3906星系的低光速黑洞形成一千八百九十万年后，在宇宙诞生一百七十亿年后，一个女人和一个男人紧紧拥抱在一起。

程心伏在关一帆的肩上痛哭起来，在她的记忆中，这种痛哭只在云天明的大脑与身体分离时有过一次，那是……18903729年再加六个世纪以前的事，而那六个世纪在这漫长的地质纪年中已经可以忽略不计了。但这次，她痛哭并非只为云天明，这是一种放弃，她终于看清了，使自己这粒沙尘四处飘飞的，是怎样的天风；把自己这片小叶送向远方的，是怎样的大河。她彻底放弃了，让风吹透躯体，让阳光穿过灵魂。

他们坐到松软的腐殖叶上，继续默默地相拥着，任时间流逝。阳光穿过叶隙投下的光斑在他们身边悄悄移过。有时，程心问自己：是不是又过了一千多万年？她的意识中有一个奇怪的理智体，在悄悄告诉她那不是不可能，真的有随意跨越千年的世界。想想死线吧，如果它稍微扩散一点，内部的光速就由零变成一个极低值，比如像大陆漂移的速度，一万年一厘米。在这样的世界中，你从爱人的怀抱中起身，走出几步，就与他隔开千万年。

他们错过了。

不知过了多长时间，关一帆轻声问道："我们该干什么？"

"我想再找找，真的没有一点痕迹了？"

"真的没有了，一千八百万年，什么都会消失的，时间是最狠的东西。"

"把字刻在石头上。"

关一帆抬起头，迷惑地看着程心。

"艾AA知道把字刻在石头上。"程心像在自语。

"我真的不明白……"

程心没有进一步解释，她抱着关一帆的双肩问："能不能让'亨特号'对这里进行深度遥感探测，看看地层下面有什么东西？"

"会有什么呢？"

"字，看看有没有字。"

关一帆笑着摇摇头，"你这样子我理解，但……"

"为了久远保存，那些字应该很大的。"

关一帆点点头同意了，显然只是为了满足程心的愿望。他和程心起身回到穿梭机中，就这样一段短短的路，他们仍然紧紧依偎着，仿佛担心一旦分开就被岁月隔开。关一帆对轨道上的"亨特号"飞船发出指令，让它对这个坐标点周围半径三千米区域的地层进行深度遥感探测，探测深度为五米至十米之间，重点识别文字和其他有意义的符号。

"亨特号"在十五分钟后飞越上空，十分钟后发回探测结果，没有任何发现。

关一帆再次指令飞船在地层中十米至二十米的深度范围探测。这又花费了一个多小时，大部分时间是等待飞船再次飞越上空，也没有任何发现。在这个深度已经没有土壤，只有密实的岩石。

关一帆把探测深度增加到二十至三十米之间，他对程心说：“这是最后一次了，地层遥感探测的深度一般无法超过三十米。”

他们再次等待飞船环绕蓝星一周。这时，太阳正在落下，天空中弥漫着绚烂的晚霞，给紫色的森林镀上了金边。

这一次探测有所发现，穿梭机中的屏幕上显示着飞船发回的图像。经过清晰化处理，在黑色的岩层中，可以隐约辨认出几个白色的字迹：“们”“过”“一”“生”“你们”“小”“在”“面”“过”“去”“的”，白色表示字是凹刻的，字的大小为一米见方，分为四行，位置就在他们脚下二十三米至二十八米处，一个倾斜四十度角的平面上。

飞船AI说明，遥感探测只能达到这样的精度，进一步需进行主动探测，需要穿梭机向地层中的相应位置发射探测波。

程心和关一帆激动地等待着，天黑下来了，周围的森林成了一圈剪影。天空中，星星的亮线开始出现，有几根较长的，像散落在黑天鹅绒上的银发。

一个小时后，他们收到的遥感图像上显示了四行跨越了一千八百九十万年的字迹：

我们度过了幸福的一生

我们送给你们一个小

在里面躲过坍缩

去新

飞船AI调用地质专家系统对探测结果进行了判读，从中可以知道：这些大字最初是刻在一块很大的山岩上，这是一块水成岩，刻字的一面面积约为一百三十平方米。在千万年漫长的地壳变动中，这块山岩所在的山峰下沉，这块巨岩也随之沉到现在地层中所在的位置。刻在岩面上的文字不止四行，但岩石在下沉过程中底部破碎，那些文字丢失了，现存刻字面的一角也破碎了，造成现有字迹的后三行都有残缺。

程心和关一帆再次拥抱在一起，他们都为艾AA和云天明流下了欣慰的泪水，幸福地感受着那两个人在十八万个世纪前的幸福，在这种幸福中，他们绝望的心灵变得无比宁静了。

“他们在这里的生活是什么样子？”程心泪光闪闪地问。

“一切都有可能。”关一帆仰起头说。

“他们有孩子吗？”

“一切都有可能，甚至，你信不信吧，他们还曾经在这颗行星上建立过文明。”

程心知道这确实有可能，但即使那个文明延续了一千万年，后面的八百九十万年也足以抹去它的一切痕迹。

时间确实是最狠的东西。

这时，一个奇异的东西打断了他们的感慨，这是一个由微亮的细线画出的长方形，有一人高，在空地上飘浮着，看上去像用鼠标在现实的画面中拉出的一个方框。它在飘浮中慢慢移动，但移动的范围很小，飘不远就折回。很可能这东西一直存在，只是它的框线很细，发出的光也不强，白天看不见。不管它是场态还是实体，这肯定是一个智慧造物。

勾画出长方形的亮线似乎与天空中线状的星星有某种神秘的联系。

“这会不会是他们送我们的那个小……小礼物？”程心盯着方框说。

“不太可能吧，这东西能存放一千八百多万年？”

但这次他错了，这东西确实存放了一千八百九十万年，如果需要，还可以存放到宇宙末日，因为它在时间之外。最初它被放置在刻字的岩石旁边，还有一个实体的金属框架，但仅五十万年后金属就化为尘土。而这东西一直是崭新的，它不惧怕时间，因为它自己的时间还没有开始。本来它处在地层三十米深处，仍然在那块岩石旁，但它检测到了地面上的人，于是它升上地面，它与地层不发生作用，就像一个幻影。在地面上，它确认这两个人是它所等待的对象。

“我觉得它像一扇门。”程心轻声说。

关一帆拾起一根小树枝向长方形扔去，树枝穿过它所围的空间，落到另一侧的地上。他们又看到，一群发着荧光的小气球飘过来，其中有几个穿过了长方形内部，安然无恙地飘走了，其中有一只甚至穿过了发光的框线。

关一帆用手接触框线，手指与框线对穿而过，他没有任何感觉。无意中，他的手伸向长方形所围的空间。这确实是一个无意的动作，因为他感觉这片空间断面肯定是什么都没有的，但程心惊叫了一声，沉稳的她很少发出这样的叫声。关一帆急忙把手抽回，手和手臂都完好无损。

“刚才你的手没穿过去！”程心指着长方形的另一侧说。

关一帆又试了一次，手和一段小臂穿过方框平面就消失了，确实没有在另一侧出现。而从另一侧，程心看到他小臂的断面，像镜面一样，骨骼和肌腱清晰可见。他抽回手，又拾起一根树枝试试，树枝穿过了方框。

紧接着，两只螺旋桨状的飞虫也穿过了方框。

“这确实是一扇门，有智能识别功能的门。”关一帆说。

“它让你进去。”

“可能你也行。”

程心小心地试了一下，她的手臂也能进入“门”，关一帆从另一侧看到她的小臂断面时，对这情景似曾相识。

“你等着我，我过去看看。”关一帆说。

“我们一起去。”程心坚定地说。

“不，你在这里等我。”

程心扳着关一帆的双肩使他面向自己，注视着他的眼睛说：“你想让我们也隔开一千八百万年吗？！”

关一帆长时间地注视着程心，终于点点头，“我们是不是还能带些东西过去？”

十分钟后，他们手拉手穿过了门。

时间之外

我们的宇宙

混沌未开的黑暗。

程心和关一帆再次进入时间真空。这与他们在穿梭机中穿越低光速时十分相似，这里的时间流速为零，或者说没有时间。他们失去了时间感，代之以一种跨越感，在一切之外跨越一切的感觉。

黑暗消失，时间开始了。

人类的语言中没有相应的词汇表达时间开始的时刻，说他们进入后时间开始了是不对的，"后"是一个时间概念，这里没有时间，也就没有先后。他们进入"后"的时间可以短于亿亿分之一秒，也可以长于亿亿年。

太阳亮起来，它亮得很慢，最初只能显示自己的圆盘形状，然后才用阳光揭开这个世界的面纱，像一首乐曲，从几乎听不见的音调渐渐流淌开来。太阳的周围出现一圈蓝色，慢慢扩展开来形成一片蓝天。在蓝色天空下，一片田园渐渐显形，或者说这只是田园的一角，有一片未播种的土地，土壤是黑色的。在土地旁有几幢精致的白色房子，还有几棵树，这树是唯一能带来异域色彩的东西，树的叶子阔大，形状奇异。在渐渐亮起来的太阳下，这片幽静的田园像对他们张开的怀抱。

“有人！”关一帆指着远方说。

在地平线上，有两个人的背影，可以看出是一男一女，男人刚刚把手臂放下。

“那是我们。”程心说。

在那两个人前面更远处，也可以看到白房子和树，与这里的完全一样，由于角度原因看不到地面，但可以预料那里也有一块同这里一样的黑色田地。也就是说，在这个世界的尽头，又有一个该世界的复制品，也可能是映像。

世界的复制品和映像在周围都存在，他们向两侧看，都看到一个同样的田园世界，他们也在那个世界中，但只能看到背影，他们转头时复制世界中的人也同时转头。他们向后看，吃惊地发现身后也是一个同样的田园世界，只不过他们是在从另一个方向看，那个田园中的他们远在另一端。

进入这个世界的入口无影无踪。

他们沿着一条石块铺出的小径向前走，周围所有复制世界中的他们也同时走动。一条小溪把小路切断了，溪上没有桥，但抬腿就能跳过去，这时他们才意识到这里有1G的正常重力。他们走过那几棵树，来到白房子前，发现房门关着，窗子被蓝色窗帘遮掩。这一切都是崭新的，一尘不染。它们也确实是崭新的，时间在这里刚刚开始流动。在房子前堆放着一些简单原始的农具，有铁锹、钉耙、筐子和水桶等，虽然形状有些变异，但完全能看出它们的用途。最引人注目的是立在农具旁的一排金属柱状物，它们都有一人高，光滑的外壳在阳光下闪亮，每个上面都有四个金属部件，可以看出是折合的四肢，这些金属柱可能是关闭中的机器人。

他们决定先熟悉周围的环境再进入这些房子，于是继续向前走，很快来到了这个小世界的边缘。现在，他们面对着前面的复制世界，最初，他们以为那是个映像，虽然无法解释它的方向，但走到一半时就否定了这个想法，因为那个复制世界太真切了，不像在镜子中。果然，他们向前迈一步就毫无阻碍地进入了复制世界，四下看看，程心的心中生出了一丝恐惧。

一切都恢复到他们刚进入时的状态：他们身处一个与刚才一模一样的田园中，前方、两侧都是这个田园的复制世界，在这些复制世界中，他们也存在。回头看看，在他们刚刚迈出的田园中，他们正在田园最远的一侧，也在回头看。

程心听到关一帆长长地出了一口气，“好了，不要再走了，永远走不完。”他指指天和地，“这两个方向有阻挡，要不也能看见同样的世界。”

“你知道这是什么？”

“你听说过查尔斯·米什内尔这个人吗？”

“没有。”

“他是公元世纪的一个物理学家，他是最早想象出这种东西的人。我们所在的世界其实很简单，是一个正立方体，边长我估计在一千米左右，你可以把它想象成一个房间，有四面墙，加上天花板和地板。但这房间的奇怪之处在于，它的天花板就是地板，在四面墙中，相对两面墙其实是一面墙，所以它实质上只有两面墙。如果你从一面墙前向对面的墙走去，当你走到对面的墙时，你立刻就回到了你出发时的那面墙前。天花板和地板也一样。所以，这是一个全封闭的世界，走到尽头就回到起点。至于我们周围看到的这些映像，也很简单，只是到达世界尽头的光又返回到起点的缘故。咱们现在还是在刚才的那个世界中，是从尽头返回起点，只有这一个世界，其他都是映像。”

“那，这好像是……”

“这就是！”关一帆做了一个囊括一切的手势，感慨道，“云天明曾送你一颗星星，现在，他又送你一个宇宙。程心，这是一个宇宙，虽然很小，可确实是一个宇宙。”

在程心激动地打量着这个小宇宙时，关一帆悄悄地坐在田埂上，抓起一把黑土，看着土顺指流下，心情有些低落，“他是最厉害的男人，能把星星和宇宙当礼物送给他爱的人，可，程心，我什么也送不了你。”

程心也坐下来，伏在他的肩上笑着说：“可你是宇宙中唯一的男人了，不需要再送什么。”

关一帆的心里还是有些自卑，但让他感到欣慰的是，宇宙中没人同他竞争了。

这个宇宙中只有他们两人的感觉很快被打破了。一声轻轻的门响，有一个白色的人影从一幢房子走出来，向他们走来。这是一个很小的世界，在任何距离上都能看清一个人，他们看到来人是一个穿着日本和服的女子，那身点缀着小红花的华丽和服像移动的花簇，为这个小宇宙带来了春光。

“智子！”程心惊叫道。

“我知道她，智子控制的机器人。”关一帆说。

他们起身向智子走去，双方在一棵大树下会面了。程心再次确定了她就是智子，那美得有些不真实的相貌一点都没有变。

智子向程心和关一帆深深鞠躬，起身后对程心微笑着说：“我说过，宇宙很大，生活更大，我们真的又相会了。”

“真的没想到，见到你真好，真的！”程心感慨万千地说，智子把她带回了过去，现在，任何对过去的回忆都是一千八百万年前的，但这也不准确，因为他们已经在另一个时间之中了。

智子又鞠躬，“欢迎你们来到647号宇宙，我是这个宇宙的管理者。”

“宇宙管理者？”关一帆吃惊地看着智子说，“这是个好伟大的名字，特别是对我这样一个研究宇宙学的人来说，听起来像……”

“呵呵，不，”智子笑着摆摆手，“你们是647号真正的主人，拥有对这里一切事物的绝对决定权，我只是为你们服务的。”

智子做了个邀请的手势，程心和关一帆跟着她沿田埂走去，一直进入一幢白房中的一间雅致的客厅。客厅的装饰风格是中式的，墙上挂着几幅淡雅的字画，程心特别注意看其中有没有“星环号”从冥王星上带出来的文物，好像没看到。在一个古色古香的木制书案旁入座后，智子为他们倒茶，这一次没有了茶道的烦琐程序。那些茶叶像是龙井，一根根在杯底竖起来，形成一片绿色的小林，散发出一阵清香。

这一切在程心和关一帆的眼中如梦似幻。

智子说：“这个宇宙是一个赠品，是云天明先生赠送给二位的。”

“我想是赠给程心的吧。”关一帆说。

“不，受赠者肯定包括您，后来的识别系统中增加了您的权限，否则您是不可能进入的。云天明先生希望你们在这个小宇宙中躲过我们的大宇宙的末日，就是大坍缩，在新的大爆炸后进入新的大宇宙。他希望你们看到新宇宙的田园时代。现在，我们处于一个独立的时间线中，大宇宙的时间正在飞速流逝，你们肯定能够在有生之年等到它的末日。按更具体的估算，大宇宙的坍缩将在十年内达到奇点状态。”

“如果新的创世爆炸发生，我们怎么能知道呢？”关一帆问。

“我们能知道的，我们能够通过超膜检测大宇宙的状态。”

智子的话让程心想到了云天明和艾AA刻在岩石上的字，但关一帆想到的更多，他注意到了智子提到的一个词：田园时代。用这个词描述宇宙的和平年代是银河系人类的说法。这里有两个可能：一是巧合，三体世界也正好选择了这个词；第二种可能性就十分可怕——三体世界已经侦测到银河系人类的存在，由云天明快速赶到蓝星可知，三体第一舰队的世界距银河系人类的世界已经很近了。现在，三体文明已经发展到能够建立小宇宙了，这对银河系人类是一个巨大的威胁。

但他立刻笑出声来。

“你笑什么？”程心奇怪地问。

“笑我可笑。”

确实可笑，即使在进入小宇宙之前，距他离开银河系人类的二号世界也已经一千八百九十万年了，现在，他来自的大宇宙可能已经过去几亿年，他是在替古人担忧。

“你见过云天明吗？”程心问。

智子轻轻摇头，“没有，从来没有。”

“那艾AA呢？”

“我最后一次见她是在地球上了，以后再也没见过。”

“那你是怎么到这里来的呢？”

“647号宇宙是一个订制产品，完成后我就在这里了，我嘛，本质上只是个数据体而已，可以拷贝许多份。”

“可是你知道吗，云天明把这个宇宙带到了蓝星？”

“我不知道蓝星是什么，如果是一颗行星的话，他不可能把647号带到那里，因为647号本身是一个独立的宇宙，不在大宇宙内部，他只能把647号的入口带到那里。”

“云天明和艾AA为什么不到这里来呢？”关一帆问。这也是程心最想知道的，她之所以还没问，是怕得到一个悲哀的答案。

智子又摇摇头，“不知道。识别系统中一直有云天明的权限。”

“还有别人的吗？”

“没有，到目前为止只有你们三个人。”

沉默许久后，程心轻声对关一帆说：“AA是一个很注重现世生活的人，她不会对几百亿年后的新宇宙感兴趣。”

“我感兴趣。”关一帆说，“我很想看看新宇宙是什么样子，特别是当它还没有被生命和文明篡改扭曲的时候，它一定体现着最高的和谐与美。”

程心说：“我也想去新宇宙，奇点和大爆炸会把这个宇宙的一切记忆都抹去，我想把人类的一部分记忆带到新宇宙去。”

智子对程心郑重地点点头，“这是一项伟大的事业，已经有人在做了，不过你是做这事的第一个太阳系人类。”

“你的生活目标总是比我崇高。”关一帆在程心耳边低声说，程心也听不出他这话究竟是玩笑还是认真的。

智子站起身说:“那么,你们在647号宇宙的新生活就开始了,我们出去看看吧。”

一出门,程心和关一帆就看到了一幅春耕的景象,那些柱状机器人都在田里干活,它们有的用钉耙平整田地(地很松,已经不用耕了),有的在平整好的田里播种。它们干农活的方式都十分原始,没有能拉的宽耙,只是用手握的小耙一点点地平地;也没有播种机,机器人一手提着一个装种子的袋子,一手把种子埋进地里。整个场景有一种古朴的色彩,在这里,机器人甚至比农夫更贴近自然一些。

智子介绍说:“这里存储的粮食只够你们食用两年,以后就要靠种地生活了。现在播下的种子,都是程心给云天明带的那些种子的后代,当然都经过了改良。”

关一帆看着黑色的田地,有些迷惑,“我觉得,这里用培养槽无土栽培比较合理。”

程心说:“从地球出来的人,对土地都有一种迷恋。记得在《飘》里面,郝斯嘉的父亲对她说过这样的话:孩子,这世界上没有什么东西值得你为之拼命和流血,除了土地。”

关一帆说:“太阳系人类为他们的土地流尽了最后一滴血,或者说,只剩下你和AA这两滴。可有什么用,还不是消失得无影无踪?现在那个大宇宙可能过去了几亿年,你真以为还有谁记得他们?迷恋土地和家园,已经不是孩子了却还是不敢出远门,这就是你们灭亡的根本原因。我说的是真话,不怕冒犯你。”

看着激动的关一帆,程心微微一笑说:“你没冒犯我,你说的是真理,我们也知道，但是做不到。你也未必能做到，不要忘记，你们‘万有引力号’上的人是先成为俘虏，然后才变成银河系人类的。”

“那倒是……”关一帆蔫了一些，“在太空中，我从来不觉得自己是个合格的男人。”

以太空的标准，合格的男人不多，程心也不会喜欢那样的男人。她想到了一个合格的男人，他的声音好像还在耳边：前进，前进！不择手段地前进！

“不要想过去的事了，现在，一切都是新的开始。”智子用甜美的声音说。

647 号宇宙中的一年过去了。

田里的小麦收获了两季，程心和关一帆两次看着翠绿的麦苗慢慢变成金黄的麦浪，旁边的菜地里也一直充盈着绿色。

这个小小的庄园里有着完备的生活用品，所有的用品都没有商标，显然是在三体世界制造的，但在外形上与人类的产品完全一样，没有任何异域特征。

程心和关一帆有时到田里与机器人一起干农活，有时则在小宇宙中散步。散步时只需要一直走下去，只要不注意自己上次留下的脚印，就有穿过无穷无尽的小世界的感觉。

但他们更多的时间是花在电脑前。在小宇宙中的任何位置都能够激活一个终端窗口，但他们不知道这个世界的电脑主机在哪里。电脑中有大量地球人类的文字和图像资料，大部分是广播纪元之前的，显然是三体世界收集的人类世界的信息，遍及科学和人文的所有领域；但更多的信息是三体文字的，数量巨大，浩如烟海，这也是他们最感兴趣的部分。

在电脑中找不到把三体文字翻译成人类文字的软件，于是他们开始学习三体文字，智子成了他们的老师。但他们很快发现这极其困难，原因在于三体文字是一种表意文字，与人类的表音文字不同，与语言无关，直接表达含义。人类在远古时代也出现过表意文字，比如一部分象形文字就是表意的，但后来消失了，人类的阅读习惯完全变成了表音的习惯。不过，他们发现这种困难只是在开始时存在，越往后越容易。他们经过艰难的两个月后，进步逐渐快起来。与表音文字相比，表意文字最大的优势在于阅读速度，这种文字阅读起来比表音文字至少快十倍。

程心和关一帆开始磕磕绊绊地阅读三体文的文献资料。他们最初的目的有两个，一是想了解三体世界是如何记载他们与地球文明的那段历史，二是想知道这个小宇宙是如何建造的——对于后者，他们知道真正从专业角度了解不太可能，但至少应该从科普角度知道是怎么回事。智子说，要达到这两个目标，他们还需要一年时间进一步掌握三体文字，再用一年去阅读。

建造小宇宙的基本原理确实令他们难以想象，即使是其中一些层次较低的奥秘他们也很长时间弄不明白。比如在一立方千米的空间中，生态循环是如何建立的？太阳是什么？它的能源从哪里来？最令人费解的是：作为一个完全封闭的系统，小宇宙中的热量到哪里去了？

当然，他们最关心的是：小宇宙可以和大宇宙通信吗？智子告诉他们，小宇宙绝无可能向大宇宙传递信息，但接收到大宇宙的信息广播却是有可能的。她说，所有的宇宙都是一个超膜上的空泡（这涉及三体物理学和宇宙学中最基本的理论图景，对此她也无法进一步解释)，大宇宙有足够的能量把信息在超膜上传播。但这很困难，需要难以想象的巨大能量，如果大宇宙这么做，可能需要把相当于一个银河系的质量化为纯能。其实，647 号宇宙中的监测系统经常收到超膜上其他大宇宙的信息，有些是自然产生的，有些是无法解读的智慧信息，但从未收到他们所来的那个大宇宙的信息。

时间一天天过去，像那条小溪中的水，平静而流畅。

程心开始写回忆录，记述她所知道的历史，她把它称为《时间之外的往事》。

有时候，他们也设想新宇宙中的生活。智子告诉他们，按照宇宙学理论，新宇宙在宏观上一定是高于四维的，甚至很可能高于十维。当新宇宙诞生后，647 号宇宙能在其中自动建立出口并检测周围的环境。如果新宇宙高于四维，小宇宙出口可以跨越空间进行移动，直至寻找到合适的生存环境；同时，还可与三体世界其他小宇宙的移民进行联系，当然，也可能与银河系人类的移民联系上。在新宇宙中，旧宇宙的移民几乎属于同一个种族了，应该可以共建一个世界。智子特别强调，在高维宇宙中，有一个因素使生存的概率大大增加：在众多的维度中，可能有多于一个的维度是属于时间的。

“多维时间？”程心一时无法理解这个概念意味着什么。

“即使时间仅有二维，也将呈平面状而不是直线状，有无数个方向，那就意味着我们可以同时做出无数个选择。”关一帆解释说。

“其中总有一个选择是对的。”智子说。

在麦田第二次成熟后的一个深夜，程心醒来，发现关一帆出去了。她起身来到外面，看到太阳已经变成一轮明月，小世界沉浸在如水的月光中。她看到了关一帆，他正坐在小溪旁，她在他月光下的背影中看出了忧郁。

在这真正的二人世界，两个人都对彼此的精神状态十分敏感，程心已经发现关一帆有心事。其实，他在之前的大部分时间都处于一种很阳光的状态，直到几天前他还对程心说，如果他们真能在新宇宙中安定地生活，也许他们的孩子能够重建人类种族。但后来，他好像突然发现了什么，常常一个人长时间沉思，有时还在终端窗口计算着什么。

程心在关一帆身边坐下，他把她轻轻搂在怀中。月光中的小世界十分宁静，只有小溪中的水声。月光照着成熟的麦田，明天就要收割了。

“质量流失。”关一帆说。

程心没有说话，只是看着溪水中跳动的月光，她知道他会解释的。

关一帆接着说：“我最近一直在看三体的宇宙学，刚刚看到了一个对宇宙数学之美的证据：宇宙在质量上的设计是极其精巧的，三体人已经证明，宇宙的总质量刚刚能够使宇宙坍缩，一点不多，一点不少，总质量只要减少一点，宇宙就由封闭变成开放，永远膨胀下去。”

“可质量在流失。”程心说，她立刻意识到了他最后几句话的含义。

“是啊，质量在流失。仅三体世界制造的小宇宙就有几百个，宇宙中的其他文明世界，为了逃避大坍缩，或为别的目的，又制造了多少？这些小宇宙都在带走大宇宙中的质量。”

“我们应该问问智子。”

“我问过，她说截至647号宇宙建造完成时，按照三体世界观测的宇宙状态，还没有发现质量流失产生的任何影响，宇宙是封闭的，必定会坍缩。”

“那647号完成以后呢？”

“她当然不知道了。她说，在宇宙文明中有一种智慧文明的群体，很像归零者，叫作回归运动，他们力图制止小宇宙的建造，并且呼吁把已经建成的小宇宙中的质量归还给大宇宙……但这方面的情况她知道的也不多。好了，不要再想这些了，我们不是上帝。”

“可是，咱们早就不得不想上帝要想的事了，不是吗？”

他们一直坐在小溪旁，直到月亮变成太阳。

小麦收割后的第三天，收获的麦子都已脱粒入仓。程心和关一帆站在地头，看着机器人翻耕土地，准备下一季的播种。现在仓库里已经堆满了粮食，再种小麦就没有地方放了。要是在以前，他们会热烈地讨论下一季地里种什么，但现在，程心和关一帆都心事重重，不再关心这些事。在整个收割和打场的过程中他们都待在房间里，讨论着各种可能的未来。两人发现，每一种他们个人生活的选择，最后都会涉及宇宙的命运，有时还涉及多个宇宙的命运，他们觉得自己真的像上帝了。这种宏大压得他们喘不过气来，于是一起来到外面。

他们看到智子沿着田埂快步走来。智子从不干扰他们的生活，只有他们需要时才出现。而这次，她的步态不同以往，很急促，没有了一贯的优雅，脸上的紧张神情也是以前从未出现过的。

“我们收到了大宇宙的超膜广播！”智子说，然后调出了一个终端窗口并把它放到很大，为了让他们看清窗口中的内容，她还调暗了太阳的亮度。

窗口中快速滚动着无数行符号，那是由超膜广播所发送的点阵图形显示的，那些符号奇形怪状，无法辨认。程心和关一帆还注意到，每一行符号都不是同一类型，它们滚滚而过，像波纹凌乱的湍急河面。

“广播已经持续了五分钟，还在继续！”智子指着窗口说，“其实广播的信息很简短，持续这么长时间是因为使用不同的语言，现在已经出现了几万种语言，哦，到十万种了！”

“这是对所有小宇宙广播吗？”程心问。

“肯定是，还能是对谁呢？动用这么大的能量，应该是重要信息。”

“有三体和地球语言吗？”

“没有。”

程心和关一帆很快明白，这是一个宇宙文明的生死簿。

现在，大宇宙可能已经过去上百亿年，不管广播信息的内容是什么，如果一个文明的语言能够被列在广播信息中，那只有两种可能：这个文明仍然存在；或者，这个文明存在过，且生存了相当长的时间，它的文化在宇宙中留下了永久的印记。

符号的大河从信息窗口中浩荡流过，已经广播了二十万种语言，三十万、四十万……一百万种语言，数量还在增加。

三体语言和地球语言依然没有出现。

“没什么，我们知道自己活过，生活过。”程心说，她和关一帆紧紧地依偎在一起。

“三体！”智子突然喊道，一手指着显示窗口，这时广播的语言种类已经增加到一百三十万左右，窗口中有一条三体文字的信息一闪而过，程心和关一帆不可能看清，但智子能看清。

“地球！”仅仅几秒钟后，智子又喊道。

当广播信息的语言种类达到一百五十七万时，广播结束了。

信息窗口中的滚动显示消失了，只静止地显示出两条分别用三体和地球语言书写的信息。程心和关一帆没有看清信息的内容，泪水模糊了他们的双眼。

在这宇宙的最后审判日，地球和三体两个文明的两个人和一个机器人激动地拥抱在一起。

他们知道，语言和文字的进化是很快的，如果两个文明存在了相当长的时间，甚至现在仍然存在，他们的文字肯定与现在显示的完全不同，但要让小宇宙中的人看懂，只能用古文字显示。与大宇宙中曾经生存过的文明总数相比，一百五十七万是个相当小的数字。

在银河系猎户旋臂的漫漫长夜中，有两颗文明的流星划过，宇宙记住了它们的光芒。

程心和关一帆平静下来后，仔细阅读信息的内容，两种语言书写的内容是一样的，很简短：

回归运动声明

我们宇宙的总质量减少至临界值以下，宇宙将由封闭转变为开放，宇宙将在永恒的膨胀中死去，所有的生命和记忆都将死去。请归还你们拿走的质量，只把记忆体送往新宇宙。

程心和关一帆把目光从回归运动声明上移开，相互对视着。从对方的眼睛里，他们看到了大宇宙黑暗的前景。在永远的膨胀中，所有的星系将相互远离，一直退到各自的视线之外，到那时，从宇宙间的任何一点望去，所有的方向都是一片黑暗。恒星将相继熄灭，实体物质将解体为稀薄的星云，寒冷和黑暗将统治一切，宇宙将变成一座空旷的坟墓，所有的文明和所有的记忆都将被永远埋葬在这座无边无际的坟墓中，一切都永远死去。

为了避免这个未来，只有把不同文明制造的大量小宇宙中的物质归还给大宇宙，但如果这样做，小宇宙中将无法生存，小宇宙中的人也只能回归大宇宙，这就是回归运动。

两人的目光已经交流了一切，并且做出了最后的决定，但程心还是说出了她想说的话：

“我想回去，但如果你想留在这里，我也跟你留下。”她对关一帆说。

关一帆缓缓摇摇头，“我是研究直径一百六十亿光年的大宇宙的，不想在这个只有一千米宽的宇宙里度过一生。我们回去吧。”

“我不建议你们这么做。”智子说，“我们无法精确测定大宇宙中时间的流逝速度，但可以肯定，距你们从蓝星进入这里到现在，大宇宙至少过去了上百亿年，蓝星早就没有了，云天明送给你的那个太阳也早就熄灭了，我们现在根本不知道大宇宙是什么样的环境，甚至不知道那个宇宙还是不是三维的。”

“小宇宙的门不是能够以光速移动吗，能不能找到一个可以生存的环境？”关一帆问。

“如果你们坚持，我就找找看吧。不过，我还是觉得留在这里是最好的选择。留在小宇宙中有两种可能的未来：如果回归运动成功了，大宇宙坍缩为奇点并发生新的创世大爆炸，你们就可以到新宇宙去；如果回归运动失败了，大宇宙死了，你们还可以在这里度过一生，这个小宇宙也不错的。”

“如果所有小宇宙中的人都这么想，那大宇宙肯定死了。”程心说。

智子无言地看着程心，对于她的思维速度而言，这段时间可能有几个世纪那么长。很难想象软件算法能够产生这样复杂的目光和表情，显然，智子的AI软件把与程心相识以来的所有记忆数据都检索出来了，这数据有近两千万年的跨度，这所有的记忆都凝结在她的目光中，悲哀、敬佩、惊奇、责备、惋惜……种种复杂的感情混杂在一起。

“你还是在为责任活着。”智子对程心说。

《时间之外的往事》（节选）

责任的阶梯

我的一生，就是在攀登一道责任的阶梯。

小时候，我的责任是好好学习，做一个好孩子，不要让爸爸妈妈失望。

以后在中学和大学，我的责任仍然是努力学习，使自己成为一个有能力的优秀的人，不要让社会失望。

从读博士开始，我的责任变得具体了，我要为运载火箭的进步做出自己的贡献，要制造出推力更大、更可靠的火箭，把很少的人和物资送到地球轨道上。

后来进入PIA，我的责任变成把一个探测器送到一光年以外的太空中，与入侵的三体舰队相会。这个距离，是我以前参与研制的运载火箭飞行距离的百亿倍。

然后，我得到了一颗星星，在新纪元，它给我带来了以前难以想象的责任，我成为黑暗森林威慑的执剑人。现在看来，说那时自己掌握着人类的命运有些言过其实，但我确实掌握着两个文明历史的走向。

后来，责任变得复杂起来，我想让人类插上光速飞行的翅膀，却又不得不做相反的事：制止由此引发的战争。

我不知道那些灾难和太阳系最后的毁灭与我有多大关系，这是永远无法证实的，但肯定与我有关系，与我的责任有关系。

现在，我将登上责任的顶峰，要为宇宙的命运负责了。当然，要为此负责的不止我们两个人，但这责任有我们的一份，这样的责任，在以前是绝对无法想象的。

我要对相信上帝存在的人们说，我不是它选定的；我也要对唯物主义者们说，我不是创造历史的人。我只是一个普通人，不幸的是没有能够走过一个普通人的生活道路，我的经历其实是一个文明的历程。

现在我们知道，每个文明的历程都是这样：从一个狭小的摇篮世界中觉醒，蹒跚地走出去，飞起来，越飞越快，越飞越远，最后与宇宙的命运融为一体。

对于智慧文明来说，它们最后总变得和自己的思想一样大。

智子通过647号宇宙的控制系统，操纵小宇宙处于大宇宙中的门，门在大宇宙中快速移动，寻找着适合生存的世界。门与小宇宙的通信能够传递的信息十分有限，不能传输图像，只能发回对环境的评估结果，这是在负十到十之间的一个数字，表示环境的生存级别，只有级别大于零的环境，人类才能在其中生存。

门在大宇宙中进行了上万次跳跃移动，这过程耗费了三个月，只有一次检测到一个三级环境，智子不得不承认，这就是最好的结果了。

“三级环境是很恶劣很危险的！”智子对程心和关一帆说。

“我们不怕，我们就去那里吧。”程心坚定地说，关一帆对她点点头。

门在647号宇宙中出现了，同程心和关一帆在蓝星上看到的一样，它也是一个由发光的直线画出的长方形，但比蓝星上那个要大许多，这可能是为了物质转移的方便。门最初出现时并没有与大宇宙连通，任何物质都能穿过它来到另一侧。当智子重新设定门的参数后，穿过门的物质消失了，它们将在大宇宙中出现。

接着，647号宇宙开始向大宇宙归还物质。

据智子介绍，小宇宙本身是没有质量的，它的质量都来自从大宇宙中带来的物质。在三体世界曾经制造过的几百个小宇宙中，647号属于最小的一类，它总共从大宇宙中带走了约五十万吨物质，相当于公元世纪一艘大型油轮的运载量，从宇宙尺度上讲确实微不足道。

物质搬运首先从土壤开始。自从第二次收割后，田地就没有再播种，机器人们用干农活的小推车装运潮湿的土壤，到达门前时，两个机器人抬起小车把土倾倒到门里——在经过长方形平面后，土消失了。土壤的搬运进行得很快，三天后，小宇宙中已经没有一粒土了，房子周围的那几棵树也送进了门中。

土壤消失后，小宇宙出现了一片金属的地面。这地面由一片片光洁的金属板拼接而成，像镜子一样倒映着太阳。机器人从地面的一侧把金属板拆下来，把它们一块块推进门。

在小世界一侧被掀开的地面下，露出了一艘小型飞船。这艘飞船只有十几米长，却浓缩了三体世界最先进的技术。它是按地球人类的人体工程学设计，可乘坐三名乘员，装备了核聚变和曲率驱动两套动力系统，有适合人类的迷你型生态循环系统和冬眠装置，像“星环号”一样可以直接在行星上降落和起飞。也许是为了方便通过小宇宙的门，它的外形呈细长的流线型。这艘飞船原本设想是由647号宇宙中的人进入新宇宙时使用，在新宇宙中找到合适的生存环境前，它可以维持相当长的时间；现在，他们将乘坐它返回大宇宙。

金属地面被继续掀开，露出了下面的机器设备，这是程心和关一帆在小宇宙中第一次看到具有三体特征的事物。就像程心曾见过的那样，这些东西的设计理念与人类完全不同，初看根本看不出它们是机器，像是一堆怪诞的雕塑或某种自然形成的地质构造。机器人开始拆卸这些机器，把它们的部件一块块地送进门。

程心和智子在一间房子里忙碌着什么，她们不让关一帆过去看，说是在做一件女人的事情，最后会给他一个惊喜。

当地面下的某部机器被关停后，小宇宙中的重力消失了，那几幢白色的房子悬浮在空中。

机器人在失重中拆除天空，那是一大片能够显示蓝天和白云的薄膜。这时，最后的地面也拆除了。

由于水体失去约束大量蒸发，小宇宙中云雾迷漫，太阳在云后朦胧地照耀着，出现了一道横跨宇宙的绚丽彩虹。小世界中的水都在失重中形成大大小小的液球，晶莹地折射和反射着阳光，在彩虹周围飘浮着。

随着机器的拆除，生态维持系统关闭了，程心和关一帆穿上了太空服。

智子再次修改了门的通行参数，第一次允许气体通过。小宇宙中响起一阵低沉的轰鸣声，这是空气涌进门时发出的。在彩虹下面，雪白的云雾在门的附近形成一个大旋涡，像从太空中看到的地球上的台风。然后，旋涡变成一股龙卷风，发出的声音也变成尖啸，飘浮的水球被纷纷吸进湍急的龙卷风，撕碎后消失在门里。空中飘浮的无数小物体也都被龙卷风吞噬。太阳、房子和飞船等大物体，都向门的方向飘去，但它们很快被带有推进器的机器人固定在空中。

随着空气渐渐稀薄，彩虹消失了，云雾也越来越淡，空间变得越来越透明，小宇宙的太空显现出来，它与大宇宙的太空一样，漆黑深邃，但没有星星。只剩下三件大的物体飘浮在太空中：太阳、一间房子和飞船，还有处于失重中的十几个机器人。在程心眼中，这个简单的世界很像她小时候画过的一幅稚拙的画。程心和关一帆在失重中开动太空服上的推进器向太空深处飞去，最远飞一千米就到达宇宙的边缘，瞬间回到宇宙的另一侧。可以在太空中看到那些物体的映像，每个方向的映像都有无穷多个，像相对摆放的两面镜子中的场景一样，成长长的一排延伸到无穷远处。

最后一间房子被迅速拆除，这就是智子的那间东方格调的会客厅，那些字画、茶案和房子的碎片一起被机器人送进门去。

太阳终于熄灭了，它是一个金属球体，发光的一半是透明的。三个机器人把它整个推过了门。以后小宇宙中只能有灯光照明，已经变成真空的太空迅速冷下来，残存的水和空气被冻成片片冰晶，在灯光中闪闪发光。

在智子的指令下，所有的机器人排成一列，鱼贯地进入门中。

现在，小宇宙的太空中，只剩下一艘细长的小飞船和飘浮在船边的三个人。

智子拿着一个金属盒，那是他们要留在小宇宙中的东西，是要送往新宇宙的漂流瓶。它的主体是一台微型电脑，电脑的量子存储器中存储着小宇宙电脑主机的全部信息，这几乎是三体和地球文明的全部记忆了。当新宇宙诞生时，金属盒会收到门发来的信号，然后用自己的小推进器穿过门，进入新宇宙。它会在新宇宙的高维太空中飘浮，等待着被拾取和解读的那一天。同时，它还会用中微子束把自己存储的信息不断地播放出来，如果新宇宙中也有中微子的话。

程心和关一帆相信，其他的小宇宙，那些响应回归运动呼吁的小宇宙，也在做着同样的事。如果新宇宙真的诞生，其中会有许多来自旧宇宙的漂流瓶。可以相信，相当一部分漂流瓶中的记忆体里存储的信息可能达到这样的程度：记录了那个文明每一个个体的全部记忆和意识，以及每个个体的全部生物学细节，以至于新宇宙中的文明可以根据这些信息复原那个文明。

“还可以再留下五公斤吗？”程心问道。她在飞船的另一侧，身穿太空服，手中举着一个发光的透明球体，球体直径约半米，里面飘浮着几个水球，有的里面游动着几条小鱼，有的里面生长着绿藻；还有两块飘浮的微型陆地，上面长着嫩绿的青草。光亮是从球体顶部发出的，那里安装着一个小小的发光体，是这个小世界的太阳。这是一个全封闭的生态球，是程心和智子十多天的工作成果，只要球体内的小太阳还能够发光，这个小小的生态系统就能生存下去。只要有它留在这里,647 号宇宙就不是一个没有生命的黑暗世界。

"当然可以, 大宇宙不会因为这五公斤就不坍缩了。"关一帆说, 他还有一个没说出来的想法: 也许大宇宙真的会因为相差一个原子的质量而由封闭转为开放。大自然的精巧有时超出想象, 比如生命的诞生, 就需要各项宇宙参数在几亿亿分之一精度上的精确配合。但程心仍然可以留下她的生态球, 因为在那无数文明创造的无数小宇宙中, 肯定有相当一部分不响应回归运动的号召, 所以, 大宇宙最终被夺走的质量至少有几亿吨, 甚至可能是几亿亿亿吨。

但愿大宇宙能够忽略这个误差。

程心和关一帆进入了飞船, 智子最后也进来了。她早就不再穿那身华丽的和服了, 她现在身着迷彩服, 再次成为一名轻捷精悍的战士, 她的身上佩带着许多武器和生存装备, 最引人注目的是那把插在背后的武士刀。

"放心, 我在, 你们就在!"智子对两位人类朋友说。

聚变发动机启动了, 推进器发出幽幽的蓝光, 飞船缓缓地穿过了宇宙之门。

小宇宙中只剩下漂流瓶和生态球。漂流瓶隐没于黑暗里, 在一千米见方的宇宙中, 只有生态球里的小太阳发出一点光芒。在这个小小的生命世界中, 几只清澈的水球在零重力环境中静静地飘浮着, 有一条小鱼从一只水球中蹦出, 跃入另一只水球, 轻盈地穿游于绿藻之间。在一小块陆地上的草丛中, 有一滴露珠从一片草叶上脱离, 旋转着飘起, 向太空中折射出一缕晶莹的阳光。

跋

这些无限空间的永恒沉默

廖伟棠

“有两种事物，我们越是沉思，越感到它们的崇高与神圣，越是增加虔敬与信仰，这就是头上的星空和心中的道德律。”康德这句话大家可能因为熟悉而已经麻木了，以至于只会从正面去理解它并轻易地被它感动，星空和道德律也成为人类文明的两个不容置疑的坐标。但是另一位哲人的一句话似乎更加耐人寻味，帕斯卡尔说：“这些无限空间的永恒沉默使我恐惧。”

刘慈欣建构他庞大的“地球往事”史诗时，无疑胸怀着康德的沉思，但是可以看到，不是康德的虔敬与信仰，而是帕斯卡尔的恐惧时刻笼罩着他创造的宏大宇宙。在那个宇宙中，未知空间的沉默就像一把达摩克利斯之剑——刘慈欣把“这些无限空间”称为“黑暗森林”，其间布满了猎人，技术低微的地球人类注定只能成为猎物。人类能选择的只有保持另一种沉默，因为一作声就会暴露目标，招致毁灭。

科幻文学并不只是一种文学，还是人类对宇宙的莫名乡愁，更是人类对命运唯一可能的推演和实验。在林林总总的趣味性细节中间，隐藏着与其他伟大文学殊途同归的终极悲悯，并且因其本身的宏大坐标，科幻文学中人类的命运更显悲怆。

人类从害怕黑暗、挑战黑暗到依赖黑暗，正如“地球往事”系列第三部《死神永生》里说的：“这黑暗竟成为一种保护，因为这黑暗之外是更恐怖的所在，那里正在浮现的某种东西，使寒冷感到冷，使黑暗感到黑。”这是典型的刘慈欣式的雄辩，更是一种阴冷的雄辩，产生的是黑暗的诗意。帕斯卡尔的恐惧就是这样一种诗意，而正是这种诗意使《死神永生》与众不同。

刘慈欣是一个彻头彻尾的浪漫主义者（就浪漫主义的严格定义来说），并且带有早期存在主义色彩——所以他最向往的小说家应该是陀思妥耶夫斯基以及爱伦·坡，在《死神永生》里他以特殊的方式向两者致敬——陀思妥耶夫斯基的临刑心态常常站出来考验全人类，爱伦·坡的极端生存体验则启迪人类个体的觉悟。但刘慈欣毕竟是一个自觉的科幻小说家，他有他自己的一套“写诗”的方法。

比如说，在《死神永生》里，人类最后的执念：地球文明博物馆（其实是一座巨大的墓碑）被设置于冥王星，那个在“地球往事”系列第二部《黑暗森林》里拯救了人类世界的“面壁者”罗辑成为这里的“守墓人”，固然有其科学的理由，但更能看出刘慈欣潜意识里的浪漫情怀。对于我等科幻迷来说，2006年有一件最感伤的事情：冥王星被从太阳系行星中除名，我们理性上接受，但感情上仍耿耿于怀，我想刘慈欣也有同感。所以在地球人类接近灭亡之际，让最后的两个幸存者从冥王星带走人类文明的精华。这是一个绝妙的反讽，当年被地球“抛弃”的小弟冥王星，成了地球文明的墓地，最后甚至成为唯一的希望寄托之地。这就是冷酷的“地球往事”宇宙的诗意。

星空、道德与诗，分别代表了文学的三大向度：对世界、人性与艺术的挖掘。作为当今中国科幻文学的扛鼎者，刘慈欣最拿手的就是描写星空：他对硬科幻的想象力无人能及，他描写的“星空”这一向度可以打满分。在《死神永生》里，情节的多番波澜逆转，最关键在于刘慈欣对两大宇宙规律的运用：多维空间与光速。就像他小说中那些最高等的神级文明一样，刘慈欣把各种前沿科技概念玩弄于股掌中，他具有极强的把抽象科学原理具象化的能力。一个传统小说家所具有的把抽象理念具象化的能力，被刘慈欣直接施用于宇宙史诗中，其效果令人目瞪口呆。精彩的描写不胜枚举：三维空间人类进入四维空间时的迷幻体验、太阳系被压缩为二维平面时的凄美、跨度长达170亿年的时空穿越……全部以极其精细又磅礴的描写呈现——无数细节融汇为刘慈欣所谓的“宏细节”。

仅仅欣赏刘慈欣的想象力已经可以获得纯粹的感官享受，但是，我们对一部文学作品的要求绝不止于此。那个奠基于目前有限的宇宙学认识、由作者一己之力想象补充而成的科幻世界，它所呈现的宏观面貌往往取决于作者的世界观，反过来又为之推波助澜。在《死神永生》里，刘慈欣的世界观是承认黑暗，然后尝试与黑暗交谈。毫无疑问，这是一个绝望的世界，宇宙间是赤裸裸的生存法则：高等文明绝不友善，会毫不犹豫地消灭宇宙中任何它认为有威胁的低等文明。

什么都是浮云，这句网络流行语在《死神永生》中得到了最有力的支持,“地球往事”系列前两部中,人类苦心经营的对抗三体世界入侵的方法、与三体的斗智斗勇、与未知世界的博弈……一次次一败涂地又一次次挣扎苟存,到最后不敌极高文明的一次轻易的清理操作:它们发出的一张卡片大小的“二向箔”,终结了我们全部的荣誉、努力、勇敢和辉煌。但最后的最后,更有超乎这一切之上的力量,要求宇宙归零重生。这一切既是小说中的现实,亦是超级隐喻:既然如此,在者为何存在?

这个宇宙太大了,让我们无从置喙,因此,我们看到网上关于《死神永生》的争论大多纠缠于小说里的人物,这就涉及道德的问题了。道德律于此是极具争议的,即使刘慈欣也未能说清自己的立场,但他有探究它的大诚意。“地球往事”系列中的道德冲突或道德折磨有两层:一个零道德的宇宙和一个有道德的地球文明的冲突;地球人性本来就有的道德与背德的冲突。被刘慈欣选来充当地球命运掌握者的少女程心,表面上就是一个绝不称职的懦弱者,在大部分读者的眼里,她过于单纯、怀妇人之仁、泛爱主义……在地球的两次危机中,她都做出了错误的决定,她为了忠于人性而不惜人类灭绝。我们到底要和宇宙一起零道德以求生存,还是坚持人类道德而死亡呢?问题是:那样生存下来的人,还能叫作人吗?

刘慈欣自己都不能回答他掷出的如此沉重的问题,在读者的负面反馈中,他甚至对程心也产生了动摇。在小说中,他的立场也摇摆于强硬求生存的一系列铁汉式悲剧人物和崇高的圣母式人物之间。但我的想法和大多数硬科幻读者不同,首先让我们回到“地球往事”系列第一部《三体》,正是这个超乎想象的设定让我对中国科幻刮目相看:叶文洁之所以选择背弃人类、联络三体人前来侵占地球,是因为在“文革”中她对人性的深深失望：父亲的被批斗致死、母亲的背叛以及朋友的出卖。

地球的一切灾难乃至灭绝，起源自“文革”的一次人类邪恶行为，要救赎地球，最终也只能回到人心：不容一点邪恶的人心，这就是程心的意义所在。也许现实的世界不可救赎，但在形而上的层面，程心以一次次选择人性而不是兽性的行动，救赎了这个世界，使人类仍然能以大写的人之名在宇宙中与众不同。

这就是宇宙社会学与地球社会学的差异，刘慈欣说的宇宙社会学的第一原理是“生存是文明的第一需要”，但他没有说出的是：这个第一需要是否是最高和最终的需要。有比生存更重要的东西吗？如果生存都没有了，这个更重要的东西又何以为系？刘慈欣也没有给出答案，我相信他仍然在苦思这个问题，而《死神永生》最后的开放式结尾并非最佳答案。

这时候需要的就是诗，或者说诗会自己出现。诗性的介入，是不容解释的，刘慈欣超凡的想象力能带来超验的诗意，小说自身的艺术规律也导向作者不能左右的诗意。比如说，从文学的角度看，刘慈欣采用故事套盒的形式讲述的三篇童话故事最为精彩，高度隐喻的语言和对民间故事叙事方法的熟稔使用，使它们超越了《死神永生》的叙事需要，进入一个自洽的封闭结构里。但同时，它们也成了《死神永生》故事最大的悬念，拥有无尽的解读可能性，它们与讲述者神秘的云天明一起营造了小说以外的空间，那里没有被作者刘慈欣垄断，随时可供读者或后来的作者开辟新的迷宫。

其实，对诗本身的肯定，也是刘慈欣的科幻世界中人性钟摆摆向的决定性力量。《死神永生》里竟然引用徐玉诺的诗，这是诗歌界都不太会记得的一位民初诗人，刘慈欣竟然记得。这是一首极好的诗:“太阳落了下去，/山、树、石、河，一切伟大的建筑都埋在黑影里；/人类很有趣地点了他们的小灯：/喜悦他们所见到的；/希望找着他们所要的。”——这就是星空与道德律之中那不可说的神秘，诗隐约道出，此中有真意，欲辨已忘言也。

“尊敬的神，这些脏虫子就剩下那几首小诗了！哈哈哈……”“但他们是不可超越的！”伊依在大爪中挺起胸膛庄严地说。球体停止了颤动，用近似耳语的声音说:“技术能超越一切。”“这与技术无关，这是人类心灵世界的精华，不可超越！”

——这段对话，引自刘慈欣的早期作品《诗云》，里面的“神”级高等文明试图写出世界上所有可能的诗（就是汉字的所有组合可能）来达到一个目的：超越李白。当然他失败了，诗歌成为低等文明地球人唯一持以立足宇宙的法宝，虽然天真却不无道理。据刘慈欣自述，他在20世纪90年代初“常常编些无聊但自觉有趣的软件，现在网上重新流行的‘电子诗人’就是那时的产品”，看来刘慈欣也失败了，电子诗人写的诗，永远超越不了地球人、三体人和宇宙以自身命运来写的这一首诗。

在小说依自身规律不断扩张的后半段，之前过绝的设定令之后的推进不断铤而走险。刘慈欣对自己创造的世界的追赶也有点疲于奔命，他用的是孤注一掷的激情之力，一再地在最后的一百页篇幅中加速、层层翻拓、经营一次次峰回路转，最后成功地把读者带到“万劫不复”的境地：太阳系灭亡了，最后的两人逃往DX3906恒星，逃往银河纪元，逃往时间以外的小宇宙（这些无限空间！），甚至宇宙坍塌之后的新宇宙……什么都是浮云，那超越一切浮云，拯救这部小说的，就是诗：小说所奠基的文字宇宙本身。

海德格尔曾云：诗尝试言说那不可言说的神秘。我们用来尝试打破无限空间的永恒沉默的，除了坐标广播、引力波、曲率驱动光速飞行等等，目前可行的，就是我们的想象力和创造力，也就是书写本身。刘慈欣的“地球往事”三部曲成功地奠立了一个新的科幻空间以及许多新的科幻定律，它华丽又荒凉，在其中我期待的并不是其文学的实验和前卫程度，而是他的微观和宏观想象力的极限呈现，然后我们自己可以在这极限上面建设自己的世界。